아프리카 트렉

아프리카 트렉

알렉상드르 푸생 · 소냐 푸생 지음
백선희 옮김

푸르메

옮긴이 | 백선희

덕성여자대학교 불어불문학과를 졸업하고, 프랑스 그르노블대학에서 석 · 박사과정을 마쳤다. 현재 덕성여자대학교에서 강의를 하며 번역가로 활동하고 있다. 옮긴 책으로는 《단순한 기쁨》《풍요로운 가난》《행복을 위한 변명》《앙테크리스타》《알코올과 예술가》《스물아홉, 그가 나를 떠났다》《안경의 에로티시즘》《무거움과 가벼움에 관한 철학》《쇼핑의 철학》《하늘의 뿌리》《남자의 부드러움》 등이 있다.

아프리카 트렉

1판 1쇄 인쇄 2009년 5월 15일
1판 3쇄 발행 2011년 4월 5일

지은이 | 알렉상드르 푸생 · 소냐 푸생
옮긴이 | 백선희
펴낸이 | 김이금
펴낸곳 | 도서출판 푸르메
등록 | 2006년 3월 22일(제318-2006-33호)
주소 | 서울시 마포구 서교동 451-45 303호(우 121-841)
전화 | 02-334-4285~6
팩스 | 02-334-4284
전자우편 | prume88@hanmail.net
인쇄 · 제본 | 한영문화사

ISBN 978-89-92650-20-5 03860

* 책값은 뒤표지에 표시되어 있습니다.

우리를 초대해서 따뜻하게 맞아주고,
재워주고, 먹여주고, 도와주고,
아프리카 대륙의 경이로운 면면들과 인간적 풍요로움을 보여준
모든 아프리카 사람들께 이 책을 바친다.
그분들이 안 계셨다면 우리의 여정은 의미가 없었을 것이다.

"두 분은 운이 좋으시군요. 푸른 곳에서 와서 푸른 곳으로 가시니 말이에요!
제가 몸을 작게 만들어서 두 분 가방에 들어가 함께 다니면 안 될까요?"

— 말라위에서 만난 칠레카의 말더듬이 친구, 다니엘

"진흙 속에 혼이 불어넣어져야만 인간이 만들어진다."

— 앙투안 드 생-텍쥐페리, 《인간의 대지》

"너의 길을 계속 가라. 너의 길은 오직 너 자신이 만드는 것이니."

— 성 아우구스티누스, 《고백록》

"인간은 소리 없이 들어왔다."

— 피에르 테이아르 드 샤르뎅

노인 : 왜 걷는 거요?
우리 : 당신들을 보려고요.
노인 : 왜 차로 가지 않는 거요?
우리 : 차로 가면 당신들을 보지 못할 테니까요.

—본문 중에서

■ 한국어판 서문

쾌활함과 관대함이 넘치는 땅, 아프리카를 걷다

3년 3개월에 걸친 여행의 마지막 발걸음을 이스라엘의 예루살렘에 들여놓은 지 정확히 5년이 되었다. 꽤 오랜 시간이 흘렀다. 아프리카 도보여행을 다녀온 후, 우리는 딸과 아들 그리고 백만 프랑스 독자를 얻는 행운을 누렸다. 현재는 프랑스 전역에서 강의를 하며 많은 아프리카 구호단체들을 지원하고 있다. 이것은 우리가 아프리카에서 받은 모든 것을 다시금 아프리카에 돌려주는 방법이다.

우리는 또다시 여행을 준비하고 있다. 이번엔 두 아이도 함께 할 것이다. 목적지는 아직 비밀이지만 어쩌면 한국이 될지도 모를 일이다! 여행은 특별한 것이 아니다. 그것은 삶에 대한 새로운 접근이며, 우리가 무심히 지나치고 마는 사소한 것들에 보다 애정을 쏟는 것, 그리고 일상의 안락함으로부터 벗어나는 것이다. 또한 마음을 열고 우리 주변의 모든 것들에서 경이로움을 발견하는 것이다. 여행을 하던 때에 비하면 지금은 활동이 많이 줄었지만, 오랫동안 걸으며 배운 정신만은 잃지 않으려고 노력한다. 우리는 물질에 얽매이지 않고 하루하루 간소하게 살아간다. 물건 사는 것을 별로 좋아하지 않는 데다가, 지구 온난화를 일으키는 이산화탄소 배출을 줄이려는 노력도 하고 있다.

7킬로그램의 배낭을 메고 한 번도 가본 적 없는 미지의 길을 걷던 단순한 삶이 그립다. 뜨거운 태양 아래 아무것도 먹지 않고 누구를 만나게 될지도 모르는 상태로 40킬로미터를 걷는 것은 파리 인근 도시 생활의 복잡성과 가족을 부양하는 고충에 비하면 훨씬 쉬운 일이었다. 그러니 우리는 영웅이 아니다. 우리가 한 것은 여러분도 충분히 할 수 있는 일이었다. 소냐와 나는 아프리카 사람들이 매일같이 하고 있는 '걷기' 외엔 아무것도 한 게 없으니 말이다. 그곳의 아이들은 하루에 총 30킬로미터를 걸어서 학교를 다니고 있다. 여자들은 걸어서 시장에 갔고, 남자들은 걸어서 일터로 나갔다. 그들은 지금 내가 이 서문을 쓰고 있는 순간에도 여전히 걷고 있을 것이다.

우리는 수많은 아프리카 사람들과 함께 지내며 그들의 용기와 쾌활함을 보았다. 이 책이 우리가 목격한 것의 증명서가 되어주길, 또한 평화롭고 친절하며 관대한 아프리카 대륙의 희망의 징조가 되어주길 바란다. 아마도 이 책 《아프리카 트렉》은 여러분에게 아프리카에 가고자 하는 열망을 불러올 것이다. 그것은 분명 그만한 가치가 있는 일이다. 우리와 함께 이 도보여행을 즐기길 바란다.

2009년 5월

알렉상드르 푸생

차례

짐바브웨와 모잠비크

말라위

탄자니아

남아프리카공화국

Africa Trek 1

펭귄과 와인

우리의 도보여행은 아주 작고 새하얀 최남단에서 시작했다.

우리의 벙커 속으로 바람이 울부짖으며 휘몰아쳤다. 우리가 있는 곳은 세상의 끝, 희망봉이었다. 그렇잖아도 우리에겐 희망이 필요했다! 걸어서 아프리카 전체를 거슬러 올라가겠다는 거대한 계획의 첫발을 내딛기 때문이다.

지금 우리는 국경지대 경비원들 앞에서 몸을 숨기는 야간 밀입국자들처럼, 남극에서 직통으로 불어오는 매서운 바람에 떨며 꼭 붙어 웅크린 채 2001년 1월 1일 새벽을 기다리고 있다. 걸어서, 새로운 천년을 맞이하는 역사적인 순간이 이제 곧 시작될 것이다. 우리는 인류의 이천 년 역사를 축하하고 싶은 마음에 이런 생각을 하게 되었다.

중대한 일을 앞둔 전야처럼 비장한 이 해 마지막 밤의 분위기를 살리려고 작은 푸아그라 통조림과 샴페인도 잊지 않고 준비했다. 이 순간 세상엔 우리 둘뿐이었다. 우리를 지켜보는 건 부드러운 밤하늘에 총총히 박힌 무수한 별들과 남십자성뿐.

낮에는 꼭 봐야 할 로벤 섬을 둘러보았다. 넬슨 만델라가 27년간의 투옥 생활 중 18년을 보낸 감옥 섬이다. 바로 이곳에서 넬슨 만델라는 《자유를 향한 머나먼 여정》을 집필했다. 1만4천 킬로미터가 우리를 기다리고 있으니, 이 위대한 인물에게는 살짝 윙크만 남기고 떠나왔다.

쥐구멍처럼 어두컴컴한 곳에서 추위에 떨며 잔해들을 돌아보면서 우리는 3년간의 아프리카 도보여행을 떠나오기 전의 흥분된 나날들을 회상했다.

소냐는 말했었다.

"여행에 대해 말하고 설득하고 허풍도 떨며 결국 약속을 받아냈고, 미친 사람 취급받으면서도 떠날 준비를 하느라 몇 달을 보냈어. 이젠 출발할 일만 남았는데, 첫발을 내딛기만 하면 되는데 난 벌써 지친 것 같아……."

여행 계획을 세우고 거기에 의미를 부여하고 빈말을 주고받으며 들떠서 보낸 몇 달. 우리는 인류의 발자취를 따라 동아프리카에 흉터처럼 남은 대열곡대인 동아프리카대지구대[1]를 끝에서 끝까지 걷고 싶었다. 케이프 반도에서 이스라엘의 티베리아 호수까지, 인류의 요람을 떠나 세상 끝까지 갔던 최초의 인간의, 최초의 여행을 상징적으로 다시 되살려보고 싶었다. 물론 최초의 인간이 한 명만 있었던 것도 아니고 최초의 여행이 하나만 있었던 것도 아니다. 인류의 요람도, 발견된 고생물학적 화석만큼이나 많다. 하지만 가장 오래된 화석들은 이 지구대를 따라 발견되었다. 그렇기에 우리는 단걸음에 그 화석들

1) 북으로는 서아시아의 요르단 협곡으로부터, 남으로는 모잠비크의 델라고아 만灣에 이르는 세계 최대의 지구地溝 —옮긴이

과 만나고, 그렇게 유적을 좇아 시간과 공간을 거슬러 올라가서 오스트랄로피테쿠스에서 현재 인류까지 되짚어보고 싶었다.

우리의 목표는 이 유적지들에서 과학자들을 만나 그들이 발견한 화석 표본들에 대한 설명을 듣는 것이다. 발견된 화석들은 이미 인간의 것인가? 꼭 그렇지만은 않았다. 왜 그럴까? 그렇다면 인간의 고유한 특성은 무엇인가? 방대한 계획이었다! 영장류가 인류로 진화하는 과정, 그러니까 문화전파론에 토대를 두고 인간의 진화과정을 생각해 보려는 것이다.

이론적으로만 멋진 생각에 머무르는 것이 아니라, 무엇보다 오늘날의 아프리카 심장부를 걸어보고 싶었다. 아프리카 사람들이 하루 저녁, 혹은 잠깐이라도 우리를 맞아준다면 그들의 일상을 함께 경험하며 걷고 싶었다. 석양을 배경으로 치타를 보여주는 틀에 박힌 사진을 넘어서는 실제 아프리카를 걸으며 게릴라와 기아와 전염병이라는 암울한 3부작에서 벗어나고 싶었던 것이다. 아프리카는 틀림없이 다를 것이다. 이제 아프리카는 우리 발밑에 놓여 있다. 우리가 세운 모든 계획이 드디어 구체적으로 실현될 순간에 와있다. 이제 시작이다!

수평선이 분홍빛으로 물들었다. 성난 인도양이 대서양으로 흘러들어 바다는 격분한 듯 새하얗다. 우리는 얼어붙은 채 보루 너머로 고개만 내밀고 세상 끝에서 맞이하는 새 천 년의 첫 태양이 떠오르는 걸 바라보았다. 높바람과 거대한 파도 소리가 〈발퀴레의 행진〉[2)]처럼 웅장하게 울렸다. 가마우지들이 파도에 닿을 듯 날아갔다. 조분석에 덮여 새하얀 희망봉 끄트머리의 절벽에는 등대가 하늘 높이 세워져 있

2) 발퀴레 혹은 발키리. 바그너의 오페라 〈니벨룽겐의 반지〉 중 일부인 〈발퀴레〉에 등장하는 유명한 곡이다 — 옮긴이

었고, 등대는 강렬한 태양빛을 받아 갑자기 불붙은 듯 환히 빛났다. 그것이 신호였다! 우리는 북쪽을 향해 출발했다.

케이프 반도는 지중해를 많이 닮았다. 석회질 길이며 강렬한 빛, 미스트랄[3]처럼 신선한 바람과 황량한 해변이 그랬다. '아프리카 트렉'의 첫걸음이라는 생각에 우리는 조심스러워졌다. 우리는 미지의 땅에 있는 게 아니었다. 바스코 다가마가 1498년에 처음으로 다녀가면서 세운 하얀색 십자가가 야생화 핀보스로 뒤덮인 풍경 속에 당당히 서 있었다. 이 지역 고유의 식물인 핀보스 사이사이로 프로테아 덤불들이 수를 놓고 있었고 에리카 꽃향기가 가득했다. 바다사자들은 파도를 타며 놀고 있었다.

오후가 끝날 무렵, 시몬스타운에서 얼마 멀지 않은 불더스 해변에 이르렀다. 해변에서 우리를 제일 먼저 맞아준 건 케이프타운의 펭귄들이었다. 펭귄들은 세이셸에서 본 것과 비슷한 황금색의 화강암 덩어리와 어디서나 볼 수 있는 금발에 얼굴이 불그스레한 뚱뚱보들로 가득한 해변을 무단 점거하고 있었다. 뒤뚱뒤뚱 걸으며 햇볕에 살갗을 태우고 물속에서 노닥거리는 모습을 보니 펭귄들이 사람을 따라하는 건지, 사람들이 펭귄을 따라하는 건지 알 수 없었다. 펭귄들은 이따금 부리 싸움이나 영토 싸움을 벌일 때만 빼면, 우스꽝스런 걸음으로 곳곳에 깔린 타월과 바다코끼리처럼 그곳까지 밀려와 코를 골며 자고 있는 사람들 사이를 걸어 다녔다. 녀석들은 이 땅에 살아 있는 유일한 아프리카 펭귄들이었다. 우리도 펭귄들 틈에 끼어 모래밭에서 뒹굴었다.

내가 소냐에게 말했다.

"펭귄들이 불쌍해! 1974년에 기름띠를 피해 이곳에 왔는데 이젠 인

3) 프랑스 남부지방에서 부는 북풍 — 옮긴이

파와 맞서야 하니…….”

“난 검은색과 흰색이 잘 어우러진 녀석들이 정말 멋지다고 생각해. 이 나라의 흑백 인종문제를 해결한 것 같잖아!”

날이 어두워지자 우리는 모래 언덕 위 펭귄들의 땅굴 사이에다 침낭을 펼 준비를 했다. 주변의 구멍 속에서 조용히 재잘거리는 소리가 났다. 펭귄들이 둥지 안에서 하루 동안 엄청나게 많이 잡은 물고기 이야기를 나누는 모양이었다!

바다 위에 다리처럼 걸린 달이 잠을 청하는 우리에게 은가루를 뿌리는 듯했다. 그런데 바로 다음 순간, 달이 무언가에 한 입 베어 먹히고 없었다. 마법인가? 아니었다. 달은 월식 때문에 조금씩 이지러지고 있었다. 우리는 꼼짝도 않고 굳은 채 월식을 지켜보았다. 등줄기를 타고 오스트랄로피테쿠스의 전율이 느껴졌다. 길조일까? 여행 첫날부터 축복받은 걸까? 아니면 저주 받은 걸까? 페니키아 사람들, 율리시스, 바스코, 모두들 긴 여행을 떠나기 전에는 속죄를 위한 희생 의식을 치르고 좋은 징조 아래 떠났다. 숫처녀를 바쳐야 할까? 안짱다리 황소를 바쳐야 할까? 아니면 미사를 드려야 할까? 우리가 믿을 건 저녁마다 신세를 지게 될 아프리카 사람들의 환대뿐이었다. 나머지는 땀과 미지의 시간뿐, 걸어야 할 길과 글을 쓰는 일뿐이다.

그런데 우리가 처음 만난 아프리카인들은 펭귄이었다. 이제는 우리가 조용히 재잘거릴 차례였다. 베어 먹힌 성체 밀떡처럼 일부가 잘려나간 달 아래서 우리는 들뜬 마음으로 여행의 첫날밤, 아프리카의 꿈속으로 빠져들었다.

다음 날 아침, 다시 길을 가다가 자동차 엔진을 살펴보고 있는 한 남자를 만났다.

“실례합니다만 어디로 가야 아침 식사를 할 수 있을까요?”

남자가 헝클어진 머리를 들며 말했다.

"제대로 찾아오셨네요! 우리 집으로 가시죠! 에그 토스트는 어때요?"

마이크 햄블렛은 짐바브웨 출신으로 은퇴 후 휴가를 떠나온 사람이었다. 그는 이곳에 안식처로 쓸 작은 방갈로를 한 채 샀고, 아내인 팻과 함께 일년 중 6개월은 이곳에서 지내고 있었다. 그는 집 앞으로 고래들이 떼 지어 지나가는 걸 보며 자기 나라에서 벌어지는 암울한 사태를 잊는다고 했다. 마이크는 많은 사람을 학살한 무가베 대통령의 광기와 곧 짐바브웨 전역을 침체에 빠뜨릴 경제난, 앞으로 찾아올 기아와 현재 일어나고 있는 변화에 대해 우리에게 얘기해주었다.

"짐바브웨 사람들을 생각하면 너무도 마음이 아픕니다. 예전에 우리나라는 아프리카에서 가장 부유한 나라였습니다. 그런데 이 독재자가 전부 망쳐놓았죠!"

우리는 마이크와 하라레에서 다시 만나기로 약속했다. 하지만 여기서 거기까지는 너무나도 먼 거리였다. 케이프타운도 아직 한참 남았는데 처음으로 다리에서 근육통이 느껴졌다. 바람까지 불지 않아 찌는 듯이 무더웠다. 하루 종일 굵은 땀방울이 몸에서 뚝뚝 떨어졌다. 저녁이 되어 우리가 도착한 곳은 노르드훅Noordhoek 주거 지역이었다. 빌라들의 철책 문에서 큰 개들이 짖어대며 우리가 다가오지 못하게 했다. 망설임은 극에 달했고, 어느 집이든 문을 두드려 하룻밤 재워줄 수 없겠느냐고 물을 용기가 도무지 나지 않았다.

그러다 우리는 한 임시 건물 앞에 이르렀다. 표지판에는 "삼림 노동자"라고 적혀 있었다. 그들은 다 무너져가는 베란다를 차지하고 있었다. 하룻밤 재워줄 수 있겠느냐고 묻는 순간, 그들의 험상궂은 얼굴과 '다카(하시시와 유사한 마약)'에 찌들어 노래진 눈을 보니 순간 주춤해졌다. 우리는 다시 길을 떠났다. 하지만 난 내가 내린 결정에 대해 이미 후회를 하고 있었다. 묵을 만한 다른 집을 찾으려고 다시 한 바퀴 돌아야 했다. 바로 그때, 조금 전에 보았던 노동자들 가운데 한 사람이 잰걸음으로 우리에게 다가왔다. 그가 입고 있는 꼬질꼬질한 티셔츠에는 '예수는 나의 로큰롤'이라는 문구가 씌어져 있었다.

"친구들과 얘기해보니 우리 공동 침실에 자리를 낼 수 있겠더군요. 그런데 미리 얘기하지만 많이 불편할 겁니다!"

그의 말투를 들으니 마음이 놓였다. 마음씨 좋은 사람인 것 같았다. 혼혈인 존은 우리에게 몹시 거칠어 보이는 친구들을 소개해주었다. 키가 크고 느끼한 미소를 짓는 자메이카 흑인 제불론, 자그마한 키에 이가 군데군데 빠진 흑인 파올로, 최하층민 간의 교묘한 혼혈의 결실인 마크. 삶에 찌들고 얻어터지고, 단순하고 투박한 친구들의 집합이었다. 그들은 백인을 만난 적도 없고, 직접 초대해본 적은 더더욱 없었다.

일단 어색한 분위기가 사라지자 그들은 우리를 극진히 대해주고 침대 두 개와 공동 샤워장을 내주었다. 그들 모두 우리가 자기들을 믿어준 데 대해 고마워했다. 소냐가 먼저 샤워장에 들어갔다. 제불론이 샤워장 앞을 지키고 서있었고, 난 양말을 빨고 있었다. 그때, 한 남자가 다가왔고 제불론이 그를 막아섰다.

"들어가면 안 돼. 백인 여성이 안에서 샤워를 하고 있어."

남자가 제불론을 밀치며 말했다.

"무슨 바보 같은 소리야. 너 또 다카를 너무 많이 피웠구나."

그리고 그는 샤워장 문을 열었다.

깜짝 놀란 소냐가 비명을 질렀고, 남자는 문을 쾅 닫고 돌아섰다. 그는 분홍색 코끼리라도 본 것처럼 얼이 빠져 있었다! 모두들 깔깔거리고 웃었다. 어리둥절해하는 그 친구에게 존이 맥주 한 잔을 갖다 주었고, 제불론은 모두를 진정시키려고 야채 피자를 준비했다.

그러는 동안 그는 우리에게 자기네 라스타파리안교에 관한 이야기를 들려주었다. 그 종교를 창시한 사람은 에티오피아의 마지막 황제 하일레 셀라시에 1세라고 했다. 내가 에티오피아에도 들를 예정이라고 말하자 존은 나를 일으켜 세우더니 형제처럼 끌어안았다.

이날 저녁, 신은 가난한 사람의 옷을 입고 있었다. 그리고 코를 요란하게 골았다.

다음날, 우리는 작열하는 태양 아래 차가 쌩쌩 달리는 가파른 언덕길을 오르느라 녹초가 되었다. 차들은 매연을 내뿜으며 쏜살같이 우리 옆을 스치듯 지나쳤다. 그래도 우리는 꿋꿋하게 버텨냈다. 이런 우리가 터무니없어 보였던지 두 사람이 우리에게 차를 태워주겠다고 했다. 하지만 우리는 거절했다.

"아! 경주 중이신가요?"

"예, 그래요, 경주."

이것이 우리의 첫 거절이었다. 거절한 것까진 좋았는데 솔직히 힘이 들었다. 하지만 거절을 하고 나니 신념은 더욱 강해졌고, 마음속 한구석에 자리잡았던 회의적인 마음도 사라졌다. 사실 좀더 일찍 가서 쉬고 싶은 마음과 아무리 좋은 뜻이라지만 과연 한중막 속을 몇 시간 동안씩 걸어야만 하는지에 대한 고민이 있었다.

우리 여행의 흥미로운 점과 차별성, 그리고 그것이 갖는 힘과 호사가 모두 이 점에 있기 때문이다. 회의가 없다면 신념도 없다. 내 오른쪽 발꿈치에서 통증이 느껴지고, 소냐의 발에는 다섯번째 물집이 잡혔지만 우리는 신념을 지켜야만 했다.

이날 저녁, 우리는 테이블 산 맞은편에 위치한, 케이프타운의 백만장자들이 사는 외곽지역인 콘스탄티아에서 문을 두드려볼 작정이었다. 걱정이 되는지 소냐가 말했다.

"절대 안 될걸! 거지처럼 쫓겨날 거야!"

뜻밖에도 전기 장치가 되어 있는 문은 자동으로 열렸다. 우리는 머뭇거리며 꽃이 만발한 길을 올라갔다. 버팀목처럼 키 큰 사내가 환한 얼굴로 우리를 향해 걸어왔다.

"안녕하세요! 제 이름은 숀입니다! 뭘 도와드릴까요?"

"오늘밤 저희를 재워주실 수 있으신가 해서요. 저희는 걸어서 아프리카를 종단하고 있습니다."

남자가 웃음을 터뜨리며 말했다.

"두 분 얼굴을 보아하니 아직은 한참 걸으셔야 할 것 같군요. 어쨌든 환영합니다! 프랑스 분이신 것 같군요. 프랑스 사람들은 정말이지 모두들 이렇게 미친 겁니까?"

잠시 후 우리는 할리우드풍 별장의 풀장에서 손에 진저 맥주를 들고 있었다. 얼마 뒤 숀의 친구인 모건이 조련용 순종 말인 퍽슬리를 타고 나타났다. 모건도 풀장 속으로 우리와 합류했다. 숀과 모건, 두 사람은 모두 인테리어 디자이너였다. 사업도 번창하는 모양이었다.

"운이 좋으시군요. 내일 오셨다면 우리를 못 만나셨을 뻔했습니다. 내일 우리는 스키를 타러 오스트리아로 떠납니다."

"두 분께서는 고속도로를 걸어서 케이프타운으로 들어가실 생각은 아니시겠지요? 여기서 조금만 가면 멋진 등산로가 있습니다. 테이블 산을 돌아가는 길인데 숲을 지나 도시로 들어갈 수 있지요."

갑자기, 검은 점이 찍힌 달마시안 개들이 한쪽 구석에서 튀어나오더니 꼬리 끝이 갈색인 샴 고양이들을 뒤쫓았다.

숀이 웃으며 말했다.

"우리 가족을 소개하죠. 레이카, 벨루가, 인디아, 그리고 밍입니다. 아주 장난꾸러기들이지요."

우리 머리 위의 나무에는 흰색 반점이 있는 뿔닭들이 놀이를 포기하고 조용히 있었다. 조금 전까지 자기들을 뒤쫓던 샴 고양이들과의 놀이에 지쳤는지 기권한 듯했다.

우리가 물에서 나오자 숀이 기겁하며 소리를 질렀다. 전날 벼룩에 물린 자국을 본 것이다. 그때 개들이 샴 고양이들을 뒤쫓아 다시 쏜살같이 지나가면서 우리의 칵테일 잔을 엎지르고 말았다. 그런 소란 속에서도 흔들림 없이 우리는 벼룩 방지용 파우더를 몸에 바르고서 다시 칵테일 잔을 얻어 들었다. 내 장딴지와 발에는 아르니카 물파스가 발라졌고, 소냐의 발은 겨자씨를 넣은 욕조에 담겼다.

누가 프랑스 사람들을 미쳤다고 했는가?

아프리카 트렉은 이처럼 멋지게 시작되었다.

성대한 아침 식사를 마친 우리는 소탈한 집주인들과 작별 인사를 나눈 다음 커스텐보슈 공원을 지나 등산로에 이르렀다. 단애를 이룬 산허리를 돌아가는 길은 기막힌 잡목림을 가로질러 나 있었다. 전세계의 모든 수종들이 이 산에서 만나기로 약속이라도 한 것 같았다. 대나무, 참나무, 일본 단풍나무, 소나무, 유칼리나무, 열대수, 무화과나무, 티크나무, 옐로우우드[4]. 그야말로 요정 나라의 풍경이었다.

도시 소음이 주변 언덕에서 올라왔다. 테이블 산을 돌아가다가 오후가 끝날 무렵이 되자 '시티 보울city bowl'의 꼭대기가 눈에 들어왔다. 바다를 향한 산속에 든 마천루였다.

멀리로는 워터프론트와 유서 깊은 조선장이 모습을 드러냈다. 조선장은 인도 길을 통과하는 선박들을 수용하고 있었다. 기울어져가는 대영제국과 지중해의 분위기가 묘하게 뒤섞인 케이프타운을 제대로 맛보는 데 나흘에 걸쳐 1백 킬로미터를 걸어야 했다. 그런 분위기

4) 우테니쿠아 산의 옐로우우드, 남아프리카 숲들의 주인이라 불리는 나무들이다.

가 느껴지는 이유는 작은 십자가 모양의 이 케이프 반도가 새하얗기 때문이다. 이것은 뜻밖의 발견이었다. 전혀 다른 아프리카였다.

먼 친척인 라이언 셜이 우리를 그의 집에 맞아주었다.

우리에겐 물품을 점검하고, 화학섬유로 된 싸구려 양말을 오랜 전통의 모직 양말로 바꾸고, 나일론 천과 가죽 끈을 꿰매 배낭을 수선하고, 칫솔을 반으로 자르고, 지퍼를 끈으로 바꾸어 달아 곳곳에서 무게를 더는 값진 기회였다. 하중을 줄이기 위해 짐을 버리는 기술을 발휘했던 것이다.

결국, 8킬로그램의 배낭 두 개에는 1.5리터의 플라스틱 물병 하나, 3.5킬로그램의 장비(카메라, 카세트, 배터리, 이메일을 수신할 수 있는 전화기), 5백그램의 슬리핑 백, 작은 돗자리, 각자에게 필요한 티셔츠와 잠옷바지, 팬티 두 장, 갈아 신을 신발 한 켤레가 채워졌다. 이것이 전부였다. 이조차도 많았다.

그밖의 부차적인 물건들로는 깃털처럼 가벼운 모피, 낙하산 천으로 된 우비, 접이식 지팡이가 있었다. 그리고 여행노트, 세면도구 주머니, 최소 구급약, 이마에 다는 작은 전등, 피리가 남은 무게를 채웠다. 짐을 최대한 가볍게 만들면서도 필요한 것을 전부 최소한으로 챙겼다! 주목할 점은 갈아입을 옷과 음식이 없다는 점이다.

오늘 일요일 새벽에 우리는 '부어트레커 로드Voortrekker Road'[5]를 따라 케이프타운을 떠났다. 이 길은 18세기 초부터 보어인[6]들이 내륙의 척박한 땅을 차지하려고 소달구지를 끌고 갔던 길이다. 모두들 우리더러 걸어서 케이프타운을 떠나는 건 생각도 말라며 말렸다.

5) '백인 개척자의 길' 이라는 뜻이며, 남아공을 개척한 네덜란드계 백인을 '부어트레커' 라 한다–옮긴이
6) 부르인이라고도 하며, 네덜란드어로 농민을 뜻한다.

얼마나 많은 불길한 새들이 우리가 형편없는 꼴로 케이프 평원을 나가게 될 거라는 경고를 주었던가? 불행은 그저 타이밍의 문제에 불과하다.

길은 곧게 나있었다. 5킬로미터를 걷는 동안 우리는 한 묘지를 따라갔다. 사람들은 죽어서도 나뉘어져 각자의 구역에 묻혀 있었다. 여기는 유태인들의 석비, 저기는 지극히 영국적인 지하묘지, 좀더 멀리 떨어진 곳에는 무슬림들의 돌무덤, 그리고 최근에 판 듯한 땅에 꽂힌 흰색 나무 십자가들. 영구차들이 시커먼 묘지 문 앞에 줄을 섰다. 다른 어느 곳보다 여기서 사람들이 더 많이 죽는 것 같았다. 처음이자 마지막 리무진 여행을 하는 저 죽은 사람들을 생각하니 슬퍼졌다. 우리는 그들 앞을 말없이 지나갔다.

정오에 우리는 리처드 에라스무스라는 흑인 택시 운전사에게 붙들렸다. 그는 이렇게 위험한 동네는 걸어다니지 말라며 자기 집으로 와서 점심을 함께 먹자고 '간청'했다. 그가 우리를 차에 태운 이 자리에 나중에 다시 데려다준다면 초대에 응하겠다고 우리는 말했다. 리처드는 그러겠다고 했다.

무질서한 주변 환경 속에 묻혀 있지만 정성들여 가꾼 작은 집에서 생선 튀김을 앞에 두고 이 통통한 오십대 사나이는 대뜸 불만을 쏟아냈다.

"전 흑인들을 싫어합니다. 흑인들은 케이프타운에서 늘 문제만 일으켜 왔지요. 하지만 우리 컬러드colored[7]들은 언제나 백인들과 함께 일하기 위해 협력해왔습니다."

우리는 어리둥절했다.

7) '컬러드' 라고 불리는 남아프리카의 혼혈인 공동체는 단지 피가 섞인 개개인들의 공동체가 아니다. 이 공동체는 다른 공동체들과 구별되는 고유의 역사와 문화와 생활방식을 갖고 있다.

이렇게 해서 우리는 케이프 반도에 매우 다양한 혼혈인 공동체가 존재한다는 걸 알게 되었다. 네덜란드인이나 프랑스인 개척자들, 그리고 호텐토트인, 코이산인, 인도인, 말레이시아에서 온 정치범들 사이에서 생겨난 혼혈 공동체이다. 그래서 피부색도 참으로 다양하다. '고양이 혀' 모양의 노릇노릇한 비스킷 색깔부터 시작해서 향료가 든 갈색 빵을 거쳐 초콜릿 케이크에 이르기까지 뉘앙스가 다양하다. 요컨대 과자처럼 얼마나 익히느냐에 따라 다른 것 같다. 이들은 아프리칸스어로 말하며 그들만의 고유한 관례와 풍습을 가지고 있다. 리처드가 다시 말을 이었다.

"우리 컬러드들은 언제나 백인과 흑인 사이에 낀 샌드위치 신세였죠. 예전에는 흑인이 아래이고 백인이 위였지만, 지금은 뒤바뀌었어요. 하지만 우리에겐 바뀐 게 전혀 없습니다. 여전히 가운데에 낀 샌드위치 신세니까요."

컬러드들은 금요일 저녁마다 술을 진탕 마신다고 알려져 있다. 리처드는 그것이 '토트'라는 고약한 시스템 때문이라고 말하며 자신을 변호했다. 토트란 포도 재배자들이 컬러드 노동자들에게 임금의 일부를 포도주로 지불할 수 있도록 허용하는 제도였다. 악습은 뿌리 뽑기가 힘든 법이다. 그러면서도 리처드는 컬러드들 사이에서 폭력이 고질병이라는 건 인정했다. 그도 2년 전에 맏아들 스티브를 잃었다. 스티브는 모범적인 착한 아들이었는데 어느 날 해변에서 아무런 이유 없이 등에 칼을 맞고 죽었다. 그는 자기 목에 난 흉터도 우리에게 보여주었다.

"두 청년을 말리다가 깨진 유리 파편에 찢긴 상처죠. 술은 우리 민족의 십자가입니다!"

마침 우리는 스텔렌보스 포도밭과 프란스후크 포도밭을 향해 길을 떠났다. 1685년 낭트칙령의 폐지로 쫓겨온 위그노들이 세운 이 포도밭에는 메를로, 카베르네, 피노종(이 지역 품종) 포도나무들이 '케이프 닥터'(이 지역 특유의 바람)와 작열하는 태양빛을 받으며 줄지어 서 있었다. 이 때문에 스텔렌보스 포도밭과 프란스후크 포도밭에서 만들어지는 포도주는 밀도가 아주 높아 포르토[8]를 마시는 느낌이 들기도 했다.

우리는 만 그루의 참나무가 심어진 대학 도시, 스텔렌보스로 들어섰다. 석회칠이 된 작달막한 교회들이 공원 한가운데 당당히 자리잡고 있었다. 공원에서는 아버지들이 아이들에게 크리켓 치는 법을 가르치고 있었다.

1680년에 세워진 스텔렌보스는 최초의 내륙 도시로, 물결무늬 박공과 나이를 알 수 없을 만큼 오래된 등나무 베란다를 갖춘 수백 년 된 전원주택들이 줄지어 늘어선 아름다운 거리가 자랑거리였다. 그리고 짚으로 덮인 지붕들과 유럽풍 분위기도 좋고, 게다가 조용하며, 무엇보다 참나무들이 멋졌다. 굉장한 나무들이었다!

우리는 한 프랑스 귀족 청년을 만나게 되었다. 그의 이름은 스테판 드 생-살비, 직업은 와인 전문가이며, 3세기 전에 이곳에 정착한 네덜란드계 빌리에 가문의 여성과 결혼해서 이곳에 살고 있었다. 스테판은 현지의 이름난 와인인 스파이어에 프랑스 '터치touch'를 가미하고 있었다.

스테판 부부는 도시를 벗어나, 1781년에 세워진 작은 집에 살고 있었다. 스테판은 담배 연기를 내뿜으며 명상에 잠긴 모습이 약간 몽환적인 느낌을 풍겼고, 금발머리인 카린은 키가 자그마했고, 촉촉이 젖은 듯한 파란색의 큰 눈을 갖고 있었다. 이날 저녁 그들은 우리를, 피해갈 수 없는 의식인 남아프리카공화국식의 바비큐 브라이 파티에 초

8) 발효시키지 않은 포르투갈산 포도주—옮긴이

대했다. 이곳 사람들은 브라이를 매우 중요하게 여겼다.

"소갈비 1킬로그램이 3, 4유로 정도밖에 안 합니다. 그러니 소갈비를 안 먹는다는 건 말이 안 되죠!"

고기를 뒤집으며 그가 계속 말을 이었다.

"이상적인 건 여기에서 6개월 일하고, 프랑스에서 6개월 일하는 것이죠. 두 나라의 계절이 반대이기 때문에 포도 수확을 두 번이나 할 수 있으니까요."

와인 병 라벨에는, 마치 우리의 도보여행에 윙크라도 하듯, 선사시대 석기인, 아슐리언기의 기념비적인 주먹도끼가 그려져 있었다.

"이웃인 레이네크 씨의 와인입니다. 이 친구는 자기 포도밭에서 구석기시대 도구를 여러 개나 발견했지요. 3만여 년 전, 케이프 지역에는 수렵과 채집을 하던 구석기인들이 살았다고 합니다. 그러니 백인이든 흑인이든 자기들이 제일 먼저 이곳에 왔다고 믿는 사람들에게 주의를 준 셈이지요. 역사학자들은 이 구석기인들을 '스트랜들로퍼strandlopers'라고 부릅니다. 그들은 주로 해산물을 먹으며 해변에서 살았죠. 그들은 분명 호텐토트족, 그리콰족, 그리고 케이프 반도에 살았던 또 다른 코이산족의 조상임이 분명합니다."

다음날, 우리는 농장들과 그 지역을 온통 향기롭게 만드는 포도밭을 지나 '프랑스인들의 영역'인 프란스후크 쪽을 향해 걸었다. 랑그독, 매미, 작은 농장, 라 로셸, 나의 노르망디 등이 포도밭 이름이었다. 드라켄슈타인 산맥으로 둘러싸인 경이로운 계곡이었다.

이날 저녁, 카린의 남동생 다비드 드 빌리에가 길을 걷고 있는 우리를 찾아왔다. 우리는 1688년에 이곳에 개척자로 온 조상이 세운, 오랜 역사를 지닌 그의 농장에 묵게 되었다. 다비드는 몇 년 전부터 버려두었던 농장을 얼마 전부터 다시 경작하고 있었다. 막중한 책임을 떠맡은 것이다.

계곡 쪽으로 난 그의 집은 거대한 나무들 속에 파묻혀 있었다. 석양에 공작들이 울고, 뿔닭들은 자유로이 풀밭에 나와 요란하게 꼬꼬댁거렸다. 칠이 벗겨진 덧문들은 피곤해서 하품이라도 하듯 반쯤 열려 있었다. 로지아[9]의 기둥들은 흘러간 영광의 추억과 세월의 무게에 눌려 휘어져 있었다. 집 안을 보니 역사는 먼지가 되어 쌓여 있었다. 낡은 물건들은 지나간 여러 세대를 말해주고 있지만, 하나같이 고아가 되어 '울림이 없는 폐기된 잡동사니' 처럼 궤짝과 찬장 위에 나란히 놓여 있었다. 밖에서는 귀뚜라미들이 야밤을 빛내는 노래를 시작했다. 흘러간 시간은 모두 서글픈 아름다움을 지니고 있다. 바람과 함께 사라지므로…….

9) 이탈리아 건축에서 흔히 볼 수 있는, 한쪽 벽이 트인 방이나 홀—옮긴이

Africa Trek 2

두루미와 철학자

우리는 케이프타운의 포도밭을 떠나 작열하는 태양 아래 캐츠 패드 고개를 지나 리비어선더랜드Riviersonderend 쪽으로 향했다. 처음으로 건성 염증 징후가 나타났고, 관절이 화끈거렸다. 소냐의 온도계를 보니 태양 아래에서는 무려 섭씨 48도나 되었다. 머리가 무겁고 멍했다. 일사병에 걸리기 일보 직전이었다. 우리는 숨을 헐떡이며 햇볕을 피해 도로 아래 시멘트 도관 속으로 들어갔다. 앞으로가 걱정이었다! 아프리카, 아프리카!

아연실색한 소냐는 바닷가재보다도 얼굴이 더 빨갰다. 아무래도 도보 시간을 조정해야 했다. 오버버그 농장 지대에 들어선 우리는 왕래가 많은 길을 벗어나 비포장도로를 택하여 지나덴달Genadendal 계곡 쪽으로 접어들었다. 처음으로 백인 농장주들을 만나 이야기를 나눌 수 있을지도 몰랐다. 그들은 과연 사람들이 말한 대로일까?

날이 저물자 내 오른쪽 장딴지는 거의 죽은 듯했다. 한 걸음 내딛을 때마다 경련이 일어날까 겁이 나 다리를 절뚝거리며 걸었다. 오늘은 물도 제대로 마시지 못했다. 소냐는 빠른 걸음으로 앞서 걸었다. 당연했다. 내가 용감하게 낙타 흉내를 내며 물을 마시지 않는 동안 소냐는 코카콜라 한 병을 단숨에 들이켰으니까. 그녀는 절대로 쓰러지지 않는 여자다!

우리는 포플러나무가 늘어선 길로 들어섰다. 지팡이를 단단히 움켜쥐었다. 백인 농장주들이 사나운 몰로스 개들을 키운다는 소문이나 있었기 때문이다. 소냐가 약간 불안해했지만 그래도 우리는 나아갔다. 순박한 눈을 한 암소들이 주변의 기름진 초원에서 풀을 뜯고 있었다. 마치 연습이라도 시키듯, 얼룩무늬 복서 개 한 마리가 저 멀리서 갑자기 튀어나오더니 송곳니를 있는 대로 드러내며 사납게 짖어댔다.

"준비 단단히 하고, 아무렇지도 않은 척 지나가."

내가 소냐에게 말했다.

10미터 거리쯤에 이르렀을 때, 무시무시한 이빨을 드러내고 침을 질질 흘리던 맹견은 날카롭게 짖어대다 말고 꼬리를 살랑이며 애교를 떨기 시작했다. 휴우, 살았다!

우리는 개의 안내를 받아 어느 아름다운 농장의 입구에 다다랐다. 그때 소형 트럭 한 대가 다가왔다. 이삿짐센터 직원처럼 튼튼한 팔뚝을 가진 건장한 사내가 우릴 뚫어지게 쳐다보았다. 남자는 레이몽 드보를 닮았다. 게다가 레이반 선글라스까지 썼다. 우리 소개를 하자마자 그는 활짝 웃으며 더듬더듬 말했다.

"먼 길 오셨군요! 대환영입니다! 한 잔 하시죠. 두 분 모두 피곤하시겠습니다."

네덜란드 계 보어인인 그는 이름이 위커스 리우너로 유제품 생산자였다. 현재 그는 저지 섬의 갈색 암소 백여 마리를 키우고 있었다.

우유가 많이 나오기로 유명한 소였다. 아주 작은 키에 목소리가 생쥐 소리 같은 그의 아내 한리가 우리가 묵게 될 방을 보여주었다. 분홍색 양탄자가 깔려 있고 커다란 더블 침대 하나가 당당하게 놓여 있는 방이었다. 나는 깜짝 놀라 돌아보며 말했다.

"그저 배낭이나 풀 수 있을 헛간 한구석을 부탁드렸는데……."

"정 그런 방을 원하신다면 준비해드릴 수는 있습니다만……."

위커스는 장난기 어린 표정으로 웃음을 터뜨렸다.

"우리 농장의 일꾼인 숙녀분들을 소개해드리죠. 마침 젖 짜는 시간이니까요."

외양간에서 그는 우리에게 암소 한 마리 한 마리를 소개했다. 마가렛, 루이자, 애니…… 그리고는 털이 북실북실한 커다란 손으로 쓰다듬으며 소의 눈처럼 촉촉한 눈으로 녀석들을 바라보았다.

"화장한 것 같은 저 예쁜 눈을 좀 보세요! 이 아이들의 우유는 치즈를 만들기에 아주 훌륭하답니다. 또한 생우유를 잘 소화하지 못하고, 지방이 풍부한 응고 우유를 선호하는 이 지역 공동체들에도 우유를 많이 팔고 있지요."

우리는 맥주 한 잔씩을 앞에 두고 둘러앉았다. 위커스가 근엄한 목소리로 말을 이었다.

"내일은 걷지 마십시오. 제가 두 분께 푸른 두루미들을 소개해드려야겠어요."

"……?"

"모르십니까? 그 멋진 새를 모르신다고요? 우리나라의 상징인걸요! 저는 푸른 두루미를 보호하는 농민조합을 이끌고 있습니다. 요즘엔 짚더미마다 귀여운 푸른 두루미 새끼들이 가득하죠."

오늘 저녁 식탁에도 두 마리 더 있다는 말에 그가 호탕한 웃음을 터뜨리자 벽이 흔들리는 듯했고, 그가 내 어깨를 치는 바람에 어깨뼈가 빠지는 줄 알았다.

1월에 오버버그는 여름이 한창이다. 이미 밀 수확이 끝나 마른 짚더미가 쌓여 있고 언덕은 노랗게 변했다. 자동차 바퀴 아래서 마른 줄기들이 바스락거렸다. 우리가 탄 차는 마른 방목장을 가로질러 앞으로 나아갔다. 그때 위커스가 차를 멈춰 세웠다.

"조심하세요. 거긴 걷지 마세요, 저런!"

그가 손가락으로 코를 잡으며 말했다.

그리고는 망연자실한 표정을 지었다. 보어인들은 정말 짓궂다!

가는 곳마다, 심지어 푸른 하늘 아래 맨 땅바닥에도 푸른 두루미 새끼가 위장을 하고서 동생이 알에서 나오기를 기다리고 있었다. 알은 착각을 일으킬 만큼 조약돌과 닮았다. 우리가 다가가자 푸른 두루미 새끼는 죽은 체하며 꼼짝 않고 누워 있었다. 머리는 다갈색이고 몸은 알록달록한 것이 마치 조약돌 두 개를 겹쳐놓은 것 같았다. 한참 지켜보는데 위커스가 끼어들었다.

"둥지도 없고 아무것도 없어서 하늘을 나는 말똥가리에게 들킬 염려가 있습니다. 밭 가운데에 하얀색 껍데기가 눈에 띈다고 상상해보세요. 거울로 신호를 보내다가 적군 비행기를 불러들이는 격이죠. 어미 두루미는 새끼가 알에서 나오면 맨 먼저 알껍데기를 먹어치우는 일부터 합니다. 어미는 새끼에게서 그리 멀리 떨어져 있지 않지요."

백 미터 떨어진 곳에서 멋진 두루미가 우리를 안 보는 척하며 짚 속에 떨어져 있는 밀알을 쪼아 먹고 있었다. 근사한 회색과 푸른색 깃털을 온몸에 휘감은 어미 두루미는 흰색 모자를 쓴 머리를 땅에 닿을 듯 숙이고, 우아하게 불규칙한 깃털 장식이 달린 꼬리를 바람에 파닥이며 서툰 걸음을 내딛고 있었다. 위커스는 커다란 손으로 가냘픈 두루미 새끼를 잡으며 우리를 안심시키는 얘기를 했다.

"10년 전에는 겨우 2백 쌍밖에 없었습니다. 거의 멸종 단계였죠.

그러나 그 후 농장주들이 짚을 가는 시기를 늦추고 알껍데기를 약하게 만드는 살충제 살포를 줄이는 노력을 기울인 덕에 푸른 두루미 개체 수는 다시 20만 마리가 되었습니다. 우리의 투쟁이 승리한 거라고 할 수 있지요."

소냐가 갑자기 비명을 질렀다. 우리 발아래에서 푸른 두루미 새끼가 알에서 깨어나고 있는 중이었다. 녀석은 다이아몬드처럼 단단한 부리로 껍데기를 깨고 나왔다. 우리 세 사람은 감동에 겨워 눈물을 글썽이며, 이 작은 기적을 지켜보았다.

이날 저녁, 위커스는 계절에 따라 변하는 오버버그의 빛에 관한 슬라이드 사진들을 보여주었다. 사진 한 장 한 장이 모두 걸작이었다. 그는 세계적으로 명성이 난 사진작가로, 유명한 자연 관련 잡지마다 그의 사진이 실렸다. 일년에 세 번씩 사진 실습교실을 열기도 하는데, 그때마다 전세계에서 아마추어 사진가들이 몰려든다는 사실을 깜박 잊고서 우리에게 말해주지 않았다.

이날 하루를 마치는 기념으로 이 멋진 친구는 마늘 버터를 발라 구운 바닷가재 브라이를 준비해 우리의 입을 떡 벌어지게 만들었다. 1킬로그램은 족히 나가는, 괴물처럼 큰 놈들이었다!

우리는 처음 만난 보어인 부부에게 크게 감동받고서 떠나왔다. 위커스 리우너는 인종차별주의자이며 편협하다고 알려진 백인 농장주들에 대한 편견을 깨게 해주었던 사람들의 대열을 여는 첫 인물이었다.

콘코디아에서 스톰블레이까지,
2001년 1월 23일 화요일,
여행 23일째, 28킬로미터, 총 318킬로미터

이렇듯 우리는 매일 저녁 우연한 만남이 이끄는 대로 갔다. 길이 우리의 걸음을 인도했고, 우리의 운명을 이끌었다. 저녁에 어디에 이르게 될지 아침에는 전혀 알지 못했다. 우리의 장딴지와 힘줄도 마침내 길이 들었고, 우리를 재워준 안주인들은 아침마다 푸짐한 식사를 마련해주었다. 우리는 그 음식을 인적 드문 들판의 나무 그늘 아래에서 먹었다. 농장과 농장, 그리고 또 농장. 농장 노동자들의 땅은 그렇게 끝없이 이어져 있었다.

오늘은 미로처럼 복잡하게 밭을 가로지르는 철조망 앞에서 길을 잃고 약간 당황했다. 근처에서는 황새 떼가 이동을 하기 전에 살을 찌워두려고 열심히 먹이를 쪼아대고 있었다. 황새들도 우리와 같은 곳으로 가지만 우리처럼 3년이 아니라 3개월이 걸릴 것이다.

소냐가 감탄하며 말했다.

"저런 눈을 가진 새들은 아마 다시는 보지 못할 거야. 동화 속의 작은 영웅들 같아."

숲에서 한 백인 농부와 흑인 일꾼이 레몬나무들을 심으려고 땅을 일구고 있었다. 그들은 묘목을 땅에 심기 전에 복잡한 관개시설을 설치하고 있었다. 두 사람은 마치 팔꿈치를 맞댄 친구처럼 보였다. 흙에 손을 넣으면 모든 것이 한결 단순해지는 법이다.

샛길로 조금 더 가니 포도밭이 눈에 들어왔다. '그루트클루프'라는 표지판이 세워져 있었다. 이곳에서 부시맨의 암벽화를 볼 수 있다는 말을 들은 적이 있었다. 우리는 길을 따라 올라갔다. 이상한 현대 조각들로 둘러싸인 집 가까이에 이르렀을 때, 웬 노인 한 분이 비틀거리며 집에서 나왔다. 한쪽 눈이 붕대로 가려져 있었다.

"안녕하세요. 라우프셔 반 데르 메르베 씨를 찾고 있습니다. 부시맨의 그림을 볼 수 있을지도 모른다고 들어서요."

"라우프셔는 제 동생입니다. 산 건너편에 살고 있어요. 전화를 걸면 됩니다. 동생이 두 분께 기꺼이 그림을 보여드릴 겁니다. 자, 들어오세요! 제 이름은 헨드릭 빌헬름이지만 그냥 하베이라고 불러주시오. 동생 집까지 모셔다드리고 싶지만 그러지 못해 미안합니다. 사실 저는 살 날이 며칠밖에 안 남았답니다. 암에 걸려 죽어가고 있지요."

우연히도 우리는 1984년 당시까지만 해도 불법조직이었던 아프리카민족회의ANC와 아파르트헤이트 정책을 펼치는 정부 사이의 화해를 최초로 중재했던 인물의 집에 이르게 된 것이다. 넬슨 만델라와 절친한 친구이기도 한 하베이에게 만델라는 오랜 투옥생활을 하는 동안 자기 아이들의 양육과 교육을 맡겼다. 조각가인 그의 아내 엘스베스가 평온한 미소로 우리를 맞아주었다.

"여기서 저희와 함께 저녁을 드셨으면 좋겠어요."

우리는 난처함을 감추지 못했다. 하지만 하베이가 곧바로 우리를 편안하게 해주었다.

"걱정 마세요. 우리한테는 전혀 번거로운 일이 아니니까요. 곧 영원한 침묵을 코앞에 두고 있어선지 대화를 나누고 싶군요. 그러니까 두 분은 도보여행을 하고 계시단 말입니까? 정말로 잘 생각하신 겁니다! 저도 15년 동안 케이프타운의 등반클럽 관련 잡지를 꾸려온 경험이 있지요."

그렇게 우리는 히말라야와 아프리카, 그리고 정치에 관한 이야기를 나누었다. 인간에 대한 이야기가 나오자 하베이의 건강한 눈이 더욱 빛났다. 평화주의자요, 분쟁 중재자였던 그는 지칠 줄 모르고 얘기를 쏟아냈다. 그러다 이따금 잠시 말을 멈추기도 했다. "미안합니다. 조금 피곤해서요." 그러고는 다시 열정적으로 이야기를 이어갔다. 말 중간 중간에 철학적인 유언을 던지기도 했다. 몸도 야위고 눈도 퀭했지만 그는 조국에 대한 희망으로 환히 빛났다.

"어떤 노벨상도 넬슨 만델라가 이룬 업적에 견줄 만하지 못할 겁니다. 간수들을 용서하고 유혈사태를 일으키지 않고 모든 공동체를 한데 모았으니까요. 이 나라가 가장 시급히 해결해야 할 일은 사람들을 다시 학교로 보내는 겁니다. 이 일이 성공하면 우리의 상처는 한 세대 내에서 아물 수 있죠."

하베이는 자신의 삶을 알차게 살고, 평화를 위해 활동한 사람들처럼 평온한 마음으로 자신의 죽음에 대해 말했다. 퀘이커교도들처럼 하베이도 기도만으로는 신에게 다가갈 수 없다고 믿고 있었다. 행동으로 직접 믿음을 보여야 한다는 걸 알고 있었다.

"난 정말로 행복하오! 마침내 하느님께 다가갈 수 있게 되었으니까요. 하느님께 드릴 말씀이 너무나 많지요."

다음날 새벽, 하베이는 환한 얼굴로 아침 식사 시간에 나타나 소냐에게 가볍게 인사를 했다.

"정말 모처럼 마음이 가뿐해요! 어제 저녁에는 두 분을 바래다드릴 수 없을 거라 생각했는데, 오늘 보니 몇 킬로미터 정도는 함께 갈 수 있을 것 같군요."

그는 머리에 모자를 쓰고 파란색 바람막이 점퍼 위로 조그만 빈 배낭을 짊어진 다음, 마지막으로 등산화 끈을 졸라맸다. 우리는 일정한 걸음으로 그루트클루프 길을 내려갔다. 하베이의 작은 개는 좋아서 사방으로 뛰어다녔다. 믿기지 않는 모양이었다. 비둘기 떼가 하늘을 날았다.

"저기 좀 보세요. 당신의 동료들이 인사를 하러 왔군요."

하베이가 초록색 눈으로 내게 미소를 지어 보였다.

"불쌍한 녀석들! 아직도 할 일이 많은가 봅니다. 난 이렇게 산보를 나가는데……."

하베이는 행복해했다. 나는 목이 메었지만 입가에는 미소를 띠었다. 이제 곧 그는 돌아갈 것이고, 다시는 그를 보지 못할 거라는 걸 우리는 알고 있었다. 곧게 뻗은 길이 마치 인생에 대한 은유 같았다. 누구나 언젠가는 이 길에서 멈출 것이다. 하베이의 길은 앞으로 몇 킬로미터밖에 남지 않았다. 너무도 힘없는 이 발걸음, 이 맥박…… 우리의 길은 얼마나 더 남은 걸까? 우리는 동쪽을 향해 걸어갔다. 태양빛이 등대 불빛처럼 환했다. 내 입에서 불쑥 이런 말이 나왔다.

"우리는 모두 빛을 향해 걸어가고 있지요."

하베이의 작은 눈에서 불꽃이 일었다. 4킬로미터를 더 가자, 엘스베스가 자동차를 타고 그를 데리러 왔다. 그들과 헤어지기 전에 난 그의 귀에 대고 속삭였다.

"티베트에서 멋진 속담을 하나 배웠는데, 선생님한테 아주 잘 맞는 얘기입니다. '정상에 도착하더라도 계속 오르라…….' "

하베이는 길 한가운데에 그대로 멈춰선 채 우리가 떠나는 모습을 바라보다가 지친 팔을 들어올려 우리에게 작별 인사를 했다. 그리고는 좀더 놀고 싶어서, 자기 꿈을 길게 연장하고 싶어서 우리를 따라오던 개가 그에게 다시 돌아오기를 기다렸다.

현자의 작별 인사였다.

하베이가 던진 물음에 대답이라도 하듯이 우리는 바로 이날 저녁, 오랫동안 걸으며 명상을 하다가 어려운 처지에 놓인 아이들이 다니는 어느 학교에 들어가게 되었다. 이곳의 문제는 피부색이 아니었다. 지극히 영국적인 교복을 입은 다양한 출신의 아이들이 공부에 열중하고 있었다. 스웰렌담의 올리프크랜스 칼리지는 아드리안 모케와 루이즈 모케 부부가 꾸려가고 있었다.

아드리안은 50대 나이의 이상주의자로, 머리는 짧았고 동그란 안경 너머로 몽상에 잠긴 듯한 커다란 눈을 하고 있었다. 루이즈는 강렬한 파란 눈을 가진 화가로, 성품은 대가족을 이끄는 어머니처럼 너그러웠으며 늘 웃는 얼굴이었다.

아드리안이 최근에 다녀온 유럽 여행에서 사온 보르도 와인을 한 잔씩 앞에 둔 채 학교에 대해 얘기해주었다.

"저희는 곳곳에서 버림받은 아이들을 거둬들여 우리 학교를 대가족처럼 만들려고 하고 있습니다. 사랑 없이는 가르침도 없지요."

그들은 세심하게 복원된 여러 채의 조그만 전통 초가 가옥에서 살고 있었다. 우리는 아드리안이 말한 '대가족'의 의미를 바로 이해했다. 5분마다 학생들이 아드리안을 찾아왔다. 심장에 문제가 있는 학생, 감기에 걸린 학생, 급히 상의를 하러 온 학생도 있었다. 줄은 끝없이 이어졌고, 성의를 다한 상담이 이루어졌다. 학생들의 문제를 해결하느라 이리 뛰고 저리 뛰던 루이즈가 우리가 있는 곳으로 다시 왔다.

"여기서는 이 아이들을 버린 사회의 틀 안에 끼워넣기보다는 각자의 개성을 길러주려고 애쓰고 있습니다. 이 아이들이 학교에 오지 않으면 학교가 아이들을 찾아가지요! 저희는 아이들이 사회에서 성공하기보다는 자기 인생을 성공적으로 살게 하려고 애씁니다. 그리고 놀라운 성과를 거두고 있지요! 우리 학교를 졸업한 학생들 가운데 훌륭한 인물들이 많아요. 기자, 예술가, 환경운동가, TV 진행자, 중소기업 사장들도 있지요. 모두들 혼자서 곤경을 헤쳐나갈 줄 압니다. 그렇다고 아이들을 그냥 내버려두는 건 아닙니다. 여긴 고등학교처럼 안락한 곳이 아니거든요."

우리는 프랑스와 문화와 종교에 대해 얘기를 나누었다. 아드리안은 수도원 건축에 심취해서 프랑스의 몽-생-미셸에도 여섯 번이나 다녀왔다고 했다.

이날 저녁, 우리는 촛불을 켜고 아이들 앞에서 강연을 했다. 바닥에 앉은 아이들은 우리를 집어삼킬 듯 쳐다보았고, 모든 것에 호기심을 보이며 경험하고 싶어했다. 우리가 피리 이중주로 강연을 마쳤을 때는 랩을 하는 아이들조차 환호를 보냈다.

아드리안이 아이들에게 한 가지 제안을 했다.

"내일 아침 수업을 빼먹고 소냐와 알렉상드르를 배웅하고 싶은 사람? 참가자 수만큼 걸어갈 거리가 정해질 거야."

참가자 수를 한정하기에 좋은 방법이었다. 열띤 소란 끝에 숫자는 열다섯 명에 15킬로미터로 정해졌다.

이렇게 해서 우리는 아이들과 함께 다시 길을 떠났다. 착하지만 짓궂은 컬러드 아이들 크리스토와 시빌, 뚱뚱한 상체와는 달리 목소리는 가느다랗고 하루 종일 인터넷에 접속해 있는 사이버 청소년 조니, 다리를 절지만 아는 것이 많고 동시에 엉뚱한 생각도 많이 하는 피터, 키가 크며 이마 아래쪽에 여드름이 나있고 지나가는 자동차마다 상세히 설명해주는 이안. 이 아이가 나중에 자동차 딜러가 되겠다는 꿈을 꾸고 있는 건 당연한 일이었다. 한창 빛을 발하는 청춘들이었다! 우리는 태양 아래 한 걸음 한 걸음 걸으면서 세상을 다시 만들고 있었다. 시빌과 크리스토는 그중 가장 흥미로운 아이들이었다. 시빌은 뱀을 모으고 있었는데, 나중에 화학자가 되어 뱀독을 활용해보고 싶다고 했다. 연락용 비둘기를 키우는 크리스토는 오직 자연만을 스승으로 삼는다며 나중에 정원 조경사가 되고 싶다고 했다.

하이델베르크에서 리버스데일까지,
2001년 1월 30일 화요일,
여행 30일째, 32킬로미터, 총 455킬로미터

오직 국도만을 걸었다. 때로는 달리 선택의 여지가 없었다. 어제 우리는 60킬로미터를 힘겹게 걸어 저녁 열 시경에, 은퇴한 아프리칸스 문학 교수인 크리스토프 롬바드 씨의 집에 이르게 되었다. 몸은 근육통으로 옴짝달싹할 수 없을 지경이 되어 고통의 비명이 절로 나오고, 발은 온통 물집이 터져 흥건히 젖어 있었다.

크리스토프는 아프리칸스어의 역사를 우리에게 들려주었다.

"1875년에 아프리칸스어의 문법을 처음으로 만든 건 프랑스 위그노들이었습니다. 이들은 범세계적인 케이프 공화국을 하나로 통일하기 위해 아프리칸스어 이외의 언어 사용을 금지했죠."

네덜란드어, 말레이시아어, 포르투갈어를 모체로 한 크레올어, 프랑스어에서 차용한 언어가 뒤섞인 아프리칸스어는 약 6백만 명이 모국어로 사용하는 언어다. 특히 컬러드와 아프리카너[10]들이 이 언어를 고집스레 사용하고 있었다.

"아프리카에 분할된 또 하나의 유럽을 만드는 게 아니라 지배어의 세력에서 벗어나겠다는 생각이었죠. 이 때문에 우리의 이름도 프랑스에서 왔고 태생도 프랑스이지만 우리 가운데 아름다운 프랑스어를 구사하는 사람은 아무도 없습니다."

그가 볼멘소리를 했다.

오늘은 축제일이었다! 양말을 갈아 신은 날이다. 낮에는 자동차 한 대가 갓길로 벗어나면서 우리를 칠 뻔했는데, 차에서 웬 땅딸막한 여

10) 남아프리카공화국의 토착 백인인 보어인을 말한다 — 옮긴이

자가 뛰어내렸다. 그녀는 데지레 킹월이었다! 우리는 그날 밤 지나덴달 계곡에 자리한 그녀의 집에서 잠을 잤다. 데지레는 이틀 전부터 우리를 찾아다녔다고 했다. 예전에 우리에게 '세계에서 최고!'라는 앙고라 양모 양말을 주겠다고 약속했었기 때문이다. 그녀는 스모 선수처럼 몸을 부딪치며 뜨거운 심장 맞대기라도 하려는 듯 우리를 향해 달려와 양말을 건넸다. 사랑스런 데지레!

우리는 다시 길을 떠났다. 아스팔트 양탄자가 구불구불 눈앞에 펼쳐졌다. 그러나 우리가 보고 있는 건 공간이 아니었다. 공간을 지나는 데 필요한 시간이었다. 저기 보이는 안테나까지는? 두 시간이면…….

걷는다는 건 기다리는 것이며 인내심을 기르는 일이다.

뒤를 돌아보면 앞으로 나아가고 있지 않다는 느낌이 들었다. 한참 전에 지났던 주유소가 아주 가까이 보이면 나는 화를 내며 투덜거렸다. 그러나 소냐는 반대였다. 그녀는 정말 경이로웠다. 어제 무리해서 걸은 탓에 다리를 약간 절뚝이면서도 그녀는 불평 한마디 없이 걸었다. 그녀 옆에서 걷는 하루하루가 사랑 고백과도 같았다.

"왜 3년 동안이나 도보로 여행을 하는 겁니까?"라는 피해갈 수 없는 질문에 난 이렇게 대답할 수 있을 것이다. "아내의 인생을 이루는 매순간을 함께 나누기 위해서죠." 나머지는 한낱 수식일 뿐이다.

이날 우리는 걸으면서 노래를 부르고, 하루 종일 얘기를 하고, 계획을 세웠다. 지금까지 걸으면서 이날만큼 시간을 알차게 쓴 적이 없었다.

리버스달에 살고 있는 펀홀트 갈란트는 장학관이었다. 이 지역 학교 쉰세 군데에서 학생들의 입학 권리를 보호하고, '긍정적인 차별 활동'을 준수하도록 하는 일을 맡고 있는 이 컬러드인은 아름다운 부르주아 저택에 우리를 맞아들였다. 펀홀트는 아드리안 모케의 친구였다.

"제가 이 동네에서 살기로 결심한 이유는 백인이 아닌 사람이 우리뿐이기 때문입니다."

"개척자이신 셈이군요."

그는 웃으며 말을 이었다.

"잘 믿지 못하시겠지만, 정말 쉽지가 않습니다! 우리는 아직 이웃들과 거의 왕래가 없습니다. 우리가 그들보다 생활수준이 높거나 비슷하다면 그들은 바로 우리가 부정을 저질렀다고 생각하지요. 컬러드들이 그런 생활을 누릴 자격이 있다는 건 상상도 못하죠. 그래서 여러 공동체가 함께 어울려 사는 일이 대단히 중요한 겁니다. 그래야 어울려 사는 법을, 특히 서로를 알아가는 법을 배우게 되죠. 아파르트헤이트 정책이 백인들을 우리와 어울리지 못하게 막아 왔습니다."

공동체들의 화합을 촉진하기 위해 정부는 긍정적인 차별 활동을 펼쳤다. 이는 국민의 일부가 교육을 받지 못하고, 따라서 학위가 없어 괜찮은 일자리를 얻지 못하는 사태를 바로잡기 위해 마련된 법이었다. 그들이 이런 불평등한 상황을 겪는 이유는 돈이 없어서가 아니라 아파르트헤이트 정책이 가로막고 있기 때문이었다.

우리는 이 불건전한 시스템이 남긴 후유증과 악마 같은(그리스어 'diabolos'는 '분리'를 뜻하지 않는가) 톱니바퀴를 보았다. 이 나라 전체가 무지개처럼 보고 사는 법을 배워야만 한다.

다음 날 오후, 우리는 펀홀트의 외아들이 육상경기에서 달리는 걸 보러가기로 했다. 펀홀트가 우리에게 예고했다.

"우리가 가면 사람들이 웅성거릴 겁니다."

우리가 그 말을 이해하지 못한다는 걸 알아차린 그가 다시 말했다.

"정말입니다! 제가 백인 부부와 함께 나타나면 그럴 겁니다! 사람들은 수군거리고, 두 분이 누구인지, 무슨 일을 하려고 하는지 궁금해

할 겁니다. 여긴 조그만 시골 마을이거든요!"

아닌게 아니라 관람석에 있던 사람들 모두가 우리를 돌아다보았다. 흑인도, 백인도 상반된 감정이 담긴 눈길을 던졌다. 비난의 눈초리라기 보다는 조금은 놀란 듯한, 의혹의 눈길을 보냈다가 이내 어색한 미소를 지었다. 펀홀트는 자신이 일으킨 반향이 기쁜 모양이었다.

이곳은 마치 화합 실험장 같았다. 사립학교에서 펀홀트는 모든 아이들이 동등한 대우를 받도록 힘쓰고 있었다. 그가 결론 내리듯 말했다.

"부모들은 이제는 자기 자식들이 다른 공동체의 아이들과 어울리는 걸 건전하고 자연스럽다고 생각하면서도, 스스로 실천에 옮기기는 아직도 힘들어합니다. 저렇게 달리고 있는 아이들 세대와 함께 앞으로는 모든 것이 변할 겁니다."

다음날 작별 인사를 하려는데 펀홀트의 아내 프리실라가 소냐를 안고 울음을 터뜨렸다.

"여기에 와주신 걸 진심으로 감사드려요. 백인들과 이렇게 좋은 관계를 맺은 적이 한 번도 없었거든요. 우리에겐 대단히 의미 깊은 일이에요. 몸조심하세요!"

당황해하며 우물거리긴 했지만 우리는 따뜻해진 마음으로 한 민족 전체의 목마름을 생각하며 발걸음을 돌렸다.

소냐는 발에 생긴 물집 외에도 가려움증 때문에 힘들어했다. 도보 여행을 하다보면 겪게 되는 작은 어려움이었다. 소냐는 이를 꽉 깨물고 몇 킬로미터를 더 걷더니 마침내 결심한 듯 신발을 벗어던졌다. 양말까지 벗고 보니 소냐의 발은 보기 딱할 정도로 빨갛게 부어올랐고 더러워진 붕대는 헐렁해져 있었다. 정말 끔찍했다! 어찌된 일일까? 양모 양말 때문에 생긴 알레르기였다. 가련하게도 소냐는 구멍 난 양말을 다시 신을 수밖에 없었다.

좀더 가다가 알버티니아 근처의 한 주유소 가게에서 초콜릿을 사다가 우리는 갈색 머리의 아담한 아프리카너[11] 여성에게 말 그대로 납치되다시피 끌려가게 되었다.

"오늘 저녁에 특별한 계획이라도 있으세요? 저희 집에서 만찬이 있을 거예요. 저희와 함께 자리하실래요?"

폴린 뒤 플레시스는 토마토를 재배하고 있었다. 그녀는 마치 목숨을 내놓고 달리는 듯 맹렬한 속도로 차를 몰면서 자신은 아랍산 순종 말을 기르고 있으며 말에게 귓속말을 할 줄 안다고 얘기해주었다. 폴린은 매년 두바이의 어느 족장에게 말들을 팔고 있었다. 저음이면서 활력 넘치는 목소리를 가진 그녀는 남자 같은 입담을 가졌으면서도 여성스러운 면모가 없지 않았다.

집에 도착하자마자 폴린은 우리에게 자신의 능력을 멋들어지게 보여주었다. 오랜 단련 끝에 얻어진 자연스런 태도로 그녀는 신경질적인 어린 종마가 자욱한 먼지를 일으키며 발길질을 해대는 경주장에 들어섰다. 그리고는 종마와 더불어 기묘한 동작의 춤을 추기 시작했다. 왼쪽으로 한 발짝, 오른쪽으로 두 발짝. 갑자기 종마가 멈춰 섰다. 그녀는 미묘하게 어깨를 움직여 종마와 소통하며 조금씩 다가갔다. 종마는 마취제라도 맞은 듯 가만히 있었다. 폴린이 우리에게 설명했다.

"말들은 전부 왼쪽으로 움직입니다. 그래서 사람들이 왼쪽에 있는 걸 아주 싫어하죠! 사람들이 왼쪽에 있는 걸 그럭저럭 참을 줄 아는 말도 있지만 절대 익숙해지지는 않습니다. 말들은 아주 겁이 많아요. 이해할 수 있는 일이지요. 우리를 다른 말로 보니까요! 말들이 달아날 공간을 늘 마련해주어야 합니다. 말들은 가슴을 움직이면서 의사소

11) 네덜란드계 백인인 보어인을 말한다. 남아프리카공화국 백인 인구의 60퍼센트를 차지한다 – 옮긴이

통을 하죠."

폴린은 말의 입가에 코를 갖다 대고 천천히 냄새를 맡았다. 종마는 곧 순해지며 경계를 늦추었다. 그러자 폴린은 자살이라도 하려는 듯 종마의 꼬리를 잡았다. 우리는 그녀가 내동댕이쳐지리라 예상하고 바짝 긴장했다. 그런데 그녀는 꼬리에 매달린 채 거북한 자세로 쓰다듬으며 말의 갈기를 당겼고 부드럽게 흔들었다. 그러자 말은 온몸으로 웃으며 좋아하는 것 같았다.

그때, 키가 크고 붉은색 머리카락에 수염이 덥수룩한 한 남자가 나타났다. 말 꼬리처럼 긴 머리를 뒤로 묶은 탓에 매부리코가 두드러져 보였다.

"안녕하십니까! 게르하르트라고 합니다. 두 분께서 걸어서 여행을 하신다고 들었습니다. 제정신이 아니시군요. 말을 타고 다니셔야죠!"

손이 으스러지는 것 같았지만 나는 개의치 않고 말했다.

"저희가 하려는 일은 그 어느 말도 해내지 못할 일이지요!"

게르하르트가 호탕하게 웃으며 내 등을 치자 등뼈가 어긋나는 것 같았다. 폴린이 바닥에 엉덩방아를 찧으며 소리를 질렀다.

"게르하르트! 빌어먹을!"

해방된 종마는 달아나버렸다.

이날 저녁 우리는 이슬람과 아랍 국가들에서 겪은 우리의 경험담을 들려주었다. 내가 폴린에게 그녀가 부족장들과 끈질긴 흥정을 벌일 때 악운을 쫓아줄 거라며 여행자와 관련된 코란 구절을 말해주자 주변 사람들이 깜짝 놀랐다.

폴린은 매년 동양의 한 국가에서 열리는 장거리 경마에 참가한다고 했다. 단숨에 백 킬로미터를 달리는 경주였다. 유일한 여성 경마기수인 폴린은 각별한 주목을 받았다.

"그 덕에 제가 탄 말들과 안장들이 홍보가 되죠."

더구나 폴린이 탄소섬유로 된 내구성 있는 안장으로 특허를 취득했기 때문에 경마 기수들은 앞 다투어 그 안장을 손에 넣으려고 했다. 남아프리카공화국의 농장주들은 피곤한 사람들이었다. 단순한 농부일 수만은 없었다.

장화와 말발굽의 전문가인 폴린은 소냐의 아픈 발 문제를 해결할 방책을 갖고 있었다. 오스트레일리아에서 수입한 주머니쥐 털로 된 양말을 신으라는 것이었다. 일단 신어보자!

저녁에 별 아래 불가에 자리잡고서 게르하르트는 자신이 기마 정찰병으로 참전했던 앙고라 전투에 대한 이야기를 들려주었다. 친구들이 매복에 걸려든 이야기, 눈부신 승리, 그들이 루안다를 포위하고 있을 때 그곳에 무질서가 횡행한다는 이유로 미군이 폭탄을 투하한 이야기 등을 들려주었다.

고기가 익기를 기다리던 게르하르트가 갑자기 근엄한 목소리로 보어인의 옛 노래를 불렀다. '오 사리 마레스, 레이 수페 프럼 메이 하르트…… O Sarie Marais, lei soufer from mei hart……'

프루스트식의 충격! 게르하르트가 부르는 노래를 들으면서 문득 어린 시절 보이 스카우트 대원 때 불렀던 아득한 옛 노래가 떠올랐던 것이다. '오 사리 마레스, 그 옛날의 아름다운 친구여……' 그러나 이 노래에 얽힌 이야기나 이 노래의 의미를 아는 사람은 아무도 없었다. 사리 마레스가 도대체 누구였을까? 배일까? 여자일까? 게르하르트가 흥분해서 대답했다.

"사리 마레스는 선봉에 서서 영국군과 맞서 싸운, 우리 기마병의 마스코트였죠. 그녀는 영국군을 무찌르려고 온 한 프랑스인 용병과 염문이 있었어요. 하지만 두 사람은 저주스런 영국군soutpiel[12] 때문에 결국 헤어졌습니다. 제 생각에 그 프랑스인 용병이 사리 마레스를 프랑스로 데려오지 못하는 대신 그녀를 그리는 노래를 가져온 것 같습니다.”

영국에 맞섰던 이 두 사람의 결합을 기리기 위해 우리는 갈비가 익기를 기다리며 밤늦게까지 마시고 노래를 불렀다. 갈비가 우리 눈앞에서 시커멓게 타고 있었다.

12) 아프리칸스어로 문자 그대로의 의미는 salt + penis이며, 남아프리카의 영국인들을 가리킨다. 그들은 한쪽 다리는 남아프리카에 두고, 다른 쪽 다리는 영국에 두고 있기 때문에 페니스는 짠 대서양 바다에 담겨 있다는 의미.

3 Africa Trek

위대한 백인과 작은 컬러드들

모젤 베이, 2001년 2월 5일 월요일,
여행 36일째, 46킬로미터, 총 541킬로미터

한 달을 걷고 나니 케이프타운과 같은 위도의 인도양을 다시 만나게 되었다. 우리는 '가든 루트'라 불리는 길을 따라 줄곧 동쪽을 향해 왔다. 가든 루트는 화사한 연안, 온화한 기후, 대단히 영국적으로 가꿔진 매력 때문에 이런 이름으로 불리고 있었다.

우리에게 아프리카는 아직까지 그리 낯설게 느껴지지 않았다. 한결 풍요롭고 인심 좋은 유럽 어딘가를 걸어가는 느낌이었다. 따라서 지금까지는 훌륭한 준비운동인 셈이었다. 정말로 특별한 사람들과 만나게 되면 비로소 아프리카의 잠재성과 자유로운 정신과 충만한 풍요로움을 보게 될 것이다.

가장 빨리 가려면 카루 사막과, 그리고 양들과 보어인들이 살고 있는 내륙의 황량한 벌판을 가로질러 가야 할 것이다. 하지만 지금은 한여름이고 기온이 섭씨 4, 50도 사이를 오르내리며 90킬로미터쯤을 가야 드물게 농가가 나타났다. 우리는 트럭 행렬이 줄을 잇는 1번 국도를 10~15킬로미터를 가야 했다. 우리가 걷는 건 단순히 걷기 위해서가 아니라 사람들을 만나기 위해서였고, 우리는 우리의 선택에 흡족해했다.

어제 우리가 2번 국도를 걷고 있을 때 선팅을 한 커다란 흰색 메르세데스 한 대가 우리 옆에 멈췄다. 차창이 내려가더니 누군가의 두 손가락이 명함을 내밀었다.

"플레텐버그 베이를 지나가신다면 저희 집에 모시고 싶군요."

차창이 닫혔고 차는 다시 출발했다. 우리는 믿기지 않아 서로를 꼬집으며 그 자리에 서있었다. 이 얘기를 해도 아무도 믿어주지 않을 것 같았다. 그렇지만 받은 명함이 분명 내 손에 있었다. 마이크와 질 웰즈. 한 달 전 아프리카 도보여행을 시작한 이후 우리는 단 한 번도 밖에서 잠을 잔 적이 없고, 호텔에 가본 적도 없었다.

모젤 베이는 가든 루트로 들어가는 관문이다. 첫눈에 모젤 베이는 전혀 특별할 게 없어 보이는 곳이었다. 은퇴한 피서객들이 태양 아래서 지루하게 시간을 보내는 그저 또 하나의 해수욕장 같았다. 그러나 해변만큼은 세계에서 유일한 해변이었다. 나체족 때문도, 예쁜 여자들 때문도, 서핑족들 때문도 아니었다. 예외적인 세 가지 이유가 있었다.

첫째, 지형 때문이다. 이곳은 북쪽과 마주보고 있으면서 동시에 우테니쿠아 연안 산맥의 경이로운 풍경이 펼쳐지고, 기복 심한 남극해 대신에 전형적인 지중해의 파도를 보여주는 이 나라 유일의 해변이었다. 둘째, 역사 때문이다. 이곳은 유럽인이 밟은 이 나라 최초의 해변이었다. 그 유럽인은 바로 포르투갈인 바르톨로뮤 디아스로, 희망봉을 돌아 2개월 동안 5백 킬로미터를 항해한 끝에 마침내 이곳 해변을 밟게 된 것이다. 그렇게 해서 아프리카 올리브나무에 구멍을 뚫은, 최초의 우체통도 만들어졌다. 지금까지도 살아 있는 이 나무는 2세기 동안 뱃사람들을 위한 우체통으로 사용되었다. 셋째, 어류생태 때문이다. 해변에서 몇 연[13] 떨어진 곳에는 수십 마리의 커다란 백상아리들이 물개 떼 주변을 맴돌며 만을 떠나지 않았다. 카르카로돈 카르카리아스[14]식의 셀프서비스인 셈이었다. 녀석들은 섬 주변을 돌다가 새끼 물개가 파도에 밀려 떨어질 때까지 기다리기만 하면 되었다. 아직까지 상어가 해변을 공격한 적은 없었다. 바다 멀리까지 수영하는 사람도 거의 없다. 각자 경계를 하며 상대의 영역을 침범하지 않는 것이다.

"거기 걸으시는 분들, 괜찮으십니까?"

어디에서 나타났는지 웬 남자가 우리에게 물었다.

"?"

"제 집사람이 오늘 아침에 두 분을 도로에서 봤다고 하더군요. 두 분께서 그렇게 걸어서 어디까지 가실지 궁금해하더군요."

"예루살렘까지요."

남자는 잠시 아무 말도 하지 않았다.

"그렇다면 저희 집에 들러서 집사람에게 그 얘기를 하셔야겠습니다. 아니면 집사람이 절더러 술에 취했다고 할 겁니다!"

이러니 남아프리카공화국 사람들더러 미쳤다고 하지 않겠는가. 리차드 앰블러-스미스는 예전에 타조를 길렀다고 했다. 지금은 은퇴하고 관광안내소에서 시간을 보내고 있었다. 그가 우리에게 이 나라 자

13) 옛날의 길이 단위로 1연은 185.2미터에 해당한다—옮긴이

14) 백상아리의 학명—옮긴이

랑을 늘어놓았다.

"커다란 백상아리를 볼 수 있는 곳은 세계에서 딱 두 곳뿐입니다. 남아프리카공화국과 호주죠. 그중 모젤 베이는 남아프리카공화국에서 가장 접근하기 쉬운 곳이고요. 간스 베이와 팔스 베이 같은 곳에서는 물 속보다는 물 밖에서 상어들을 더 많이 볼 수 있죠. 내일 두 분을 제 친구 로이에게 소개해드리지요. 그 친구가 백상아리들을 더 가까이 볼 수 있는 곳으로 두 분을 안내해줄 겁니다."

새벽에 로이와 재키는 우리를 '인펜테이' 요트에서 맞았다. 인펜테이는 철근 콘크리트로 된 붉은색 요트로, 관광객들로 붐비는 평범한 요트가 아니었다. 백발의 긴 머리를 뒤로 묶고, 구릿빛 피부에 무게감 있는 목소리로 꽤나 말이 많은 멋쟁이 로이가 큰소리로 말했다.

"이제 쥐라기에서 곧장 여러분에게까지 내려온 멋진 피조물을 보시게 될 겁니다. 처음부터 완벽했기 때문에 살아남기 위해 진화할 필요도 없었던 피조물이죠. 상어들을 멸종시킬 수 있는 존재는 오로지 인간뿐입니다. 지금 서커스를 하고 있는 게 아니라는 걸 잊지 마십시오. 상어는 멸종 상태에 놓여 있습니다. 인내심으로 단단히 무장하셔야 할 겁니다."

우리는 바다로 나갔다. 로이는 키를 잡은 채 자신이 아끼는 상어들을 우리에게 보여주었다. 상어들만큼이나 입이 험악한 그는, 자신은 상어가 바다 한가운데서 배변하는 모습을 본 유일한 사람이라고 했다. 상어가 갑자기 그 자리에 멈추더니[15] 경련을 일으키듯 몸을 떨며 소화가 채 되지 않은 오물을 몸 밖으로 내보내더라고 그는 말했다. 로이는 그밖에 상어에 관한 정보를 많이 가지고 있었다. 전세계의 과학

15) 상어는 뼈마디가 없기 때문에 살려면 앞으로 나아가야만 한다.

자들이 로이에게서 상어 행동에 관한 정보를 얻어갔다. 통계 부문에 있어서도 그를 따라올 자가 없었다. 2월은 최악의 달이었다. 상어를 볼 수 있는 확률이 겨우 35퍼센트밖에 되지 않기 때문이다. 우리는 바다사자들이 있는 섬에서 몇 연 떨어진 곳에 닻을 내렸다. 바람이 불자 강한 바다 냄새가 몰려왔다.

"상어들을 유인하려고 안 해본 게 없지요! 가장 친환경적인 방법이 제일 잘 통하죠. 배 뒤로 악취 나는 상어 간을 조금씩 으깨 던지는 방법입니다. 기름과 피가 수면에서 사방 몇 킬로미터 반경까지 퍼지니까요."

기다림이 시작되었다. 태양 아래 찌는 듯한 적막한 분위기. 몇 시간이 흘렀다. 그러는 동안 로이는 쉼 없이 계속 수다를 떨었다.

"백상어는 입을 열면 눈을 보호하려고 뒤집습니다. 그렇게 말 그대로 눈 먼 상태가 되어서 철창에 부딪히기도 하죠. 그러니 백상어가 노리는 건 여러분이 아니니까 겁내실 것 없습니다!"

우린 모두 반수 상태에 빠졌다. 배에 탑승할 때 먹은 배 멀미약 때문이었다. 갑판에서 소냐가 하품을 하며 말했다.

"혹시 불평하는 승객들을 잠재우려고 배 멀미약을 만든 게 아닌지 모르겠군요……."

우리는 기름이 둥둥 뜬 바다에 시선을 고정하고서 기다렸다. 로이가 우리를 안심시키려고 말했다.

"걱정하지 마세요. 상어들은 대개 낮 열두 시 반쯤에 나타납니다. 그 전에는 안 나와요. 왜 그런지는 아무도 모르지만요. 아마도 단체로 쉬는 시간인 모양이지요."

여전히 아무것도 보이지 않았다. 상어의 이빨이 보이지 않자 우리는 각자 제 이를 갈았다. 사방이 바다뿐이었다! 다행히 재키가 만든 요리는 맛있었다. 지루해 죽을 지경인 부대의 사기를 높일 때도 음식이 최고 아니던가. 오후 네 시가 되자 로이가 상어 기다리는 걸 포기했다. 이날은 결국 상어를 보지 못했다. 다음날도 마찬가지였다. 셋째 날, 확률적으로 말하자면 한 마리쯤은 볼 수 있을 것이었다. 빙고! 오후 열두 시 사십오 분, 망을 보던 사람이 상어가 나타났음을 알렸다. "우현에 상어다!" 그러자 배가 우현으로 아슬아슬하게 기울어졌다.

소냐와 나는 곧 요트 뒤에 매달린 철창 속으로 들어가 바닷속으로 잠수했다. 바닷물은 청록색을 띠고 있었다. 소냐와 나는 나란히 서서 부옇고 칙칙한 광경을 살폈다. 그때, 몸길이가 4~5미터 정도 되는 상어가 나타났다. 대담하면서 냉정한 상어로부터 무시무시하면서도 절제된 힘이 뿜어져 나왔다. 상어는 수줍은 듯 우리가 있는 철창 앞을 오갔다. 상상하던 것처럼 피에 굶주린 눈 먼 괴물이 전혀 아니었다. 생각보다 신중하며 뭔가를 물 때도 섬세해 보였다. 상어 한 토막이 줄에 매달려 내려오자 상어가 다가갔다. 바로 그때, 물 위에서 로이가 상어 토막을 우리가 있는 곳까지 옮겼고, 상어는 줄을 따라오며 무시무시한 아가리를 벌려 고기 토막을 물고는 다시 입을 다물었다. 우리로부터 불과 30센티미터 떨어진 곳에서 뾰족한 세모꼴 이빨이 고깃덩이를 격렬하게 흔들며 찢고 있었다. 보글보글 이는 물거품 속에서 소냐의 눈이 휘둥그레졌다.

상어는 고깃덩이를 뜯고 나더니 다시 한 바퀴를 돌았다.

난 상어의 모습을 사진으로 찍으려고 철창 보호대 밖으로 팔을 내밀었다. 그런 내 모습이 호기심을 자극했는지 상어가 우리 곁으로 아주 가까이 다가왔다. 상어의 검은 눈이 마치 내 영혼 깊은 곳까지 꿰뚫어 보는 것 같았다. 근육이 움직일 때마다 녀석의 옆구리가 무지개빛으로 반짝였고, 회색이 도는 우윳빛 살갗은 테팔 프라이팬처럼 매끄러웠다. 강하고 곧은 등지느러미가 푸른 바닷물을 갈랐고, 무시무시한 꼬리로 유연하게 나아갔으며, 가슴지느러미 덕에 녀석은 정확하게 위로 솟구칠 수가 있었다. 녀석의 모든 것이 겁을 주도록 만들어져 있었다.

긴장을 풀려고 상어가 지나갈 때마다 우리는 "올레!" 하고 외쳤다. 머릿속에서는 영화 〈조스〉의 영화음악이 끈질기게 울렸다. 갑판에 있을 때만 해도 영화 생각을 하며 웃었지만 너덜너덜한 고기 조각이 매달린 불그죽죽한 잇몸 속에 면도기 배터리를 꽂은 듯한 상어가 코앞을 스칠 듯 지나가는 이 순간은 공포로 서늘해졌다.

자연이 선사하는 보기 드문 장엄한 공연이었다. 우리가 거대한 백상어를 구경하러 온 것이 아니라 백상어가 동물원 우리 속에 갇힌 우리를 구경하러 와서는 땅콩을 던져주려는 것 같았다.

리처드와 타냐가 우리를 물 밖으로 끌어올려 주었다.

"철창 밖으로 나가 백상어에 올라타 보셨나요? 빅 식스, 여섯번째 거대 사냥감[16)]인 백상어를 보니 기쁘세요?"

"우리한테는 빅 퍼스트였습니다! 사자나 그밖에 뿔 달린 동물을 아직 보지 못했으니까요!"

"우선 타조부터 보시겠습니까? 오츠혼Oudtshoorn에 농장 두 곳이 있는데, 그곳에서 벌어지는 격렬한 로데오 축제에서 이 발 달린 거대한 털뭉치에 올라탈 수 있습니다. 자, 제가 모셔다드리죠!"

가는 길에 그는 신이 나서 타조 얘기를 했다.

"한창 '타조 붐'이던 때가 있었죠. 세기 초 이 마을에 돈을 벌게 해준 시기를 말합니다. 유럽에서 벨에포크[17)] 시절 여자들은 앞다투어

16) 빅 파이브big five : 아프리카의 다섯 가지 가장 큰 사냥감에 붙여진 이름. 사자, 물소, 표범, 코끼리, 코뿔소가 이에 해당한다.

괴상한 옷차림을 했지요. 특히 모자 쪽이 심했습니다. 그러다 보니 엄청난 양의 타조 깃털이 필요했죠. 결국 여자들은 문을 통과할 수 없을 정도로 요란하게 장식한 모자를 썼습니다."

우리는 입을 헤벌린 채 그의 말을 들었다.

"그런데, 광란의 시대에 들어서면서 자동차가 타조 털을 죽여버렸습니다."

소냐가 천진난만하게 리처드의 말을 끊었다.

"무슨 뜻이죠? 가시철조망이라도 발명했나요?"

리처드가 포복절도했다.

"아뇨, 소냐! 자동차는 타조 모자의 상자 노릇을 할 수가 없었지요! 덮개 없는 파나르 르바소 스포츠카를 타고 머리에는 깃털로 장식된 데코레이션 케이크 같은 커다란 모자를 쓴 채 시속 20킬로미터를 달린다고 생각해봐요! 그런 모자를 쓰고서 차문을 통과하기도 쉽지 않지요. 그러다 보니 1920년에는 백만장자의 마을이 갑자기 유령마을이 된 겁니다."

사파리 농장에서 알을 품은 암컷 타조들을 둘러본 다음 목장으로 향했다. 멋진 수컷 타조들이 4백 미터 달리기를 위해 몸을 풀고 있었다. 타조들은 자신을 장식해주느라 분주한 소년들을 가늘고 긴 목으로 굽어보고 있었다. 목장 주인을 잘 알고 있는 리처드의 부탁으로, 난 프로들과 나란히 뛸 수 있도록 허락을 받았다. 리처드는 웬 햇병아리가 타조에 올라탔다는 이야기를 해줄 생각에 벌써부터 웃음이 나와 죽을 지경인 것 같았다.

17) 벨에포크Belle Epoque, 파리가 전례 없는 풍요와 평화를 누리고, 예술 · 문화가 번창하고 거리에 우아한 복장을 한 신사숙녀가 넘쳐흘렀던 19세기 말 20세기 초를 가리킨다—옮긴이

대량학살에서 살아남아 현재 프랑스어로 관광 안내를 하는 르완다 출신의 망명자 판크라스가 타조 다루는 법을 간단히 설명해주었다.

"간단합니다! 가시려는 쪽 반대 방향의 날개를 들어올리고 다른 쪽 날개를 숙이면 됩니다."

컬러드인 일꾼들은 일렬로 서서 민첩하게 타조 등에 올라탄 다음 허벅지를 따뜻한 타조 날개 속으로 밀어넣었다. 나는 타조가 몸을 심하게 흔들어대는 바람에 두 번의 실패를 하고서 겨우 올라탔다. 그리고 출발이었다! 타조들은 날갯짓으로 바람을 일으키며 빠르게 달렸다. 난 질주하는 말처럼 내달리는 불안정한 털 뭉치에 악착같이 매달렸다. 귓속으로 바람소리가 들려왔다. 이 광적인 달리기를 얼마간 하고 나자 허벅지가 조금씩 타조 날개 아래로 미끄러졌다. 나는 방향을 잃었고 모든 게 흐릿해졌다. 이 타조 로데오에서 움직이지 않는 건 오직 타조의 목뿐이었다. 난 절망적으로 거기에 매달렸다. 타조는 벌레처럼 몸을 비틀었고 결국 난 손을 놓고 말았다. 타조는 내 머리를 들이받고는 전속력으로 내달렸다. 눈에서 별이 보였지만 나아지겠거니 하고 녀석의 퇴화된 날개를 꽉 붙들었다. 한쪽 눈을 살며시 떠보니 내가 선두를 달리고 있지 않은가! 소냐와 리처드는 경마꾼들처럼 소리치고 있었다. 난 타조 등 위에 납작 엎드린 자세로 결승선을 통과했다.

돌아오는 길에 리처드가 흥분을 가라앉히지 못하고 타조들 자랑을 또 시작했다.

"다시 타조가 되살아나고 있습니다! 가죽, 알, 콜레스테롤 없는 고기, 그리고 미국인들의 지방질 공포증이 이 도시의 번성을 보장해주고 있지요! 그래서 이곳에서는 타조를 '원더버드'라 부른답니다."

다시 길을 떠나면서 본 타조들의 우아한 걸음걸이, 교태 섞인 커다란 눈을 높이 지탱하고 있는 유연한 목, 프티 카루 계곡으로 기우는 태양에 황금빛으로 물든 대기를 휘젓는 퇴화된 날개는 아무리 봐도 싫증이 나지 않았다.

조지에서 크니스나까지 우리는 작은 증기기관차가 다니는 철길을 따라 걸었다. 기차는 터널 속에서 달콤한 한숨 소리 같은 구식 기계음을 내며 암석 해안 길을 구불구불 지나갔다. 우리는 끝없이 펼쳐진 해변을 따라 걷기도 했다. 처음엔 재미삼아 맨발로 가다가, 젖은 모래의 촉감이 너무 까칠하고 따가워서 다시 신발을 신었다. 여름에 도빌에서 3백 미터 가량 해변을 걷는 것은 즐거운 일이다. 그러나 모래사장의 경사진 언덕길을 130킬로미터 걷고 나면 장딴지는 고압 세척기를 통과한 것만 같았고, 머리는 잔뜩 성난 파도에 씻겨나갈 듯했다. 돌고래들이 우리를 앞질러갔다. 해변과 평행으로 헤엄치며 녀석들도 동쪽을 향해 가고 있었다.

우스꽝스런 별장들이 모래 언덕 위에 세워져 있었다. 비정형적이고 거대한 건물들이었다. 소냐에게 귓속말을 했다.

"전세계의 해변들이 하나같이 이런 웃기고 무질서한 건축물들에 습격당하고 있어."

우리는 크니스나 함수호에서 팔운동도 해야겠다는 생각에 카약을 탔고, 그린 밸리라는 착각을 일으키는 이름과 잘 어울리는 '타운십'[18]에 자리한 플레텐버그 베이에는 밤이 되어서야 도착했다.

우리는 두려움을 누르고, 다른 집들보다 조금 더 정성껏 가꿔진 어느 집의 문을 두드렸다. 종 모양의 모자를 쓴 찢어진 눈매의 자그마한 여자가 문을 열었고, 아랫입술이 두텁고 눈이 불거진 호리호리한 남자가 여자 뒤를 따랐다.

18) 남아프리카공화국의 옛 인종차별정책에 따른 흑인 거주 지역.

"밖에 서계시지 말고 들어오세요!"

컬러드 노동자들인 이삭 와일드만과 에스더 와일드만 부부는 자기네 오두막을 우리에게 기꺼이 내주었다. 사실 우리에겐 멋진 궁전이었다. 이렇게 예쁘장하면서도 안락한 인테리어를 밖에서는 전혀 짐작할 수 없었다. 이삭이 우리에게 이야기해주었다.

"만델라의 돈으로 우리는 이 집을 지을 수가 있었습니다. 그분은 우리 모두에게 집 한 채씩을 약속했지요. 그래서 우리도 이 집을 갖게 된 겁니다! 그전에는 썩어빠진 함석 지붕 아래 맨바닥에서 살았습니다. 벽에서는 빗물이 새었지요. 폭풍우가 몰아칠 때는 지붕이 날아가지 않도록 붙잡고 있어야 했습니다."

이삭의 이야기를 듣고 놀란 우리는 좀더 자세히 알아보기로 했다. 그렇지 않아도 여기까지 오는 길에 들판에 어지럽게 자리잡은 숱한 판잣집들을 보았기 때문이다.

"이곳 사람들은 운이 좋았지요. 건축재 구매권이 1만 랜드(당시 1랜드는 1프랑의 값과 같았다)였으니까요. 여기 사람들은 모두 스스로 모든 것을 지었습니다. 대부분의 다른 마을에서는 나무도 없는 땅에 일렬로 작은 집들이 똑같이 세워졌죠. 끔찍하죠. 그래서 사람들은 거기서 살고 싶어하지 않았습니다. 그러니 사람들은 그 집들을 소유하고 다른 집들까지 사들여 외지에서 온 사람들에게 임대하고는 다른 마을로 주민등록을 옮겨 또 다른 집들을 분양받았죠. 그건 명백한 불법행위였어요. 사람이 바로 들어와 살지 않는 집은 몽땅 털립니다. 지붕이며, 문이며, 문틀이며 남아나는 게 없지요."

난 화가 치밀어 올랐다.

"그런데 왜 그렇게 흉한 집을 짓는 겁니까?"

"시의회가 건축업자들과 비밀계약을 맺어 공사비용을 최대한 줄이고 정부가 주는 보조금을 남겨서 주머니를 채우고 있는 겁니다. 부패로 얼룩진 새 타운쉽들이 생겨나는 겁니다. 가난한 사람들에게는 달라진 게 아무것도 없어요. 오히려 더 나빠졌지요! 가난한 사람들은 바로 자기 형제들에게 속아서, 일자리를 찾을 수 있을지도 모를 도시에서 멀어져 결국 시골로 가게 되죠."

"하지만 두 분께서 보신 건 불법거주자들과는 아무 상관없습니다. 그들은 외지에서 온 흑인들이죠. 우리는 오래 전부터 케이프타운에 살고 있어요. 그 흑인들은 선거 때문에 아프리카민족회의ANC에 의해 강제로 이동한 겁니다. 케이프 지역은 아프리카민족회의의 세력권에 들어가지 않은 유일한 곳이기 때문이지요. 작년에도 불법거주자들이 버스 십여 대에 실려 이곳에 도착했는데 그 후로 그들은 움직이지 않았지요. 그들이 어떻게 살아가고 있는지 모르겠어요. 요하네스버그나 더반의 빈민촌에서 온 사람들인데, 정치인들이 그들에게 뭐든 주겠다고 약속을 했을 겁니다. 그렇지만 결국 아무것도 얻지 못할 텐데 말이지요!"

에스더가 거들고 나섰다.

"그러니 우리와 불법거주자들 사이에 문제가 생기는 건 놀랄 일이 아니죠. 이들은 우리를 무시하고, 아프리칸스어도 할 줄 모르고, 일자리도 없어요. 밤새 우리들 집을 털기도 하고 술을 마시고 서로 죽이기도 하지요. 이런데도 사람들은 남아프리카공화국에 가난한 사람들이 있다는 사실에 놀랍니다! 만델라라면 절대로 이렇게 놔두지 않았을 겁니다."

광대뼈가 불거지고 피부색이 밝은 에스더는 아시아 여자 같았다. 그녀의 조상은 코이산족인 게 분명했다. 하지만 그녀는 조상에 대해서는 아무것도 알지 못했다. 다른 불우한 사람들과 마찬가지로 그녀에게도 과거가 없었다. 버려진 아이였기 때문이다. 카루의 어느 백인 농장 여주인이 그녀를 데려다 길렀다. 에스더는 플레텐버그에서 직물 장사를 하는 인도인들 상점에서 판매원으로 일하고 있었다. 그래서 커튼이며 덮개며 쿠션들이 그녀의 작고 안락한 둥지를 따뜻하고 폭신하게 만들어주고 있었다. 단 한 가지 아쉬운 게 있다면 천장이었다. 벽이 끝나는 곳부터 골조와 물결무늬 양철 지붕이 그대로 드러나 있었다. 두 사람은 우리에게 속내를 털어놓기 시작했다. 그들은 둘 다 예전에 알코올중독자였는데 신앙을 가지면서 바뀌었다고 한다. 술을 예수와 바꾼 이삭이 우리에게 이야기를 들려주었다.

"저한테 신은 오로지 '팝삭' 술뿐이었습니다. 모든 게 술로 통했고, 술은 제 강박관념이었지요. 아내에게서 돈을 훔치기도 하고, 아내를 때리고, 계속해서 일자리를 잃고, 금요일 저녁마다 싸움을 했습니다. 지옥 같은 삶이었지요."

이가 빠진 그의 미소에는 무분별했던 과거의 흔적이 남아 있었다. 에스더가 이어 말했다.

"어느 날 전 혼잣말을 했지요. '지긋지긋해!' 3주 동안 방안에 틀어박혀 기도를 했습니다. 남편이 술을 끊게 해달라고 매일 기도를 했지요. 제게 성가 음반이 하나 있었는데 남편 소리를 안 들으려고 그 음반만 계속 반복해서 들었지요. 전 남편이 무서웠고, 우리는 두려움 속에서 하루하루를 살았습니다. 남편은 3일 내내 술에 취해 고래고래 소리를 질렀고 닥치는 대로 깨부수었습니다. 아이들은 이웃집으로 피신했지요. 어느 날 저녁, 남편이 문을 부수고 들어와서는 손에 술잔을 든 채 잠자리에 들려고 하더군요. 그 다음은…… 이제 당신이 이야기해요! 그때 당신에게 무슨 일이 일어났는지 이 분들께 말씀드려요!"

약간 난처해하며 이삭이 말을 이었다.

"전 침대에서 잠을 자고 싶었던 겁니다. 이틀 밤을 소파에서 잤거든요! 그런데 침대에 눕자마자 심하게 두들겨 맞는 것처럼 몸이 흔들리더니 침대 밖으로 내동댕이쳐지는 겁니다."
나는 에스더 쪽을 쳐다봤다.
"당신이 발길질을 하신 건가요?"
에스더가 대답했다.
"전 전혀 움직이지 않았어요. 너무도 겁에 질려 있었죠!"
이삭이 다시 말을 이었다.
"전 침대에서 떨어져 방바닥을 굴렀습니다. 아내는 제 몸의 털끝 하나 건드리지 않았는데 말이죠! 그러더니 일어나면서 〈나 같은 죄인 살리신(원제 : Amazing Grace)〉이라는 찬송가를 불렀지요. 제가 알지도 못했던 노래를 말입니다. 그 후로 전 술이라고는 한 모금도 입에 대지 않았습니다. 그렇게 제 삶이 변한 겁니다!"
이렇게 깔끔하고 천사처럼 착한 이삭이 과거에 난폭한 술꾼이었다니 상상하기가 힘들었다. 이번엔 에스더가 자신의 삶에 변화가 일어난 날에 대해 얘기해주었다.
"저는 잊기 위해 술을 마셨습니다. 물론 이삭보다는 덜 마셨죠. 하지만 술이 있어야 잠을 잘 수 있었습니다. 전 집안일도 돌보지 않고 저녁 식사도 준비하지 않았습니다. 하루 종일 머리가 아팠으니까요. 어느 일요일, 한 교회에 들어갔는데, 바로 그때 목사님께서 이렇게 말씀하셨지요."
"진흙탕만 있을 때는 깨끗한 물을 어디서 찾나요? 땅 속에 관을 심으면 깨끗한 물이 나옵니다! 무지의 산에 심어지는 관이 되십시오."
"그때 갑자기 심한 갈증이 느껴져서 저는 서둘러 집으로 들어가 물 몇 리터를 벌컥벌컥 들이마셨습니다. 그 후로는 술잔만 봐도 토할 것 같았지요."
저녁 식사를 마친 후 우리는 거리로 나갔다. 사람들은 모두 바깥에 나와 지냈다. 집 안이 너무 좁았던 것이다. 유리 파편, 고함소리, 한 손에 맥주를 든 채 파출소 주변에서 손짓을 해가며 얘기를 나누는 젊은이들, 한 사람이 넘어지면 다른 한 사람이 끌고 가며 땅바닥을 기다시피하는 노인 부부, 이 비장한 행렬을 보고 깔깔거리는 사람들. 권태와 나태와 가난으로 얼룩진 이 세계에서는 저녁마다 술에 절은 다이너마이트들이 불꽃을 찾아 어슬렁거리며 돌아다녔다.

우리는 밤새 서로의 생각을 주고받았다. 에스더와 이삭은 어떻게 하면 이웃들이 술을 끊고 그런 생활을 그만두게 할 수 있겠냐고 우리에게 물었다. 내가 말했다.

"협회를 만드세요! 시청에 협회를 등록하고 알코올중독자의 가족들을 찾아가는 겁니다. 그리고는 두 분의 이야기를 들려주세요!"

소냐가 말을 이어받았다.

"두 분의 집 현관문에 붙일 만한 인증표 같은 것도 생각해볼 수 있어요. 이를테면 '술 없는 집' 식으로 말이지요. 처음에는 술을 끊는 집이 몇 집 안 되겠지만 시간이 지나면 모두들 두 분을 따라하고 싶어할 겁니다! 이미 저희가 두 분의 집을 두드렸잖아요. 앞마당에 꽃이 핀 작은 정원이 있는 유일한 집이었기 때문이죠. 우연이 아닙니다! 두 분은 이미 모범을 보여주고 있어요."

일요일 아침이었다.

"똑! 똑! 똑!"

"들어오세요!"

머리에 헤어클립을 만 에스더가 아침 식사가 담긴 쟁반을 들고 우리 방으로 들어왔다.

"우와, 믿기지 않아요!"

우리를 깜짝 놀라게 하는 데 성공했다고 느꼈는지 에스더가 장난기 어린 미소를 지으며 방에서 나갔다. 아침 식사를 침대까지 가져다주는 과분한 친절함에 우리는 몸둘 바를 몰랐다.

우리는 일어나서 옷을 말끔히 차려입었다. 두 사람이 우리를 예배에 초대했던 것이다. 이곳에는 개신교 신자 집단이 번성했는데, 집단마다 신앙을 받아들이는 나름의 감수성과 방식을 가지고 있었다. 외부 환경에서 벗어나 있는 이들에게서는 감동적이고 용감한 기운이 뿜어져 나왔다. 이들은 스스로를 책임지고 있었다. 골목 끝에는 이들이 손수 세운, 시멘트 벽에 물결무늬 양철을 지붕으로 얹은 작은 전통 가옥이 있었다. 그것은 그들만의 사원이었다.

뭔가에 홀린 듯한 사람들이 사방에서 우리를 따라왔다. 우리가 이곳 빈민촌에서 처음으로 같이 잠을 잔 백인이었던 것이다. 모두들 눈을 크게 뜨고 입을 활짝 벌려 미소를 지었다. 그들은 귀족처럼 나들이 옷을 차려입고 있었다. 교회 안에는 오십 여명이 다닥다닥 붙어 앉아 있었다. 전자기타가 벌써부터 분위기를 띄우고 있었다. 앰프에서는 지지직거리는 잡음이 쏟아져 나왔고 진동이 폐 속까지 울렸다. 교회 전체가 진동했고, 열기가 대단한 '카리스마 넘치는 쇼'가 펼쳐졌다!

목사는 없었다. 이 기독교인들은 대개 미국에서 우송받은 입문서를 통해 신앙을 얻고 그 신앙을 굳건히 지켜가는 경우가 많았다. 이삭을 포함해 예배 진행자 다섯 명이 돌아가며 교인들 앞에서 이따금씩 '아멘'과 '할렐루야'로 영혼을 고양시키며 그들의 감정 표현을 점점 고조시켰다. 저마다 맨 앞줄에 앉은 교인들에게 침을 튀겨가며 열정적으로 간증을 했다. 햇볕에 하얗게 달궈진 양철지붕의 열기가 전해지는 가운데 노래와 춤이 이어졌고 음악 리듬도 점점 빨라졌다. 성찬식은 없었고, 간증과 약간의 강독과 체험담이 이어졌다. 교감과 공감이 넘쳐났고, 땀도 넘쳐났다. 안수식과 신앙고백도 이어졌다. 고함소리, 눈물, 신들린 듯한 기도와 고백이 뒤섞였다. 곧 사람들은 무리를 지어 원을 그리고 박수를 치며 놀이에 몰두했다. 그야말로 흥분의 도

가니였다!

이곳에서는 모두들 힘겨운 삶의 억압으로부터 해방되었다. 이들은 함께 기도를 올리고 춤을 통해 연대함으로써 얼마 전까지만 해도 저녁마다 불가로 그들을 모으곤 했던 옛 부족 축제의 오랜 개성을 되찾았다.

"하느님의 집은 벽돌과 시멘트로 지어진 게 아니라 여러분의 마음에 있습니다! 예수 그리스도께 여러분의 문을 여세요."

바로 그때, 교회 문 앞에 꾀죄죄한 옷차림에 맨발인 한 여자가 겁에 질린 두 아이를 데리고 나타났다. 그녀의 윗옷 밖으로 쭈글쭈글한 한쪽 가슴이 삐져나와 있었다. 여자는 얼이 빠진 듯 멍한 눈빛이었다. 예전의 미모가 궁핍한 생활에 묻혀버린 듯한 얼굴이었다. 그녀는 자기를 이곳까지 오게 한 광기에 녹초가 된 듯, 교회의 문턱에서 머뭇거리고 있었다.

에스더가 여자의 손을 잡고는 교회 안으로 데려와 자리에 가만히 앉혔다. 여자는 울음을 터뜨리며 "제발! 절 좀 도와주세요!" 하고 날카로운 목소리로 외쳤다.

모두들 할 말을 잃었다.

에스더는 여자가 술에 취해 병으로 여동생의 머리를 내리쳐 죽였다는 사실을 우리에게 알려주었다. 지금은 돈도 없이 혼자서 자식 세 명과 고아가 된 조카 두 명을 키우고 있다고 했다.

교회를 나오면서 에스더가 기뻐했다. 아까 그 여자를 예배에 나오게 하려고 몇 달 전부터 노력했지만 허사였는데 오늘 이렇게 나왔다는 것이다.

이삭이 외쳤다.

"저기 제 사촌 이완 와일드만이 있네요. 그린 밸리의 신동이자 탕아였는데 이제는 플레텐버그 베이의 시장이 되었지요. 두 분께 소개해드리겠습니다."

수수한 티셔츠 차림에 얼굴이 둥글고 당당해 보이는 이완이 길거리에서 친구들에게 인사를 하고 있었다. 그가 우리 쪽으로 다가왔다.

"손님이신가요? 제 고향 마을에 오신 걸 환영합니다!"

우리는 그에게 혹시 마이크 웰스라는 이름을 가진 시민을 아느냐고 물었다.

"마이크 웰스요? 제가 그분의 따님과 결혼한걸요!"

헤어질 시간이 되자 에스더는 소냐를 끌어안고 눈물을 펑펑 쏟았다. 우리도 감정이 복받쳤지만 애써 웃으며 억눌렀다. 타인의 친절 덕에 날개가 돋아나는 것 같은 느낌이 드는, 살면서 만나기 힘든 귀한 순간이었다.

에스더, 아니 '녹색 계곡'에 사는 우리의 작은 천사.

오후에 우리는 흰색 메르세데스를 탄 남자 마이크를 다시 만나게 되었다. 아름다운 아내 질과 딸 셸리도 함께 있었다. 그가 수수께끼를 풀어주었다.

"전람회 리셉션에 참석했다가 아드리안과 루이즈 모케를 만났습니다. 두 분 이야기를 하더군요."

영국인 집안 출신인 마이크는 얼마 전 칠순을 맞이했다고 했다. 예전에는 성공한 광고업자였지만 지금은 은퇴하여 플레트 주변에 사는 사람들에게 컨설팅을 해주고 있었다. 마이크는 우리가 그런 밸리를 다녀온 것에 각별한 관심을 내보였다. 사실, 그는 주인처럼 자리잡고 있는 무질서한 시장 논리와 도시 정글의 변칙적인 가치들이 아니라, 공통된 기본 가치들을 중심으로 남아프리카의 다양한 공동체들을 하나로 끌어모을 윤리 헌장을 작성할 계획을 갖고 있었다. 이완이 우리의 생각에 맞장구를 쳤다.

"술은 남아프리카공화국 사람들을 좀먹는 재앙입니다. 말씀하신

협회는 정말 좋은 생각입니다! 실행에 옮기도록 해보겠습니다. 이삭과 에스더가 희망의 샘을 구현해 보여주고 있지요."

이완의 아내 셸리는 아파르트헤이트에 반기를 들었던 여성운동가였고, 현재는 예술가로 활동하고 있었다. 우리가 보기엔 셸리와 컬러드인 그녀의 남편 이완도 멋진 희망의 기호가 될 것 같다고 응답했다. 곱슬곱슬한 금발에 갈색 피부를 지닌 사랑스런 그들의 두 딸은 우리 발 밑의 모래에다 남아프리카공화국의 미래를 그리고 있었다.

오후에 셸리가 우리를 자기 화랑으로 데려갔다. '작은 기적'이란 이름의 이 화랑에서 그녀는 이 나라 미술가들의 작품을 전시하고 있었다. 우리는 눈부시게 화려한 키치풍의 도자기 작품들 앞에서 멈춰섰다. 개중에는 흙으로 빚어 만든 얼룩말, 뿔닭들이 있었고, 고개 숙인 기린 모양이 꽃병 손잡이로 이용되고 있었다. 아프리카의 온갖 동물이 손으로 그림을 그린 접시 위에 모여 있었다.

"이건 아드모어라고 하지요. 그쪽으로 가신다면 꼭 들러보세요. 레소토 건너편입니다. 에이즈 바이러스 보균자인 줄루족 예술가들이 만든 작품입니다. 그런 비참한 처지인데도 작품에서 이렇게 활기가 넘쳐흐르죠. 아프리카에 순진함이 있다고 한다면 바로 이런 것이죠. 긍정적인 숙명주의랄까요. 그들은 자신들이 곧 죽을 거란 걸 알고 있을까요? 그들은 죽음을 기다리면서 아드모어 작품을 만들고 있고, 수집가들은 독특한 이 예술품들을 서로 차지하려고 안달하지요."

요한 세바스찬 바흐의 음악이 흐르는 가운데 푸짐한 만찬을 즐겼다. 강낭콩을 곁들인 어린 양 넓적다리 고기, 로크포르 치즈, 로카마두르에서 가져온 '카오르' 와인. 마이크와 질은 로카마두르에 집을 한 채 가지고 있다고 했다.

마이크는 세련미 넘치고 절도 있는 전형적인 영국인이었다. 매부리코, 시원하게 벗겨진 이마, 불쑥 나온 귀, 꾹 다문 입술, 지극히 '옥스브릿지ox-bridge' 적인 영어, 신중하면서도 날카롭고 놀라울 정도로 젊음이 번득이는 눈빛이 그랬다.

로미 슈나이더의 분위기를 풍기는 질 커클랜드는 프러시아와 스코틀랜드의 다혈질 피가 섞인 혼혈로, 그녀 역시 예술가였다. 마이크는 질을 뚫어지게 바라보더니 그녀를 소개하면서 애정 어린 찬사를 늘어놓았다. 질은 최고의 전성기를 누린 경험이 있었기 때문이다. 1970년대 남아프리카공화국의 '조안 바에즈'라 불리는 가수였던 것이다. 마이크가 디스크 하나를 건넸다.

플루트 연주에 맞춰 투명하고 맑은 목소리의 노래가 흘러나왔다.

"전깃줄 위에 앉은 새처럼 난 언제나 자유를 꿈꿨죠."

그 목소리는 시간을 지나 다시 주인을 되찾았다. 흔적을 남기는 일이 얼마나 중요한지를 이토록 강렬하게 느껴본 적이 거의 없었다. 자만심을 위해서나, 후대를 위해서나 자신의 에고를 위해서가 아니라, 창작을 위해서, 자신의 삶에 이름을 새기기 위해. 오직 자신만을 위해 살지 않기 위해서 흔적을 남기는 일 말이다. 높고 맑고, 소박한 질의 목소리가 마치 주인을 뛰어넘은 듯 식당에 울려 퍼졌다.

목소리의 주인은 별을 가득 담은 듯한 눈을 하고서 수줍은 듯 접시 위로 고개를 숙이고 있었다. 예전에 자신이 저렇게 노래를 잘 불렀다는 게 믿기지 않는 듯한 표정이었다. 한편 마이크는 마치 아름다움의 신비, 순수함의 신비, 여자의 신비를 꿰뚫어 보려는 듯 그녀를 뚫어지게 바라보고 있었다.

요즘 질은 어린이를 위한 오페라 곡을 쓰고 있다고 했다. 동시에 각본과 안무, 음악과 의상도 맡고 있다고 했다.

두 사람은 재혼한 지 얼마 안 된 신혼부부였다. 사랑이 곧 젊음의 묘약이었다! 마이크는 그녀를 자기 집으로 이사 오도록 설득하기 위해 일주일간 휴가를 내어 집을 넓혔다. 아내를 붙잡아두고 있는 멋진 그랜드 피아노를 옮겨다 놓을 공간을 마련하기 위해서였다. 카페에서 질은 쇼팽의 왈츠를 연주해 우리를 홀렸다. 아프리카는 앞으로도 오랫동안 이런 모습을 간직할 수 있을까?

이어지는 5일 동안 우리는 2번 국도를 피하려고 치치카마 산 공원을 가로질렀다. 새소리로 떠들썩하고, 밑둥에 고사리가 무성한 거대한 옐로우우드들이 자라나는 원시림 정글이었다. 지금까지 7백 킬로미터를 걸어오면서 처음으로 단둘이서 장엄한 원시 자연 속을 걸었다. 또 다른 아프리카를 미리 맛보는 기분이었다. 우리가 너무나도 갈망하는 아프리카의 모습이었다. 신비한 갈색과 붉은색을 띤 이 원시 정글의 이끼 낀 비탈길을 따라 곳곳에서 시냇물이 쏟아져 내렸다. '루이보스' [19]가 나오는 다양한 소관목들이 이런 빛깔을 내고 있었다.

실용적이기보다는 운동용으로 만들어진 것 같은 길은 산맥의 모든 골짜기를 지나가려고 고심한 듯 나 있었다. 이 길을 걷고 나면 우리는 새로운 근육을 발견하게 될 것이다! 또다시 근육통에 시달릴 것이고 힘줄도 두드러질 것이다. 언젠가는 익숙해지지 않겠는가? 우리는 다양한 핀보스 꽃을 여유롭게 자세히 살펴보았다. 소나무처럼 원추형에 암술과 수술의 특이한 구조가 훤히 보이도록 가운데가 활짝 벌어진 커다란 원시 꽃이었다. 2번 국도로 갔으면 반나절 걸렸겠지만, 그 길을 포기하고 이 공원을 지나며 5일 동안 걷고 있는 걸 생각해보면 이 여행은 순수한 호사였다. 하지만 우리에게 시간이 그렇게 중요한 것인가? 시간은 달리지만 우리는 걷는다. 아프리카에서 보낸 매일 매일이 우리를 시간의 독재로부터 벗어나게 해주고 있다. 우리에겐 우리의 걸음이 아닌 다른 메트로놈은 없다.

우리는 아담과 이브의 차림으로 시냇물과 못에서 멱을 감았다. 수

19) 차처럼 마시는 매우 대중적인 음료. 문자 그대로는 '붉은 관목' 이라는 뜻.

문이 있는 못은 흑맥주 '기네스'처럼 갈색이었다. 우리 주위로 녹색의 투라코 뻐꾸기들이 핏빛처럼 새빨간 날개를 퍼덕이고 있었고, 금속으로 만들어진 것처럼 보이는 벌새들이 드넓은 야생 메꽃 들판을 날아다녔다. 원시 산이 우리에게 고스란히 주어져 있었고, 파노라마처럼 펼쳐진 절경 속에서 산꼭대기에 자리한 작은 은신처들이 눈에 들어왔다. 치치카마수트라 혹은 연인들의 도보여행.

4 Africa Trek

기쁘면서 슬픈 땅

나나가 농장, 2001년 3월 4일 월요일,
여행 63일째, 43킬로미터, 총 980킬로미터

엘리자베스 항구에서 마침내 우리는 3개월 동안 1천 킬로미터를 걸어온 해안을 떠나게 되었다. 카루 사막이 내뿜는 견디기 힘든 열기에서 벗어나기 위해서였다. 이제 우리가 있는 곳은 서케이프 주가 아니라 동케이프 주였다. 손님을 따뜻하게 맞아주기로 유명한 곳이었다. 동쪽을 향해 걷는 일은 끝났다. 우리는 오른쪽으로 꺾어 북쪽을 향했다. 드디어 검은 대륙 속으로 본격적으로 들어서기 위해서였다. 케이프타운에서부터 지금까지 우리가 만난 사람들이라고는 아프리카에 사는 백인과 컬러드인들뿐이었다. 그러다가 며칠 전에 우리는 흑인 주민들이 대다수인 첫번째 마을, '인간의 마을'이라는 뜻의 휴먼스도르프를 지나갔다. 우리의 도보여행을 상징하는 마을이었다.

우리는 1천 킬로미터 지점을 지났다. 첫번째 고개를 넘는 셈이었다. 평범한 곳이지만 1천 킬로미터에 해당하는 지점이니 우리에겐 중요한 지표가 되었다. 친구들이 가득한 곳, 3개월의 강행군, 3개월의 노력, 3년의 도보여행을 위한 3개월간의 실습 기간.

2번 국도의 아스팔트와 자동차들 때문에 멍해진 상태에서 하루가 끝나갈 무렵, 희끗희끗한 수염을 단 웬 남자가 탄 차가 우리 곁에 멈춰 섰다.

"차에 타실 수는 없다는 거죠? 알았습니다. 그럴 만한 이유가 있으시겠지요. 두 분의 원칙을 존중합니다. 그런데 이 근처에 사는 친구를 두 분께 소개해드리고 싶군요."

이렇듯 남아프리카공화국 사람들은 연대감을 아주 멀리까지 펼쳤다. 남자는 차에서 내리더니 자동차 보네트 위에 지도를 펼쳤다. 그가 우리에게 어떻게 길을 가야 하는지 알려주고 있는데, 옆 농장에서 온 한 청년이 합류했다. 우리가 누구의 집에 묵을지를 정하기 위해 두 사람 사이에 참으로 믿기 힘든 대화가 오갔다. 한 사람은 친구 집에 시원한 맥주가 있다고 자랑을 늘어놓고, 또 한 사람은 두 발짝이면 가는 곳에 자기네 수영장이 있다고 말했다. 두 발짝이면 가는 곳에 수영장이라. 우리에게 꼭 필요한 것이 아닌가. 우리는 수염 기른 남자에게 진심으로 감사하다는 인사를 했고, 결국 그는 양보하고 돌아서며, 우리에게 초콜릿 바를 건네주었다.

잘생긴 청년 말콤 맥켄지는 예전에 런던 메릴 린치에서 금융 애널리스트로 일했다고 한다. 그는 2년 전에 '리-안'이란 이름의 젊은 농장 여주인과 결혼하면서 양복을 버리고 작업복을 입는 농장주로 변신했다.

촛불을 조명 삼아 좋은 와인과 푸짐한 고기 요리로 저녁 식사를 한 후 말콤은 상어 같은 냉혈한들이 판치는 금융계와 농촌 인부들의 세계가 얼마나 다른지 이야기를 들려주었다.

"예전에 금융 애널리스트로서 제가 맡은 일은 오류를 찾아내어 수정하고 제거하는 것이었죠! 그러나 여기서는 정반대입니다. 끊임없이 지원하고 도움을 주는 게 제 일이죠. 바로 이런 점이 남을 위해 몸을 사리지 않은 농민들의 특성을 강화시켜주는 게 틀림없어요! 제가 현재 하는 일의 절반은 일꾼들의 잘못을 바로잡는 일입니다. 업무상의 잘못이 아니라—업무상의 잘못은 오히려 잘 해결하는 편이지요—살면서 저지르는 어리석은 잘못을 말하는 겁니다. 그들의 어려움은 가정을 꾸리는 법, 살림을 하는 법, 균형 잡힌 식사를 하는 법, 건강을 챙기는 법, 옷을 제대로 입는 법, 씻는 법, 물건을 사는 법 등 생활의 대부분을 이루는 이 모든 것에 대해 누구한테도 배운 적이 없다는 데 있지요. 그래서 전 차근차근 접근합니다. 예를 들어, 그들이 뭔가를 사고 싶어하면 토론을 합니다. 그리고 무이자 대출을 제안하죠. 소파나 형편없는 물건들을 파는 장사꾼들에게 사기를 당해 자신도 모르게 빚을 지는 일꾼들이 있기 때문입니다. 또 한편으로는 제 일꾼들이 소득에 관심을 갖도록 만듭니다. 암소가 소득을 올리면 일꾼들도 돈을 벌죠. 그렇게 되면 그들도 한 팀의 일원이라는 생각에 신이 나서 더 열심히 하죠."

메릴 린치에서 실시하는 인센티브 제도가 외양간에 적용되고 있다니!

리-안은 국도변에서 팜 스톨falm stall[20]을 운용해 돈을 많이 번다고 했다. 그녀가 파는 고기파이를 사려고 엘리자베스 항구에서 이곳까지 손님들이 찾아온다고 했다. 그녀가 털어놓았다.

"그런데 전 백인 여자 일꾼들하고만 문제가 있었어요. 만족하는 법

20) 농산물 직판장.

이 없고 늘 아프다고 하죠. 게다가 항상 지각을 해요. 늘 뭔가를 더 원하는 불평분자들이었지요. 심지어 금고에서 돈을 슬쩍한 사람도 있었어요! 흑인 여자들이었다면 절대로 제게 그런 짓을 하지 않았을 겁니다. 흑인 여자 일꾼들은 수다를 떨면서도 일을 잽싸게 끝낼 줄 알거든요. 전 개인적으로 아프리카 여성을 진심으로 존중합니다. 이 말을 꼭 책에 쓰셔야 해요! 신문에 이미 기사를 쓰셨나요?"

"아뇨, 남아프리카공화국에서는 아직요."

"엘리자베스 항구에 제 기자 친구들이 있어요. 내일 아침 제 팜 스톨에서 언론인 조찬모임이 열릴 거예요!"

우리는 기사가 발행되는 아침에 맥켄지 부부의 집을 떠났다. 이날 하루 종일, 그리고 그 다음 며칠 동안에도 지지자들이 도로로 찾아와 우리에게 시원한 콜라며 비스킷이며 '빌통'이라고 하는 이 지역 육포를 건넸다. 왜냐하면 우리가 이 육포를 좋아한다는 말을 했기 때문이다.

태양 아래 유칼리투스나무가 몽땅 베어진 산을 힘겹게 오른 후 우리는 남아프리카공화국의 케임브리지라 불리는 그레이엄즈타운에 들어섰다. 1천 킬로미터에 걸쳐 우리 눈앞에 펼쳐진 건 삼림이 끔찍하게 파괴된 현장이었다! 정부의 지휘 하에 이루어지는 대규모 캠페인으로 토종이 아닌 나무들이 전부 베어지고 있었다. 식물을 대상으로 자행되는 종 차별? 공원마다 인도산 밤나무들이 엄청나게 베어져 나갔다! 이 캠페인은 나무들이 물을 빨아들이지 못하게 해서 그 물을 확보하자는 목적에서 마련된 것이었다. 하지만 헐벗고 황폐화된 산에서 나오는 건 진흙밖에 없다. 나무뿌리야말로 물기를 가장 많이 머금는 최고의 스폰지로, 우기 때 물을 최대한 빨아들인 다음 건기 때 그 물을 내뿜게 된다.

마침내 도시에 들어선 우리는 잔디로 둘러싸이고, 붉은 벽돌로 지어진 빅토리아풍의 건물 사이를 기웃거렸다. 잔디밭에는 교복을 입고 납작하고 둥근 밀짚모자를 쓴 소녀들이 여럿 보였다. 그때, 성당 아래에서 폭스바겐 자동차를 탄 남자가 우리를 불렀다.

"환영합니다! 프렌치 커플 형제님. 이 빌어먹을 대륙에서 무엇이 여러분을 기다리고 있는지 모르시죠? 어서 차에 타세요! 몇 가지 정보를 알려드리죠."

대학에서 사진을 가르치는 교수, 오비 오버홀저는 우리를 집으로 초대했다. 그는 술에 살짝 취해 있었다. 선반 위에는 앨범이 여섯 권 정도 있었는데, 그가 직접 찍어 유명 출판사에서 출간한 작품들이었다. 오비가 깨진 코르크 마개를 들고 투덜거리는 동안 우리는 그 앨범들을 훑어보았다.

뜻밖의 사실을 알게 되었다. 이 사람은 천재 사진작가였던 것이다. 보기 드문 천재였다! 그의 사진은 독특한 작품들이었다. 그는 롱샷 전문가로, 스포트라이트를 이용해 셔터를 열고 조리개를 닫는 방식으로 풍경을 '그림처럼' 그려냈다. 이런 식으로 자기 사진들에 환상적인 빛을 부여했다. 우리는 그가 들려주는 사진기술에 관한 귀한 조언에 빠져들었다. 그는 권투 선수처럼 투박한 얼굴로 30년째 랜드로버 지프를 타고, 대형 카메라와 무게가 10킬로그램이나 되는 삼각대를 끌고 아프리카 여기저기를 누비고 다닌다고 했다.

그는 이야기를 들려주는 사람들의 인물 사진만 찍었다. 그가 찍은 사진 한 장 한 장마다 사진 속 인물의 삶도 함께 담겨 있었다. 사진을 바라보는 눈이 텍스트에서 배경으로 이동하고 오랫동안 얼굴에 머물다보면 사진이 살아 움직였다. 앨범을 넘길 때마다 캄팔라의 창녀, 르완다에서 온 피난민, 양 치는 에티오피아 암하라족, 말라위 어부의 삶이 펼쳐졌다. 그렇게 신비한 아프리카의 파란만장한 이야기가 모자이크로 구성되었다. 그는 최근 사진집 《바가모요 너머》 작업을 위해 에티오피아까지 다녀왔다.

낮은 탁자 위에, 니스 칠을 한 나무둥치에 강철 발판이 박혀 있고 그 위로 이상한 공 같은 게 놓여 있었다.

"오비, 이게 뭐죠?"

"코끼리 배설물입니다! 세상에서 가장 큰 똥이죠! 걸작이지 않습니까?"

그는 정말 괴짜였다.

우리는 만나보고 싶은 부족들에 대해 그에게 이야기했다. 은데벨레 족, 벤다 족…….

"이런! 실망시켜드리고 싶지는 않지만, 말씀하신 부족들은 관광객을 위한 동물원에 있습니다. 그 오지에는 이제 진정한 모습이라고는 없어요! 오직 모래와 궁핍과 좌절된 기쁨, 땅을 가는 사람들과 무기력한 생존, 죽어버린 문화와 파렴치한 독재자들만 있죠. 그렇지만 인간, 인생을 달관한 인간들이 있지요."

'빛의 다발로 풍경을 그리는 화가'는 술잔을 비워갈수록 흥분해서 광활한 아프리카 대륙의 공간들에 대해 말했다. 아프리카 대륙은 그가 인간의 본질을 발견하고, 정신과 영혼을 포착하고자 집착하는 공간이었다. 그는 아프리카 대륙이란 성배聖杯 속에 입술을 담갔던 기억에 취해 있었다.

우리는 아프리카에 강인한 인상을 받고 검은 대륙[21]의 심장부로 들어서기 위해 새벽에 오비의 집을 나섰다. 오비의 말은 전조처럼 들렸다.

"곧 보시게 되겠지만 아프리카는 기쁘면서 슬픈 땅입니다. 두 분이

21) Dark Continent, 최초의 영국 탐험가들은 아프리카를 이런 이름으로 불렀다.

그걸 보게 되면 더이상 예전의 여러분이 아닐 겁니다."

그레이엄즈타운의 북쪽으로 10킬로미터 지점에서 우리는 또 다른 세상에 들어서게 되었다. 초원이었다. 끝없이 펼쳐진 풍광, 뜨거운 먼지, 황야에 우뚝 솟은 산과 고원(인젤베르크[22]와 타펠베르크[23])들이 한데 뒤섞여 지평선을 갉아먹고 있었다. 길은 길게 뻗어 있었다. 멀리 보이는 외딴 농장들은 계속 멀어지는 것처럼 보였고, 이가 빠진 풍력기가 바람에 삐걱거리며 덤불숲에서 생명수를 몇 방울이라도 끌어내려고 애쓰고 있었다. 언덕 옆구리에 그림자를 드리운 커다란 구름은 마치 광우병에 걸린 소 떼처럼 보였다. 실난초들은 뜨거운 하늘을 향해 웅장한 꽃을 내밀고, 선인장은 잠시 쉬는 동안 우리에게 오톨도톨한 열매들을 제공해주었다.

소냐가 외쳤다.

"이것이 아프리카야! 정원 같은 도로 위를 여행하는 일은 끝났어. 펭귄과 타조와 상어들과 노닥거리는 일도 끝났어! 이젠 힘들어질 거야!"

우리는 소냐의 오른쪽 신발을 조금 잘랐다. 오래전부터 티눈으로 뒤덮인 그녀의 새끼발가락을 구하기 위해서였다. 정말 소냐는 대단한 여자다! 나 같으면 지옥에 떨어진 사람 마냥 투덜거렸을 텐데 소냐는 불평 한 마디 없이 앞으로 걸어갔다. 우리는 똑같은 거리를 걸었지만, 걷는 방식은 서로 달랐다. 보잘것없는 수컷인 내게 걷기란, 걸음의 수확이자, 킬로미터의 정복이고, 공간에 대한 승리였다. 환상과 허영이었다. 하지만 그녀에게는 자연스러운 일이었다. 그녀에게 도보여행은 우리의 인생을 완성하는 일이요, 우리의 운명이었다. 놀라울

22) 황야지대에 우뚝 솟은 기괴한 석회암—옮긴이

23) 꼭대기가 평평한 테이블 모양의 산—옮긴이

정도로 단순했다. 그녀는 모든 것을 이해했고, 난 배워가는 중이었다.

하루 종일 자동차 다섯 대밖에 보이지 않았고, 5킬로 또는 10킬로 떨어진 곳에 농가가 있다는 사실을 알려주는 표지판들이 보였다. 벌써 하루가 끝나가는데 갈 길이 멀었다.

운 좋게도 우리는 초원에서 한 가지 신기한 법칙을 발견하게 되었다. 날이 저물면 어김없이, 집으로 돌아가는 농부를 만나게 된다는 법칙이었다. 왜 그런지는 모르겠지만 어쨌든 그랬다. 우린 이 현상을 '여섯 시의 만남'이라고 불렀다. 농부가 멈춰 서서 우리에게 인사하고 무엇을 하는 중이냐고 물은 다음 우리를 자기 집으로 초대하는 것이다. 이 시나리오가 메트로놈처럼 정확하게 매일 저녁 반복되었다. 우리가 두려운 마음으로 위커스 리우너 농장에 다가가던 시절과는 이미 한참 멀어져 있었다.

벡터 농장 입구를 막 들어서는데 우리 뒤에서 경적 소리가 울렸다. 뒤를 돌아보니 한 젊은 남자가 우리더러 돌아오라고 손짓하고 있었다.

"예루살렘에 가십니까?"

"오비를 만나셨어요?"

"오비가 누구죠? 그런 사람은 모르지만 작년 이맘때에 바로 이곳에서 예루살렘을 향해 걸어가는 사람을 만난 적이 있습니다."

겸손해야 한다는 경고였다. 자신이 처음으로 시도하는 거라고 생각하는 사람들을 향한 겸손 주의보! 우리는 언제나 누군가의 발자취를 좇는 법이다.

"15킬로미터를 가기 전에는 아무도 없어요. 그러니 밖에서 잘 생각이 아니라면 우리 집으로 가시지요."

우리에겐 물이 충분하지 않았다. 새벽에 이곳 농장 입구에 다시 데려다 달라는 부탁을 하고서 그의 차에 올랐다. "좋아요!" 이곳 사람들은 곧바로 우리의 도보여행을 이해하고 자신들도 이 여행의 협력자가 되었다는 사실에 기뻐했다.

여행 시작부터 모든 일을 미리 계획한 것처럼, 아니 그 이상으로 잘 풀리고 있었다. 안심이 되면서도 동시에 불안하기도 했다. 혹시 도보 여행을 보살펴주는 신이라도 있는 걸까? 이런 망상에 빠져 있을 때 릭이 이야기를 시작했다.

"전 1980년대에 파리의 올렘피아 극장에서 춤을 춘 적이 있습니다. 당시 유럽 순회공연을 하던 남아프리카공화국 발레단 소속 무용수였거든요."

내 눈길이 소냐의 눈길과 마주쳤다.

"정말 대단하네요!"

그가 말을 이었다.

"우리 공연단에는 컬러드인과 흑인들도 있었어요. 우리는 산책을 많이 했습니다. 몽마르트르 언덕, 루아르 계곡, 리옹 오페라. 남아프리카공화국 사람이라는 이유로 저는 현지 경찰과 많이 부딪쳤어요. 가는 곳마다 경찰의 검문을 받았지요. 파리, 마드리드, 독일에서도 그랬죠. 암스테르담에서는 저한테 침을 뱉는 사람도 있었어요. 저는 있는 힘껏 아파르트헤이트에 맞서 싸우고 있었는데 말이죠! 정말 끔찍했어요! 우리나라에 돌아와서는 아파르트헤이트를 고집하는 사람들한테 '깜둥이들의 친구' 취급을 받았지요. 지금 흑인들은 우리를 백인으로 봅니다. 흑인들과 정상적인 관계를 맺기가 정말이지 힘듭니다. 우리는 정부로부터 치사한 방식으로 박해를 당하고 있습니다. 백인 농장주로서 박해를 당하니, 아파르트헤이트가 이젠 거꾸로 된 겁니다. 간단한 문제가 아니에요! 이 나라에서는 모두가 색맹이 되어야 할 겁니다. 제 말을 믿으세요. 색깔에 대해서는 제가 좀 압니다. 화가니까요."

소냐가 입가에 미소를 머금은 채 릭의 말을 끊었다.

"농장주에다 무용수에다 화가까지요?"

"예, 그렇습니다! 처음 좋아했던 그림으로 다시 돌아온 거죠. 열여덟 살 때 샤모니와 베를린과 베니스에서 그림을 그렸습니다. 요즘은 초원을 그리죠. 이 적막한 공간에는 믿을 수 없을 정도로 다양한 빛이 존재합니다."

릭의 농장은 오아시스 한가운데 자리잡고 있었다. 사방이 베란다로 둘러싸인 낡은 건물로, 지붕의 경사면은 완만했고, 벽은 두꺼웠다. 릭의 아내 카렌이 우리를 따뜻하게 맞아주었다. 병든 아기가 그녀 품에 안겨 있었고, 사랑스런 어린 딸은 옆에서 놀고 있었다.

"두 분도 예루살렘을 향해 가시는 거예요? 정말 놀랍네요. 작년 이맘때에도 예루살렘으로 가는 도보여행자를 맞이한 적이 있었거든요! 저기 그 사람의 사진이 있으니 한번 보세요. 이름이 헤럴드 본이었고, 키가 굉장히 큰 노르웨이 사람이었어요. 60킬로그램이나 나가는 배낭을 메고 있었고 수염을 길게 길렀죠. 두 분과 비슷한 연배였어요. 그런데 그 분은 다니면서 설교를 하셨지요. 마지막으로 들은 소식대로라면 아마 모잠비크에 계실 거예요."

집 안 곳곳에 그림이 있었다. 큰 그림들이었다. 한 가지 단색을 여러 톤으로 사용하여 환상적인 하늘을 배경으로 그린 아크릴 풍경화였는데, 어떤 것은 분홍색으로 바림처리가 되어 있었고, 어떤 것은 녹색으로 되어 있었다. 노랑과 회색이 특히 많았다. 미묘한 색조 차이를 보이는 이 커다란 풍경화들 속에는 벽에 금이 가고 비스듬히 기운 황량한 농가들, 유령처럼 보이는 죽은 나무, 비틀어진 풍력기, 멀리 보이는 화산암경, 너무 작아서 잘 보이지 않는 등장인물들이 한데 어우러져 있었다. 굴렁쇠를 갖고 노는 농부의 아이, 농장주인과 가축 떼, 지평선에 보이는 미세한 흔적들. 우리는 황홀감에 젖어 들었다.

"아쉽지만 전 주말에만 그림을 그립니다. 타조와 가축과 양들도 돌봐야 하기 때문이죠. 작품을 전시할 수 있을 다른 화랑들을 찾는다면 하루나 이틀 더 그림을 그리겠지만요."

우리는 우리의 조커 카드를 꺼냈다. 화랑 '작은 기적'과 셀리 와일드만, 플레텐버그 베이의 우리 친구들 얘기를 했다. 게다가 우리의 도보여행이 누군가에게 도움이 될 수만 있다면 얼마나 좋은 일인가!

카렌이 새벽 다섯 시에 일어나 우리를 위해 '풀 브렉퍼스트full breakfast'를 차려주었다. 계란 프라이, 베이컨, 위그노들이 툴루즈에서 가져와 전해진 남아프리카공화국의 전통 소시지 '브레보스 boerewors'.

떠날 시간이 되자 카렌은 사냥한 고기를 말린 여러 종류의 빌통을 가득 챙겨주었다. 그때를 틈타 소냐가 요리법을 물어봤다. 제대로 던진 질문이었다. 빌통은 전기가 없던 개척자들의 후손들 사이에서는 일종의 의식 같은 것이었다. 우선 식초와 여러 가지 양념을 넣어 만든 소스에 고기 조각을 담근 다음 통풍이 잘 되는 그늘에서 말리는데 파리 떼가 달라붙지 않도록 주의해야 한다. 쿠두, 블레스복, 영양, 멧돼지 등 우리는 각종 빌통을 맛보았다. 가장 맛있는 빌통은 역시 쇠고기와 영양 빌통이었다.

다 말린 빌통은 꼭 어두운 색의 껍질처럼 생겼다. 작은 칼로 빌통을 얇게 썰어 먹으면 된다. 이 행위 자체가 이 나라 사람들에게는 모든 걸 떠올리게 하는 예술이다. 말을 타고 덤불숲을 달리는 일, 보어전쟁, '부어트랙커'들을 떠올려주는 예술인 것이다. 나는 예전에 아팠던 어금니의 통증을 깨울까봐 조심해가며 딱딱한 빌통 조각을 씹었다. 그리고 씹을 때마다 나오는 육즙을 조금씩 삼켰다. 마침내 질긴 고기가 입천장을 차지하며 이 아래서 무너졌다. 빌통은 아프리카 오지의 별미였다.

우리는 배낭 속에 늘 빌통을 갖고 다녔다. 허기가 느껴지기 시작하면 걸으면서 빌통을 씹었다. 단 한 가지 위험이 있었다. 우리를 재워 주는 집주인들의 개들이 빌통만 보면 미쳐 날뛰는 것이었다. 배낭 속에 들어 있는 빌통의 냄새를 맡고서 개들은 우리를 가만히 놓아주려 하지 않았다. 문이 닫혀 있으면 개들은 창문을 넘어 들어와 빌통을 숨겨둔 주머니를 주둥이로 열었다. 특히 사냥개와 잭 러셀 테리어들이 극성이었다. 이놈들은 우리가 잠깐 한눈을 팔면 어떻게든 빌통을 훔쳐갔다. 그럴 때마다 우리는 마이크 웰즈가 생각났다. 우리의 빌통을 훔친 자기 개 두 마리를 현행범으로 붙잡은 그는 우리를 쳐다보며 복화술로 말했다. "우린 맛있는 빌통을 가져오는 프랑스 사람이 좋아요. 또 오세요." 그동안 개들은 꼬리를 흔들며 흡족한 얼굴로 우리를 바라보았다.

오늘 아침, 빌통을 네번째로 도둑맞았다. 카렌이 이 여행 필수품을 다시 가득 채워주어서 그 사실을 알게 되었다. 그 때문에 한참을 웃었다. 남아프리카공화국의 살림꾼 주부의 집에는 언제나 빌통이 넉넉하게 있었다.

하루하루가 이어졌고, 광활한 풍경이 숱하게 지나갔다. 우리는 릭이 표현한 빛의 바림을 더 잘 이해할 수 있게 되었다. 저 푸른색들, 회색들, 노란색이 점점이 박힌 붉은 색들. 버려진 많은 농가들. 저 멀리 신기루의 아른거림 가운데 한 여인이 걷고 있었다. 뜨거운 열기에서 피어오르는 아지랑이 속의 여인은 머리에 짐을 이고 있었다. 아프리카의 이미지. 짐을, 가정을, 아프리카를 머리에 인 저 감탄스런 여인들을 앞으로 몇 명이나 만나게 될까?

보기 힘든 자동차들이 우리를 지나치다가 멈춰 섰다. 우리에게 물을 주는 운전자도 있고, 빵을 주는 운전자도 있었다. 그러던 어느 날 저녁, 측면이 하얀 타이어와 근사한 바퀴덮개를 갖춘 새빨간 고급 자동차 한 대가 멈춰 섰다. 운전자는 후진을 해 다가왔다. 알고 보니 그는 록가수였고, 그레이엄즈타운에 있는 팀과 합류하러 가는 길이었다. 그는 할머니 댁에서 오는 길이라며 할머니가 그를 위해 만들어준 카레 양념이 된 생선을 우리에게 건넸다.

또 어떤 날은, '여섯 시의 만남'이 세 시로 앞당겨지기도 했다. 이 날 우리가 만난 열정적인 농부는 우리에게 저녁 여섯 시경, 걸어야 할 킬로미터를 다 걷고 나면 연락하라며 무전기를 주었다. 전화를 걸고 15분쯤 지나자 그 농부가 우리를 데려가기 위해 먼지구름을 일으키며 황급히 차를 몰고 오는 게 보였다.

농장에서 만난 사람들은 블룸필드, 단크베르트, 로우, 베넷, 모건으로, 1828년 영국 왕실이 이 야생의 땅을 정복하기 위해 보낸 동케이프주의 첫 식민지 개척자들의 후손들이었다. 엘리자베스 항구는 이름이 말해주듯이 영국계 아프리카인들인 루이넥rooinek들의 주요 도시였다. 몇 세대에 걸쳐 이들은 아프리카너 가족들 틈에서 농장주가 되어 존경을 받았으며, 약간의 인위적인 측면이 없진 않지만 보어인이 되기도 했다. 이들은 모두 그레이엄즈타운의 명문학교인 세인트 앤드류스 출신이었고, 이어서 그랑제콜을 졸업하거나 엔지니어가 되어 그들 부모의 땅으로 돌아왔다. 현재는 메리노 양과 앙고라 염소를 기르고 있었다.

이들에게 가축은 골칫거리였다. 일주일에 한 번 진드기 살충제를 푼 물에 가축을 씻겨야 하기 때문이었다. 진드기는 유충과 번데기, 그리고 성충으로 탈바꿈할 때마다 피를 필요로 하며, 몇 달 동안 숨어 있다가 나중에 다시 활동하기도 한다. 매년 우기가 되기 전에 농장주들은 수십 억 마리의 진드기를 살상하려고 마른 방목장에 불을 지른다. 그렇게나마 위안을 삼는 것이다. 또한 농장주들은 수백 미터에 달하는 철조망을 살피고 손봐야 하며 도둑질 때문에 매주 가축 수를 점검해야 한다. 스라소니와 재칼로 인해 그들은 매년 2, 3백 마리의 양을 잃는다. "가축 수가 유지되는 한 우리는 이 포식자들을 죽이지 않습니다. 먹이사슬에 포식자도 필요하니까요" 맞는 말이다! 5천 마리나 되는 가축 중에 그 정도 잃는 것은 있을 수 있는 일이다.

빈터베르크 산맥 아래에서 우리는 콜린 로우의 초대를 받았다. 그녀는 아델라이드의 옐로우우드 학교 교사로, 매혹적인 갈색머리의 여성이었다. 전날 우리를 재워준 단크베르트 가족이 콜린의 집에 우리를 보내 준 것이다.

이것 역시 남아프리카공화국 사람들의 풍습이었다! 이곳 사람들은 자신들의 집에서 3, 40킬로미터 떨어진 곳에 우리를 묵어가게 해줄 만한 누군가를 늘 잘도 찾아냈다. 그렇게 바턴을 이어받을 집을 확실히 알고 나서야 우릴 보내주었다. 이런 식으로 놀라운 연대가 이어졌다. 그 결속의 한 고리 한 고리를 우리는 속속들이 알고 있으며, 저녁마다 새롭게 우리를 맞아주는 사람들에게 그 연대 고리에 대해 기쁘게 얘기했다. 한편으로 이들은 이렇게 이어진 인맥을 통해 친구들을 다시 만나기도 했고, 앞으로도 우리가 그들을 잊지 않으리라는 사실을 알고 있었다. 나는 반바지 차림에 긴 양말을 신은 콜린의 남편 크리스를 만나서, 바턴을 이어받아 우리를 맞아준 데 대해 감사를 전했다.

"왜 남아프리카공화국 사람들이 럭비를 그토록 잘하는지 이제 이해가 됩니다! 패스의 프로들이군요!"

크리스와 콜린은 석조로 된 작지만 근사한 전원주택에 딸린 수영장 맞은편에다 우리의 숙소를 마련해주었다. 전원주택은 잔디밭에 둘러싸여 있었고, 잔디밭에는 좋은 품종의 하얀 영계들이 모이를 쪼아 먹고 있었다. 아프리카 트렉! 아프리카 트렉! 방에 들어서자 폭신한 쿠션이 가득한 커다란 2인용 침대가 장식물 가운데 당당하게 놓여 있었다. 그날, 밤에 잠이 깬 나는 몸을 움직일 수가 없었다. 앞날개 아래에 목울대가 돋아나는, 카프카 소설에나 나올 법한 악몽을 꾸었다. 막상 꿈에서 깨어보니 풍뎅이로 변한 것이 아니라 '장작'이 되어 있었다. 목의 통증 때문에 등에 마비가 와 꼼짝할 수 없었던 것이다. 잘못 움직여서 삐끗했나? 너무 안락한 잠자리가 내겐 맞지 않았던 모양이다! 우리는 결국 그냥 머무를 수밖에 없었다.

그 틈을 타 소냐는 콜린을 따라 옐로우우드 학교를 방문했고, 농장 인부들의 자녀를 위해 농장주들이 정립한 교육제도에 관심을 기울였다. 아파르트헤이트 때문에 자녀들을 돌볼 수 없었던 인부들은 이제는 가장 모범적인 학교를 갖게 되었다. 컴퓨터, 아틀리에, 도서관, 단정한 교복, 스위스나 네덜란드의 후원, 미래의 남아프리카공화국 활용법을 함께 배우는 흑인 아이들과 백인 아이들. 소냐는 학교에서 본 화합과 사랑에 깊은 감동을 받고서 돌아왔고, 오후에 간단한 강연을 하기로 했다. 아이들은 한 편의 촌극으로 우리를 맞아주었다. 아이들 중 절반은 저소득층 자녀들이었지만, 다른 아이들이 내는 등록금 중 일부가 등록금을 완납할 수 없는 그 아이들을 위해 사용되었다. 부모의 소득 계층에 상관없이 아이들은 모두 함께 학교에 가서 나란히 앉아 공부를 했다. 한 반의 학생 수는 열 명이었고, 특별한 교육 자료가 갖춰져 있었다. 아이들이 학업을 성공적으로 마칠 수 있게 해줄 모든 조건이 갖춰져 있었다. 호기심 많고 쾌활한 아이들은 우리의 강연을 집중해서 들었다. 그중 키가 세 뼘밖에 되지 않을 것 같은 아이 하나가 이렇게 말했다.

"놀라워요! 이 얘기를 나중에 제 손자들에게 들려줄 거예요!"

그 아이의 이름은 '쿰분자니'였다. 줄루족의 언어로 '날 잊지 마'라는 뜻이었다. 아이들은 노래로 우리에게 감사를 표했고 우리도 코사족어와 아프리칸스어로 된 노래로 화답했다. 그 노래들은 학교의 분위기를 뜨겁게 달구었다. 이 기회를 통해 보어인의 오래된 노래, 〈오!

영국 해병대〉와 새 애국가 〈신이시여, 아프리카에 축복을!〉이 한데 어우러졌다.

우리는 오랫동안 골짜기를 따라 빈터베르크 산으로 올라갔다. 전선 위에 제비들이 떼 지어 모여 대이동에 앞선 비밀집회라도 하는 듯 지저귀었다. 지금이 3월 중순이니, 제비들은 5월 중순 정도면 유럽에 도착해야 할 것이다. 우정 어린 패스에 따라 우리는 베네트 가족의 집으로 가게 되었다. 스코틀랜드인 집단에 들어서게 된 것이다. 마치 마법처럼 고도가 높아질수록 참나무와 포플러들이 다시 나타났다. 가을이라 노랗게 물든 나뭇잎들이 햇볕에 살랑이고 있었다. 우리는 큰 이층집의 문을 두드렸다. 참나무 길이 끝나는 곳, 작은 골짜기 깊숙한 곳에 자리한 집이었다. 갈색머리의 키 작은 여성이 문을 열어주었다.

"기다리고 있었습니다! 어서 들어오세요! 지금 텔레비전에서 제 아들이 경기를 하고 있답니다."

"?!"

러셀 베넷은 더반의 샤크 팀 소속 15번 선수였다. 마치 카스타네드의 친척집에라도 찾아온 것 같았다! 벽에는 전세계 선수들과 경기하는 이 집 아들의 사진들이 걸려 있었다. 어떤 사진에서는 세르주 블랑코[24] 선수에게 태클을 걸고 있고, 다른 사진에서는 올 블랙스 팀[25]과 맞서고 있었다. 참으로 영예로운 경기들이었다.

복도에는 다른 농장주들의 집과 마찬가지로 엄숙한 얼굴에 검은색 상의, 예복이나 펠트 겉옷을 꼭 맞게 껴입은 사람들로 가득한 액자들이 있었다. 작은 안경과 검은 리본, 엄격하고 성실한 개신교도들의 모

24) Serge Blanco, 럭비의 '펠레'라고 불리는 유명 럭비 선수－옮긴이

25) 뉴질랜드 럭비 대표팀－옮긴이

습이 피부로 느껴졌다. 수염이 덥수룩하고 뚱뚱한 사람들, 금발머리에 키가 작은 사람들, 중년여성들과 젊은 여성들, 이들이 소달구지와 성경책과 총을 가지고 황량한 이곳 미개척지에 와서 자리잡고 사는 걸 보면 억척스러운 사람들인 게 분명했다. 고된 노동과 엄격한 생활에도 불구하고 이들은 그런 모습을 아직 간직하고 있었다. 세대가 지나면서 얼굴의 긴장이 풀렸고, 부유한 환경이 되면서 표정도 부드러워졌으며 자동차도 등장했다. 이제는 일하는 모습이 아니라 여가를 즐기는 모습을 사진 찍었다. 〈오 템포라! O tempora! 오 모레스! O mores![26]〉

질이 우리를 정원으로 데려갔다.

"두 분께서 오신다는 소식을 콜린에게 전해 듣고서 제가 유일하게 알고 있는 프랑스 요리를 오늘 아침에 준비해보았어요. 포토프인데, 맛보시고 평가 좀 해주세요!"

나무 장작불 위로 사슬 하나가 걸려 있었고, 거기에 둥그런 토기 항아리가 걸린 채 흔들리고 있었다. 그 속에서는 오늘 점심이 뭉근히 익어가고 있었다. 제대로 된 포토프였다.

줄리안은 키가 2미터나 되는 거인이었다. 그는 우리의 안전에 대해 걱정을 많이 했다.

"이제 두 분은 법도 경찰도 없는 지역에 들어오신 겁니다. 무슨 일이 일어날지 몰라요. 몇 년 전에는 제 눈앞에서 세 명의 남자가 제 사촌의 머리에 총을 쏘아 죽인 일이 있었습니다. 자신의 약혼녀가 윤간당하고 있는 걸 제 사촌이 보았던 거지요. 그자들은 도주 중인 탈옥수들이었어요. 외떨어진 농가들이 습격당한 일도 많았지요. 우리들은

26) "오 시대여, 오 도덕이여!"라는 의미로, 로마시대 키케로가 시대의 타락상과 부패상을 한탄하며 한 말이다—옮긴이

손쉬운 먹잇감이죠. 그 후 전 항상 베레타 소총을 소지하고 다닙니다."

우리가 허겁지겁 포토프를 먹는 동안 줄리안이 말을 이었다.

"베르보어드[27]가 웬 그리스 사람에 의해 의회에서 암살당했다는 소식이 들렸을 때 제일 먼저 기뻐서 소리 지른 사람들은 우리였습니다. 여기는 멀리 떨어진 곳이기에 그런 소식이 들려도 일꾼들과의 관계에는 변화가 없었죠. 유럽에 계실 때는 두 분도 우리가 전부 인종차별주의자라고 상상하셨지요? 행여 그러고 싶었더라도 우리는 그럴 수가 없었을 겁니다. 우리가 부당하게 굴고 일꾼들을 막 대하면, 자고 나서 가축들 절반의 목이 베어진 걸 보게 될 겁니다. 일꾼들과의 관계에서 전 늘 아파르트헤이트 법을 어기고 있지요. 시골에서는 백인 농장주들이 언제나 흑인이나 컬러드인 일꾼들과 함께 생활하고 있습니다. 이곳에서는 현실주의자가 되어야 합니다. 도시에서나 이상주의자가 될 수 있지요. 아파르트헤이트나 반아파르트헤이트를 주장하는 이론가들을 낳는 건 도시지요. 그러나 여기 사람들은 그런 것에 아예 관심이 없습니다!"

줄리안은 숨을 가다듬더니 포토프를 입에 한 입 넣고 제대로 씹지도 않은 채 와인을 들이켰다. 그러고는 자기 이야기를 계속했다.

"전 제 눈에 보이는 것을 봅니다. 우리 할아버지께서는 스물여덟 명의 가족을 거느리셨고, 아버지는 열네 명을, 그리고 저는 겨우 일곱 명밖에 못 거느리고 있습니다! 농장주들의 목을 죄고 보조금을 폐지하는 정책들 때문에 시골은 텅 비고 빈민촌에만 사람들이 넘쳐나고 있습니다! 그런데도 정치인들은 우리 백인 농장주들이 땅을 독점하고 있다고 말하죠. 결코 사실이 아닙니다. 우리는 언제나 땅을 함께 나누

27) 남아프리카공화국인이 아니라 네덜란드인으로, 아파르트헤이트 선동자이다.

었습니다. 하지만 현지 주민들이 땅을 지키며 남아 있고 싶어하지 않아요. 아파르트헤이트 정책이 실시되는 동안에도 우리는 일꾼들을 돌봐주고, 그들에게 옷을 주고, 그들을 병원과 학교에 데려가고, 잠잘 곳과 옥수수 가루[28]도 제공했습니다. 그리고 해마다 바닷가에서 브라이 파티를 벌였죠. 너무 아버지처럼 간섭하는 것 같긴 하지만 모두들 만족해했습니다. 범죄나 폭력 문제, 인종차별 문제는 없었습니다. 모두들 농장에서 행복하게 살았지요. 요즘 현지 주민들은 더이상 아무것도 갖고 있지 않습니다. 정부는 시골 사람들을 위해 아무것도 하는 일이 없습니다. 우리로서도 더이상은 모든 비용을 부담할 수가 없어요. 여러분 같으면 도시 외곽에 쭉 늘어선 저 흉측한 빈민굴에 들어가 다닥다닥 붙어살고 싶겠습니까? 정부가 일자리에 대한 희망은 전혀 주지 못한 채 덜렁 세워놓은 저 새로운 게토에 말입니다. 여기서는 자기 집도 있고 자기 방식대로 살아갈 수 있는데 말이지요! 이들은 힘과 자유를 원했죠. 전 이들에게서 연민을 느낍니다. 그걸 얻기까지 너무나 큰 대가를 치렀으니까요! 전 이 농장을 떠날 수가 없습니다. 제가 떠나자마자 끔찍한 비극이 발생할 겁니다. 이웃 농장의 일꾼들이 우리 일꾼들을 약탈할 것이고, 서로를 죽이게 될 겁니다. 지난 주만 해도 금요일 저녁에 결혼식이 있어 그레이엄즈타운에 갔었는데, 집에 돌아오니 그새 여자 일꾼 한 명이 벽돌로 자기 남편 머리를 내리쳤더군요. 이건 이데올로기가 아니라 현실입니다! 그 일꾼을 차에 태우고 다섯 시간 동안 달려 엘리자베스 항구에 있는 병원으로 데려간 게 누구였겠습니까? 수술비를 지불한 게 누구였겠습니까? 보험사에다 제가 뭐라고 해야 할까요? 트랙터에서 떨어졌다고? 만일 내가 그렇게 이야기하지 않는다면 일꾼들은 전부 내가 그 일꾼을 벽돌로 쳤다고

28) 시골 사람들의 전통 주식.

증언할 겁니다. 사람들이 누구 말을 믿겠습니까? 그 후 그 일꾼은 일을 하지 못하고 있는데도 그의 아내는 남편 월급을 꼬박꼬박 타러 옵니다. 분명히 말씀드리지만 우리는 살얼음판을 걷고 있습니다. 인종차별주의자란 소리를 안 듣기 위해서 말이죠. 인종차별주의자라는 말은 도시 사람들이나 떠벌리는 말이지요. 저는 유모 젖을 먹고 이들과 함께 자랐습니다. 영어보다 코사어를 먼저 배웠지요. 겉으로는 반인종차별주의를 내세우면서도 정작 자기 딸이 흑인 남자와 결혼하겠다고 하면 새파랗게 질리는 사람들과 달리 저는 이들과 한 가족입니다. 오해하지 마세요. 제가 현 정부를 비판한다고 해서 이전 정부를 그리워하는 건 아닙니다. 우리는 변화를 원했지만 무조건 변하기만 하면 되는 건 아니죠!"

이런저런 측면들을 보고 사람들의 말을 듣다보니, 혐오스럽고 악랄한 체제를 무너뜨리는 데 필요한 단순화된 캐리커처보다는 훨씬 복잡한 한 나라의 얼굴이 다시 그려졌다. 그 체제는 피부색을 비난하는 것이었지만, 결국은 피부색과 관계없이 사람들의 영혼을 좀먹는 것이었다.

우리는 끝없이 이어지는 골짜기를 따라 비를 맞으며 다시 길을 떠났다. 어제는 태양의 뜨거운 입김과 먼지 회오리에 휩쓸리는 황량하고 메마른 사막에서 구워지다시피 했다. 그리고 오늘은 이슬비를 맞으며 진흙탕을 첨벙거리고 걸었다. 두번째로 우비를 꺼냈다. 다행히도 22킬로미터 떨어진 다음 농장에서 조니 모건이 우리를 기다리고 있었다. 빈터베르크 산꼭대기에 있는 농장이었다.

산꼭대기는 벌써 겨울이었다. 낙엽들이 온통 길을 뒤덮고, 천연 돌로 지어진 근사한 집 주변의 잔디는 가을빛으로 물들어 있었다. 1901년의 벤트노어[29] 같았다. 집의 내부는 온통 옐로우우드로 되어 있었다. 섬유질이 보이지 않는 이 노란 나무가 모든 것을 멋지게 만들고 있었다. 세월에 닳아 반들반들해진 마루판, 천장, 창틀, 벽장, 원산지 가구들. 마치 〈예술과 장식〉 혹은 〈건축 다이제스트〉 등의 잡지에 나오는 집에 들어선 것 같았다. 조니와 캐롤은 순수주의자였다. 부엌도 원산지 가구뿐이었다. 플라스틱도 포마이카도 없었다. 삶이 예술이었다! 거실 안쪽에서 갑자기 기막히게 멋진 여성이 나타났다. 케이프타운에서 모델 일을 하고 있는 나타샤가 실연을 겪고서 아빠를 보러 와있었던 것이다.

조니는 레소토, 카루, 트란스케이로 이어지는 승마 산책을 마련해 주었다. 그는 메리노 양 5천 마리를 기르고 있었는데, 이 양들은 3천5백 헥타르에 이르는 지대에 흩어져 있었다. 우리는 베넷 집안에 대한 탐구를 계속했다.

"제가 두 분께 드리는 말씀은 아파르트헤이트를 지지한다는 뜻으로 하는 게 아닙니다. 변명하려는 게 아니라 우리가 어쩌다가 분노어린 광기에 사로잡힌 사람들에 의해 이런 끔찍한 곤경에 처하게 되었는지 설명하려는 겁니다. 솔직히 우리는 도시에서, 특히 흑인 구역에서 무슨 일이 일어나는지 몰랐습니다. 그저 흑인들이 함께 살고 있고 그렇게 살고 싶어하는 모양이라고 생각했죠. 아파르트헤이트의 의미는 '분리된 발전'입니다. '각자 자신의 영역을 지킬 것. 우리는 다르다. 우리는 서로 이해하기가 힘들다. 그러니 서로 얽혀서 문제를 만들지 말자'라는 뜻이지요. 물론 공포감이 조성되었죠. 하지만 그래도 우리는 이렇게 생각했습니다. '흑인들은 자치를 원하니까 자신들끼리 해결하면 될 것이다. 그들에게도 지도자가 있고, 그들 부족의 법정과 조상으로부터 물려받은 지혜가 있으니 잘 해결할 것이다.' 지금은 그

29) 영국 와이트 섬의 해수욕장 — 옮긴이

것이 끔찍이도 잘못된 생각이라는 걸 압니다. 처음에는 그것이 현대성과 전통문화의 존중, 그리고 양립 불가의 문제를 해결해주는 해결책이라고 생각했지요(약간 환상을 품었던 거죠). 이런 말 전혀 못 들어 보셨나요? 거기에 서구식 자유주의와 해방 공산주의 사이의 이념 전쟁과 원시적 인종차별을 조금 가미해보세요. 그러면 지금 우리가 겪는 비극을 초래한 요리법이 나오죠. 제 생각에 아파르트헤이트는 두 가지를 만들어냈습니다. 그 하나는 '백인 전용'이라는 해변 표지판 사진입니다. 이 사진은 전세계를 떠돌았습니다. 또 한 가지는 흑백분리가 합법화되고 문서화되어 체제의 중추를 이루는 원칙이 되었다는 사실입니다. 그 옆에 있는 '흑인 전용'이라는 표지판은 전혀 비춰주지 않았고, 지금도 전세계에서 수백만 가지 인종차별이 이루어지고 있다는 사실도 말하지 않지요. 인도와 미국과 이스라엘 등에서 문서화되어 있진 않지만 한층 더 은밀한 인종차별이 행해지고 있는데 말입니다. 다행히 이 바보 같은 아파르트헤이트 제도는 무너졌습니다! 그런데 안타깝게도 흑인들의 평균 생활수준도 함께 낮아졌습니다. 권력자 측근들의 생활수준을 말하는 게 아닙니다."

"작년에 제게 일어난 일을 말씀드리죠. 아파르트헤이트가 철폐된 이후, 우리는 흑인구역에 갈 권리를 갖게 되었습니다. 특히 매우 위험지역인 트란스케이에 다시 갈 수 있게 되었죠. 그곳은 코사족에게 분배되기 전에 대단한 번영을 이룬 비옥한 농토였죠. 그런데 지금은 그 땅에서 아무것도 나오지 않아요. 2년 전, 백인 농장주들이 현지 농장주들에게 여러 가지 조언도 해주고 농사법을 알려주기 위해 자원봉사 차원에서 그곳에 갔습니다. 거기서 우리는 현지 농장주들에게 구세주 대접을 받았지요. 이들은 농림부 직원 따위는 코빼기도 본 적이 없었으니까요! 우리는 함께 계획을 세웠고, 무상으로 그들에게 일년 치의 비료를 주었지요. 씨 뿌리는 법도 가르쳐 주었구요. 그리고 수확결과가 좋으면 이듬해에는 그들이 수확한 결실의 일부를 주고 우리한테서 비료를 사기로 합의도 보았지요. 모든 게 잘 진행되었습니다. 수확기가 돌아왔고 풍년이었죠. 우리는 그들만큼이나 기뻐했어요! 제가 사진을 보여드리지요. 그런데 그 다음 해에는 아무리 기다려도 비료 주문은 들어오지 않았어요. 걱정이 되어 우리는 결국 그들을 보러 갔습니다(그곳엔 전화가 없기 때문에 매번 차로 여섯 시간을 가야 합니다). 우리는 그들에게 무슨 일이 있는지, 불만이 있는지를 물었습니다. 그러자 그들이 뭐라고 대답한 줄 아십니까? '오, 만족합니다! 아주 만족합니다! 하지만 수확량이 너무 많아서 다 팔아치우지 못했어요. 올해 필요한 분량이 남아 있으니 새로 심을 필요가 없어요!' 이들을 바꾸려면 시간이 얼마나 걸릴지 아시겠지요! 이 일은 우리에게 큰 대가를 치르게 했지요. 그렇지만 후회를 하는 건 아닙니다."

하루가 끝날 무렵, 언덕 위로 안개가 자욱했다. 소냐는 난롯가에서 커다란 소파에 웅크린 채 책을 읽었다. 난로에서 나는 소리와 부드러운 음악이 어우러지고 있었고, 나는 창문으로 꽃밭에서 모이를 쪼아먹고 있는 연보랏빛 이비스 새를 보며 코냑 한 잔을 홀짝이고 있었다. 아프리카? 우리는 내일 다시 떠난다. 이 작은 천국에 계속 머물러 있을 수는 없을까? 우리의 도보여행은 가차 없이 진행되었다. 우리를 맞아준 집주인들도 우리가 일주일 더 머물기를 바랐고, 너무 빨리 떠나는 걸 슬퍼했다. 우리에겐 너무 과분한 일이었다!

'우리가 이런 대접을 받을 자격이 있는 걸까?'

우리를 붙잡는 그들의 따뜻한 마음을 우리는 제대로 읽고 있는 걸까? 두렵다! 금세 헤어질 거라면 무엇 하러 이렇게 인연을 맺는단 말인가? 헤어질 때마다 늘 마음이 아팠다. 우리를 재워준 집주인 가족과 작별하는 일이 이 여행에서 가장 견디기 힘든 순간이었다.

골든 밸리, 2001년 3월 21일 수요일,
여행 80일째, 37킬로미터, 총 1,314킬로미터

빈터베르크 산맥을 내려오면서 우리는 초원과 광활한 풍경을 다시 만났다. 우리는 흙길을 밟으며 '아무 데도 아닌 곳'을 걷고 있었다. 그때 내 배낭 속에 있는 휴대폰에서 메일 도착 알림 소리가 났다. 메일을 받을 때마다 우리는 굉장히 흥분했다. 서둘러 전화기를 꺼내 메일을 열고서 소냐를 바라보며 말했다.

"엘스베스야. 헨드릭 빌헬름의 부인, 엘스베스가 보낸 메일이야."

친구들에게,

두 분의 멋진 메일 잘 받았어요. 그런데 헨드릭이 임종을 맞고 있어서 전 그의 귀에 대고 두 분께서 얘기해주신 티베트의 속담을 여러 번 들려주었습니다.

"헨드릭! 당신은 정상에 도착했어요. 계속 오르세요."

불행히도 죽음은 쉽지 않았어요. 그나마 제가 위안 삼는 건 헨드릭이 이 집에서 눈을 감았다는 것과 마지막 순간까지 제가 그이와 같은 침대를 사용할 수 있었다는 거예요.

로브셔와 함께 그이를 단장한 다음, 미리 준비해둔 관에 눕혔어요.

그이의 바람대로 산에 가지고 다니던 침낭 위에 시신을 눕혔고, 두 분을 배웅하면서 마지막으로 걸었을 때 입은 옷을 입혔지요. 그리고 마지막으로 뛰어오르기 위해 단단히 끈을 맸던 그 신발을 신겼습니다.

다음날 친구들과 함께 그이를 집 뒤쪽에 묻었습니다. 제가 만든 조각상들 사이에 말이죠.

그날 신문에 남편의 부고 소식이 실렸고, 두 분께서 그레이엄즈타운 근처에서 가진 인터뷰 기사와 멋진 사진도 실렸습니다. 이미 그이는 두 분과 함께 걷고 있어요!

저희와 헤어진 후로 두 분께서는 벌써 6백 킬로미터 정도를 걸으셨더군요! 축하드려요!

두 분과의 만남이 우리 두 사람에게는 정말 경이로운 선물이었습니다. 4킬로미터 이상을 두 분과 그토록 함께 걷고 싶어했던 제 남편을 위해서라도 도보여행을 계속해주세요.

사랑을 담아, 엘스베스

우리는 초원 한가운데에서 하늘을 바라보며 흐느껴 울었다. 하베이가 하늘 어딘가에 있을 것이며 우리와 함께 계속 걸을 수 있을 거라고 믿고 싶었다.

우리는 다시 발걸음을 옮기면서 그의 영혼과 대화를 시작했다.

Africa Trek 5

영혼 사냥꾼과 인간 사냥꾼

릴리클루프, 2001년 3월 25일,
여행 84일째, 35킬로미터, 총 1,405킬로미터

동케이프 북쪽에 있는 레소토 지맥에는 스톰버그 고원이 있다. 풀이 무성한 고원인데, 격한 폭풍우에 닳고 닳아 완만해진 도상구릉으로 곳곳이 패어 있었다. 흙은 고왔고 여기저기 사암도 눈에 띄었다. 이곳 농장주들은 그저 양을 치고 영양을 기르면서 살고 있었다. 버거스드롭과 제임스타운 사이에는 여느 농장들과 다를 게 없는 농장 하나가 초원에 외따로 자리잡고 있었다. 세계의 보물 가운데 하나인 동굴벽화를 은닉하고 있지 않다면, 그리고 이 나라의 동굴벽화가 가장 밀집된 곳이 아니었다면 이 작은 집은 눈에 띄지도 않았을 것이다. 이곳은 가히 프레스코화의 천국 같았다.

몇 주 전부터 우리는 이곳을 지나가기로 마음먹었다. 폴린 뒤 플레시스의 집에서 남아프리카공화국의 여행 잡지 〈겟어웨이Getaway〉에 실린 사진을 보고서 내린 결정이었다.

3개월 동안 우리는 여기저기를 배회하고 리듬을 찾느라, 오늘의 남아프리카공화국을 이해하고 각지의 주요 인물들을 만나는 데 급급해, 막상 우리 도보여행의 테마인 '인류의 발자취를 따르는' 일에 대해 생각해볼 여유가 없었다. 촬영하는 데도 시간을 많이 보냈다.

우리는 가장 빠른 길을 택하면서 마주치는 갖가지 신호들, 우리를 맞아준 집주인들이 해주는 충고, 길에서 만나는 지표들에 신경을 썼다. 그러한 것들이야말로 우리 도보여행의 정신과 가치를 드높여주고, 예측 불가능한 독창성까지 가미해주는 요소이기 때문이었다. 그것들은 우리가 관심만 기울인다면 우리를 끝까지 이끌어갈 보호책이 되어줄 것이다. 우리에게 다른 가이드는 없었다. 이렇듯 이 〈겟어웨이〉 잡지 덕에 우리는 릴리클루프 쪽으로 가게 되었다. 만일 그 잡지를 펼쳐보지 않았다면 어디로 향했을까?

이렇게 나침반도 없이 운명, 신, 혹은 우연에 모든 걸 맡기고서 여행을 할 때는 방향을, 목표를 지킬 줄 알아야 한다. 또한 사소한 일들과 화해할 줄도 알아야 한다. 불교 속담이 말하듯 그런 사소한 것들이 모든 걸 바꿔놓기 때문이다.

"우리의 행동 하나하나가 영구적인 결과를 낳는다."

오른쪽으로 갈까, 아니면 왼쪽으로 갈까? 이 집의 문을 두드릴까, 아니면 저 집의 문을 두드릴까? 이에 따라 우리 여행의 운명이 달라진다는 걸 알았다. 그것은 인생과 과감하게 맞서는 일과도 같았다. 우연한 만남들을 수집하고, 천사들과 노니는 것이다. 우리가 걷는 건 이런 흥분을 느끼기 위해서이기도 했다.

그밖에는 직관과 분별력과 엄정성이 요구된다. 우리의 도보여행에 뭔가를 가져다줄 것이 무엇인지를 예측하고, 우리의 도보여행이 어디로 이어질지를 알아보고, 처음의 원칙들을 어기지 않아야 한다. 오로지 걸어서만 여행을 하고, 사람들의 집에서 묵고, 대지구대 끄트머리에 자리한 티베리아까지 가는 것. 이 모든 것을 연금술처럼 현명하게 배합한다면, 또한 닥치는 일에 적절히 반응하고, 엄격하게 원칙을 지키며, 세상의 노래에 귀 기울이는 일을 조화롭게 배합할 수만 있다면 굉장한 모험이 탄생할 것이다.

아프리카 트렉의 얼굴은 마치 번호가 매겨진 점들을 색연필로 잇는 어린아이의 그림처럼 하루하루 그려졌다. 점을 하나라도 빠뜨리고 연결하지 않으면 얼굴을 망치게 되지만 다듬기 위해서라면 언제라도 덧칠을 할 수가 있었다. 우리는 서두르지 않았다. 이 도보여행은 더이상 계획이 아니라 그 자체로 우리의 존재 이유가 되었다.

릴리클루프는 지도상에 있는 하나의 점에 불과했지만, 우리의 도보여행에서는 매우 중요하게 여겨지는 점이었다. 그렇기에 우리는 거부할 수 없는 무언가에 이끌리듯이 릴리클루프로 갔다. 그곳에서 우리를 맞아준 사람들은 드리즈와 미니 드 클레르크 부부였다. 릴리클루프 계곡은 이들 부부의 땅에 있었다. 그들이 까다로운 사람들이라는 얘기를 들은 적이 있었지만, 어쨌든, 우리는 소개를 받고 오는 길이었다. 전날 밤에 우리는 드리즈의 테니스 복식 파트너인 던컨 포브스의 집에서 하룻밤을 묵었던 것이다. 소냐와 나는 문전박대당하지 않기를 바랐다.

우리가 이런 생각을 하고 있을 때, 소형트럭 한 대가 우리를 지나쳤다. 그 차는 얼마 안 가 멈추더니 후진을 했다. 차에 타고 있던 남자가 익살스런 표정으로 우리에게 말을 걸었다.

"여길 걸어 다니다니 미친 거요? 뭘 찾고 있는 거요? 통계 수치라도 올리려는 거요? 흉흉한 이야기도 못 들었습니까? 자, 내 '바키'[30]에 올라타세요!"

우리는 고맙지만 차에는 탈 수 없다고 설명했다. 그러자 남자가 다시 말했다.

"그게 무슨 황당한 얘기요! 사이비 종교라도 되는 거요? 아님 기록을 세우려는 거요? 수행을 하는 겁니까? 대체 어디로 갑니까?"

"릴리클루프에요. 드리즈 드 클레르크 씨 댁으로 갑니다.

"거 잘 됐군요, 드리즈가 바로 나요!"

가는 길에 드리즈는 자신의 포인터 사냥개 두 마리를 소개해주었다. 흰색과 검은색에 털이 짧은 작은 개들이었다. 이름은 에코와 카샤라고 했다.

"이곳의 가장 아름다운 동굴벽화의 제목이 '개의 동굴'라는 걸 알고 있습니까? 산족들이 거기다가 개들을 그렸죠. 사냥감을 모는 데 개를 사용했던 게 분명해요. 요즘 전 이곳의 전통을 그대로 계승하고 있지요! 회색 자고새를 잡으려고 사냥개들을 훈련시키고 있는데 안타깝게도 아직 사냥철이 아니군요."

집에 도착하자 드리즈는 아내 미니에게 우리를 소개했다.

"당신, 이 프랑스 분들께는 정중히 인사드려도 좋아. 우리의 산족 그림을 보려고 1천4백 킬로미터를 걸어서 오신 분들이니까."

"세상에! 1천4백 킬로미터라면 산족들이 영양 떼를 일년 동안 쫓아다니는 거리와 맞먹네요. 산족들의 여름 방목장에 오신 걸 환영합니다!"

이곳의 사암 고원에는 시냇물이 흘러 궤적을 남겼고, 7킬로미터에 걸쳐 바위 밑 작은 동굴과 커다란 동굴, 포치들이 수없이 많았다. 그 동굴을 장식하고 있는 벽화는 산족이 몇 세대에 걸쳐 채색한 것들이

30) bakkie, 농부들이 그들의 가장 충실한 작업 동료인 픽업트럭을 부를 때 거의 경건하게 사용하는 용어이다.

었다.

술잔을 마주하고 앉아 드리즈와 미니는 우리에게 수렵과 채집을 하며 생활한 이 소수민족을 열정적으로 소개했다. 두 사람은 이 민족을 기억하는 일에 여가시간을 몽땅 바쳐 왔기에 스스로 산족의 유산을 지키는 파수꾼이라 여기고 있었다.

"산족은 현재 칼라하리 사막의 부시맨과 유사한 민족으로 수렵과 채집을 하며 살았습니다. 케이프타운의 코이족, 남부 연안의 그리카족, 동부의 호텐토트족과 함께 이곳 반도에 살았던 최초의 거주자들에 속하지요. 이들 종족들은 물론 서로 다르지만 현재는 그냥 하나로 묶어 '코이산족'으로 분류하고 있습니다. 하지만 산족은 지금의 레소토에 있는 드라켄스버그 산과 연관이 있지요. 아주 오래전부터 그곳에 살다가, 16세기부터 남아프리카로 이동해온 반투족과 은구니족에 밀려 이곳으로 피신해온 겁니다. 19세기에는 줄루족의 샤카 족장이 이 종족들 사이에 큰 불화를 일으키는 바람에 많은 종족들이 레소토로 피신해와 산족을 학살했지요. 살아남은 산족 사람들은 남쪽으로 내몰렸는데, 북상 중이던 부어트레커들과 맞닥뜨려 오도 가도 못할 처지에 놓였죠. 그래서 이 척박한 땅과 엘리자베스 항구의 영국 식민지 개척자들에게 분배된 땅에 모이게 된 겁니다! 출구가 없었으니까요! 1840년과 1910년 사이에 산족은 지도 상에서 사라졌습니다. 서구 식민지 개척자들은 자신들의 양 떼가 가젤처럼 산족의 화살에 맞는 꼴을 참지 못했지요. 산족은 사냥을 하지 않을 수 없었고요. 그래서 2천 년이나 된 문화가 70년 만에 사라지는 결과가 나게 된 겁니다."

미니가 이어서 말했다.

"처음에 서구 식민지 개척자들은 산족과 초기 충돌을 겪은 후에 화해를 하고 휴전을 하려고 애썼지만, 산족은 이들의 가축을 약탈하고, 남자들이 없는 틈을 타 여자들과 아이들을 죽였지요. 그러다 결국 인간사냥으로 끝이 났지요. 이곳의 그림들은 그리 오래된 것들이 아닙니다. 2백 년 전에 산족이 대이동을 하던 초기를 이야기하고 있지요. 여기는 이 나라에서 산족의 그림이 가장 많이 모여 있는 곳입니다. 여러 주인들이 대를 이어 잘 돌본 덕택에 보존상태도 아주 좋답니다. 그래서 우리는 릴리클루프 계곡이 '세계 인류의 유산'으로 선포되기를 바라지요."

다음날, 푸짐한 아침 식사를 한 후 우리는 그 유명한 계곡 쪽으로 가려고 고원을 가로질러 걸었다. 미니가 손짓을 섞어가며 풍경을 묘사해주었다.

"스톰버그 고원은 카루에서 겨울을 나기 위해 가을에 드라켄스버그에서 내려오는 사냥감이 반드시 지나가야 하는 곳이었지요. 그랜드 트렉의 초기 개척자들은 여기서 6주 동안이나 먼지구름이 하늘로 치솟는 광경을 보았다고 했습니다. 1만여 마리의 동물들이 이동을 했으니까요. 거대한 고기 저장고와도 같은 이 동물 떼를 쫓아 산족은 릴리클루프를 지나가게 되었지요. 동물들의 이동이 계속되는 동안 그들은 이곳에 머물다가 얼음이 얼기 시작하기 전에 고원에서 다시 내려왔지요. 아실지 모르겠지만 여기는 겨울에 기온이 영하 18도까지 내려가니까요."

바람에 깎인 돌들이 군데군데 서있는 광야를 지난 후 우리는 작은 협곡 끝에 이르렀다. 단단한 사암지대에서 단연 돋보이는 협곡이었다.

"보세요, 길은 고원에서 크게 곡선을 그리며 이리로 지납니다. 7킬로미터에 걸쳐 열다섯 곳의 유적지가 있답니다. 그 다음에는 6백 미터에서 수직으로 꺾이죠. 자, 개의 동굴로 가보시죠!"

우리는 아주 작은 계곡으로 내려가 얼마 동안 메마른 강바닥을 따라갔다. 풀이 무성하게 자라 있었다. 여기저기 반들반들한 바위 아래 물웅덩이가 있어 이 사막지대의 생태계를 살아 움직이게 하고 있었다.

“이 지역에는 항상 물이 있었고 사냥감도 풍족했으며 피신처도 많았죠. 그런데 유독 이 장소에 산족의 그림이 집중적으로 모여 있고 무리를 지어 생활한 걸로 보아, 이곳이 아주 중요한 의식을 치렀던 곳 같습니다.”

우리는 덤불숲을 지나 커다란 포치로 향해 가면서 협곡의 맞은편 비탈로 올라갔다. 포치의 끄트머리가 고원의 끝이었다. 그것은 자연이 만든 처마였다. 동글동글해진 내벽에는 벽화라곤 보이지 않았다. 대체 걸작이 어디 있다는 걸까? 바로 우리 눈 아래에 있었다.

우리는 탄성을 지르며 인간이 상상할 수 있는 최고의 진귀한 동굴을 보았다. 사람 키 높이에 몇 평방미터에 달하는 둥근 천장에는 사라진 종족의 가냘픈 형상들이 펼쳐져 있었다. 무기와 짐을 들고 카루를 향해 걸어가는 한 부족 전체가 놀랄 정도로 섬세하게 묘사되어 있었다. 아주 매끈한 회색의 돌 알갱이가 놀랄 정도로 정교한 그림을 잘 간직하고 있었다. 여자들은 아이를 등에 업고 있었는데, 머리 모양으로 여자인지 구분할 수 있었다. 아이들의 머리는 낚시 추 정도의 크기였다. 여자들은 술이 달린 가죽 가방을 메고, 가는 끈이 달린 가죽 치마를 입었으며, 한쪽 어깨에는 막대기를 메고 있었다. 미니가 흥미로운 말을 꺼냈다.

“막대기 위에 동그란 게 보이시죠? 산족의 물건 중 유일하게 발굴된 것이에요. 돌에 구멍을 뚫어서 그 안에 막대기를 넣은 것입니다. 힘을 덜 들여서 땅을 파고 덩이줄기를 끄집어낼 수 있지요. 보세요. 여자들은 모두 땅 파는 막대기를 들고 있습니다.”

몇몇 남자들은 팔에 아이를 안고 있었고, 활과 화살, 창, 화살통을 가죽 끈으로 맨 남자들도 있었다. 인물들 중에는 키가 2미터나 되는 사람도 있었다. 지팡이를 짚고서 구부정한 모습으로 뒤처져 걷는 키 작은 노인도 있었는데, 정말로 무언가를 외치는 것처럼 보였다. 여기

저기서 개들이 어찌나 신나게 뛰어다니는지 마치 꼬리가 흔들리고 있는 것 같았다. 너무나도 생생한 개들의 모습은 보기 드문 것이기 때문에 벽화 전체를 특징짓는 중요한 요소가 되었다. 세부묘사 하나하나에 감탄하고 나서 우리는 동굴벽화 전체를 감상하려고 조금 뒤로 물러섰다. 소냐가 말했다.

"이 사람들이 모두 같은 방향으로 똑같이 움직인다는 게 인상적이에요. 모두들 왼쪽 발은 앞으로 내밀고, 오른쪽 발은 뒤에 두고 있어요. 설마 발맞춰 걷는 것은 아니겠죠?"

마니가 이런 대답을 했다.

"당연히 아니죠. 동굴벽화를 그린 예술가는 이러한 반복적인 동작을 표현하여 이동의 느낌을 더 생생하게 표현하고 싶었을 겁니다. 그림 속에서 산족은 산책을 하고 있는 게 아니라 생존을 위해 나아가고 있는 겁니다. 50명이면 산족에게는 아주 큰 무리였지요. 우리 눈앞에서 펼쳐지고 있는 건 산족의 계절에 따른 이동이 아니라 집단 피난이죠."

뒤로 약간 물러나서 보니 한 무리의 인물들이 눈길을 끌었다. 처음에 볼 때는 활을 든 사냥꾼들에게 포위되어 쫓기는 아프리카 영양을 표현한 사냥 장면 같았는데, 좀더 자세히 보니 두 인물이 완전히 S자 형태로 몸을 포개고 있었고, 세번째 사람은 반은 인간, 반은 동물인 키메라 같아 보였다. 가면을 쓰고 있는 건가?

미니가 흥미로운 말을 했다.

"이 인물을 우리는 '테리안스로프'라고 부릅니다. 미노타우로스나 켄타우로스, 또는 다른 사티로스의 산족 버전이죠. 다만, 산족의 테리안스로프는 완전한 상태가 아니라 변신 단계에 있어요. 영양을 좀더 가까이에서 보세요. 코에서 피가 나고 있는 게 보이죠. 상처를 입은 걸까요? 아닙니다. 코에서 피가 나는 건 무아지경에 들어갔다는 것을 뜻합니다."

"영양이? 무아지경에요?"

"이해를 하려면 한 가지 열쇠가 필요하죠. 바로 샤머니즘적 해석입니다! 이건 사냥 장면이 아니라 무아지경에서 주술사가 영양으로 변신하는 장면입니다. 영양은 산족의 신전에서 가장 성스러운 피조물이기에 인간과 절대자인 카뉴 신 사이를 연결하는 데 꼭 필요한 매개체죠. 주술사의 역할은 종족의 번영을 위해 무아지경에서 상징적으로 영양을 붙잡아 인간세계로 데려오는 것입니다. 만일 실패하면 굉장히 불길한 징조로 간주되었고요."

그림 속 인물 하나가 조금 외따로 떨어져, 벌집 모양의 둥그런 아치를 이루는 구조물 아래 서있었다. 마치 패러글라이딩 낙하산 같았다.

"여기 이 사람은 나는 법을 어디서 배웠을까요? 보세요! 낙하산 줄 같은 것도 보입니다. 앞날을 내다본 걸까요? 시간 여행을 했을까요?"

미니가 웃으며 말했다.

"아니에요! 아마 동굴 천장에 매달린 벌집을 장대로 따려는 채집자일 겁니다."

우리는 머릿속에 산족의 그림을 가득 채운 채 다시 계곡을 따라 걸었다. 좀더 멀리 가니 어두운 천장 아래 덤불숲에 가려진 은구니 동굴이 있었다. 은구니란 이름은 같은 이름을 가진 유목민 종족에게서 산족이 훔쳐온 멋진 암소의 이름을 딴 모양이었다. 산족은 가축을 기르지 않았기 때문이다.

다채로운 색으로 표현된 그 암소를 보니 의문이 생겼다.

"색채가 아직도 이렇게 생생한데, 돌에 색을 입히고 오랜 세월 동안 보존하기 위해 어떤 안료를 사용한 거죠?"

"황갈색은 영양의 피와 달걀노른자를 섞어서 만든 자연 안료였습니다. 정착액으로는 맹독인 '대극 즙'을 사용했지요. 검은색은 뼈의

골탄에서 얻은 것이고, 흰색은 백묵이나 타조 알을 곱게 빻아서 얻은 것인데 흰색은 그다지 오래가지 못했지요."

"그런데 이 동물은 뭐죠?"

소냐가 희한하게 생긴 작은 동물 무리를 가리키며 물었다.

"성스러운 갯가재로 변신한 다섯 명의 주술사입니다. 이들은 완전히 환각상태에 빠져 서로 손을 잡고 무아지경에서 춤을 춥니다. 하지만 흥미로운 것은 주변의 세부묘사입니다. 보세요, 흰색 점이 많이 있죠. 그리고 이건 나선 모양인데 아무 의미 없이 그린 게 아닙니다. 중요한 징후를 표현하고 있어요. 마약이 일으키는 착시효과 말입니다. 테리안스로프들은 완전 도취상태에 있는 겁니다! 그리고 이게 뭔지 아시겠어요?"

미니는 우리에게 둘씩 짝지어진 흔적들을 가리켜 보였다. 붉은색의 네 줄이 그어져 있었다. 소냐가 외쳤다.

"끔찍해요! 잘린 손이잖아요!"

"잘 보셨습니다! 그렇지만 이 손들은 잘린 게 아닙니다. 이건 일종의 수수께끼와도 같은 음향적 표시인데요, 온 부족이 주술사를 둘러싸고 손뼉을 쳐서 격려하는 것을 뜻하지요. 들어보세요!"

미니는 손뼉을 치기 시작했는데, 그 소리는 맞은편 천장에 부딪쳐 우리에게 메아리로 돌아왔다. 셋이서 손뼉을 치자 요란한 박수 소리가 고막을 울렸다.

소냐가 불쑥 물었다.

"그런데 무아지경엔 어떻게 빠진 걸까요?"

"저기 보이는 저 식물의 씨를 피우고 춤을 추면 호흡이 점점 가빠지죠. 그들은 지칠 때까지 춤을 추었어요. 다른 세계로 건너가서 그곳의 비전을 가져와 동굴벽에다 그릴 수 있으려면 코피를 흘려야 했기 때문이죠. 산족에게 영혼의 세계는 하늘에 있는 게 아니라 그들이 춤을 추던 동굴의 내벽 건너편에, 바위 한가운데에, 대지의 여러 힘들 가운데 있다는 사실을 잊지 마세요. 이렇듯 동굴 벽은 마치 현실세계와 영적 세계라는 두 세계 사이에 펼쳐진 베일과 같은 것이었습니다. 두 세계 사이를 넘나들려면 주술사에게는 문이 필요했죠."

"문이라니요?"

"보세요. 갖가지 종류의 문이 여기에 그려져 있습니다. 이 흰색 사다리 같은 것은 지하수입니다. 여기에 물구덩이나 바위에 패인 틈이나 균열이 있어요. 하지만 더 좋은 게 있습니다. 여기를 보세요. 회색빛이 도는 푸른색으로 완만한 사각형 형태의 어두운 지대가 뚜렷이 보이죠. 그 가장자리에는 작은 흰 점들이 있고요."

"마치 방송이 다 끝난 후 지지직거리는 텔레비전 화면 같군요."

다른 차원의 현실로 건너가기 위한 작은 화면? 몇 세기 전에 산족이 돌에 그린 그림이 정말로 시간을 여행하게 해준 걸까?

우리는 조용히 명상을 했다. 어느 순간 캄캄한 밤에 불을 둘러싸고 웅크린 채 앉아 있는 부족의 환영이 내 눈앞에 나타났다. 그들은 손뼉을 치며 박자에 맞춰 소리를 질렀고, 불빛에 일그러진 그들의 그림자가 시뻘겋고 검은 유령의 전투처럼 동굴 벽에 일렁였다.

영양 동굴에는 멋진 두 사내가 대적하고 있었다. 이브를 떠올리게 하는, 엉덩이가 아름다운 여자가 뱀의 목을 조르고 있었고, 다섯 명이 서로 뒤엉켜 달리면서 동시에 상상의 결승선에 도달하는 모습이 그려져 있었다. 해석은 자유가 아니던가! 비[雨]의 동굴에는 한 무리의 테리안스로프들이 세 마리의 검은 하마들을 공격하는 모습이 그려져 있었다. 하마는 접힌 비곗살이며 돌돌 말린 꼬리가 정말 생생하게 표현되어 있었다.

"이것 역시 사냥 장면을 그린 게 아니라 비의 동물을 생포하는 장면을 그린 겁니다."

"무슨 뜻이죠?"

"산족은 구름을 동물이라고 믿었어요. 풀이 잘 자라서 가축 떼가 매년 많이 돌아오게 하려면 주술사가 특별한 의식을 통해 무아지경에 들어가 하마나 뱀이나 코끼리 형태를 취하고 있는 비의 동물을 찾아서 죽여야 했지요! 그러니 여기 보이는 하마들은 사실은 구름인 겁니다."

'탄생의 동굴'에서 우리는 다산의 여신 그림을 보고 낙선작 전시회에서 화젯거리가 된 귀스타브 쿠르베의 1866년 작품인 〈세상의 기원〉과 흡사해 깜짝 놀랐다. 가랑이를 활짝 벌린 채 갈라진 땅 양편에 다리를 걸치고 앉은 여신은 마치 무르익은 과일처럼 가랑이 사이를 선정적으로 드러내고 있었다. 어쩌면 같은 시기에 그려진 것이 아닐까? 혹시 산족의 어느 주술사가 귀스타브의 꿈속에 나타난 건지도 모르지 않는가? 댐 동굴에는 키 작은 사냥꾼이 가젤 뒤로 활 시위를 당긴 채 달리고 있고, 한편에선 임팔라가 새끼에게 젖을 먹이고 있었는데, 새끼의 가냘픈 다리가 떨리는 게 느껴졌다. 개의 동굴에서 산족의 행진을 그린 방대한 동굴벽화를 떠나오면서 나는 우리가 앞으로 걸어야 할 1만2천5백 킬로미터를 생각했다(주술사의 시각으로). 그러자 문득, 궁금해졌다. 산족은 모두 어디로 가는 걸까? 물론 우리와 함께 간다! "인류의 발자취를 따라서."

석양이 질 무렵 우리는 피로에 지친 몸으로 돌아왔고, 삶에서 예술이 얼마나 중요한지에 대해 생각했다. 예술은 한 민족의 흔적이요, 시간에 던지는 조소다.

우리는 릴리클루프에 얼마 동안 머물면서 동굴 내벽을 촬영하고, 그 신비한 분위기에 취해서 이곳저곳을 둘러보기도 했다. 새로운 보물을 찾게 되지 않을까 내심 기대하며 절벽을 구석구석 살폈고, 이미 다 알고 있다고 생각했던 벽화에서 미처 보지 못했던 세부묘사도 발견할 수 있었다. 두 인물 사이의 일치점을 깨닫기도 하고, 새로운 해석을 내리기도 했다. 이 걸작들의 현대성이 바로 거기에 있었다. 이 작품들은 열려 있어서, 쉽사리 이성으로 경계 지어지고 파악되지 않았다. 그것들은 무아지경에 빠진 주술사처럼 끊임없이 증발하듯 달아났다.

어느 날 저녁, 우리는 숙소로 돌아오는 길에 드리즈를 다시 만났다. 그는 눈이 붉게 충혈되어 있었고 얼굴은 초췌했다. 전날 아페리티프를 마시고 있는데, 그의 개 두 마리가 갑자기 사라졌다는 것이다.

"그놈들이 양 서른여덟 마리의 목을 물어 죽여버렸습니다. 이웃에 사는 오우보에트 쿠체가 에코를 죽였죠. 그리고 카차는 낙엽처럼 덜덜 떨며 돌아왔고요. 차마 카차를 죽이지는 못하겠더군요! 도대체 이 고원에서 무슨 일이 일어나고 있는지 모르겠습니다. 개들이 사냥 본능에 사로잡혀 미쳐 날뛰고 있어요."

우리가 드리즈 부부와 헤어질 때쯤 이 비극은 마무리되었다. 카차는 결국 다시는 양을 만날 일이 없는 도시로 보내졌다. 새 천 년에 도보로 여행하는 우리의 원기를 불어넣어주려고 드리즈는 새로 태어난 강아지의 이름을 알렉스와 소냐를 합쳐서 만든 렉손으로 지었다.

스톰버그 고원을 다시 내려가며 우리는 방대한 드라켄스버그 지맥으로 접어들었다. 그레이트 피쉬 강과 케이 강에 의해 침식된 협곡과 산으로 이루어진 지형이었다. 우리가 만난 농장주들은 흑인들과 함께 일을 하게 되면서, 컬러드인들의 만행에서 벗어나게 되어 기쁘다고 말했다. 케이프 지역과는 얘기가 완전히 뒤집혔다!

제임스타운을 넘어 한적한 교차로 플로크랄에 도착했을 때 무장한 경찰관 한 명이 우리를 세웠다.

"도대체 무슨 일로 이 지역을 어슬렁거리는 겁니까? 특공대들이 이

지역 일대를 수색 중이란 말 못 들으셨습니까? 젊은 농장주 부부가 끔찍한 고문을 당한 뒤 살해된 사건이 일어났습니다. 눈이 처참하게 뽑히고 화장실에 매달린 채로 발견되었습니다. 천장까지 피가 튀었죠. 더이상 자세한 이야기는 관두겠습니다. 올리버스클루프에 있는 그 집 앞을 아마도 지나오셨을 겁니다!"

나는 표지판이 떠올랐다. 길에서 집이 보이기에 물을 얻어갈까 생각했었던 집이었다. 릴리클루프에서 피투성이가 된 양의 시체더미를 보고 온 뒤라 이 소식에 하늘이 새까매지는 것 같았다. '빌헬름 바게나아르'란 이름의 이 경찰관은 우리에게 충격을 준 것을(원했던 바는 아니지만) 미안해하며 우리를 자기 집으로 초대했다. 그는 시골에서 압수한 무기들도 보여주었다. 창, 갈고리, 곤봉, 나무로 된 몸체에 방아쇠가 달린 권총, 고무줄과 부싯돌로 된 새총 등이었다.

"통계를 좀 보십시오. 1994년 전에는 제가 담당했던 구역 한 곳에서만 일년에 평균 60건의 범죄가 발생했습니다! 이 곡선 그래프를 좀 보세요! 지금은 90건에서 147건으로 범죄가 늘어났죠."

집에 도착하자 그는 아내와 갓난아기에게 키스를 하고는 얼른 커튼을 쳤다. 이 지역의 다른 집들과 마찬가지로 이들도 최근에 창문에 창살을 단 모양이었다. 문이라는 문은 다 잠그면서 그가 설명을 했다.

"무기를 손에서 놓을 수가 없습니다. 사람들은 커튼 뒤로 숨게 되었죠. 그들이 토끼 사냥을 하듯 밤에 유리창 너머로 사람들에게 총을 쏘아대기 때문입니다. 지난 주에도 제임스타운 근처에서 외따로 떨어져 살고 있는 한 노파에게 일이 일어났지요. 이러니 바리케이드를 치고 틀어박히지 않을 수 없어요! 올리버스클루프 특공대가 젊은 부부를 살해한 그 나쁜 놈들을 하루빨리 잡았으면 좋겠습니다. 우리 팀은 그 노파를 살해한 범인들을 체포하는 데 성공했어요. 범인은 두 사람이었는데 열흘 동안 산에 숨어서 노파의 행동과 움직임을 관찰했고, 그러다가 노파가 아무런 의심없이 텔레비전 앞에 앉아 있을 때 덮쳐서 살해한 겁니다. 놈들이 자행한 다섯번째 살인이었지요."

소냐가 목멘 소리로 말했다.

"그런데 왜 하필이면 가난하고 나이 많은 여자를?"

"죽은 남편이 남긴 돈과 무기를 훔치려고 그랬답니다."

"그런데 특공대는 어떤 사람들인가요?"

"농장주들로 결성된 자원봉사대인데, 새 체제의 남아프리카공화국 군대의 지휘 하에 있습니다. 일종의 '헌병'이라고 보시면 됩니다. 특공대의 임무는 정부가 공무원을 배치하지 못하는 황량한 지역의 치안을 맡는 것입니다. 프랑스의 '데파르트망département[31]'에 해당할 만큼 큰 지역을 우리 세 명의 경찰관이 맡고 있지요. 우리 특공대는 외지에서 온 범죄자들보다 이 지역을 잘 알지요. 우리는 도로 검문을 하고, 길을 봉쇄하기도 하고, 인부들 간의 주먹다짐이 종족 전쟁으로 번지지 않도록 막고 있습니다. 그리고 소방관 일도 하고, 뭐든 다 합니다! 그러나 농장이 습격당하는 일을 막는 것이 우리의 진짜 존재 이유입니다. 아시는지 모르겠지만, 1991년부터 우리나라에서는 5천5백 건 이상의 농장 습격 사건이 발생해서 사망자가 1천8백 명에 달합니다! 게다가 점점 더 심각해지고 있습니다. 1998년부터지금까지 927명의 농장주가 살해당했죠. 범인들은 목숨을 살려두지 않아요. 여자들, 아이들, 일꾼들 할 것 없이 모조리 죽입니다. 일년에 3백 명, 거의 하루에 한 명꼴로 살해당하고 있습니다. 도보여행하실 때 이걸 염두에 두세요."

우리는 아무 말도 하지 못하고 가만히 있었다. 빌헬름이 다시 말을 이었다.

31) 프랑스와 프랑스 식민지였던 나라에서 쓰는 지방 행정구역의 가장 큰 단위—옮긴이

"너무 놀라 말문이 막히시죠? 유럽 신문에는 이런 이야기가 나오지 않죠. 이런 뉴스를 들려주면 모두들 멋지고 친절하다고 알려져 있는 남아프리카에 대해 혼란을 가져올 테니까요. 유럽 사람들에게는 그저 무가베와 20년 전에 살해당한 열여덟명의 운 없는 짐바브웨 농장주들 이야기만 하지요. 공포심을 퍼뜨리고 싶어서죠. 그러나 여기서는 이런 이야기를 하면 안 됩니다. 무지개 나라라는 이미지를 망가뜨리게 되니까요! 여기서 살해당한 987명의 수는 흑인들 사이에 벌어지는 범죄 건수보다도 적고, 종족 간에 전쟁이 벌어질 경우 발생할 사상자의 수에 비해서도 아주 적은 편이니까요. 따라서 침묵하는 동안 사람은 계속해서 죽어나갑니다! 문제는 어떤 조치든 취하지 않으면 이것이 멈출 이유가 없다는 거예요. 그리고 언젠가는 이렇게 침묵한 것이 범죄에 동조한 꼴이라는 소리가 나올 겁니다! 이곳에서는 경찰도 많이 죽지만 그보다 농장주가 더 많이 살해당합니다. 이 두 가지가 가장 위험한 직업이죠. 도시에서 일어나는 범죄는 숫제 치지 않고도 말입니다!"

"그런데 누가 이런 짓을 하는 거죠? 그리고 왜 그러는 거죠?"

"아! 그 질문에 대한 이론은 여러 가지입니다. 체포된 범인들은 대부분 요하네스버그와 더반의 흑인 게토 지역에서 옵니다. 이들은 금품을 약탈하고 무기를 탈취하려고 하지요. 그 무엇으로도 이들을 막을 수가 없어요. 이들은 더할 나위 없이 잔학한 짓도 서슴치 않습니다. 그런 패거리라도 만나는 날에는 두 분에게도 도보여행이고 뭐고 없는 거죠."

나는 애매한 표정을 지으며 이렇게 말했다.

"저희는 괜찮습니다. 오늘도 당신을 만났잖습니까."

Africa Trek 6

송어와 열광

오르펜에서 밀라드까지, 2001년 4월 18일 월요일,
여행 108일째, 35킬로미터, 총 1,581킬로미터

첫눈에도 버클리 이스트 계곡은 도보여행을 하며 본 계곡 중 가장 아름다웠다. 동케이프의 북쪽, 레소토 지맥의 황량한 사암지대 한가운데에 외로이 자리한 버클리 이스트 계곡은, 영국 왕실이 식민지 개척자들의 물결에 맞섰던 용맹스런 코사족과 싸워 1세기 전에 점령한 곳으로, 그 조화로운 모습이 인상적이었다.

계곡은 아주 깊지도, 아주 황량하지도 않았으며, 희귀한 나무들이 자라고 있지도 않았다. 특별히 야생동물들이 많은 곳도 아닌 여느 계곡들과 별반 다르지 않은 곳이었다. 그 가운데에 별다른 매력도 역사도 없는 평범한 도시 버클리가 있었다. 그런데도 어떤 힘이, 비할 데 없는 에너지가 느껴졌다. 그것은 끝없는 광활함과 특유의 정적 때문이었다. 그 순수성에서는 원초적인 느낌이 났고, 그곳의 지형에서는 어떤 확실성이 느껴졌다. 이 계곡에 들어선 순간 목표 지점에 다다른 듯한 기분이 들었다.

이곳을 여러 영토로 분할하려고 영국 왕실에서 파견한 지리학자 오르펜 경도 그런 느낌을 받았을 것이다. 농장은 거의 보이지 않았고, 황금색 풀들만 끝없이 펼쳐져 있었다. 시간은 멈춘 듯했고 낙원에 와 있는 것만 같았다. 길모퉁이에서 〈초원의 집〉의 주인공 잉걸스 가족의 로라와 메어리(이들을 보고 사랑에 빠지지 않은 사람이 있을까?)를 만날 것만 같은 기분이 들었다. 가을 포플러나무로 붉게 물든 계곡에서 던 그린(Dawn Green, 초록 여명!)이 우리를 맞아주었다.

"대단해요! 마침 필요할 때 맞춰 오셨네요! 산딸기 첫 수확을 하려던 참이거든요!"

우리는 곧장 산딸기를 따러 갔고, 맛도 보았다! 밀라드 농장은 산딸기 밭과 방목장으로 둘러싸인 푸른 골짜기에 자리잡고 있었다. 던의 집은 100년 이상 된 주목 아래에 큰 돌로 지어진 낡은 집이었다. 협곡 전체가 녹음에 휩싸여 부드러운 느낌을 주었고, 한가운데에는 강물이 흐르고 있었다.

던은 옐로우우드로 만들어진 가구들과 트란스발 전쟁 장면이 담긴 판화들이 가득한 이 집에 우리를 묵게 해주었다. 내 척추가 다시 아프지만 않았더라면 모든 것이 완벽했을 것이다. 두번째로 나타난 이상 증세였다. 산재産災가 아닌가! 통신장치에다 편지를 쓰면서 걷느라 머리를 너무 앞으로 숙이고 다녔던 것이다. 어쨌든 신발은 갈아 신었다. 1천 킬로미터 이상 걷고 나니 우리의 첫번째 신발은 끈까지 몽땅 닳아버렸고, 굽 역시 완전히 닳아서 충격 흡수를 전혀 하지 못했다. 난 걱정거리를 던에게 말했다.

"걱정 마세요! 이웃집 여자가 침술가이자 물리치료사니까요."

남아프리카의 기적이 또다시 일어난 것이다. 필요한 것이 있을 때마다 해결책은 늘 가까이 있었다. 내가 그에게 말했다.

"인생이 가장 허구성 짙은 소설보다 더 소설 같다고 생각하지 않으세요?"

"우리 셋은 잘 통할 것 같군요!"

빛나는 금발머리에 청록색의 눈을 가진 아담한 여자, 측량사 장교의 증손녀라는 타니아 오르펜이 와서 내 맥을 짚더니 진단을 내렸다.

"C7과 T4 사이의 신경 하나가 살짝 눌렸군요. 이 때문에 등뼈와 늑골 사이의 근육이 수축했네요. 그러다 보니까 척추 골단이 당기게 되고 신경이 더 눌리게 되는 거죠. 마사지를 할수록 신경이 더 눌리게 될 겁니다."

"심각한가요, 선생님?"

"그리 심각하진 않아요! 하지만 고칠 방법은 침밖에 없습니다."

그러더니 그녀는 내 등에다 열한 개의 침을 4센티미터 깊이로 찔러 넣었다. 희한했다! 아무런 감각도 없었다. 그녀가 내게 물었다.

"느낌이 오나요? 2센티미터를 지나면 근육 저항을 만나게 되니 침을 살살 돌릴 게요. 자, 됐어요! 침이 마치 좌약처럼 근육 속으로 빨려 들어갔어요."

놀랍기도 했지만 한편으로는 걱정도 되었다.

"침을 얼마 동안 그렇게 꽂아두실 거죠?"

"근육 저항을 이길 때까지요. 근육이 아직 긴장해 있어요. 이따금 침이 저절로 튕겨져 나오기도 하지요."

근육은 하나씩 하나씩 전부 풀어져갔다. 아직 긴장한 건 내 뇌밖에 없었다.

침은 한 번만 맞는 게 아니어서 내 척추가 오므라들던지 아니면 늘어날 수 있도록 우리는 며칠 밀라드에 머물기로 했다. 소냐는 아무런 문제가 없었다. 정말 강인한 여자였다! 그녀가 하고 있는 건 그야말로 도보 강제노동이었다. 어떤 날에는 비를 홀딱 맞으면서도 군말 없이 42킬로미터를 걸었고, 버려진 집의 맨바닥에서 잠을 잤어도 다음날 아침이면 씩씩한 군인처럼 다시 출발했다. 나의 마약은 소냐와 함께 걷는 일이었다. 나의 여걸, 소냐!

던의 남편 윈은 살짝 돌출된 눈을 가진 온순한 사람이었다. 두터운 입술과 동그란 얼굴을 굵은 목과 다부진 걸음걸이가 상쇄하고 있었으며, 변덕을 부리거나 격한 감정을 내보이는 법 없이 자기 생각을 끝까지 밀고 나가는 사람 같아 보였다. 던과 윈은 요하네스버그에서 공부를 하다가 만났다. 그때만 해도 던은 가축을 기르고 농사를 지으며 살게 되리라고는 생각지도 못했다고 한다. 그는 당시 사회과학 학위를 준비 중이었기 때문이다. 한편, 윈은 농업 기술자 과정을 마친 상태였고, 도시에서 살 생각은 전혀 없었다. 이렇듯 두 사람은 서로에게 맞는 상대가 아니었는데, 삶이 그들을 엮어 더 큰 행복을 누리며 살게 만들었던 것이다.

던은 산족의 그림에 관한 박사논문을 마친 상태였다. 그녀는 고양이 같은 눈에 자장가처럼 감미로운 목소리를 가진, 우아하고 날씬한 여자였다. 그녀는 산족에 관해 최근 발견한 것 가운데 하나인 '힘의 선'에 흥미를 갖고 있었다.

"모든 그림이 권력과 힘을 표현하고 있습니다. 때로는 큰 곡선으로 혹은 수 미터에 달하는 긴 파선波線으로 상징함으로써 아주 복잡한 관계로 권력과 힘이 얽혀 있는 걸 표현했죠. 동굴벽화는 세부적으로 분석하기보다는 전체를 봐야 해요. 바로 그 점 때문에 복잡한 거죠!"

우리가 릴리클루프에서 본 것을 보충하기 위해 그녀는 자신이 가장 좋아하는 카테드랄 동굴로 우리를 데려갔다. 편자 모양의 사암 절벽에 있는 거대한 동굴이었다. 강물을 향해 구불구불 이어지는 협곡이 눈앞에 펼쳐졌다. 저 멀리로 푸른 강둑이 보였다. 던은 입구 왼쪽에서 자신이 가장 좋아한다는 주술사들과 테리안스로프로 변신한 거인들의 그림을 우리에게 소개했다. 거인들은 크기가 1미터나 되었고, 말발굽이 달려 있었으며, 괴물의 얼굴을 하고서 잔뜩 뻬기듯 동굴 벽 위를 거닐고 있었다.

"보세요! 머리는 영양이고, 표범 가죽을 두른 채 저 틈에서 나오고 있잖아요. 저들은 먼 여행에서 메시지를 갖고 돌아오는 겁니다. 뒤를 보세요. 살짝 발자국이 그려진 것이 보이시죠? 왜 그럴까요? 아마도 단순히 아름다움을 생각해서겠죠."

던이 어찌나 진지하고 열정적으로 이야기를 하던지 우리 눈앞에서 그림들이 살아 움직이는 것 같았다. 거인들은 그림자의 침묵 속에서 온갖 의미로 얼굴을 찡그리고 있었다. 우리는 마치 무아지경에 빠져드는 것만 같았다. 순간적으로 나타났다 사라지는 핏빛의 이미지들이 우리를 전율하게 했다. 우리는 이 신비로운 마법에서 빠져 나오려고 밝은 곳으로 나왔다.

다음날, 우리는 가축 판매를 구경 갈 채비를 했다. 윈은 계곡에서 가축 장터를 열고 있었다. 이 지역의 농장주란 농장주는 모두 장터로 나와 걸어다니는 비프스테이크를 경매에 올리고 있었다. 그런데 새로운 점은 흑인 일꾼들도 여기서 가축을 팔 수 있다는 것이었다.

아침부터 소들은 계곡이나 강물을 건너 안장도 없이 야생마를 탄 사람들에게 이끌려 이곳까지 왔다. 가축우리 주변에서는 흥분과 긴장이 고조되었다. 암소들도 그렇고 소 주인들도 역시 그랬다. 그 둘 모두 어떤 나쁜 일이 닥칠까 염려했다. 소들은 소란을 피우며 엄청나게 울부짖었고, 주인들은 손에 휴대용 계산기를 들고는 뭔가를 골똘히 생각하는 모습으로 걸어다녔다. 나는 윈에게 물었다.

"왜 암소들이 저렇게 크게 우는 거죠?"

"방금 새끼들과 떼어놓아서 그래요."

이 말을 듣자 소란스런 장터가 훨씬 가슴 뭉클한 곳으로 변했다! 암소의 울부짖음에서 절망감이 느껴졌다. "내 새끼를 돌려줘!"

경매가 시작되었고, 가축들이 하나둘씩 등장했다. 경매인은 알아들을 수 없는 말을 빠르게 쏟아냈고, 소들은 거치적거리는 건 모조리 들이받을 듯한 기세로 경매장으로 들어섰다. 먼지와 소들에게서 느껴지는 스트레스가 분위기를 긴장시켰다. 소들은 운명의 주사위가 이미 던져졌다는 사실을 알지 못한 채 경매장을 나왔다. 레소토 북쪽 지역인 오렌지 자유국에서 온 세 명의 대량 구매자들이 가축들을 서로 차지하려고 경쟁을 벌였다.

윈이 기뻐하며 우리가 있는 곳으로 왔다.

"가격이 예상한 것보다 30퍼센트나 올랐습니다. 아마도 이게 다 유럽에서 발생한 광우병 덕분일 겁니다. 여기는 광우병이란 건 존재하지 않거든요!"

한 흑인이 기쁨의 함성을 지르며 온몸으로 춤을 추면서 지나갔다.

"제 일꾼입니다. 암소 열 마리를 방금 2천8백 유로에 팔고는 좋아서 어쩔 줄을 모르는군요. 그 돈이면 일년 치 수입보다 많거든요! 하지만 얼마 전에 멍청한 법이 통과되는 바람에 저는 찢어지게 가난한 처지가 되고 말았습니다. 일꾼들이 가축에서 얻는 소득이 봉급보다 많으면 지주의 땅을, 다시 말해 제 땅을 일정 부분 소유해야 한다고 정한 법이지요. 이 법 때문에 지주들은 이제 일꾼들이 가축을 소유하지 못하게 막고 있어요. 혜택받은 걸로 간주되는 사람을 가난하게 만드는 법이지요. 일꾼들에게 어느 편이 좋으냐고 물었죠. 그들도 이처럼 불공정한 법에 반대한다고 했습니다. 하지만 이 법에 반대하면서도 돈은 기꺼이 받고 있습니다. 그러는 동안 위험 부담은 모두 제 몫이고요. 저는 제 일꾼들이 부자가 되었으면 좋겠다는 생각에 이 일을 하고 있지요! 보는 것만으로도 즐거우니까요!"

정말이지 여기 일꾼들만큼 대우를 잘 받는 일꾼들을 본 적이 없었다. 그들은 멋지고 현대적인 집에서 공짜로 살았고 전기도 공짜였다. 모두를 위해 훌륭한 위성 텔레비전도 갖춰져 있었다. 자동차를 가진 일꾼들도 여럿 있었다. 보수도 다른 곳의 일꾼들보다 더 많이 받았다. 하지만 무엇보다도 밀라드에서 느껴지는 건 훈훈한 작업 분위기였다. 말을 탄 사람들이 양을 쫓아 달리고, 아이들이 춤을 추고, 산이 노래를 했다.

나는 이곳의 성공 비결이 뭔지 윈에게 물었다.

"그들의 말에 귀를 기울이지요."

아주 단순한 비결이었다. 잘 들어주는 사람에게 행운이! 윈이 경매인을 돌아보며 말했다.

"됐어요. 마지막 상품까지 통과되었어요! 하지만 더이상 상품이 남아 있지 않을 때도 여전히 거래는 남아 있지요."

"자, 이리 와서 보세요. 이제 영상 판매가 있을 겁니다. 목축업자들이 미처 실어오지 못한 가축들을 비디오테이프를 통해 보여주며 판매하지요."

판매가 끝나자 진수성찬이 마련되었다! 우리는 모두 일렬로 늘어서서 밭 한가운데에서 축제를 벌였다. 술잔이 비워지고, 닭다리들이 뜯기고, 쌓아올린 샌드위치 더미도 점점 줄어들었다.

농장주들 가운데는 진지한 대화를 나누는 청년들도 많았다. 내가 윈에게 놀라움을 표시하자 그가 말했다.

"가족 대대로 내려오는 땅을 물려받은 사람들도 있지만, 최근에는 차별 철폐 조치의 결과로 인한 현상이기도 합니다. 학위를 가진 청년들은 전보다 일자리를 찾기가 어려워졌어요. 그들만큼 공부할 기회를 갖지 못한 흑인들에게 자동으로 일자리가 할당되기 때문이지요. 차별 철폐 조치의 혜택을 받는 사람에게 자리를 빼앗기고 일선에서 물러나는 바람에, 살기 힘들어진 고위 간부들도 있습니다. 또 기업이 흑인과 컬러드인들의 채용 비율을 채워야 하는 경우도 있습니다. 그러자면 자연히 정리해고가 뒤따르죠. 기업에 불고 있는 이 새로운 분위기를 더이상 견디지 못해서 잠시 농장을 경영해보려는 사람들도 있지요. 그러다가 생각보다 괜찮다는 것을 알고 아예 정착해버리기도 합니다! 아니면 결혼을 통해 농장을 하게 된 경우도 있지요. 저기 있는 잘생긴 젊은이 보이시죠? 6개월 전만 해도 런던에서 브로커 일을 하던 사람이었는데, 큰 방목장을 소유한 여자와 결혼을 했지요. 맞은편에 앉은 갈색머리의 예쁜 여성이 그의 아내입니다. 그는 젖소 사육을 다시 시작했는데 아주 잘되고 있습니다. 컴퓨터로 젖소들을 제각기 따로 관리한답니다. 아주 정확한 사람이죠!"

차별 철폐 조치에 대해 다시 말하자면, 전반적으로는 긍정적인 조치라고 생각합니다. 부모로부터 재산을 물려받는 젊은이들을 자극해서 스스로의 힘으로 회사를 만들도록 부추기니까요. 우리나라에는 부족한 게 한두 가지가 아니에요! 하지만 반대로 부정적인 결과도 있어요. 조직을 현 상태대로 유지하기 위해 문제의 흑인에게 보수는 지불하면서 영원히 휴가를 떠나라고 하는 회사들도 많습니다.

옆자리에서 식사를 하던 사람이 갑자기 익살스런 말투로 말을 이었다.

"일도 안 하고 봉급을 받는 작자는 얼마나 신나겠어요! 새 정부의 문제는 백인-흑인 변증법을 다시 취한다는 점이죠. 무조건 백인과 흑인을 화해시켜야 한다는 논리와 백인과 흑인이 서로를 파괴할까봐 두려워하는 마음 사이에서 갈팡질팡하면서 말이지요. 이런 구도에서 벗어나야 합니다. 이런 예를 들면 웃으실지 모르겠지만, 전 여기 정착하고 싶어하는 미국인 흑인보다 더 아프리카인이라고 할 수 있습니다! 백인으로 태어난 게 제 잘못은 아니죠! 우리 가족은 3백 년 전에 아프리카 대륙으로 이주를 했습니다. 난 유럽인이 아니에요. 날 유럽인이라 부른다면 정말 잘못된 겁니다. 만일 제가 아프리카인이 아니라면 프랑스로 귀화한 마그렙인들이나 아프리카인들도 프랑스인이 아니게 되는 겁니다. 사람들이 뭘 원하는지 알아야 합니다. 전 백인 아프리카인에 속합니다! 따라서 우리 조상들이 3백 년 전에 이곳에 와 정착했다고 해서 제 땅에 대해 왈가왈부할 이유는 없는 겁니다. 그 당시 그 땅은 누구의 것도 아니었으니까요. 설사 누구의 땅이었다고 해도 그래요! 이런 논리를 따르자면 땅을 악어에게 돌려주어야 할 겁니다!"

그러자 차별 철폐 조치의 한 수혜자가 목소리를 높여 말했다.

"정말 그렇습니다! 땅 재분배 문제로 우리 귀에 대고 얼마나 떠들어대는지 모릅니다! 흑인 투자자가 흑인 농장주들을 정착시키고자 땅을 사는 건 한 번도 본 적이 없습니다. 현재 도시에 있는 근사한 집에서 최고급 차를 굴리며 사는 멋진 신사들은 많지만 농장을 사러 오는 사람들은 단 한 명도 없습니다! 이 지역만 해도 매물로 나온 농장이 서른다섯 곳이나 되지만 사려는 사람이 전혀 없으니까요! 이 나라에 토지 문제가 있단 말을 누가 한 겁니까? 정부는 땅을 징집하거나 보상 차원에서 매입하지만, 그것은 땅을 비옥하게 만들기 위해서가 아니라 오직 꽉 막힌 빈민촌을 뚫거나 돌보고 싶지 않은 사람들을 쫓아내기 위해서입니다. 그런 농장들은 실패했고, 3개월 만에 모두들 술에 절어 살게 되었습니다. 그곳에 강제로 정착한 사람들은 굶주리다 못해 우리들의 가축을 훔치러 옵니다. 그러나 정부는 이에 대해 손을 놓고 있죠."

알수록 흥미진진한 남아프리카! 남아프리카 흑인들의 생각을, 특히 이번 경우에는 앞으로 만나게 될 레소토 사람들의 생각을 들을 수 있는 기회가 기다려졌다.

며칠 동안 푹 쉬고 나자 내 목도 풀렸고, 마침내 꿈에 그리던 일을 할 수 있게 되었다. 밀라드에서 가장 관심을 끄는 것, 가장 마음에 와 닿는 것, 그 핵심은 파리 낚시였다! 우리는 다시 한번 남아프리카의 따뜻한 제안을 받았다. 일주일 동안 머물고 가라는 제안이었다! 무지개 송어가 그득한 이 낙원을 왜 떠나야 하지?

매일 오후가 끝날 무렵, 나는 뿌리가 뒤얽히고 물 위로 가지를 늘어뜨린 수양버들이 드리우는 그늘로 가서 폼을 잡고 낚싯대를 최대한 멋지게 던지려고 애썼다. 가장 약삭빠른 물고기까지도 유인할 수 있을 동작으로. 그러면서 둑을 따라 혹은 물속을 걸어 강을 올라갔다 내려왔다 했다. 강물이 너무 차가워서 힘줄이 당겼고, 조약돌 때문에 발톱이 망가졌다. 하지만 그 황홀한 낚시의 맛이란! 송어를 잡으려면 겸허히 치러야 할 대가였다! 수면은 오만 가지 빛으로 반짝였고, 바람에 나부끼는 가을 포플러나무들이 수천 개의 금화가 부딪치는 소리를 냈다.

그리고 물소리, 나뭇잎이 바스락거리는 소리, 당당하게 죽어가는 파리가 윙윙거리는 소리가 음악처럼 어우러졌다. 난 파리를 다시 빼내어 살려주었다.

이어서 환상과 상상의 세계가 펼쳐졌다. 자갈 아래 숨은 레비아탄, 한 컵의 물 속에서 벌어지는 맹렬한 싸움. 밀라드에는 이 모든 것이 있었다. 아니 그 이상이 있었으니…… 밀라드에서는 물고기가 잡힌다는 것이다!

이틀 저녁 연속으로, 여전히 무심한 물가에서, 비스듬히 밀려드는 물에 닳아서 반들반들하고 거무스름한 바위 바로 아래에 잔뜩 폼을 잡고 앉았는데, 시냇물 전체를 환하게 비추는 환상적인 형광빛이 순간 일렁였다. 출렁! 낚싯대에서 전기가 전해져 왔고 내 핏줄 속에서는 아드레날린이 분비되고 있었다. 말로 표현할 수 없는 찰나, 환각과 어부의 죄.

나머지는 그저 기술적인 문제였다. 팽팽히 당겨진 낚싯줄, 들어올린 낚싯대, 심장의 떨림, 잡은 순간의 흥분. 사람들은 물고기와의 싸움을 과장해서 말하지만, 싸움은 일방적일 뿐이었다. 이윽고 잡은 물고기를 바라보는 순간이 이어졌다. 무게가 850~1,150그램 정도 되고, 길이는 42센티미터 정도이며, 금갈색이 도는 매끈한 몸에 가느다란 얼룩무늬가 있는 야생 송어 두 마리. 그걸 보자 삶의 비애가 모두 사라졌다.

친구들과 함께 희열을 맛보고 행복을 나누는 시간이 이어졌다. 하지만 오해하지는 말자! 우리가 잡은 건 숙성시킨 사료를 먹여 살이 포동포동 찌고 당근빛 도는 진흙투성이의 기름진 미꾸라지가 아니었다. 밀라드 송어에는 기름기가 전혀 없었다. 그 자체로 맛이 일품이기 때문에 굳이 아몬드를 넣을 필요도 없다. 하얀 속살이 꽉 들어찬, 물살에 단련된 멋진 물고기였다.

아! 밀라드! 밀라드!

존은 윈의 농장에서 일하는 작업 감독이었다. 강가에 사는 그는 내가 잡은 송어와 낚시를 할 때 보인 끈기에 감탄했다. 우리가 걸어서 드라켄스버그 산을 넘어갈 생각이라는 걸 알고서 그가 우리를 저녁 식사에 초대했다. 그는 바소토인이었다!

존은 인부다운 건장한 체격의 소유자로 얼굴에서 웃음이 떠나지 않는 사람이었다. 우리가 그에게 처음으로 만나는 바소토인이라고 하자 그는 호탕하게 웃었다. 그의 아내 루이즈는 통통하고 매력적인 여자였다. 어느 새 그녀는 고기 소스를 곁들인 폴렌타와 시금치 퓌레

비슷한 음식을 내왔다. 우리는 손으로 음식을 집어들었다.

"앗 뜨거! 후우! 이런!"

깔깔거리는 웃음소리가 이어졌다. 어김없이 우리는 또 손가락을 데었다. 그러나 분위기를 띄우는 데는 한몫을 했다. 존이 자기 나라에 대해 말했다.

"위쪽에 가시면 아주 추울 겁니다. 겨울이 다가오고 있죠. 하지만 여기저기 묵을 데는 많을 테니 별 어려움은 없을 겁니다."

"레소토 사람들은 영어를 좀 하나요?"

"집집마다 남아프리카공화국의 광산이나 백인 농장주의 농가에서 일했던 사람이 두세 명은 있으니까 영어를 하는 사람이 있긴 할 겁니다."

"그런데 언제부터 여기서 일하셨습니까?"

"아주 어려서 아버지와 함께 이곳에 왔습니다. 당시 아버지는 이미 작업 감독이셨지요. 그러니까 윈의 아버지와 직접 교섭을 하셨죠. 그래서 전 여기서 윈과 함께 자랐습니다. 우리 두 사람은 같이 말썽도 많이 부렸죠. 나이도 동갑이라 형제나 다름없습니다."

믿기지 않아서 내가 말했다.

"그런데 살다보니 각자의 길을 가시게 된 거군요."

존은 무슨 말인지 이해하지 못하는 것 같았다.

"우린 헤어진 게 아닙니다! 매일 같이 일을 하고 있죠. 각자의 자리에서요."

존은 내 말을 제대로 이해하고 있었다.

"두 분은 마음이 잘 통하시나 봐요?"

"이웃을 자기 자신처럼 대하면 모두에게 사랑받는 법이죠."

"어디선가 들어본 말이군요. 종교를 믿으시나요?"

"레소토에서는 거의 모두가 가톨릭 신자입니다."

"윈이 당신에게 잘해주던가요?"

"농장주들은 변하고 있고 우리도 마찬가지입니다. 아프리카에서는 모든 것이 빨리 진행됩니다. 윈은 우리에게 사는 법을 가르쳐주죠."

"?"

"그가 우리의 재산 관리를 맡아줍니다. 그는 우리 돈을 은행에 예치하죠. 그리고 모두에게 매달 2백 랜드를 따로 떼어 저축하게 했죠. 아홉 명 중 세 명이 그의 제안을 받아들였고, 저도 거기에 들어 있습니다. 다른 일꾼들은 봉급을 받는 족족 써버렸어요. 이곳에서는 집세며 전기세, 식비, 교육비 할 것 없이 모두 농장주들이 부담하니까 굳이 절약을 할 필요를 느끼지 못하는 거죠. 이런 일꾼들은 술을 마시러 가고 일주일도 못 가서 망가지는 쓸데없는 고물을 사러 다니는 걸 좋아했지요. 그런데 몇 년 후 제가 2천 랜드 넘는 돈을 저축했고, 윈이 방목장에 있던 송아지들을 제게 팔고 제가 다시 그 송아지들을 정육점에 팔아 돈을 번 사실을 알게 되고서 그들도 자신들이 번 돈 전부를 윈에게 맡기기로 했습니다. 게다가 윈은 우리 소들이 맞는 백신 비용이나 암소들의 출산을 도와준 수의사에게 내는 비용도 지불해줍니다. 정부도 우리에게 이렇게는 못 해줄 겁니다. 전 투표를 한다면 꼭 윈을 찍을 겁니다! 현재 제게는 8만5천 랜드가 있지만 윈의 꿈은 우리 일꾼들이 은퇴할 때 제각기 10만 랜드씩을 갖는 거라고 합니다. 그 돈으로 집도 사고 노후를 보장하라는 거죠. 이 모든 게 윈이 우리에게 가르쳐준 겁니다. 다른 누구도 가르쳐주지 않은 걸 말입니다."

우리는 밀라드에서 부활절을 맞았다. 그러나 이곳엔 부활절 달걀이 없었다. 우리는 존과 루이즈의 아이들인 에린과 제이크와 함께 부활절 토끼를 찾으러 들판을 뛰어다녔다. 덤불 속에서 에린이 조니 워커 술병 하나를 찾아내고는 놀란 얼굴로 돌아왔다. 던이 외쳤다.

"오! 부활절 토끼들이 아빠 생각까지 했네."

떠나는 날 아침, 윈이 우리에게 말했다.

"여기가 검은 대륙 아프리카로 들어서는 문입니다. 그러니 두 분의 여행은 오늘 시작되는 겁니다!"

"케이프타운을 떠나올 때도 똑같은 말을 처음으로 들었죠!"

그러자 던이 깔깔거리며 웃더니 응수했다.

"그래요? 하지만 이번 문이 진짜입니다."

던이 준 빌통과 국수 수프와 털옷으로 가득 채워진 배낭을 메고서 우리는 비터베르겐 산맥을 공략하러 나섰다. 비터베르겐의 한 고개는 트란스케이 끝을 지나 레소토로 통하는 관문 즉, 오렌지 강을 향해 내려가고 있었다.

우리는 다시 길을 따라갔다. 포플러들이 발로크 절벽 아래에 있는 짙은 녹색의 산을 다채로운 색으로 물들이고 있었다. 난 목을 조심스럽게 다뤘고 고개를 꼿꼿이 세우고 턱을 아래로 잡아당겼다.

"암탉처럼 움직여야 해요!"

타냐가 해준 말이다. 난 타냐의 처방대로 했다!

느리고 절제된 걸음으로 황량한 길을 걸어 고개 쪽으로 올라가는 길에 나는 소냐에게 속삭였다.

"기억 나? 플라우크라알의 침울해 보이던 바제나아르 경찰관이 이 길로 가라고 했잖아. 그 사람이 아니었다면 그린 가족은 만나지 못했을 거야!"

"그래, 기억 나. 그 사람은 월말에다 특히 주말 전날이라며 트란스케이의 이 지역은 지나가지 않는 게 좋겠다고 했지. 상황이 최악이라면서 말이야. 그 때문에 돌아서 남쪽으로 갔잖아."

우리는 런딘스넥Lundean' s Neck에 이르렀다. 런딘스넥은 고개 이름이었다. 트란스케이가 우리 발아래 펼쳐졌다. 노란색과 황갈색의 모자이크화 같았다. 오른쪽에는 레소토의 경이로운 단애절벽이 난공불락의 벽처럼 우뚝 서있었다. 옅고 짙은 다양한 색조의 회색이 펼쳐졌다. 사암보다는 현무암이 두드러지게 많았다. 거대한 깊은 계곡이 우리 앞에 열렸다.

윈의 말이 맞았다. 아프리카! 갑자기 모든 것이 변했다. 더이상 사유지도 없고 철조망도 없었다. 완전히 열린 방목장이었다. 나무도, 밭도, 표지판도 아무것도 없었다. 그야말로 야생의 자연이었다.

하지만 계곡 비탈에 층을 이룬 둥근 오두막들이 능선이나 길모퉁이에 무리를 지어 점점이 박혀 있었다. 집집마다 한 줄기 가느다란 연기가 피어오르고 있었다. 우리는 집들이 있는 쪽으로 내려갔다. 존이 기초 레소토어 책을 준 게 있어서 우리는 처음 만나는 레소토인 양치기들에게 말을 걸며 레소토어를 익혔다. 양치기들은 두꺼운 천을 휘감은 채 머리만 내놓고 있었다. 이곳 사람들은 언제나 코사족의 인사말을 했다.

"몰로!(안녕하세요!)"

그들은 꽤 복잡한 말로 대답했다. 하지만 결국 무슨 말인지 이해했다.

"고장 난 자동차는 어디에 있습니까?"

가는 곳마다 사람들이 우리에게 즐겁게 인사를 건넸다. 벌거벗은 아이들이 바닥에 앉아 놀고 있었고, 암탉들은 모이를 쪼느라 여념이 없었다. 염소들은 덤불숲에서 나올 생각을 안 했고, 뚱뚱한 아주머니들은 쪼그리고 앉은 채 노래를 부르며 빨랫감과 나무와 땅을 치고 있었다. 남자들은 거의 보이지 않았다.

이전과는 분위기가 완전히 달랐다. 1킬로미터를 걸어왔을 뿐인데 버클리 이스트 계곡의 비옥하나 활기가 없는 땅에서, 불모지이지만 사람들로 북적이는 트란스케이의 생기 넘치는 세계로 갑자기 넘어온 것이다. 부유함에서 가난함으로 건너온 것 같았다. 같은 태양, 같은 산 아래인데도 말이다.

우리는 팔을 힘차게 흔들며 사방에다가 "몰로! 몰로!" 하고 인사를 외쳤다. 어찌나 팔을 세게 흔들었는지 팔이 빠질 것 같았다. 도보여행을 한 이후 이렇게 사람들과 쌍방으로 교류한 적은 처음이었다. 어디에나 말을 걸 사람이 있었다.

허름한 식당에 들러 우리는 콜라 한 잔을 마셨다. 그때 군용트럭 한 대가 우리가 있는 식당에 멈춰 섰다. 트럭에 탄 사람들도 콜라를 주문했다. 우리를 보고 호기심이 동했는지 장교 두 명이 다가와 질문을 던졌다.

"왜 여행을 하시죠?"

소냐가 재치 있게 대답했다.

"두 분을 만나려고요!"

그러자 그들은 고래처럼 껄껄 웃었다. 이것 또한 아프리카였다! 웃는 사람들을 곁에 둘 수 있는 건 아프리카에서만 맛볼 수 있는 일이었다. 텔레브리지에 이르렀을 때는 학교가 끝나는 시간이었다. 아이들이 우르르 몰려와 우리를 파도처럼 에워쌌다. 잔뜩 흥분된 분위기였다. 아이들은 3백 명이나 되었고, 우리는 청색 스웨터를 입은 검은 얼굴의 아이들 속에 파묻혔다. 손을 흔들며 미소를 머금은 눈으로 우리 눈을 뚫어져라 바라보는 아이들이 우리의 마음을 뒤흔들어놓았다. 우리는 활기와 기쁨에 잠겼고, 사람들에 잠겼고, 아프리카에 잠겼다. 3년 동안 아이들과 살면 어떨까 하는 생각도 들었다. 이 고개에 오기 전에는 아이들을 몇 명이나 보았던가?

환한 얼굴로 레소토어로 된 노래에 맞춰 걷는 아이들에 둘러싸인 채 우리는 레소토 국경에 도착했다. '하늘 왕국', 레소토에.

레소토

Africa Trek 7

공룡에서 식인종까지

우리의 피리 소리에 해가 저물었다. 오렌지 강이 황금빛 노을 아래 묵직한 진흙을 휘감으며 흘렀다. 우리의 피리 연주를 듣고 있던 아홉 명의 아이들이 어둠 속에서 소냐를 둘러쌌다. 므자반투는 제일 큰 아이의 이름이었다. 그 아이의 엄마는 마품질이었는데, 모여 있는 아이들을 위해 무심한 얼굴로 강낭콩을 까고 있었다. 바닥에 퍼질러 앉은 채였다. 난 프론트 컴퓨터를 켰다. 코에 콧물이 가득한 열여덟 개의 반짝이는 눈이 내 주위로 모여들었다. 가장 어린 아이의 이름은 통벨라니였다. 통벨라니? 소냐가 갑자기 벌떡 일어서더니 아이의 손을 잡고 함께 춤을 주었다.

"셔츠는 내려놓으세요, 내려놓으세요, 내려놓으세요."[1)]

1) 노래가사의 음이 아이의 이름과 비슷하다. Tombez la chemise, tombez-la, tombez(통베 라 슈미즈, 통베라, 통베)—옮긴이

온 가족이 밤늦도록 합창을 했다. 제브다의 노래는 바소토의 히트곡이 되었다! 강낭콩이 익어갈 동안.

우리는 트란스케이를 통해 '하늘 왕국'인 레소토에 들어왔다. 사람들은 우리가 트란스케이를 무사히 지나지 못할 거라고 했었다. 그곳에서 우리가 받은 건 '함께 나누고 싶은 마음을 절제하지 못하는' 아이들의 열렬한 에워쌈과 감동뿐이었다.

레소토는 평판이 좋았다. 어쩌면 폴 모랑의 말이 맞는지도 모르겠다. "일정 고도를 넘으면 인간은 나쁜 생각을 품지 못한다"는 말.

이 세상에서 유일하게 전 국토가 고도 천 미터를 넘는 나라인 레소토는 습곡이 아니라 천재지변으로 생겨난 경이로운 산들로 이루어졌다. 1억5천만 년 전에 엄청난 화산 분출로 카루의 사암층 위를 두께 1천5백 미터, 3만 제곱킬로미터 넓이의 현무암과 용암이 덮쳤다. 그 후 그 지층에 침식작용이 활발히 일어나 협곡 깊은 곳에는 사암층이 드러나기도 했다. 이 모든 것으로 인해 날카로운 능선이 생겼고, 능선에는 비옥한 화산 토양의 사암질로 이루어진 고원들이 여럿 자리를 잡았다. 그런데 안타깝게도 화산 토양은 가파른 비탈에 내린 비로 인해 씻겨나가 버렸다.

산에서 몰려오는 추위를 피해 우리까지 모두 열네 명이, 부부용 침대가 놓여 있어 이미 비좁은 방에 들어앉았다. 모한한은 늦게 귀가했다. 일자리를 찾으러 쿠팅에 갔다가 성과도 없이 돌아오는 길이라고 했다. 저녁으로는 잠두콩을 넣은 푸투 파파[2] 요리가 나왔다. 아무 말 없이 커다란 침대 위에 온 가족이 옹기종기 모여 후루룩 쩝쩝거리며 맛있게 먹었다. 이 오두막에서 우리는 마음도 뱃속도 모두 따뜻해지는 것을 느꼈다. 그날 밤은 모한한의 버려진 노점 바닥이 우리의 잠자

2) 미엘리 밀mielie meal의 바소토 이름. 줄여서 파파라고도 한다.

리가 되어주었다.

돈이 없는 것만큼 마음이 부자인 모한한은 다음날 우리와 함께 걸었다. 반들반들한 대머리에 수염을 기른 그는 일자리를 찾으러 다시 도시로 나갔다. 우리가 아침에 아무것도 먹지 않고 길을 나선 건 처음이었다. 그다지 좋은 생각이 아니었다. 아침 열 시쯤이 되자 머리가 핑 돌더니 두통이 심해졌고 온몸의 힘이 빠졌다. 배를 채우지 않고 걷는 건 무리였다!

길에서 마주치는 사람들 모두 우리에게 인사를 했다. 그럴 때마다 모한한은 시냇물을 사이에 두거나, 쇠등 너머로, 혹은 덤불 너머로 소리치며 그들에게 간단한 설명을 해주었다. 그러면 새롭게 만나는 사람마다 웃음을 터뜨리며 물었다.

"카마오투?(걸어서?)"

오전 내내 이 '카마오투'라는 말을 들었다. 믿기지 않는다는 표정과 웃음이 곁들여져 있었다.

자연은 깊은 골짜기를 이루고 있었다. 들판의 두꺼운 진흙층에는 깊은 골이 패어 있고, 들쭉날쭉한 들판에 빈약하고 헝클어진 작물들이 흩어져 있었다. 해가 뜨자 사람들과 소들이 아직 휩쓸려가지 않은 땅을 가느라 분주했다. 휘파람 소리와 채찍질 소리가 들렸고, 사람들이 밭고랑 사이로 소들을 이끌려고 애썼지만, 소들은 고집을 부리며 버텼다.

쿠팅이 보이는 곳에서 우리는 기진맥진한 채 어느 대성당의 붉은 십자가를 향해 갔다! 신기루가 아니었다. 퀘벡 출신의 선교사인 제라르 랄리베르테 신부와 시르 루아 신부가 우리를 기쁘게 맞아주었고, 정성 어린 점심 식사를 대접해주었다. 도보여행을 시작한 이후로 우리는 프랑스어를 쓰지 않았고, 두 신부도 퀘벡 프랑스어를 사용하지 않은 지 아주 오래되었다고 했다! 나는 퀘벡에서 자랐고, 그들은 예전에 내가 속했던 교구의 신부를 알고 있었기에 우리 세 사람은 금방 가까워졌다.

선교사들은 언제나 현지의 정보를 알려주는 귀중한 원천이다. 여행 초기에 선교사들을 만나게 되면 현지의 사정을 즉각 알 수 있고 시간을 절약할 수 있다. 이곳 레소토에 정착한 지 30~50년이 된 두 사람은 레소토 사투리들도 완벽하게 알고 있었다. 가장 깊숙한 오지 지역에서 활동한 경험도 있었으며, 신자들의 문화와 전통적 관습에도 조예가 깊었다. 정보의 보고寶庫 같은 분들이었다. 시작도 끝도 없는 대화가 절정에 달했다.

"기독교의 개념에 대해 설명할 땐 어휘가 없어 쩔쩔매고, 우유의 상태를 표현하는 레소토어 단어는 110개나 됩니다!"

"프랑스 선교사 두 분께서 1863년에 이 나라에 복음을 전하셨지요. 알라르 주교와 제라르 신부이신데, 그르노블 출신인 이분들은 이 나라 국왕 모슈슈 1세의 요청에 따라 레소토 국민에게 복음을 전하는 일을 하게 되었지요. 모슈슈 1세에게는 영국에 맞설 수 있는 기회였지요. 당시 영국은 제국주의적 세력을 그의 왕국에 펼치려고 했으니까요. 가톨릭교회에는 뜻밖의 기회였지요. 더반의 영국인들은 겨우 참아주는 정도였고, 케이프의 캘빈주의자들은 가톨릭을 금지했습니다. 하지만 가톨릭교회는 이에 굴하지 않고 노예들과 컬러드인들, 코이족(혹은 호텐토트족)들을 교육하고 이들에게 복음을 전도했습니다. 그 결과 현재 이 나라는 영국국교와 개신교 세상에서 가톨릭 신자가 90퍼센트나 됩니다."

자그마한 루아 신부는 여든둘의 나이를 자랑스럽게 밝혔다.

"지금까지 살아오면서 저는 백여 명의 신부에게 서품을 내렸습니다. 여기서는 모든 게 아주 빨리 진행되지요! 이제 이 나라에는 백인이 열 명밖에 없습니다. 선교는 성공적이고 결과도 대단합니다. 언젠가는 이곳 사람들이 선교사가 되어 유럽에 가서 유럽 사람들에게 복음을 전하게 될 겁니다!"

"우리 교구에서 일어나는 사고사의 주된 원인은 벼락입니다! 진지하게 들어주세요! 올해만도 벼락을 맞아 제가 장례를 치러준 사람이 스물다섯이나 됩니다. 그 사람들은 벼락이 신의 벌이라고 믿습니다."

"쿠팅에서 공룡의 흔적을 보셨나요?"

"?"

"가서 보세요! 최초 인류의 발자취를 따라가기 전에 공룡의 발자취를 따라 걸었다는 얘기를 하실 수 있을 겁니다!"

우리는 오후에 그리로 갔다. 1963년 도로를 건설할 때 공룡의 발자국이 연이어 발견되었다고 한다. 공룡 발자국들은 낮은 담장 하나로 가려졌을 뿐 악천후에 그대로 노출되어 있었다. 환상적인 광경이었다. 1억7천만 년에 걸친 지질작용으로 인해 나뭇결무늬가 형성되고 틈이 생긴 사암층이 펼쳐져 있었다. 자연 그대로였다.

화석화된 모래밭 위에 타조 크기 정도되는 새들의 발자국이 나있었다. 어떤 놈은 성큼성큼 빠르게 걸어간 듯했고, 어떤 놈은 주저하다가 다시 뒤로 물러난 듯했다. 여러 개의 작은 발자국들이 뒤엉켜 있기도 하고, 진흙에 미끄러진 듯한 흔적도 있었다. 생명의 흔적들, 영원히 굳은 발자취들의 광경이 우리 눈앞에 놀랄 정도로 생생하게 펼쳐졌다. 강의 화석층에, 다시 말해 두 사암층 사이에 새겨져 보존된 발자국들은 상층부가 떨어져 나가면서 모습을 드러냈던 것이다. 마치 희한한 동물 점자點字가 기록된 오래된 책의 한 페이지가 발견된 것 같았다.

소냐가 날 불렀다.

"근데 이건 뭐지?"

발자국들 한가운데에 커다란 S자 모양들이 나있었다.

"믿을 수가 없는데! 이건 분명 꼬리가 땅에 끌린 흔적이야!"

거대한 닭 같은 새들이 지나간 것처럼 보였던 자국은 두 발을 가진 거대한 도마뱀이 1억7천만 년 전에 옛 호숫가를 거닐며 남긴 자국인 게 분명했다. 생각만 해도 소름이 돋았다. 그 후 지금으로부터 2천만 년 전에 일어난 끔찍한 화산 폭발로 용암에 뒤덮여, 이렇게 오랜 세월의 침식작용으로부터 보존되었던 것이다. 이 계곡을 걷는 일이란 단순히 공간을 지나는 것이 아니라, 과거의 역사를 고스란히 간직한 거룩한 땅을 밟으며 시간의 심연 속으로 빠져드는 것임을 우리는 깨달았다.

레소토를 가로지르는 동안 우리는 레소토의 원천인 오렌지 강으로 거슬러 올라갔다. 서쪽으로 흐르는 오렌지 강은 남아프리카공화국을 지나 대서양과 합류했다. 강물은 무심한 듯 커다란 돌기들 사이를 굽이쳐 흘렀고, 길은 그 장애물들을 건너느라 지치고, 융기물이 나타날 때마다 구불구불 돌아서 갔다. 진흙 단층들은 길이 지나가지 못하게 기를 쓰고 가로막는 것 같았다. 이따금은 파충류처럼 구불구불 도는 춤에 질렸는지 길은 봉우리를 공략하러 지름길을 택했고, 고개에서 똬리를 틀고 쉬었다가 다음날 다시 강과 만났다. 편안하게 평평한 강가를 따라갈 방도는 없었다.

이 높은 곳에 자리한 왕국에 살고 있는 바소토인들은 줄루족, 보어족, 그리고 영국인들의 사나운 공격에 잇따라 저항해왔다. 그 덕에 그들은 독립이라는 값진 보상을 얻을 수 있었다. 그러나 모슈슈 국왕을 중심으로 이 나라 사람들이 하나로 모인 것은 아주 최근의 일이었다. 현재의 국왕은 모슈슈 5세이다. 19세기 초에 줄루족의 샤카 추장에게 내쫓긴 반투족과 은구니족들이 뒤섞여 이 나라 국민을 형성했다. 1818년과 1828년 사이, 10년 동안 샤카 족장이 일대를 얼마나 공포에 떨게 했던지 유혈 독재에 맞서 들고 일어났던 사람들은 모두 산으로 피신했다. 드라켄스버그의 산족은 이렇게 쫓겨온 사람들과 잘 어울리지 못하고, 바소토인과 식민지 개척자들 틈바구니에 끼어서 금세 사라져갔다. 산족이 이 왕국에 남긴 것이라고는 동굴벽화 속에서 절망적으로 달리고 있는 인물들과 영양들뿐이다.

며칠 동안 우리는 계단식 토지를 거슬러 올라갔다. 그 땅에 심어진 수수나 옥수수가 바람에 나부끼며 소리를 냈다. 비탈길에 다닥다닥 붙은 둥그런 오두막집들이 이 생명의 땅을 지키는 감시인의 눈길을 던지고 있었다. 초가지붕과 흙벽에 난 작은 창문, 불규칙한 돌의 배열이 귀여운 스머프의 집 같은 분위기를 풍겼다.

스머프들도 있었다! 한 무리의 아이들이 우리를 보려고 비탈길을 황급히 내려오고 있었다. 머리엔 털모자를 썼고, 홀딱 벗은 몸의 어깨 위에다는 작은 덮개를 걸치고 핀으로 고정해놓았다. 아이들은 플라스틱 장화를 신고 철퍽거리면서 사방으로 뛰어다녔다!

우리는 이 아이들을 '다리 달린 작은 덮개'라 불렀다. 입에는 구슬을 잔뜩 넣은 채 아이들은 깔깔거리고 소리를 지르면서 우리를 끌어당겼고, 학교에서 배운 영어를 한번 써보려는 듯 "What is your name?" 하고 영어로 물어왔다. 그 대신 우리에게 소토어를 몇 마디 가르쳐주었다. 아이들의 행렬은 이어졌지만 매번 새로운 아이들이 끼어들었다. 그래서 새롭게 호기심을 보이는 아이들에게 우리가 무엇을 하는지 거듭 말해야만 했다. 아이들은 우리를 따라 3~5킬로미터를 걷다가 집으로 돌아갔고, 그러고 나면 새로운 아이들이 또 다가왔다.

얼마 후 우리 주변에는 온통 광물밖에 없었다. 그렇지만 산은 살아 있었다. 두 눈을 가지고 있었고, 소리치며 노래도 불렀고, 우리에게 대답도 했으며, 메아리를 가지고 장난도 쳤다. 그런데 이곳을 지날 때는 사람들 눈에 띄지 않는다는 게 불가능했다. 바지를 내릴 때도 내려다보고 있는 사람이 늘 있었다! 날이 저물 무렵, 우리는 하도 웃어서 광대뼈가 얼얼했고, 계속해서 인사를 하느라 팔이 아팠다. 이곳엔 백인이 거의 없었기 때문에, 우리로 인해 이곳 사람들이 백인들은 예의 없다는 생각을 하게 되지 않기를 바랐던 것이다.

아이들이 좋아서 소란을 떨면 우리는 레소토 국가를 흥얼거려 분위기를 조금 가라앉혔다. 레소토 파실라 본 타타루나…… 그러면 다시 축제가 시작되었고 우리는 피리를 꺼내 분위기를 돋우었다.

이렇게 해서 우리는 라오스나 부탄 사람들보다 더 다정하고 친절한 사람들의 초대를 받았다.

어느 날 저녁, 고도 2천7백 미터에 달하는 치총 근처에서 하루 종일 우리를 따라다니던 비바람이 그쳤을 때, 안장도 없이 검은 말을 탄 누더기 차림의 한 남자가 우리를 멈춰 세웠다.

"두멜라! 오 펠라 주안? (안녕하세요! 괜찮습니까?)"

"아모나데! (아주 좋습니다!)"

"Do you want a lift? (태워 드릴까요?)"

"인카 둘라 레 웨나 만지부야? (오늘 저녁 댁에서 신세 좀 질 수 있을까요?)"

그러자 레칠리치체 레차모 차모(남자의 이름이다)가 태양처럼 환한 미소와 더불어 하늘을 향해 두 팔을 벌리며 말했다.

"No problem!"

우리는 그를 따라 옥수수밭을 걸었다. 그때, 갑자기 말에서 뛰어내린 그는 저녁거리를 구해온다며 옥수수밭으로 사라졌고, 얼마 후 덤불을 뒤집어쓰고 나타났다. 그는 걸으면서 열심히 손짓을 섞어가며 온갖 얘기를 했다.

온 가족이 우리를 반갑게 맞아주었다. 여러 세대의 가족과 이웃과 사촌들이 바닥에 쇠똥이 말라붙은 작은 오두막에 빽빽이 들어앉아 얘기를 하는 바람에, 우리는 무슨 말인지 도통 알아들을 수가 없었다. 사내아이 하나가 덤불에 불을 붙이려고 애쓰고 있었다. 굴뚝이 없는 것으로 보아 연기는 초가지붕을 통해 나가는 것 같았다. 딱 30센티 공간 정도만 숨을 쉴 수 있었다. 소냐가 기침을 해대며 내게 말했다.

"오두막에 왜 가구와 의자가 없는지 알겠어! 의자에 앉았다고 생각해봐. 머리는 훈제가 되지 않겠어?"

땅바닥에 앉아 있자니 발 냄새를 실컷 맡게 되었다. 그래서 우리는 일어나서 노래를 부르고 이야기를 했다. 50개의 눈동자가 복권 추첨통 속의 공들처럼 희미한 빛 가운데 구르며 웃고 환호했다.

마치 마법처럼 밤이 내리자 다른 집에서 이곳 특유의 수수죽인 레체 레체를 가져왔다. 불그스름하고 끈적끈적한 수수죽은 후루룩 소리와 더불어 잘도 넘어갔다. 간단히 요기하기에 좋은 음식이었다. 이어서 연기에 살짝 훈제된 이삭이 나왔다. 왜냐하면 아까 그 사내아이가 여전히 젖은 나무에 불을 붙이느라 불어대고 있었기 때문이다.

배도 부르고 더이상 할 것도 없다 보니 좁은 오두막에서 이 많은 사람들이 어떻게 잠을 잘까 하는 의문이 들었다. 그 대답은 세심하고 꼼꼼한 레차모가 옆집에 있는 자신의 더블침대를 우리에게 내줄 때 얻을 수 있었다. 밖에는 비가 세차게 내리고 있었다. 우리는 천사 같은 이 집 사람들에 대한 사랑과 감사의 마음을 가득 품고서 잠이 들었다.

아침 식사로는 푸투 파파와 설탕, 젖소에서 막 짜낸 따뜻한 우유가 나왔다. 레차모는 닭을 한 마리 잡을 테니 우리에게 가지 말라고 했다. 그러나 우리는 떠나야만 했다. 레차모에게 뭐라고 해야 하나? 전날 아침에 우리가 길을 떠나지 않았다면 그를 만나지 못했을 거라고 하면 어떨까…….

우리는 레차모를 떠나면서 그의 눈길도 떠나왔다. 눈길을 주고받았던 순간은 그를 우리의 사적인 역사 속에 들어오게 한 덧없는 찰나였다. 저 눈길을 다시는 마주치지 못한다니! 우리는 이미 그 눈길에 익숙해져 있었다. 앞으로도 우리는 얼마나 많은 영혼 속에 이렇게 도둑처럼 빠져들게 될까?

카샤즈넥, 2001년 4월 28일,
여행 118일째, 32킬로미터, 총 1,831킬로미터

바소토인들에게서 가장 감동적인 것은 합창이었다. 그들은 열 명만 모여도 노래를 부르기 시작했다. 그러니 150제곱미터의 헛간에 500명이 모인다면 얼마나 감동받고 가슴 뭉클해지겠는가.

해가 졌다. (그렇다! 하루에 한 번은 해가 진다. 그리고 정오에는 거의 아무 일도 없다가 저녁이 되면 많은 일이 생기는데, 왜 그런지는 정말 모르겠다.) 해가 지면서 양 견갑골 사이의 땀이 얼어붙을 정도로 차가운 바람이 불었다. 그때, 반대 방향에서 돌풍이 불어 마법처럼 천사들의 합창 같은 감미로운 음악 소리를 우리에게 전해주었다.

우리는 세이렌의 노랫소리에 홀린 율리시스처럼 소리가 나는 곳으로 홀린 듯 이끌려갔다. 앞에서 말한 헛간에서 나는 소리였다. 헛간 문을 밀자 사향 냄새 나는 습한 열기가 확 느껴졌다. 아연실색한 얼굴들! 두 명의 백인이라니! 동그랗게 뜬 1천 개의 눈이 우리를 뚫어지게 쳐다봤다. 시커먼 어둠 속에서 1천 개의 하얀 눈이 빛났다. 그 흰색 속의 1천 개의 검은 점들. 이렇게 깜짝 놀라게 하는 건 좋지만 마력이 깨져버렸다. 그들이 노래를 그쳤던 것이다. 교사 한 사람이 다음날 미사를 위한 합창 경연대회를 하고 있다고 말해주었다. 우리가 들어선 곳은 카샤즈넥의 가톨릭 기숙학교였다. 이날 저녁 우리는 보건소 수녀님들의 배려로 하룻밤을 묵게 되었다. 수녀님들의 이름은 조제핀,

지젤, 쥬느비에브 또는 돈 보스코로, 예수성심자비 수녀회 소속이었다! 아프리카 골짜기에서 몽마르트르 한 귀퉁이를 만난 것이다. 쾌활한 성격의 수녀님들은 모두 흑인이었고, 소박한 흰 베일을 쓰고 있었다. 선교 활동은 교구와 기숙학교, 보건소를 중심으로 이루어지고 있었다. 오는 길에 우리는 산속에서 뾰족탑 주변에 일곱 명의 수녀들이 모여 있는 걸 보았다. 19세기 프랑스풍이 물씬 풍기는 종탑은 종소리가 미치는 곳에 다닥다닥 붙은 둥그스름한 오두막들 위로 수호천사의 그림자를 드리우고 있었다. 키가 크고 이마가 시원하게 넓은 흑인으로, 목부터 발까지 단추가 달린 멋진 사제복을 단정하게 차려입은 콘스탄틴 신부님이 우리에게 말했다.

"제라르 신부님과 알라르 신부님이 1863년에 이 계곡에 오셨을 땐 식인종 부족들이 살고 있었습니다. 그들은 서로를 약탈하는 게 일상이었죠. 아마 두 분께선 '마디몽'이란 곳을 지나가시게 될 텐데요, 마디몽은 '식인종이 사는 곳'이라는 의미입니다. 두 신부님은 실제 식인 풍습을 생생하게 묘사했습니다. 발이 가득 담긴 냄비, 구멍 뚫린 채 버려진 머리들, 사람이 오는 걸 보고 황급히 달아나느라 뇌 속에 꽂아둔 숟가락. 두 분은 이 죽음의 연회에서 남은 잔해들을 끌어모아 그 자리에서 묻어주었답니다. 그때 두 분을 따라온 모슈슈 병사들과 식인종 사이에 격렬한 전투가 벌어졌지요. 맛있게 먹던 바비큐를 다른 사람이 와서 묻어버린다고 상상해보세요. 기분이 언짢지 않겠습니까?"

나는 식인종에게 먹힌 사람들과 그들이 당했을 끔찍한 고통을 생각했고, 시대를 막론하고 세계 곳곳에서 고통받는 모든 사람들을, 살육과 집단학살의 역사를 통해 들려오는 끔찍한 고통의 비명 소리를 생각했다. 그러자 이 모든 천사들의 미소와 순결한 수녀들, 모범적인 신부의 목에 걸린, 나무십자가에 못 박힌 한 인간이, 그들 모두를 구현하고 있는 한 인간이 눈에 들어왔다. 야만이란 결코 멀리 있지 않았다. 순간, 엉뚱한 생각이 번개처럼 머릿속에 떠올랐다. 만일 예수가 교수형이나 참수형을 당했다면 자애로운 수녀님들이 십자가 목걸이 대신 교수대나 도끼를 목에 걸고 다닐까?

돈 보스코 수녀님은 현재 인류가 겪고 있는 고통에 대해 말했다. 그 고통을 없애기 위해 이들은 자신들의 삶을 바치고 있었다. 돈 보스코 수녀님은 클라라 수녀님과 함께 선교회 보건소를 운영하고 있었다. 그들은 매일 열 명에서 서른 명 정도의 응급환자를 받고 있었다.

"절망적이에요! 환자들은 언제나 손쓸 수 없을 상태가 되어서야 이리로 옵니다. 그러기 전까지는 시간이 지나면 나을 거라고 생각하지요. 그리고 우리는 출산도 맡고 있는데, 거의 매일 한 번 정도는 있지요."

벽에는 스위스 산을 배경으로 덥수룩하게 수염을 기르고 인상을 한껏 찌푸린 채 입술을 굳게 다문, 엄격한 표정의 알라르 신부와 제라르 신부의 모습이 담긴 포스터가 있고, 한쪽 구석에는 플라스틱 조화를 후광처럼 두른 조잡한 마리아상이 놓여 있었다. 주변의 모든 것이 말끔하고 반짝반짝 윤이 났다. 내 눈길은 어느 포스터에 멈췄다. 거기엔 이런 문구가 적혀 있었다. "일이 일어나게 만드는 사람이 있는가 하면, 일이 일어나는 걸 그저 바라보는 사람도 있고, 일이 일어났는지 궁금해하는 사람도 있다."

수녀님들은 우리 입술만 바라보며 우리 얘기가 귀한 선물이라도 되는 양 두 귀를 바짝 기울였다. 그들 역시 다른 사람들의 운명을 수집하는 사람들이었다. 환자를 돌보고, 아기의 출생을 돕고, 사람들이 살아가는 걸 돕고, 죽음을 맞이하는 걸 돕고, 기도하는 걸 도움으로써 그것을 가능하게 했다. 아프리카와 밤과 맹수들이 겁나긴 해도 이들은 예루살렘이 어디에 있는지를 알았다. 멀리, 아주 멀리, 너무도 멀리 있었다! 그렇다면 어떻게 해야 할까? 내가 대답했다.

"현재를 살아야죠. 모든 걸 고려하지 말고, 하루하루를 마지막 날인 것처럼 맞이하는 거죠."

박수 소리가 들려왔다. 그런데 내가 그렇게 멋진 말을 했나? 수녀님들은 우리더러 용기가 있다며 칭찬했다. 무슨 용기? 다른 사람보다 먼저 발걸음을 뗀 용기? 그들은 결코 우리처럼 도보로 아프리카 여행을 하지는 못할 거라고 했다. 끈기? 그들은 자기들 같으면 벌써 여행을 포기했을 거라 말했다. 하지만 이분들이야말로 이곳에 틀어박혀 살면서 매일같이 백배는 더 힘든 일을 하고 있지 않은가? 세상을 품에 안고서도 감사하다는 말을 들으면 겸연쩍어하며 얼굴을 붉히는 분들이 아닌가.

오늘은 내 생일이었다. 아프리카 땅에서 맞는 첫 생일이었다. 수녀님들은 거의 화를 내다시피 소리를 질렀다. "미리 말했어야죠!" 조제핀 수녀님은 최신형 생일 케이크를 만들겠다며 황급히 반죽을 하러 갔다. 모두들 한바탕 웃음을 터뜨렸다. 이 속세에서 선한 수녀보다 더 경이로운 존재는 없다.

17세기에 캔터베리 대성당에서 울려 퍼진 헨델의 메시아처럼 이튿날 미사는 예배라기보다는 콘서트에 가까웠다. 세 시간 동안 아카펠라 성가가 이어졌다. 1천 명의 청년들이 질서 있게 노래하는 것이 아니라, 하나의 몸이 수천 개의 목소리를 내고 있었다. 오케스트라 지휘자도, 감독도 없이, 대여섯 명의 목소리와 화답으로 이루어지는 즉흥적인 노래, 독창, '우우' 소리로 자유롭게 표현된 노래였다. 조화와 일치의 교훈을 주는 시간이었다. 바소토 사람들에게는 복잡할 것도 없고, 개인주의나 자기밖에 모르는 자기중심적인 태도도 없었다. 또 동작은 어땠는가! 촘촘히 붙어선 1천 명의 사람들, 칠흑처럼 반짝이는 1천 개의 머리가 후렴에 맞춰 흔들렸고, 2천 개의 팔이 박자에 맞춰 손뼥을 쳤다. 수확을 흉내 내고, 인생의 노를 젓고, 감사를 표현했다. 이 축제 한가운데, 이 목마른 해일 한가운데, 이 인간 이삭들 위로 부는 바람 한가운데서 환한 미소를 띤 주교는 예배를 시작하기 위해, 계속 이어지는 노래가 끝날 때까지 기다리고 있었다.

나가는 길에 베르나데트 수녀님이 웃으면서 우리에게 말했다.

"예배시간은 젊은이들의 열정에 따라 달라져요. 세 시간을 할 때도 있어요. 젊은이들이 노래하는 것을 중간에 멈출 수는 없죠."

우리는 유럽의 종교화宗敎畵가 잘못된 거라고 말했다. 천국의 천사들은 그림에서처럼 금발의 곱슬머리가 아니라 바소토 사람들의 모습을 하고 있을 거라고.

미사가 끝나고 사람들이 쏟아져 나갈 때 우리는 한껏 들떠 있는 한 무리의 소녀들에 둘러싸였다. 그중 한 소녀가 내게 물었다.

"예언자세요?"

내가 머리카락도 길고 수염도 덥수룩하다 보니 스테인드글라스에 등장하는 수도사와 닮아 보이는 모양이었다. 빡빡 밀어야겠다! 삶과 신앙, 여행과 세상, 전세계의 기독교인들에 대한 긴 대화가 이어졌다. 그런데 가장 놀라운 건 이 소녀들은 한없이 자유롭고 명쾌한, 자연스러운 믿음을 가지고 있다는 점이었다. 유럽의 신자들이 얼마나 잘못된 길을 가고 있는지 확실히 알게 되었다. 그들은 당연하다는 듯 웃음거리가 되고 늘 모욕을 당한다. 그들이 얼마나 신앙을 감추고 지내며, 얼마나 조롱거리가 되고 있는지를 생각해보라. 금기시되는 이 주제에 대해 대화를 하려 할 때, 솔직한 생각을 얘기하려 할 때 거북함을 느끼지 않는 이가 있는가? 이 세상에 아무것도 없다고 말할 때보다 뭔가 있다고 말할 때 수치심을 느끼지 않은 이가 있는가? 반교조주의와 무신론을 유행시키는 주변의 냉소주의와 회의주의의 제단에 적어도 한번쯤 희생을 당하고 다시는 되풀이하지 않겠다고 다짐하지 않은 이가 있는가? 슬픔과 공허감이 감도는 이 왕국의 차가운 바람도 이 열정적인 소녀들의 빛나는 얼굴 앞에 물러가고 말았다. 그들이 믿도록 내버려두라! 그리고 내가 의심하도록 내버려두라! 신앙이 확신이라고 누가 말했는가? 신앙은 행복으로 가는 하나의 접근방식일 뿐이다! 행복하게 태어나 배불리 먹고 사랑받는 사람들은 행복을 부르주아적으로 생각한다. 그래서 외모를 가꾸고, 우중충한 것을 낭만적이라고 생각하고, 침울한 걸 현명하다고 여기며, 모든 것에 흥미를 잃은 체하며 행복한 줄 안다.

카샤즈넥의 젊은이들은 비록 가진 것 하나 없지만 삶에 대해, 그리고 세상에 대해 환멸을 느끼고 있지는 않았다.

'푸생 누보'[3]가 왔다. 서른한 살. 32년 발효된 것이다! 기관지염과 40도의 고열로 몸져누운 내 아내의 머리맡을 지키고 있는데 문득 첫 번째 해결책이 떠올랐다. 소냐에게 좀 덜 까다롭게 굴자는 것. 나는 나 자신이 원망스러웠다. 그녀는 소중한 보물과도 같은 존재인데……. 그동안 난 조리개며 속도며 피사체의 심도, 편광자나 셔터 지연장치, 피사 범위나 배경 따위의 이야기로 그녀에게 무례하게 굴었다. 우리는 사진과 관련된 기술적인 문제로 곧잘 싸웠다. 사진을 찍고 촬영하는 일, 사람들은 이런 걸 배우자와 함께 알아가지만 내겐 배우자가 곧 동업자이기도 하지 않은가! 인내심 없이 화를 내고 고집을 부리면서 그녀에게 혹독하게 굴었다. 그녀의 귀에 대고 "나, 달라질게"라고 속삭였다. 그녀가 어렴풋이 미소를 지었다.

"전에도 들은 얘기야!"

3) 프랑스에서 매년 가을 그해 새로 담근 포도주를 전세계에 동시에 판매를 개시하며 축제를 벌이는 '보졸레 누보'와 저자의 이름 '푸생'을 조합한 말이다—옮긴이

가혹한 소냐. 하지만 사실이었다.

그녀는 웃고 있었다. 난 정말이지 그녀를 사랑한다! 어젯밤엔 악몽을 꾸었다. 어찌된 영문인지 지금은 기억나지 않지만 그녀를 잃어버린 꿈이었다. 나는 매년 일년에 넉 달씩 소냐의 흔적을 좇아, 그녀에 대한 기억을 더듬으며 우리가 함께 걸었던 길을 다시 가보았다. 우리를 재워주었던 집들을 어렵게 하나씩 찾아갔고 소냐가 앉았던 곳에 앉아도 보고 그동안 그녀에게 못되게 군 순간들을 떠올리며 한없이 후회했다. 이렇게 난 강박적으로 그녀를 찾아다니느라 아무것도 할 수 없었고 결코 마음의 평화를 찾지 못했다. 기이한 꿈이었다. 아무래도 마음이 불안한 모양이었다.

이어지는 날들 동안 우리는 차도를 벗어나 고도 높은 산길을 따라 레소토 왕국의 중심부로 들어섰다. 두 고개 사이로, 오렌지 강으로 인해 형성된 동굴 가장자리에 자리한 마을들 사이로 난 길이었다. 이 산에 사는 사람들은 지평선을 본 적이 없었다. 이들에게 지평선이란 저 멀리 들쭉날쭉 능선을 그리는 산이 아니라 두 점 사이를 팽팽히 잇는 선이다. 그리로 도착하고 그리로 다시 떠나는 선인 것이다. 길과 양극의 지평선. 교차로는 거의 보기 드물지만, 교차로가 있다면 지평선은 기점이 되는 두 개의 점을 더 갖게 된다. 이 지평점들 가운데 하나를 통해 도착하는 모든 것은 열렬한 관심의 대상이 된다.

우리는 공간에 취하고 전원 풍경에 취한 채 길을 걸었다. 수확기인 터라 곳곳에서 묵직한 보릿단 위로 허리를 숙인 채 시골 아낙들이 리듬에 맞춰 일을 하고 있었다. 타작을 하고 이삭을 줍고 노래를 불렀다. 노래를 부르니 분위기가 한결 좋았다. 햇빛에 반짝이는 마른 잎들이 바람에 날렸고, 온상의 새싹들은 보기 드물게 달콤한 번영의 노래를 부르며 탁탁 소리를 냈다. 좀더 멀리에선 다른 농사 기술을 볼 수 있었다. 소를 이용해 밀을 밟는 기술이었다. 암소들에게 채찍질을 하거나 개를 이용해 맴을 돌게 만들었다. 우리는 밀방아가 돌아가듯이 사람들 무리 속으로 끼어들어 같이 맴을 돌았다. 암소와 고함소리, 먼지와 곡식 알갱이로 이루어진 이 거대한 방아는 이곳에서 먼 다른 산속에서 세상을 돌리는 불교의 원운동을 생각나게 했다.

최디케에서 어느 누옥을 돌아서니 기원의 깃발이 산들바람에 펄럭이고 있었다. 부탄이 떠올랐다. 레소토와 부탄은 공통점이 참 많다. 두 나라 모두 1천 미터 이상 되는 고도에 자리한 왕국이었으며 '하늘 왕국'이라 불렸다. 부탄은 부탄어로 '드루크'라 불렸는데 '용'이라는 뜻이다. 그리고 이곳에서 지평선을 물고 있는 건 드라켄스버그의 이빨이다. 레소토와 부탄 사람들 모두 세상에서 가장 순하다는 공통점도 있다. 그러니 이렇게 기원의 깃발도 공유하고 있는 게 아닐까?

우리는 탐문을 시작했다.

"이 깃발은 무엇을 뜻하는 거예요?"

"페페셀라예요."

"그게 뭔데요?"

"저거! 므콤포티!"

이가 빠진 할머니가 미소를 지으면서 큰 통 하나를 가리켰다. 난 속을 들여다보았다. 보리 맥주였다! 할머니가 다시 말했다.

"페페셀라, 므콤포티."

난 소냐를 돌아다보며 말했다.

"기원의 깃발이 아니라 맥주 깃발이야!"

신앙과 관련된 깃발이 아니라 술과 관련된 것이었다. 우리는 보리 맥주를 맛보았다.

"라시와 맛이 똑같아."

알코올 도수가 약한 부드러운 음료 라시는 음료도 되고 요깃거리도 되었다. 히말라야 전역에서, 부탄과 라다크, 시킴, 네팔, 티베트에서도 볼 수 있는 음료였다. 램프는 손님을 끌기 위한 것 같았다. 천을 뒤집어 쓴 채 말을 탄 사람들이 신에게 바치는 가을 술에 한껏 취하려고 여기저기서 달려왔다.

우리는 지름길을 통해 중앙 산맥을 가로질렀다. 둥그런 오두막들이 있는 마을에서 우박 섞인 소나기를 피했다. 마을 사람들이 우리에게 어디로 가느냐고 물었다.

"레 아 케이?"

나는 마을 사람들에게 고개로 올라갔다가 다시 강으로 내려와 단층절벽을 지나 마을로 갈 거라고 몸짓으로 설명했다. 마을 사람들은 아연실색했다.

"이미 다녀간 적이 있어요?"

"아뇨."

"그런데 어떻게 보지도 못한 풍경을 그렇게 잘 알죠? 그리고 이 구겨진 종이에서 어떻게 미래를 읽는 거죠?"

마을 사람들은 지도 속에 감춰진 신비스런 비밀에 매우 놀라워했다. 흐릿한 지도 복사본 위로 나는 마을 사람들에게 강과 등고선, 산봉우리와 마을, 골짜기 선을 가리켜 보였다. 하지만 이 모든 검은 선들을 금세 헷갈려 했다. 그들 눈에는 내가 닭의 내장에서 미래를 읽는 것만큼이나 강력한 예지 능력을 가진 백인 마법사로 보이는 모양이었다.

소나기가 지나가자 우리는 다시 고개 공략에 나섰다. 천천히, 인내심을 갖고서. 하지만 가도 가도 끝이 없었다. 김칫국부터 마시면 안 될 일. 고개만 해도 가장 쉬운 구간이었다. 레소토는 올라갈수록 땅이 비옥했다. 이 역설은 세상에서 유일한 것이었다. 높이 오르자 뼈처럼 노르스름하면서 허연 계곡 깊은 곳의 메마른 사암과, 검은색에서 황갈색을 거쳐 점차 붉은색으로 변하고 있는 화산토로 이루어진 비탈길 사이의 경계선이 풍광 속에서 뚜렷하게 드러났다. 이 하얀 선은 목축업자들과 농민들을 나누는 경계선이었다. 농민들은 단구가 형성되지 않은 불안정한 진흙지대를 공략하고, 목축업자들은 사암의 모래에 듬성듬성 박힌 빈약한 덤불숲에 염소들을 풀어놓았다. 모두들 산을 분해하는 데 한몫 하고 있었고, 그로 인해 침식이 활발히 이루어지고 있었다.

우리는 고개에서 레소토의 앞쪽 절반에 등을 돌렸다. 산맥과 능선, 고원과 협곡들이 어지럽게 뒤섞인 이곳에서 우리는 환상적인 오렌지 계곡을 볼 수 있었다. 오렌지 계곡은 땅을 뒤덮으며 그 이름에 어울리는 색으로 물들이고 있었다. 이 계곡은 앞으로 2년 반의 도보여행을 위해 우리가 분명하게 북쪽으로 방향을 돌리는 기점이기도 했다.

'라만카카틀레'라는 부드러운 이름에 걸맞게, 저 아래 작은 마을에서는 평화로운 푸른 연기가 피어오르고 있었다. 누더기를 걸친 아이들이 마을에서 유일하게 영어를 할 줄 아는 여성에게 우리를 데려갔다. 영어교사인 알실리아는 마치 기다리고 있었다는 듯이 우리를 맞아주었다. 그녀는 그다지 놀라지도 않고 오랜 친구를 대하듯 우리를 유쾌하게 대해주었다. 그녀는 1월부터 남편을 보지 못했다고 했다. 남편은 남아프리카공화국에서 일을 하고 있어서 6월이 되어야 돌아올 거라고 했다. 일 때문에 사랑하는 사람들이 떨어져 살고 있었다. 나도 경험해본 일이었다. 그러나 지금 나는 일과 더불어, 그리고 사랑하는 아내와 더불어 여행하고 있다. 엄청난 호사다! 해발 2천5백 미터 지역이라 바깥은 무척 추웠다. 알실리아는 우리가 발을 녹일 수 있도록 석유난로에 불을 붙였다. 우리는 피리를 연주하고 카샤즈넥에서 배운 노래를 불러 집안을 훈훈하게 만들었다! 이어서 집주인과 실랑이가 벌어졌다. 우리가 자기 침대를 거절하는 건 있을 수 없는 일이라는 것이었다.

새벽에 온 마을 사람이 '백인들의 기상'을 보려고 모여들었다. 그들의 기억으로는 지금껏 이곳을 지나간 백인은 없었다며 목동의 춤으로 우리에게 감사를 표했다. 장화를 신고 모포를 뒤집어 쓴 남자아이들이 일렬로 서서 우리에게 아프리카식 예우를 표했고, 그러는 동안 수수죽이 나왔다. 춤이 끝나자 알실리아는 마을에 유명 인사가 있다며 열네 살짜리 여자아이를 소개해주었다.

"베로니카는 제 조카인데 남반구 올림픽에서 마라톤 종목의 레소토 국가 대표 선수로 뽑혔어요."

맨발에다 온통 좀먹은 옷을 입은 베로니카는 수줍어하며 손가락을 비비 꼬고 있었다. 어쩌면 이 레소토의 코제트는 앞으로 이 나라를 영예롭게 할 인물인지도 몰랐다.

"베로니카가 달리는 거 보실래요?"

우리가 채 대답할 새도 없이 베로니카는 이미 저만치 사라지고 없었다. 협곡 맞은편에는, 종이 있어 일요일마다 교회로 사용되는 작은 학교가 안개 커튼을 뚫고 우뚝 솟아 있었다. 그곳을 배경으로 능선을 따라 우리의 작은 가젤 베로니카는 마을 사람들의 열렬한 환호를 받으며 달렸다. 가볍고 민첩한 걸음으로 내달려 마치 날아가는 듯한 이 인형은 그림자 연극에서처럼 구름을 배경으로 경건한 올림푸스 산에서 경이로운 메달을 준비하고 있었다.

Africa Trek 8

노병과 다이아몬드

마테방 보건소 계단에 누더기 차림으로 앉아 있는 한 사람을 둘러싸고 세 명의 남자가 분주히 움직이고 있었다. 우리는 이곳에서 하룻밤 묵어갔으면 싶었다. 소냐가 물었다.

"저들이 저 사람에게 뭘 하는 거지?"

"모르겠어. 심장 마사지를 하는 것 같은데."

그때 그들 중 한 사람이 톱을 꺼내 들었다.

"말도 안 돼! 마취도 안 하고 절단수술을 한단 말이야?"

난 질겁해서 다가갔다. 세 사람은 수갑 하나를 놓고 애쓰고 있었다. 까만 손들과 누더기와 팔들이 뒤얽힌 가운데 수갑만이 빛나고 있었다. 그들의 서툰 손놀림에 어느새 한 줄기 피가 수갑을 적셨고, 톱은 미끄러져 살에 박혀 있었다. 불쌍한 남자는 입도 뻥긋하지 않았다. 얼굴에는 피딱지가 잔뜩 앉아 있는 걸로 보아 아마도 누군가와 싸운 모양이었다. 톱니 방향이 거꾸로 되어 그들은 좋은 의도에도 불구하고 공연히 애만 쓰고 있었다.

내가 나서서 일을 지휘했다. 손목이 많이 부은 걸 보고 이 사람이 몇 주째 도망 중이라는 걸 알 수 있었다. 이들은 말을 타고 왔는데 아마도 가축 도둑인 것 같았다. 난 수갑을 바이스 삼아 문틀에 고정하고 체계적으로 톱질을 했다. 쇳가루가 날렸고, 죄수의 얼굴에서 희망의 빛과 감사의 빛이 보였다. 첫번째 수갑은 금세 잘려나갔다. 예상과는 달리 누더기 걸친 사내는 기쁨의 탄성을 지르지 않았다. 기진맥진한 채 가만히 앉아 있을 뿐이었다. 자유로워졌는데도 그의 행동에는 전혀 변화가 없었다. 나는 이 사람이 지난 3주 내내 수갑을 찬 채 말을 타고 다니며 옷도 갈아입지 못한 채 불편하게 살았을 거라고 상상했다. 이제 이 모든 게 끝이었지만 그는 더 행복한 얼굴이 아니었다. 두 번째 수갑을 열심히 공략하고 있을 때 내 뒤에서 조그만 목소리가 들렸다.

"범죄자인지도 모르는데 수갑을 풀어주는 게 좋은 생각일까?"

이성의 목소리였다. 그때서야 난 내가 무슨 일을 하고 있는지 깨달았다. 도주 중인 죄수의 수갑을 풀어주고 있었던 것이다. 하지만 내게는 도움을 줘야 할 가련한 사람으로밖에 보이지 않았다. 내가 악당들과 공모를 한 건 아니니까…… 혹시 레소토 경찰관에게 체포되더라도 감옥에서 며칠만 보내면 될 거라고 생각했다. 아직 남아 있는 세번째 수갑은 그 친구들에게 맡겼다.

우리는 보건소의 간호사인 엘리자베스 마카라와 저녁시간을 보냈다.

"저희 할아버지는 프랑스와 이탈리아에 가신 적이 있어요."

"예?"

"네, 2차 세계대전 때죠."

꿈만 같았다! 시간과 공간이 포개졌다. 56년 전, 아프리카 오지의 이 외진 산에서 살던 한 양치기가 우리를 독재권력으로부터 해방시키기 위해 유럽에 와서 싸웠다니. 그에게 감사하다는 말을 하고 싶었다.

"할아버지께서는 어디 사시죠?"

"모코틀롱에요. 4, 5일 후에 그곳을 지나가시게 될 겁니다. 가신다면 제가 할아버지께 편지를 써드릴 게요."

엘리자베스의 친구 한 명이 와서 우리와 함께 저녁을 먹었다. 줄리우스는 로마에서 학위를 딴 교사로 왕립 가톨릭 대학 출신이라고 했다. 우리가 그동안 만난 사람들, 그리고 우리가 겪은 일에 대해 이야기하자 줄리우스가 자신의 생각을 내놓았다.

"우리의 모든 불행은 철조망이 없다는 데서 온 겁니다!"

"?"

"설명해드리죠. 첫째, 철조망이 없으니 남자아이들이 가축을 지켜야 합니다. 그러면 아이들은 자꾸 수업을 빼먹게 되고, 결국 교육을 받지 못하게 되죠. 둘째, 철조망이 없으니 가축들이 여기저기 아무 데서나 풀을 뜯어 먹어 풀이 다시는 자라지 못하게 되고 소관목은 꼭대기가 잘려 나갑니다. 두 분도 보셨다시피 그 때문에 비극적인 침식작용이 일어나 장기적으로 산들이 황폐화됩니다. 셋째, 동물들이 자유롭다 보니 시냇물에 배설을 합니다. 그 때문에 우리가 병들지요. 뿐만 아니라 동물들은 수확작물도 먹어버립니다. 넷째, 농부들이 가축들을 돌보느라 침식을 막는 데 필요한 단구를 만들 시간이 없습니다. 그 외에도 일일이 열거하자면 엄청나게 많습니다. 저희를 돕고 싶으시다면 철조망 몇 킬로미터를 주시고, 중국인들을 보내 단구 만드는 법을 배울 수 있게 해주세요."

철조망은 농업 번영의 슬픈 상징!

엘리자베스가 목욕을 하라며 물을 데워주었다. 우리는 일주일 전, 카샤즈넥에서부터 지금까지 씻지를 못했다! 촛불을 켜고 소냐가 낡은 목욕통 속에서 목욕을 했다. 조그맣고 아기자기한 난로가 시뻘건 입과 활처럼 휜 다리를 하고 가르릉 소리를 냈다. 장미 문양으로 장식된 두 개의 작은 미닫이가 공기의 유입과 연소를 조절하게 되어 있었다. 잎맥 같은 황금색 선이 도드라진 소냐의 매끈한 등은 어둠 속에서 완벽한 곡선을 그리며 고개 숙인 목덜미까지 이어지고 있었다. 소냐가 물로 몸을 부드럽게 축이는 소리와 노랫소리가 함께 들렸다. 난 소냐를 보면서 노래를 감상했다. 소냐는 피곤하지 않을 땐 그렇게 노래를 불렀다. 벽에 비친 그녀의 거대한 그림자가 춤을 추었고, 하루 종일 땋아져 있던 머리카락은 풀려서 넘실거렸다. 그녀의 작은 손은 지친 몸을 어루만졌다. 어느 날 저녁, 난로 옆 촛불 아래에서…….

이날 밤, 나는 설사 때문에 네 번이나 깼다. 계란 냄새가 나는 노란색 액체를 보니 무슨 증상인지 알 것 같았다. 설사병. 네팔에서 흔히 걸리는 병이었다. 해결책은 딱 하나, 메트로니다졸. 너무 심하다! 보건소에서 병이 나다니! 밤새도록 물소리가 내 방광을 고문했다. 이곳 화장실 역시 물이 샜다. 아프리카 화장실은 모조리 물이 샜다. 이음새가 너무 많기 때문이었다. 물이 도착하는 곳, 수도꼭지, 변기와 물구멍, 손잡이, 배수구의 수많은 이음새들.

계곡 몇 군데를 들른 뒤 겨울 햇살을 받으며 우리는 레소토의 정상을 공략하러 떠났다. 비탈길 그늘에 무성하게 자란 풀들은 서리로 덮여 있었다. 던이 챙겨준 털옷은 기막히게 따뜻했다. 우리는 한 목동과 함께 산을 올랐다. 목동은 휘파람을 불며 막대기로 몇 마리 가축을 몰고 있었고, 가축들 목에 걸린 종이 차가운 대기 속에 맑게 울렸다. 목동은 정원 장식용 난쟁이가 쓰는 빨간색 고깔모자를 쓰고 있었는데, 그가 걸을 때마다 모자가 흔들렸다. 그는 재미난 고무장화를 신고 맨몸에 천만 두른 채 방울새처럼 노래를 부르며 흥겹게 걸었다.

첫번째 고개에서 목동은 한 친구를 만났다. 그 친구는 안장도 없이 멋진 백마를 타고 있었다. 머리엔 고깔 모양으로 꼭대기에 매듭이 네 개 달린 전통적인 밀짚모자를 쓰고 있었다. 그도 두꺼운 천으로 몸을 감싸고 있었다. 두 사람은 이야기를 나누었다. 사내들만의 대화를.

좀더 가다가 목동이 산에 대고 외치자 산이 대답했다. 메아리가 아니었다. 절벽 꼭대기에 웅크리고 앉은 또 하나의 발 달린 천이었다. 육안으로는 거의 보이지 않았다. 맑은 공기 속에서 두 사람은 목소리를 그다지 높이지 않고도 대화를 나누었다. 상대방은 3백 미터는 족히 떨어져 있었다. 그러나 두 사람은 중요하게 할 이야기가 있는 듯했다. 방목장 주식장의 우유 시세, 양의 주거지 부족 문제, 므콤포티의 교통란 등.

세번째 사람과 만나는 동안 우리는 남아프리카 전체를 통틀어 최정상인 3,482미터 높이의 타바나 엔틀레냐나 산 아래 3,250미터 지점에 있는 마지막 고개를 향해 올랐다. 땀을 뻘뻘 흘리며 고개에 도착했을 때 얼음장 같은 돌풍이 불어와 구름으로 드넓은 풍경을 가렸다. 싸락눈 섞인 비가 내리기 시작하더니 곧 눈으로 변했다. 우리는 작은 오두막으로 피신했다. 연기가 가득 들어찬 이 집에는 온 가족이 모여 살을 에는 듯한 추위에 맞서 싸우고 있었다. 우리는 빨간 모자의 목동과 함께 꼼짝없이 갇혔다. 목동은 쉬지 않고 이야기를 했다. 밤새 코고는 소리와 동물 울음소리가 요란한 가운데 우리는 벼룩부대의 거듭되는 맹공격을 받아 제대로 잠을 잘 수가 없었다. 밖에는 눈보라가 맹렬했다. 내 설사병이 가라앉은 것이 그나마 위안이 되었다.

다음날 아침, 산봉우리란 봉우리는 모두 흰 눈으로 덮여 있었다. 눈이 쌓인 길을 다시 내려가는데 흰 지프차를 탄 백인 경찰관이 우리 앞에 멈춰 섰다. 그는 백인을 본 지 정말 오래되었다며 신기해했다! 인사를 주고받은 후 경찰관은 레소토 전역의 가축 도둑들과 맞서 싸우는 일을 맡고 있다고 말했다.

"매년 남아프리카에서 양과 소, 혹은 말이 8만 마리씩 사라지고 있고, 이곳 외딴 계곡에서는 더욱 심합니다. 저희는 바소토 경찰과 협력하여 가축 밀매를 단속하고 있죠. 늑장을 부리면 안 되죠. 왜냐하면 마을에서 도축되자마자 가축들은 트럭에 실려 수도 마세루로 옮겨집니다. 사실 악습은 뿌리 뽑기가 힘들고 가축 절도는 레소토에서 아주 오래전부터 일어나고 있는 일이지요. 해마다 제가 체포하는 가축 절도범은 1,300명이나 되고, 도둑맞은 가축 중 43퍼센트는 다시 찾아내죠. 절도범들은 할 만한 일이 못 된다는 걸 잘 알면서도 유혹에 이끌려 다시 가축 절도 행각을 벌입니다. 재범자는 13년형을 받을 수도 있죠! 제 트럭 뒤에는 어제 마테방에서 체포한 가축 절도범이 실려 있으니 보세요. 손목에 수갑을 찬 채 3주 전에 탈출한 놈이죠! 마을 한복판에서 술을 마시고 있는 걸 체포했습니다. 손목에 수갑을 차고 있지는 않았지만 수갑 자국은 남아 있었지요. 별 저항 없이 순순히 체포에 응하더군요. 왜 절도를 또 저질렀는지 물어봤더니 '그냥 게임 같은 겁니다!' 라고 말하더군요."

경찰관이 차를 타고 진흙탕 속으로 다시 떠나자 우리는 안도했다. 야릇한 운명의 장난!

가는 길에 우리는 여러 마을을 지났다. 마을 주민들은 어쩌다 이 지역을 지나는 차가 있으면 달려들어 관심을 보였다. 우리는 늘 반복하는 후렴구를 노래했다.

"레 초 아카이? (어디 가세요?)"

"오 차 카에 모코틀롱 카마오투. (걸어서 모코틀롱에 갑니다.)"

"카마오투? 헬레! 헬레! 레 카테체! (걸어서요? 저런, 피곤하시겠어요!)"

"레 아카이? (어디서 오셨어요?)"

"쿠팅!"

"차 없이요?"

"차는 없어요! 오직 걸어서만 갑니다!"

그리곤 웃음을 남기고 벽촌을 뒤로 한 채 떠나왔다.

대개 멀리서 보면 계곡으로 난 길고 긴 곡선 길이나 고개를 돌아가는 길을 확인할 수 있었다. 그래서 우리는 지름길을 통해 산을 가로질러 가곤 했다. 지름길은 언제나 있었다. 부정확한 지도보다는 이 원칙을 믿을 때가 더 많았다. 관습이 우세했다. 그럴 때면 육감이 중요한 역할을 했다. 누운 풀잎에서, 반들반들한 돌에서, 발자국 하나에서 모든 걸 짐작해야 했고, 대개는 사소한 것에서 단서를 찾기 때문에 냄새도 열심히 맡아가며 길을 가늠했다. 오솔길은 여러 갈래로 갈라져 있으므로 중요한 두 가지 규칙에 매달려야 한다. 길은 반드시 어딘가로 통하게 되어 있다는 것과, 인간은 노력을 적게 하려고 애쓴다는 원칙이다. 나머지는 길에서 얻게 되는 도보여행자의 섬세한 재능에 달렸다. 우리는 이런 식으로 단 한 번도 길을 잃지 않고 산길을 걸어 나갔다. 나침반도, GPS도 없이.

우리는 만보기에 의지했다. 만보기는 얼마나 걸었는지를 측정해주는 기계였지만 우리는 그것을 시계처럼 사용했다. 15킬로미터를 가기 전에 첫 휴식을 취하는 건 어림없는 일이었다. 점심을 먹기 전에 20킬로미터를 걸으려고 애쓰고, 30킬로미터 전에는 쉬고 싶은 유혹을 뿌리쳤다. 만보기는 우리의 검열관이었다. 하지만 녀석은 동그라미가 여럿 달린 멋진 숫자로 우리에게 보답할 줄도 알았다. 우중충한 오후에 고개를 다시 내려가는데 갑자기 한 줄기 햇살이 구름층을 뚫고 나와 2천 킬로미터를 돌파한 우리의 여정을 축하해주었다. 우리는 그림과 문양이 그려진 예쁘장한 오두막 두 채 사이를 지나면서 노래하고 춤을 추었다. 시계가 없어도 수탉이 울었고, 개들이 짖었으며, 염소들과 당나귀도 울었다. 우리를 지켜보는 사람들은 우리가 미친 사람인 줄 알았겠지만 우리는 마냥 행복했다.

모코틀롱, 2001년 5월 6일 일요일,
여행 126일째, 20킬로미터, 총 2,023킬로미터

하지만 모코틀롱에 도착하니 순결무구한 산꼭대기에서 슬프고 차가운 분위기가 감돌았다. 우리는 재빨리 물어서 엘리자베스의 할아버지를 찾았다. 노병 니에 니에 마타라.

대머리에 눈이 찢어지고 코가 뾰족한 그에게서는 옛 전사들에게서 흔히 볼 수 있는 평화로운 당당함이 느껴졌다. 그는 존경받는 현자였다. 그리고 이 점에 있어서 아프리카는 지조를 굽히지 않았다. 그는 우리를 따뜻하게 맞아주었다. 레소토의 여러 명사나 마을 족장들과 마찬가지로 그는 붉은 신발을 신고 있었고, 기장을 단 멋진 블레이저 코트를 입고 있었다.

"몬테 카시노에서 싸웠지요! 영국군과 함께 이탈리아 원정을 갔어요. 우리 바소토인은 5천 명이었습니다. 이탈리아군은 새파랗게 질리도록 우리를 두려워했지요. 하지만 이탈리아군 편에 서서 싸운 에티오피아인들은 그렇지 않았죠. 정말 어처구니없게도 꼭 아프리카 게릴라전 같았죠!"

소냐가 열광하며 물었다.

"몬테 카시노라구요? 저희 할아버지께서도 그곳에 참전하셨어요. 하지만 공군이셨죠. 분명 할아버지께서 속하신 선봉대를 도우려고 가셨을 겁니다. 두 분이 만나셨을 수도 있겠네요. 정말 희한해요!"

현자의 눈에서 광채가 다시 번뜩였다. 그는 소냐의 어깨를 잡고는 눈물 맺힌 눈을 감았다. 축하할 일이었다! 마침 페페셀라가 그의 집 모퉁이에 내걸려 있었고, 취한 두 명의 할머니가 마당에서 춤을 추었다. 그는 세번째 기일을 기렸고, 마을 사람들이 모두 와서 므콤포티를 함께 나누었다. 우리는 겨울 햇살과 보리 맥주에 취해 포근한 시간을 보냈다. 세상 끝에서 만난 이 구원병에 대한 존경과 감사의 마음에 젖어서, 길에서 수녀님들이 우리에게 준 닭고기를 함께 나누며. 아! 사랑스런 레소토!

다음날에는 마지막으로 오렌지 강을 건넜다. 20일 전 텔레브리지 국경 초소에서 보았던 이 장엄하고 신비한 강이 지금은 실개천이 되어 있어서 우리는 양발을 모으고 팔짝 뛰어서 건널 수 있었다. 우리는 레소토의 북동쪽에 위치한 가장 높은 고원에 접어들었다. 레소토에는 네 개의 강이 있는데 그중 오렌지 강이 원류이며, 그밖에 엘란즈, 쿠베두, 그리고 투겔라 강이 있다. 우리의 계획은 도로를 벗어나 산길을 걷고 드라켄스버그의 거대한 단층절벽을 지나는 것이었다. 그렇게 해서 계단식 구릉을 통해 남아프리카공화국으로 다시 내려올 생각이었다. 그러자면 국경 초소들을 거치지 않고, 온갖 종류의 밀매꾼들이 주로 다니는 금지된 계곡 여러 곳을 지나야 했다.

모코틀롱에서 우리는 털장갑과 외투를 샀다. 소냐는 하늘색 베레모가 마음에 쏙 드는 모양이었다. 1세기 전, 프랑스 선교사들이 수입한 것인데 지금은 모든 여자들 머리 위를 온갖 색깔로 장식하고 있었다.

조금씩 올라가자 레소토의 전경이 눈앞에 펼쳐졌다. 하늘은 맑게 개었다. 하늘색이 어찌나 짙은 파랑이던지 하늘이 어두워 보일 정도였다. 우리는 이 산이 생겨나게 만든 거대한 화산 분출 지대 상층부에 올랐다. 상층부는 아직 침식되지 않았다. 해발 3천3백 미터 지점에 오르자 밤에는 기온이 영하 17도까지 내려갔다. 이런 추위를 대비한 장비를 갖추고 있지 않았기에 우리 둘은 꼭 붙어 있어야 했다.

고산지대 마을에서는 시끌벅적한 웅성거림이 우리의 관심을 끌었다. 양치기들이 앙고라염소들의 털을 깎기 위해 내려온 것이었다. 여러 얼굴들의 모임. 고깔 모양의 양치기 모자들. 건장한 사내들이 염소들의 뿔을 잡고는 의자 뒤엎듯 염소들을 뒤집어 네 다리가 하늘을 향하게 하고는 날 세운 가위로 조심스레 털을 깎았다.

오늘은 30킬로미터를 올라왔다! 밤에 묵어갈 곳을 찾아야 한다는 불안감이 커져서 이것밖에 걷지 못했다. 고원 꼭대기에는 라에쳉이라는 작은 마을이 있었다. 진흙투성이의 전통 가옥들과 할 일 없는 사람들, 생존하는 데 급급해서 제대로 일조차 할 수 없는 사람들로 이루어진 곳이었다. 그곳 사람들로부터 다이아몬드 광산에 대해 얘기 들었지만, 믿기 힘들었다. 우리는 17년 전 드비어스 회사가 다이아몬드 광산을 폐쇄한 걸로 알고 있었다. 마티아스가 우리를 거기로 안내하겠다고 고집해서 하는 수 없이 그를 따라갔다. 혹시 무슨 계략에 말려드는 건 아닌지 내심 불안했다.

풍경은 을씨년스러웠다. 풀들은 모두 죽어 있었고 차가운 바람이 불었다. 우리는 그저 안내자를 따라갔다. 음산한 폐가들이 늘어서 있었고, 뒤틀린 지붕과 부서진 건물, 찌그러진 트럭들이 보였다. 아마도 예전 탄광의 잔해인 듯했다. 나선 모양의 거대한 동굴에 이르자, 동굴 속 푸르스름한 호수에 하늘이 비치고 있었다. 그때 갑자기 소형 트럭 한 대가 튀어나왔다. 차에 타고 있는 사람은 우리가 3주 만에 두번째로 만나는 백인이었다. 요한은 웃으면서 우리에게 털어놓았다.

"이곳에 금발머리 여성이 혼자 있는 것을 보고 나한테 큰일이 닥쳤구나, 생각했지요."

그에게는 우리가 3개월 만에 처음 보는 백인들이었다. 우리는 지도 표기물에 대해 도움이 필요하다는 핑계를 댔다. 그러자 그가 기지로 데려다주었다. 석조 건물의 분위기를 밝게 만들려고 분홍색으로 칠한, 완전 새 건물이었다. 칼과 마이크가 우리를 따뜻하게 맞아주었다.

"광산 재개발을 하는 영미 합자회사로부터 보수를 받고 일하고 있습니다. 미안하지만 전기가 들어오지 않습니다. 발전기가 조금 전에 열을 받아 타버렸거든요. 하지만 여기 와서 보세요. 그래도 다이아몬드를 찾는 데는 지장 없습니다."

우리는 지프차를 타고 동굴 아래로 내려가 긴 구덩이 근처에 도착했다. 구덩이는 약간 경사진 골짜기 선을 따라 이어져 있었다. 마이크가 우리에게 설명해주었다.

"다이아몬드는 다이아몬드 원석인 다이크에서 나옵니다. 현무암 단층 속으로 마그마가 들어가 아주 높은 압력을 받으면 다이크가 됩니다. 그리고 여기 이 마그마에는 가스 상태의 탄소가 충분히 함유되어 있기 때문에 냉각시켜 다이아몬드를 만들어낼 수 있습니다. 아직은 다이크를 직접 시굴하지 않고 있습니다. 몇 달 뒤에 거대한 기계들이 작업을 할 겁니다. 저는 장인이라 이곳 방목지에 대한 인가를 받았지요. 여기, 다이크 바로 아래쪽에 말입니다. 하지만 5억 년에 걸친 침식작용이 만들어놓은 결과를 이용할 겁니다. 다시 말해 중력이 다이아몬드를 골짜기 선에 집약시켜 놓은 결과 말입니다. 이 침적물들을 처리만 하면 됩니다. 바위까지 샅샅이 청소한 다음, 손과 흙손으로 틈 사이사이를 계속 뒤지는 겁니다. 바로 거기에 가장 아름다운 다이아몬드 원석이 있을 수 있기 때문이지요!"

길이 5백 미터, 폭 50미터의 구덩이에 깃발로 경계 표시가 되어 있었다. 보물은 거기에 있었다. 바로 우리 눈앞에…….

"나흘 동안 우리가 무엇을 찾아냈는지 보십시오."

그는 주머니에서 작은 상자를 꺼내더니 손바닥에 거꾸로 쏟았다. 그의 손바닥에서 다채로운 빛이 뿜어져 나왔다. 푸른색, 노란색, 분홍색, 흰색…… 그중에는 유난히 투명하고 반짝여서 마치 얼음 조각 같은 것도 있었다.

"53개의 원석에서 47캐럿의 다이아몬드를 추출한 겁니다. 불도저로 몇 번 떠서 얻은 거죠. 시작이 아주 좋습니다! 이리 와보시죠. 작업이 어떻게 진행되는지를 보여드리겠습니다."

회로를 따라가는 침적물들을 온갖 기계들이 돌리고 흔들고 여과하고 물을 축이고 있었다. 사방에서 기계가 삐걱거리고 덜덜거리는 시끄러운 소리를 내며 다이아몬드 원석들에 붙은 진흙과 찌꺼기를 걸러내고 있었다.

마이크가 우리를 중앙 작업장으로 데려갔다. 큰 통이 하나 있고, 그 안에는 미세 알갱이를 거르는 다섯 개의 체가 흔들리고 있었다.

"아까 그 수 톤의 흙 속에도 다이아몬드가 있었지만, 지금 이 통 안에도 다이아몬드가 있습니다. 15분만 기다리시면 됩니다."

소냐는 빨리 보고 싶어 안달했다. 이름 한 번 기막히게 지은,[4] 마이크의 동생 프릭이 마침내 통에서 불순물을 제거한 다음, 체에 남은 내용물을 검은색 고무로 된 큰 탁자에 쏟아내어 고르게 펼쳤다.

프릭은 중세 기사 같은 동작으로 소냐를 가리키며 말했다.

"숙녀분 먼저!"

오래 찾을 필요도 없었다. 그녀가 외쳤다.

"저기! 정말이네요! 여기도 하나가 보여요! 아, 그리고 저기 또 하나 있네요! 저기도요!"

소냐는 기뻐서 어쩔 줄 몰라 했다. 남자들이 웃었다. 이곳을 방문한 여성은 소냐가 처음이었던 것이다. 그녀는 믿을 수 없다는 듯이 고개를 들고 말했다.

4) 프랑스어로 '프릭fric'은 '돈'이라는 뜻이다—옮긴이

"다섯 개나 찾았어요!"
마이크가 소냐에게 대답했다.
"부인, 다이아몬드들이 부인을 발견한 겁니다!"
그러자 또 다른 유혹자 칼이 눈에 묘한 빛을 띠고서 한술 더 떴다.
"다이아몬드 하나가 부인의 눈을 똑바로 쳐다보고 있군요. 부인은 다이아몬드가 본 최초의 사람임이 분명합니다. 5억 년 동안 잉태 중이던 다이아몬드를 부인께서 탄생시킨 겁니다."
이렇게 그들은 돌멩이를 가지고 형이상학적인 공상에 한참을 빠져들었다.
"다이아몬드는 아주 수줍음이 많은 보석입니다. 그래서 우리가 투박한 손으로 잡으려 하면 도망을 가죠. 그래서 여성의 도움이 필요합니다. 여성들은 저희 남자들보다 부드럽게 다이아몬드를 집으니까요. 소냐, 원하신다면 언제까지나 여기 계셔도 됩니다."
내가 항의했다.
"이보세요들! 각자 자기 다이아몬드만 갖는 겁니다! 두 발 달린 제 다이아몬드는 손대지 마십시오."
경비처럼 건장한 체격을 가진 그들은 털털한 웃음을 터뜨렸다. 돌아오는 길에 칼 슐트는 그 장소에 대한 자기 계획을 말했다. 그는 인간미가 가득 담긴 눈에 말수가 적고 행동도 과장되지 않은, 신뢰가 가는 사람이었다.
"17년 전, 레소토 정부는 오랫동안 버티다가 결국 광산을 닫게 했습니다. 그들은 15퍼센트를 요구했고, 드비어스 사에게는 너무 큰 요구였기에 포기했지요. 이 고도에서 개발하는 데는 엄청난 비용이 든다는 사실을 알아야만 합니다. 다른 사람들은 황금알을 낳는 닭을 죽이는 길을 택했지요. 그 후 그들은 궁핍한 상황에 처했고, 물은 다리 밑으로 흘렀지요. 우리는 새로운 계획을 가지고 돌아왔습니다. 이번에 정부는 7퍼센트만 받기로 했지요. 하지만 우리는 전반적인 개발 계획을 제의했습니다. 남아프리카공화국에서 인부를 데려오지 않고 이 지역 사람들을 2천 명 고용할 것입니다. 그들은 이곳의 안락한 주택에서 거주하게 될 것이구요. 우리는 병원과 학교, 직업교육 학원 등 고지대 마을을 통째로 건설할 계획입니다! 노동자들은 수업을 반드시 들어야 하고, 기계들을 운전하는 법도 배우게 될 겁니다. 저는 이 사막에 활기와 번영을 가져오고 싶습니다. 다이아몬드가 날 도와줄 겁니다."

마이크 반 시터트는 호리호리한 체격에 성큼성큼 걷는 거인이었다. 그는 언제나 몸을 숙이고 곤충 같은 우리에게 말을 걸었다. 수확 전의 밭처럼 희끗희끗한 황금색에 제멋대로인 뻣뻣한 머리카락, 홍토의 사막처럼 깊게 패인 얼굴. 핏발이 선 파란 눈은 잠을 잃은 삶을 말해주고 있었다. 그의 목소리는 대포 소리처럼 우렁찼다. 공군특수부대 소속 헬리콥터 조종사요, 전차 기술자로 앙고라에서 12년을 보낸 그는 1만2천 미터 스카이다이빙 부문 남아프리카 신기록을 보유하고 있었다. 그는 무시무시해 보이면서도 인간적인 신뢰를 불러일으켰다.

기갑부대를 모아 놓은 것 같은 이들에게서는 겉치레가 제거된 선의가, 가장 무시무시한 광경을 본 데서 얻게 되는 선의가, 지옥 같은 상황에 복수하기 위한 최후의 무기로 꺼내는 선의가 풍겼다. 아프리카의 오래된 정치적 파탄 상황을 검토하고 난 뒤 그가 우리에게 털어놓았다.

"한 바소토 족장이 어느 날 저녁 므콤포티를 3리터쯤 앞에 두고 이 대륙에서 작용하는 권력의 개념을 다음과 같이 요약해주었지요. 밀림에서 싸울 때 코끼리들은 소리를 내고, 울부짖고, 주변의 나무를 뽑고, 자기들을 먹여 살리는 풀까지도 짓밟아버리지요. 하지만 결코 서로를 죽이지는 않습니다! 코끼리가 지나가고 나면 남는 건 결국 먼지 밖에 없지요."

이날 저녁, 밖에 눈이 내리는 동안 우리는 가스램프 불빛 아래에서 황금빛 꿈과 보물 사냥꾼의 환상을 오래도록 떠올렸다. 얼굴도 삶도 망가진 이 사내들은 그들의 공상에 대한 대가를 톡톡히 치렀다. 그 얘기를 하면서 그들은 큰 기쁨을 느꼈다. 모잠비크나 나미비아 전쟁, 해골 언덕의 다이아몬드…… 그들의 손은 갈고리처럼 변했다. 피부는 악어처럼 거칠어졌고, 얼굴과 몸에는 최근 30년의 지정학을 말해주는 흉터들이 곳곳에 남아 있었으며, 눈가엔 주름이 자글자글했다. 진짜 괴상한 모험가들, 무시무시한 얼굴들, 항상 뭔가가 비어 있는 것 같은 동공, 그러면서도 어느 한 자락 슬픔이 느껴지는…….

소냐는 이 이야기들에 사로잡혀 방을 덥히고 있는 난로에 치마가 타는 것도 느끼지 못했다. 한참 웃고 나더니 이번엔 꼬마아이처럼 울기 시작했다.

"하나밖에 없는 치만데. 달리 입을 것도 없는데!"

사실 우리는 최소한의 옷밖에 가지고 있지 않아 하나라도 잃을 경우 그 타격이 컸다. 다 큰 사내들도 같이 안타까워하며 어쩔 줄 몰라 했다. 고도 3천3백 미터에 위치한 남자들의 세계에서 치마를 구한다는 건 다이아몬드를 발견하는 것만큼이나 쉬운 일이 아니었다.

절망적인 상황과 덤불숲의 매복에, 수류탄 폭발에 길들어 있는 마이크가 무용수처럼 작은 목소리로 말했다.

"걱정 말아요. 제가 해결하지요. 다음번에 노랗고 큰 다이아몬드는 찾으면 '불타는 소냐'라고 부를 겁니다!"

노란 보름달이 이 아프리카 지붕 위로 떠올랐다. 달에 경의를 표하기 위해 마이크는 우리를 추위 속으로 이끌었고, 호주머니에서 볼펜을 꺼내어 심을 풀더니 용수철을 가지고 보름달을 향해 불타는 로켓처럼 날렸다.

"얼마 전에 당신 생일이었다는 얘길 들었어요. 자, 이건 당신을 위한 겁니다! 누가 당신을 못 살게 굴면 그를 공포에 빠트릴 일을 생각하세요. 그러면 공격자가 비탄에 빠질 테니까요. 이 방법은 하이에나나 코끼리한테도 잘 들어요."

다음날 우리는 대충 수선한 치마와 그에 대한 보상으로 한 줌의 루비를 받고서 친구들 곁을 떠났다.

우리 앞에는 이틀 동안 걸어야 할 황량하고 야성적인 산이 놓여 있었다. 우리는 제라르 선교사가 이름붙인 샘 산을 향해 살아 있는 것이라곤 찾아볼 수 없는 황량한 계곡을 따라 내려갔다 다시 올라갔다. 그러자니 친구 실뱅 테송과 함께 티베트에서 캐슈미르로 몰래 넘어가던 일이 생각났다. 지울 수 없는 자유의 느낌. 길도 없고, 인간의 흔적도 없고, 눈은 저 멀리 도달해야 할 한 지점에, 하나의 바위나 고개에만 고정했다. 발은 막중한 책임감을 감내해야 했다. 빙판을 밟자 물거품이 꾸르륵 올라왔고, 풀밭에서 보초를 서던 생쥐들이 쏜살같이 사라졌다. 우리는 공기처럼 행복했다.

우리는 계곡 바닥에서 저 멀리 걷고 있는 두 사람의 형체와 길마 얹은 두 마리 말을 보았다. 우리를 보고서 그들은 걸음을 재촉했다. 마이크가 우리에게 경고해준 대로 그들은 카줄루-나탈로 내려오는 마리화나 밀매상이었다. 우리는 그들이 앞질러 가도록 내버려두었다. 오후가 끝날 무렵 계곡을 다 오르고 나니, 지도대로라면 남아프리카 전체를 내려다보게 될 거라는 봉우리를 100미터 남겨둔 지점에 이르렀다. 3주 전부터 잔뜩 기대하고 있는 전망이었다! 나는 이 광경을 함께 보기 위해 소냐를 기다렸다.

카운트 다운! 우리는 손을 잡고 나아갔고, 하늘이 점차 커졌지만 지평선은 보이지 않았다. 그러다 한 발 더 내딛자 우리 발아래로 1,500

미터의 광활한 허공이, 천길 낭떠러지가 펼쳐졌다. 현기증이 났다! 아찔한 현기증! 하늘 한가운데 떠있는 듯했고, 기뻐서 소리를 질러댔다. 지금껏 한 번도 본 적 없는 환상적인 전경이었다. 저 멀리 '인간의 땅' 위로 끝없이 펼쳐진 대초원에 화산암경이 점점이 박혀 있었고, 구름 보자기가 흰 물웅덩이를 이루고 있었는데, 그 웅덩이들은 산맥 사이로 깊이 패어 있는 골짜기에 우뚝 선 웅장한 절벽들의 발을 핥고 있었다. 벌써 저 아래로 기울어진 태양은 두드러진 풍경을 황금빛으로 물들이고, 경사진 쪽은 어둠 속으로 빠뜨리고 있었다. 우리 왼편 북쪽에는 상티넬의 위압적인 기둥이 고원을 거만하게 내려다보고 있었다. 오른편 남쪽에는 악마의 이빨이 계단식 구릉의 턱을 닫고 있었다. 줄루족은 이 난공불락의 요새를 '창의 성벽'이라는 뜻의 '카탈람바'라고 부르는데, 그럴 만했다! 하늘 왕국의 맨꼭대기, 드라켄스버그의 단층 절벽에서 우리는 비행기를 타고 개미의 세상을 내려다보는 기분이었다. 조용히 흐르는 무거운 눈물이 이 천상의 전망을 환희로 뒤덮었다. 한숨 같은 한 줄기 바람이 정적을 채웠고, 우리의 젖은 뺨을 어루만지듯 시원스레 스쳐 지나갔다.

스펙터클은 거기서 끝나지 않았다. 우리는 투겔라 폭포를 찾아야만 했다. 폭포는 계단식 구릉의 입술처럼 불거진 지점 어딘가에서 시작해 허공으로 떨어진다고 했다. 한 시간 뒤, 해질 무렵 우리는 무엇이 기다리는지 알지 못한 채 고원 위로 무심한 듯 꼬불꼬불 흐르는 물줄기를 따라 걸었다. 물줄기는 8백50미터의 허공으로 떨어지고 있었다. 마치 하늘로 돌아가듯이!

꺾어지는 곡선 지점에서 물줄기는 조용히 떨어지다가 몇 백 미터 아래에서는 비가 되어 뿌려졌다. 쐐기 모양의 꼬리를 가진 거대한 수염수리 한 마리가 허공에서 솟아올라 우리를 훑어보더니 기류를 타고 다시 떠났다. 눈앞에 펼쳐진 광경이 아찔할 정도로 감동적이어서 우리는 그대로 주저앉아야만 했다. 이 위대한 풍광 앞에서 눈은 지표를 잃었다.

아름다움에 도취된 채 별들이 하나씩 불 밝혀지는 걸 지켜보았다. 평원에서는 벌써 인간들의 불빛이 반짝이고 있었다.

남아프리카공화국

■ 레소토는 남아프리카공화국 영토 내에 위치한 고원 국가로, 남아프리카공화국에서 시작한 저자의 행로는 레소토를 거쳐 다시 남아프리카공화국으로 이어진다.

Africa Trek 9

무지개와 대량 학살

드라켄스버그 산맥에서 두드러지는 기념비적인 봉우리, 샴페인 캐슬 아래로 나탈의 겨울 초가집들이 구불구불 이어져 있었다. 상록의 유칼리나무들 가운데 북쪽에서 온 나무들에는 황금빛을 띤 호박색이 감돌았다. 나무들은 나뭇잎을 떨어뜨려야 하는지 모르는 것 같았다. 그만큼 햇볕이 대기를 달구고 있었던 것이다. 그래서 제비들도 투명한 하늘에서 파닥이며 망설이고 있었다.

우리는 콰줄루나탈에 들어섰다. 새벽에는 허공에 매달린 철제 사다리를 이용해 산을 내려왔다. 언젠가는 하늘 왕국을 내려와야만 했으니까. 꼭대기의 대피소에서 얼어붙은 밤을 보냈다. 고맙게도 지나던 등산객이 라비올리 두 개를 남겨두었다. 나무를 해오는 건 힘들었지만 우리는 몸을 덥힌다는 생각에 즐겁게 불을 피웠다.

셸리 와일드만이 얘기한 페 버닝과 아드모어에서 만나기로 되어 있었다. 컬러드, 코사족, 바소토족을 만났고 이제 그 유명한 줄루족을 보게 될 차례였다. '창의 성벽'이 굽어보는 큰 농장들은 영국식 정원처럼 정성들여 가꾼 풍요로운 땅을 나누어 가지고 있었다. 그 가운데 하나는 백인과 흑인이 긴밀하게 결합했을 때 남아프리카공화국이 보여줄 수 있는 최상의 것을 드러내주는 이야기의 배경이기도 했다. 우리가 얼룩말의 우화라고 부르는 것이 바로 그것이다. 아드모어는 하나의 멋진 얼룩말 우화이다.

아드모어는 1985년 페 버닝과 보니 느타살린트살리의 만남이 이루어낸 것이다. 아드모어는 이 나라에서 가장 높이 평가받는 도예 아틀리에로, 우리가 투겔라 폭포를 내려와서 두드린 문이었다.

우리는 페를 기다리면서 갤러리 안을 거닐었다. 나무로 된 이 가건물의 희미한 빛 가운데에서 저마다의 색채들이 뽐을 내고 있었다. 작은 얼룩말들은 접시 소맷부리에서 뿔닭들과 악어들을 만나고 있었고, 멋진 기린 두 마리는 휘어진 목으로 너무도 고운 화병의 손잡이를 장식하고 있었다. 기발한 장식으로 뒤덮인 파란 코끼리 한 마리가, 웃음을 간신히 참고 있는 작은 원숭이의 인도를 받으면서 기뻐서 귀를 펄럭이며 차를 대접하고 싶어 안달하고 있었다. 아드모어는 상상의 세계를 여는 마법의 문이었다. 그 상상의 세계에선 유머가 예상을 뛰어넘었다.

줄루족 출신의 화랑 여주인인 카티가 아틀리에가 어떻게 생겨났는지 얘기해주었다.

"페는 피터마리츠버그 대학의 조형예술과 교수였답니다. 그런데 한 농장주인과 결혼하면서 여기에 정착하게 됐지요. 그리곤 도예를 가르칠 사람을 주변에서 찾았습니다. 보니는 그녀의 집안 일을 하는 파출부의 딸이었는데, 소아마비에 걸린 그녀는 가족들에게는 큰 부담이었습니다. 그래서 페와 보니는 작은 동물들과 인형들을 만들어 도자기에 붙이기 시작했던 겁니다. 우리 줄루족 아이들은 모두 찰흙을 가지고 작은 동물들을 만들며 놀지요."

"정말 그렇게 시작된 겁니까?"

"네. 그런데 그들은 엄청난 성공을 거두었죠! 5년 뒤인 1990년에는 스탠더드 뱅크 경연대회에서 1등 상을 탔습니다. 이 상은 남아프리카공화국에서 가장 권위 있는 예술상이지요. 이 상이 흑인에게, 그리고 동시에 흑인과 백인 두 사람에게 주어진 건 처음 있는 일이었어요. 이 상호작용은 새로운 기운이 움트고 있는 이 나라에서는 상징적인 의미를 갖는 것이었습니다. 그 후, 정부에서도 아드모어 아틀리에의 창작품들을 외교 선물로 사들이고, 뉴욕과 런던, 뮌헨과 파리의 갤러리들에서, 심지어 크리스찬 디오르 매장에서도 엄청난 가격에 팔리고 있습니다."

이때 페가 승마복 차림으로 헝클어진 머리를 하고 나타났다.

"두 분이 걸어다니는 개구리들이시군요? 이걸 보세요, 두 분을 위한 개구리로 장식된 근사한 램프가 있어요!"

페는 자기가 만든 도자기만큼이나 엉뚱했다.

"환영합니다, 환영해요. 난 에너지를 가져오는 사람들이 좋아요. 두 분이 케이프타운에서부터 걸어서 왔다는 걸 믿을 수가 없군요. 프랑스 사람들은 정말 미쳤군요."

그녀는 수백 년 된 커다란 참나무 아래 자리잡은 아틀리에에서 예술가들을 소개해주었다. 원더보이는 명랑하고 상냥한 꼬마 줄루인이었다. 눈 밑에 눈물자국이 나있어 달밤의 피에로 같아 보이기도 했다. 사나운 줄루족과 영국군 사이에 벌어진 전쟁에 관한 그림을 주로 그렸다. 아일랜드와나, 블러드 리버, 로커스 드리프트,[1] 이 전투들이 일어난 곳에서는 피가 철철 넘쳐흘렀고, 총검이 검은 가슴들을 찔렀으

1) 1879년 1월 22~23일에 일어난 영국 대 아프리카 줄루군 사이의 치열한 전투—옮긴이

며, 로스비프들이 투창에 꿰어졌다. 이런 건 정말이지 우리가 바라는 바가 아니었다.

페가 응수했다.

"저는 다른 예술적 영향들까지 폭을 넓혀보고 싶어요. 아드모어는 줄루족과 살아 있는 문화의 표현이어야 해요. 그들이 마음속 깊이 품고 있는 것 말이지요. 그들 삶에 작고 재미난 동물밖에 없는 건 아니에요. 우리는 영국에서 이 역사적 전투들에 대한 큰 전시회를 열려고 준비하고 있어요. 그리고 에이즈에 관한 컬렉션도 열 생각이죠. 나의 줄루 예술가 쉰세 명 가운데 반 이상이 에이즈 바이러스 보균자이며, 그 가운데 이미 여덟 명을 잃었고, 그들의 주변 사람들도 다섯 명 이상을 잃었다는 사실을 아셔야 해요. 저는 이 가족들을 돕기 위한 기금을 만들었어요. 각 작품으로 얻은 수익의 5퍼센트는 이 기금에 적립되고 공평하게 나누어지죠."

그녀는 잠시 말을 멈추더니 한숨을 내쉬었다. 그 한숨 속에서 우리는 그토록 번쩍이고 에너지 넘치는 화병의 감춰진 균열을 보았다.

"보니가 제일 먼저 떠나야만 했지요. 그녀가 떠난 건 충격이었습니다. 제 인생에서 혜성과 같은 존재였으니까요. 그녀는 나의 유일한 친구였는데, 제 품에 안긴 채 죽었지요."

이 말에, 문득 그 재미난 도자기들이 죽음의 신을 비웃고 있는 것만 같아 보였다. 무無와 손잡은 강철 같은 품속에서 경험하는 기쁨의 승리요, 부인할 수 없는 예술적 위풍당당함이었다.

나탈은 세상에서 가장 크게 에이즈에 타격을 입은 지역이다. 어린아이 셋 가운데 하나가 에이즈 바이러스 보균자로 태어난다. 인구증가율 자체가 이미 감소하고 있기 때문에 이곳의 에이즈는 중세의 페스트와 맞먹는 재앙이다. 이 지역에서 에이즈 바이러스를 퍼뜨리는 풍습을 개선하기란 매우 어려울 것이다. 선도적 예술가들 가운데 한 사람인 페트루스가 우리에게 털어놓았다.

"이곳에서는 결혼한 남자가 일주일에 열다섯 명의 여자들과 성관계를 맺는다는 사실을 감추지 않아요. 대부분의 사람들은 에이즈에 걸렸다고 생각하지 않고 누군가 그들에게 저주를 건 것이라고 생각합니다. 그래서 그들에게 병을 옮긴 사람을 찾으려고 주술사에게 도움을 청하지요. 복수를 하려고 말입니다."

예술가들 중에는 매그니피센트, 갓니스, 엔젤, 글로리아, 프리티, 조이스가 있었다. 그들은 모두 가난을 팔에 끼고, 허기를 뱃속에 담은 채 걸어와서 페의 문을 두드렸다. 페는 그들을 교육했고, 그들이 자유롭게 표현하도록 내버려두었다.

"이를테면 조세핀 게사는 레소토에서 멍든 눈을 하고 더러운 포대기로 벌거벗은 아이를 등에 업은 채 맨발로 걸어서 이곳에 왔지요. 때리는 남편을 피해서 도망왔던 겁니다. 그녀는 매우 독특한 조각을 만든답니다. 이 세이렌 좀 보세요. 보테로 작품 같지 않습니까. 에이즈 바이러스처럼 발톱을 잔뜩 세우고 있는 이 황토 악마는 바소토 식인종입니다. 이것 역시 아드모어이지요! 여기서 제가 하는 일은 단지 영감을 이끌어주고, 몇 가지 기술을 알려주는 것뿐입니다. 많은 사람들이 우리를 흉내내려고 해보았지만 우리만큼 엄격하게 새로운 경지를 여는 사람은 아무도 없었지요. 오늘의 아드모어는 어제의 아드모어가 아닙니다. 변했지요. 우리의 모든 작품들은 유일합니다. 재생은 죽음이요, 변화는 진보입니다."

나는 이런 생각이 들었다.

'이건 고대 인류학적 개념 같군! 우리가 무얼 하건 언제나 인류의 자취를 따라 걷는 우리의 도보여행으로 돌아오게 되는군.'

모든 길은 인류로 통한다.

이날 저녁, 우리의 여권을 뒤적이다가 소냐가 소리를 질렀다.

"비자 기한이 48시간 전에 끝났잖아. 우린 불법입국자가 되었어!"

다음날, 페가 우리를 피터메리츠버그 이민국으로 데려다주었다. 그녀는 우리더러 자동차에 남아 있으라고 했다.

"꼼짝 말고 있어요. 저 안에 내가 아는 사람이 있어요."

얼마 후, 그녀는 미소를 머금고 돌아왔다.

"두 분이 안 들어가길 잘했어요. 들어갔더라면 체포될 뻔했어요. 즉각 추방이래요. 그렇지만 계획을 세워봅시다! 두 분께 자동차를 드릴 테니, 레소토로 돌아가셔서 국경에서 남아프리카공화국의 비자를 받으세요. 그건 쉬워요. 그런데 가는 길에 잡히지 않도록 조심하셔야 해요."

사랑스런 남아프리카 친구들과 만남을 거듭할수록 그들의 열광적인 광기는 점점 더 깊어졌다. 이틀 뒤, 우리는 비자 문제를 해결하고 돌아올 수 있었다.

이어지는 3일 동안 우리는 줄루 친구들의 지도에 따라 흙을 가지고 직접 작품을 만들어보기로 결심했다. 도공인 엘리아스가 두 개의 사발을 돌려서 거기다 인형들을 붙이는 법을 가르쳐주었다. 우리는 곤충을 선택했다. 무당벌레, 잠자리, 나비, 그리고 풍뎅이들. 달팽이 한 마리도 잊지 않았다! 굽고, 문질러 광택을 낸 후, 보니의 여동생인 넬리가 무늬를 넣고, 색깔을 선택하고, 붓질하는 것을 도와주었다.

이따금 페가 돌풍처럼 나타나서 조언을 주고 우정 어린 마음으로 뺨을 살짝 치고 갔다. 때로는 몹시 언짢아하며 작품을 크게 다듬곤 했다. 통로를 오가며 그녀는 만들어진 작품들을 집어들고 왜 그것이 망친 작품인지, 어떤 점에서 '아드모어'가 될 수 없는지를 설명했다. 이건 너무 무겁고, 저건 너무 대충 만들었고, 어떤 것들은 이미 본 것이라며 바닥에 떨어뜨렸다.

뚱뚱한 아주머니들은 킥킥 웃으며 가만히 있었다. 으레 벌어지는 이 광경을 잘 알고 있었기에 이따금은 자기들이 만든 것들을 지키려는 척하기도 하고, 대개는 고개를 움츠리고 작품이 깨지는 요란한 소리와 더불어 페의 잔소리를 잠자코 듣고 있었다. 다른 사람들도 차례를 기다리고 있었다. 누구도 피해갈 수 없었다! 그녀가 우리 있는 곳으로 오자 심장이 졸아들었다. 그녀는 내 사발을 들고 잠자리를 쳐다보며 말했다.

"도보여행자가 만든 것치곤 나쁘지 않군요! 아드모어 이름을 붙일 수도 있을 것 같네요!"

그녀가 지나가고 난 자리엔 폐허만 남았다. 자신들이 사들이는 작품이 이렇게 어렵게 살아남은 것들이라는 사실을 애호가들이 안다면! 그녀는 예술가들을 양파 대형으로 모아 놓고 선언했다.

"검은색은 더이상 보고 싶지 않아요! (모인 사람들 속에서 웃음이 터졌다) 검은색은 이제 그만! 지긋지긋해!"

그러더니 손 닿는 대로 화병 하나를 집어들고는 말했다.

"봐요, 검은색뿐이잖아요. 다른 색깔들은 어디 갔어요? 형광선 넣는 것도 그만둬요!"

"쨍그랑! (이건 망친 화병이 죽기 전에 내는 비명 소리다)"

"검은색은 몽땅 이리 주세요. 자, 어서요! 몰수예요. 색채와 농담을 가지고 음영을 넣으세요."

페는 채찍질하는 어머니처럼 연기를 하고, 흉내를 내고, 덧붙여 말하고, 호들갑을 떨었다. 그들은 그걸 좋아했다. 그녀는 올 때처럼 소리를 치며 떠났다.

"절대 잊지 말아요! 아드모어는 색채요, 축제라는 걸."

그녀가 떠나자 여기저기서 농담이 오갔다. 우리는 집행유예를 받은 이 굼뜨고 수동적인 친구들과 함께 다시 도자기를 만들며, 조잘거리고, 노래하고, 웃었다. 그들과 접촉하면서 우리는 아프리카의 힘을 한 가지 발견했다. 스트레스도 우울한 기분도 없이 단순한 기쁨 속에서 현재 순간을 마지막 순간인 것처럼 사는 것이다. 내일을 두려워하지 않고 힘든 과거의 짐을 끌어내지도 않고서 말이다.

태평한 걸까? 어쩌면 그런지도 모른다. 하지만 우리에게 남은 12,000킬로미터에 현기증을 느끼지 않으려면 우리에게 꼭 필요한 마음가짐이 바로 그것이다. 따라서 우리는 이같이 전적으로 기쁜 마음을 갖고서 우리의 다리 이외의 것을 걷게 해야 한다! 우리의 손은 불구처럼 느껴졌고 방치되어 있었다. 태양 아래에서 도자기를 만드는 이 오후 시간과 줄루 친구들의 평화로운 행동규범은 오래도록 사라지지 않을 추억을 남겨줄 것이다.

해리스미스, 2001년 5월 26일 토요일,
여행 146일째, 18킬로미터, 총 2,194킬로미터

우리가 도보여행을 중단했던 콰콰로 돌아가서 다시 걷기를 시작하려는데 전화벨이 울렸다. 전화기 반대편에서는 강한 스위스 억양이 들려왔다.

"푸생 씨 가족 여러분, 안녕하세요. 우린 뢰텔리 가족입니다! 우리는 뛰어서 세계 일주를 하고 있습니다. 정말 믿기 힘든 일인데요, 엘리자베스 항구 근처에서 두 분의 친구분인 맥켄지 씨 댁에서 잤습니다! 이건 엄청난 인연이다 싶어서 두 분을 봐야 한다고 생각했지요! 지금 어디 계십니까? 저희가 만나러 가겠습니다! 우리는 해리스미스에 있습니다."

"해리스미스요? 내일이면 거기 도착할 겁니다."

"설마, 농담하시는 거죠?"

다음날 오후 세 시에 우리는 고지대 대초원의 관문에 해당하는 해리스미스의 한 식당에서 세르주와 니콜을 만났다. 잘생기고 쾌활한 두 사람은 마치 오래전부터 알고 있던 사람들처럼 우리를 끌어안았다. 세르주는 '인간의 대지'라는 협회를 위해 뛰어서 세계여행을 하지 않을 때는, 고산지대 가이드로 일했다. 그는 후원하는 한 어린이를 위해 50킬로미터를 달렸다. 니콜은 오토바이를 타고 그를 따랐다.

"제가 오토바이를 탄다고 하면, 사람들은 살짝 실망하죠. '아, 네, 오토바이로요?' 마치 매일처럼 하는 일이라는 듯이 말이죠! 하지만 두 분은 오토바이를 타고 세계 일주를 하는 여자들을 많이 아시나요? 그것도 스위스 마라토너의 속력에 맞춰서 말이지요."

서아프리카에서 고생을 많이 한 그들은 베넹에서 비행기를 타고 케이프타운으로 온 것이다. 이미 9천2백 킬로미터를 달렸고, 모잠비크를 거쳐 마다가스카르를 향해 가고 있었다. 그것으로도 충분하지 않다는 듯이 세르주는 무릎 양쪽을 인공으로 다시 만들었으며, 발목 또한 망가져 있었다. 힘줄은 플라스틱인 데다가, 관절 반월도 하나 부족했다. 상식을 넘어서는 일이었다! 그러고도 그는 하루에 45~50킬로미터씩 달렸다. 휠체어에 앉아 있어야 할 형편인데 말이다. 게다가 그들은 강적이었다. 우리보다 더 할 말이 많았던 것이다. 세 번이나 말라리아에 걸렸고, 여러 마을에서 숱하게 괴롭힘을 당했으며, 문제 많은 외곽지역에서는 여러 차례나 주먹질을 당했다(세르주는 예전에 복서였다). 갈증과 모래, 뜨거운 태양…… 우리가 언젠가 만나게 될 순수하고 가혹한 아프리카였다. 그들은 우리의 모험을 샅샅이 검토했다.

"텐트가 없어요? 식기도 없어요? 대체 어쩌려고 그래요? 아프리카가 늘 킹사이즈 침대 같은 줄 알아요! 나 같으면 불도 못 피우고, 밀림 속에서 편안하게 텐트를 칠 수 없다면 폭발할 겁니다! 감히 말씀드리자면 엄청나게 고생하게 될 겁니다. 그리고 부인을 생각하세요. 최소한의 안락은 있어야지요. 그런 식으로 석 달은 괜찮겠지만 3년은 전쟁터에 나가는 겁니다! 그리고 물도 더 마셔야 합니다. 하루에 2리터 가지고는 신장을 망가뜨리게 될 겁니다. 2리터면 관료적인 다이어트나 마찬가지입니다. 그리고 비타민도 드셔야 합니다. 웃으시려면 웃으세요, 그렇지만 오버말틴은 아주 좋습니다. 그리고 사진 찍는 건 어떻게 하고 계십니까? 삼각대가 없으세요? 그렇다면 정말이지 두 분은 대단히 보수적이십니다. 이 점에 대해선 전 생각이 다릅니다! 두 분껜 삼각대가 필요합니다. 삼각대 없이는 찍는 사진마다 모조리 쓰레기통에 들어가게 될 겁니다."

우리는 새 친구들과 밤늦도록 이야기를 나누며 그들과 만난 것이 헛되지 않다고 생각했다.

실제로 다음날 우리는 대초원의 인적 없는 길을 힘겹게 걸었다. 40킬로미터를 걷는 동안 살아 있는 사람은 한 명도 보지 못했다. 이런 일이 닥친 건 다섯 달 만에 처음이었다. 밤이 되면서 가랑비가 내리기 시작했다. 자동차가 몇 대 지나갔지만 밤에는 아무도 멈춰 서지 않았다. 아무것도 보이지 않았다. 빛 한 줄기, 농가 하나 보이지 않았다. 아무것도. 소냐는 소시지를 잘라놓은 것만큼이나 큰 물집 때문에 다리를 절고 있었다.

하지만 하루의 시작은 좋았었다. 뢰텔리 가족과 헤어졌을 때 자동차 지붕까지 먹을 것을 가득 채운 대식가 한 사람이 차를 멈춰 세우더니 우리에게 백포도주 한 병을 내밀었다.

"하느님께서 매일 누군가에게 무언가를 주라고 말씀하셨는데, 오늘은 당신들한테 드리는 겁니다!"

그는 그저 그렇게만 말하고 다시 떠났다.

그리고 우리는 한밤중에 나무 아래에서 굶주리고 뼛속까지 젖은 채 나뭇가지에서 침낭 위로 떨어지는 굵은 빗방울 소리를 들으며 한 손에는 포도주 병을 들고, 다른 한 손에는 스위스 칼을 들고 있었다. 포도주 병따개가 없었다. 고독한 순간이었다. 얼어붙은 채 나는 코끝밖에 보이지 않는 소냐에게 다가갔다.

"프란스후크에서 이 포도밭 앞을 지나갔던 것 알아?"

"이거나 해결해 봐! 이 병 좀 따봐. 당신 보이스카우트였지 않아?"

인내심을 발휘해가며 나는 코르크 마개를 공략해 조금씩 잘라냈다. 깨달음을 얻은 그 낯선 사람 덕택에 우리는 곤경 속에서도 뱃속에 반 리터의 경이롭고 향긋한 음료를 넣고 깊이 잠들 수 있었다. 잠에 빠져들기 전에 소냐의 작은 목소리가 들려왔다.

"요하네스버그에서는 텐트를 준비해야겠어!"

이어지는 며칠 동안 우리는 다시금 친절한 농장주들을 만났다. 아침에는 정성 들여 만든 음식으로 배를 든든히 채우고, 서로 경쟁하듯 넣어주는 점심 도시락으로는 가방을 채웠다. 12일 동안 우리는 500킬로미터를 우회 없이 곧장 나아갔다. 그 기간 동안 우리를 재워준 사람들의 이름은 웨셀, 로베, 비베, 스타인버그, 하트만, 뒤 투아 등이었다. 우리가 이전에 만났던 사람들과는 달리 그들은 인부들과의 관계에서 큰 어려움을 겪고 있었다. 예전 분위기와 같지 않았고, 심각한 의사소통의 문제가 있었다. 절망도 컸다. 남아프리카공화국의 새로운 변화를 이 지역에서는 쉽사리 받아들이기 힘들어 보였다.

우리는 고도 1천 미터가 넘는, 북쪽 대초원의 고원 가장자리를 따라 걷고 있었다. 지표가 될 만한 것도, 보이는 사람도 없이 평지가 끝도 없이 펼쳐진 추운 지역이었다. 흩어져 있는 농가들은 살아남기 위해 싸우고 있었다. 겨울이어서 아침이면 북풍이 살을 에는 듯했고, 들판은 음산하고 음울했다.

이날 저녁, 우리는 예정되었던 잠자리를 찾지 못하고 있었다. 바람의 어루만짐을 느끼며 유칼리나무 아래에서 따사로운 햇살과 더불어 달콤한 낮잠에 빠지는 바람에 늦어졌던 것이다. 밤이 되었는데도 농가는 보이지 않았다. 저 멀리 어둠 속 오른편에서 헤드라이트가 보였다. 100미터 떨어진 지점에서 불빛은 우리를 향해 왼쪽으로 돌았다. 농장주인 게 분명했다! 드디어 그가 우리가 있는 곳으로 왔다.

"한리가 조바심을 내지 뭐예요. 준비해둔 바부티가 식어가서요. 그녀의 바부티는 정말 맛있죠! 두 분께서 차를 타지 않는다는 건 압니다만 여긴 내 농장 입구이고, 집 주위로 로트웨일러 여섯 마리를 풀어두었어요. 어떻게 하실지 선택하세요."

빈슨 프린슬루는 메멜에서 정육점을 하고 있었다. 그는 가축도 기르고 있었는데, 로트웨일러를 사육하는 데 고기 찌꺼기를 거의 사용하지 않았다.

"일손을 구할 수가 없어서 최근에 그만둘 수밖에 없었어요. 이게 말이 됩니까! 실업자가 2천 명도 넘는 나라에서 말이지요. 이 사람들은 그들을 위한 일이 있는 시골에 있고 싶어하지를 않고, 오히려 아무것도 할 게 없는 빈민굴로 꾸역꾸역 몰려들고 싶어하지요. 문제는 정부에 제공되었던 국제원조가, 그들에게 일자리를 제공하여 언젠가 자신의 집을 살 수 있도록 공장을 건설하는 데 쓰인 것이 아니라 사람들이 원치 않는, 도시 외곽에 줄지어 선 싸구려 주거지들을 건축하는 데 쓰였다는 거죠."

이날 저녁은 공격이 맹렬했다. 농장주들은 이 문제로 많이 힘들어 했다. 그들은 그것에 대해 말할 필요가 있었다.

한리는 우리를 어머니처럼 맞아주었고 다음날 일정까지 미리 계획해 두었다.

"우리가 모든 걸 짜두었어요. 우리 정육점이 있는 메멜은 여기서 18킬로미터 지점에 있어요. 점심과 저녁 식사 때 거기서 두 분을 기다리지요. 걷고 계시면 우리가 그곳으로 가서 모시고 올께요."

"?!"

"괜찮아요! 빈슨이 모레 아침에 두 분을 태운 곳으로 다시 데려다 드릴 겁니다. 우리도 규칙을 알아요. 하네키 웨셀이 우리에게 모든 걸 설명해주었거든요."

이게 언제쯤 끝날지…… 얘기 좀 해주실래요? 부어인들의 오랜 손님맞이 법칙을 어기지 않으려고 이제는 농장주들끼리 패스를 하고 있다. 손님을 하루 이상 머무르게 해야 한다는 법칙 말이다.

식탁에서 사람들은 우리에게 걱정거리와 하소연을 늘어놓았다. 이웃집 노부부가 3년 전에 노르망디엔에서 살해당했다고 했다.

"모든 농장주들이 돌아왔고, 범인 세 사람은 붙잡혔습니다. 둘은 호수 속에서, 세번째 사람은 한쪽 다리를 다친 채 붙잡혔지요. 그들은 3년형을 선고받았는데 얼마 전에 출옥했습니다. 새로운 사실은 그 아들이 지난 주에 협박 편지를 받았다는 겁니다. 총에 맞았던 자가 복수를 하겠다는 겁니다. 그때부터 그들은 공포에 질려 있어요. 줄루인들은 복수가 몸에 배어 있거든요! 저와 가장 친한 친구의 남편이 지난달에 죽임을 당했어요! 그는 농장주가 아니었어요. 볼크스트러스트 Volkstrust에서 패스트푸드 식당을 운영하고 있었는데, 한 직원이 다른 사람의 햄버거에 독을 넣으려는 걸 두 번이나 적발해서 해고했지요. 해고된 사람이 복수를 하려고 찾아와서 대낮에 그의 가게 진열장 앞에서 그를 죽였어요. 그는 스물일곱 살의 아내와 세 살박이 아이를 남기고 떠났죠. 얼마나 딱한지 몰라요!"

한리는 그들이 케이프타운으로 휴가를 떠났을 때 직원들이 굶겨 죽인 스물여덟 마리의 귀한 비둘기 얘기로 말을 이었다.

"왜 그랬는지 제가 물었죠. '새 모이가 떨어졌으니까요'라고 대답하더군요. 아무 곡식이나, 밀가루나 설탕이나 시리얼만 줘도 됐을 텐데 말이죠. 저는 절망했지만 이 일로 책임자를 내쫓을 수가 없었어요. 그랬다간 나를 도와줄 사람이 한 사람도 없게 될 테니까요. 복수도 두려웠죠. 어쨌건 요즘 같아선 낯선 사람들보다는 이들이 나으니까요. 일을 하겠다고 해놓고 이틀 후에 트랙터를 가지고 사라지는 사람들도 많아요. 자주 일어나는 일이죠. 그런데 그 일은 앞을 내다보지 못한 제 잘못이죠. 이러니 어떻게 경계를 하지 않을 수가 있겠어요?"

"두 분 얘기를 좀 합시다. 이렇게 긴 여행을 누가 후원합니까?"

빈슨이 우리에게 물었다.

"당신들말고는 달리 스폰서라곤 없어요! 우리는 자유롭게 여행하기로 결심했습니다. 후원을 받으면 정해진 날짜에 정해진 장소에 있어야 하고, 기업체 홍보도 해야 하고, 이걸 말해라, 저걸 하라는 등 요구가 많지요. 손과 발이 묶이게 되죠. 우리 나름의 의미가 있는 도보여행을 상업적인 방식에 얼룩지게 하고 싶지 않았어요. 대신 우리는 일을 하고, 글을 쓰고, 사진과 기사를 팔지요. 그렇게 해서 보수를 받습니다. 하지만 그저 생존할 정도예요. 농장주나 선한 사마리아인을 만나지 못하면 말입니다. 내일 재워줄 분도 이미 찾아둔 것 같은데요!"

"잠깐만요! 우리가 스폰서라면서요! 내일 두 분은 최소한 30킬로미터를 걸어야 해요!"

푸짐한 아침 식사가 채 소화되지도 않았는데 우리는 샌드위치 점심에다가 메멜 정육점에서 빌통까지 채웠다. 피 흐르는 영양을 가득 실은 사륜구동 차 한 대가 도착했다. 도살장의 혹독한 법칙. 블레스복스, 스프링복스, 본테복스, 카푸치노와 나폴리 아이스크림 색에 케찹 얼룩이 묻은 털, 하늘을 향해 고정된 눈, 이 동물들의 생생한 죽음에 나는 낯선 곳에 와있는 듯한 생경한 느낌을 받았다. 잠시 아프리카에 와있다는 사실을 잊고 있었던 것이다. 영양들은 이곳에서 염소처럼 길러졌다.

오후에는 번쩍이는 거대한 트랙터 한 대와 마주쳤다. 즐거운 표정의 인부가 빠르게 트랙터를 몰고 있었다. 어제 저녁의 대화가 떠올라 소냐에게 귓속말을 했다.

"저 사람은 불행해 보이지 않는걸! 저렇게 자유를 만끽하며 비싼 트랙터를 몰고 어디를 가는 걸까? 땅을 되찾기 위한 시위를 하러?[2] 뭘 하려는 걸까? 저 사람에게 땅을 주면 그 땅으로 무얼 할까? 그리고 그는 정말로 그 땅을 원하는 걸까? 백인 농장주들에 맞서는 도시 흑인들의 캐리커처를 깨뜨리는 유일한 방법은 교육받고 숙련된 상업적 흑인 농장주들이 더 많아야 한다는 것이겠지?"

내 생각에 대답이라도 하듯, 트럭 한 대가 달려왔다. 운전대를 잡은 건 개화된 흑인이었다. 그는 우리의 안전에 대해 물었다.

"예루살렘까지요? 환상적이군요! 두 분께 힘이 되고 싶어요."

그러더니 자동차 안 소품박스에서 한 뭉치의 지폐를 꺼냈다. 우물쭈물 중얼거리며 우리는 단 한 순간이라도 그의 돈이 우리를 화나게 한다고 여기지 않도록 조심하면서 그가 내미는 것을 거절했다. 민감한 이 나라에서 인간관계는 언제나 약간 미묘하다. 그는 우리에게 아이스박스에서 꺼낸 시원한 맥주 두 개를 건네고 떠났다. 멋진 흑인 보어인이었다! 우리는 원칙을 확인하게 해주는 예외적인 순간과 만나는 걸 좋아한다. 그것은 법에 대한 작은 위반이요, 현실이 이론에 가하는 조롱이요, 모든 가능성의 싹이자, 삶이 자유롭고 몽상적임을 말해주는 익살스런 증거이기 때문이다.

고지대 대초원의 노란 풀밭을 오랜 시간 걷다보면 이 모든 증언들

2) 빈민촌의 흑인들은 단합해서 19세기에 백인들에게 강탈당한 조상의 땅을 되찾기 위한 주장을 펼치고 있다. 현재까지 이 투쟁은 소유지 증명, 등기부, 변호사 등을 이용한 합법적 토대 위에서 이루어지고 있다. 쌍방의 권리 남용은 매우 민감한 주제이다.

을 되새기고, 이 모든 경험들을, 이 모든 삶의 단편들을, 이 주관적인 관점들을, 이 일정 몫의 진실들을, 우리가 나날이 수확하는 생생하고 진정한 지각들을 곱씹게 된다. 남아프리카를 이루는 복잡한 퍼즐의 모든 조각들이 모여 우리에게 진정한 현실에 대한 보다 명확한 이미지를 제공한다. 우리는 믿기 어려운 일들이 일어나는 진짜 아프리카를 손으로 만지기 시작했다. 아프리카의 발전을 저해하는 힘들을, 아프리카가 품고 있는 잠재력을 점차 발견하고 있다. 또한 그러기 위해 우리는 걷고 있다. 정치란 입헌과 행정 권리에 관한 이론서도 아니며, 단상에 선 무익한 사람들의 허울 좋은 연설도 아니다. 그것은 고함소리요, 피요, 눈물이요, 땀과 희망이다. 삶인 것이다!

수 킬로미터를 걸으며 얘기를 나누는 동안 소냐는 내게 개념으로 사물을 다시 끌어모으는 감성을 얻게 해주었다. 그녀는 내가 보편성을 끌어내려고 애쓰는 우리 경험의 상대성을 상기시켰다. 따라서 이 한결같은 풍경은 내게 카샤즈넥에서 읽은 테이아르 드 샤르뎅의 《인간적 현상》의 한 문장을 생각나게 했다. 여행하는 동안 결코 잊어서는 안 될 문장이었다. "우리는 언제나 지나가고 있는 풍경의 중심에 있다! 우리가 그걸 보고 있다고 생각하는가? 우리는 중심만 이동할 뿐이며, 풍경은 끊임없이 변한다." 총합은 불가능하다. 인간은 끊임없이 규격화하려는 시도에서 벗어난다. 주관적으로 정의된 경험만이 남는다.

블라크폰테인, 2001년 6월 4일 월요일,
여행 155일째 38킬로미터, 총 2,472킬로미터

우리를 맞이해준 농장주들 사이에서 연결 법칙이 작동했다. 자그마한 한 노인이 호들갑을 떨며 말 그대로 우리를 길에서 납치했다. 안전을 위한 하이재high-jack[3]이었다. 쿠스 우스투이젠은 집으로 돌아가는 길이었다. 트렁크에는 가축들을 위한 겨울용 보충 영양제가 될 비타민 더미가 가득 실려 있었다.

"이곳은 더이상 법치국가가 아니에요. 전에는 법이 있었습니다. 물론 정당하지 못한 법이었지요. 하지만 그마저도 이젠 없어요. 흑인들이 우리를 쏘듯이 우리가 흑인들을 쏜 적은 한 번도 없었어요. 이건 정글의 법칙이죠. 두 분은 무기를 가지고 있으세요?"

"?"

"공격을 받으면 어떡할 겁니까? 언제라도 일어날 수 있는 일인걸요. 지금까지는 운이 좋았던 겁니다. 그들은 아무 때고 아무나 덮치죠. 인종차별주의자들한테 걸릴 수도 있고, 배낭 때문에 두 분을 죽일 단순한 도둑을 만날 수도 있지요. 그 안에 지저분한 양말밖에 없어도 말이죠. 두 분이 신문에 실리는 걸 본다면 전 너무 슬플 겁니다. 두 분처럼 상냥한 부부가 말입니다!"

때로는 농장주들의 환대가 견디기 힘들 때도 있었다. 그럴 땐 살육이나 현실로부터 동떨어져서 편안하게 숲에 텐트를 치는 게 낫겠다는 생각이 들었다. 발길 닿는 대로 파란 하늘 아래…….

숲 한가운데 외떨어진 그의 집은 높은 쇠창살에 둘러싸여 있었다. 정원에는 나폴리의 마티프스 종의 피가 섞인 것 같은 개 두 마리가 당장이라도 달려들 태세를 하고 있었다.

"저 개들이 아주 쓸모 있으리라고는 생각지 않아요. 녀석들은 우리보다 먼저 죽임을 당할 테지요. 그저 우리가 총을 꺼낼 시간이나 벌어

3) 자동차 무장절도. 이 나라에서는 하루에 100건 이상이 일어나며, 사망자가 있을 때만 신문에 실릴 정도다.

주겠지요."

층계참에서는 손가락이 니코틴 때문에 노랗게 변한 키 작은 남자가 몸을 떨며 우리를 맞이했다.

"제 매부, 게르트 클라센입니다. 이상하게 생각지 마세요. 약간 정신이 나갔어요. 6개월 전에 발가벗기고 관자놀이에 권총이 겨누인 채 난방기에 이틀이나 묶여 있었거든요. 어서 오세요! 어서 오세요!"

우리는 달아나고 싶었다. 이 사람들의 비탄이 우리에게까지 전해져 마음이 아팠다. 그들이 저런 일을 당할 어떤 행동을 했던 걸까? 아파르트헤이트? 전쟁이 끝난 뒤 모든 독일인들을 박해해야만 했을까? 게르트는 바람에 흔들리는 포플러처럼 떨며 내 망상을 잘랐다.

"그건 복수가 아니었습니다. 순전히 야만행위였지요. 저는 제가 범하지 않은 범죄에 대한 대가를 치렀습니다. 아파르트헤이트 동안 저는 볼크스트러스트에서 하나밖에 없는 정육점을 하고 있었죠. 계산대가 하나밖에 없어서 기다리는 줄 역시 하나밖에 없습니다. 이 때문에 백인 손님들을 많이 잃었죠. 하지만 그건 내 원칙이었어요. 피부 아래 속살은 누구나 예외없이 빨갛잖아요. 그런데 그들은 그저 내 돈을 훔치려던 게 아니었어요. 이미 내게 금고가 있다는 걸 알았으니까요. 그들은 이유 없이 나를 괴롭혔습니다. 마구 때리고 오줌까지 누더군요. 그놈이 떠나면서 내게 말하더군요. '네 놈을 죽이지 않는 건 이 기억을 가지고 살아 있기를 바라서야!' 내 자동차가 떠나는 소리가 들렸는데, 그건 내 평생 가장 아름다운 음악이었지요! 그 후로 내 머릿속에서는 타이어가 '끼익' 하는 소리가 줄곧 울리고 있습니다. 더 나쁜 건 내가 그를 용서했다는 겁니다. 나는 그자가 그토록 증오를 품고 살아가는 것이 안타깝습니다."

"난 모두를 경계하지요. 개죽음을 당하고 싶진 않으니까요. 내가 인종차별주의자냐고요? 모르겠습니다. 그리고 그딴 건 신경 쓰지 않아요. 난 일꾼들하고 문제가 없어요. 그런데 살인자들은 다른 곳에서 옵니다. 셰퍼트 노인에게 일어났던 경우도 그렇습니다. 네, 경찰만 잘못을 범하는 게 아니에요. 살인자들도 있어요! 1999년에 이 친구는 자기 농장에서 아내와 함께 살해당했습니다. 일꾼 감독은 밤새도록 그들이 돼지처럼 비명을 지르는 걸 들었다고 했습니다. 그는 너무 겁에 질려 꼼짝도 하지 못했답니다! 다음날, 그는 살육현장을 발견했지요. 노부부는 산 채로 껍질이 벗겨져 있었습니다. 페트라는 다섯 명의 쓰레기들에게 강간당하고 손톱이 몽땅 뽑혔죠. 더이상 얘기하지 않겠습니다. 칠순의 노부인인데 말이죠! 극악무도하지 않습니까? 이 자들은 자기네 공동체를 위해 한 행동들로 유명한 자들이었죠. 나라 전체가 경악했습니다. 그 극악한 행동을 어느 누구도 이해하지 못했지요. 마을의 흑인들이 대규모로 수색대를 조직해서 그 다섯 명의 범죄자를 잡았어요. 그 자들은 J.C. 세퍼트의 조카의 마을 공동체가 후원해서 요하네스버그에서 모인 청부살인업자들이었습니다. 그 무리가 신청한 비합법적인 '영토반환청구'가 최근에 기각되었습니다. 그래서 복수를 하려고 했던 건데 엉뚱한 사람에게 한 겁니다. 그 조카 이름이 뭔지 아십니까? J.C. 세퍼트입니다. 내 친구는 이름 때문에 죽임을 당한 겁니다! 한편 이 조카는 크게 충격을 받았고요. 그는 자기 집 주위를 24시간 순찰 도는 흑인 민병대로 봉사하면서 그 대가를 치르고 있지요. 그리고 그의 자식들은 학교 갈 때도 경호원이 따라다닙니다. 남아프리카공화국 소식은 기가 막히지 않습니까!"

이어지는 며칠 동안 우리는 바람을 한껏 들이마셨다. 이 모든 끔찍한 얘기들이 머릿속에서 맴돌았다. 우리는 자동차가 가까이 지나가면 놀라서 펄쩍 뛰었다. 마을 가까이에 오면 걸음을 재촉했다. 우리도 모르게 농장주들과 같은 징후를 드러내보였던 것이다. 공포 말이다.

그렇지만 모두가 우리에게는 친절했다. 우리는 지칠 대로 지쳤다! 우리 곁을 지나가는 자동차들 가운데, 조종사 점퍼를 입고 운전대를 잡은 한 멋진 사내가 우리를 불렀다.

"지금 걷고 계신 이 풍경을 하늘에서 볼 생각 있습니까? 벌써 3일째 당신들 곁을 지나가고 있어요. 비행장으로 가는 길인데, 바로 근처예요."

나는 소냐에게 소곤거렸다.

"아무도 우리 말을 믿지 않을 거야!"

니코 스타인버그는 재난구조 조종사였다. 그는 므푸말랑가의 단층 절벽에 펼쳐진 유칼리나무와 소나무 대농장 위를 날았다. 그의 작은 세스나 정찰기가 우리를 아프리카 하늘 높이 실어 날랐다. 도보여행이 끝나기 전에는 땅을 떠나지 못할 거라고 생각했는데! 광막하게 펼쳐진 노란 들판, 무한히 넓은 평야, 거대한 공간이 우리를 두렵게 했다. 길은 우리 겨드랑이 아래로 무심히 곧게 뻗어 있었다. 연못들은 은화처럼 반짝였고, 농장들은 아담했다. 다만 곳곳에서 불꽃도 없고, 소방관도 없는 불이 사람들 마음속에 타오르고 있는게 느껴졌다. 하늘에서 내려다 본 땅은 멋졌다. 니코 고마워요! 우리는 약간 높은 곳에 올라볼 필요가 있었다.

"이렇게 해서 어디까지 가시는 겁니까?"

"예루살렘까지요."

"예루살렘? 믿을 수가 없네요. 6개월 전에 젊은 노르웨이 수도사를 재워드린 적이 있는데 그분도 예루살렘을 향해 걷고 있었지요! 그분은 빈민촌에 멈춰 서서 좋은 말씀을 전하곤 합니다. 지금은 짐바브웨에 있지요."

이건 너무 심했다. 우리가 그와 두 번씩이나 같은 장소에 머물 가능성은 거의 없다. 하지만 분명히 세번째도 있을 것이다. 왜냐하면 그는 우리보다 좀더 여유를 갖고 걷고 있는 것 같아 보이니까. 그가 60킬로그램을 지고 빈민촌에서 설교를 한다면 당연한 일이다! 좀더 북쪽, 아프리카 어딘가에서 그를 따라잡을 수 있을 것이다.

이틀 동안 우리는 후추 향 나는 유칼리나무와 달짝지근한 소나무 향기를 번갈아 맡으며 대농장 사이를 걸었다. 해독 치료였다. 그리곤 단층절벽을 내려와 바드플라스의 온천을 향해 내려갔다. 관리인은 우리더러 유황물에 몸을 풀어보라고 제안했다. 그걸로 충분하지 않은 듯 그는 우리를 저녁에 자기 집으로 초대했다. 그의 사륜구동 차량에 오르기 전에 피터 뒤 투아는 말없이 차 뒷문에, 미츠비시라는 마크 맨 끝 철자인 I자 부근에 난 작은 구멍을 우리에게 가리켜 보였다. 그러더니 그의 검지가 차의 뚫린 공간을 통과했고, 실내의 운전자 의자 높이 부근에서도 또 다른 작은 구멍이 발견되었다.

"두번째 총알은 라디오에 박혔어요. 내 의자 바로 뒤에 말이지요."

"왜 두번째 총알이죠?"

그가 입고 있던 셔츠를 열어젖혔다.

"첫번째 총알은 심장 바로 위를 관통해서 견갑골로 빠져나왔거든요."

분홍빛으로 부풀어 오른 두 개의 끔찍한 흉터가 기적을 말해주고 있었다.

"앞차가 속도를 늦추더니 두 남자가 트럭 뒤에서 나타났어요. 한 사람은 내게 뭔가 물으려는 것 같더니 아주 가까이에서 차창으로 나를 겨냥해 총을 쏘더군요. 나는 재빠르게 피했고 가속기를 밟았죠. 그러자 그자가 내 등에 대고 쏜 겁니다. 정말이지 운 좋은 날이었지요! 그런데 이해할 수 없는 게 하나 있습니다. 총을 쏘기 전에 그자가 왜 내게 자동차를 내놓으라고 요구하지 않았는지 모르겠어요. 그랬더라면 줬을 텐데 말이지요! 돈 때문에 죽고 싶어할 사람이 누가 있겠어요? 두 사람은 탈옥수들이었죠. 도망 다니면서 놈들은 세 사람이나 죽였죠."

"왜 이 모든 범죄들이 일어나는 거죠? 왜 이런 피비린내 나는 광적인 일들이 벌어질까요?"

"여러 가지 설이 있어요. 제 생각엔 몇 가지 현상이 얽혀 있는 것 같아요. 농가 습격에 대해서 어떤 이들은 처단해야 할 사람들의 명단이 있다고들 말합니다. 구체제 하에서 행동이 올바르지 못했던 개인들 말이죠. 아무리 그렇다 하더라도 그럴 순 없죠! 만약 그런 경우라면 이 자들은 심판받고 야만적으로 처단되어야만 할 겁니다. 경찰은 범아프리카회의PAC의 비밀군대인 포코의 훈련지를 찍은 위험한 비디오 카세트를 하나 입수했습니다. 범아프리카회의 자체도 아프리카민족회의ANC의 극단적인 한 분파로, '아프리카를 아프리카인들에게!' 라는 구호를 내세우죠. 그들이 이해하지 못하는 것은 우리도 아프리카인이라는 사실입니다. 이 범죄들은 인종차별적 범죄들입니다. 사람들이 죽임을 당한 농장들을 차지하는 건 절대 흑인들이 아닙니다. 늘 백인들이죠. 페인트칠만 쓱싹 하고서 다시 새출발하는 겁니다. 그래서 이제는 사람들이 스스로 방어하고 있지요. 그야말로 전쟁입니다. 또 다른 설명은 정부가 파산하고, 가난한 사람들의 생활 여건이 악화되고, 희망이 좌절된 상황에서 무정부상태가 급속도로 번지고 있다는 설명이지요. 그들은 그다지 큰 위험 부담은 없고 약탈할 무언가가 남아 있는 곳을 습격하지요. 이를테면 고립된 농장의 힘없는 노인들이 사는 집 말입니다. 그렇다면? 대체 고문은 뭣하러 하는지?"

아델은 우리를 상냥하게 맞아주었다. 소냐를 닮은 예쁜 금발의 여자였다. 그녀가 외쳤다.

"두 분께서는 정말 불가능한 일을 하고 계시는군요! 저 같으면 절대로, 죽었다 깨어나도 하지 못할 거예요!"

4

5

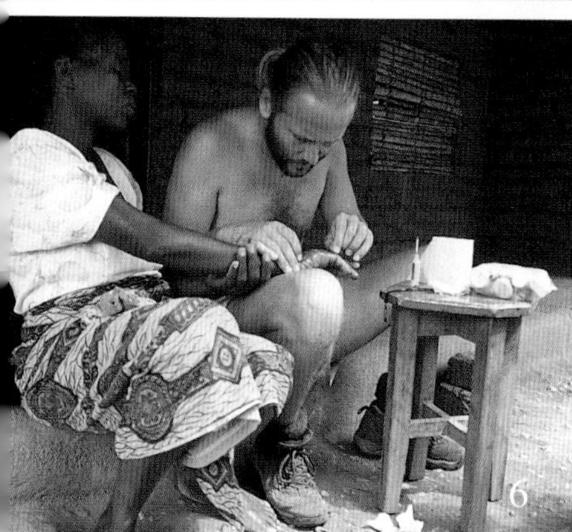
6

7

9

10

14

15

16

17

20

21

22

23

24

25

28

29

나는 아내를 향해 돌아보며, 그녀가 얼마나 용감한지 새삼 깨달았다. 나는 이 사실을 잊고서 아내를, 함께 아프리카를 종단하고 있는 가장 친한 친구로밖에 보지 않는 경향이 있다. 진짜 여걸인데 말이다! 마음속으로 끔찍한 가책이 떠올랐다. '소냐에게 이런 위험을 겪게 할 권리가 내게 있는가?' 그러다 금방, '무슨 얘길 하는 거야. 소냐는 자유로워. 여기 있는 걸 행복해하고 있어.' 그렇긴 하지만 그래도…….

"지난 주말에 내 동생은 피터보다 운이 안 좋았죠. 한 이웃이 팜 워치farm watch[4]를 발동했습니다. 동생은 이웃을 도우러 달려가기 위해 완전히 새것이었던 사륜구동 차량에 올라탔죠. 가는 길에 동생은 탈주병들의 미니버스와 충돌해 골짜기로 추락했습니다. 그리고 척추가 세 마디나 부러진 채 병원에 있습니다. 예전에 럭비 선수 생활을 해서 이런 일이 없더라도 등이 이미 망가진 상태였죠! 이 이야기의 진상이 무엇인지 아십니까? 공격당한 건 농장주가 아니라 미니버스를 운전하던 흑인이었다는 겁니다! 그는 다리에 총알을 맞고서도 이웃 농가까지 간신히 걸어가서 경보를 울렸죠. 범인들은 붙잡혔습니다. 그들은 길 건너편의 '재분배된 농장'에서 왔습니다."

"복수극인가요?"

"전혀 아닙니다! 그들은 족장의 새 '세입자'들이었지요. 두 분께 간단히 설명해드리지요. 산림지역에는 정부에 속하는 '법적 분쟁 땅land claim'이 있었죠. 조정을 하기가 너무 복잡하고 민감해서 선례를 만들게 될 수도 있는 문제였죠. 그들은 숲 가장자리에 매물로 나온 땅을 여럿이서 샀어요. 관개시설이며 농기구들이며 모든 게 제대로 갖춰진 아주 멋진 농장이었죠. 3년 전부터 그 농장에는 분양지가 잔뜩 세워져 아무것도 생산하지 못했습니다. 마치 피난지 같았죠. 위생시

4) 모든 농장들 사이에 항시 연결되어 있는 불침번 무전.

설도 없고 모든 게 깨져 성한 게 없었습니다. 모두가 마을의 이장에게 집세를 지불했고, 이웃 농장으로 일자리를 찾아다녔죠. 그러다 보니 당연하게, 오래전부터 그곳에서 사는 사람들과 경쟁관계가 생겨났습니다. 그들이 원하는 건 땅이 아니라 보수였죠! 그러는 사이 이 고장은 농장 하나를 잃은 겁니다!"

우리는 옛 트란스발인 '해 뜨는 나라' 므푸말랑가의 수도, 넬스프루이트를 향해 다시 떠났다. 단층절벽을 내려오는 동안 모든 게 변했다. 날이 더워지면서 아카시아들이 눈에 띄었다. 알로에와 둥근 바위들, 버들옷과 드넓은 초원은 아프리카 향기를 물씬 풍겼다. 한 무리의 인부들이 뜨거운 아스팔트에서 태양 아래 웃통을 벗은 채 일을 하고 있었다. 우리가 지나가자 한 청년이 곡괭이에 힘을 주며 우리를 향해 외쳤다.

"당신들의 라이프스타일이 마음에 들어요!"

그는 우리에 대해 아무것도 알지 못했고, 우리는 그에게 아무말도 하지 않았다. 하지만 그는 거듭 말했다.

"당신들의 라이프스타일이 좋아요! 그냥 걸으시잖아요. 자유로우시잖아요!"

넬스프루이트에서 우리는 잠시 여정을 접고 위도상으로는 이미 넘어선 요하네스버그를 향해 돌아갔다. 이건 앵글로색슨족들이 사이드-트립side-trip이라 부르는 것이다. 우리는 아주 존경스런 부인과 그곳에서 만날 약속이 있었던 것이다.

Africa Trek **10**

뼈와 인간

여섯 달 전부터 우리는 요하네스버그에 대해 말해왔다. 긴 계단 같은 우리 아프리카 여행의 첫 단계이기 때문이다. 모든 건 현재 경험하고 있을 때 실제로 일어난다는 느낌이 든다. 인내심만 가지면 되는 것이다. 우리는 102일에 걸쳐 2,672킬로미터를 걷고 난 뒤 6월 11일 월요일에 요하네스버그에 들어섰다. 102일 가운데 절반이 약간 넘는 86일은 원칙대로 도보여행이었다. 꼼꼼히 따져보자면 하루에 평균 31킬로미터를, 모두 합치면 하루에 16.5킬로미터를 걸은 셈이다. 우리의 목표는 조금 덜 걷고, 멈춰 쉬는 날을 줄이는 것이다. 우리는 촬영을 많이 하는데 그 때문에 많이 늦어지고 있었다.

사실을 말하자면 촬영도 걷는 일 이상으로 우리를 지치게 한다. 왜냐하면 둘이서 저자, 감독, 카메라맨, 음향기사, 배우, 인터뷰어 등 하나의 촬영팀이 되어야 하기 때문이다. 남아프리카공화국에는 흥미로운 주제들이 넘쳐났다. 촬영은 이상적이지만 기진맥진하게 만드는 일이었다. 어려운 점이 있다면 어떤 주제들은 우리가 가는 길에 접하지 못한다는 것이다. 그래서 제작상의 필요에 따라 우리는 때로 이동 수단을 이용해야만 했다. 그런 이유로 우리는 이 대도시에 걸어서 들어가지 않았다. 그것이 우리가 가는 도정 위에 있지 않았기 때문이다. 만약 걸어서 요하네스버그를 통과했다면 여정이 훨씬 짧아졌겠지만 훨씬 지루하고 위험했을 것이다.

우리가 여정에서 벗어난 목적은 트란스발 박물관의 프란시스 택커레이 박사를 만나기 위해서였다. 그는 2백60만 년 된 오스트랄로피테쿠스인 미시즈 플레스Mrs. Ples를 소장하고 있었다. 미시즈 플레스는 저 유명한 럭키보다 60만 년 더 젊지만, 꽤 유사한 특징들을 갖고 있었다. 교수는 우리에게 약속을 수수께끼처럼 던졌다.

"아홉 시에 코끼리 밑에서 봅시다. 헷갈릴 일 없을 겁니다."

우리는 약속한 날에 박물관 계단을 올라갔다. 그는 박물관 홀의 박제된 코끼리 아래서 흰색 가운 차림에 크리켓 핀처럼 뻣뻣한 모습으로 우리를 기다리고 있었다. 내가 그에게 손을 내밀며 말했다.

"택커레이 박사님이시죠? 조금 늦어서 죄송해요."

이마가 코사인 모양을 그리고 있는 대머리 학자의 얼굴에서 미소가 번졌고, 근시 안경 너머로 파란 눈동자가 반짝였다.

"괜찮습니다. 저는 백만 년 단위의 시간을 다루는 사람인걸요. 며칠 정도 빠르고 늦는 거야 아무것도 아니죠!"

우리는 그에게 우리 여행의 척추를, 붉은 선을 보여주려고 왔다. '인류의 발자취를 따라 걷는 14,000킬로미터', 북쪽을 향해 아프리카 대지구대와 인류의 모든 '요람들'을 거슬러 오르는 여정을. 그는 공룡 전시관을 지나 자신의 연구실로 우리를 데려갔다. 그의 이름이 실린 작은 팻말이 끊어진 체인 끝에 대롱대롱 매달린 채 문 위에 걸려 있었다. 그가 손가락으로 가리키며 말했다.

"떨어진 고리를 아직도 못 찾았어요!"

문 위에는 스티커가 하나 붙어 있었다. "난 미시즈 플레스를 사랑한다."

건조 저수조 속에 담긴 각력암 조각들 가운데에서 우리는 우리 도보여행의 의미에 대해 얘기를 나누었다.

그가 말을 꺼냈다.

"만약 인간이 지구 전역에 퍼져 있고, 동아프리카에서 다양한 형태로 모습을 드러냈다가, 정확히 말해, 사라졌다면, 그건 두 분처럼 걸어서 대륙을 떠나야만 했기 때문이죠. 물론 동일한 한 개인을 말하는 것이 아니라, 마지막 1백만 년에 걸쳐 연이은 파도처럼, 그리고 아주 최근에는 20만 아니 어쩌면 30만 년 전부터 호모사피엔스의 형태로 나타난 인간 말입니다. 따라서 제가 잘 이해한 거라면, 두 분의 도보여행은 이 역사적 사건을 상징적으로 다시 밟으려는 것이군요. 내가 스무 살만 젊었더라면 두 분과 함께 갈 텐데 말입니다! 우리 선조들은 두 분이 하루에 걷는 길을 걷는 데 적어도 한 세대가 필요했지요. 그들은 고정된 주거지를 갖고 있지 않았지만 그렇다고 유랑민도 아니었습니다. 그들은 아마도 가공하지 않은 석기를 사용했겠지만 아직 불을 다룰 줄은 몰랐지요."

그는 천천히 과장된 몸짓으로 우리에게 금고의 두꺼운 문을 열어 보여주었다. 그 안에는 이 박물관의 가장 소중한 화석들이 들어 있었다. 눈을 동그랗게 뜨고 그가 속삭였다.

"두 분이 보게 될 것은 금이나 다이아몬드보다 더 보기 힘든 드물고 귀한 것입니다!"

검은 벨벳 천 위에 미시즈 플레스의 진짜 두개골이 놓여 있었다. 그 눈구멍을 들여다보고 있자니 우리는 신비의 심연 속으로, 과거의 시간 속으로 빠져드는 것 같았다. 프란시스는 냉소적인 표정으로 우리를 돌아보며 말했다.

"사실 최근에 우리가 발견한 사실들을 보면 오히려 미스터 플레스가 아닌가 하는 생각이 듭니다! 이 지역의 좀더 오래된 인척관계에 대해 말씀드리죠. '오스트랄로피테쿠스'는 문자 그대로 '남쪽의 원숭이'라는 뜻입니다. 왜냐하면 이 영장류는 1920년대에 레이몽 다트 교수와 로버트 브룸 교수에 의해 아프리카 남쪽에서 처음 발견되었기 때문입니다. 플레스는 '거의(프레스크)'라는 의미의 그리스어에서 나온 것입니다. 왜냐하면 '거의 인류'나 다름없기 때문이죠. 이건 스테르크폰테인에서 발견되었는데, 조금 있다가 제가 두 분을 그곳으로 모시겠습니다."

그는 우리에게 또 하나의 두개골을 보여주었다. 더 두껍고 원숭이를 닮은 그 유골은 이마가 없고, 화살 모양의 돌기와 눈 밑으로 불거진 광대뼈가 있었다.

"이 두개골은 바로 옆인 크롬드라이에서 발견되었죠. 이건 오스트랄로피테쿠스 로부스투스입니다. 우리와는 덜 가까운 특징들을 지니고 있지만 아프리카누스보다 더 근래의 종입니다. 계보의 죽어버린 가지가 보이는 전형적인 특징이죠. 진화는 결코 퇴행하는 법이 없습니다. 인류에 이르기 위해 많은 종류의 전-인류들이 사라져 갔죠. 따라서 우리는 그 후손이 아닙니다. 우리의 계보에는 죽은 가지들이 많아요. 우리가 다른 가지들을 찾으면 찾을수록 그 몸통을 보기가 힘들죠! 처음엔 아프리카누스가 여성이고, 로부스투스는 같은 종의 남성인 줄로 생각했습니다. 그렇다면 그들이 다른 동굴들에서 따로 발견되는 사실을 어떻게 설명하겠습니까? 아프리카누스가 훨씬 나중에 사라졌으니, 여자들이 남자들보다 1백만 년도 더 오래 살아남은 사실을 어떻게 설명합니까? 따라서 명백히 서로 다른 종인 겁니다!"

"스테르크폰테인은 예전에 방해석 광산이었습니다. 백운석이 함유

된(석회질) 투수透水맥 속에 위치한 이 광산은 부분적으로는 각력암으로, 다시 말해 백운석의 용해와 침식에서 비롯된 방해석으로 공고히 다져진 온갖 종류의 침전물들로 메워졌지요. 엉겨 붙은 덩어리가 가득한 푸딩 같은 잔해 속에서 소중한 화석들을 찾을 수 있습니다."

우리는 야외 채석장인 발굴지로 갔다. 그곳은 예전에 함몰로 생겨난 돌리네로, 철망을 씌워놓았고, 그 위로 가교가 놓였다. 그다지 인상 깊은 것이라곤 없는데도 프란시스는 극적이고 열띤 표정으로 미시즈 플레스의 두개골이 이 시커먼 구멍 속으로 떨어져, 충적 선상지 위로 굴러가 작은 언덕 위에 자리잡고는 방해석 속에서 천천히 굳어왔다는 걸 우리에게 몸짓으로 흉내내어 보였다.

"동굴의 지붕은 사라져버렸어요. 확 트인 공간에서 마구 혼합된 이 바위 덩어리는 광물들이 세월과 더불어 빈 공간 속에 축적된 것이지요. 이 동굴들은 역사의 쓰레기통입니다. 이 유골들을 금고 속에 넣어 두었더라도 이보다 더 잘 보존되지는 못했을 겁니다."

현기증 나는 시간 속에서의 부동의 여행. 무한하고 초인적인 여행. 우리 눈앞에 굳어 있는 진화 과정. 그것은 넓적다리뼈로 머리를 한 대 얻어맞는 것만큼이나 현실적이었다. 바로 여기, 우리 발 아래 지표 6미터 아래에서 260만 년도 전에 그런 일이 일어났던 것이다. 장수하는 인간의 한평생을 초로 계산하면 아마 그 정도 되리라.

이어서 프란시스는 우리를 동굴 속 지표 30미터 아래 지점까지 데리고 갔다. 그리고 희미한 어둠 속에서 마치 마법의 의식이라도 행하듯 주머니에서 그가 보호하고 있는 여인의 두개골 복제본을 꺼내더니 구멍을 뚫어져라 바라보며 저 유명한 《햄릿》의 구절을 읊조리기 시작했다.

"사느냐 죽느냐 그것이 문제로다……."

그리곤 다른 주머니에서 샴페인 한 병과 그의 우상의 두개골이 새겨진 잔 세 개를 꺼냈다.

"축배를 듭시다!"

우리는 건배했다.

"미시즈 플레스를 위하여! 두 분의 놀라운 도보여행을 위하여! 우리의 유산을 위하여!"

우리는 놀랍도록 손발이 척척 맞는 도둑마냥 친해져서 동굴에서 나왔다. 이렇게 해서 남아프리카에 또 한 사람의 좋은 친구를 갖게 되었다. 우리는 2, 3년 후에 라스코 동굴에서 또다시 축배를 들게 될 것이다.

요하네스버그에 온 김에 우리는 도시를 둘러싸고 있는 흑인 게토를 찾아보기로 했다. 고층빌딩들이 비죽비죽 솟아 있는 옛 금융 중심지에는 백인이라곤 보이지 않았다. 이곳은 아프리카의 온갖 불우한 사람들로 득실댔다. 나이지리아와 모잠비크 사람들의 이민이 이곳을 무법지대로 만들었고, 그것이 이곳의 나쁜 평판을 낳았다. 온갖 재원과 기업체 본사들, 부르주아들, 상업과 유흥 중심지 등 모든 것이 북쪽의 샌드톤으로 옮겨갔다. 그곳은 모든 것이 새것이고 살균되었으며, 전기가 흐르는 높은 철조망으로 보호되었다. 변화는 적응을 부른다.

흑인들의 욕구불만은 거의 환멸의 수준이었다. 그들은 사업 중심지를 정복했지만 부富를 소유하지 못했고 오히려 달아나게 만들었다. 사업은 여전히 그곳에서 실리를 챙기고 있었다. 도시 하나를 옮기고 안정적인 사회를 발전시키는 건 번창을 가져오는 엄청난 요인이었다.

밤이면 요하네스버그 중심부에서는 총소리, 타이어 마찰소리, 진열창 깨지는 소리가 어우러져 만들어내는 심포니가 울려 퍼졌다. 꼭 〈블레이드 러너〉 영화 속 같았다. 떼를 지은 망명자들과 불법 거주자들이 텅 빈 고층건물 아래에서 불행의 모닥불을 피우고 있었고, 이 신호들은 그들 노래의 메아리가 갖는 규칙적인 리듬에 맞춰 고층건물들의 유리 만화경 위에서 펄떡였다. 차갑고 죽은 시멘트 위로 검은 아프리카의 모호한 소문들이 떠돌았다. 그늘진 곳의 벽들은 허물어졌고, 어디서 죽음이 튀어나올지 알 수 없었다. 이 중심부는 세상에서 가장 위험한 곳으로 이름이 났다. 정부는 불법 거주자들의 빈민굴을 밀어버리고, 그들을 곳곳에서 늘고 있는 조금 더 안정적인 주거지로 이동시킴으로써 질서를 회복해보려고 애를 썼다. 하지만 그 일은 폭력 없이는 결코 이루어지지 않았다.

사우스-웨스트 타운십의 축소판인 전설적인 소웨토, 우리가 상상하는 것과는 반대로 아프리카 이름이 아닌 이 지역에는 가운데에 예쁜 정원이 있는 정갈하고 아담한 집들밖에 보이지 않았다. 25년 전부터 이루어져온 발전에 우리는 기뻐했다. 1976년 6월에 학생 항쟁이 있은 뒤 얼마나 큰 변화가 일어났는가! 맹목적인 억압에 의해 피로 진압된 이 항쟁은 국제 공동체를 격분하게 만들었고 아파르트헤이트에 치욕적인 관심을 불러일으켰다.

요즈음 흑인 공무원이거나 사업에서 성공했을 때 사람들이 가장 하고 싶어하는 일은, 비난을 받기도 하고 격찬을 받기도 하는 위니 만델라가 살고 있는, 넬슨 만델라의 옛 생가를 둘러싸고 형성된 백만장자 구역에 정착하는 일이다. 하지만 우리는 남아프리카 프랑스 어학원IFAS을 맡고 있는 카트린 블롱도의 충고에 따라 이 도시의 새로운 위험지역인 알렉산드라로 갔다. 이름만 말해도 모든 백인들을 떨게 만드는 곳이었다.

정교한 새 무역 진열장인 샌드톤 시티는 알렉산드라 초입에서 발달했다. 알렉산드라는 사실 이 지역에서 가장 오래된 빈민굴이다. 예전엔 도시 중심부에서 아주 멀리 떨어져 있었다. 극도의 빈곤 문턱에 자리한 극도의 부 사이의 대비는 이렇듯 긴장과 유혹과 더불어 옛 체제하에서보다 한층 더 격렬하게 생겨났다.

카트린이 우리에게 대략적인 설명을 해주었다.

"두 분께서 만나게 될 청년들은 예전엔 납치범이나 강도나 자동차 절도범들이었습니다. 개중에 몇몇은 보석금으로 풀려난 뒤 재즈 그룹, 브라스 밴드로 전직했고 요즘은 강연을 다닙니다. '부정하게 얻은 이득은 결코 득이 되지 못한다!'는 얘기를 하지요. 요즘 열리고 있는 라 비예트 재즈 페스티벌에 그들을 초청받게 하려고 제가 애를 좀 썼지요. 두 분은 운이 좋으세요. 그들이 페스티벌에서 어제 돌아왔거든요. 뮤지를 만나보세요. 그가 밴드의 리더입니다."

우리는 다음날 조심스럽게 그와 타운십의 조용한 곳에서 만날 약속을 정했다. 키가 훤칠하고 멋진 풍모에 눈을 반쯤 감은 그는 예상과는 달리 지혜와 절제의 인상을 풍겼다. 나는 생각나는 대로 말했다.

"뮤지! 뮤지션으로는 완벽한 이름이군요."

그가 살짝 미소를 지으며 말했다.

"알렉상드르라! 대 여행자 이름으로도 그렇고, 알렉산드라를 방문하기에도 완벽한 이름이군요!"

그는 주위를 단단히 살피면서 그의 사령부격인 노후한 루터파 예배당으로 우리를 데려갔다. 알렉산드라에는 비탈 위로 비위생적인 길들이 바둑판 모양으로 나있었고, 비탈 아래에는 콜레라를 정기적으로 실어 나르는 진짜 하수구가 있었다. 그럼에도 이곳 출신 사람들에게 알렉산드라는 거의 신화적인 고국으로 남아 있었다. 3번가 왼쪽, 예배당 문 앞에 그들이 모두 있었다. 마카스, 폴, 바질, 도날드, 루터 그리고 다른 성스런 얼굴들…….

뮤지가 우리를 소개하자 얼굴들이 환해졌다.

"라 비예트는 정말 멋졌어요. 콘서트 후에 술집에도 갔지만 아무 문제가 없었지요. 미니스커트를 입은 여자들이 있었죠. 여자들은 편안해 보였어요! 스트레스라곤 없어 보였죠! 길거리에서 전화를 쓸 수도 있었어요. 믿기지 않을 정도로 자유롭고 안전하다는 느낌이 들었죠."

프랑스에서 인상 깊은 것이 에펠탑이나 오래된 돌들이 아니라 '안전'이라는 건 처음 듣는 얘기였다. 우리는 그에게 설명을 요구했다.

"이곳에선 밤에 휴대전화 때문에 죽임을 당할 수도 있습니다. 거리에서 경보가 울리면 그건 나한테 문제가 생겼다는 뜻이죠! 사람들은 외출을 겁냅니다. 무슨 일이 일어날지 모르니까요."

우리는 옛 무장강도가 들려주는 증언을 겁에 질린 채 듣고서 안전 문제가 흑인만큼이나 백인들과도 관계된 문제라는 걸 깨달았다. 그러자 우리의 친구 얼룩말이 다시 생각났다. 점박이 하이에나들이 덤불숲을 황폐하게 만들기 전에 그가 정권을 바로 잡아야 한다.

"조금 있다 줄루족의 결혼식에서 연주를 할 텐데 우리랑 같이 가시겠어요?"

다른 집들보다 조금 더 크게 분할된 어느 집에서 나들이옷을 차려입은 두 가족이 신랑 신부가 오기를 기다리고 있었다. 음악과 맥주와 화덕 때문에 이미 열에 들뜬 아주머니들이 춤을 추면서 냄비에다 음식을 준비하고 있었다. 소냐는 손님들의 박수갈채를 받으며 밀가루 반죽에 손을 댔다. 모두가 우리를 뜨겁게 맞아주었다. 오는 길에 어떤 사람은 환하게 웃으며 심지어 우리에게 이렇게 외치기까지 했다. "여기서 백인을 보게 되다니 정말 좋군요!"

행렬이 곧 도착했다. 한쪽에는 남자들이, 다른 쪽에는 여자들이 신랑과 신부를 앞세우고 늘어섰다. 우리의 브라스 밴드는 모두들 번쩍이는 금속 악기를 들고서 행렬을 팡파르로 맞이하며 길을 열어주었다. 박자와 음악에 맞춰 두 행렬은 나란히 앞으로 나아갔고, 주차된 자동차 한 대를 피하기 위해 서로 갈라졌다가 다시 만나고 마침내 집

현관에 이르렀다. 그러자 정적이 흘렀다. 그때 나이 든 여자 세 명이 와서 그들에게 욕설을 퍼부으며 발에다 침을 뱉고 주먹으로 위협했다. 뮤지가 우리에게 설명해주었다.

"저 사람들은 결혼을 못하게 말리고, 결혼생활의 온갖 문제들에 대해 얘기하고, 그들이 이 문턱을 넘으면 모든 사정을 다 알고 결혼하는 것이기에 책임을 져야 할 거라고 말하는 겁니다."

부부는 사람들의 박수갈채를 받으며 문턱을 넘어섰다.

오후 시간 내내 팡파르를 들으며 먹고 마셨다. 온갖 레퍼토리가 나왔고, 저마다 독주를 했다. 그들의 입술들이 애를 썼고, 손가락들은 나팔과 관 위에서 춤을 추었다. 도날드는 청소년들이 감탄 어린 눈길로 바라보는 가운데 펄쩍펄쩍 뛰며 트롬본을 연주했고, 손님들은 춤을 추기 시작했다. 알렉산드라 브라스 밴드는 결혼식의 흥을 제대로 돋우었다.

그들은 프랑스 가수 클로드 프랑수아의 〈알렉산드리, 알렉산드라〉를 흥얼거리기 시작했고, 나는 소냐와 함께 격렬한 록 음악에 휩쓸린 채 알렉산드라에서 알렉산드리까지 걸어야겠다는 생각을 했다.

마카스가 우리에게 털어놓았다.

"포크에 찔리고, 힘센 놈들에게 강간이나 당하는 감옥에서 2년을 보내는 건 정말로 귀한 시간과 청춘을 죽이는 일입니다. 난 젊은이들에게 이렇게 말합니다. '난 50대도 넘는 자동차를 훔쳤지만 지금 내 수중엔 한 대도 없어! 그러니 대체 무슨 소용이 있어?' 적어도 여기선 우리 공동체에 도움이 되고 있죠. 이런 얘기를 그들에게 들려주려고 합니다."

이유 있는 반항…….

도보여행을 다시 계속하기 위해 넬스프루트로 되돌아가기 전에 우리는 은데벨레족을 만나러 프레토리아 북동쪽으로 떠났다. 은데벨레족은 기하학적 문양을 그린 근사한 집 때문에 세상에 알려졌다. 지금은 거의 존재하지 않으니, 사라져가는 이 걸작들에 관한 증언을 수집하려면 서둘러야 할 거라는 얘기를 들은 바 있다. 따라서 우리는 탐문조사를 할 생각이었다. 한 전통 마을을 소개받았는데, 그곳에서 정보를 얻을 수 있을 것 같았다. 그곳은 은곤드와나라는 마을이었다.

우리는 은데벨레족이 사는 지역에서 수십 개의 흑인 게토를 지나갔지만 그 유명한 집은 단 한 채도 보지 못했다. 그렇다면 사람들이 한 말이 사실인 모양이었다. 이 전통은 사라질 위험에 처해 있는 것이 분명했다.

은곤드와나에 이르렀을 때 우리는 깜짝 놀랐다. 정부가 제공한 땅에 관광부가 세운 일련의 집들이 역사 속에서 은데벨레 주거지가 겪은 진화과정을 보여주고 있었다. 짚으로 된 오두막에서부터 담벼락이 화려한 그림으로 장식된 올록볼록 예쁜 집에 이르기까지.

우리가 본 것은 전통 마을이 아니라 생태박물관이요, 슬픈 서커스였다. 그곳에는 분장한 늙은 단역배우들이 자신의 가족들과 떨어져서 마을 뒷편에 자리한 장식이라곤 없는 가건물에서 홀로 살고 있었다. 실망이었다.

당장 길을 떠났더라면 이런 인상만 받고 말았을 테지만, 우리는 남아서 햇볕 아래에서 공예품을 만드느라 분주한 상냥한 아주머니들과 수다를 떨며 오후를 보내기로 마음먹었다. 그들은 그것으로 생계를 꾸리고 있었다.

우리는 생활의 흔적이라곤 찾아볼 수 없는 마당에 앉았다. 집은 가재도구도 없이 텅 비어 있었지만, 마르타는 노란색, 빨간색, 엷은 보라색의 세 가지 색으로 된 담요를 두르고, 비 막이 덮개 아래 맨바닥에 꼿꼿이 앉은 채 콧노래를 부르며 진주를 꿰고 있었다. 진주를 길게 꿰어서 목걸이와 팔찌, 그밖에 다양한 장신구를 만들었다. 마르타는 백발에 키가 아주 작았지만 천사 같은 미소를 지닌 달콤한 할머니였다. 그녀는 일하면서 쉬지 않고 콧노래를 흥얼거렸다. 모이나는 초췌한 모습이었지만, 마르타보다 훨씬 크고 의연했으며 빨래방망이처럼 억센 손을 가졌다. 모이나는 인형을 만들고 있었다. 우리는 그들에게 빌통을 내밀었고, 그들을 구슬리며 함께 빌통을 씹었다. 소냐는 가슴을 에는 듯한 그들의 짧은 시를 우물거리며 따라했다. 여자들이 재미있어 하며 킥킥거렸고, 시간은 멈춘 것 같았다.

한낮인데도 날이 점차 어두워지더니 하늘이 기이하게도 노란색으로 변했다. 내가 외쳤다.

"일식이야! 잊고 있었어! 렝스에서 100퍼센트 일식을 관찰한 적이 있는데, 남반구의 일식도 보게 되다니!"

우리의 귀여운 아주머니들은 불안한 기색을 보였다. 나는 그들을 안심시키려고 모래에다 천체물리학 그림을 그렸는데, 그들은 그림의 의미보다는 그림 자체에 더 관심을 보였다.

일식이 끝나자 마르타가 흰 벽으로 가더니 면도날과 비행기 그림 옆에다 달이 태양을 삼키는 그림을 그렸다. 은데벨레족의 그림은 이렇게 살아 있었다!

안경을 낀 금발의 머리 하나가 난간 너머로 불쑥 나타나자 막 생겨나고 있던 마력이 깨졌다. 금발의 머리가 마당으로 들어섰다.

"안녕하세요. 저는 사리라고 합니다. 민속학자인데요, 몇 가지 질문을 해도 괜찮을까요?"

은데벨레족에 관한 박사논문을 쓰고 있는 그녀는 그들의 실제 문화와 이 문화에 대한 관광객들의 인식 사이의 관계를 연구하고 있었다. 그녀는 우리의 무지를 면밀히 검토하더니 우리의 실망에 흡족해하는 것 같았다.

마침내 우리가 질문을 던질 차례가 왔다.

“집에다 이렇게 독특한 방식으로 그림을 그리는 전통은 언제부터 생겨난 겁니까?”

그녀는 늪에다 돌을 하나 던지면서 우리에게 대답하는 즐거움을 누렸다.

“모든 건 1923년에 시작되었죠. 메이링이라는 이름의 농장주이자 건축가가 그의 농장 인부들 가운데 한 사람인 에스터 므주지가 반투족들이 하듯이 황토 문양으로 집을 장식하는 데서 그 예술적 재능을 알아보았죠. 그는 그녀에게 아크릴 물감을 주고 자기 집을 칠하게 했지요. 그 집을 세주기 위해 관광객들의 관심을 끌고 싶었던 겁니다. 착한 에스터는 마다하지 않고 농장 전체를 그림으로 장식했지요. 그녀에게는 열세 명의 아이가 있었는데, 아이들도 엄마를 따라했습니다. 그러자 곧 온 형제자매가 그녀의 문양과 스타일을 따라했지요.”

우리는 깜짝 놀랐다.

“그렇다면 한 개인의 예술적 재능에서 전통이 생겨났단 말인가요?”

“그래요. 전통도 언젠가는 생겨나는 건데 이 전통은 70년 전에 생겨났죠. 새로운 건, 흰 바탕에 생생한 산업 물감으로 그리고 에스터의 독창적이고 유일한 기하학적 문양을 사용했다는 점이죠. 모든 프랑스인들이 피카소 스타일로 자기 집을 칠하고 싶어하듯이, 그리고 그것을 전통이라고 부르듯이 말이죠. 문화와 전통은 종종 혼동되는데 그건 정치가 끼어들기 때문이죠.”

뒤에서는 우리의 귀여운 아주머니들이 연신 노래를 흥얼거리고 있었다.

“이 전통은 아파르트헤이트가 극성을 부리던 시기인 1965년에 크와은데벨레 해방당이 그걸 찾아내서, 코사족이나 줄루족과 같이 공식적인 원주민의 지위를 정당화하기 위한 정체성의 논증을 위한 수단으로 사용하지 않았더라면 가족적인 것으로 남고 말았을 겁니다. 결국, 중요한 쟁점이 걸려 있었던 거지요. 흑인 영지와 모든 자주권의 획득 말입니다. 민족이나 부족, 혹은 정체성과 관계된 성격을 가진 것으로 간주될 수 있는 모든 것이 내세워지는 바람에 에스터는 자기 그림이 '은데벨레 전통 그림'이라는 이름으로 무대 앞으로 내세워지는 걸 보게 된 거죠. 예술이 정체성 찾기에 이용된 셈이죠.

그때부터 이 건축 벽화는 명성을 떨쳤고 미디어의 주목을 받았습니다. 전세계가 이 알려지지 않은 전통의 화려한 광채를 발견했고, 그것을 태어나게 한 아파르트헤이트를 비난했지요. 아파르트헤이트는 삶의 방식의 차이를 정당화하기 위해 민족주의를, 따라서 민족들 간의 분리를 조장했으니까요. 1974년 은데벨레족은 소송에서 이겼고, 이 그림들은 말 그대로 한 민족의 상징이 되었습니다. 이 민족은 이 특출한 디자인으로 인정받고 결속되었죠.

그렇다면 전통이라 할 수 있을까요? 그렇기도 하고 아니기도 하죠. 미와 성공은? 부인할 수 없죠. 취약성과 영속성? 그건 직접 판단해보세요. 은데벨레족의 모든 예술이 지금은 이 마을과 같은 두세 마을에만 남아 있어요. 하지만 이 문양을 천에다 만들어낸 에스더 믈랑구와 같은 몇몇 예술가 덕에 외국에서 아주 비싸게 팔리고 있습니다. 벽보다는 옮기기가 쉬우니까요."

다섯 시 정각이 되자, 아주머니들은 전통 의상을 벗고 가건물로 갔고 우리만 남았다.

"전통이니 아니니 그런 건 중요치 않아. 그림이 아름답고 독특한데다 그것이 그들을 살게 해주고, 그것이 대부분의 전통을 잃어버려 전통을 갈망하는 몇몇 어리석은 사람들도 속여 넘긴다는 게 중요하지.”

이튿날 정오에 우리의 친구 아주머니들은 일어나서 짐을 챙겼다.

“어디 가세요?”

“학교에 가요.”

“손자들을 데리러 가세요?”

“아뇨. 우리가 관광객들보다 말을 잘할 수 있도록, 우리의 수공예품을 더 잘 팔 수 있도록 은데벨레 지역 정부가 지원해주는 영어 수업과 문자 교육을 받으려고요.”

소형 트럭 한 대가 곧 그들을 데리러 왔고, 우리는 그들과 함께 올라탔다. 우리는 가는 내내 웃고 재잘거렸다. 그들이 두른 숄들이 바람에 날리며 도로의 먼지로부터 웃는 눈을 보호해주었다. 그들은 교실에서는 진짜 학생들처럼 진지한 표정을 짓고, 정중한 마음으로 공책을 꺼냈으며, 천장을 바라보며 연필을 깎았고, 두아노[5] 사진 속의 가난뱅이 아이들처럼 커닝을 했다. 스무 살의 교수에게 꾸짖음을 당하고, 잔뜩 힘을 준 탓에 떨리고 있는 작은 손으로 ‘wall’이나 ‘window’를 쓰는 동안 그들의 혀는 갈라진 입술 위에서 노닐었다. 그들은 도난당한 어린 시절을 되찾았다. 이미 모든 것을 보았고, 모든 것을 경험한 뒤 이제는 거의 보이지 않게 된 눈으로 글쓰기와 읽기의 경이로운 비밀을 배우려고 열심이었다. 예술은 때때로 정치에 봉사하지만 모두가 열중한 이 교실에서는 예술이 그들에게 학교에 가는 걸 금지했던 정치에 멋지게 앙갚음을 해주고 있었다.

해질 무렵에 마을로 돌아가면서 소냐는 발끝부터 머리까지 은데벨레식으로 차려입고 연신 탄복하는 할머니 친구들과 함께 춤을 추었다. 발목에 굵은 구슬 발찌를 차고, 수놓은 가죽 앞치마를 입었으며

5) 1912~1994, 프랑스 사진작가—옮긴이

어깨에는 두꺼운 덮개를 걸치고 있었다. 목을 늘이는 나선형 구리 목걸이와 머리에 쓴 붉은색 베레모. 나는 소냐가 여자들이 웃는 가운데, 생생한 문화를 체험하는 기쁨을 느끼며 콩가 리듬에 맞춰 몸을 흔드는 걸 보았다.

Africa Trek 11

이빨과 뿔

요하네스버그에서 소냐는 레소토에서 타버린 치마를 대신할 새 치마를 하나 받았다. 그 치마는 안타깝게도 덤불숲을 걷기에는 조금 짧았다. 따라서 우리는 넬스프루트에서 천 가게를 찾아갔다. 누군가 우리에게 발렌시아라는 도매상을 가르쳐주었다. '스페인 사람들인가?' 우리는 가게 안으로 들어갔다. 알고 보니 그들은 이슬람교도 인도인들이었다. 나엠 오마르가 우리의 얘기를 듣고 환한 얼굴로 맞아주었다.

"치마 길이를 늘이시겠다는 거죠? 대개 젊은 사람들은 길이를 줄이는데요."

"수풀 속을 걷기 위해서예요."

우리는 마음이 잘 통했고, 천을 찾아 띠를 잘라냈다.

"우리 집 재단사에게 부탁하도록 하겠습니다. 시간 있으시면 차 한 잔 하시겠습니까?"

인도인 이슬람교도들은 남아프리카공화국에서 영향력 있는 공동체를 이루고 있었다. 그들은 영국인들과 함께 사탕수수 재배를 위해 더반으로 왔고, 이 나라의 대도시로 이주했다. 1893년 간디라는 이름의 젊은 변호사는 이곳에 와서, 영국인들의 아파르트헤이트 이전에 이미 자리잡고 있는 편파적인 차별 법률에 맞서 자기 공동체를 옹호했다. 간디는 남아프리카공화국에 20년 동안 머물렀고, ANC와 넬슨 만델라에게 깊은 영향을 준 비폭력에 관한 자신의 의견을 개진하기도 했다.

반면, 케이프타운의 인도인들은 안타깝지만 이슬람 테러리스트 집단인 파가드에 의해 선동된 근본주의자들로 알려졌다. 더반의 인도인들은 한결 더 영국적이고 문명화되었다. 정부에는 인도 출신의 장관이 세 사람 있었다. 인도인들은 아시아와의 무역과 제조업 분야에서 두각을 드러냈다.

"예루살렘까지 걸어서 가실 겁니까? 우리의 세번째 성지까지? 그렇다면 성지순례잖습니까!"

"우리는 신의 발자취가 아니라, '인간의 발자취를 좇아' 걷는 겁니다."

"모든 인간은 신의 아들입니다! 그러니 성지순례가 맞지요! 어떤 회교도도 두 분께서 하려는 일을 하지 못했습니다. 저로서는 두 분을 초대하는 게 영광입니다."

전세계를 통합하는 코란을 암송하고, 다른 세상을 꿈꾸는 저녁시간을 보낸 뒤 우리는 정결한 마음으로 빌통을 준비해서 다시 떠났다. 소냐는 길게 늘인 치마를 입고, 좋은 친구 한 사람을 더 얻고서 떠났다. 우리의 강렬한 남아프리카공화국 만화경에는 인도를 보여주는 면이 부족했었다.

넬스프루트에서 29킬로미터쯤 떨어진 곳에 위치한 화이트 리버에서 무언가가 마음에 걸렸다.

"화이트 리버라, 화이트 리버, 뭔가 생각날 듯한데……."

"통신장치를 봐!"

실제로 우리는 마카다미아 호두 농장주인 니콜라스 모어의 연락처를 찾아냈다. 그는 말콤 맥켄지(엘리자베스 항구 이후에 만난)의 옛 동기였다. 그는 우리더러 이 주변을 지나게 되면 그에게 연락하라고 했었다. 우리는 그에게 전화를 걸었다.

"미안합니다! 기꺼이 그러고 싶지만 오늘 저녁에는 두 분을 맞이할 수가 없어요. 이번 주말에 '게임 리저브Game reserve'로 떠나기로 되어 있습니다. 우리랑 같이 가시겠다면 모르겠지만."

이렇게 연속극은 계속되었다. 남아프리카인들은 정말이지 미쳤다! 눈부시게 아름다운 그의 부인 진과 세 명의 사랑스런 아이들과 함께 밀림 속을 반 시간 가량 걸은 뒤 우리는 사비 강가에 이르렀다. 하루가 끝날 무렵의 멋진 햇살을 받으며 우리는 초가지붕이 얹혀진 아담한 집들을 발견했고, 소박하면서도 세련된 디자인의 독특한 아프리카 조각들로 장식된 홀에 들어섰다. 빛이 걸러져 들어왔고, 장식물은 대단히 고급이었다. 닉이 우리에게 웃으며 말했다.

"라이언 샌즈Lion Sands에 오신 걸 환영합니다!"

그곳 직원 모두가 우리에게 상냥하게 인사를 했다. 우리는 니콜라스가 그곳 주인이라는 걸 금세 알아차렸다.

"엔젤이 두 분에게 방을 안내해드릴 겁니다. 저녁 일곱 시에 한 잔 하시죠. 아참, 깜빡했군요. 밤에는 절대 육교를 넘어서지 마세요. 곳곳에 하이에나가 있고, 사자들이 자유롭게 오가고 있으니까요. 그저께는 홀까지 들어온 놈도 있었습니다."

말귀를 잘 알아듣는 사람들에게는 그 이상 말하지 않아도 되리라.

방은 강 쪽으로 난 테라스가 있고 침대에 닫집이 있는 수트 룸이었다. 하루의 마지막 황금빛이 강물에 반사되어 고요히 잠자고 있었다. 우리는 말콤과 리-안 맥켄지에게 축복을 빌었다.

우리는 굵은 나무가 불규칙한 울타리 모양으로 빙 둘러싼 공간인 '보마boma' 안에 들어가 모닥불 주위에 빙 둘러앉았다. 불길에 따라 뒤틀리는 나뭇가지들이 아네모네처럼 별이 총총한 밤 한가운데서 춤을 추었다.

"뭘 좀 마시겠어요?"

니콜라스가 진 토닉 두 잔을 들고 왔다.

잠시 후, 시뻘건 숯불 위에서 남아프리카의 신성한 바비큐 브라이가 먹음직스럽게 지글거렸다. 갑자기 니콜라스가 좌중에게 침묵을 요청했다. 그러자 밤의 바닥으로부터 마치 경련으로 인해 망설이는 것처럼, 고통스럽고 은밀한 부름 같은 사자의 거친 울음소리가 올라왔다. 포효하는 소리가 아니었다. 그건 한차례의 숨 막힐 듯한 기침이 점점 사그라들면서도 거듭 밭은기침을 토해내는 소리였다.

"갑시다! 녀석들을 찾으러 갑시다! 아주 가까이 있어요!"

우리는 랜드로버에 올라타서 지붕을 연 채 길을 달렸다. 시원한 바람에 머리가 흩날렸고, 코끝은 찡했으며, 전조등 불빛 속으로 은하수와 수풀이 지나갔다. 모퉁이를 돌 때마다 우리는 무언가가 나타날까 기대했다. 가슴이 두근두근했다. '아니, 여긴 아냐, 저기도 아냐, 저런 건 아니지! 진짜 야생 사자가 아냐!' 그러다 갑자기, 모퉁이를 돌아서는데 두 마리 사자가 뒤로 돌아서 있었다. 제각기 길의 고랑에 서있었다. 첫번째로 만나는 사자들이었다. 녀석들이 우리를 보고 자리를 피할지도 모른다고 생각했지만 실상은 달랐다. 녀석들은 우리를 쳐다보지도 않았다. 니콜라스는 사자들로부터 5미터 떨어진 곳까지 다가갔다. 밤이어서인지 사자들은 그다지 거대해 보이지 않았다. 두드러져 보이는 생식기만이 정신을 몽롱하게 하는 리듬으로 흔들거렸다. 엉덩이의 씰룩거림과 견갑골의 흔들거림, 절제되고 규칙적으로 옮겨지는 걸음걸이에 가려져 머리와 갈기는 눈에 들어오지 않았다. 바닥이 넓적하고 육중한 발은 걸음을 내디딜 때마다 먼지 속에서 풀썩하는 소리를 냈고, 지나가는 길마다 무시무시한 자국을 남겼다.

갑자기 한 마리가 멈춰서더니 뒤를 돌아다보았다. 전조등 불빛을 받아 불타는 듯한 털을 후광으로 두른 채 우리에게 마치 화살과도 같은 두 줄기 노란 불빛을 던졌는데, 그것은 마치 우리의 영혼을 꿰뚫는 것 같았다. 그것이 바로 사자의 얼굴이었다. 녀석들은 걸음을 조금 빨리해서 다시 떠났고, 우리 귀에는 들리지 않는 어떤 호출을 받았는지 갑자기 미친 듯이 달려갔다. 그렇게 수풀 속으로 사라졌다.

니콜라스가 말했다.

“아마도 하이에나를 사냥하기 위해 자기 영역을 돌아보는 걸 겁니다. 보세요! 다시 돌아오고 있네요.”

야성적인 힘을 과시하고 나서 녀석들은 다시 길에 나타났다. 이 제왕들은 동물계의 창공에다 스스로를 과시하고 허세를 부렸다. 한 갈래길에서 선두에 선 사자가 멈춰서더니 골똘히 생각하는 듯했다. 거기에 온 에너지를 쏟느라 녀석은 꼼짝하지 않았다. 그러더니 왼쪽을 택했다. 물결치는 움직임이 다시 작동했다. 유연하고 완벽한 동작이었다. 뒤를 쫓는 우리들에게는 눈길 한 번 던지지 않았고, 성가셔하지도 않았다. 한마디로 무시조차 하지 않았다. 우리는 그저 존재하지 않았다.

초현실주의적이었다! 우리가 지프차 밖으로 한 발이라도 내놓으면 곧 죽은 목숨이라는 걸 알고 있다는 사실이 무엇보다 그랬다. 사자들은 이제 길을 따라 우거진 잡목림 속을 걷고 있었다. 마치 수풀도 가시도 없는 것처럼 한결같은 걸음이었다. 무도회의 군중이 황제가 도착하면 양쪽으로 갈라서며 길을 터주듯이 수풀은 녀석들이 지날 때 충성의 서약이라도 하듯 길을 터주었다. 우리는 춤 속으로 들어섰다. 별을 열매처럼 매단 나무 유령들이 푸른 밤하늘을 할퀴며 지나갔다. 가신들은 묵묵히 뒤를 따랐다.

아프리카 밤에 자주 볼 수 있는 이 일시적인 환시에서 니콜라스는 두 마리의 사자가 이끄는 수레를 탄 케사르가 되었다. 우리는 반시간 동안 녀석들을 따라갔는데, 그들은 덤불에다 잦은 배뇨를 해 영역 표시를 했고, 커다란 고양이처럼 땅을 팠고 당당하게 다시 길을 떠났다. 그러다 이따금씩 밤의 냄새를 맡고는 거만하게 수풀에다 으르렁거렸다. 그러면 거친 헐떡임과 쉰 목소리와 찢어지는 듯한 포효가 고분고분한 자연의 정적 속에 쩌렁쩌렁 울렸다. 무덤에서 나온 듯한 이 울부짖음, 시간을 넘어선 듯한 이 공포는 조상 대대로 이어져온 우리의 기억에 말을 걸었고, 그 옛날의 먹잇감이었을 우리의 등줄기를 타고 전율이 느껴지게 했다.

수천 년 동안 우리 인간들은 이 부름을, 이 죽음의 전조를 무시해왔고, 지금은 자동차 속에 앉아 삶의 생동감 있는 스펙터클을 가장 좋은 자리에서 보고 있었다. 이 사자들의 삶은 인간에게 아무것도 빚지고 있지 않은 삶이며, 우리가 최후의 자유로운 공간을 조금이라도 보존할 수만 있다면 그 흐름을 이어갈 삶이었다.

우리는 다시 갈비 바비큐로 돌아와서 함께 불가에 둘러앉아 손에는 케이프의 포도주를 한 잔씩 들고 육즙 많은 고기를 한껏 만끽했다. 등 뒤에서는 한밤의 추위가 음산한 싸움들을 신비로 감싸고 있었다. 멀리서 사자는 여전히 자기 몫의 고기를 갈구했고, 하이에나들은 낄낄거리며 '보마'를 둘러싸고 무질서함을 드러내 보였다. 귀뚜라미들은 숨죽인 밤을 야금야금 갉아먹으며 생명의 콘서트를 열고 있었다.

그때, 두어 걸음 떨어진 곳에서 나는 음산한 소리가 이 감미로운 음악을 멈추게 했다.

"스톰피예요! 야영지에서 길러진 성격 까다로운 코끼리죠. 가까이 다가가지 마세요. 아무나 공격하니까요."

녀석은 어둠 속에서 튀어나오더니 믿기지 않을 만큼 조용히 지나갔고, 울타리 쳐진 보마의 나무들 가운데 하나에 등을 대고 성냥이라도 만들 것처럼 몸을 문질러대더니, 이내 싫증이 났는지 나무들이 더 많아 보이는 곳을 향해 갔다.

"보마는 강으로 가는 길목에 자리잡고 있어요. 운 좋게도 녀석이 우리를 봐주는군요. 녀석이 우리 집에 있는 것이 아니라 우리가 저 녀석 집에 살고 있다는 사실을 절대 잊어서는 안 됩니다."

우리는 호위를 받으며 자러 갔다. 쫓고 쫓기는 짐승들로 주변 덤불숲 곳곳이 꿈틀댔다.

이어지는 이틀 동안은 아드레날린의 분비가 늘어났고 밀림의 느낌을 물씬 맛볼 수 있었다. 우리는 전날 만난 스톰피의 공격을 받고서 볼품없는 갈빗대 꼴을 하고 사자 무리가 있는 곳에 이르렀다. 나는 몰이꾼의 의자 위 보네트 앞쪽에 앉아, 다리를 사자들의 코 아래로 늘어뜨리고 있다가 카메라에 놀란 한 녀석의 공격을 받았다. 마지막으로 우리는 영양의 머리를 물어뜯고 있는 표범으로부터 1미터 떨어진 곳에 차를 세웠다. 손만 뻗으면 녀석의 목덜미를 긁을 수도 있을 정도였다.

그 후로도 비슷한 상황이 이어졌다. 우리는 크루거 국립공원으로부터 관리자와 함께 야생동물들 한가운데로 3일간 걸어도 좋다는 예외적인 초청을 받았다. 도보여행자의 과대망상증을 키워줄 만한 일이었다.

크루거 국립공원, 2001년 7월 18일 수요일,
여행 199일째, 26킬로미터, 총 2,766킬로미터

크루거에 동이 터왔다. 태양은 나뭇가지와 가시로 뒤엉킨 잡목림이 그리는 지평선의 회색 공기층을 조용히 붉게 물들이고 있었다. 겨울의 덤불숲은 뭔가 슬픈 느낌이다. 마른 풀들은 노란 빛깔인 데다 덤불에 붙은 불로 인해 대기는 연기로 가득하다. 그럼에도 동물들을 관찰하기에는 일년 중 이때가 가장 좋은 시기이다. 우리는 몰이꾼 로비 그리덴 뒤를 따라 말없이 걸었다. 그는 유연하고 민첩한 걸음을 성큼성큼 옮겼다. 정확하고 가벼운 걸음걸이로 무시무시한 가시를 간단히 뛰어넘었다. 로비는 맨발에 발목까지 올라오는 두툼한 가죽신발을 신고 아주 짧은 반바지 차림으로 걸었다. 그는 어깨에 코끼리 사냥용 총을 멘 채 짐승처럼 재빨리 빠져나갔다. 우리는 그의 예민한 감각에 의지했고, 간간히 그가 들어올리는 손을 주시하며 경건하게 따라갔다. 몸을 숙여라, 다시 출발해라, 보이지 않는 신호를 살피라는 그의 명령을 놓치지 않았다. 한 걸음 한 걸음 그는 덤불숲과의 마법의 춤 속으로 우리를 끌어들였다.

모든 것은 길에서 시작되었다. 동물들이 다니는 오솔길들이 밀림을 사방으로 가르며 나누고 있었다. 그는 코를 땅에 대고, 눈으로 나뭇가지들을 살피고, 귀는 사냥개처럼 잔뜩 하늘로 세우고서 신호를 찾았다. 바람이 길과 흔적과 소리의 세계 속에서 노래를 하며 황금색 풀들을 쓸고 지나갔다. 그럼에도, 그곳은 침묵의 세상이었다.

귀를 먹먹하게 만드는 침묵.

거대한 공허가 주변을 둘러싸고 있었다. 우리는 망을 보고 있었다. 온몸이 노출된 우리는 문을 닫을 수도, 고립될 수도, 몸을 감출 수도, 거리를 둘 수도 없었다. 밀림이 우리에게 말을 걸고, 우리의 말에 귀를 기울이고, 우리를 기다리고, 우리에게 덫을 놓고 있었다. 우리 자체가 밀림이 되었다.

밀림 속에는 시계가 하나밖에 없었다. 흐르는 시간. 공간 속에 새겨지는 그 시간은 지나가는 동물들에 의해 땅에 씌어졌다. 세 시간 전 물소 한 마리가 지나갔고, 10분 전에는 사향고양이 한 마리가 지나갔다. 얼마 전에 눈 듯한 오줌 혹은 식은 배설물.

태양이 지나면서 땅의 기복은 한층 도드라져 보였다. 스치듯 지나가는 빛이 아침저녁으로 땅의 점자를 한결 명료하게 만들어 우리에게 드러내주었다. 한낮에는 납작하게 짓눌린 그림자들이 흔적을 지워버려 우리는 멈춰 서야 했다. 우리는 이곳을 지나간 생명체의 뒤얽힌 흔적에 매달렸다. 그것은 우리에게 좋지 않은 만남들을 말해주었다. 우리는 충돌을 상상했다. 생쥐와 재칼. 한 녀석의 흔적 속에 남겨진 다른 녀석의 흔적은 있을 수 없는 만남이었다. 그들은 서로 만나지 못했을 것이다. 나는 사자의 흔적 속에 내 손바닥의 흔적을 남겼다. 녀석은 얼마 전에 이곳에 있었을 것이다. 같은 순간에 같은 장소에 있지 말 것. 삶은 오직 시공간과 관계를 맺고 있다.

걸으면서 우리는 사향의 입김이나 맹수의 냄새와 같은 후각적인 표지를 통해 잠재적 영역의 경계들을 건너고 있었다. 우리에겐 모든 게 비슷비슷했다. 동물들은 자신들이 어디를 딛고 있는지 완벽하게 알았다. 바람에 코를 대면 메시지가 뇌로 직접 전달되었다. 이건 사자야! 이건 표범, 저건 재칼이야! 하지만 녀석들은 자기 냄새는 맡지 못했다.

멀리 공터에 멧돼지 두 마리가 무시무시한 이빨을 가지고 땅을 헤집고 있었다. 우리의 첫번째 사냥감이었다. 멀찍이 나무 꼭대기 위로 두 마리 기린의 머리가 보였을 때 우리는 시우족의 술수를 써서 바람과 반대 방향으로 몸을 숙이고 다가갔다.

더 멀리에서 로비는 뜨끈뜨끈한 쇠똥에다 손가락을 넣으며 우리에게 설명했다.

"흰 코뿔소도 검은 코뿔소도 똥 색깔은 같아요! 그들의 주된 차이점은 흰 놈은 풀을 뜯는 데 비해 검은 놈은 나뭇잎을 먹고 산다는 것입니다. 하나는 잔디 깎는 기계처럼 네모진 입술을 하고 있고, 다른 하나는 가지를 붙들기 위해 입이 집게 모양으로 되어 있죠. 이 두엄 뭉치를 보세요. 이곳에서는 전지용 가지로 자른 것처럼 45도로 잘린 특징적인 나뭇가지 토막들을 발견할 수 있죠. 그러니 이곳을 지나간 건 검은 코뿔소에요. 가운데는 아직도 따뜻해요. 근처에 있을 겁니다. 여긴 수풀이 너무 우거져서 위험해요. 녀석이 혼자 있는 게 아니라면 더더욱 위험하죠. 혼자가 아닌 것 같군요! 저길 보세요! 발자국 위에 작은 발자국이 있잖아요! 이건 또 다른 증거예요! 흰 놈들은 새끼들을 앞으로 몰고 다니는 반면, 검은 코뿔소의 새끼들은 뒤를 따라가죠. 검은 놈은 훨씬 더 화를 잘 냅니다. 그러니 이 주변에 얼쩡거리지 맙시다."

정오가 되자 우리는 더위에 기진맥진해서 마른 강변의 시원한 모래 위로 피신했다. 이렇게까지 더웠던 적이 없었다. 이 더위는 우리를 기다리고 있는 아프리카를 예고했다. 로비가 우리에게 충고했다.

"구석구석을 살펴보세요. 그리고 진드기 유충을 털어내세요. 벼룩보다 더 크지는 않지만 피부에 달라붙지요."

실제로 진드기 유충들은 우리 다리 곳곳에 달라붙어 우글거렸고, 우리는 살충제를 뿌려대야 했다. 해가 한풀 꺾이고 났을 때 우리는 다시 걷기 시작했다. 이 밀림에는 아무런 지표도 없었다. 그런데 로비는 나침반도 GPS도 필요로 하지 않았다. 그는 우리에게 시계를 가지고 북쪽을 찾는 방법을 가르쳐주었다. 열두 시와 수직 방향으로 풀을 놓고 자기 그림자가 시계의 중심을 지나갈 때까지 발의 방향을 바꾸기만 하면 된다. 북쪽은 이 그림자와 시계의 작은 바늘 사이에 형성되는 각의 한가운데에 위치한다.

오후가 되니 밀림은 한층 더 죽은 듯했다. 풀과 나뭇가지 외엔 아무것도 없었다. 죽음의 침묵뿐이었다. 울음소리도 호출소리도 없었고, 지평선에 영양의 꼬리 하나 보이지 않았다. 우리는 크루거 공원에 있는 네발짐승들의 흔적을 모두 맞춰본 뒤로 몇 시간째 걷고 있었다. 그때 갑자기 로비가 멈춰 섰다. 그가 두 개의 바위를 가리켜 보였다. 그 중 하나에서 찌르레기 한 마리가 요란한 소리를 내며 떨어져 나갔다. 갑자기 바위가 움직이기 시작했다.

놀라서 깨어난 흰 코뿔소들이 자신들을 방어하기 위해 머리와 다리를 엇갈리게 서서 대열을 정비했다. 그렇게 녀석들은 위협이 무엇이며 어디서 오는지 확인하려고 엉덩이로 밀면서 방향을 돌렸다. 가장 몸집이 큰 녀석이 우리를 마주보았다. 로비가 우리를 안심시켰다.

"녀석들은 거의 앞을 보지 못해요. 우리를 보지 못하지만 냄새를 맡으려고 애쓰죠. 괜찮아요. 우리는 바람과 반대 방향에 있으니까요."

소냐와 로비는 그 틈을 이용해 녀석들로부터 20미터 정도 거리까지 다가갔고, 두 마리의 괴물을 담은 멋진 사진을 찍었다.

그런데 바람의 방향이 바뀌면서 돌연, 상황이 달라졌다. 가죽과 뿔로 뒤덮인 두 마리의 괴물이 우리를 향해 돌진해왔다.

"나무 뒤로 가요."

로비가 우리를 향해 달려드는 수 톤의 살덩어리의 관심을 딴 곳으로 끌어보려고 손뼉을 치며 소리쳤다.

눈 깜짝할 새 녀석들은 우리 바로 뒤에 와있었다. 우리는 다급히 나무둥치 뒤로 피신했다. 그 사이 녀석들은 우리를 지나쳐서 돌진하더니 쿵쾅거리며 곧장 수풀 속으로 달려들었다. 미친 듯이 전속력으로 달려드는 두 대의 전차 같았다. 잠시 후 우지끈 뚝딱 나뭇가지 부러지는 소리가 요란하게 났다.

몸을 일으키면서 로비는 호흡을 가다듬고 그 사이 장전한 총을 쏘았다.

"휴! 마음에 드셨길 바랍니다! 와서 보세요!"

약간 충격을 받은 우리는 그를 따라갔다.

"풀밭에 쓰러져 있는 이 나무둥치 덕에 살았습니다. 이것이 기관차들의 방향을 틀어놓았어요. 코뿔소들은 장애물 위로 달려드는 법이 없어요. 원칙적으로는 말입니다."

그런데 소냐는 장애물 위로 달려들었다. 나무 뒤로 뛰어들면서 운 나쁘게 그루터기에 부딪혀, 그녀는 갈비뼈 하나가 부러졌다. 그런데 당시에는 그 사실을 알지 못했다. 우리는 다시 걷기 시작했고, 혈관에는 아드레날린이 잔뜩 분비되어 있었다. 다리에 붙은 진드기들을 털어내고, 동시에 풀밭과 사방으로 뒤얽힌 나뭇가지들을 살피느라 여념이 없었다. 이 공원에는 157종류의 독사들이 득실거렸기 때문이다. 찌르레기 한 마리의 배반 때문에 죽을지도 모른다는 생각이 들었다.

덤불숲에서 무언가 부러지는 소리가 났다. 우리는 달아났고, 로비는 모든 감각을 동원했다.

"너무 늦었어요! 코끼리예요. 얼른요! 모두 엎드려요!"

달아날 수가 없었다. 녀석들은 너무 가까이 있었던 것이다. 다행히 바람은 우리 편이었다. 첫번째 덩치가 덤불 너머로 보였다. 녀석이 모습을 완전히 드러내더니 이내 지나갔고, 말없는 다른 그림자들이 그 뒤를 따랐다. 완전한 한 무리였다. 이 회색빛 풍경 속에서 하얀 상아만이 두드러져 보였고, 두 개의 쟁기 날이 밀림 속에 고랑을 그리는 것처럼 나아가고 있었다. 그들은 나무 사이로 길을 열며 지나갔다. 나뭇가지들이 휘어지며 잿빛 가죽을 긁었고, 끝없이 이어진 등들을 갈라놓았지만 배가 지나간 자국처럼 금세 닫혔다. 코끼리들이 이곳으로 지나가리라고는 전혀 생각지 못했다. 몇 번의 우렁찬 울음과 나직한 노호가 잇따랐고 새끼들은 어미 다리 사이에서 달리고 있었다. 어미들은 거대한 근육과 살덩이로 무장한 채 아주 가까이에 있었다. 알 수 없는 방향을, 눈에 보이지 않는 별을, 이 갈고리 모양의 거친 세계 속에서 귀에 들리지 않는 호출을 좇느라 녀석들 가운데 누구도 우리를 보지 못하고 지나갔다. 아니다! 행렬 마지막에 한 마리가 남았다. 다른 녀석들보다 한층 망설임이 많은 그 녀석은 둥그런 엉덩이를 실룩이며 한 발짝, 한 발짝 걷고 있었다. 그러다 마침내 지나갔다. 휴!

우리는 숨을 돌렸다. 하지만 그것도 잠시, 탁! 하는 소리와 함께 녀석이 다시 나타났다. 녀석이 되돌아온 것이다. 뭔가가 녀석을 언짢게 했는지 딱 멈춰서더니 코를 잠망경처럼 들어 올리고 공기를 들이마셨다. 아직은 우리를 보지 못했다. 우리는 녀석이 주변의 모든 냄새를 거대한 뇌의 스캐너에 거르는 걸 듣고 있었다. 거친 숨소리가 무언가를 찾고 있는 코 속에서 울렸다. 뭔가를 집을 수 있는 말랑말랑한 구멍이 높은 곳에서 망설이는 듯 불안하게 서성이며 탐색하더니 결국 시커먼 두 눈처럼 우리 위로 다가왔다. 그랬다. 녀석은 육중한 몸집을 모두 실어 우리를 쳐다보았다. 맞대면이었다. 로비가 속삭였다.

"제가 신호하면 도망치세요."

거대한 여장부가 귀를 두 번 치고, 찌푸린 이마를 치켜들더니 울음소리를 냈다. 우리는 눈썹 하나 까딱하지 않았다. 뇌가 굳고, 심장이 멎고, 숨이 멈췄으며, 발도 땅에서 곧 떨어질 태세로 그대로 멈췄다. 관자놀이에 닿은 총구와 방아쇠에 걸린 손가락이 느껴지는 영원의 순간이었다. 다만 여기서 탄환은 4톤이나 나가고, 녀석이 다섯 발자국만 다가서면 우리는 으깨질 것이다. 녀석은 가장자리에 노란빛이 도는 작은 갈색 눈으로 우리를 관찰하고 있었다. 우리는 고개를 숙이고 있었다. 우리는 존재하지 않는 듯했다. 죽음의 공포로 식은땀이 등에서 시냇물처럼 흘러내렸다. 그런데 어찌된 일인지 녀석도 고개를 숙이더니 마치 자동인형처럼 다시 걷기 시작했다. 후들거리는 다리 위에서 잠시 멈춰 있던 우리의 폐는 하늘을 가득 채웠다.

날이 저물자 모든 게 야수의 색을 띠었고, 풀들은 털로 변했으며, 수풀은 두툼한 모피로 변했다. 살갗도 황금빛으로 물들고, 모든 것이 아름다워졌다. 그 후로 코끼리들은 우리를 전혀 보지 못했다. 녀석들은 우리 앞에서 위엄 있는 걸음걸이로 여전히 걷고 있었다. 우리는 지치고 기진맥진한 채 풀밭을 가로질렀다. 로비는 여전히 앞장서서 눈에 보이지 않는 것을 탐색했다. 새들이 날아오르는 걸 감시하고, 사냥감이 있는지 없는지 분석했으며, 덤불숲의 위험한 언어를 해독했다. 갑자기 그가 다시 멈춰 섰다. 그러나 지평선에는 아무것도 보이지 않았다. 그는 대기의 냄새를 맡고, 살짝 몸을 숙이며 무언가를 예측하고 음미하더니, 본능에 따라 기다리라고 말했다. 갑자기 30미터 거리에서 풀 위로 덥수룩하고 거대한 사자 머리 하나가 나타났다. 녀석이 풀쩍 튀어오르고, 그 뒤를 여덟 개의 또 다른 머리가 따랐다. 우리는 사자 떼 한가운데 떨어졌던 것이다. 암사자와 새끼사자들은 몸집이 큰 두 마리의 수컷 뒤에 바짝 붙어 있었다. 악몽이었다. 로비가 긴장을 풀고 우리에게 속삭였다.

"달려서 내 뒤를 따라오세요."

그런데 그는 달아나는 게 아니라 맹수들을 향해 전속력으로 달렸다.

"미쳤군!"

나는 잠시 머뭇거렸다. 나의 온 존재가 거부하고 있었다. 그가 언성을 높였다.

"당장 와요. 그러지 않으면 우린 가망 없어요!"

우리는 돌격했다.

곧 풀밭에서 맹수의 엉덩이와 꼬리가 사방으로 튀었다. 공포와 포효가 폭발했다. 수사자, 암사자, 새끼사자 등 왕의 자랑스런 일가족이 참새 떼가 날아오르듯 흩어졌다. 3초 후에 풀밭에는 그들이 앉았던 흔적과 기름진 강한 냄새밖에 남지 않았다. 그것만이 우리가 꿈꾼 것이 아니라는 걸 말해주었다. 모든 게 너무도 짧은 시간에 일어났던 것이다.

"사자들에게 도주는 시동장치와 같죠. 달아나는 건 곧 죽는 겁니다. 그것은 영양들의 반응이죠. 동물계에서는 누구도 사자들을 공격하지 않아요. 녀석들은 다른 동물들의 공격을 알지 못하죠. 다른 동물들이 달아나는 것 이외의 반응을 하리라고는 생각지 못합니다."

왕은 위신을 잃었다. 로비는 손이 떨리는 걸 감추지 못했다.

"두 분이 뒤에 남아 있어서 겁났어요. 아홉 마리 사자에 맞서는데 코끼리용 총탄 한 발밖에 가지고 있지 않으니 정말 상황이 안 좋았죠. 어쩌면 하루 종일 아무것도 보지 못할지도 모르지만 뭔가를 보게 되면 아주 크고 빠른 것이 될 거라고 말씀드렸었죠."

코뿔소의 돌격 이후 우리에게는 설욕전이 필요했다. 로비가 이날 저녁 우리에게 제시했다.

"내일 코끼리 두 마리와 코뿔소 네 마리를 생포하려는데 생각 있으십니까? 멋진 로데오가 될 겁니다."

"왜 잡으시려는 겁니까?"

"이 공원에는 코끼리가 3천 마리나 되고, 흰 코뿔소는 7백 마리나 돼요. 그래서 사설 보호구역에다 경매로 넘길 겁니다."

새벽에 우리는 준비를 하고 대열의 선두에 자리잡고서 〈게임 캡처〉의 원장인 요하네스 말란의 랜드로버에 올라탔다. 우리 뒤로 수의사들과 코끼리를 위한 33톤 지프차가 한 대, 받침대 위에 네 개의 광주리를 실은 두번째 지프차, 잠든 짐승을 컨베이어 벨트에 들어올리기 위한 트랙터 한 대, 그리고 마지막으로 앞에서 말한 벨트 위에 내려놓기 위한 기중기 한 대가 따랐다. 요컨대, 제대로 준비를 마친 것이다.

우리는 생포를 위해 없어서는 안 될 노리개, 즉 헬리콥터를 찾아 대열을 지어 공원을 달렸다. 헬리콥터는 동쪽에서 곧 나타났다. 추격이 끝날 무렵 두 대의 제트 렌저를 대체하기 위해 온 두 대의 유로콥터 120 가운데 하나였다. 조종사 파니 보타는 툴루즈에서 특별교육을 마치고 돌아오는 길이었다. 그는 무전기로 프랑스인이 두 사람 있다는 소리를 듣고서 자신은 제르의 카술레와 툴루즈의 소시지, 카오르의 포도주에 아직 흠뻑 취해 있다며 우리에게 한 바퀴 구경을 시켜주겠다고 제안했다.

그는 대열 앞 도로 위에 착륙했다. 그의 힘센 손아귀와 하늘빛을 닮은 눈길은 직업이 가져온 변모 같았다. 그가 손을 한 번 움직이자 헬리콥터가 우리를 땅에서 떼어놓았다. 우리는 크루거 시장으로 출발했다. 아침 장볼 거리 내역으로 맨 앞에 커다란 상아를 가진 수컷 한 마리가 적혀 있었다. 갑자기 하늘 높이 오르자 덤불숲은 저 멀리 바위가 점점이 박히고 끝없이 펼쳐진, 벌레 먹은 회색의 흙 먼지떨이처럼 보였다. 황폐한 식물 속에서 귀를 펄럭이며 걷는 거무스레하고 거대한 살덩어리는 금세 눈에 띄었다.

"혼자 남은 수컷이군요. 보아하니 주문에 딱 들어맞는 상아 같네요! 녀석을 되도록 길과 가까운 공터로 몰게요."

그러더니 파니는 목동의 작업에 착수했다. 거대한 곤충 같은 헬리콥터가 몇 번 오르내리고 꼬리를 치자 후피동물은 정해둔 방향으로 향했다. 헬리콥터는 다시 높이 올랐다. 수의사 마르쿠스가 수면제 주사를 준비했다. 파니는 자기 다리 사이의 유리를 통해 영국식 표현대로 상아 배달부의 방향을 지켜보았다. 행렬은 길 위에서 기다리고 있었다. 때가 되었다! 파니가 움직이는 코끼리 등 위로 곧장 하강하자

마르쿠스가 엉덩이를 겨냥했다. 뺑!

코끼리는 화살에 맞았고, 파니는 곧 철수했다. 코끼리는 격노해서 모든 걸 뭉개며 계속 앞으로 나아갔다.

헬멧을 쓴 채 마르쿠스가 우리에게 소리쳤다.

"이 약물은 사람한테 살짝만 닿아도 피부를 뚫고 들어가서 죽일 수도 있어요!"

2분 후 후피동물은 힘이 빠지더니 몽유병 환자처럼 걸었다.

"됐어요. 녀석은 자동 운행에 들어갔네요. 이제는 저 녀석이 다치지 않도록 해야 해요."

그러자 파니는 공 대신에 4톤의 고깃덩이를 가지고 기막힌 핑퐁 게임에 몰두했다. 게임의 목표는 동물을 차에 좀더 쉽고 편하게 실을 수 있도록 공터로 모는 것이었다.

그는 점점 더 비틀거리는 코끼리를 헬리콥터 바람을 이용해서 몰아갔다. 우리는 나무 꼭대기를 스치며 날았고 나뭇가지 사이로 내려와서 그 거구를 180도로 회전시키고, 그 위로 다시 지나는 등 최악의 장애물 경주로 녀석을 내몰았다. 프로펠러는 풀과 먼지 회오리를 일으켰고, 코끼리의 귀가 얼굴 위로 접혔다. 녀석은 비틀거리더니 화가 나서 코를 잔뜩 부풀린 채 뒤로 돌았다. 파니가 재미있어하며 말했다.

"가장 예민할 때예요. 코끼리가 언제라도 뒷발로 일어서서 코로 헬리콥터 받침대를 쥘지 몰라요."

그런데 더는 버틸 수가 없었는지 거대한 동물은 땅에 주저앉으며 저주스런 곤충에게 최후의 눈길을 던졌다. 그러자 곧 릴리푸트 소인들의 공격이 시작되었다. 사방에서 작은 사람들이 누운 거인을 둘러싸고 정확한 몸짓으로 분주하게 움직였다. 피를 뽑고, 상처에 약을 바르고, 상아의 길이를 재고, 물을 뿌리고, 질식하지 않게 하기 위해 코를 펴고 기도를 확보했다. 몇 분 만에 일은 끝났다. 코끼리는 양탄자

위에 놓여서 권양기로 덤프트럭에 들어 올려졌고 컨테이너 속에서 깨어났다. 파니는 다시 사냥을 떠났다. 그는 진짜 프로였다.

이번 주문은 코뿔소 암컷과 새끼였다. 시나리오는 코끼리 사냥 때와 같았다. 어미와 새끼가 눈에 띄었고, 녀석들은 전속력으로 밀림을 가르며 달리고 있었다. 서둘러야만 했다.

"겁에 질려서 새끼가 심장 발작을 일으키거나 상처를 입을지도 몰라요."

새끼가 먼저 총에 맞고 쓰러졌다. 새끼 곁을 바짝 따르던 어미는 불행히도, 달려가다가 작은 협곡에 끼고 말았다. 생물학자 팀이 와서 곡예처럼 절묘하게 초음파 테스트를 실시했다. 제프는 어미 코뿔소의 항문 속에 팔을 어깨까지 집어넣고 통제 스크린을 지켜보며 자궁을 찾았다. 그가 곧 외쳤다.

"임신했어! 7개월이야. 멋진데. 기둥이 분명히 보이는 걸 보니 수컷이야!"

조한이 기뻐하며 말했다.

"빙고! 새끼까지 세트로 치면 6만4천 유로에서 거의 8만 유로까지 올라가겠어. 초음파를 체계화하는 게 좋을 것 같아. 일년에 코뿔소를 3백 마리나 팔고 있으니까."

소냐는 모두가 감격한 틈을 타 코뿔소 머리 쪽을 바라보며 우리가 벗어난 위험을 가늠했다. 수 톤의 몸무게로 달려드는 죽음처럼 뾰족한 65센티미터의 뿔에 받혀 내동댕이쳐졌더라면 어떻게 되었을까. 생각만 해도 끔찍했다. 괴물을 떠나기 전에 소냐가 녀석의 귀를 붙들고 말했다.

"이제는 고약한 짓 못하지? 안 그래? 요 못된 녀석! 또다시 그런 짓 해봐라!"

마르쿠스가 드릴을 가지고 다가와서 뿔 아래에 구멍을 뚫기 시작했다.

"밀렵을 막기 위해 이 속에다 아주 작은 칩을 감춰두지요. 이렇게 해두면 뿔은 팔 수가 없어요. 자! 아랄디트를 조금 발라서 구멍을 막으면 감쪽같죠. 이제 어미와 새끼를 실을 시간이에요. 해독제를 투약해야겠어요."

이번엔 기술이 달랐다. 수건으로 눈을 가린 뒤 근육덩어리를 반쯤 깨우면 녀석은 일어서서 강아지처럼 덤프트럭까지 고분고분 끌려갔다. 소냐가 앞장서고 줄 지어 선 몇 사람이 이 산책을 함께했다. 뿔이 하나밖에 없어 아마도 공룡 트리케라톱스를 부러워했을 이 선사시대 괴물의 코끝에다 끈을 매어 잡아끌며.

12 Africa Trek

신의 창문과 브라이언의 방주

'동물의 발자취를 좇아' 걷고 나서 우리는 화이트 리버에서 다시 '인간의 발자취를 좇아' 걸었다. 크루거 위로 솟아 있는 경이로운 단층절벽을 향했다. 곧 소나무 숲 그늘 아래 산을 올랐다. 정말이지 극적인 다양성을 보여주는 곳이었다. 몇 킬로미터를 가는 사이에 열대 밀림에서 북유럽 소나무 숲까지 지났다. 인적 없는 도로를 따라 그래스콥을 향해 가고 있을 때 내 가방 속에서 전화벨이 울렸다.

"안녕하세요! 앤드리스 보타입니다. 저를 기억하시겠어요?"

앤드리스는 케이프타운 국회의원으로, 최근 케이프 지역에서 승리를 거둔 다민족 젊은 정당, 민주동맹당의 당수인 토니 레온의 오른팔이었다. 민주동맹당은 화해의 원칙에 토대를 두고, '이데올로기를 떠난' 실용주의 노선을 걷는 미래의 정당이다. 예전에 그는 요하네스버그에서 굉장히 인기 있는 파트리시아 글린이라는 사회자가 진행하는 라디오 방송에서 우리 얘기를 들었다고 했다. 마침 그 진행자를 잘 알아서 그녀에게 우리를 만날 수 있도록 저녁 식사를 주선해줄 수 있는지 물었고, 그렇게 해서 우리는 만나게 되었던 것이다. 저녁시간 내내 그는 우리의 증언에 관심을 보였고, 우리가 만난 사람들의 다양성에 감탄했으며, 모든 공동체가 시도하는 화해작업과 희망의 징후에 열광했었다. 그는 흥분해서 우리에게 이런 말도 했었다.

"두 분은 어떤 남아프리카인보다 '무지개 국가Rainbow Nation'에 대해 더 잘 알고 계십니다. 저는 두 분만큼 다양한 경험을 한 어떤 기자도 알지 못합니다. 하물며 외국인은 더 말할 것도 없지요. 두 분은 성스러운 보물을 가지셨습니다."

우리가 이 같은 신선함을, 귀 기울임을, 만남의 갈증을, 이해의 갈증을 오랫동안 간직할 수 있을까? 이미 많은 것들이 우리 앞에, 그리고 아직 1만2천 킬로미터가 우리 앞에 놓여 있지 않은가. 식사가 끝날 무렵 그가 말했었다.

"모든 정치인들을 걷게 해야 할 것 같습니다. 제가 2, 3일 정도 두 분과 함께 걸어도 되겠습니까?"

우리는 언제 어디서건 좋다고 대답했었다. 정치인의 약속이라 그다지 기대를 품지는 않았었지만 말이다.

그런데 3주가 지나서 그가 전화를 걸어온 것이다!

"우리가 나눈 대화를 기억하십니까? 언제 어디서 두 분과 합류할 수 있을까요?"

내가 대답했다.

"내일 뵐 수 있으면 제일 좋겠네요. 우리는 단층절벽을 따라 블라이드 리버 캐년까지 이어지는 '천국 트렉'을 할 예정입니다. 그곳이 아주 이상적일 것 같군요."

"좋습니다! 그곳은 저도 알고 있습니다. 내일 저녁 일곱 시에 그래스콥의 스파 슈퍼마켓에 있겠습니다."

우리는 그가 이 무모한 일을 어떻게 실행할지 궁금해하며 전화를 끊었다. 케이프타운은 3천 킬로미터 정도 떨어져 있었다.

촉촉이 적셔드는 안개비를 맞으며 우리는 숲속 작은 마을에 들어섰고, 다음날의 만남을 준비하기 위해 자연히 스파를 향했다. 그곳에서 우리는 관광협회를 관리하고 있는 셜리 에머리히를 만났다. 그녀는 즉석에서 일에 착수했다.

"제 남편이 슈퍼마켓 점장이에요. 저희 집에 와서 주무세요. 내일 우리가 모든 걸 조직하지요."

거구에 아기인형 같은 얼굴을 한 레이몬드 에머리히가 우리가 있는 곳으로 왔다.

"오늘 저녁에 아프리카를 걸어서 종단한 친구 한 사람을 초대했어요. 두 분께서 흥미로워하실 거라는 생각이 드네요."

정말이지 어디에서든 항상 앞서가는 사람이 있었다. 해럴드 본 이후에 우리가 두번째로 만나는 아프리카 도보여행자였다. 모든 것은 이미 행해진 것이다. 우리는 대머리에 땅딸막하고 호의적인 야바위꾼처럼 냉혹한 미소를 지닌 브루스 로슨을 만났다. 그는 자기 슬라이드 영사기를 가지고 왔다. 1997년 그는 어떤 도움도 없이 두 친구와 함께 걸어서 카이로까지 가기 위해 희망봉을 떠나 아프리카를 공략했다. 짐도 무겁고, 여덟 번이나 말라리아에 걸려 몸도 쇠약해지고 돈도 떨어진 데다, 나라를 빠져나가도록 내버려두는 걸 거부한 에티오피아 당국과 맞서 싸우느라 그들은 1만 킬로미터 가까이 걷고 난 뒤 수단 국경에서 포기했다. 그들의 블랙리스트에는 짐바브웨에서 발목이 골절된 일, 모잠비크에서 주먹질을 당해 코가 깨진 일, 말라위에서 더위와 그곳 주민들의 집요한 공격에서 벗어나기 위해 강행한 야간 행군, 탄자니아에서 한 달 동안 계속된 홍수로 진창 속을 걸어야 했던 일,

케냐 사막에서 기관총 사격에 쫓겨 달리느라 짐을 대부분 잃었던 일, 에티오피아 아이들이 줄곧 돌을 던졌던 일, 웬 군인이 개머리판으로 한 대 쳐서 브루스의 귀를 찢어놓아 원정을 끝장낸 일 등이 있었다.

슬라이드가 돌아가자 가난하고 볼품없으며, 위험하고 적대적인, 비위생적이고 지루한 아프리카가 그려졌다. 건강을 위한 산책? 우리는 공포에 사로잡혔다. 국경 초소인 베이트브리지에서는 모든 게 정말 달라질까? 일곱 달 동안 3천 킬로미터가 넘는 거리를 걸었는데도 우리는 여전히 너무 작고 맨 밑바닥에 있는 느낌이었다. 브루스가 우리를 안심시키려고 말했다.

"8킬로그램짜리 배낭을 지고 다니시는 걸 보면 두 분은 모든 걸 이해하신 겁니다! 저는 60킬로까지 지고 다녔습니다. 어리석은 일이었죠. 머리를 안 굴리니 괴로운 줄도 몰랐어요. 물을 가득 실은 수레를 끌고, 기네스북을 위한 거리를 측정하기 위해 곡선계 하나, 화장실을 파기 위한 삽 한 자루, 갈아 신을 신발, 라디오, 버너까지 들고 다녔으니까요. 모두 잘못된 거죠. 그런데도 우리는 세계신기록을 보유하고 있답니다. 깨져야 할 기록이죠. 두 분께서 깨시길 바라겠어요. 게다가 킬리만자로 정상을 거쳐 가신다면 두 분의 첫 세계신기록이 수립될 겁니다. 최남단 지점에서 아프리카의 최고지대까지 아무런 도움 없이 도보로 간 사람은 아무도 없었으니까요."

대륙의 광막함이 우리의 광기어린 무모함을 깨닫게 해주었다. 그렇지만 요하네스버그에서 뢰텔리 가족의 도움말을 듣고부터 우리는 분별을 갖게 되었다. 시장에서 산 최고로 가벼운 9백 그램짜리 삼각대 하나, 인터넷으로 주문한 미국산 무게 6백 그램짜리 세계에서 가장 가벼운 텐트인 월러스의 버그헛Bug-Hut, 취사를 위한 알루미늄 식기 하나와 숟가락이 딸린 초경량 플라스틱 공기 두 개를 갖춰 짐은 조금 더 무거워졌다. 가벼워야 한다는 우리의 강박증을 그 무게만큼 위반한 셈이다.

레이몬드가 이런 말로 저녁시간을 끝냈다.

"내일을 위해 저한테 한 가지 생각이 있어요. 두 분은 18킬로미터를 걸어서 파라다이스 캠프로 오시고, 우리는 지프차를 타고 저녁에 의원님과 함께 브라이를 갖고 두 분이 있는 곳으로 합류하지요. 대피소까지 차가 다니는 산길을 제가 알고 있어요. 그러면 두 분은 시간 낭비를 하지 않을 거예요."

새벽에 우리는 끔찍한 안개비 속에 괴상한 규암 기둥들이 삐죽삐죽 솟은 광야를 가로질러 떠났다. 안개 속의 바위기둥들은 공상 속의 고르고노스 괴물 형상을 한 알로에와 맞서 싸우는 비뚤비뚤한 유령 군대 같았다. 모든 것이 소리를 죽였다. 풀도 젖어 있었고, 우리도 흠뻑 젖었다. 우리는 아무것도 보지 못한 채 수천 미터 낭떠러지의 가장자리를 따라 걸었다.

기복이 심한 오솔길, 도시적인 것과 단절하기 위해 만들어진 듯한, 레위니옹 섬의 분화구 일주를 연상시키는 험한 길이 이어졌다. 3천 킬로미터를 걷고, 레소토를 통과해 온 경험에도 불구하고 도르래가 삐걱거렸고 밧줄은 신음했다. 결코 익숙해질 수 없단 말인가? 소냐의 부러진 갈비뼈가 오르막길에서 아파왔다. 가련하게도 소냐는 이를 악물고 신음 소리도 내지 않았다. 이따금 미소 띤 비명이 새어나왔을 뿐이다. 그조차도 그녀는 웃음 속에 감췄다. "걸을 때가 덜 아파! 믿을 수가 없어!" 난 모욕당한 느낌이었다. 가련한 내 사랑. 그녀를 가방에 넣어 짊어지고 싶은데, 그녀는 날 속이려 들었다.

오후가 끝날 무렵, 멋진 풀밭이 펼쳐졌고, 그 한가운데에 있는 강가에 대피소가 있었다. 천국과 같은 캠프였다. 정적과 소나무밭. 귀빈들이 과연 올까 싶었지만 그래도 그들이 도착하기를 기다리며 모닥불을 준비했다. 우리가 있는 곳은 너무 멀었고 또한 너무 어두웠다. 내기는 무산되고, 앤드리스는 오지 않을 것 같았다.

모닥불에 모여 앉아 우리는 불꽃을 바라보며 피리를 꺼냈다. 별빛 아래에서 우리가 알고 있는 곡들을 모두 연주했다. 떨리는 피리 소리가 숲에 울려 퍼졌다. 돌멩이 세 개 위에서 수프가 끓는 소리를 냈다. 그때, 우리 뒤에서 웬 목소리가 불빛 속으로 들어왔다. 앤드리스가 어둠 속에서 불쑥 튀어나와 다정하고 힘 있게 우리를 끌어안았다.

"피리라니, 사람들을 홀리기에 좋은 생각입니다. 굉장한 도보여행자들이십니다! 이렇게 오게 되어 정말 기쁩니다."

그는 마틴 그레이와 혼동할 정도로 닮았다. 농부의 생활로 무르익은 60년의 세월, 이상주의자의 흔적이 역력한 잘생긴 얼굴, 위험을 무릅쓰고 살아온 삶으로 인해 깨진 코, 열정가의 진솔한 말씨. 그는 이날 아침 케이프타운에서 오렌지 자유 주州의 수도인 블룸폰테인행 비행기를 탔고, 자신의 자동차로 갈아타고 그랜스콥까지 1천 킬로미터를 달려왔다. 그랜스콥부터는 레이몬드가 맡았다. 국회의원도 약속을 지킬 수 있다는 증거를 멋지게 보여준 것이다.

셜리가 고기가 가득 든 아이스박스를 풀었고, 레이몬드가 석쇠를 설치했다. 우리가 시원한 맥주를 막 들이켰을 때, 어느 새 브라이가 익어가는 소리가 났다. 남아프리카인들은 여행에 대해 모든 걸 알고 있었다.

새벽이 되자 앤드리스가 준비를 했다. 우리의 친구들은 밤늦게 이미 떠난 상태였다. 우리는 투명한 강물을 따라갔다. 강물의 흐름과 더불어 우리 정치인의 마르지 않는 이야기의 흐름도 시작되었다. 그는 모든 걸 알고 싶어했다. 사소한 것까지 상세히, '어떻게'와 '왜'까지 알고 싶어했다. 소냐와 나는 교대를 했다. 모든 얘기가 나왔다. 강물이 요란하게 흐르면 그는 목소리를 높였고, 한 줄로 서서 걸을 때면 그는 게걸음을 걸었다. 오르막에서 그는 말 사이사이로 숨을 몰아쉬었다. 알고자 하는 그의 갈증을 그 무엇도 막지 못했다.

우리는 완전히 타버린 계곡에 들어섰다. 그는 다시 활기를 띠고 얘기했다.

"우리는 최근에 체계적인 화전 농업을 금지하는 법률을 통과시켰어요. 매년 숨 쉬기 힘든 노란 연기가 이 나라를 뒤덮고 있기 때문이죠. 종족 차원에서는 가능했던 일이 대륙 차원에서는 더이상 가능하지 않게 되었지요. 매년 아프리카 전역이 불타고 있어요. 이건 온실효과를 가중시키는 환경 재앙이에요. 화전 경작 말고, 땅을 개량할 더 나은 방법들이 여러 가지 있어요. 추가비용을 들이지 않고도 말이죠."

그는 자신이 속한 당에서 공공서비스의 발전을 감시하는 책임을 맡고 있었다.

"우리 새 남아프리카공화국의 비극은 성공해야 할 곳에서 먼저 실패했다는 점에 있어요. 공공서비스 말입니다. 정부가 관리하는 것의 무엇도 제대로 작동하지 못하고 있어요. 우체국, 전화국, 대중교통, 병원, 경찰, 법원. 그야말로 베레지나[6] 같죠! 완전히 실패하지 않은 건 교육뿐이었어요. 그런데 최악의 일은 혜택받지 못한 사람들이 가장 먼저 희생된다는 점입니다. 주로 흑인들이죠. 1994년 이후로 엄청나게 악화되어온 이 끔찍한 모순에 또 이르게 된 겁니다."

그는 멋진 풍경을 보며 잠시 숨을 돌리더니 다시 열변을 토했다.

"이 사태는 두 가지 현상으로 보상됩니다. 한편으로, 흑인들은 비공식적인 분야에서 수평적 경제 전략을 펼칩니다. 다른 한편, 백인들

6) 나폴레옹이 이끄는 프랑스 군 수천 명이 러시아 기병대의 말발굽에 깔려 죽은 베레지나 강 전투. 나폴레옹이 러시아 원정에 실패하고 베레지나 강을 건너려고 했을 때 러시아군이 불태워버려 다리가 하나도 남아 있지 않았으며, 얼음도 없어 건널 수가 없었다고 한다. 프랑스어에서 '베레지나'는 '패주', '파국', '당혹'의 의미를 담고 있다 — 옮긴이

은 대규모 투자를 통해 사적인 분야를 개발합니다. 통신 분야에서는 빈민가의 빈민들이 구리 전화선을 모조리 뽑아 팔아서 통신망이 죄다 망가집니다. 이 때문에 우리나라 무선전화 보급률은 급속도로 증가했고, 이 분야에서 선봉에 서있는 겁니다. 교통 분야에서 흑인들은 달리는 무덤에 빽빽이 몸을 싣고 갱이라는 전쟁터로 향합니다. 백인들과 부유한 자들은 개인 소유의 차량으로만 이동합니다. 이젠 정기 버스노선도 없고, 승객을 태운 기차도 없습니다. 국립 병원은 도무지 갖춘 게 없어서 죽음을 기다리는 시설이 되어버렸고, 개인 병원들만 늘어갑니다. 생명보험은 백인들을 파산시키고 있어요. 게다가 병원 고객의 65퍼센트가 흑인들이죠. 세상 모든 걸 준다 해도 백인들은 정부가 운영하는 병원에 치료받으러 가지 않을 겁니다. 경찰도 무능해서 가장 번창하는 분야가 경비업과 안전요원 분야지요. 빈민가에서 제멋대로 날뛰는 마피아며 갱단들은 말할 것도 없습니다.

법원도 마찬가지입니다. 사람들은 직접 보복을 하기 시작했습니다. 폭행과 복수와 인종차별적인 범죄가 여태껏 이렇게 많았던 적이 없었습니다. 그런데 그런 일들은 흑인이 흑인에게, 혹은 흑인이 백인에게 가하는 것입니다. 그럴 땐 아무도 관심을 안 갖지요. 교육은 전혀 변한 게 없습니다. 사립학교들은 백인과 인도인, 흑인 엘리트들의 전유물이 되었죠. 이 나라는 그 어느 때보다 양극화되고 있습니다."

우리는 사람들이 보여준 상부상조하는 모습, 별것 아닌 일이 사람들을 서로 다가가게 만들던 일, 우리가 만난 농장주들이 보여준 연대감에 대해 얘기함으로써 그를 안심시키려고 애썼다. 그러나 그는 한층 더 열띤 어조로 말했다.

"시골이 그렇다는 건 저도 압니다. 하지만 도시에는 여전히 아파르트헤이트가 실제로 일어나고 있습니다. 서로 다른 공동체들이 더이상 예전처럼 공간이나 구역을 공유하지 않고, 교제가 이루어지는 시간에만 공유한다는 사실을 알아차리셨습니까? 백인이 보통의 도시에서 주말에 장을 보는 건 절대 보지 못할 겁니다. 반면, 흑인 노동자들이 번 돈을 쓰기 위해 버스를 대절해서 떼로 몰려오는 건 볼 수 있습니다. 주중 오전이 되면 흑인들은 모두 사라지고, 백인 여성들만이 환하게 변한 도시에서 볼일을 보지요. 사람들은 더이상 서로 교통하지 않고, 피할 방법만 만들어내고 있습니다. 대규모 쇼핑센터는 도심을 벗어난 곳에 발달합니다. '사귈 만하지 못한' 가난한 흑인들 대부분은 교통수단이 없어서 거기까지 가지 못하기 때문이죠. 오직 돈만이 유일한 기준이 되고 있습니다."

이 말에도 우리는, 똑같은 교육을 받고 자란 후세대와 더불어 모든 게 차차 변할 것이라고 말함으로써 그를 안심시키려 했다. 그가 반박했다.

"불행히도 그건 공립학교 학생들 대부분과는 무관한 얘깁니다. '긍정적 차별정책'의 긍정적 효과는 장기적인 시간을 두고 나타날 것입니다. 하지만 지금으로선 막대한 사회적, 심리적, 경제적 비용이 들지요. 자! 한 가지를 예를 들어보죠. 작년에 한 친구의 아들이 직업적 경험도 없이 '긍정적 차별정책'의 혜택을 본 사람에게 페트로넷 회사의 영업부장 자리를 내놓게 되었습니다. 그 자리를 차지한 사람이 제일 먼저 한 일은 가죽 시트에 차창을 선팅한 메르세데스 사륜구동 자동차를 주문한 겁니다. 일년 뒤, 그는 근무시간의 60퍼센트 동안 자리를 비웠고, 모잠비크와의 송유관 계약도 망쳤습니다. 큰 재앙이었죠. 내 친구의 아들은 최근에 그 자리를 되찾았습니다. 상대 청년은 권력의 측근이었죠. 이건 좋은 정책이 못됩니다. 현 정부는 넬슨 만델라로부터 물려받은 경이로운 희망을 망가뜨리고 있어요."

숲에서는 새들이 노래하고 있었다. 우리는 저 경이로운 '신의 창문'의 입구에 이르렀다. 발아래에는 5백 미터의 허공이 자리하고 있었다. 멀리 나무가 듬성듬성 보이는 언덕 너머로 안개에 싸인 크루거 평원이 펼쳐져 있었다. 우리는 천국의 정원 사이로 꼬불꼬불 이어진 경이로운 오솔길을 따라 드문드문 안개 스카프가 걸려 있는 협곡으로 나아갔다. 산에서 불쑥 튀어나온 투라코 새 한 마리가 우리 눈앞에서 투우사가 붉은 케이프를 멋지게 놀리듯 새빨간 핏빛의 날개를 펼치고는 사라졌다.

3일 동안 우리는 금을 찾는 사람들의 땅 필그림스 레스트Pilgrim's Rest 주변을 걸어 다녔다. 천국의 물이 떨어지는 폭포에서 멱을 감고, 국수와 빌통을 우리의 국회의원과 함께 나누어 먹었다. 어마어마한 금광이 발견된 버크스 럭Bourke's Luck에서 우리는 사암에 깊이를 알 수 없는 협곡을 새겨놓은 경이로운 폭포 앞을 지났다. 마녀의 솥단지에서 나온 듯한 절경이었다.

우리는 아프리카의 7대 경이 가운데 하나에 이르렀다. 그것은 바로 블라이드 리버 캐년이었다. 깎아지른 듯한 절벽에서 떨어져 나와 원추형 꼭대기를 하고 800미터 아래 블라이드포트 호수에 발을 담그고 있는, 세 채의 론다벨[7] 모양을 한 둥근 기암고원이 이어져 있었다. 캐년 중심부에는 '해시계'가 서있었다. 피라미드 모양을 한 바늘의 그림자는 해의 움직임에 따라 계곡의 가장자리를 지났다. 그것은 신의 시계였고, 마치 요정의 세계 같은 풍광이었다. 공간과 무한한 허공, 그림자와 빛의 유희, 붉게 물든 바위, 거대한 절벽의 뒤틀린 지층들. 어렴풋이 떠오르는 드라켄스버그의 기억.

앤드리스와의 도보여행은 여기서 끝났다. 안타깝게도 우리가 너무 말을 많이 하느라 요하네스버그의 한 친구와 내일 아홉 시에 협곡 아래, 이곳에서 60킬로미터 떨어진 호스프루잇Hoedspruit 비행장에서

7) 아프리카 원주민 전통가옥—옮긴이

만나기로 한 약속을 놓치고 말았다. 나는 통화 가능 지역에 이르러서야 약속을 취소했다.

"미안해요, 나타샤! 거기로 갈 수가 없어요. 아직도 협곡 꼭대기에 있어요!"

그런데 남아프리카의 정열적인 여자가 포기하기에 그것만으로는 부족했다.

"정확히 어디죠? 블라이드 리버 캐년이에요? 움직이지 마세요. 제가 다시 전화할게요."

15분 뒤.

"아주 가까운 곳에 개인용 활주로가 있어요. 캐년 위쪽 절벽 가장자리에 위치한 아벤투라 휴양지용 활주로예요. 그곳에서 그다지 멀지 않을 거예요. 우리한테 GPS 좌표도 있고, 한스 부처 매니저의 허락도 얻었어요. 아버지께서 그곳에 착륙하시겠다며 잔뜩 신이 나 계세요. 진짜 항공모함인 모양이에요. 안개만 없다면 도착 예정 시간은 내일 아홉 시예요. 거기서 시동 걸린 비행기에 올라타세요. 모터를 끌 수는 없을 거예요."

그녀는 전화를 끊었다.

우리는 앤드리스와 마지막 저녁을 보냈다. 그는 이 지역에서 자신의 모험을 계속 이어갈 생각이었다.

"저는 5년 전에 정부가 다시 매입한 서양자두 농장을 방문할 겁니다. 이 나라에서 최고의 농장 가운데 하나였지요. 그런데 지금은 레몬 하나, 오렌지 하나도 수출하지 못하고 있습니다. 관리 문제죠. 이것이 우리나라의 가장 큰 쟁점입니다. 10년, 20년, 혹은 30년이 걸리더라도 흑인들이 통치하고 관리하는 법을 배워야 합니다. 학생이 배우지 않고서 교사의 자리를 맡을 수는 없지요. 이것은 대단한 도전입니다. 저는 강철처럼 굳게 믿고 있습니다. 하지만 성공하려면 교사도 학생도

자만해서는 안 되지요. 분담과 겸손 없이는 우리 모두 실패의 길을 걷게 될 것입니다."

이튿날 우리는 불안한 마음으로 활주로를 찾았다. 그것은 스키 활강로로, 계곡과 낭떠러지 사이에 자리한 경사면이었다. 우리는 허공을 등지고 정상에 섰다. 그곳에서 비행기는 방향을 틀어 경사면을 내려가게 될 것이었다. 우리는 하늘로 눈을 돌려 구름의 갈라진 틈새를 살폈다. 아홉 시 정각이 되자 진동 소리가 대기를 갈랐다. 멀리 산 너머로 금속의 날벌레가 모습을 드러냈다. 그들이었다! 그들은 풍경 속에서 점차 커졌고, 활주로를 확인하기 위해 한 번 지나가더니 이내 줄을 맞춰 섰다. 비행기는 경사면 아래에서 우리를 마주보며 다가왔다. 측면에서 부는 바람 때문에 게걸음을 했다. 마지막 순간에 조종사는 비행기를 목표지점에 내려놓기 위해 방향을 틀었다. 비행기는 착륙하면서 윙윙거리는 터빈 소리와 함께 뒤틀린 활주로 위에서 풀쩍 튀어 올랐고, 비틀거리며 나아갔으나 경사 덕에 제동이 걸렸다. 우리를 향해 돌진하다가 속력을 늦추었고 문이 열렸다. 비행기 동체는 방향을 틀었고, 등유 냄새가 실린 바람에 머리가 흩날렸다. 앤드리스에게 겨우 작별 인사를 하기 무섭게 비행기가 우리를 덥석 물었고, 우리는 경사면을 다시 내려왔다. 바람이 우리를 집어삼킬 듯했다.

비행기 안에서는 나타샤가 기뻐 어쩔 줄을 모르며 베이지색 가죽 의자에 앉은 채 우리를 끌어안았다. 그녀의 어머니는 손으로 얼굴을 감싸 쥐고 있었다. 비행기를 끔찍이도 무서워했던 것이다. 당연한 일이었다. 남편이 조종사였으니까! 활주로 끝을 지나자 우리는 다시 하늘에 떴다. 8백 미터 아래로 광대한 블라이드 리버 캐년과 거울처럼 고요한 물, 수호신 같은 세 개의 론다벨이 지나갔다. 어느새 평평하고 볼품없는 덤불숲 위를 날고 있었다. 케이잔의 집은 가시덤불로 뒤덮인 세계 한가운데 자리하고 있었다. 나타샤는 모델이자 광고업자였다. 광채 나는 넉넉한 미소와 파충류를 연상시키는 눈을 가진 갈색머리의 멋진 여자였다.

"소냐, 갈비뼈도 부러졌는데 이젠 정말 쉴 수 있겠군요. 걷는 것도 안 되고, 촬영도 안 돼요. 물리치료사이신 우리 어머니가 바르는 약으로 치료해주실 거예요."

우리는 그곳에서 이틀을 보냈다. 태양 아래 샤워도 하고, 연재기사도 쓰고, 프랑스 라디오방송 녹음도 하고, 크루거에서 찍은 사진들을 보고 기록하며, 우리의 도보여행을 거리를 두고 평가해보았다.

여행을 계속해 나갈수록 사람들과 만나려면 걸어야만 한다는 사실을 점점 더 깨닫게 되었다. 걷지 않으면 아무 일도 일어나지 않았다. 우리가 쏟은 땀의 양과 도착해서 느끼는 보상 사이에는 직접적인 관계가, 일종의 내재적이고 비합리적이며 비밀스런 법칙이 있는 것 같았다.

내딛는 걸음 하나하나가 우리에게 놀라운 문을 열어주고, 배움을, 아리스토텔레스학파의 교훈을 가져다주었다. 가난한 도보여행자가 된 이후로 우리의 삶은 그 어느 때보다 풍요로워졌다. 걷는다는 건 도발하는 것이다. 사물들 앞으로 나아가는 것이요, 공상의 고랑을 따라가며 수많은 걸 자유롭게 수확하는 것이며, 늘 새로운 경이를 체험하는 것이다. 도보여행 만세!

한 국회의원과 함께한 뒤로 도보여행은 우리에게 이 나라의 유력 기업가와 함께하는 호사스런 주말을 안겨주었다. 하지만 우리는 만나는 사람이 누구인지는 신경 쓰지 않는다. 우리의 도보여행은 인종차별적이지도 않고, 마르크스주의적이지도 않았다. 그것은 장벽을 뛰어넘고, 자유로우며, 우리를 맞이해주는 누구나가 무언가를 안겨줄 것이며, 그들과는 우연히 만나게 된 게 아니라고 생각했다.

에디 케이잔은 필요한 걸 모두 가진 사람이었다. 부족한 게 아무것도 없었다. 철학까지도 갖추었다.

"난 아내를 그 무엇보다 아낍니다. 내가 가진 가장 소중한 재산이죠. 집은 살 수 있지만 가정은 사지 못하잖아요."

내가 대답했다.

"전적으로 동감합니다. 저는 집을 살 형편이 전혀 못됩니다. 그래서 가정을 데리고 다니지요."

케이잔 가족은 우리를 지극 정성으로 보살폈다. 소냐의 갈비뼈는 수 킬로그램의 소갈비로 메워졌다. 도보여행의 기적은 소모와 허기와 의심의 하루를 보내고 난 뒤 감사하는 마음으로 불법 거주자나 농촌 인부들의 식탁을 함께 나눌 때 이루어진다. 소냐는 우리의 백만장자 철학자와의 대화에서 레소토의 마이크 반 시터트Mike Van Sittert가 준 다이아몬드 얘기를 했다.

"아침에 일어날 때면 전 이렇게 생각한답니다. '오늘은 내 남은 생의 첫날이다.'"

"그런 원칙을 갖고 계시다면 멀리까지 가실 수 있을 겁니다."

"오! 그저 몇 천 킬로미터 걷는걸요."

월요일 새벽에 카라반이 우리를 협곡 위에 놓인 항공모함에 다시 내려주었다. 비행기로는 날갯짓 한 번이면 족했던 거리를 야생 계곡을 따라 다시 걸어 내려오는 데 이틀이 걸렸다. 크루거의 여러 관문 가운데 하나인 호스프루잇에서 우리는 아프리카 동물들과 평화로운 관계를 맺고 싶었다. 추격도 몰이도 포획도 적재도 없는 관계를. 어미를 잃었거나 다친 동물들을 데려다 보살피는 두 곳의 얘기를 들었다. 먼저 우리는 모홀로홀로에 들렀다. 브라이언 존스가 진짜 노아의 방주 같은 곳에서 우리를 맞이했다. 새장과 울타리와 동물 우리가 도처에 있었다. 그가 말했다.

"동물들이 우리에 갇혀 있는 걸 보면 가슴이 아파요. 하지만 바깥에는 그들을 위한 자리가 없기 때문에 이곳에 있는 겁니다. 곳곳에서 인간이 그들의 영역을 침범하고 있기 때문이죠. 최근에 피신 온 녀석들을 소개해드리죠. 어린 도저와 바저입니다."

우리는 철책이 둘러쳐진 넓은 공간 속으로 들어갔다. 풀밭에서 오소리 한 마리와 흰뺨 수달 한 마리가 뛰어나왔다. 장터 약장수들처럼 죽이 잘 맞는 두 녀석은 소냐의 치마에 한꺼번에 달려들었다.

"근처 빈민가에서 주술사가 엉터리 가루약으로 만들려는 걸 경찰이 구해왔죠."

악동 같은 두 녀석은 사방으로 뛰어다녔다. 한 녀석은 오소리과의 일종이고, 흰뺨 수달은 유럽종보다 훨씬 크고 독특하게도 발톱이 없었다.

"우유 먹일 시간이군요. 먹여보시겠어요?"

소냐는 선뜻 그러겠다고 했다. 그녀는 곧 행복한 얼굴로 축 늘어져서, 갈퀴 달린 발을 부채처럼 흔들며, 뚱뚱한 배는 쓰다듬도록 내맡긴 채 젖병을 빠느라 입가가 온통 젖은 수달을 품에 안고 있었다. 진짜 아기였다. 소냐는 손으로 어린 동물의 부드럽고 말랑말랑한 모피를 느끼면서 넋을 잃었다. 눈에 눈물이 글썽글썽해서 그녀가 외쳤다.

"이렇게 예쁜 건 본 적이 없어……."

그녀의 모성 본능을 보고서 나는 굉장히 야릇한 기분이 들었다. 도저는 똑같은 대접을 받을 권리가 없었다. 벼룩투성이였기 때문이다. 그렇지만 녀석은 소냐의 치마 주름 속에서 말로 표현할 수 없는 행복을 찾은 듯해 보였다. 그런데 새끼 하이에나 치키가 우리 발치로 와서 자기도 젖병을 달라며 칭얼댔다. 얼룩무늬 옷차림에 커다랗고 촉촉한 눈과 사랑스런 표정을 한 녀석은 혐오스럽다는 낙인이 찍힌 자기 종족의 위신을 살리고 있었다. 브라이언은 손에 든 끈끈한 봉지에서 축축하고 구깃구깃한 무언가를 끄집어냈다.

"이웃 사육장에서 매일 아침 제게 가져오는 죽은 병아리들이에요. 이걸 약간 썩혀서 주면 치키가 아주 좋아해요!"

냠! 냠! 썩은 병아리를! 브라이언에게 우리의 이름을 알려주자[8] 그는 살짝 미소를 짓다가 금세 표정이 어두워졌다.

"인간의 법칙도 동물의 법칙과 같다는 것 아세요? 난폭하고, 잔인하고, 야생적이며 예측 불가능하죠. 여기는 구조된 동물들밖에 없어요. 두 분이 길에서 죽임을 당할지 누가 알겠어요? 두 분은 이상주의자들처럼 걷고 있어요. 분명히 멋진 일이죠. 하지만 한 네덜란드 젊은 부부 관광객이 지난주에 여기서 5킬로미터 떨어진 지점에서 목 졸려 죽었어요. 놈들은 죽이기 전에 남자가 보는 앞에서 여자를 먼저 강간했죠. 그냥 재미로 말이에요. 저는 두 분이 하고 계신 일을 제 딸에게는 절대로 하게 하지 않을 겁니다. 항상 최악의 경우에 대비하세요. 저도 구조된 사람입니다. 3년 전에 한 무리가 부시벅 릿지Bushbuck Ridge에서 내려와 대낮에 우리를 약탈했지요. 경고도 없이 놈들은 제 상체에 세 발을 쏘았습니다."

그러면서 브라이언은 죽음의 스트립쇼에서 마카레나 춤이라도 추듯 총알이 지나간 길을 흉내내며 설명했다.

"제가 죽은 줄 알고 놈들은 제 아내에게 덤벼들어 머리채를 잡고 금고까지 끌고 갔지요. 아내가 금고를 열었지만 금고 속엔 무기밖에 없었죠. 그중 한 놈이 제가 자리에서 사라진 걸 발견하자 놈들은 제 딸에게 덤벼들었죠. 저는 반쯤 정신을 잃은 채 이웃집까지 기어갔습니다. 그러는 동안 제 흑인 인부들이 와서 도끼와 낫과 곡괭이를 들고 집을 에워쌌죠. 작업감독은 허벅지에 총알 한 발을 맞았지요. 놈들은 제 아

8) 저자들의 이름인 '푸생poussin'은 '병아리'를 뜻한다 — 옮긴이

내와 딸의 머리를 날려버리겠다고 협박했습니다. 바로 그 순간 저는 피를 쏟으면서 이웃집에서 경찰을 부르려고 애를 쓰고 있었지요. 경찰은 제가 습격을 받았다고 말하자마자 전화를 끊어버리더군요. 경찰을 협박해야만 했어요. 완전히 악몽을 꾸는 것 같았습니다. 두 시간 후에 인부들은 살인자들이 그대로 떠나도록 내버려두어야 한다는 걸 깨달았습니다. 경찰은 사건이 일어나고 여섯 시간 뒤에야 도착했지요. 그 후로 저는 소송 중입니다. 무기의 '실종'에 관한 법률에 따라 법정이 총을 도둑맞았다는 이유로 제게 벌금을 요구했기 때문이죠. 분명히 말씀드리지만, 우리는 범죄와 죽음의 홍수에 잠긴 나라에 살고 있습니다. 그래도 저는 두 분께 삶에 대해 얘기하려고 합니다. 이 녀석이 저의 큰 자부심입니다. 번식용 살쾡이 너티랍니다. 이미 234마리를 자연에 방사했고, 여전히 곳곳에서 요청이 들어오고 있어요."

살쾡이는 다리가 길고 큰 고양이다. 어깨 쪽의 호랑이 무늬 털은 등쪽으로 가면서 표범 무늬가 된다. 동그랗고 큰 귀가 키 큰 풀밭에서 쥐를 쫓는 데 적격인 사냥꾼으로 만들어준다. 우리는 오랫동안 녀석과 놀았다. 녀석은 가르릉거리며 좋아했고, 구르고 풀쩍 뛰며 온갖 묘기를 보여주었다. 우리가 가장 예뻐한 동물은 결단코 살쾡이였다. 그때 브라이언이 주머니에서 살아 있는 햄스터를 꺼냈다.

"두 분이 감성이 예민하시다면 죄송하지만 이게 자연의 법칙입니다. 이 동물들을 자연에 되돌려 보내려면 사냥하는 법을 가르쳐야만 하지요."

그러더니 그는 겁에 질린 햄스터를 내려놓았고, 그러자 장난꾸러기 살쾡이가 그 뒤를 쫓았다. 살쾡이가 발로 한 방 내려치자 그 가련하고 작은 털 뭉치는 날카로운 비명을 내지르기 시작했다. 하지만 햄스터의 생존은 살쾡이에게 놀이에 불과했다. 살쾡이는 쥐를 여러 번 공중에 집어던졌다가 떨어지기 전에 다시 잡는 버릇이 있다. 아마도 그다지 배가 고프지 않았는지 녀석은 이 즐거운 놀이를 필요 이상으로 반복했다. 녀석은 끔찍한 비명 소리에 자극을 받아 배구선수처럼 패스를 해댔다. 우리는 거북한 마음으로, 마치 인간들이 서로를 죽이는 것을 희열을 느끼며 관찰하는 변태적인 조물주처럼 그 장면을 지켜보았다.

농장주들의 악몽인 아프리카 스라소니, 밀렵꾼들에게 어미가 죽고서 혼자 남게 된, 눈도 채 뜨지 못한 채 떨고 있는 새끼 치타, 밀림의 화재에서 살아남은 거대한 비단뱀, 작은 영양, 물수리들이 이어졌다. 그리고 마지막으로 브라이언이 특별히 예뻐하는 두 녀석이 나왔다. 그는 마샬 독수리와 왕관 쓴 독수리를 감탄어린 어조로 우리에게 소개했다.

"마샬 독수리는 평원에서 사냥을 하고, 왕관 독수리는 숲에서 사냥합니다. 한 녀석은 힘을 안 들이고 날도록 꼬리가 짧고 날개가 길죠. 다른 녀석은 나뭇가지 사이로 날며 급격하게 방향 전환을 하도록 날개가 짧고 꼬리가 길죠. 환경에 적응한 거지요."

그는 우리에게 세상에서 가장 강한 맹금이자 유일하게 수직으로 날아오를 수 있는 왕관 독수리를 보여주면서 우리의 말문을 막았다.

"자연은 무엇 하나 우연히 만든 게 없어요. 각 동물은 저마다 이 땅에 존재할 이유가 있어요. 생태계는 너무도 복잡해서 우리가 결코 통제할 수 없어요. 그러기 전에 사라지고 말 거예요. 이 두 마리 독수리는 멸종 위기에 놓여 있습니다. 그리고 여기 있는 이 두 표본은 결코 자연으로 돌아가지 못할 겁니다. 자연은 그들에게 너무 위험한 곳이 되고 말았죠. 그들은 우리에서 살도록 선고받은 신세가 되었어요. 하지만 오히려 우리에 들어가야 할 것은, 두 분과 저를 포함한, 우리 인간들입니다. 게다가 그건 나라 전체에서 행해지고 있는 일이기도 하지요. 야만 행위가 길거리에 난무해서 무고한 사람들은 황금 감옥의 전기 철조망 뒤로 틀어박히고 있죠. 가장 가난한 사람들은 그저 함석판 너머에 몸을 숨기고 있습니다."

조금 더 멀리, 추쿠두의 소유자인 알라 수센의 집에서 우리는 열다섯 살짜리 코끼리 팀보와, 세 살박이 암사자 세라비와 니알라, 다 큰 치타 사바나와 함께 아침 산책을 하고서 동물계에 작별 인사를 했다. 전율 보장! 이 동물들은 사람과의 접촉에 습관이 들어 있어도 여전히 야생적이고 예측 불가능했다. 여섯 명의 무장한 경비원이 우리를 둘러쌌다. 오선지처럼 규칙적이고 유순한 팀보가 앞장을 섰다. 하지만 녀석을 따라가는 게 지루해진 암사자들은 곧 밀림 속으로 달려가버렸다. 짐바브웨에서 망명 온 나이 든 경비원인 조르단 씨가 우리에게 말했다.

"지난 주에는 저 녀석들이 쿠두 한 마리와 멧돼지 한 마리를 죽였지요."

그런데 이번에는 아무것도 잡지 못한 채 돌아왔다. 사바나는 얌전히 따랐다. 도착하면 맛있는 영양 스테이크가 기다리고 있다는 걸 알았던 것이다. 달려봤자 아무 소용이 없다는 것을.

갑자기 팀보가 흥분한 징후를 드러내 보였다. 덤불숲에서 코뿔소 어미와 새끼가 다가오고 있었다. 정면으로 맞닥뜨린 것이다. 뜨거운 물에 혼쭐난 고양이처럼 우리는 재빨리 나무 하나를 점찍었다. 암사자들이 훈련이라도 하듯이 점점 더 흥분하는 코뿔소 어미를 둘러쌌다.

"팀보는 코뿔소 사냥꾼이죠. 벌써 상아로 땅에 내다꽂아 두 마리나 잡았습니다. 값비싼 아침 산책이 되겠군요."

그 자리는 원형 경기장이 되었다. 아프리카에서 가장 위험한 동물들이 조용히 대적하고 있었다. 정적이 감돌았고, 그대로 모든 게 정지한 듯하더니, 코끼리 코와 코뿔소의 코, 꼬리들이 숙여졌다. 천만다행이었다. 피가 흐를 일은 없게 되었다.

도착하자 맛있는 아침 식사가 우리를 기다리고 있었다. 맹수들과 함께 걷고 나니 배가 엄청 고팠다. 식탁에 앉아 우리는 휴가 중인 더반의 사업가 두 사람과 함께 이야기를 나누었다.

"여기서 26킬로미터 떨어진 곳에 캠프가 하나 있어요. 오늘 저녁에 거기서 두 분을 기다리지요."

꼬리를 문 반응은 계속되었다. 우리는 헤아릴 수 없을 만큼 많은 호의와 넉넉한 인심의 원자들을 끌어당기는, 발 달린 전자였다.

앨런과 제프는 세 번씩이나 저녁에 도로로 우리를 데리러 왔고, 이튿날 그 자리에 다시 데려다주었다. 그럴 때마다 우리는 대초원의 작열하는 태양 아래 딱딱한 도로에서 커다란 흰색 메르세데스의 냉방된 가죽 시트로 순식간에 이동했다. 손에는 차가운 캔 음료까지 들려 있었다. 오로지 이 즐거움을 위해서라도 걸을 수 있을 것 같았다. "걸음을 멈출 때마다 얼마나 좋은지 몰라!" 마조히스트가 말했다.

하루 종일 우리는 수 리터의 땀을 흘렸고, 아스팔트에서 복사열이 올라와 익을 것만 같았다. 한낮에는 기온이 섭씨 45도나 되었다. 불에 타 황폐화된 덤불숲을 걸을 때도 내리쬐는 태양과 복사열 사이에서 구워졌다. 낮에는 걷기에 너무 뜨거웠다. 주맹증 환자처럼 야밤에 걸어야 할 판이었다.

이튿날, 열기로 인한 아지랑이 사이로 지평선에 웬 여자가 나타났다. 그녀는 임신을 하고 있었고, 두꺼운 양모 코트를 걸치고 있었다. 이 황량한 길에서 손에는 가방을, 머리에는 무거운 짐을 지고 혼자 걷고 있었다. 그녀야말로 여걸이었다. 그녀에 비해 우리는 한낱 희멀건 복사본에 지나지 않았다.

조금 더 가니, 우리에게 용기를 북돋아주려고 두 청년이 그들의 달리는 쓰레기통의 창문 밖으로 칩스를 건넸다. 그 후에는 기분이 나빠

보이는 한 보어인이 우리에게 비누를 건네면서 걷는 걸 단념하게 하려고 애쓰며 우리를 자살하려는 사람으로 취급했다. 태양 아래 짓눌린 우리 머릿속에서는 온갖 살육이 충돌했다. 우리는 머리 위에 다모클레스의 검[9]을 매단 채 걷고 있었다. 근처 흑인구역에서 온, 털이 덥수룩한 팔과 즐거워하는 얼굴로 가득한 만원 미니버스 한 대가 덜커덩거리며 지나치면서 그 검을 끊어놓았다.

오후 여섯 시에 앨런과 제프가 백마를 몰고 도착했다.

우리가 기운을 되찾고 일어서는 데는 저녁에 두 시간의 휴식과 2리터의 물과 샤워가 필요했다. 짐바브웨까지 버티려면 어떻게 해야 할까?

차닌, 2001년 8월 14일 화요일,
여행 226일째, 36킬로미터, 총 3,031킬로미터

나흘째 아침, 앨런과 제프는 우리를 그들 캠프에서 19킬로미터 떨어진 곳에 다시 데려다주었다.

"말도 안 돼! 자동차로 30분이나 왕복을 하다니……."

우리 눈 아래로 시속 80킬로미터 속도로 밀림이 지나갔다. 내가 우리의 입장을 더 곤란하게 만드는 말을 했다.

"프란츠 엉멜이라는 프랑스인은 레인지로버를 타고 케이프타운에서 알제까지 11일 만에 횡단했어요. 그가 신기록을 보유하고 있지

9) 이탈리아 시칠리아 섬의 한 고대국가에 디오니오스 1세라는 왕이 있었고, 그 왕 아래 다모클레스라는 아첨꾼 신하가 있었다. 어느 날 왕은 다모클레스를 연회에 초대해 왕의 옷을 입히고 왕의 자리에 앉혀 그가 오매불망 노래하던 군주의 행복을 직접 느껴보게 했다. 단 그의 머리 위에는 서슬 퍼런 칼끝을 아래로 향하게 하여 말총 한 가닥에 검을 매달아두었다—옮긴이

요."

"아, 당신들 프랑스 사람들은 정말이지 미쳤군요!"

한 시간을 걷고 났을 때, 한 남자가 우리가 있는 곳에 멈춰 섰다.

"저는 로디지아에서 군인이었습니다. 덥고 목마른 게 어떤 건지 좀 알지요. 시원한 콜라병이 눈에서 떠나질 않았어요. 여기 두 병이 있으니 드세요."

그는 우리에게 음료수병을 내밀더니 가던 길을 갔다. 우리는 그의 이름조차 알지 못했다.

조금 더 가니, 추쿠두의 알라 수센이 우리 곁을 지나면서 눈물을 글썽였다. 그녀는 우리의 도보여행 이야기를 예의상 믿는 척했다가 정말로 태양 아래 걷고 있는 우리를 발견한 것이다. 그녀는 우리에게 1킬로그램의 오렌지를 주고, 저녁 숙소 걱정을 덜어주었다. 그녀의 친구 한 사람이 차닌에서 우리를 재워줄 거라는 것이었다.

마침내, 구멍가게 하나가 보였다. 짧은 휴식. 주인은 슬로바키아 출신이었다. 이름은 호락, '산'을 뜻했다. 소냐는 그가 30년 전부터 들어보지 못한 고향말로 그에게 자장가를 불러주었다. 그와 마찬가지로 소냐의 어머니도 프라하의 봄 탄압 이전에 체코슬로바키아에서 피난을 나왔던 것이다. 그러자 그는 막달라 마리아처럼 눈물을 흘렸다.

"저런, 소냐! 바보짓을 했어! 어른들을 울리면 어떡해!"

우리는 슬로바키아 튀김요리를 1킬로그램이나 가지고 다시 길을 떠났다.

차닌으로 들어가기 전에 바오밥나무 아래에 앉은 한 남자가 우리를 불러 세웠다. 그는 아내와 함께 과일 진열대 옆에다 우리를 위해 접는 의자 두 개를 준비해주었다.

"두 분을 길에서 본 게 벌써 3일째입니다. 이곳을 지날 거라는 걸 알고 있었죠. 앙투아네트와 함께 두 분을 위해 과일 바구니를 준비해

두었습니다. 신의 축복이 있길 바랍니다."

단호한 말투에 맨발의 가난한 보어인, 잔과 앙투아네트 볼크센(민족의 선물!)은 럭비 전위 대형으로 모이더니 힘내라는 고함을 내지르는 대신 우리 도보여행의 안전을 위해 기도하기 시작했다. 그러자 이제는 소냐가 울었다.

우리는 오늘 3천 킬로미터를 넘겼다. 미친 하루였던 게 분명하다.

두이벨스클루이프에서, 높은 초원의 단층절벽을 막 오르려는데 영구차 한 대가 우리 있는 곳에 멈춰 섰다. 그 운전자가 우리에게 물었다.

"세계에서 가장 큰 바오밥나무 얘기를 들어보셨습니까? 나무 속이 비어 있어서 바오-바로 개조했습니다. 제가 두 분을 그곳으로 모시고 가서 맥주 한잔 사겠습니다. 저는 일이 끝났거든요."

우리는 영구차에 올랐다. 조이 챔브리엘은 장의사였다. 그는 자기 직업에 대해 우리에게 이야기했다.

"요즘 대량 희생자를 내는 건 에이즈입니다. 우리가 고용한 사람들조차 파리 목숨처럼 죽어갑니다. 하루에도 여러 건의 장례를 치르고 있어요. 공동무덤은 빼고도 말이죠. 어떤 가족의 경우는 식구 모두가 죽어서 시신을 확인할 사람조차 없어요. 죽은 사람들이 쌓여가자 장례비를 들이려고 하지 않는 가족들도 있어요. 그런데도 머저리 음베키는 인도주의 기구 회의에서 텔레비전 생방송으로 HIV(인체면역결핍바이러스)와 에이즈 사이에 입증된 관계가 없다고 단언했지요. 그자가 세계에서 가장 가식적인 이 나라 대통령입니다."

촉수를 사방으로 뻗은 거대한 바오밥나무가 지평선에 모습을 드러냈다. 그것은 악몽에 나올 법한 그리스 신화의 괴물 히드라와도 같았다. 귀엽고 사랑스런 벤다족, 안나가 우리를 맞이했다.

"이 나무는 6천 살이에요. 둘레가 46미터, 높이가 38미터죠. 안에

스무 명이나 들어갈 수 있습니다. 환영해요!"

이 식물 코끼리의 뿌리 둘 사이에 스머프 집의 작은 문이 만들어져 있었고, 그 위에 술잔이 그려진 낡은 선술집 간판과 등불이 걸려 있었다. 소냐가 나무껍질 사이로 사라졌다.

"조심해! 분명히 그 속에 제다이 기사가 있을 거야."

아니었다. 바와 의자와 벌집처럼 생긴 구멍들, 또 하나의 방, 은은한 재즈음악밖에 없었다. 늘어진 나무껍질 사이로 영롱한 빛이 새어 들어왔다. 조이는 우리에게 마실 것을 따라주었고, 죽음에 관한 대화를 다시 시작했다.

"백인들은 더이상 매장을 하지 않고 있어요. 그들은 모두 화장을 하고 있습니다."

"왜죠? 묘지가 비종교인을 위한 것인가요?"

소냐가 물었다.

"전혀 그렇지 않습니다. 죽은 사람들은 두려워할 게 아무것도 없지요. 그보다는 무덤이 살아 있는 사람들에게 너무 위험한 곳이 되었기 때문이에요. 희생자들을 방문하러 온 무덤에서 강간과 살인이 일어나는 걸 피하려는 거죠. 그래서 제 손님들은 빈소에다 유골함을 두고 싶어합니다. 자식들을 생각하는 겁니다. 두 분도 아시겠지만 벤다족은 좀 독특합니다. 번개에 맞아 종족 가운데 누군가가 죽을 때마다 이튿날 주술사가 또 다른 희생양을 지목하지요. 그들은 번개의 방향이 의도적이라고 믿기 때문입니다. 이곳은 드루이드와 마법사가 우레를 가지고 싸우는 마법의 땅이니까요. 오늘 아침에도 저는 이런 전통적인 복수에 희생된 무고한 사람을 한 사람 매장했습니다. 어이쿠! 제 말에 어리벙벙하신 모양이죠? 프랑스에서 이런 얘기 못 들어보셨습니까? 지난 주말에 전세계를 떠들썩하게 한 사진은 보셨나요? 끔찍한 인종차별적 학대 범죄에 희생된 남아프리카공화국 소녀의 사진 말입니다. 그 소녀는 백인이 운영하는 식료품점인 루이스 트리차트에서 물건을 훔쳤다는 이유로 온몸이 하얗게 색칠이 되었죠. '배가 고파서 모욕당하고 굴욕당한 소녀' 라고 CNN 기자는 말했습니다. 그가 밝히는 걸 빠뜨린 것은 백인 여주인이 그곳에 없었으며, 흑인 고용인들이 그런 짓을 했고, 소녀가 재범을 저질렀기에 벤다족의 전통에 따라 다시는 그런 일을 하지 않도록 흰 색소를 칠했다는 사실입니다! 그런데 언론은 사실 따위는 신경 쓰지 않지요! 이 사건이 그들에게는 바삭바삭한 이야깃거리를 제공해줄 뿐이죠. 분명히 말씀드리지만, 이런 식으로 입맛대로 기사를 쓰는 기자들이 있는 한 우리는 문제에서 벗어나지 못할 겁니다. 그런가 하면, 올해 살해된 농장주 일곱 명을 조용히 매장했습니다. 소우트판스버그에서 잠깐 뉴스거리가 되었죠. 이 문제에 대해서는 엠바고가 내려졌기 때문입니다."

우리가 바오밥나무 바에서 다시 나왔을 때는 별들 가운데에서 레퀴엠이 들리는 것만 같았다.

다음날, 우리는 남회귀선을 지났다. 현대 조각물 하나가 초원의 황량한 평원에서 하늘을 향해 솟아 있었다. 이제 우리는 온대지역을 떠나 열대지역으로 들어서는 것이다. 우리의 도보여행이 끝나기 전에 우리는 적도와 북회귀선을 지나게 될 것이다.

길을 가는데 한 할머니가 울고 있었다. 할머니의 아들이 현재 부당하게 감옥에 있다고 했다. 그는 짐바브웨의 농장주였는데, '습격자'들에게 습격당한 이웃에게 도움을 주었다가 감옥에 갇힌 일곱 명의 친구들에게 모포를 가져다주었다는 이유로 공범으로 내몰렸다. 할머니가 훌쩍이며 말했다.

"제 아들은 아무 잘못도 한 게 없어요. 그런데도 감옥에 있어요. 맨발에다 죄수복을 입히고 창피를 주려고 머리까지 완전히 밀어버렸다오."

우리는 이 모든 게 정치적이고 상징적인 학대일 뿐이니 아드님은 제대로 대접받고 있을 거라고 말해 할머니를 안심시키려고 애썼다.

"아드님과 함께하려고 이곳의 모든 백인들이 머리를 밀었어요. 아파르트헤이트가 극성을 부릴 때 아프리카민족회의가 했던 것과 똑같은 평화적인 저항운동을 벌이고 있어요."

우리는 소우트판스버그 산맥 남쪽 산등성이에 자리한 도시인 루이스 트리차트에서 룰루 픽의 집에 묵었다. 루이스 트리차트는 1836년에 식민지 개척자 무리를 여기까지 이끌고 온 선구자 부어트레커들의 지도자 가운데 한 사람의 이름을 딴 것이다. 그들은 말라리아와 총가족들 때문에 죽었다. 앤드리스 프레토리우스, 피에트 레티프, 앤드리스 포트지에터나 얀스 반 렌스버그 등이 이끄는 또 다른 개척자들의 소달구지들이 그 뒤를 이었다. 내일이면 우리는 여덟 달 가까이 좇아온 부어트레커들의 발자취를 벗어날 것이다.

"두 분은 부어-부어트레커가 되셨군요!"

룰루가 말했다.

그는 분위기를 편안하게 만드는 재주가 있었다.

다음날 아침, 우리는 소우트판스버그 산맥과 림포포로 끊긴 드넓은 바오밥 평원의 북쪽 비탈길로 접어들었다. 3일 만에 우리는 메시나까지 가서, 짐바브웨와의 국경 초소인 베이트브리지에 들어설 것이다. 2001년 9월 1일에는 242일간의(그중 111일이 도보로 여행한 기간이다) 여행 끝에 아프리카 트렉의 3,333킬로미터 지점에 이를 것이다. 딱 떨어지는 숫자 만세!

짐바브웨와 모잠비크

Africa Trek 13

작은 짐바브웨와 위대한 짐바브웨

동이 터올 때 우리는 림포포[1])로 이어지는 낡은 금속 다리 위에 걸음을 멈추고 서있었다. 강 한가운데에서 둥근 바위들이 수면을 가르고 있었다. 우리는 어느 정도 동요된 마음으로 남아프리카공화국을 떠나왔다. 소냐는 눈물을 펑펑 쏟았고, 나는 목이 살짝 메어왔다. 여덟 달 전부터 베이트브리지는 우리의 목표였다. 우리를 재워준 집주인들에게 이 이름을 거듭 말해왔는데, 이제 그것이 우리 눈앞에 있었다. 베이트브리지는 로즈Rhodes의 금융업자 가운데 한 사람인 알프레드 베이트가 이 나라에 선물한 철도 수송용 낡은 다리로 영국의 북쪽 식민지 팽창 정책에 새로운 호흡을 불어넣었다. 우리 뒤로는 친구들과의 추억과 경험, 그리고 아프리카를 조금씩 알아가던 배움의 과

1) 남동아프리카에 있는 강. 남아프리카공화국과 보츠와나의 경계를 따라 흐르다가, 모잠비크를 거쳐 인도양으로 흘러든다 —옮긴이

정이 긴 행렬을 이루고 있었다.

갑자기 바위들이 사라진줄 알았더니 하마들이었다! 이글거리는 햇볕이 안개 조각들에 불을 붙이며 강물 위를 흐르고 있었다. 림포포의 사공들은 어디에 있는 걸까? 강물 위에서 그들의 외침이 들리는 것만 같았다. 이런 틀에 박힌 이미지를 무시하듯 하마 한 마리가 으르렁거렸다. 빨래하는 아낙들은 강가에서 빨래를 두드리며 노래를 하고 있었다. 우리는 짐바브웨에 발을 들여놓았다.

"우리나라에 오신 걸 환영합니다!"

헬렌 캠벨이 말했다.

헬렌은 우리를 따라다니며 자기 나라를 우리에게 알려주고 싶어했다. 이 키 작고 통통한 미망인은 다섯 아이의 어머니요, 메시나 해상운송회사의 사장이었다. 그녀는 우리와 함께 이곳에서 3백 킬로미터도 더 떨어진 마스빙고까지 걷기 위해 소며 돼지며 병아리들을 모두 내버려두고 왔다. 그녀는 1980년에 독립하면서 짐바브웨가 된 남 로디지아에서 태어났다. 헬렌과 우리는 첫눈에 반했다. 바에서 알게 되자마자 우리는 그녀의 집에 초대를 받았다. 갈색 머리에 호기심 많아 보이는 얼굴의 그녀는 수다스럽고, 강인하며 언제나 명랑한 성격이었다.

"체조실에서 운동하는 게 지긋지긋해요. 두 분과 함께 가겠어요."

어마어마하게 큰 티본스테이크를 앞에 두고 그녀가 그날 저녁 그렇게 말했다.

"그러니까 정신이 나간 건 남아프리카공화국 사람들만이 아니군요."

그녀는 우리의 조언에 따라 모직 양말과 작은 배낭, 모자와 트레킹복을 구매했다. 그리고 도보여행 준비가 끝나자 우리를 오리 연못으로 데리고 갔다. 오리 연못이라니!

창고와 사무실 사이에 자리한 그 연못은 자갈과 폭포로 장식되고 대나무로 둘러싸여 있었으며, 수많은 고방오리와 원앙, 황금색 눈을 가진 흰뺨오리와 그밖의 오리과 새들의 천국이었다. 헬렌은 이국적인 오리들을 수집하고 있었고, 공작과 백조, 그리고 공터를 성스러운 신전처럼 갖고 있는 거위 군단도 소유하고 있었다. 떠나면서 그녀는 오리들에게 말했다.

"난 도보여행을 하는 병아리들과 함께 떠난다. 질투하지 말아라. 우리가 가는 곳엔 물이 없단다."

국경지대에서는 항상 배울 게 많았다. 국경지대가 불러일으키는 흥분은 관찰 감각을 자극하고, 대비를 부각시켰다. 새로운 사실들과 몇몇 장면들, 그리고 오가는 눈길이 어우러져 첫인상을 결정했다. 한 나라의 체온을 잰다는 것은 바로 이런 것이었다. 걸어서 여행할 때는 현실과 직접 접촉하면서 이 첫인상들이 대개는 정확한 것으로 드러나고, 날이 갈수록 확실해졌다. 캐리커처에 가까운 이 인상들은 때로 20년 전부터 이 나라를 연구해오고 있는 전문가들의 분석과도 일치했다. 그것은 진리의 문제가 아니라, 한 나라의 영혼이나 숨결과 관계된 문제였다. 첫 키스처럼, 대기처럼 들이마시게 되는, 그렇게 케이프 반도에서 처음 보낸 날들의 광기는 남아프리카공화국 전역에 걸쳐 연장되었다. 그것은 부인할 수 없는 사실이었다.

이곳에서 받은 첫인상은 슬프다는 것이었다. 처음 만난 짐바브웨 사람들은 친절했지만, 그들의 눈빛에는 섣불리 단정하기 힘든, 뭔가 깨진 듯한 그늘 같은 것이 있었다. 우리는 1970년대와 그 이후 독립 때 이 지역 공동체들에게 부여된 광대한 공간인 종족보호구역Tribal Trust Land을 지나고 있었다. 주변의 밀림은 밋밋하고 헐벗은 채 죽어 있었다. 한 가지 단순하지만 중요한 사실이 우리의 눈길을 사로잡았다. 그것은 철조망이 없다는 것이었다. 염소들이 자유롭게 오가며 소관목들을 뜯어먹고 있었는데, 땅에 더이상 아무것도 남아 있지 않기 때문이었다. 저 멀리, 네 마리 당나귀가 이끄는 나무를 잔뜩 실은 짐수레 하나가 오고 있었다. 헬렌이 말했다.

"저게 짐바브웨의 사륜구동 차예요! 파제로[2)]보다 훨씬 검소하죠! 무슨 일이 닥쳐도 아프리카 사람들은 언제나 헤쳐나갈 겁니다. 전 이 사람들이 감탄스러워요. 그들에게는 고통을 금고에 집어넣는 놀라운 능력이 있지요. 하지만 그들을 파멸로 몰아넣는 것도 바로 그 점이지요. 전제군주들은 그걸 이용하지요."

이 나라는 심각한 석유파동을 겪고 있었다. 주유소에 휘발유가 없었고, 온 경제는 마비되었다. 메마른 마을들이 인적 없는 길을 따라 연이어 나타났다. 트럭들은 우리 뒤 국경에서 여전히 오도 가도 못하고 있었다. 헬렌은 사태를 잘 알고 있었다.

"열 시경이면 첫 트럭들이 지나가는 걸 볼 수 있을 겁니다."

사람들은 깜짝 놀라며 우리가 어디서 오는지 물었다.

"케이프타운에서 걸어서 오는 길입니다."

그들은 이해하는 것 같아 보이지 않았다.

"아 그래요…… 그런데 어디로 가시는 겁니까?"

"마스빙고."

그러자 그들은 외쳤다.

"네? 마스빙고라고요? 미쳤군요! 거긴 너무 멀어요!"

"잠깐만요! 제 말을 잘못 이해하셨군요. 여기까지 오는 데 3,300킬로미터를 걸었습니다. 고작 300킬로미터 직선도로를 걷는 걸 가지고 놀라실 일이 아니죠!"

"네! 그렇지만 마스빙고는 너무 멀어요."

케이프타운부터 접해온 이 한결같은 반응은 냉혹한 법칙에 따른

2) 미츠비시 사에서 출시되는 SUV 자동차의 한 종류 – 옮긴이

것이다. 앞으로의 것이 이미 지나온 것보다 훨씬 더 큰 인상을 준다는 법칙이다. 카이로에 가면 사람들은 우리가 아프리카 대륙과 사하라 사막을 건너 1만3천 킬로미터를 걸어온 것보다 시나이 산을 건너야 한다는 사실에 더 놀랄 것이다. 거기까지 가게 되면…… 이런 반응이 신경에 거슬리지만 뭐 그런 것이다. 익숙해지고 있었다. 사람들이 우리의 말을 믿지 않을수록 우리는 우쭐해졌다. 우리의 도보여행이 한계를 넘어섰다는 증거였기 때문이다.

도로 근처의 어느 마을에서 우리는 텃밭 하나를 보았다.

"저것 좀 봐요! 여긴 채소를 보호하려고 동물들을 철조망 안에 가둬둬요. 그런데 염소들은 자유롭게 밭을 오가네요."

보호되고 있는 어린 나무들은 아카시아 가지로 둘러싸여 있었다. 그렇게, 집 근처 나무들은 모두 가시관을 두르고 있었다. 아프리카에서 성서의 비유는 전혀 들어맞지 않았다. 가시밭에 떨어진 씨앗만이 살아남았다![3]

차가 자주 다니지 않아서 아스팔트는 아주 양호한 상태였고, 갓길도 평탄해서 걷기가 아주 좋았다. 남아프리카공화국에서는 울퉁불퉁한 도로 때문에 다후트[4]가 되지 않으려면 매시간 길 양쪽을 바꿔가며 걸어야만 했다. 갓길의 경사 때문에 올라갈 때는 발목의 바깥 복사뼈가 아팠고, 아킬레스건의 안쪽도 끊어질 듯했다. 당연한 것 아닌가? 도보는 매우 섬세한 균형이요, 4백만 년의 자연선택으로 연마된 역학이니까!

우리는 걷는 내내 굶주린 채 걷고 있는 행렬과 마주쳤다. 등에다 때 묻은 봇짐을 지고서 남아프리카공화국 국경을 향해 발을 질질 끌듯

3) 마가복음 4장, 누가복음 8장에 나오는 씨 뿌리는 비유를 암시하고 있다. 돌밭이나 가시덤불에 떨어진 씨는 열매를 맺지 못하고, 좋은 땅에 떨어진 씨만이 열매를 맺는다는 내용의 비유 – 옮긴이

4) 상상의 산악지대 야생동물 – 옮긴이

걷는 그들은, 짐바브웨의 가난을 피해 달아나는 수천 명의 사람들이었다. 거주자들이 떠나고 있는 나라로 들어서려니 기분이 묘했다. 우리는 헬렌에게 국경을 통과하기 이틀 전에 반대편에서 오는 자동차가 U턴을 하더니 우리가 있는 곳으로 와서 차를 세웠던 얘기를 했다. 사람들이 들려준 얘기로 인한 공포와 의심에 사로잡혀 늘 그렇듯이 나는 최루탄에 손을 갖다 댔다. 그런데 자동차에서 내린 사람은 양복 차림의 잘생긴 청년과 예쁜 아가씨였다.

"하이! 전 팀 버처라고 합니다. 〈데일리 텔레그래프〉의 아프리카 특파원이죠."

'잘됐네! 기사가 나겠네' 하고 난 속으로 생각했다.

"파리에서 저녁을 먹다가 두 분 얘기를 들은 적이 있어요."

"믿기 힘들군요! 세상 참 작아요. 우리를 보러 여기까지 오시다니 정말 고맙습니다."

"아뇨, 두 분 때문에 온 건 아니에요. 우연히 두 분을 본 겁니다. (퍽! 한 대 제대로 얻어맞았다!) 국경 초소에서 이주민 대표를 인터뷰하고 오는 길입니다. 매달 2천6백에서 3천 명의 짐바브웨와 쇼나, 마타벨레인들이 피난해 오고 있습니다. 그곳은 상황이 안 좋아요. 모든 공장이 문을 닫았고, 침입자들이 농장주와 인부들을 사냥하고 있습니다. 인부들은 일자리를 찾으려고 불법으로 국경을 넘어 이곳으로 오고 있지요. 일부 농장 경영주들은 어느 정도 합법적으로 그들을 고용하고 있습니다. 벤다인들과 문제가 너무 많기 때문이지요. 게을러서 문제인 모양입니다. 그러다 보니 당연히 유혈 보복을 불러일으키고 있지요."

우리는 먹을 것을 요구하려고 길을 건너오는 굶주린 무리들, 누더기를 걸친 아이들을 보았다. 매번 우리는 그들에게 용기를 북돋우는 미소와 함께 비스킷 몇 개를 주었다. 우리가 처음으로 만난 아프리카

걸인들이었다.

이 나라에 대한 우리의 첫인상은 알 수 없는 열기와 더불어 약간 음산하다는 것이었다. 새빨간 얼굴로 헬렌은 잘 견뎌냈다. 우리가 무겁고 큰 걸음을 내딛는 곳을 그녀는 가벼운 걸음으로 빠르게 걸었다. 소냐와 그녀는 시간이 가는 걸 보지 않으려고 하루 종일 수다를 떨었다. 나는 내 뒤에서 들려오는 두 사람의 달콤한 수다에 귀를 기울였다. 그것이 내 발걸음을 달래주었다.

하루에 두세 번씩 트럭들이 끼익 하는 제동기 소리와 먼지구름을 일으키며 우리 앞에 멈춰 섰다. 웃음 가득한 운전수들이 그들의 사장과 우리에게 인사를 하고 시원한 콜라와 에너지를 주는 초콜릿 바를 건넸다. 그들 사이에 소문이 돌았던 것이다. 여사장이 미친 프랑스인들과 함께 걷고 있다고!

어느 날 저녁, 우리는 기진맥진한 채 길가에 자리한 작은 촌락에 이르렀다. 오두막들은 철조망 너머 밀림 속에 흩어져 있었다. 헬렌이 망설이며 말했다.

"침입자들이에요! 맙소사! 우리가 저들의 캠프 한가운데 떨어졌군요."

"잘됐네요!"

내가 말했다.

"저 사람들에게 질문을 해볼 수 있겠군요. 어쨌든 이제 물도 떨어졌고, 오늘은 충분히 걸었어요. 38킬로미터. 이 정도면 됐어요."

우리는 나무를 하느라 분주한 몇몇 여자들의 경계하는 눈길을 받으며 길로 들어섰다. 우리는 아무렇지도 않은 척 계속 걸어갔다. 최근에 세워진 듯한 전통 가옥에 이르러 우리는 나이 지긋한 한 남자에게 말을 걸었다. 그는 살짝 거북한 태도로 우리를 대했다. 우리는 바로 그를 편안하게 해주었다.

"우리는 프랑스 관광객들입니다. 이 나라를 걸어서 지나고 있어요."

다정하고 문명화된 태도로 패트릭 루텐가가 우리에게 대답했다.

"지금 하고 계신 행동은 위험합니다. 침입자 대부분은 저처럼 절망한 가련한 사람들입니다. 하지만 짐바브웨아프리카민족연맹-애국전선Zanu-PF[5]의 정치요원들에게 걸릴지도 모르니 조심하세요."

대화를 하면서 그는 점차 긴장을 풀었고, 우리는 차를 한 잔 마시며 서로의 속마음을 털어놓았다.

"저는 농장주가 아닙니다. 놀라시겠지만 전기기사입니다. 하라레[6]의 전기기구 공장에서 일을 했는데, 공장이 문을 닫았어요. 먹여 살려야 할 가족과 함께 시퉁위차에서 실업자 신세가 되었죠. 거기서 퇴역군인으로 강제징집을 당했습니다. 난 일자리를 찾고 있으며 정치에는 관심이 없다고 설명하며 항의를 했지요. 무장한 한 청년이 제게 위협을 하더군요. '행복한 줄 아시오! 일을 찾았잖소. 짐바브웨 달러로 일당 50달러를 받고 숲에서 원하는 대로 사냥을 할 수 있을 거요.' 난 아내에게 겨우 일자리를 찾았다는 얘기밖에 못하고 이곳으로 이끌려 왔습니다. 여기 온 지 벌써 석 달째입니다. 내일이면 4,500달러[7]를 받을 거고, 첫 휴가를 받게 됩니다. 그들이 픽업 트럭으로 우리를 데려가지요. 이곳에 계셔도 좋지만 골치 아픈 일이 생기길 원치 않으시면 새벽이 오기 전에 떠나셔야 할 겁니다."

"휴가가 끝나면 가족과 함께 이곳으로 돌아와서 정착하실 생각이세요?"

소냐가 물었다.

5) 1980년에 독립한 이후 로버트 무가베를 대통령으로 짐바브웨의 정권을 잡은 정당.

6) 짐바브웨의 수도 – 옮긴이

7) 19유로에 해당한다.

"절대 그런 일은 없습니다! 전 농민이 아니에요. 농민이 되고 싶은 생각도 없고요. 게다가 농민이 되려는 사람은 아무도 없어요. 땅은 가난한 사람을 위한 겁니다. 어쨌거나 여기에선 아무것도 할 수가 없어요. 물도 없고, 모래와 자갈뿐이죠. 하라레 외곽에서 되팔 '고기'[8]가 있으면 다시 올 겁니다. 일주일에 두 번씩 자칭 퇴역군인이라는 자들이 고기를 수거해 갑니다. 그것 말고는 나무를 자르고, 닥치는 대로 태워서 숯을 만들어 대도시로 보내지요. 말하자면 소일을 하고 있는 겁니다. 여긴 할 일이 많지 않아요."

"동물들은 어떻게 잡으세요? 무기가 없지 않나요?"

"없습니다. 퇴역군인 장교들만 가지고 있죠. 올가미로 잡습니다. 저는 하루에 올가미를 백 개도 더 놓습니다. 그러느라 철조망을 사용하지요."

자물쇠로 채워진 오두막들 가운데 하나에는 멧돼지 세 마리와 다이커 영양 두 마리, 회색 새끼영양들이 매달려 있었다. 한쪽 구석에는 가죽이 벗겨진 전선이 비축되어 있었다.

밤이 되었다. 우리는 말없이 콩팥 넣은 수프를 만들었고, 자신의 능력을 벗어나는 번민에 사로잡힌 이 남자와 함께 빌통을 잘랐다. 그는 정치적 음모와 술수의 수동적인 희생자였다. 그 술수의 수혜자는 결코 못되었다. 불꽃을 바라보며, 눈 속에 불꽃을 담고서 그가 결론 짓듯 말했다.

"어쩌겠어요. 그래도 살아야죠. 모두가 퇴역군인들을 겁내죠. 1976년에 저는 스무 살이었습니다. 게릴라전에 참전하지 않고, 직업교육을 받고 있었죠. 그래서 저는 이 젊은 친구들이 어떻게 자신들을

8) 대부분의 반투족 언어에는 '사냥감'에 해당하는 통칭이 없다. '고기'를 뜻하는 말인 'nyama'가 대신 쓰인다.

퇴역군인이라 부르는지 모르겠어요. 그 시절에 태어나지도 않았는데 말이죠. 이 나라는 굉장히 잘못되어가고 있어요. 20년 전부터 계속 침체되고 있지요. 하지만 최근 3년은 굉장히 빨리 지나갔습니다. 무가베[9]가 있는 한 각자 자기 생각만 해야죠. 모든 침입자들이 Zanu-PF라고 생각하지는 마세요. 전 제가 여기 있다고 해서 그를 뽑지는 않을 거예요. 그럴 기회가 없었을 뿐이죠."

에스테이트 사파리, 2001년 9월 4일 화요일,
여행 245일째, 40킬로미터, 총 3,407킬로미터

다음날 아침 우리는 빈속으로 길을 떠났다. 수십 명의 사람들이 길에서 버스와 Zanu-PF의 모집자들을 기다리고 있었다. 그들이 차를 타고 우리를 지나쳐갈 때 트럭 밖으로 나온 수많은 팔들과 웃음이 우리에게 힘을 불어넣어주었다. 사랑스런 침입자들!

오늘은 우리의 두번째 결혼기념일이었다. 하지만 나의 사랑스런 신부에게 땀과 아스팔트밖에 달리 줄 것이 없었다. 그것으로도 아내는 만족했다. 나의 아내는 걷는 기계다. 난 흥얼거렸다.

"가자구 가! 걷는 기계처럼 가자구!"

헬렌과 나란히 걷는 아내를 보았다. 그 틈에 나는 거리를 두고 나를 떠나서, 우리를 떠나서, 우리의 도보여행을 떠나서 그녀를 볼 수 있었다. 그녀는 침입 밀렵자들의 캠프에서 맨바닥에 누워 힘든 밤을 보내고 나서, 섭씨 43도나 되는 날씨에 등에는 무거운 배낭을 메고, 아무것도 먹지 않고, 화장도 하지 않고서, 그러면서도 환하고 행복한 얼굴

9) 짐바브웨의 현 대통령 — 옮긴이

로 한창 얘기를 나누며 밀림을 걷고 있다. 지구상의 그 누구도 소냐를 대신할 수 없을 것이다. 그녀는 나를 감내하고 지지할 수 있는 유일한 여자다. 그녀와 함께 걷고 그녀와 일상을 함께할 수 있는 나는 운이 좋은 사람이다. 그녀의 유일한 행복은 아름다운 영혼을 만나는 것이다. 아프리카는 우리에게 관대했다. 우리가 걸은 킬로미터 수가 늘어날수록 넘겨진 생의 페이지 뒤로 아프리카에서의 삶의 편린들이 쌓여 갔다.

우리는 어디로 가고 있는지 제대로 알지 못한 채 나아갔다. 물론, 길은 하나뿐이기에 문제는 해결되었다. 하지만 서스펜스는 우리가 누구의 집으로 갈지 알지 못하는 데 있었다. 이 만남들이 우리의 유일한 생존 방식이며, 우리의 유일한 존재 이유였다. 소냐는 활짝 피어났다. 그녀와 함께하는 매일매일이 결혼기념일이었고, 그녀의 심장이 나의 나침반이었다.

하루 종일 작은 무리들이 축제에 끼어들었다. 파리 떼가 우리를 쫓아다녔던 것이다. 눈앞에서 쉬지 않고 어른거리는, 동글동글하고 아주 작은 파리였다. 신경에 거슬리는 건 그 어마어마한 숫자와 온몸의 구멍마다 달려든다는 점이었다. 이따금은 입안에 들어와 어쩔 수 없이 삼키기도 했고, 어떤 호기심 많은 녀석은 귀지에 들러붙기도 했다. 더 나쁜 경우는 눈 속에 달라붙는 것이었다. 하지만 우리에게는 대응책이 하나 있었다. 헬렌의 집에서 방충망의 끄트머리를 종 모양으로 꿰맸고, 그걸 모자 위로 쓰고나서 끄트머리를 셔츠 깃 속으로 집어넣었다. 그러면 이 지긋지긋한 녀석들은 한층 더 날뛰었다.

점심을 먹고 나서 우리는 속이 빈 바오밥나무 속에서 낮잠을 잤다. 한중막 시간을 피하기 위해서였다. 헬렌과 소냐는 쓰레기통에서 찾아낸 박스 조각을 깔고 누워 머리를 초록색 모기장 속에 가둔 채 살짝 코를 골며 자고 있었다. 파리 떼가 여전히 맴을 돌고 있는 동안, 나는 이사회에 참석 중인 헬렌과 2년 전에 다른 종류의 베일을 썼던 모습의 소냐를 떠올렸다.

해질 무렵 우리는 두 개의 론다벨이 둘러싸고 있고, 쇠로 된 글씨로 사파리 에스테이트라고 적힌 커다란 문 앞에 도착했다. 무장한 세 남자가 두 개의 초소 사이에 하릴없이 서있었다. 그중 한 사람이 우리에게, 놀랍게도, 프랑스어로 말을 걸어왔다.

"에므릭 씨 친구 분이세요?"

"아뇨."

"그렇지만 프랑스 분이시죠? 무슨 일로 여기를 걷고 계시는 겁니까?"

우리의 대답에 호탕한 웃음이 이어졌다. 이 콩고 사내는 거의 자지러졌다.

"그건 너무 심한데요. 주인님께 무전기로 연락해서 이야기를 전해야겠어요!"

짧은 소개를 하고 나서 피에르 에므릭이 내게 말했다.

"세상에! 모시러 가야겠군요. 우리 집까지 오려면 아직도 여섯 시간은 걸어야 할 테니까요. 전 30킬로미터 떨어진 곳에 있어요. 움직이지 말고 거기 계세요. 금방 갈 테니!"

45분 뒤 우리는 랜드로버 차의 엔진 소리를 들었다.

"정말이지 운이 좋으시군요! 짐바브웨에는 프랑스인이라곤 딱 두 명밖에 없는데 마침 우리 집 문을 두드렸으니 말입니다!"

"당연하죠. 오늘은 우리의 결혼기념일인데, 오늘 저녁을 위해 준비한 게 하나도 없으니까요."

"저런! 그렇다면 연회를 열어야지요. 마지막으로 손님이 찾아온 게 지난 5월인데, 전 손님이 있을 때만 술을 마시지요. 방돌 지역 술이 몇 병 남아 있습니다. 그곳 소식도 좀 전해주시지요."

흔들리는 자동차 안의 흐릿한 어둠 속에서도 우리는 너무 기뻐서 거의 눈물이 날 지경이었다.

로제트 에므릭이 놀라울 정도로 현대적인 집으로 우리를 안내했을 때 이미 날은 어둑어둑했다. 흰 곡선과 모서리, 큰 유리문으로 열리는 널찍한 공간 등이 바우하우스[10]와 르코르뷔지에 스타일을 섞어 놓은 듯했다.

"내일 아침엔 파노라마처럼 펼쳐지는 경관을 볼 수 있을 겁니다. 80킬로미터 정도를 볼 수 있지요!"

저녁 식사에서 우리는 후한 대접을 받았다. 산토끼 테린,[11] 월귤나무 열매를 곁들인 영양 스테이크, 그리고 맛이 무거운 남아프리카 포도주와는 달리 가볍고 과일향이 나는 전혀 색다른 맛의 저 유명한 석류빛 방돌 포도주. TF1 채널에서는 소화제 삼아 클레르 샤잘[12]의 목소리를 들을 수 있었다. 그녀 없이 여덟 달을 어떻게 살았을까?

피에르는 배우 레뮈Raimu처럼 생긴 식민지 관리였고, 성격이 쾌활했다. 그는 중앙아프리카공화국에서 왔지만 사냥 보호구역을 이곳에 정착시키도록 당국으로부터 요청받았다. 그는 프랑스 외교관으로 보호를 받고 있었다.

"저는 세 번이나 습격을 받았는데 그럴 때마다 군대가 참전 퇴역군인들을 몰아내러 왔지요. 그들이 원한 건 땅이 아니라 제 동물들이었습니다. 무엇보다 백인들을 밖으로 내쫓고 싶어했지요. 5년 전에 제가 이곳에 왔을 때 7만 헥타르에 이르는 제 땅에는 단 한 마리의 동물도 남아 있지 않았습니다. 전 주인이 빚을 갚기 위해 몽땅 잡아버렸던

10) 바우하우스는 1919년에 독일의 바이마르에 설립된 국립 디자인 대학으로, 예술적 창작과 공학적 기술의 통합을 목표로 합리주의적인 모던 디자인을 향한 새로운 시도를 하였다 – 옮긴이

11) 조류나 생선을 얇게 썰어 익힌 요리 – 옮긴이

12) 프랑스 국영방송 TF1의 여덟 시 뉴스 앵커 – 옮긴이

겁니다. 그러니 생각해보세요. 5년 만에 아무것도 하지 않고, 단 한 마리의 동물도 다시 끌어들이지 않았는데 지금은 1천 마리 이상의 영양과, 1천 마리의 쿠두, 6백 마리의 기린과 표범들이 있답니다. 저는 다만 물 마실 곳을 만들기 위해 열일곱 개의 깊은 우물을 파고 펌프를 설치했을 뿐이죠. 삼투압 작용처럼 동물들이 다시 돌아왔습니다. 남겨진 빈 공간을 채우기 위해, 그리고 주변의 학살을 피해서 온 겁니다. 동물들은 이곳에서 안전하다고 느낍니다. 우리는 그저 노획물만 거둬들이지요. 올해는 지금까지 손님이 다섯밖에 없었습니다. 그래서 열두 마리밖에 잃지 않았습니다. 습격을 받았더라면 여섯 달 동안 동물들이 몽땅 사라졌을 텐데 말입니다."

자러 가기 전에 로제트가 우리에게 슬쩍 마지막 충고를 던졌다.

"창문을 열지 마세요. 달을 감상하러 정원으로도 가지 마세요. 밤에는 집 주변에 세 마리 치타를 풀어 놓으니까요."

새벽에 우리는 숨이 멎는 것 같았다. 집은 작은 산꼭대기에 있었고, 야자수와 선인장과 유카나무가 심어진 멋진 잔디밭과 꽃이 만발한 화단으로 둘러싸여 있었다. 집 주위로는 획일적이고 단조로운 밀림이 무한히 펼쳐져 있었고, 지평선은 염주처럼 이어진 산맥과 언덕으로 닫혀 있었다. 세 마리 치타가 스핑크스처럼 이 광막함을 바라보며 잔디밭을 차지하고 있었다. 한 마리는 앉았고, 두 마리는 완벽한 대칭을 이루며 양편에 엎드려 있었다.

아침 식사 시간에 피에르가 앨범을 하나 가지고 왔다.

"국제 결정기관들에 보내기 위해 밀렵에 관한 자료를 만들고 있어요. 내 이웃들은 거의 모든 걸 잃었지요. 자기 의사와는 반대로 일곱 개의 불법거주자 마을을 보호해주고 있는 사람도 있습니다. 미첼이죠. 어제 아마도 침입자들을 보셨을 텐데요."

"네. 거기서 잠까지 잔걸요."

"뭐라고요? 미쳤군요! 그 사람들 중에는 난폭한 사람들도 있고 전과자들도 있어요. 그러다 불고기가 될 수도 있었을 겁니다. 다행히도 미첼이 당신들을 보지 못했군요. 자기 집에서 백인들을 봤더라면 좋아하지 않았을 텐데요."

우리는 패트릭 루텐가가 어떻게 우리를 맞이해주었는지 말했다.

"전형적인 공포 분위기군요. 가련한 사람이네요! 그곳에서 밀렵을 하면서 이득을 보고 있는 겁니다. 더구나 이 사진들의 대부분이 미첼 집에서 찍은 겁니다. 보세요. 그들이 다 가지고 갈 수가 없어서 넓적다리 한쪽만 잘라간 이 얼룩말 좀 보세요."

멋진 얼룩무늬 옷에는 시뻘겋게 구멍이 패어 있었다.

"꼬리만 잘라간 기린도 여기 있습니다. 분명히 주술사의 주문이 있었을 겁니다. 영양들과 쿠두들은 다 가져가지요. 머리만 남겨두고 말입니다. 그리고 이것도 보세요! 가죽이 벗겨진 이 커다란 토끼는 표범입니다. 그 자들은 털은 가지고 가고 고기는 건드리지도 않습니다."

살육 현장과 껍질이 벗겨진 동물들이 우리 눈앞에 펼쳐졌다. 피에르가 다시 말했다.

"최악의 경우는 아마도 불일 겁니다. 불은 재생이 매우 느린 생태계를 완전히 파괴하죠. 밀림이 파괴되면 동물들은 더이상 돌아오지 못하게 됩니다. 침입자들은 소유지의 값을 떨어뜨리고 그들 그물에 걸려드는 모든 사냥감을 잡기 위해 기계적으로 불을 놓고 있지요. 도끼를 드는 것보다 불을 놓는 게 더 쉬운 일이니까요. 그들이 알지 못하는 건 불을 놓은 곳에는 더이상 아무것도 심지 못할 거라는 사실이에요. 이 지역에는 땅으로 먹고 산 사람이 없었어요. 1960년대와 처음으로 사냥금지구역이 생기기 이전에는 사막이었습니다. 이곳엔 아무도 없었지요. 아무 부족도 없었고요. 당국은 그들에게 허황된 얘기를 하고 닥치는 대로 약속했지요."

주인이 흥분한 것이 걱정되는지 치타들이 창가로 왔다.

"비숑과 비쇼네트, 퐁포네트를 소개해드리지요."

소냐가 픽, 하고 웃음을 터뜨렸다.

"그건 요크셔에게나 붙이는 이름이잖아요!"

"이름에 속지 마세요! 굉장히 야성적이니까요. 녀석들은 지난주에 정원사를 먹어치울 뻔했지요. 질투심도 많아요. 그러니 한 사람씩 다가가세요. 조심하면서요."

먼 곳을 응시하고 숨을 헐떡이는 비숑은 우리가 쓰다듬도록 얌전히 있었다. 각막이 두툼한 노랗고 커다란 눈은 보이지 않는 움직임을 찾아 먼 밀림을 샅샅이 훑고 있었다. 섬세하게 수놓인 반점이 있는 털이 시야를 흐려놓았다. 녀석은 더 빨리 달릴 수 있도록 오므라들지 않는 개의 발톱을 가지고 있었고, 달리는 먹이의 등에 매달릴 수 있도록 앞발에는 날카로운 발톱이 달려 있었다. 갑자기 녀석이 우리를 향해 얼굴을 돌렸다. 눈 밑에는 검은 자국이 나있었고, 살짝 울음소리를 냈다. 녀석의 태양 같은 커다란 눈이 '달밤의 피에로'처럼 천진난만하고 우수에 잠긴 눈길로 우리를 뚫어지게 쳐다보았다.

"보호구역을 한번 돌아보시겠어요? 헬렌의 발에 물집도 생겼는데 오늘은 걷지 마세요. 후미도 좀 생각해주세요! 저의 밀렵단속부대인 게임-스카우트를 소개해드리지요. 오늘이 월급날이에요."

우리는 한 시간 전부터 울창한 밀림 속을 요리조리 걷고 있었다. 이따금 엄청난 일런드 영양 무리가 예고 없이 몰려오면 놀란 기린의 머리만이 숲 너머로 보였다. 영양들은 수컷, 암컷, 새끼 할 것 없이 줄지어 돌진했다. 끝이 보이지 않았다. 녀석들의 천둥 같은 질주를 보며 우리는 기름진 모이주머니의 흔들거림, 무거운 근육의 수축, 맹수의 털, 발굽 소리에 감탄했다. 땅이 요란하게 흔들렸다. 일런드 영양은 세상에서 가장 큰 영양으로 페르슈산 말의 무게와 맞먹었다. 우리는 일런드 영양 무리에 완전히 매료되었다. 잠시 후 피에르가 우리를 명상에서 끌어냈다.

"이건 6백 마리나 되는 무리예요! 2백 마리 무리가 둘 더 있지요!"

마른 강 옆에서 전투복 차림의 남자들이 차렷 자세로 기다리고 있었다. 그들은 한 발 앞으로, 한 발 옆으로 이동하면서 소리내어 뒤꿈치를 붙였고, 우리가 도착하자 절도 있는 동작과 함께 레오파르 드 밥 드나르 부대식으로 기합 소리를 냈다. 피에르가 재미있어 하며 말했다.

"제가 시킨 게 아닌데 자발적으로 하네요. 이 사람들은 줄 맞추는 걸 좋아하지요."

그는 교황처럼 진지하게 열병을 했다. 자기 차례가 될 때마다 남자들은 열에서 빠져나와 자기 급료를 받았다. 그들 대장의 보고는 간략했다.

"우리는 열다섯 번의 밀렵을 격퇴했고, 137개의 올가미를 모았고, 200번의 화재를 제압했다."

우리는 검열 순찰을 하는 피에르를 하루 종일 따라다녔다.

"이 나라에서 가장 큰 사냥보호구역을, 다시 말해 3천6백 제곱킬로미터 정도 되는 직사각형의 공간을 감시하기 위해 저는 이곳에 1백여 명의 게임-스카우트 대원들을 두고 있습니다. 울타리도 철조망도 없어 동물들이 자유롭게 오가기 때문에 통제하기가 매우 어렵습니다. 게다가 밀렵꾼들은 교묘하고요. 그자들은 일런드 영양들이 아주 좋아하는 푸른 풀이 있는 경계구역에다 불을 지르지요. 영양들은 밤에 그곳으로 가서 저들이 파둔 함정에 걸려든답니다. 더 약삭빠른 사람들은 진짜 채소밭을 만들기도 하지요. 일런드 영양들은 양배추라면 사족을 못 쓰거든요. 어쨌거나 저는 그다지 환상을 품지 않아요. 독재자가 있는 한 사람들은 배가 고플 것이고, 짐승들은 뒷전이겠지요."

이튿날 우리는 뜨거운 아스팔트를 걸으며 대화를 이어나갔다. 헬렌은 물집 때문에 절뚝거리면서도 용감하게 걸었다. 길은 우리 앞으로 곧게 뻗어 있었다. 잠시 쉬는 동안 소냐는 좋아하는 외과 실습에 몰두했다. 그것은 실과 바늘로 물집을 뚫은 다음 그 속에다 변질된 알코올을, 요오드를 넣은 보라색 알코올을, 주입하는 것이었다. 그것은 남아프리카 특수부대에서 전수되고 있는 방법이었다. "당장은 아주 아프지만 24시간 내로 물집이 사라지죠" 하고 마이크 반 시터트가 우리에게 일러주었었다. 알코올을 주입할 때 나는 올가미에 목이 걸린 기린처럼 발길질을 해대는 헬렌의 다리를 붙들고 있어야만 했다. 그녀는 아파하면서도 웃었다. 성격도 좋았다!

부비에서 우리가 들른 첫번째 주유소에는 길들여진 기린 세 마리가 있어서 방문객들이 쓰다듬어도 가만히 있었다. 나는 나무 위로 올라가 세 마리 가운데 한 녀석의 눈을 똑바로 쳐다보며 환심을 사려고 했다. 기린의 앙상하면서 묵직한 머리가 나뭇가지 사이로 무기력하게 흔들렸다. 엄청나게 긴 속눈썹 아래로 검은 물이 가득한 커다란 눈을 느리게 깜빡이며 마치 이렇게 말하는 듯했다. "이 비비 원숭이는 뭐지?" 내가 두 뿔 사이의 솜털을 세게 긁어주자 기분 좋은지 녀석의 목이 전율했다. 소냐는 이 장면을 아래에서 위로 촬영하고 있었는데, 이때 또 한 마리의 기린이 길고 파란 혀로 그녀의 먹음직한 밀짚모자를 채갔다. 높은 곳에 자리잡고 앉은 채 나는 소냐가 자기 모자를 되찾으려고 키가 훌쭉한 짐승 뒤로 소리를 지르며 달리는 걸 보았다.

이날 오후 밀림 속에 외따로 떨어진 구멍가게에 이르렀을 때, 웬 뚱뚱한 백인 여자가 우리를 불러 세웠다.

"와플 드실래요?"

우리는 이 마법 같은 호출에 즉시 파리 떼처럼 몰려갔다. 아니타는 거대한 푸크시아꽃 아래에서 우리를 맞이했다.

"우리 일꾼들을 위해 작은 장사를 시작하려고 합니다. 그들이 조금이라도 벌 수 있도록 말입니다. 와플 만드는 법을 가르쳐주고 있어요. 아직 배우는 중이니까 오늘은 공짜예요."

우리는 아니타의 와플을 먹고서 다시 길을 떠났다. 나는 속으로 투덜거렸다.

"저 가련한 여자는 자기 일꾼들에게 일도 주고 경쟁력도 만들어주려고 그들을 위해 할 수 있는 모든 걸 하는데, 저 바보 같은 무가베는 그녀를 쫓아내려 한단 말이야? 그자는 저 사람들을 위해 뭘 하지? 투자자들을 내쫓고, 기업들을 문 닫게 하고, 가난한 사람들을 들판으로 내쫓아 이 나라를 먹여 살리는 농부들을 습격하게 하고 있으니. 도대체 생각이 있는 거야?"

민중을 억압하는 모든 독재자들에 대한 분노에 사로잡혀 나는 두 여자를 한참 앞서갔다. 뒤를 돌아보니 두 사람이 저 멀리 웬 자동차 문 앞에서 얘기를 나누고 있는 게 보였다. 두 사람이 있는 곳까지 가기도 전에 자동차는 출발했고 뚱뚱한 사내가 지나치면서 내게 인사를 했다. 소냐와 헬렌은 환하게 웃고 있었다.

"모두가 우리를 찾고 있는 것 같아. 오늘 저녁에, 예전에 습격당한 적이 있는 한 농장주가 집에서 우리를 기다리겠대. 방금 떠난 사람은 푸줏간 주인인데, 우리를 초대한 사람 집에다 우리 먹으라고 티본스테이크를 갖다두었대. 꿈꾸는 것만 같아!"

빌헬름과 카리나 클로퍼스 부부가 우리를 맞이했다. 그렇지만 축제 분위기는 아니었다. 그들은 최근에 얼마 되지도 않는 돈을 받고 가축을 몽땅 잡았다. 왜냐하면 1천여 명의 침입자들(250가족)이 그들 땅에다 수백 마리의 훔친 소를 끌어들였기 때문이었다. 그래서 클로퍼스 씨네는 모든 걸 그만두기로 결심했다. 움츠리고서 폭풍이 지나가기를 기다리려는 것이었다. 카리나는 눈물을 글썽인 채 힘겹게 입을 열었다.

"침입자들은 교대로 우리 정원에 들어와 창문 아래에서 밤새도록 춤추고 노래했어요. 창과 곤봉과 도끼를 가지고 가축 우리를 부수려고 했지요."

빌헬름이 말을 이었다.

"그자들에게 통사정을 했었지요. 그들이 원하는 걸 주기도 하고요. 트랙터와 소 사료와 옥수수 씨앗도 주고, 침입한 땅에서 쓰던 내 펌프를 그들이 깨버렸기 때문에 새 펌프까지 내주었죠."

그러나 그것은 귀머거리 대화였다. 침입자들은 클로퍼스 씨 가족이 떠나기만을 바랐다. 그렇지만 끈질긴 타협을 통해 빌헬름은 결국 새 펌프를 사주는 걸로 무리의 대표와 합의를 보았다.

"담판을 짓기 위해 모였을 때 제가 그들에게 말했습니다. 50만 짐바브웨 달러를, 즉 450유로를 가져오면 펌프를 사다가 그들을 위해 설치해주겠다고 말이지요. 석 달이 지나는 동안 전 종종 독촉을 했지만, 그들은 돈이 곧 올 거라는 말만 했습니다. 그 뒤로 두 달이 더 지나서야 그들은 돈을 다 모았습니다. 하지만 이 나라의 미친 듯이 치솟는 인플레이션 때문에 펌프는 그새 250만 달러가 넘어 있었습니다. 저는 화가 나서 돌아왔지만 그들은 절더러 배신자라며 집에다 불을 지르고 아이들을 죽이겠다고 협박했지요. 결국 그 차액을 제가 지불해야만 했어요. 좋아요! 평화를 얻기 위해서라면 그걸 지불할 수도 있어요. 펌프를 설치했습니다. 모두가 만족했고, 상황은 정리되었지요. 하지만 3주 후, 그들이 다시 와서는 제가 고의로 일을 엉망으로 했다며 비난했어요. 펌프가 부서졌던 겁니다. 저는 살펴보러 갔지요. 제 충고에도 불구하고 그들은 통에다 기름칠하는 걸 잊었던 겁니다. 기름 담당자는 다음날 목이 졸려 죽었습니다. 이런 일이 있고 난 뒤로 그들은 저를 덜 귀찮게 합니다. 제 숲을 불태우고 개간하느라 바쁜 거지요. 그들은 정부가 그들에게 약속한 씨앗과 우기를 기다리고 있습니다. 계속 기다리게 될 겁니다. 이 나라의 주된 종자 생산지가 지난 해에 습격을 받아 더이상 아무것도 생산하지 못하고 있으니까요! 우리 땅에 침입한 자들은 면을 심을지 옥수수를 심을지, 다시 말해 현금을 택할지 식량을 택할지 망설이고 있습니다. 끔찍한 딜레마죠! 장담하지만 그들은 아무것도 심지 못할 겁니다. 이 땅은 엄청나게 힘을 들여야 하고 인구가 아주 적어야 경작할 만합니다. 그들에게는 미안하지만 거짓말을 했어요. 그들은 결코 여기서 살아남지 못할 겁니다."

이튿날, 우리는 아직 연기가 피어오르고 있는 숲을 수 킬로미터 가로질렀다. 태양의 열기에 불까지 가세해서 무시무시하게 더웠다. 우리는 기진맥진했다. 그저 앞만 보고 달아나는 도주였다. 볼 거라고는 아무것도 없었다. 그저 걷고 또 걸을 뿐. 목표에 도달하기 위해 걷는 것이지, 살기 위해 걷는 것이 아니었다. 그것은 길고도 지루한 일이었다. 우리는 수 킬로미터를 걸었고, 정신적 힘을 길어내기 위해 내면 깊숙이 침잠해들었다. 방울새들도 우리 뒤에서 지저귀는 걸 멈추었다.

우리는 림포포 못을 떠나 종족보호구역TTL을 다시 만났다. 커다란 화강암 덩어리들이 완만한 경사면을 뚫고 올라와 있었다. 고지대로 약간 오르자 식물들이 달라졌다. 초록의 큰 나무들이 바위에 매달려 있었고, 대기에는 행복한 기운이 한층 더 배어 있었다. 침입자들이 보호구역을 침범하지 않는 건 이상한 일이었다. 이곳이라면 그들이 지내기에 한결 나을 텐데 말이다. 인구밀도도 훨씬 덜 조밀하고 인간관계도 한결 자연스러웠다.

소아마비에 걸린 소년인 존 마고모가 다리를 끌며 우리와 함께 길을 걸었다. 우리는 속도를 늦추었다. 그는 하라레로 가서 온수기 회사에서 일하고 싶어했다. 배관 저항에 관한 교육을 받기도 했는데, 그를 재정적으로 지원해준 건 미국의 장애인 지원 기독교 단체였다. 불행히도 하라레의 회사는 위기 때문에 더이상 사람을 쓰지 않았다. 파산

직전에 처해 있었던 것이다. 그래서 그는 기다리고 있는 중이었다. 우리를 떠날 때, 그는 숨을 헐떡이면서도 기쁜 얼굴로 말했다.

"두 분께서 하고 계신 건 힘든 일이에요. 그리고 전 제가 무슨 말을 하고 있는지 잘 알아요. 하느님께서 두 분께 축복을 내리시길 바랄 게요!"

아프리카인들은 신실한 신자들이다. 모두가 우리와 헤어질 때 이런 좋은 말을 한다. 그들에게야말로 정말 필요한 말을. 하느님께서 그들의 말을 들으시길! 느코지 시켈레 아프리카(신이시여, 아프리카에 축복을 내리소서)[13]…….

이곳은 길가에 나무 조각품들이 줄지어 있었다. 큰 나무들이 고갈되면 그들은 작업장을 더 멀리로 이동했다. 대팻밥 더미 위로 몸을 숙인 채 태양 아래 땀을 뻘뻘 흘리고 있는 이 모든 강제노역자들에게는 불행한 일이지만, 짐바브웨에는 더이상 관광객이 없었다. 하마 조각품들은 쌓이고, 코끼리들은 지루해서 하품을 해대며, 끝도 없이 긴 목을 가진 기린들은 나룻배가 오지 않나 하고 공연히 지평선만 살피고 있었다. 우스꽝스러운 꼭두각시들이 권력의 마이크에 대고 그들을 위해 노래하는 행복한 내일이 오지 않나 하고.

그들 모두가 우리에게 30킬로그램의 하마들을 팔아넘기기를 바랐다. 그들은 우리의 도보여행 이야기를 전혀 믿지 않고, 눈으로 자동차를 찾고 있었다. 그중 한 사람은 대충 깎다 만 하마 조각을 품에 안고서 우리 뒤를 좇아왔다. 그리고 10미터를 갈 때마다 가격을 깎아 1유로까지 내려갔다. 1주일 가까이 작업에 매달렸을 것이고, 100년 된 나무를 희생했을 조각품에 대한 대가가 1유로라니. "프롤레타리아 산림 벌채 조각가들이여, 세계주의 대자본에 맞서 결집하라!" 고 그들의

13) 남아프리카공화국의 국가國歌로, 아프리카 대륙의 많은 나라에서 이 곡을 사용하고 있다.

해방자 동무 무가베는 외쳐야만 할 것이다. 몇 분 뒤, 한 사람이 작은 봉지를 가지고 우리를 붙잡았다.

"이건 가져가실 수 있을 겁니다. 마쇼나 고기예요. 가벼워요!"

나는 봉지를 열었다. 말린 개미였다.

"먹어보세요. 아주 맛있어요! 우리 할머니가 잡은 거예요."

용기를 내어 나는 한 줌을 혀 위에 올려놓았다. 처음엔 매웠다. 고추 때문이 아니라, 병정개미의 날카로운 이빨이 혀와 볼 안쪽을 찔러서였다. 그 다음엔 침을 섞어 이 절지동물의 껍질을 어금니로 분쇄했다. 그렇게 해서 나온 즙에서는 강한 물벼룩 냄새가 났다. 금붕어에게 주는 말린 극미동물 가루 같았다.

우리는 풀밭 한가운데 외떨어져 소시지나무 아래에서 점심 식사를 했다. 누워서 반쯤 잠이 든 채 우리는 머리 위에 매달린 무거운 돌기들을 쳐다보았다. 주변은 태양에 그을린 들판이 온통 하얬다. 힘없는 소리를 내며 연보라색의 커다란 꽃들이 떨어졌고, 고삐 풀어둔 소들이 우리 근처까지 와서 혀로 맛깔나게 꽃들을 먹었다. 그중 한 마리는 꽃을 씹으면서도 연신 코를 허공에 쳐들고는 새로운 꽃을 가져다줄 다음 바람을 기다렸다. 내가 소의 눈에서 번득이는 지혜의 빛을 본 건 이때가 처음이었다.

이날 저녁에는 우리를 맞아줄 구세주가 없었다. 우리는 마른 강바닥을 침대 삼았다. 여자들이 흰 모래 위에 텐트를 치는 동안 나는 나무를 하러 갔다. 보름달이 떠올라 우리의 피로를 감미롭게 씻어주고, 걸러주었으며, 우리 어깨 위에다 신선하고 푸릇푸릇한 향기를 심어놓았다. 곧 오렌지색 불꽃이 우리들 얼굴에 활기를 불어넣었다. 우리는 말없이 앉아 있었다. 작은 불과 작은 수프 그리고 작은 행복이 함께했다.

차가운 밤에 쏙독새 울음소리가 울려 퍼졌다. 이날 우리의 극소 텐트를 처음 사용했다. 텐트는 두 사람을 위해 만들어진 작은 모기장이었다. 우리는 키 작은 헬렌을 거꾸로 눕혔다. 구름이 달과 함께 노닐었고, 신선한 산들바람이 얼굴을 어루만졌다. 우리는 총총한 별 아래 누웠지만 모기로부터 보호받고 있었다. 한밤중에 헬렌이 얼어붙은 채 몸을 돌려 우리 사이로 파고들었다. 아침이 되자 헬렌은 머리가 온통 헝클어지고 눈이 퉁퉁 부은 모습으로 어쩔 줄 몰라 하며 사과를 했다.

"미안해요, 통조림 속의 정어리처럼 얼었더랬어요!"

소냐가 웃음을 터뜨렸다.

"침낭에 끼인 채 우리 둘 사이로 끼어드는 걸 보니 꼭 눈 먼 두더지가 터널 속으로 파고드는 것 같았어요. 헬렌은 우리의 귀여운 황금 두더지예요!"

이날 아침 다시 길을 가다가 우리는 처음으로 밭을 보았다. 충격이었다. 평평하게 규칙적으로 펼쳐진 밭은 푸르고 아름다웠으며 더없이 풍요로웠다. 그 모습이 밀림과는 얼마나 대조적인지! 주변에는 온통 무단침입자들이었다. 그들은 밀이 익기만을 기다리고 있었다.

그레이트 짐바브웨, 2001년 9월 11일 화요일,
여행 252일째, 25킬로미터, 총 3,676킬로미터

파리가 들끓고 곳곳에 거대한 바오밥나무가 늘어서 있는 곧은 길을 따라 뜨겁고 평평한 밀림을 열흘 동안 걷고 나서, 우리는 남쪽으로 그레이트 짐바브웨의 폐허가 남아 있는 중앙 고원에 올랐다. 바로 이 폐허가 1980년에 로디지아라는 식민지 시대를 넘기고서, 이 나라에 지금의 이름을 부여했다.

헬렌은 우리의 삶 속에 들어설 때처럼 갑자기 우리를 떠났다. 셀 드 마스빙고 역에서 훌쩍 차를 타고 떠났다. 그녀는 세 시간 후면 자기 집에 있을 것이다. 우리의 모험 얘기를 듣고 주유원들은 포복절도하며 우리의 말을 믿지 않았다.

"좋지요! 매번 놀라면서 아프리카를 걸어서 종단하는 거요!"

물집에서 피가 나는데도, 갈증과 더위에도 불구하고, 파리 떼와 아스팔트, 밀림과 국수를 넣은 수프에도 불구하고, 헬렌은 단 한 번도 불평하지 않았다. 작지만 위대한 숙녀였다. 그런 그녀가 이제 떠났다. 우리는 고아가 된 기분이었다.

이튿날 새벽에 우리는 거대한 화강암 지반 위에 자리한 그레이트 짐바브웨 유적지를 발견했다. 원뿔 모양의 기둥이 지평선에 무한히 솟아 있었다. 고래등처럼 누운 모양에, 여러 세기 동안 비가 남긴 검은 흔적이 얼룩무늬로 남은 기둥 위에는 13~15세기 사이에 꽃핀 로즈위 제국의 아크로폴리스가 자리하고 있었다. 이것은 사하라 사막 아래 전체 아프리카를 통틀어 유일한 식민지 이전 잔해이며, 독창적이고 강력한 힘을 중심으로 조직된 복합적인 문명의 유일한 유적이었다.

우리는 이 난공불락의 요새에 올랐다. 7미터 높이의 두꺼운 성벽으로 이루어진 이 요새는 골짜기를 굽어보고 있었고, 경사면에는 '엔클로저'가 펼쳐져 있었다. 멀리서 보니, 10~12미터 높이의 이 둥근 울타리 내부에서 자라고 있는 나무들이 꼭 화병에 꽂힌 파슬리 같아 보였다. 공상과학소설의 무대 같았다. 엔클로저는 마른 돌을 원형으로 쌓아올린 신화적인 성벽으로, 어떤 의식적인 신비처럼, 위대한 권력자의 최후의 만찬장처럼 솟아 있었다.

형태들은 매끄러웠고, 곡선들은 울퉁불퉁한 돌출부와 잘 어우러졌으며, 해석을 붙일 장소를 눈으로 찾아보았지만 헛수고였다.

"쇼나어로 짐바브웨는 '돌집'과 '숭배의 집'이라는 뜻입니다."

우리의 안내인 밸런틴이 일러주었다.

아크로폴리스에서 보니 엔클로저는 타원형이며 문은 하나밖에 없었고, 시계 반대 방향으로 건축되어 있었다. 시작 부분은 망설이는 듯—건축가들이 고심한 듯—살짝 서툴렀지만 끝 부분은 돌 더미가 쌓인 것이 보배 같았다.

바위 꼭대기에서 보니 형태들은 유기적이며, 세포처럼 배열되어 있었다. 불거진 돌출부들과 둥근 블록들을 동화시키고, 장애물을 우회하며, 허공을 만나면 난간으로 멈춰 섰다. 시간을 앞서 현대적이었다. 회반죽도 시멘트도 전혀 쓰지 않고서 마른 돌들을 조립했다. 밸런틴이 건축의 비밀을 우리에게 설명해주었다.

"이 돌들은 깎은 것이 아닙니다. 도구를 쓴 흔적이 없어요. 표피가 벗겨지는 화강암 판을 덥혀서 자르고, 큰 망치로 단번에 깬 겁니다."

우리는 아크로폴리스를 내려와서 바위에 새겨진 미로 같은 계단을 통해 성스런 엔클로저로 향해 갔다. 수수께끼 같은 구조물로 이어지는, 틈처럼 생긴 커다란 문 앞에 이르렀다. 안으로 들어서자 왼쪽에는 하늘이 그대로 보이는 복도가 외부 성벽의 곡선을 따라 이어져 있었고, 공간 안쪽에 자리한 무성한 나무 두 그루 사이에 솟아 있는 원뿔 모양의 탑으로 곧장 연결되어 있었다.

"이 성소는 나이 많은 왕비들(왕은 부인을 250명까지 두었다)이 살았던 곳입니다. 왕비들은 한쪽에서는 딸들을, 다른 한쪽에서는 아들들을 성性에 입문시켰죠. 상아로 만든 성기도 발견되었습니다. 순찰로는 청년들에게 여자들의 방을 거치지 않고 탑으로 갈 수 있게 해주었죠. 탑 아래 있는 저 제단은 의례를 거행하는 데 쓰였을 것입니다. 원형의 공간은 모태를 의미하고, 탑은 남근을 의미합니다. 황제의 권력은 성의 통제를 통해, 다시 말해 출산의 통제를 통해 이루어졌지요."

그러자 이 폐허가 문득 성인식의 미로로, 고도로 의식儀式화된 생산의 장소로, 다산의 사원으로 변했다.

모노모타파 제국은 이렇게 16세기에 므웨네 무타파 왕을 만난 최초의 포르투갈인들에 의해 명명되었다. 그레이트 짐바브웨를 발견하고서 그들은 솔로몬 왕의 금광을 지키는 신화적인 오피르 왕국을 찾았다고 생각했다. 이 도시국가의 번성이 고원을 가로지르는 광맥의 통제로 이루어졌기 때문이다. 사금 채취 부대가 화강암이 침식된 모래에서 사금을 채취해냈으며, 사금을 용해하는 의식儀式은 이 도시국가 연금술사들의 전유물이었다. 포르투갈 사람들이 이 제국과 접촉한 최초의 사람들은 아니었다. 인도의 천, 중국 도자기와 페르시아 유리와 금속은 스와힐리 상인들이 이미 황금과 상아를 찾아 해안을 따라 연안무역을 하고 있었음을 말해준다.

하늘에 독수리 한 마리가 맴을 돌고 있었다. 쇼나족들은 독수리를 하늘과 땅 사이의 영혼들을 이어주는 매개자로 여겼다. 그것은 어쩌면 이 황제 도시의 또 다른 신비를 풀어주는 열쇠인지도 몰랐다. 절정기에 인구가 20만을 넘긴 이곳에 단 하나의 묘지도 없다는 신비.

저녁에, 폐허 한가운데 쳐둔 텐트로 돌아오는데 웬 남자가 우리를 향해 소리치며 정신없이 달려왔다.

"제3차 세계대전이 일어났어요! 원자폭탄이 뉴욕을 무너뜨렸대요!"

우리는 질겁해서 근처 호텔로 갔고, TV를 찾아 CNN 뉴스에서 쌍둥이 건물의 붕괴를 반복해서 지켜보았다.

우리도 그 건물들과 함께 무너졌다.

우리 뺨 위로 무거운 눈물이 말없이 흘렀다.

다윗과 골리앗의 싸움이 아니던가. 예언과 흑백논리로 설명되는 갈등의 시작에 대해 전쟁학은 아무 말이 없었다. 전인류의 지위가 떨어졌다. 이것은 역사에 대한 부정이요, 인류에 대한 모욕이며, 신에 대한 타격이었다. 끔찍한 퇴보였다. 오늘 인간은 한없이 작아졌다.

우리는 한숨 가득한 침묵 속에 우리의 얇은 망사 피난처로 돌아왔다. 이 나라의 폐허는 우리가 문명의 허점을 명상하기에, 애도하기에 안성맞춤의 장소였다.

Africa Trek 14

슬픈 짐바브웨

세상 다른 곳에서 연기를 내뿜고 있을 비참한 폐허를 생각하면서 이곳의 폐허를 촬영하느라 일주일을 보냈다. 손상되지 않고 고스란히 남았으나 일년 만에 죽어버린 이 도시의 신비를 마주 대하고 앉아, 한 시간 만에 파괴됐지만 잿더미에서 다시 태어날 또 다른 도시를 텔레비전을 통해 마주하고 앉아, 돌처럼 굳은 채 말없이 많은 시간을 흘려보냈다.

우리는 공동체 영토를 지나 다시 길로 들어섰다. 사람들은 생계용 농사로 겨우겨우 목숨을 부지하고 있었다. 짐바브웨는 전례 없는 위기를 겪고 있었다. 백인 농장주들의 땅을 착취하고 자본을 빼돌리는 등, 21년 전부터 꼼짝 않고 있는 정부는 옛 광신적 공산주의자 악마들과 다시 손을 잡았다. 앞을 향한 도주와 희생양 찾기. 그 결과 농촌 인구의 전반적이고도 빠른 빈곤화가 초래되었다. 나라 전체가 기아 일보 직전인데도 고립을 자초하고 있었다. 외국 기자들은 쫓겨났고 관광은 죽었다.

메마른 얼굴에 찢어진 옷을 입은 한 남자가 밀림에서 튀어나왔다. 그는 우리 뒤를 쫓아 달려오더니 우리를 따라잡고는 숨을 헐떡이며 말했다.

"우리는 백인들을 좋아해요. 정부들이 당신들에게 하는 말을 믿지 마세요. 우리는 당신들이 떠나는 걸 원치 않아요. 우리는 야당인 MDC 당을 지지해요. 제발 부탁입니다. 떠나지 마세요. 다음번 선거 때는 이 모든 것이 해결될 겁니다. 우리는 무가베를 쫓아낼 겁니다."

용감한 사내는 우리를 퇴역군인 민병대에 의해 농장에서 쫓겨나서 등에 배낭을 메고 떠나는 짐바브웨 사람들로 여겼던 것이다.

긴긴 며칠 동안 우리는 이 가련한 시골들을 지났다. 마을도, 사람들도 거의 없었고, 온통 황량한 풍경뿐이었다. 세계의 모든 미디어가 반복해서 떠들어대는 짐바브웨의 영토 문제는 대체 무엇인가? 무가베가 그토록 좋아하는 저 유명한 영토 해결책은 무엇인가? 그리고 그는 국민들을 위해 무엇을 하고 있는가? 학교는 불결했고, 보건소는 보이지 않았으며, 행정도 존재하지 않는 듯했고, 공사도 없었다. 우리는 휴한지로 내버려진 나라를 지나고 있었다. 그런데도 청년들과 키 작은 노인들은 몇 걸음이라도 우리와 함께 걸으며 우리의 운명을 측은히 여겼다. 오늘 아침은 쇼나족의 잘생긴 청년인 클리포드가 그랬다. 그는 밀림에서 불쑥 나오더니 우리를 동정했다.

"그자들이 모든 걸 빼앗아갔어요? 모든 걸 깨버렸어요? 안타깝네요. 우리도 주인이 떠난 뒤로 모든 걸 잃었어요. 그래서 마냥 기다리고 있는데, 아무 일도 일어나지 않네요."

우리는 오해가 길어지도록 내버려두었다.

클리포드가 계속 말했다.

"주인집이 몽땅 털렸거든요. 집에다 불까지 질렀어요. 작동하는 거라곤 하나도 남아 있지 않고, 트랙터들도 부서졌고, 펌프도 마찬가지예요. 거름 쌓아둔 것도 모두 도둑맞았죠. 두 분도 아실지 모르겠네요. 우리 주인 이름이 콜린스인데요. 친구분 아니세요? 다시 돌아오라고 얘기해주실 수 없으세요? 우리가 침입자들과 싸워서 보호해드릴 거예요."

마침내 우리가 그냥 지나는 길이라는 걸 털어놓자 그는 거의 실망하는 듯했다. 다른 피부색의 짐바브웨 사람들에게 자신의 호감을 전하고 싶었던 것이다.

이 가난하고 슬픈 밀림에서는 아주 잘 닦인 아스팔트만이 우리가 얼마 전까지만 해도 제대로 기능하던 나라에 와있다는 걸 말해주었다. 트럭들이 이용하는 요하네스버그-하라레 간선도로를 떠나자 도로는 황량했다. 오전 중에 우리는 다 부서진 주유소에 이르렀다. 옆에 붙은 상점에는 아무렇게나 자른 고기가 가득 든 냉장고가 하나 있었다. 악운도 쫓고 늘 먹던 국수가 든 수프도 바꿀 겸 우리는 스테이크 네 개를 샀다. 조금 더 멀리 가서 큰 나무 그늘 아래 불을 피웠다.

"이 고기를 어떻게 익히지?"

우리에겐 석쇠도 포크도 기름도 접시도 없었다. 메시나에서 국경을 넘어가기 전에 로텔리 부부를 떠올리고 우리는 알루미늄으로 된 작은 식기 하나와 두 개의 공기, 플라스틱 숟가락 두 개를 샀었다. 나는 숲 속으로 사라졌다가 얇고 매끈한 화강암 돌판을 하나 가지고 와서 불 위에 얹었다.

"돌판구이네! 굉장한 호사다!"

돌이 달궈지도록 기다렸다가 고기를 얹자 이내 지글거리는 소리가 났다. 고기는 1분 만에 익었고, 우리는 그걸 빵 한 조각과 함께 먹었다. 침울한 분위기에서 사기를 충전하는 데는 몸 관리 이상 가는 것이 없다.

점심을 먹고 나서 우리는 습관대로 직사광선을 피하기 위해 오후 세 시까지 잠을 잤다. 우리는 쉬지 않고 걷기 때문에 이것이 하루 중 유일한 휴식시간이었다. 깔개를 깔고 그늘에 누워 우리는 침묵 가운데 부동자세를 즐겼다. 하늘이 진동하고 밀림이 곤충들로 웅웅대는 시간인 한낮에는 짐승들도 숨을 헐떡였다. 이런 야수의 잠은 놀랄 정도로 원기를 회복시켜주었다. 우리는 아침에 20~25킬로미터를 걸은 적이 없는 사람들처럼 오후에 다시 출발했다.

우리는 화강암 덩어리와 마을들이 번갈아가며 듬성듬성 보이는 들판에 올랐다. 화강암 덩어리들은 꼭 곡예사 같았다. 저 멀리 키 작은 여자들이 허리를 숙인 채 분주히 일하고 있었다. 물이나 건초 더미, 나뭇단을 지고, 배와 등에도 아기를 지고 있었다. 포대기 밑으로 빠져나온 아기의 귀여운 맨발은 여인들의 남아도는 사지 같았다. 여자들은 온갖 나이에 온갖 형태, 온갖 색깔로 된 작은 발들을 옆구리에 달고 있었다. 매년 갖는 아기였다. 염소들이 닫힌 정원 주위에서 쉬고 있었고, 때투성이 아이들은 엉덩이를 드러내놓은 채 문 앞에서 놀고 있었다. 고행자처럼 깡마른 남자 몇 사람이 몇 달이라도 살아남기 위해 쟁기를 가지고 흙에서 뭔가를 캐내려고 애쓰고 있었다. 둥근 오두막과 초가지붕, 가는 곳마다 눈에 띄며 밤낮을 못 가리고 울어대는 수탉들. 가난에도 불구하고 미소 짓는 검은 아프리카. 이 아프리카는 국가나 사회에 대해 전혀 신경 쓰지 않았고, 수다와 논쟁으로 시간을 허비하지 않았다. 순수하게 생존하는 일에만 몰두하는 아프리카였다. 우리는 온종일 미소 띤 인사와 모여드는 사람들이 내민 손들, 구걸하는 손이 아니라 오히려 많은 것을 전해주는 손들과 만났다.

이날 저녁도 우리는 마을에서 멀리 떨어져 텐트를 쳤다. 매일 저녁 숙소를 구걸하지 않아도 된다는 것은 호사였다. 우리의 이야기를 할 필요가 없었고, 타인들의 불행을 듣지 않아도 되었다. 일종의 휴가였다. 우리는 만남과 고독 사이에서 균형을 유지하려고 애썼고, 그 어느 쪽에도 무겁게 짓눌리지 않도록 했다.

우리는 모래 깔린 평지 위에 텐트를 쳤다. 수풀이 군데군데 흩어져 있었고, 키 큰 화강암 덩어리들이 말뚝처럼 박혀 있었다. 텐트는 커다란 바위에 기대어 세워졌다. 바위가 낮 동안 축적한 열기를 추운 밤 동안 내뿜어줄 것이었다. 우리 앞에 불이 아롱거리고 있는데도 벌써부터 우리는 등에 열기를 내뿜는 바위가 느껴졌다. 나는 다시 돌판구이를 준비했다. 그때 한 아이가 석양을 등에 지고 나오더니 우리를 향해 곧장 걸어왔다. 겁도 망설임도 없이 그 아이는 우리가 밝히고 있는 모닥불의 원 속으로 들어오더니 말없이 우리에게 악수를 청하고는 불가에 앉았다. 그리고는 수수께끼처럼 미소를 지었다. 유백색의 원 위로 날렵한 초승달이 지평선에 떠올랐다. 저녁 달은 등을 깔고 누워 있었다. 반짝이는 불꽃이 은하수를 향해 치솟았다. 우리의 검은 어린 왕자는 불 속의 나뭇가지를 정리하고 여기를 불고 저기를 휘저어가며, 계속 미소 띤 얼굴로 우리를 쳐다보고 있었다. 아이는 말없이 우리를 길들였다. 아무것도 요구하지 않고서 그냥 거기 있었다. 아이도 편안했고, 우리도 편안했다. 우리가 비스킷이나 빵 한쪽을 건네자 아이는 먼지 묻은 작은 손을 두 번 치고, 왼손으로 오른쪽 팔꿈치를 받치고는 감사하는 마음을 가득 담아 작은 손을 수줍게 내밀었다. 그러더니 불꽃을 주시하며 천천히 먹었다. 아마도 불꽃에서 불가사의한 것들을 읽을 줄 아는 모양이었다.

잘 시간이 되고서도 아이는 불가에 오래도록 남아 있었다. 우리는 나중에는 들어가겠지 하고 생각하며 잠이 들었다. 한 시간 뒤, 나는 커다란 불빛에 잠이 깼다. 꽁꽁 얼어붙은 아이가 우리 텐트 아주 가까이에 있는 덤불에다 불을 붙였던 것이다. 깜짝 놀란 나는 우리의 나일론 안식처 주위로 번지기 시작한 불에다 연신 모래를 던졌다. 나는 아이에게 소리쳤다.

“넌 어디에 사니? (아이가 한 방향을 가리켰다) 얼른 가거라! 집으로 가야지!”

아이의 눈은 비행접시처럼 커졌고, 입술이 아래로 처지더니 겁에 질려 떨기 시작했다. 아이는 어둠이 무서워서 우리에게 왔던 것이다. 아이 마을의 주술사가 혼령과 유령 이야기를 해준 모양이었다. 데려다주겠다고 하자 아이는 안심했다. 우리는 밤에 길을 떠났다. 나는 별들을 지표로 삼았고, 우리가 따라가고 있는 오솔길을 눈에 익혀두려고 끊임없이 뒤를 돌아다보았다. 갈림길을 머릿속에 입력했으며, 짖어대는 개를 세고, 죽은 나무를 셌다. 잠잠해진 나의 어린 왕자는 말없이 달렸다. 반 시간 끝에 아이의 오두막이 나타났다. 아이가 문 너머로 말했다. 안에서 소란스런 소리와 신음 소리가 몇 번 나더니 아이의 어머니가 문을 열었다. 아연실색! 한밤중에 웬 백인이람! 나는 아이에게 작별 인사를 하고 다른 예의절차 없이 숲속으로 들어섰다. 보물찾기 놀이처럼 어려움 없이 돌아오는 길을 찾을 수 있었다. 그런데 한 발짝 디딜 때마다 점점 더 불안감이 엄습해왔다. 소냐를 혼자 내버려둔 것이 맘에 걸렸다. 나는 내달리기 시작했다. 사람은 언제나 최악의 상황을 상상한다. 소냐는 어떤 상태가 되어 있을까? 나는 달리기에 몰입하면서 개를 세고, 앙상한 나무 둥치를 세고, 별을 세었다. 5백 미터쯤 떨어진 곳에서 나는 어둠 가운데 소냐를 불렀다. 아무 대답이 없었다. 나는 덤불을 가로질러 달렸고, 돌멩이를 하나 주워들고는 속이 완전히 뒤집힌 채 헐떡이며 격분해서 우리의 야영지에 이르렀다. 달라진 건 아무것도 없었다. 나의 부드러운 여인은 잠들어 있었다. 악령들이 나를 가지고 논 것이다.

무카로 선교원, 2001년 9월 22일 토요일,
여행 265일째, 23킬로미터, 총 3,789킬로미터

우리에게는 미션이 하나 있었다. 그레이트 짐바브웨의 안내인 밸런타인의 여동생 만디에게 편지를 전해야 했다. 그녀는 무카로 선교학교에서 공부를 하고 있었다.

오토 허브맨 신부가 숲 한가운데 외떨어진 가톨릭 기숙학교에서 우리를 맞아주었다. 그는 1945년에 고국 스위스와 이멘 호수를 떠나 이곳으로 와 이 넓은 선교원과 학교, 보건소와 일곱 개의 성당을 지었다. 하늘에는 제비들이 나선을 그리며 날았고, 교복을 입은 아이들이 공을 쫓아 사방으로 뛰어다녔다. 아이들은 우리를 보고 흥미를 보이며 몰려들었다. 우리는 신부님과 함께 광적인 군중 사이를 가르며 나아갔다. 수녀 몇 분과 짐바브웨 신부 두 분과 함께 오토 신부님은 이 나라의 곳곳에서 온 2천 명 가까이 되는 아이들을 책임지고 있었다. 신부님이 만디를 불러주었다. 만디의 학비를 대는 건 밸런타인이었다. 그들의 아버지는 아이들이 어렸을 때 광산에서 돌아가셨다. 만디는 편지를 읽더니 눈물을 흘렸고 가느다란 팔로 우리를 끌어안았다. 오빠와 여동생은 6개월 전부터 서로 보지 못했던 것이다. 두 사람은 샴쌍둥이처럼 닮았다.

만디가 친구들과 함께 우리에게 학교 구경을 시켜주었다. 그들은 아카펠라 합창단을 결성했다. 헨델이 아니라 그루브 음악이었다! 오후에 우리는 폐쇄된 수영장에서 아이들을 촬영했다. 아이들은 몸에 딱 붙는 옷차림으로 다이빙대에 서서 노래를 하고, 난해한 안무에 따라 몸놀림을 하고, 비트박스도 하고, 프로들처럼 포효하기도 했다. 귀여운 유니폼 아래로 '슈퍼-와일드'한 암호랑이들이 감춰져 있었다.

이날 저녁 아이들은 교육받은 여자아이들을 위해 자리를 내주지 않는 나라에서 사는 절망에 대해 말했다. 천진한 말들로 아이들은 그들이 느끼는 불편과 체제에 대한 증오를 표현했다. 그들은 모두 유럽으로 가거나 남아프리카공화국으로 이민가고 싶어했다. 체제의 파산이었다. 우리는 인기순위 탑 50위의 꿈들을 오래도록 어루만졌다. 그리고 할 수 있는 한 그들에게 용기를 불어넣어주었다.

만디가 말했다.

"진짜군요. 케이프타운에서 걸어서 오신 게요. 모든 게 가능하군요. 이렇게 걸어주셔서 고마워요."

우리는 도로를 떠나 가로지르는 모랫길로 접어들었다. 종족보호구역TTL 깊숙이 들어갈 수 있게 해주는 길이었다. 열기가 짓누르는 듯했다. 우리는 몸속의 소금을 몽땅 땀으로 쏟아냈다. 모래가 지치게 만들었고, 장딴지를 마비시켰다. 오래전에 재분배된 땅에는 전통 가옥들이 점점이 자리잡고 있었다. 거주민은 거의 없었다. 무카로 기숙학교의 사감인 메어리는 이곳의 에이즈 참상을 얘기해주었다. 그녀도 수녀였다. 그런데 이 일을 위해, 예순여덟이라는 나이, 그리고 당뇨병을 앓고 있음에도 불구하고 고인이 된 자기 언니의 열세 명이나 되는 손자들을 돌보기 위해 수녀복을 벗었다. 언니의 자식 열 명과 그 배우자들은 모두 에이즈로 죽었다. 메어리는 잠이 안 오거나 불안한 밤에 뜨개질해 만든 식탁보도 팔았다.

우리는 인적 없고 그다지 쾌적하지 않은 들판을 걸었다. 저녁에는 밀림 속의 깨끗하고 매끈한 화강암 위에 쓰러졌다. 거기에선 뱀과 거미들을 볼 수 있었다. 우리는 몸에서 몇 리터의 뜨거운 물을 쏟아낸 바람에 완전히 기진맥진했고, 저혈당의 위험을 생각해서 물을 삼켜야만 했다. 오늘 마주친 유일한 고물 자동차의 운전대를 잡은 한 의사가 걱정스러운 표정으로 우리에게 미지근한 맥주를 주었다. 우리는 나무하러 가기 전에 그것을 천천히 홀짝였다. 자, 하자고! 용기를 내자고! 우리는 태울 만한 것을 찾아 덤불 속을 뒤졌다. 불을 피우기 위해 돌을 하나 주우려고 몸을 숙이는데 소냐가 나를 멈춰 세웠다.

"전갈 조심해!"

나는 발로 돌을 뒤집고는 펄쩍 뛰었다. 전갈이었다!

"어떻게 알았어?"

"모르겠어. 이상하게 확신이 들었어."

여자들은 비상한 안테나를 가지고 있다. 캠프로 돌아와 막 텐트를 다 쳤을 때 소냐가 외쳤다.

"거미야! 엄청나게 커! 텐트 속으로 들어가는 걸 봤어!"

전투 준비. 나는 신발 한 짝을 들고 끔찍한 털북숭이 짐승을 구석으로 몰았다. 그리고는 이마에 매단 랜턴으로, 어둠 속에서 작은 램프처럼 빛나는 거미의 여덟 개의 눈을 멀게 만들었다. 괴물은 농익은 배처럼 터졌다. 갈고리 모양의 네 개의 앞발을 가진, 타란툴라처럼 생긴 거대한 모래 거미였다.

누운 반달 아래 연못의 둔탁한 개구리 소리와 나뭇가지 사이로 날아오르는 쏙독새의 맑은 소리가 어우러졌다. 개굴! 쏙독! 개굴! 쏙독! 검은 망사 아래 벗은 채 누웠더니 파란 달이 신선한 향기로 우리를 감쌌다. 우리는 편안하게 잤다. 새벽이 되기 전 한 시간 동안, 절망한 새들은 날이 밝기를 목청껏 기원했다. 우리는 해를 앞질러 일어났다.

오전에 부헤라의 한 구멍가게에서 소냐를 위한 팬티를 찾았다. 거구의 아주머니가 장대를 가지고 번쩍이는 중국산 팬티를, 너풀너풀한 초록색 또는 연보라색의 끔찍한 팬티를 끄집어냈다.

"그건 아닌데요."

모두가 낄낄거렸다.

"면 팬티요? 어린 여자애들 팬티 말이에요?"

웃음이 터져 나왔다. 소냐는 설탕봉지와 면도날 사이에서 팬티 하나를 보았다. 작은 하트 무늬가 가득한 팬티였다. 소냐는 거리낌 없이 그걸 모두에게 보여주었다. 모두가 일제히 허벅지를 치며 폭소를 터뜨렸다.

"나한테 맞을까요?"

소냐가 아주머니에게 물었다.

아주머니가 마치 넓적다리 고기라도 돌리듯이 소냐의 허리를 붙들고 돌리더니 엉덩이를 가늠해보고는 가축 매매상인처럼 손뼉을 치며 엉덩이와 관계된 거래를 마무리지었다.

"맞을 겁니다!"

기품 있으면서도 왠지 침울해 보이는 키 큰 남자가 그 거래가 끝나자마자 우리에게 콜라를 사주겠다며 초대했다. 우리가 우리에 대해, 이 나라에 대해, 위기에 대해 말하자 그가 모건을 만나고 싶은지 우리에게 물었다.

"모건 누구요?"

"물론 모건 츠방기라이죠! 미래의 대통령 말입니다. 모르고 계셨군요? 운이 좋으십니다. 지금 그분이 여기 와계세요."

놀라운 우연으로 우리의 길은 우리를 야당인 MDC(민주변혁운동)당의 대표, 2002년 4월에 있을 다음 대통령 선거 후보인 모건 츠방기라이의 출생지로 인도했다. 그를 만나는 것은 큰 위험을 무릅쓰는 것이었다. 궁지에 몰려 추방당할지도 모르고, 물건들을 몰수당하고 사지가 잘릴지도 몰랐다. 하지만 이런 기회를 지나가게 내버려둘 수는 없었다. 8개월 전부터 어떤 외국 기자도 그의 집에서 인터뷰를 하지 못했다.

두 시간 뒤, 남자는 긍정적인 대답을 가지고 돌아왔다. 그 인물이 비밀경찰로부터 철저히 감시를 받고 있는 바람에, 기자들이 '환영받지 못하는 사람'이다 보니 우리는 바리케이드를 돌아가기 위해 샛길로 가로지르는 등 숲 속에서 몇 시간을 걸은 뒤 그의 집에 숨어들었다. 우리는 조잡한 취향의 궁을 예상했다. 그런데 전혀 그렇지 않았다. 그의 집은 흰 석회로 되어 있었고, 물결무늬의 함석이 덮여 있었다. 옆에 기대어 세워진 전통 가옥은 그의 부인 수지에게 부엌으로 쓰였다. 모건은 소박한 자동차를 타고 부헤라 청소년 축구 결승경기에서 곧 돌아왔다. 쾌활하고 뚱뚱한 그는 은퇴한 권투선수처럼 붓고 곪은 얼굴을 하고 있었다. 하지만 겸손하고 온화하며 주의 깊은 사람이라는 걸 대화를 나누면서 알 수 있었다.

"나는 지식인이 아닙니다. 실용주의자죠. 그리고 결정을 내릴 줄 압니다. 나는 사람에 대해 그리고 직업 세계에 대해 알고 있습니다. 광부조합을 지휘한 경험이 있지요. 난 성난 군중이 무섭지 않습니다. 관념론자들도 무섭지 않아요. 나는 인간의 자각을 믿고, 자유에 대한 인간의 완강한 갈망을 믿습니다. 어쨌건 나의 적들이 나를 죽이는 건 그 무엇으로도 막지 못할 겁니다. 교황 리건을 보세요. 어느 누구도 안전하지 않아요! 하지만 내 적들은 결국엔 지고 말 것입니다. 그들이 잘못하고 있고, 백성들이 그들의 반대편에 있기 때문입니다."

사회문제에 분명한 태도로 뛰어든 용기 있는 사람. 우리는 달빛을 받으며 그의 오두막 앞에서 등받이 없는 의자에 앉아 셋이서 대화를 오래도록 이어갔다. 폭정에 시달리는 1천2백만의 운명이 어쩌면 이 사람의 손에 놓여 있을지도 모른다는 생각이 들었다.

이튿날 아침, 우리는 들판 한가운데서 공식 인터뷰를 했다. 모건은 전통 오두막을 배경으로 카메라 앞에 앉았다.

"2년 전에 창당하셨는데요, 어떻게 민주적 활동에 방해를 받으셨는지요?"

"신생당으로서는 쉬운 길이 아니었습니다. 우리는 엄청난 억압을 견뎌내야 했습니다. 별 볼 일 없는 존재로 무시당하고 멸시받았지요. 생긴 지 아홉 달 만에 최근 선거에서 Zanu-PF가 62석을 얻은 데 비해 우리 당은 57석이나 얻었습니다. 그것도 선거구 분할 조작에도 불구하고 말입니다. 유권자의 52퍼센트의 지지를 얻은 겁니다. 세계가 깜짝 놀라며 우리를 새롭게 발견했지요. 무가베는 과반수를 겨우 넘는 불안한 의석수에 힘을 실으려고 국회에 30명을 임명했습니다. 개중 열 명은 족장들이고, 열두 명은 지방총독이며, 여덟 명은 심복이었습니다. 이것이 우리나라의 민주주의랍니다! 게다가, 우리 당의 많은 당원들이 기소도 없이 체포되었고, 아직까지도 감방에서 썩고 있습니다. 110명의 우리 당원들이 소신 때문에 살해당했습니다. 우리가 회합을 열려고 할 때마다 Zanu-PF의 조직원들이 방해 공작을 펼칩니다. 우리는 악마 취급을 받고, 대응할 권리도 갖지 못하고, 비열한 짓을 한 것처럼 조작되어 어찌해볼 도리가 없습니다. 저도 네 번이나 습격을 받았습니다. 저의 행렬은 수시로 돌 세례를 받지요. 매복 습격을 당하기도 해서 그럴 때면 차량을 몽땅 잃고 달아나 목숨만 겨우 부지하기도 합니다. 7월 22일, 빈두라로 가던 길에 당한 도끼질에 우리 차량의 유리창들이 산산조각나기도 했습니다. 저의 지지자들 가운데 세 사람이 큰 칼에 팔이 잘렸지요. 두 사람은 아직까지도 위태로운 상태입니다. 유일한 야당의 당수를 이렇게 대한다는 건 민주주의 원칙을 전혀 존중하지 않는 거죠."

"폭력행위의 증가와 정부의 밀어붙이기에 대해서는 어떻게 보십니까?"

"우리의 모토가 비폭력이라는 것부터 말씀드리고 싶습니다. 우리에겐 달리 방어할 방법이 없습니다. 우리의 유일한 무기는 투표용지입니다. 그렇기에 다음 선거가 철저한 감시하에 이루어지는 건 매우 중요한 일입니다. 나라를 바로세울 능력이 없는 이 정부는 스스로의 무능력의 희생자입니다. 그래서 희생양을 찾고 있고, 국제적 음모를 들먹이며, 그 음모의 선두에 우리가 있다며 우리에게 반역행위를 뒤집어씌우고, 백인 농부들에게 증오심을 표출하고 있습니다. 우리는 당신네들 영토만큼이나 큰 영토에 인구가 1천2백만밖에 되지 않습니다. 모두에게 돌아갈 땅이 넉넉합니다. 우리는 아파르트헤이트를 경험한 적이 없었고, 정부가 하는 말과는 달리 여긴 흑인과 백인 사이의 어떤 원한도 없습니다."

"앞으로 어떻게 될까요?"

"오직 우리의 인내와 점령당한 농부들의 인내, 굶주린 백성들의 인내와 참을성 덕에 상황이 아직 살육 사태로 돌변하지 않았다고 분명히 말씀드릴 수 있습니다. 어쩌면 이것이 우리의 약점이면서도 우리의 민주적 힘이기도 합니다."

"어떤 정치적 계획을 갖고 계십니까?"

"MDC에 우리는 비전을 가지고 있습니다. 삶의 조건을 개선하는 거지요. 이것은 권리와 법과 질서의 상태로 돌아가는 것만으로는 이루어지지 않습니다. 이 위기는 나라를 70퍼센트도 넘는 실업 상태에 빠뜨렸습니다. 모든 공장, 모든 기업들이 — 대부분 백인들이 운영한다는 건 인정해야만 합니다 — 하나씩 문을 닫아 수천 명의 노동자들이 길거리로 내몰리고 있습니다. 우리는 현 정부의 조치들에 대해 정반대 입장을 취할 겁니다. 사유재산을 보장하고, 외국인들의 투자와 공장 진출을 촉진시키고, 시장법칙을 존중하고, 엄청난 일자리와 자본을 공급하는 상업적 농업을 보호할 겁니다. 또한 농지개혁과 원하는 사람들에게 합법적인 방식으로 토지 재분배를 추진해나갈 것입니다.

현재는 '패스트-트랙fast-track' 정책이 '강탈한' 토지를 우선적으로 당원들과 공무원들에게 제2의 주거지나 부수입으로 주고 있지요.

그들이 누굴 신경 쓰겠어요?

그렇지만 우리끼리 얘기지만 저는 도시에 일자리가 없다는 이유로 도시 노동자들을 시골로 이동시킴으로써 백성의 미래와 한 나라의 근대화가 구축된다고는 생각지 않습니다. 사람들은 땅을 원하는 것이 아니라 소비 재화를 사기 위해 월급을 원하고 있어요.

게다가 솔직히 말씀드리자면 저는 정치적 힘에 대해 그다지 환상을 품고 있지 않습니다. 나라의 번영을 이룩하는 건 정치인들이 아니라 시장이지요."

"백인도 그렇고 흑인도 그렇고, 선생님께서 '적대적 환경'이라고 말씀하시는 것 때문에 나라를 떠난 동포들에게는 뭐라고 얘기하시고 싶으십니까?"

"우리는 우호적 환경을 복구할 것이며, 소유권과 자유로운 기업 활동이 보장될 것이며, 제대로 대접을 받게 될 거라고 얘기하고 싶군요. 두뇌 유출은 백인들보다는 교육받은 흑인들에게서 나타나고 있다는 사실을 아셔야 합니다. 교육받은 현대적 중산층이 깡그리 사라졌습니다. 그렇지만 그들을 비난하지는 않습니다. 의사, 변호사, 학자, 기업가들로서는 당연한 반응이지요. 조국이 더이상 미래를 보장해주지 못하니까요."

"선생님은 어떤 아프리카 지도자와 가깝다고 느끼십니까?"

"매우 미묘한 질문이군요. 저는 아프리카 지도자들과 직접 접촉해 본 적이 없습니다. 제 느낌은 한 세대 전체가 서로를 돕고 있다는 것입니다. 그 결과도 알고요. 도처에서 식민지 해방과 해방 정부가 실패하는 바람에 아프리카는 파산과 내전으로 내몰리고 있습니다. 저는 아프리카 지도자들이 이 정도로 백성들의 희망을 저버린 것이 부끄럽고 슬픕니다. 리베리아, 시에라 레오네, 르완다, 나이지리아, 리비아, 앙고라…… 나열하자면 끝이 없습니다! 물론 넬슨 만델라가 제게는 본보기였습니다. 그분은 보배요, 성상이요, 화합과 아프리카식 선의의 상징입니다. 그는 소수집단과 복수정당제와 야당을 존중할 줄 알았습니다. 하지만 그것을 실천할 만큼 권력에 오래 머물지 않았지요."

"내일 선생님은 다시 캠페인을 떠나시는데, 개인적으로 무엇을 두려워하십니까?"

"전 이제 죽는 것이 두렵지 않습니다. 너무도 자주 죽을 뻔했으니까요. 무엇보다 걱정되는 건 제 지지자들이 겪고 있는 박해입니다. 현 정부가 아무것도 겁내지 않는다는 건 과거를 통해 드러났습니다. 1980년대에 북한에서 훈련한 제5여단을 시켜 마타벨레랜드에서 1만5천 명 가까이 되는 사람들을 학살하고도 어떤 처벌도 받지 않았지요. 제가 가장 겁내는 것은 국제사회의 무관심입니다. 국제사회의 관심이 아프가니스탄이나 이라크 문제에만 집중된다면 우리 정부에 압박을 가하지 못할 것이고, 그로 인해 선거 참관인들의 파견이 제대로 이루어지지 않아 짐바브웨 시민들이 자유롭고 공명정대한 선거를 하지 못하면 어쩌나 하는 겁니다. 이러한 국제 레이더가 없다면 폭력은 살육으로 변할 수 있습니다. 세계가 우리를 외면하면 새로운 아프리카 비극이 벌어질 모든 요소가 모이는 겁니다. 당신도 모른다고 말하지는 못하실 겁니다."

짐바브웨 민중의 목소리는 아직까지 전달되지 못하고 있었다. 선거는 연출이었을 뿐이다. 서양의 참관인들이 사의를 표해, 리비아, 나이지리아, 쿠바, 수단과 같은 '민주국가'에 속하는 국제 참관인들로 대체되었다! 모건 츠방기라이는 중대 배신행위로 기소되어 체포되었다가 다시 풀려났다. 그리고 선거에서는 무가베가 56퍼센트로 승리했다. 일부 출처에 따르면 50퍼센트의 표는 순수하게 그가 스스로 만든 것이다. 국제기구들은 그에게 9퍼센트의 지지만을 인정했다. 결국 기아는 찾아왔고, 우리의 인터뷰 일년 뒤에 독재자는 보란 듯이 으스대며 남아프리카공화국으로 가서, 지속적인 발전을 논하는 회담에서 토니 블레어를 호되게 비난했고, 자기 나라 국민이 신제국주의 음모의 희생양이라고 선언했다. 바로 그때 세계은행은 6억3천8백만 달러를 풀어 짐바브웨의 태만과 만성적인 가뭄에 의해 시작되어 기아에 허덕이는 남아프리카 나라들을 돕기로 결정했다. 그리고 무가베는 손을 비비며 흡족해했다. "국민을 굶주리게 하고, 반-신제국주의 투쟁을 구실 삼아 민족 정화도 성공했는데, 게다가 공짜로 국민들도 구해주러 온다는군." 그러는 동안 야당은 억눌렸고, 세상은 신경 쓰지 않았다. 세상은 미쳤다. 무가베는 앞날이 창창했다! 이것이 작은 나라 독재자들이 누리는 행운이었다.

우리는 다시 안정을 되찾은 눈길과 우리의 인터뷰가 어딘가에는 소용이 있을 거라는 희망을 품고서 다시 길을 떠났다. 한낮에 우리는 몇몇 나무들을 거느리고 바위 위에 자리잡은 바오밥나무 그늘 아래 멈춰 섰다. 바위 사이에서 우리는 두 개의 오래된 무덤을 발견했다. 석회가 발라져 하얗고 예쁜 십자가가 세워져 있었다. 이 바오밥들은 성스러운 것이었다. 쇼나족들은 많은 아프리카 부족들과 마찬가지로 나무의 영혼에서 생명을 길어낼 수 있으며, 나뭇가지를 하늘에 심어진 안테나 같은 것이라고 믿는다.

우리가 그곳의 정령들 사이에 누워서 한탄에 몰두해 있을 때 기타 반주에 하모니를 맞춘, 놀랄 만큼 감미로운 노래가 들려왔다. 사람 목소리? 바오밥나무 뒤에서 호감 가는 자마이카 흑인이 철사로 나무 손잡이를 매단 기름통을 들고 불쑥 나타났다. 그의 쉰 목소리와 녹슨 호미가 잘 어울렸다. 그의 이름은 티모시이고, 벽돌 제조공이었다. 그런데 날이 너무 더워서 그는 베짱이처럼 노래하고 있었던 것이다.

그것은 홍수를 앞두고 신과 첫 계약을 맺은 영웅인 노아의 노래였다. 우리는 그와 함께 후렴을 따라했다. "노아! 노아! 노아!" 인간의 아버지, 특히나 그의 흑인 아들인 함의 아버지, 아프리카 민족들의 아버지……. 일년도 더 지나서 이 책을 쓰는 시간에도 그 후렴구는 여전히 내 머릿속에서 울리고 있다. 그리고 소냐와 나는 길에서 자주 이 노래를 불렀다. "노아! 노아! 노아!" 바오밥의 정령은 우리와 함께 걸었다.

오후에는 사울이 옥수수를 실은 손수레를 밀며 우리와 함께 걸었다. 그가 직접 수확한 것이었다. 그는 곡식을 빻아 사드자sadza[14]를 만들려고 작은 방앗간을 향해 가고 있었다. 사드자는 밀리 밀을 가리키는 쇼나 말이다. 코사족은 코폰 코, 바소토족은 푸투 파파라고 한다.

"이 손수레에 든 분량으로 얼마나 견딜 수 있습니까?"

"이번에는 제 땅에서 75킬로그램 정도를 수확했어요. 저한테는 부양해야 할 아들 하나와 아내와 어머니와 이모님이 있어요. 두 달 정도 버틸 겁니다. 그 후에는 어떡할지 모르겠어요. 씨앗을 구할 수가 없으니……."

서른한 살인데도 그는 자식이 아들 하나밖에 없었다. 그가 내게 대답했다.

"다른 사람들을 먹여 살리려면 제가 어떻게 해야 할까요? 전 중3 때 세인트 존 가톨릭 학교를 떠나야만 했죠. 형제자매들이 너무 많았거든요. 전 공부를 계속하고 싶었습니다. 제 자리는 목숨을 부지하기 위해 땅이나 파야 하는 여기가 아니에요. 이건 저희 아버지의 잘못 때문이에요. 저는 아들이 가능한 한 멀리 떠나 살 수 있도록 무슨 일이든 할 거예요. 그래서 옛날 모교의 야간수업을 들으러 가는 겁니다.

14) 옥수수 전분 – 옮긴이

잃어버린 시간을 따라잡기 위해서 말입니다."

실제로 사울은 영어를 완벽하게 구사했으며, 그의 대화에서는 교양과 섬세함이 드러났다. 우리는 함께 몇 킬로미터를 지나왔는지도 깨닫지 못했다. 우리의 배낭과 그의 손수레는 가벼워졌고, 우리는 짐바브웨를 다시 건설하고 있었다.

하루가 끝날 무렵 한 꼬마가 자전거를 타고 우리를 지나쳐 가자 우리는 인적 없는 밀림에 둘만이 남게 되었다. 꼬마는 거의 자전거 '안'에 앉아 간다고 말할 수도 있는 모습이었다. 왜냐하면 아이는 오른쪽 팔로 자전거 틀을 안은 채 몸체 사이로 발을 넣어 여자 무용수처럼 페달을 밟았기 때문이다.

"그 자전거 너무 크다!"

"아버지가 멀리 내다보신 거예요! 제가 커서도 이 자전거를 타길 바라신 거죠."

티나슈는 아홉 살이었다. 이 아이도 완벽한 영어를 구사했다.

"차를 타고 가면 되는 걸 왜 걸으세요? 희생을 하시는 거예요?"

이런 말을 하는 걸 보면 영리한 아이였다!

"너 같은 아이들을 만나려고 걷는 거야! 내가 차를 타고 갔더라면 너를 보고 경적을 울렸겠지만 너와 얘기를 나누고 있지는 않았겠지."

아이는 잠시 가만히 생각에 잠기더니 대답했다.

"그러니까 두 분은 걷지 않았으면 일어나지 않았을 만남들을 만들어내고 싶으신 거군요? 나쁘지 않은 생각인데요. 그렇다면 우리 집에 오셔서 주무셔야 해요."

이 아이는 천재였다! 우리는 깜짝 놀라서 아이를 쳐다보았다. 아이는 너무 큰 자전거 틀 사이로 여전히 몸을 흔들고 있었다.

"문제없어요! 그런데 미리 말씀드리지만 내일 아침엔 네 시에 일어나서 나무 심으러 가야 해요."

"무슨 얘기니?"

"선생님이 나무를 심기 위해 아침에 한 시간 보충수업을 제안하셨어요. 왜냐하면 나무는 생명이니까요!"

이 아이들이 어서 힘을 갖게 되었으면! 새 아프리카는 학교 의자에서 열심히 준비되고 있었다.

아이의 집에서 우리는 스물네 명의 아이들의 환영을 받았다. 그들은 우리와 함께 거실 바닥에서 잤다. 어머니는 문맹이었고, 비참한 보건소에서 청소부로 일하느라 지쳐 있었다. 밤새도록 개들이 짖어대고 닭들이 꼬꼬댁거리는 바람에 우리는 한잠도 자지 못했다. 사람들의 집에서 자는 것이 때로는 몹시 피로한 일이었다. 그것은 만남의 대가였다. 그리고 티나슈는 이 누옥에서 살고 있었다. 길거리에 떨어진 꽃이었다.

가거라! 얘야! 가서 네 나무를 심으렴!

또 다른 날 저녁, 루쿠에자에 이르자 사람들이 우리에게 공립농업학교를 가리켰다. 잘됐다. 분명히 Zanu-PF의 보루일 것이다! 우리는 속으로 생각했다. '아주 흥미로운걸. 정치 선전 한가운데로 들어서게 되다니…….'

교장인 월터 므보야 씨가 우리를 자기 집에서 맞아주었다. 상냥하고 기품 있는 사람이었다. 우리는 이 나라에서 느낀 거북함에 대해 바로 얘기했다. 그가 강하게 반격을 했다.

"서양에서는 그저 후진국이니, 저개발국이니, 미개한 나라라고들만 얘기하죠. 난 이 새로운 간섭주의가 지긋지긋해요. 우리를 가만히 놔두었으면 합니다. 우리가 스스로 문제를 해결하도록 말입니다!"

생각했던 대로였다. 우리는 당의 유력 인사의 집에 떨어진 것이다. 그가 계속 말을 이었다.

"인도주의적 원조, 개발과 원조정책, 온갖 종류의 원조가 독재자들을 권력에 남아 있게 만들고 있어요. 그런 게 없었더라면 파리처럼 떨어졌을 텐데 말이오! 아프리카는 언제나 자연도태의 도가니였습니다! 그런데 당신들의 간섭이 모든 걸 변질시키고 있어요. 당신들의 양심의 가책이 없었더라면 우리는 무가베의 손에서 벌써 벗어났을 거요."

어! 뭔가 잘못되었다. 내가 제대로 들은 걸까?

"사람들이 잊고 말하지 않는 건 우리가 중세에서 와서 갑자기 현대세계를 발견했다는 사실입니다. 나는 오히려 우리가 꽤 잘 헤쳐나오고 있다고 생각합니다. 아즈텍족이나 잉카족은 이와 똑같은 쇼크를 견뎌내지 못했어요. 나는 자랑스러워요. 아직 해야 할 일은 많이 남아있지만 우리는 반세기 만에 격차를 따라잡았어요."

난생 처음 듣는 얘기였다. 그는 더욱 기세등등해서 말을 이었다.

"이건 우리가 선교사들로부터 받은 교육 덕입니다. 그들은 우리를 친아들처럼 사랑했지요. 반면에 공산주의는 우리의 모든 걸 망가뜨렸고 우리를 멸시했지요. 그런가 하면 식민지화는 우리에게 빛을 가져왔고요."

"그렇지만 월터! 그런 말을 하시면……."

"왜죠? 사실인걸요! 이 나라의 미래는 제국하에서 훨씬 장밋빛이었어요. 오늘날 우리의 미래가 어떠한지 보세요. 기아예요."

치렘치토, 2001년 9월 29일 토요일,
여행 272일째, 34킬로미터, 총 3,999킬로미터

하루 종일 우리는 습격당해 소유주가 쫓겨난 농장을, 그리고 20년 전에 농장 열두 개를 소유하고 있었던 짐바브웨 백만장자가 개별적으로 분배한 또 다른 농장을 지났다. 교과서적인 경우였다. 대조적인 방식이 낳은 유사한 결과.

우리는 먼저 밀림 골짜기 깊은 곳에 경작된 밭을 따라 걸었다. 그 밭은 평평하게 개량되었고, 자갈도 덤불도 모두 제거되었는데, 한 집안이 다섯 세대에 걸쳐 비옥하게 만든 것이었다. 처음엔 손으로 작업했고, 그 후에는 쟁기를 사용했으며, 두 세대 전부터는 트랙터를 정기적으로 이용하고 있었다. 농장주들의 이름은 중요치 않았다. 중요한 건 그들을 내쫓았다는 사실이다.

토지는 조각내기 좋게 배치되어 있었고, 실제로 100미터 간격으로 직사각형 땅 한가운데 초가집이 한 채씩 자리잡고 있었다. 집 주위의 땅은 텃밭 정도 크기에 대충 갈아져 있었지만 아무것도 자라고 있지 않았다. 씨앗을 가진 사람이 아무도 없었던 것이다. 오두막 옆에는 연기를 내뿜는 커다란 굴뚝 하나가 있고, 마치 땅이 먹혀버린 것처럼 커다란 구멍이 나있었다. 사람들은 벽돌을 만들기 위해 함부로 베어낸 나무를 가지고서 흙을 굽고 있었다.

모든 게 황량했다. 한쪽 구석에 하릴없이 앉은 노파와 어슬렁거리는 아이들, 나무를 자르고 있는 한 남자가 분명 있긴 했다.

비옥하고 기름진 밭, 생산이 풍부해서 수출까지 하는 밭이 펼쳐져 있던 곳이 이제는 벌레 먹고 앙상한 정원들밖에 보이지 않아 황량하기 그지없었다. 살고 있는 사람들조차 먹여 살리지도 못하는 모두에게 가망 없는 땅이었다.

20년 전에 재분배된 두번째 농장에는 모든 게 조금 더 잘 설계되어 있었다. 하지만 20년 사이 주인은 늘어났는데, 불행히도 땅은 그렇지 못했다. 땅에는 오두막이 한 채가 아니라 다섯 채나 있었다. 게다가 가축까지 있었다! 쓸모 있는 땅의 반 이상을 가축이 차지하고 있었다. 모든 것이 개간되었다. 지평선에는 나무 한 그루 보이지 않았고, 골짜기도 개간 중이었다. 예전에 존재했던 그 어느 것도 사용되지 않았다. 입을 헤벌린 옛 농장, 담배 건조장, 헛간, 작업장 등 모든 것이 파괴되고 뽑혀나갔다. 저수지와 살아남은 몇몇 능소화만이 과거의 영예를 증언해주고 있었다. 이 모든 것이 오늘날의 치렘치코 마을을 이루고 있었다. 20년 동안, 약속된 학교도 보건소도 생기지 않았다. 너무 먼 얘기였다! 그렇지만 전통 맥주를 파는 바, 샤빈은 있었다. 그곳의 스피커는 단골손님을 끌기 위해 듣고 있기 괴로운 싸구려 깽깽이 소리를 토해내고 있었다. 우리는 그곳에 들어갔다. 얼큰히 취했지만 호의적인 남자들 무리가 우리를 맞이했다. 다른 사람들보다 조금 덜 멋진 키 큰 사내가 우리에게 중얼거렸다.

"이곳에 백인이 나타난 게 20년도 더 됐는데. 참 배짱도 좋군요. 치렘치토에 오신 걸 환영합니다! 제가 스쿠드 한 병 살까요?"

스쿠드는 이 나라에서 돌아가고 있는 유일한 회사인 치부쿠에서 증류한 3리터짜리 보리맥주다. 시골에서는 언제나 한두 사람이 스쿠드를 빨면서 새빨간 눈으로 어슬렁거리는 걸 볼 수 있었다. 맛이 나쁘지 않았다. 달짝지근하고 마시면 배도 든든했다. 콜라 한 병 값인데 그 값어치는 충분히 했다. 나는 찌꺼기와 난알까지 삼켰다. 레소토의 므콤포티와 같은 음료였다. 여기서 스쿠드를 받아들인다는 건 매우 강한 상징적 행위이기도 하다. 그것은 우정의 계약을 맺는 것이고, 짐바브웨 백인들이 이 흑인들의 음료에 대해 품었던 경멸을 거부하는 행위이다. 사내가 얘기를 시작했다. 그는 미국에서 공부를 했고, 현재는 수력기사였다. 그는 이곳으로 돌아와서 땅 7헥타르를 샀다. 그리고 담배농사를 짓고 다른 소규모 생산자들에게서도 담배를 사들였다. 가뭄과 전쟁 같은 아프리카의 재앙으로 담뱃값이 인상되리라고 기대했던 것이다. 그는 일년에 짐바브웨 화폐로 1백만 달러를, 다시 말해 4천 유로를 번다고 털어놓았다. 그는 이 구역의 왕이었다. 우리에게 그걸 증명해 보이기 위해 그는 전체 손님에게 한 잔씩 돌렸다. 술집의 주인이 바로 그였다.

우리는 밤에 다시 떠났다. 그리고 '기적'과 '감사'를 뜻하는 샤미소와 타텐다라는 상냥한 두 여자애들에게 붙들려 그들의 보호를 받았다. 치렘치토의 수호천사들이었다!

이튿날 새벽에 우리는 4천 킬로미터를 넘겼다. 우리는 기뻐서 길에서 서로를 끌어안았다. 아프리카 트렉은 형태를 잡아가고 있었다! 니안가 도로로 접어들면서 우리는 잠시 쉬기로 하고 여정에서 벗어나 하라레로 향했다.

15 Africa Trek

폭포와 사문암

도보여행을 시작한 지 이틀째 되던 날, 케이프타운 반도에 있는 시몬스타운 근처에서 자동차를 탄 남자가 우리에게 이렇게 말한 적이 있었다.

"하라레를 지나가시게 되면 우리에게 전화하세요!"

우리는 그로부터 아홉 달이 지난 후 그에게 전화를 걸었다.

"안녕하세요, 저희는 프랑스 병아리들인데요. 기억나세요? 케이프타운의 도보여행자들요. 우린 지금 하라레에 와있어요."

"세상에, 믿을 수가 없군요! 환상적이에요! 어디 계세요? 움직이지 마세요. 모시러 갈게요."

마이크와 팻 햄블렛, 그리고 그들의 딸 안드레아 피크로프트가 전속력으로 달려왔다. 주차장에서 서로를 얼싸안은 우리는 마치 한 가족 같았다. 사랑이 느껴졌다. 안드레아는 자기 집 문을 우리에게 열어주었다.

"좀 쉬셔야죠. 원하실 때까지 계세요. 정원으로 오세요, 소개를 좀 해드릴 게요."

코리와 에이미, 주근깨 가득한 사랑스런 두 꼬마가 우리를 커다란 새장으로 안내했다. 기름진 풀밭에서는 커다란 앙고라 토끼가 우리를 향해 조심스레 콧방울을 들어올렸다.

"미스터 버니예요. 저기 기니피그는 엘비스예요. 물론 거북이 에밀리도 잊어선 안 되죠."

그러는 사이 커다란 아일랜드 세터 한 마리가 나타났고 그 뒤를 골든 리트리버 한 마리가 따랐다. 다이아몬드 비둘기들이 사방으로 날았다. 우리는 수영장을 둘러싸고 앉아, 배려와 안락함으로 이루어진 휴식을 즐겼다. 손에 오렌지 주스를 들고 눈으로 멋진 정원을 둘러보며. 마이크와 팻은 손자들과 좀더 가까이 있기 위해 영지 끝에다 전통 초가집을 직접 지었다.

우리는 그동안 불편함과 사생활의 결핍, 항구적인 투쟁과 불확실성, 불안정과 수많은 작은 고통들에 길들어 있었다. 서양식 생활의 정상상태 속으로의 이 갑작스런 잠수는 우리를 감탄하게 했다. 침실은 모든 게 부드럽고 폭신폭신했으며, 침대 위에는 쿠션이 놓여 있었다. 꽃병에는 꽃이 꽂혔고, 벽에는 판화가 새겨졌으며, 창문에는 커튼이 쳐져 있었다. 욕실은 가까이에 있었고, 깨끗한 세면대와 타월이 있었다. 아! 타월! 감미로운 재회였다. 물이 나오는 수도꼭지, 맑고 깨끗한 물줄기, 침대에서 화장실까지 유리 조각이나 쇳조각에 찔려 다칠 위험 없이, 똥 밟을 위험 없이 맨발로 걸을 수 있다니. 이루 다 말로 할 수 없는 호사였다!

저녁에 안토니 피크로프트가 일터에서 돌아왔다. 그는 우리를 다시 보게 되어 무척 기뻐했지만 끔찍한 소식에 낙담해 있었다. 그의 공장이 오늘 Zanu-PF 무리에 습격당한 것이다. 부상자들도 있었다. 흑인 일꾼들이 안토니를 벽장에 숨겨주었다. 지난번에는 붙잡혀서 발가벗기고 묶인 채 하룻밤 동안 차고에 갇혀 있었다. 범인들은 그의 얼굴에다 침을 뱉고 털을 뽑았다. 그럴 때마다 그는 절규했다.

안토니는 불행히도 이 나라에서 둘째가는 빵공장을 운영하고 있었다. 이건 더할 나위 없이 민감하고 상징적이며 전략적인 문제였다! 며칠 전부터 그는 빵 값을 올리는 걸 막는 권력과 힘겨루기를 하고 있었다. 그가 베이커스 인Baker' s Inn 사와 맺은 계약은 회사에 손해를 끼치며 생산하는 걸 금지하고 있었다. 그런데, 가스비와 밀가루 값, 월급과 배달 비용의 인상과 더불어 그는 빵 하나에 10짐바브웨달러씩 손해를 보고 있었다. 이사회는 빵 값을 48ZWD에서 60ZWD로 올리기로 결정했다. 이 정치적 대가가 무가베에게는 삼키기 불가능한 것이었다.

안토니가 우리에게 설명했다.

"장관들은 가격이 시장 논리에 따라 정해진다는 사실을 이해하지 못하고 있어요. 이 인상은 그들이 펼친 끔찍한 정치의 직접적 결실이죠. 전체 경제가 맴을 돌며 추락하고 있어요. 3일 전부터 가스도 끊겼어요. 트럭들은 남아프리카공화국 국경에 붙들려 있고요. 법령에 따라 세금이 인상되었기 때문이죠. Zanu-PF는 공장을 멈추기 위해 우리가 일부러 그랬다고 믿고 있어요. 화약에 불을 붙인 셈이죠. 무가베가 어제 대국민연설을 했습니다. '이 사람들이 우리를 굶주리게 하고, 더이상 빵을 만들지 않으려고 합니다. 우리는 그들에게서 생산도구를 몰수해 빵을 직접 만들어 오래전부터 꿈꾸어온 위대한 사회주의적 꿈을 실현시킬 것입니다.' 물론, 말뿐이죠. 빵을 만들 사람이 그들에겐 없으니까요. 그 결과, 난동꾼들이 공장을 몽땅 파괴했죠. 다시 한 번 수리를 해야 할 형편입니다."

이 집과 같은 작은 천국에서조차도 우리는 정치에 붙들렸다. 좋은 어머니인 안드레아는 우리에게 부모님께 전화를 걸라고 다그쳤다. 좋은 소식 하나. 나의 부모님이 주중에 빅토리아 폭포로 우리를 보러 오시겠단다.

다음날 저녁, 식탁에서 생쥐처럼 속삭이는 코리와 에이미가 꾸미는 음모의 향기가 났다. 케이크와 그림과 선물이 도착하자 베일이 벗겨졌다. 소냐는 깜짝 놀랐다. 자기 생일을 까맣게 잊고 있었던 것이다! 친구들과 사랑에 둘러싸인 채 이 땅에 들어선 뒤로 우리가 증인이 된 온갖 고통들을 겪고서 눈물을 흘리지 않기란 너무 힘든 일이었다. 눈물이 펑펑 쏟아졌다. 죄라도 진 듯한 얼굴로 어린 에이미가 걱정했다.

"엄마, 소냐 아줌마가 왜 울어요?"

"행복해서 우는 거란다."

빅토리아 폭포, 2001년 10월 6일 토요일,
여행 279일째, 총 4,015킬로미터

빅토리아 폭포는 우리 여정에서 서쪽으로 1천 킬로미터 떨어진 곳에 위치한다. 따라서 우리는 약속 장소에 가기 위해 여정을 벗어난 짧은 여행을 해야 했다. 요하네스버그에서 만난, 호텔 선 인터내셔널의 책임자가 우리에게 별 다섯 개짜리 호텔 로열 리빙스톤에서 며칠 묵을 수 있게 해주었다. 이 호텔은 폭포 상류 잠비아 쪽 잠베지 강의 곡선 안에 똬리를 틀고 있었다. 나의 부모님들에게는 우리를 만나러 올 꿈 같은 기회였다.

호텔에서 받은 충격은 컸다. 커다란 에어컨, 조금만 더러워도 금세 눈에 띌 것만 같은 청결 상태, 크게 틀어 놓은 클리더만 노래가 가미된 정적. 적응해야만 했다. 모든 것이 번쩍였고, 흰색 커튼이 바람에 펼럭였다. 가죽과 오래된 나무가 만들어내는 분위기, 격식 없는 식민지 양식, 흠 잡을 데 없는 서비스, 깨끗한 수영장 등 완전히 딴 세상이었다. 부모님은 아직 안 계셨다. 비행기가 연착되어 다음날에야 도착할 예정이었다. 호텔에서는 우리에게 아주 세련된 큰 방을 내주었다. 장미, 자스민 향이 나는 비누…… 아주 부유한 관광객이라야 아프리카에서 이런 경험을 해볼 수 있을 것이다!

해질 무렵에 우리는 칵테일을 한 잔 들고 테라스로 나가 붉게 물든 강물에서 하품을 하고 있는 하마들을 감상했다. 멀리서 들려오는 폭포 소리가 석양에 떠들썩한 깊이를 더했다. 촛불 밝힌 저녁 식사, 호텔 지배인과 술 시중하는 보이, 소냐를 위한 어린 양고기를 넣은 카레 요리, 나를 위한 잠베지 잉어 요리, 우리는 특별대접을 받았다.

다음날, 아델라이드와 밀라드와 요하네스버그에서처럼 나는 등을 움직일 수가 없었다. 좋은 침대는 용납되지 않았다! 너무 푹신했던 것이다! 쿠션도 너무 많았다! 도보여행을 멈추면 언제나 이랬다. 근육통과 신경통이 문제를 일으켰다. 몸은 우리가 감내하게 했던 것을 기억하고 있었고, 정신은 긴장이 풀어져서 총파업을 일으키는 듯했다.

기쁜 마음으로 부모님을 만나고 나서 우리는 가족끼리 카누를 타고 강을 내려갔다. 부모님은 완전히 잠수라도 하는 것 같았다. 콜린의 지시에 따라 우리는 작은 배에 둘씩 타고서 물결에 닿을 듯이, 강 양편을 오가며, 강의 주인들과 노닐기 위해 떠났다. 우리는 강물을 따라갔다. 모든 게 고요했고, 바오밥나무들이 지나갔다. 영양들이 달아났고, 터키옥색 물총새들이 후드득 날아올랐다. 처음으로 우리는 우리 팔의 노동으로 나아갔다! 콜린이 갑자기 손을 들더니 손가락으로 어딘가를 가리켰다. 한 무리의 하마들이 은밀한 눈길로 탐색하고 있었다. 무리를 이끄는 수놈이 신경질적으로 으르렁거리는 바람에 그들의 영역에서 멀어져야만 했다. 갑자기 우리의 카누가 너무도 허술해 보였다. 우리는 강물을 가로질러 건너편 강가로 갔다. 하마는 아프리카에서 가장 큰 살인자다. 모기 다음으로……. 악어들은 아주 잠깐밖에 보지 못했다. 우리는 불안해서 물 속에 손도 넣지 못했다.

고요한 굴곡을 돌아오면서 우리는 진흙 섞인 물속에서 멱을 감고 있는 100마리도 넘는 코끼리 무리와 맞닥뜨렸다. 비용 부담의 걱정 없이 누리는 장엄한 자연의 스펙터클이었다. 걸어서보다 카누를 타고 가니 훨씬 좋았다! 야생 코끼리에게 더 가까이 간다는 건 있을 수 없는 일이었다! 우리는 나무토막처럼 강물의 흐름에 실려 조용히 지나갔다. 그림 같았다! 코끼리들은 코만 뻗으면 닿을 거리에 있었다. 새끼들은 어미들의 윤기 나는 다리 사이에서 귀를 활짝 펼치고 물장난을 쳤다. 대기 중에서는 초저주파의 포효가 울려 퍼졌다. 녀석들은 한창 대화 중이었는데 저마다 성격이 있어 보였다. 흉터 자국이 곳곳에 있고, 상아도 훼손된 심술궂어 보이는 녀석은 앞발로 땅을 긁고 있었고, 호리호리하고 키가 큰 수놈은 마치 코로 향로를 흔들어 동료들에게 축복을 내리고 있는 것 같았다. 녀석은 흙뭉치를 가지고 장난을 치고 있었다. 몸집 큰 암컷은 머리를 덤불숲에 집어넣고서 선 채로 소화를 시키고 있었다. 두 마리 어린 녀석은 울음소리와 귀를 철썩이는 소리를 내며 위협적인 자세로 대적하고 있었다. 또 한 녀석은 물 속으로 들어가 하마 흉내를 내며 코를 잠망경처럼 사용해 우리를 찾았다. 스펙터클은 끝났다! 우리는 강물에 실려 멀어져 갔고, 영화는 계속되었다.

수련의 행렬은 소용돌이에서 맴을 돌았고, 틸라피아[15]들이 꼬리로 수면을 쳤다. 우리는 편안하게 미끄러져 갔다. '빅토리아 폭포'에서 타는 카누는 아주 제 맛이었다! 시대에 뒤떨어지지 않으면서 우리에

15) 아프리카 동남부가 원산지인 민물고기.

게 제안된 유일한 활동이 카누였다. 발에 고무줄을 묶고 고가 다리에서 뛰어내리는 방법도 있고, 젖은 소시지 모양의 기구를 타고 흔들리는 걸 즐길 수도 있고, 고무보트를 타고 폭포 하류로 급류를 타고 내려올 수도 있고, 성가신 모기처럼 폭포 위의 하늘을 맴돌 수도 있기 때문에 하는 얘기다. 점잔 빼는 일 없이. 신화적인 잠베지 강에 경의를 표한다!

건기에 접어든 잠비아 쪽에서는 폭포의 입술을 따라 리빙스톤 섬까지 길을 헤쳐갈 수 있다. 이 섬은 짐바브웨 쪽 기슭에서 돌을 던지면 닿을 거리에 있다.

따라서 우리는 카누에서 내려 바위에서 바위로 건너뛰어 지류를 건넜다. 난파 위기에 처한 뗏목처럼 낭떠러지 가장자리에 자리하고 있는 이 작은 섬에서 우리는 폭포를 보았다. 센 물줄기가 쏟아져 만들어낸 깊은 심연 같은 구렁, 거대한 낫 도끼로 깎은 듯한 수직 낭떠러지. 연한 현무암 속에 생겨난 길이 1,700미터의 거대한 단구로, 수량이 많은 우기 때는 초당 5백만 리터의 물이 떨어졌다. 8백만 년 전부터 물줄기가 바위를 갈라, 벽을 지그재그 모양으로 만들었다. 하류에서는 이 위대한 작품의 흔적을 잘 볼 수 있었다. 이렇게 우리는 여덟 번째 폭포를 보고 감탄했다. 물은 쉬지 않고 떨어져서 몽롱하게 흘리는 듯했으며, 천둥 같은 굉음, 끓는 듯한 소용돌이들을 틀어막는 땅의 성난 숨결은 우리의 흉곽을 호두 껍데기처럼 진동하게 했다. 그곳에서 우리는 벙어리와 귀머거리가 되어 기상천외한 광경을 응시했다.

갑자기 환각이 보였다! 강 한가운데, 우리에겐 구부러지는 지점밖에 보이지 않는 낭떠러지 가장자리에 웬 사람이 서있었다. 어떻게 저기까지 갔을까? 미친 짓이었다. 그는 팔을 벌렸다. 설마 뛰어들려는 건 아니겠지…… 맞았다! 그가 사라졌다. 끔찍한 일이었다! 현장에서 보는 자살이었다.

우리가 아직 충격에서 벗어나지 못했을 때 그 남자가 입가에 미소를 띤 채 다시 낭떠러지에 나타났다. 기적적으로 살아난 그 남자는 우리가 있는 곳으로 걸어왔다. 매순간 우리는 그가 발을 헛디뎌서 물길에 휩쓸리거나 구렁에 떨어질까봐 조마조마했다. 우리 앞에 나타난 그는 환한 얼굴로 자신은 잠비아인이며 이름은 이그나스라고 했다.

그에게 마법의 잠수대로 우리를 데려가 달라고 설득하는 데는 많은 시간이 걸리지 않았다. 그는 물길 속으로 우리를 인도했다. 눈에 보이지 않는 돌멩이에 매달리고, 물 밖으로 드러난 암초를 향해 물길을 가로질러 가고, 급류의 함정들을 피하고, 허공 끄트머리에 있는 곳으로 우리를 데려갔다. 바로 이 장소에서 폭포의 입술은 아래쪽에 테라스를 감추고 있었다. 그것이 큰 폭포 중간에 작은 못을 만들고 있었다.

이그나스가 물 속에 뛰어들더니 날더러 따라 들어오라고 했다. 나는 하라는 대로 했다—정말 말 그대로였다. 천사의 추락, 폭포 가장자리에서 멈춰선 영원의 순간, 나는 물에 닿기 바로 직전에 속도를 약화시켜 솥바닥에 부딪쳐 으깨어지지 않으려고 회전을 했다. 물거품 덕에 나는 황홀한 기분으로 수면 위로 올라왔다. 그리고는 심연의 허공으로 떨어지는 가장자리에 팔꿈치를 대고 턱을 괴었다. 허공에 내걸린 두 개의 무지개 사이로 원소들이 폭발하는 듯했다. 나보다 이성적인 소냐도 벽을 점점 내려오더니 축제에 합류했다. 물이 범람하는, 세상에서 가장 아름다운 수영장이었다. 천국의 기포 욕탕. 고마워요, 이그나스!

다시 하라레로 돌아왔다. 능소화의 계절이었다. 대로마다 1백 년 된 나무들이 가로수로 심어져 있었다. 영국의 유산이었다. 도시는 연보라색으로 변했고, 우리는 꽃 터널 사이를 달리게 되었다. 가판대에서는 신문들의 결투가 벌어졌다. 헤럴드와 데일리 뉴스의 대결, 정부의 선전 대 그에 대한 맹렬한 비판. 제1면 타이틀은 빵공장 압류에 관한 것이었다. 관점의 문제였다. 어쨌건, 짐바브웨 사람들은 오래전부터 빵을 먹지 못하고 있었다. 백인이건 권력의 심복이건 기자들의 얘기는 사치였다. 민중은 사드자의 재고가 없다는 소식에 떨고 있었다. 도시의 거리들은 놀랄 정도로 조용했다. 어쩌다 보기 드물게 백인들이 인도 위를 지나갔다.

안토니 피크로프트는 점심 식사를 위해 하라레에서 40킬로미터 떨어진 곳에 사는 동료 농장주들 가운데 한 사람인 케빈 포레스트 집으로 우리를 데려갔다. 물론 그도 습격당했다. 다행히 집은 온전했다. 여전히 부겐빌레아로 둘러싸여 있었고, 흠 잡을 데 없는 잔디, 잘 다듬어진 울타리, 정원에서 그네를 타고 있는 아이들, 모든 게 정상 같아 보였다. 그렇지만 소유지로 들어서자 몇 가지 신호가 보였다. 쓰러진 채 내버려진 큰 나무들, 초가집들, 염소들, 잘려진 철조망.

"우린 운이 아주 좋아요. 우리를 가만히 내버려두고 있으니까요."

케빈은 아주 잘생기고, 세련되고, 기품 있는 지식인처럼 작은 안경을 쓴 파란 눈의 남자였다. 신중한 말씨에 말이 공정했다. 농부보다는 은행가 같아 보였다.

"처음에 그자들은 쇠스랑과 창을 들고 우리 집 창문 아래서 밤새도록 '토이토이' 춤을 추고, 아이들을 위협하고, 이국적인 나무들을 잘랐습니다. 나무가 필요해서가 아니었죠. 그들은 우리가 나무를 좋아한다는 걸 알고서 우리를 꺾으려 했던 겁니다. 저는 그들에게 그저 선의만 보였죠. 그때부터 그들은 나를 가만히 내버려둡니다. 그들이 자기들 토지를 경작해달라고 제게 부탁했고, 전 그렇게 했지요! 그러느라 하루 종일 무료하게 시간을 보내는 제 일꾼들에게 할 일이 생겼고, 제 트랙터들도 움직이게 되었죠. 제가 부담해야 하는 경유가 평화를 안겨준 거죠!"

"그런데 침입자들은 어떤 사람들이죠? 몇 명이나 되죠?"

소냐가 물었다.

"6백 헥타르쯤 되는 제 땅은 권력의 측근들을 위해 68개의 고급 경작지로 나눠졌습니다. 그들 중에는 토지를 필요로 하는 가난한 농부가 단 한 사람도 없었죠! 하라레의 수많은 공무원들, 군인들, 경찰관들, CID(범죄조사과) 요원들. 저는 경계할 필요가 있었죠! 우리는 그들을 보지 못했지만 그들은 그들 가족의 일원들을 보내어 그들이 경계를 정한 땅에 정착시켰죠. 그러지 말고 가봅시다! 소유주들을 만나게 해드리죠!"

우리는 자동차에 올라 들판을 가로질러 갔다. 케빈은 집집마다 멈춰 서서 땅바닥에 앉은 할머니에게 인사를 하고, 땅을 지나가도 되는지 물었다. 그리고 허락을 받고 돌아와서, 한 남자애가 염소젖을 짜고 있는 다음 가옥 앞에서도 똑같이 했다. 적의라고는 찾아볼 수 없었다. 모든 땅이 갈아져 있었지만 심어진 건 아무것도 없었다.

"이 사람들이 아무 할 일 없이 앉아 있는 걸 보면 마음이 아파요. 3주 후면 그들이 내게 경작해달라고 부탁한 밭은 1미터나 되는 잡초로 뒤덮일 겁니다. 그들에게는 제초제도 씨앗도 거름도 없습니다. 권력은 그들에게 모든 걸 약속해놓고 땅 따위는 신경 쓰지 않고 있습니다. 그저 우리를 쫓아내기만 바라는 거죠."

"더이상 농작물을 심을 수 없다면 어떻게 살아가실 겁니까?"

"생산을 못한 지가 벌써 2년이 넘었습니다. 제 가축들도 몽땅 잡아야만 했지요. 저는 이 나라에서 최고의 고기를 생산했었죠. 하라레의 웜블 식당을 아십니까? 세계 최고의 고기를 제공하는 곳이었죠. 아르헨티나의 로모 비프보다 더 맛있죠. 저도 그들에게 고기를 공급했었죠. 그런데 이 모든 것도 이제 끝났습니다. 저는 첫 직업으로 다시 돌아왔습니다. 담배를 사고 팝니다. 살아야 하니까요. 그러면서도 제가 2백 명의 일꾼들에게 여전히 임금을 지불하고 있다는 걸 잊지 마세요. 그들은 저를 위해 일할 권리가 없는데 말입니다. 물론, 전보다는 임금을 적게 지불하고 있지요. 경작해도 소출이 전혀 없으니까요. 하지만 저는 어려울 때를 대비해서 돈을 좀 저축해두었습니다. 그들은 가족들과 함께 이곳에서 살고 있습니다. 거의 1천 명 가까이 되죠. 그들에 대해 저는 책임감을 느낍니다. 그들을 먹여 살리기 위해 옥수수를 톤 단위로 삽니다. 그러지 않으면 그들은 굶어 죽을 겁니다. 제가 떠나면 침입자들이 그들을 내쫓을 것이고, 그들은 모든 걸 잃게 될 겁니다. 이 사람들은 몇 세대 전부터 이 땅에서 살고 있고, 그들의 할아버지들도 제 할아버지를 위해 일했습니다. 그들은 저만큼이나 이곳을 자기 집으로 여깁니다. 그들은 갈 곳이 없어요. 우리는 다른 곳에서 다시 삶을 살아갈 수 있지만 그들은 아닙니다. 제가 아직 남아 있는 건 오직 다른 사람들을 보호하기 위해서이고, 다음 선거에 대한 희망 때문입니다."

"두 공동체 사이는 어떤가요?"

"아주 안 좋아요. 제 일꾼들을 만류하기가 아주 힘들어요. 끊임없이 그들은 자기들의 생계 수단을 빼앗는 침입자들을 공격하러 가려고 하죠. 하지만 침입자들은 무기를 가지고 있어요. 게다가 이미 여러 명을 죽이기도 했고요."

"손해를 보는 사람이 1천 명인데 혜택받는 사람은 겨우 68명이라니. 이건 무슨 논리죠?"

"그건 저한테 물을 일이 아니죠. 3년 전, 침입당하기 전에 Zanu-PF의 당국자들이 협상하려고 저를 보러 왔더군요. 저는 농장을 세 개 가지고 있다고 말했지요. 이 농장과 8백 헥타르짜리 다른 농장 두 개가 있고, 각 농장은 내 가축들의 방목장으로 사용된다고 했죠. 그리고 제

아버지가 여전히 살고 계시고, 일꾼들의 마을이 있다고도요. 내 헛간과 창고와 작업장들이 있는 이 농장을 내게 남겨준다는 조건으로 다른 두 농장을 그들에게 주겠다고 했죠."

"그런데 그들은 갔다가 다시 오더니 이 농장을 원한다며 제 제안을 거절했습니다! 왜 그러느냐고 물었더니 그들은 말했습니다. 거기엔 시설이 없다는 겁니다. 펌프도 트랙터도 없고 땅밖에 없기 때문이라는 겁니다."

다음날, 우리는 피크로프트 가족과 함께 이 나라 동쪽에 있는 니양가 산속의 작은 산장으로 떠났다. 우리가 도보여행을 멈춘 장소와 아주 가까운 곳이었다.

트루트벡 위에서 우리는 거대한 화강암 봉우리인 콘네마라를 향해 올라갔다. 1920년대 스코틀랜드 출신 가족들로 이루어진 작은 무리가 송어 낚시하기에 좋은 작은 낙원을 이곳에다 세우고 싶어했다. 그들은 잣나무와 삼나무 숲을 만들고, 원천이 하나인 세 개의 호수를 팠고, 주변에다 돌집들을 세웠다. 우리는 이 나라의 꼭대기 2,500미터 지점에 이르렀다. 별세계였다. 신선하고 청량한 소나무 숲이 우리에게 아프리카의 새로운 얼굴을 보여주었다.

두 개의 둥근 바위 사이에 자리한 피크로프트 가족의 산장은 송악으로 뒤덮여 있었다. 커다란 유리문들이 두번째 호수의 거울 같은 물을 향해 나있었다. 자갈밭을 뒤덮은 진달래 숲은 소나무 사이로 바람이 휘파람 소리를 내는 이 '북유럽풍' 숲의 울적함에 생기를 부여하고 있었다. 해가 지려고 하고 있어 우리는 서둘러 낚시를 떠났다.

나는 맨발로 걸으며 행복감에 부푼 마음으로 골풀 사이로 물새들의 경주와 붉은 하늘로 날아가는 청둥오리들의 비행 중대와, 수면 위의 수상쩍은 소용돌이를 살피면서 플라이 낚싯대를 던졌다. 낚싯줄은 천천히 날아가 어두운 물 위로 내려앉았다. 밀라드의 기억이 떠올랐다! 세번째 던졌을 때 기막힌 감각이 느껴졌다. 어두컴컴한 물 속에서 섬광이 보였고, 낚싯줄이 갈대 더미 쪽으로 팽팽히 당겨졌다. 나는 악착스레 버티면서, 줄을 풀었다가 다시 당겨, 빠져나가려고 마지막 시도를 하며 높이 뛰어오르는 물고기를 잡아챘다. 곧 1킬로그램쯤 되는 불그스름한 멋진 송어를 땅으로 끌어올릴 수 있었다.

"이건 5년 전에 우리가 치어를 방류한 송어예요. 이젠 거의 남아 있지 않은데, 두 분이 오셨다고 하니까 이 녀석이 무슨 수를 써서라도 식탁에 초대받고 싶었나봐요. 당신이 낚싯대가 아니라 접시만 가져왔더라도 이 녀석은 접시 속에 뛰어들었을 겁니다!

"소냐, 뭐라고 말 좀 해봐! 날 변호해줘."

"알렉스, 당신이 낚시꾼인 건 알지만, 송어 조련사는 아니잖아요."

"아, 나쁜 사람들!"

이튿날 새벽에도 똑같은 상황이 벌어졌다. 낚시를 가서 케빈 가족과 함께 물가에서 가스버너의 약한 불에 익힌 계란 반죽 프라이와 송어로 브런치를 먹으며 근사하게 자축했다. 순수한 행복을 만끽한 주말. 오후에는 '세상 전망대World's View'로 갔다. 끝없이 펼쳐진 마른 덤불숲 위에 자리한 무시무시한 절벽. 사방을 내려다볼 수 있는 초소가 딸린 전망대가 방향을 가리키고 있었다. 나이로비, 3천2백 킬로미터. 어쩌면 언젠가는 저곳까지 갈지도!

이 축복받은 날 이후로 피크로프트 가족은 하라레의 집을 헐값에 팔아치우고 짐바브웨를 떠났다. 그들은 지금 케이프타운에 살고 있다. 콘네마라는 농지를 필요한 사람들에게 재분배한다는 '패스트 트랙fast-track' 계획의 일환으로 지목되었다. 피크로프트 가족의 전원주택을 갖게 된 행복한 수혜자는 다름 아닌 조나단 모요였다. 젊고 활기찬 정보부 장관인 그는 입이 걸기로 유명하고, 포르셰를 타다가 겪은 세 번의 자동차 사고로도 유명했다. 콘네마라의 농업적 특질로 말하자면…… 그곳에서는 돌밖에 나지 않았다.

우리가 21일 전 므체카 마을에서 도보여행을 중단한 정확한 장소에다 피크로프트 가족은 우리를 내려주었다. 안드레아와 소냐는 눈물을 쏟았다. 틀림없이 두 사람은 우리가 다시는 콘네마라에서 보지 못하게 될 거라는 걸 예감하고 있었을 것이다. 어쩌면 다시 희망봉에서 보게 될지도 모르지 않은가! 왜냐하면 그들은 희망을 가지고 있고, 또한 그들에게는 희망이 필요하기 때문이다. 별안간 둘만 남게 된 우리는 니양가를 향해 걷기 시작했다. 안락함과 안전함은 끝이 났다. 관광도, 낚시도, 정치도 끝났다. 우리는 아프리카로 돌아왔고, 모험으로 돌아왔다.

이틀 동안 걷고 나서 율리아스달에 있는 콘네마라 산 아래에 도착했다. 마을로 들어서기 전에 갓길에 늘어선 윤기 나는 검은 조각품들이 우리를 멈춰 세웠다. 뒤틀림의 표현이나 각진 표면, 흑요석처럼 빛나는 매끄러움이 우리를 매료시켰다. 한 청년이 작은 조각품 하나를 윤나게 닦으며 우리를 향해 다가왔다. 그는 예술가였다. 탄야 칩푼데는 사문암 조각을 하는 조각가였다. 많은 일들이 우연히 이루어졌다. 우리는 하라레에서 이 예술에 관한 내용을 촬영하려고 조각가를 수소문했으나 결국 찾지 못했었다. 그런데 이렇게 우리 앞에 그 조각가가 나타난 것이다. 우리는 그에게 며칠 동안 그의 오두막 옆에 텐트를 치고 그의 작업을 촬영해도 좋은지 물었다.

"그럼요! 환영합니다! 여행하시는 모습을 보니 어쨌건 두 분도 예술가시네요!"

잘 통할 것 같았다. 게다가 나도 프랑스에 있을 때는 여가시간에 조각을 하곤 했다. 그런데 그는 작업실과 광산과 동업자에게서 멀리 떨어져 숲속에서 혼자 뭘 하고 있는 걸까? 아프리카에서 예술가들이 혼자 작업하는 건 드문 일이 아니던가?"

"저는 시끄러운 걸 좋아하지 않습니다. 마을에 있으면 제 주위에서 얼쩡거리는 게으름뱅이들도 좋아하지 않습니다. 항상 골치 아픈 일이 생기죠. 여기서는 조용합니다. 자연이 영감을 주기에 전 야외에서 삽니다. 저를 방해하는 건 구매자들뿐이지요. 그러니 좋아요!"

정말이지 우리는 잘 통할 것 같았다!

시간이 흐르고 날이 가는 동안 우리는 타냐가 작업하는 걸 지켜보고, 이야기를 나누고, 그에게 먹을 것을 준비해주었다. 그는 우리가 아프리카에서 본 것에 대해 호기심이 많았다. 그가 실제 아프리카라고 생각하는 아프리카, 통상적인 인식과는 거리가 멀고 사람들과 가깝게 지내며 보고 들은 아프리카, 콤플렉스 없이 타협도 없이 경험한 진짜 아프리카. 그는 우리가 그런 아프리카 얘기를 하는 걸 듣고 싶어 했다.

"두 분은 제가 보기엔 아프리카 사람들과 함께 생활하고, 잠자고, 밥을 먹은 첫 백인들입니다. 게다가 함께 나누고 이해하려는 의지까지 있으시고요! 제 생각이 옳았습니다. 두 분은 정말이지 여행의 예술가들이십니다! 제 구매자들도 제 작품의 보편성과 더불어 아프리카적인 특성을 좋아합니다. 하지만 여기에 텐트를 치는 일과 돈뭉치를 내미는 일은 차원이 다른 것이죠!"

타냐는 관광객들이 없어지고 백인들이 떠나버려 큰 타격을 입었다.

"그렇습니다! 제 고객의 95퍼센트가 그들이었으니까요. 일년 전부터는 완전히 죽어버렸죠. 다행히 전문 구매자들이 유럽이나 남아프리카공화국으로 가는 컨테이너를 채우려고 여전히 찾아옵니다. 하지만 그들은 위기를 틈타 가격을 깎으려고 들지요."

쇼나족의 조각은 현대적이면서도 전통적인 특성으로 전세계에 알려져 있다. 양식화된 토템들, 돌의 단순한 형태를 살린 모난 면들, 반들반들한 검은색 사문암. 조각들은 쇼나 문화의 인기 있는 테마들을 계승하고 있다. 어머니, 주술사, 꿈, 조상들의 세계.

"조각 작품을 만들고 싶은 마음이 들 때는 머릿속에서 어떤 일이 벌어지는 거죠?"

소냐가 물었다.

"돌을 보기만 하면 어떤 비전이, 어떤 섬광이, 즉각적인 영감이 떠올라요. 마치 제게 말을 거는 것처럼 말입니다. 그러면 그 돌이 어떤 조각을 가두고 있는지 알게 됩니다. 저는 돌을 무리하게 힘으로 다루지 않습니다. 제 생각을 돌에 강요하지 않습니다. 돌이 제게 해방시켜 달라고 요구하는 거지요."

굉장했다! 나는 그의 말을 문자 그대로 받아들이고 작은 돌을 하나 가리키며 말했다.

"그럼 이 돌에는? 어떤 조각이 숨어 있죠?"

그가 잽싸게 되받았다.

"기도하고 있는 사람. 자, 보세요!"

그 돌멩이는 다른 것과 똑같은 돌멩이였다. 그러나 타냐에게는 그렇지 않았다. 그는 자연 그대로의 돌과 대화를 시작했다. 호리호리한 그의 손가락들이 거칠거칠한 면을 어루만졌다.

"여긴 얼굴, 하늘로 향해 치켜뜬 눈, 그리고 여긴 맞잡은 손."

나는 장님인 게 틀림없었다. 그는 쇼나 조각의 기원에 대해 얘기하면서 망치를 들고 작업을 시작했다.

"그레이트 짐바브웨 시절에 조각은 물신숭배자들의 물신으로나 권력의 상징처럼 사용되었죠. 표현양식도 '예술을 위한 예술'이 아니어서 그 쓰임새가 그다지 광범위하지 못했죠. 오늘날 우리가 하고 있는 것과 같은 식의 쇼나 조각은 사실 굉장히 최근의 것입니다. 스위스 선교사이신 존 그뢰버 신부님이 1937년에 교회를 조각품으로 장식하도록 교구 사람들에게 도구를 준 최초의 인물이셨죠. 그들의 재능을 보시고 신부님은 그들에게 용돈이라도 벌도록 작업을 계속하게 하셨습니다. 하지만 아주 지엽적으로 한정된 일이었죠. 전쟁 후에서야 국립갤러리 관장인 프랭크 매크윈 씨가 새로운 예술가들을 모아서 광고를 하고 외국에 소개함으로써 쇼나 조각의 발전을 촉진시켰습니다."

"이 모든 걸 어떻게 아세요?"

"제가 숲에서 산다고 아는 게 없는 건 아니에요! 장학금을 받아 무타레에서 예술사를 공부했습니다. 하지만 가장 멋진 얘기는 아직 꺼내지 않았습니다. 1960년대에 이안 스미스의 로디지아가 통상금지제재를 받았을 때 남아프리카공화국 농장주인 톰 블룸필드가 정말이지 우리를 폭발하게 만들었죠! 그는 자기 담배를 수출할 수 없게 되었는데, 자기 농장에 엄청난 사문암 광맥이 있었죠. 그래서 그는 농장일꾼들을 모두 조각가로 전업시켰습니다. 텡제넨게 마을은 이렇게 생겨난 겁니다. 통상금지 제재와 상관없이 블룸필드에게 소위 '깜둥이 예술'이라 불리는 조각들을 수출할 권리는 있었습니다. 그래서 독립 투쟁과 정체성 찾기라는 토대 위에 이 조각가 공동체가 쇼나 조각을 전세계에 알리게 만든 거죠."

"그럼 그게 어느 정도는 백인들 덕이라는 얘깁니까?"

"그들이 시발점이 되었죠. 하지만 언제나 그렇듯이 일을 한 건 우리죠! 예술가들은 우립니다. 우리의 문화이기도 하고요. 그러나 우린 서로 필요하지요. 이 사실을 모르는 건 저 멍청한 무가베뿐입니다. 장담하지만 그 사람 집엔 쇼나 조각이 단 한 점도 없을 겁니다! 그 자가 지나가는 걸 전 자주 봅니다. 하지만 한 번도 멈춰선 적이 없었죠. 그는 친구인 '에티오피아의 붉은 네구스[16]' 독재자 멘기스투를 보러 종종 옵니다. 하일레 셀라시에를 죽였고, 수만 명을 학살한 독재자 말입니다. 그의 집을 못 보셨습니까? 그 앞을 지나왔을 텐데요. 갑시다. 제가 보여드리죠."

우리는 길을 가로질러 작은 언덕을 올랐다. 멀리 푸른 밀림 골짜기 건너편으로 아름다운 빌라 한 채가 멋지게 펼쳐진 주변 경관을 굽어보고 있었다. 꼭 에티오피아에 있는 것처럼.

"보세요. 그자는 무가베의 보호를 받으며 저기 피신해 와있습니다. 아무도 그를 원치 않으니까요. 아, 그러고 보니 아프리카를 도보로 여행하는 게 두 분만이 아니네요. 2년 전에 두 명의 에리트레아인이 저자를 죽이려고 에티오피아에서부터 걸어서 왔습니다. 하지만 체포되었죠."

우리는 길가에 있는 그의 작업터로 되돌아왔다. 우리는 하라레에서 본 대량생산 조각품들에 대해 말했다.

"그건 우리 성공의 이면이고, 관광사업의 역효과죠! 그런 조잡한 작품들은 양심 불량의 상인들에 의해 기계로 만들어집니다. 그것이 우리 예술을 왜곡시키고 있어요. 저는 이야기를 들려주는 독창적인 큰 작품만을 만듭니다. 모방하는 사람들을 경계해야 하죠."

그는 도구를 내려놓고 야외에 자리한 자기 갤러리를 구경시켜주었다. 거기엔 '신과 새', '다이아몬드를 찾는 사람과 왕', '담배 재배자', '환경론자', '헤어진 친구들', '며느리' 등의 작품이 있었고, 모두가 봉헌을 위한 신처럼 받침대 위에 세워져 있었다. 양식화된 표현 너머로 그 작품들은 우리에게 감춰진 전설을, 도덕적 교훈을, 오랜 관습을, 삶의 가르침을 얘기해주고 있었다. 타냐는 교육적인 조각을 좋아했다.

"제 작품을 사는 사람은 미학적 특성 때문이 아니라 거기에 담긴 이야기가 감동을 주기 때문에 사는 겁니다."

그는 살짝 과장된 투로 다시 말했다.

16) 에티오피아 국왕의 칭호 – 옮긴이

"저는 스쳐가는 생각을 영원한 흔적으로 바꾸기 위해 조각을 합니다."

그러자 문득 우리의 흔적에 대해 생각하게 되었다. 한 발 한 발 이어진 우리의 걸음 뒤로 남겨진, 너무도 일시적이고, 눈에 보이지도 않는 흔적들…….

그렇다! 바로 이거다!

흔적을 남겨야 한다. 조금 더 묵직한 발자취, 돌로 된 발자취를. 나는 이걸 타냐에게 설명했다. 그가 흥분했고 나는 열에 들떠서 곧장 작업에 착수했다. 그의 충고에 따라 나는 내가 생각한 형태에 가장 가까운 돌을 하나 골랐다. 평평하면서 삼각형인 돌이었다.

돌은 유연하고 고분고분했다. 연장은 앞으로 나아가며 파편을 튀겼고, 가장자리를 깎아내자 점차 형체가 드러났다. 몇 시간 뒤 나의 흔적이 형태를 갖췄다. 북쪽으로 줄 지어 선 다섯 개의 큰 섬이 지중해에 발가락을 담그고 있는 형상의 아프리카. 이어지는 며칠 동안은 점점 더 고운 모래로 옮겨가며 연이어 여덟 번의 연마과정을 거치고 마지막으로 800도에서 물에 담그는 일을 하기 위해 소냐와 교대했다. 엄청난 에너지가 요구되는 작업이었다. 열로 녹청을 입히고 나면 힘든 수고도 다 보상되었다. 이 과정은 불의 시련이었다. 타냐의 '기도하는 사람'도 끝났다. 그는 그것을 내 것과 함께 불 속에 넣었다. 나는 마음이 조마조마했다. 터져버릴 위험은 항상 있기 때문이다. 화덕에서 끄집어내니 돌은 열기로 번쩍였다. 타냐가 거기다 붓으로 투명한 유약을 바르자, 사문암은 흑단의 깊은 광택을 드러냈다. '아프리카 트렉'의 상징이 탄생했다. 아프리카 대륙의 지형적 윤곽과 모래 위에 남겨진 맨발의 흔적을 결합시켜 만든 것이었다. 이 변형된 형상은 스쳐지나가는 생각을 검고 매끈한 돌로 변모시킨 것이기도 했다. 타냐 덕에 금세 사라져버릴 우리의 여정이, 수백만의 순간적이고 덧없는 발자국들이 무게를 갖게 되었다. 우리의 아프리카 도보여행의 상징은 이렇게 탄생했다.

"친구들, 이제 평온한 마음으로 떠날 수 있겠군요. 돌에다, 그리고 내 마음에다 흔적을 남겨 두었으니까요."

우리는 트루트벡을 향해 올라가, 콘네마라 산 아래의 고개를 지났고, 니양가 산 건너편, 메마르고 황량한 바오밥 숲으로 다시 내려왔다. 스코틀랜드에서 아프리카로 중간 단계 없이 바로 건너온 느낌이었다. 우리는 녹초가 되었고 땀구멍에서는 쉴새없이 땀이 샘솟았다. 열 시 30분에 우리는 전략적 후퇴를 해야만 했다. 너무 더웠다. 살 수 없을 정도였다. 날이 갈수록 우리는 너무도 더운 아프리카로 들어서고 있어서 오직 더위 생각밖에 들지 않았다. 더위 이외에는 아무것도 존재하지 않았다. 땀을 증발시키고 식혀줄 바람 한 점 없었다. 걷고, 보고, 말하고, 생각하는 것. 모든 것이 무너졌다. 하지만 앞으로 나아가야만 했고, 촬영하고, 사진 찍고, 글을 쓰면서 살아야만 했다.

이번에는 외진 작은 오두막에 이르렀다. 패트릭 폼베는 휴가 중인 경찰관이지만 진짜 직업은 라디오 수리공이었다. 밀림에 전기기사라니! 게다가 그는 가죽이 벗겨진 것 같은 우리를 눈앞에 대하고는 전선과 인쇄회로를 가지고 난처한 상황을 해결해보려고 애썼다. 그의 두 아이, 메모리와 빅모어는 눈을 동그랗게 뜨고 우리를 뚫어져라 바라보았다. 모두들처럼 그들도 우기를 기다리고 있었다. 39년 전 이후로 이런 11월은 없었다. 지붕 아래 있자니 너무도 더웠다. 땀이 비 오듯 흘렀다. 태양은 정점에 있었고 그림자라곤 없었다. 배가 고프지도 않았다. 패트릭은 우리에게 경찰로 일하며 경험한 비리와 타락상을 이야기해주었다.

"습격당한 농가였는데 주인은 없었어요. 아프리카 하녀가 약탈이 있기 전에 은식기와 값진 물건들을 숲에다 감추려고 했지요. 그런데 그 여자는 절도범으로 체포당했습니다. 습격자들이 그녀를 고발한 겁니다. 그래서 3개월 전부터 주인들은 그 여자를 나오게 하려고 애쓰고 있지요."

패트릭은 한숨을 크게 내쉬더니 덧붙여 말했다.

"이 모든 게 어떻게 끝날지 모르겠어요. 나는 3개월째 월급을 못 받고 있어요. 집으로 돌아가야 할지 모르겠어요. 차라리 비를 기다렸다가 옥수수를 심는 게 나을 것 같아요."

우리는 개들처럼 담벼락의 좁은 그늘 아래 누워서, 권태와 무능이 들러붙은, 흐물흐물하고 끝날 것 같지 않은 시간을 흘려보내려고 애썼다.

갑자기 마법처럼 신선한 바람 한 줄기가 일었다. 더불어 쾌활한 음악 한 소절이 들려왔다. 프랑스어였다. 있을 수 없는 일이었다! 장난기 넘치는 패트릭이 창문 밖으로 고개를 내밀더니 33회전 LP 디스크 재킷을 보여주었다. 딘 마틴이 〈프렌치 터치〉를 부르고 있었다. 남루한 비 막이 덮개 아래에서 곧 〈장미빛 인생〉, 〈4월의 파리〉, 〈파리, 사랑해〉가 이어졌다. 아, 4월의 파리! 봄의 짙은 안개, 소나기, 젖은 보도…….

소냐가 눈물을 흘렸다.

오후가 끝날 무렵 우리는 다시 떠났다. 우리의 일상은 아침과 저녁에 이루어졌다. 앞으로 나아가야만 했다! 불행히도 우리는 8킬로미터를 가서 말라붙은 강바닥을 만났다. 사금 채취자들이 분주하게 일하고 있었다. 불행하다니 어째서? 왜냐하면 반드시 멈춰 서서 보고 이야기하고 이해해야 하기 때문에, 그러자면 앞으로 나아가지 못하기 때문이다. 하루에도 1백 번씩 우리는 이런 딜레마에 빠졌다. 이번에는 사금 채취자들이 이겼다. 우리는 멈춰 섰다.

아이들이었다! 아이들은 손으로 침전물을 파서 엉성한 철망과 구멍 뚫린 함석판에 거르더니, 강바닥에서 퍼올린 흙탕물로 씻고 헹구었다. 황마자루에는 가장 고운 침전물들이 모였다. 그 자루는 양동이 속에 담겨 물기가 제거되었고, 무리의 대장인 열다섯 살의 잭슨이 사금 씻는 일을 했다. 모든 눈이 그에게로 쏠렸다. 침전물이 떨어져 나왔다. 날렵한 몸짓으로 그는 가장 거무스레한 요소들을 옆으로 젖혔고, 물 한 줌을 가져와서 다시 같은 작업을 했다. 마지막에는 원추형 바닥에 노란 가루가 부옇게 떠있더니 마법의 가루가 되어 가라앉았다. 잭슨은 활짝 웃으며 몸을 일으켰고, 물을 뺀 뒤 하루 동안 모은 것이 들어 있는 통에다 금을 넣었다.

"일주일 수업료!"

"무슨 얘기니?"

"공립학교는 무료가 아니에요. 우리 부모님은 수업료를 낼 수가 없어요. 한 달에 3천 ZWD, 다시 말해서 한 사람당 1그램의 금값을 내야 해요. 우리는 다섯이니까, 한 달에 5그램을 찾아야 하지요. 다행히도 아침에만 수업이 있어서 오후에는 여기로 와요."

조금 더 가니 학교 앞을 지나가게 되었다. 표지판에 교훈이 씌어져 있었다.

"지식이 보물이다!"

니암판다, 짐바브웨-모잠비크 국경 초소, 2001년 11월 10일 토요일,
여행 314일째, 18킬로미터, 총 4,340킬로미터

오늘 아침, 각자 물을 3.5리터씩 지고 사람이 다니지 않는 이 길을 떠나면서 우리는 우리가 옳을 것이라는 걸 알았다. 우리 앞에는 불확실한 58킬로미터가 펼쳐져 있었다. 로디지아 전쟁 때 남겨진 지뢰가 가득한 국경지대 군사로였다. 방정식은 간단했다. 다시 말해 사람도 없고 물도 없다는 얘기였다. 혹시 누가 있을까? 나뭇꾼이라도? 사냥꾼이라도? 분명히 누군가 있을 것이다! 어쩌면 강이라도 있지 않을까? 지도에는 큰 강이 있는 걸로 나와 있었다. 나는 나 자신을 속이기 시작했다. 어쨌건, 우리의 자립성을 높여줄 플라스틱 병을 르웬야에서는 찾을 길이 없었다. 우리는 그래도 두 사람이 7리터를 지고 있었다. 위험을 무릅쓰자!

그렇지만 계산은 금세 해볼 수 있었다. 각자 3.5리터면 24시간 이상은 못 간다. 48킬로 이상을 가는 것도 어렵다. 그런데 우리는 58킬로를 걸어야 한다. 물을 마실 때마다 잘 계산해야 할 것이다. 그리고 분명히 물을 찾게 될 것이다.

길에는 바오밥나무들이 마치 지옥을 향한 장애물 경기의 문들처럼 천천히 지나갔다. 유령처럼 헐벗은 가지들이 대장간 화덕 같은 하늘을 할퀴고 있었다. 엄청나게 큰 나무둥치도 그림자를 전혀 만들지 못했다. 아침 여섯 시였는데도 우리는 이미 굵은 땀방울을 흘리고 있었다. 물을 마시지 말아야 한다. 걸어야 한다. 기다려야 한다. 정신을 바짝 차리고서 수 킬로미터를 이어가야 한다. 새 한 마리도 곤충 한 마리도 없었다. 죽음의 침묵. 그리고 우리는 끝없이 땀을 흘렸다. 58킬로만 가면 물이 있다고 마음속으로 다짐하며 나 자신을 안심시켰다. 기어서라도 이를 것이다. 꼭 이를 것이다!

그건 태양을 고려하지 않은 생각이었다. 열 시가 되자 태양이 우리를 후려쳤다. 일사병. 이미 현기증과 구토가 엄습했다. 빨리 그늘을 찾아야 했다.

개미가 득실거리는 좋지 않은 땅에 좋지 않은 그늘을 드리운 좋지 않은 덤불을 발견했다. 모판 파리 떼가 순식간에 나타났다. 우리는 물을 아끼기 위해 국수 넣은 수프를 건너뛰기로 결심했다. 그리고 해가 기울기까지 네 시간을 기다려야 했다. 아무것도 할 수 없었다. 소금기에 달려드는 파리 떼나 개미와 싸우느라 잠을 잘 수도 없었다. 태양은 가지 사이로 우리를 겨냥했다. 우리는 무기력하게 숨을 헐떡였고, 허약한 반죽처럼 흐물거렸다. 여행과 안락함과 존재가 부정되었다. 출구가 없었다. 오직 기다림뿐이었다. 확장된 경동맥이 목에서 펄떡였다. 모든 게 성가셨다. 내 몸 사방에서 물이 새고 있었다. 방수처리가 제대로 되지 않은 암소가죽 물주머니 같았다. 공포! 분노! 다시 떠나야만 했다. 누워서 새느니 차라리 서서 새는 편이 나았다. 어쨌건, 카운트다운은 시작되었다. 우리는 마시는 물 한 모금 한 모금을 셌다. 시간당 세 모금을 마셨다. 얼마나 견딜까? 몇 킬로미터나? 미친 짓이었다. 이 속도라면 밀림이 우리를 무릎 꿇게 만들 것이다.

이런 스트레스에도 소냐는 의연하게 품위를 지켰다. 낙타처럼 절제했다. 그녀는 나보다 땀을 덜 흘렸다. 대체 나는 어떤 지옥에 그녀를 끌어들인 거지? 어느 정도로 인간이 물에 의존적이며, 중독되어 있으며, 목숨을 부지하기 위한 물을 얻기 위해서라면 부모까지도 살해할 수 있다는 걸 깨닫기란 어렵지 않았다. 여기서는 물 결핍을 느끼는 데 몇 시간이면 족했다. 생명의 의미를 다시 터득하는 데 몇 시간이면 족했다. 생명의 취약성을, 우리의 항구적인 오만을 깨닫는 데 말이다.

오후 세 시에서 네 시까지는 가마 속 같았다. 우리는 이를 악물었다. 환각이 엄습했고, 입술은 말라붙고 혀가 부풀었다. 말라붙은 목에서는 긁히는 소리가 났고, 몸은 거칠게 헐떡였다. 네 시에서 다섯 시까지는 기도의 시간이었다. 우리는 실눈을 뜨고 태양이 기우는지 살폈고, 하늘 곳곳에 널린 구름이 하필이면 우리만 쫓아다니는 저 몹쓸 등댓불과 우리 사이에만 없는 것을 저주했다. 저 불덩이를 줄곧 왼쪽 뺨에만 두게 만드는 길의 방향도 저주했다. 다섯 시에서 여섯 시까지는 초조함의 시간이었다. 빨리 지지 않는 태양에 대한 증오와 지고 있는 걸 보는 만족감, 그리고 기온이 내려가는 게 느껴지지 않는 불만. 그러다 갑자기 깜깜해졌다.

우리는 겨우 15킬로미터밖에 걷지 못했다. 적어도 세 시간은 계속 가야만 했다. 갈 길은 멀고 다리는 후들거렸다. 앞으로 나아가야만 했다. 내일의 강에 가까이 가야만 했다. 물 가까이. 생명 가까이. 우리는 소스라치게 놀랐다. 바닥에 동물의 발자국이 있었던 것이다. 사냥감이 있다면 포식자들도 있는 법이다. 비비 원숭이와 영양과 하이에나, 물소와 표범의 흔적이 보였다.

나는 손에 비상조명탄을 들고서 걸었다. 혹시 모르는 일이니까. 전기 뇌우가 환상적인 폭발로 하늘을 뒤흔들었다. 우리는 어둠 속에서 모습을 드러낸 이 끝나지 않는 길을 집어삼키듯 걸었다. 기력이 다해 관자놀이에서는 윙윙 소리가 나고 다리가 후들거려 우리는 다리 위에 멈춰 섰다. 오후부터 우리는 한 마디도 주고받지 않았다. 주사위는 던져졌고 구원은 우리 앞에 있었다. 우리는 마지막 모금을 함께 나누었다. 소냐는 측은한 마음이 들었는지 내게 한 모금을 양보했지만 난 거절했다. 소냐도 다시 거절했다. 남은 한 모금은 우리 둘 사이에 남아 있었다.

"당신이 마셔. 당신 배낭이 더 무겁잖아. 땀도 더 흘리고."

"그건 이유가 안 돼. 우린 똑같이 걸었잖아."

소냐는 내가 감탄하지 않을 수 없게 만든다. 그녀가 한 것을 할 수 있는 남자는 거의 없을 것이다. 이 여자는 강철 같은 정신을 갖고 있다. 별에 눈을 고정한 채 나는 밤의 신선함을 마시려고 애쓰다가 잠이 들었다.

다시 출발한 시각은 새벽 네 시. 우리는 마지막 모금을 함께 나누어 마셨다. 목표는 물. 목이 메어왔고 머리는 마비된 것 같았다. 물이 멀리 있지 않다는 건 알지만, 여기 없다는 것이 문제였다. 물은 없었다. 무슨 말이 필요하겠는가. 침도 모두 말랐다. 목소리는 가성의 작은 목소리로 이미 변했다. 귀에서는 소리가 나기 시작했다. 극심한 탈수의 전조 증세였다.

해가 뜰 무렵, 우리는 강을 발견했다. 하지만 말라 있었다. 괜찮다. 5킬로미터만 가면 강이 또 하나 있다. 나는 저 멀리 길을 살폈다. 다리가 보였다. 물이었다. 뛰지 말자. 의연하자. 우리는 살았다. 강이 가까워지고 강바닥이 드러났다. 강바닥은 말라 있었다.

있을 수 없는 일이었다! 강바닥을 보니 큰 강이었다. 모래에 구멍 하나 없어? 강바닥을 파러 온 사람이 아무도 없었단 얘기? 물이 없기 때문일까! 땅을 파는 건 마지막 남은 힘마저 낭비하는 거란 얘기인가? 우리는 다시 떠났다. 이젠 갈 수 있는 데까지 가보는 수밖에 없었다. 우리는 비틀거렸다. 그때 갑자기 저 멀리 한 여자가 길을 건너고 있는 게 보였다.

이 나라의 수백만 여자들과 비슷한 여자였다. 다만 이 여자는 머리에 양동이를 이고 있었다. 물의 화신이었다. 기적이었다! 신기루일까? 우리는 소리치며 쏜살같이 달려갔다. 그녀가 멈춰 서서 뒤를 돌아보았다. 우리는 구르다시피 달려갔다. 그녀는 무슨 일인지 깨닫고서 우리에게 호리병을 내밀었다. 레이디 퍼스트!

그리고 꿀꺽, 꿀꺽, 꿀꺽!

나는 아내가 다시 태어나는 걸, 물 몇 모금이 그녀에게 생명을 채우는 걸 보았다. 그녀는 호흡을 되찾았다. 이제 내 차례였다!

꿀꺽, 꿀꺽 또 꿀꺽! 야만적인 음악! 말로 형용할 수 없는 달콤함! 우유와 꿀맛. 아니 그보다 나은, 물맛이었다. 단 한순간에 모든 게 무너졌다. 지금까지는 고통받지 않은 것이었다. 이제야 고통이 찾아왔다. 우리는 미친 사람들처럼 웃음을 터뜨렸다. 배에서는 꾸룩꾸룩 소리가 났다. 우리의 아담한 여인은 감격한 모양이었다. 그녀는 갈증을 알고 있었다.

"이름이 어떻게 되세요?"

"루시."

우리 구세주의 이름은 루시였다. 그녀는 중년이었고, 삶의 흔적이 묻어나는 남루한 옷을 걸치고 있었으나 미소만큼은 태양처럼 순수했다. 그녀는 공주였고, 이브였고, 남성들의 어머니였고, 환영이었다. 우리의 고인류학적 도보여행에 던져진 윙크였다. 11개월 전부터 우리의 생존이 사람들과의 만남에 달려 있다는 사실에 대한 환기이기도 했다.

그것은 우리의 약점이자 강점이었다.

우리의 다리에 던지는 겸허의 교훈. 우리의 다리는 자만심이나 의지로 나아가는 것이 아니라 아프리카인들의 순박하고도 자연스런 환대 덕에 나아가는 것이다. 그들 집에 우리는 매일 지치고 목마른 상태가 되어 도착한다. 그들이 없다면, 이 겸허한 연대의 끈이 없다면 우리는 단 이틀도 걷지 못했을 것이다. 재정적 지원? 우리에게 그런 건 없다. 구세주는? 하루에 적어도 한 명은 있다. 누구보다 검소하고 누구보다 가난하지만 마음만큼은 부유한 아프리카 농부가 친히 나섰다. 이것이 우리의 생존이다. 이것이 우리 일상의 몫이다. 이것이 우리의 보물이다.

Africa Trek 16

모잠비크, 타이거와 콜레라

Bom dia! Como esta? 국경에서부터 음악과 호소하는 듯한 억양의 라틴어가 우리를 덮쳤다. 짐바브웨 사람들의 개화된 영국식 조심성과는 전혀 달랐다. 와플처럼 똑같은 틀로 찍어낸 것 같은, 짙게 화장한 여자들이 국경 초소들의 불법적인 분위기 가운데 트럭들 사이를 거닐고 있었다. 커플들이 손을 잡고 걷고 있고, 노점들에도 어김없이 남녀가 섞여 있었다. 길에는 벗은 여자들의 포스터가 거리낌 없이 나붙어 있었다.

우리 계획으로는 짐바브웨와 말라위 사이에 위치한 320킬로미터에 달하는 모잠비크의 뿔, 무시무시한 고지대를 횡단하기로 되어 있었다.

짐바브웨 국경 초소에서 우리는 헬렌 캠벨이 보낸 소포를 받았다. 소포 안에는 달콤한 사탕, 힘을 북돋아주는 바, 크림수프, 마카다미아 호두, 우리의 회교도 친구 나엠 오마르 드 넬스프루이트가 준 새 신발

두 켤레가 들어 있었다. 이 친구는 영원한 도시, 예루살렘을 향한 우리 도보여행의 교통수단을 꼭 주고 싶어했다. "그건 제 책임이에요. 신이 아니면 누가 두 분을 우리 집으로 보냈겠어요? 이건 두 분과 함께 예루살렘에 가는 제 방식이에요." 그가 말했었다.

소냐는 풀어서 신어보았다.

"멋져! 이것 좀 봐, 할랄 빌통[17]으로 채워뒀어."

우리는 양념이 아주 진한 그의 할랄 빌통을 아주 좋아했다. 그것을 이 소중한 친구는 잊지 않았던 것이다. 이것이 여행을 시작한 뒤로 가진 세번째 신발이었다. 두번째는 2,940킬로미터를 걸었다. 아스팔트를 꽤 많이 걸은 셈이다. 진짜 대단한 기록이다. 첫번째 신발은 1,400킬로미터'밖에' 못 걸었으니까. 소냐와 나는 신발이 똑같이 닳지 않는다. 소냐의 뒤축은 바깥쪽으로 비스듬히 깎이지만 바닥에는 여전히 징이 남아 있다. 내 신발은 엄지발가락의 관절 아래에 구멍이 나면서 완전히 매끄럽게 닳는다. 그래서 아스팔트와 직접 닿지 않도록 트럭 타이어 튜브에서 잘라낸 밑창을 신발 안쪽에다 덧대어야만 했다. 우리의 새 신발은 한결 가벼웠고, 6만 걸음과 우리가 매일 척추에 가하는 충격을 흡수하도록 뒤축 아래에 충격 흡수용 깔창이 붙여져 있었다.

소냐는 새 치마도 받았다. 다이아몬드 광산에서 태운 치마와 나엠 집에서 길이를 늘인 치마 이후로 세번째 치마였다. 두번째 치마는 너무 덥고 무거웠는데, 이 치마는 요하네스버그에서 우리를 재워준 집주인들 가운데 한 사람이 폴리아미드 마이크로 합성섬유로 치수에 맞추어 만들어준 것이다. 면으로 된 치마보다 훨씬 가볍고, 훨씬 질겨서 잘 해지지도 않았고, 무엇보다 훨씬 빨리 말랐다. 그녀는 너무도 기뻐

17) 회교 율법에 따라 잡은 고기로 만든 빌통 — 옮긴이

했다.

왜 치마를 입으세요? 사람들은 종종 그녀에게 묻곤 했다. 바지보다 훨씬 공기도 잘 통하고 편하니까요. 그리고 전통적인 사람들 집에 초대받기도 한결 쉽기 때문이죠. 치마는 삐딱한 시선을 쫓고 서양 여성과 '세계의 여성' 사이의 공간을 메워주죠.

우리는 낡은 신발을 목에 걸고서 국경 초소를 떠났다. 구멍 난 신발을 누군가에게 주기란 좀 그랬다. 아무리 가난한 사람에게일지라도. 우리는 우리의 '바람구두'와 헤어지기 위해 한결 시적인 뭔가를 찾았다.

"저기, 바오밥나무가 있네! 그 아래 두기로 해! 분명히 지나가는 어떤 행인을 기쁘게 해줄 거야. 이 신발들은 그 행인과 함께 길을 조금 더 계속 갈 수 있을 거야."

우리는 신발에게 작별 인사를 하고 거대한 식물 발치에 크리스마스 신발처럼 나란히 내려놓았다.

국경을 지나도 열기는 떨어지지 않았다. 아침 여덟 시에 벌써 45도였다. 매일 우리는 새벽 세 시에 일어나서 네 시 반에 출발했다. 그런데도 겨우 17킬로미터밖에 걷지 못했다. 우리의 도보여행은 위기에 처했다. 나아갈 방법이 없었다. 햇볕에 타버린 병아리들[18]……. 열 시에 우리는 다리 밑에서 용광로가 지나가기를 기다렸다. 밤에 걸어야 했다. 우리에겐 선택의 여지가 없었다. 그렇게 되면 지역 사람들과 관계 맺기가 힘들어지겠지만 어쨌건 사람도 별로 없었다. 처음 얼마 동안은 사람이라고는 만나지 못했다. 우리는 바오밥나무 아래에 모닥불을 피우고 별을 보며 텐트를 쳤다. 더이상 물 문제는 없었다. 아프리카를 가로지르는 이 도로를 지나가는 수많은 트럭들 가운데 하나를

18) 푸생poussin은 저자들의 이름이자 '병아리'를 뜻하기도 한다 — 옮긴이

세우기만 하면 되었다. 그들은 고장 났을 때를 대비해서 언제나 비상용으로 큰 물통을 가지고 다녔다. 밀림을 헤매고 있는 백인 둘이 플라스틱 통을 내밀며 그들의 헤드라이트 불빛 속으로 불쑥 나타나면 매번 통했다. 도로의 연대감이 그렇게 만들었다. 그들은 도로 위의 강제노역자들이거나 '밀고자'로 인해 낙담한 자들로 대엿새 전에 케이프타운에서 떠났거나, 3, 4일 전에 더반이나 요하네스버그에서 떠나 말라위의 릴롱궤나 블랜타이어로 가는 길이었다. "열 달 전부터 걷고 있다고요?" 그들은 환각을 보는 듯한 표정이었다. 대부분이 우리를 두 번 또는 세번째로 보았으며, 언제나 조금 더 멀리 가서 메시나 이전 국도 1번에서 우리를 마주쳤다는 걸, 마스빙고 전에 짐바브웨에서 우리를 지나쳤다는 걸 기억해냈다.

그들은 우리를 태워주겠다고 했다. 우리는 유혹조차 느끼지 않았다. 그건 절대로 금기였다. 그건 정신적 자살행위가 될 것이다. 사람은 자신이 정한 게임의 규칙을 속이지 말아야 하는 법이다. 그리고 자유롭다는 건 우리가 스스로 정한 선택을 지키는 것이다. 도로 위의 독수리들은 이걸 잘 이해했고, 우리에게 유혹을 던진 것에 대해, 질문을 던진 것에 대해 거의 용서를 빌다시피 했으며, 불빛을 앞세우고 고삐 풀린 말처럼 맹렬히, 그리고 갑작스레 어둠 속으로 다시 떠났다.

우리가 본 첫 모잠비크 사람들은 정말이지 비참한 처지였고, 나라는 황폐화되어 있었다. 우리가 어쩌다 마주치는 건물들은 기관총 세례로 줄무늬가 생긴 폐허 그대로였다. 15년의 해방전쟁과 그 뒤를 이은 15년의 내전이 농촌을 석기시대로 되돌려놓았다. 만성적인 홍수가 수십만 명을 길바닥에 내동댕이쳐서 그들은 결국 갓길에 임시방편의 피신처를 마련해 길가에 나앉았다. 땅을 상속받지 못한 이 사람들과 더불어 우리는 걸었다. 그들은 큰 도로를 따라가며 먹을 것을 팔거나 물물교환을 했다. 이를테면 양파 하나와 이 지역 옥수수 전분인 마싸 한 줌을 바꿨다. 우리는 그들과 스페인어와 뒤섞인 포르투갈어를 몇 마디씩 주고받았다.

"Quantos kilometros até proxima circlo? Moite bon. Obrigado. Estámos mui cansado, faz tanto calor!(다음 마을까지는 몇 킬로나 남았습니까? 네, 고맙습니다. 우린 아주 지쳤어요. 날씨가 엄청 더워요!)"

쇼나 건축물은 완전히 사라졌고, 그와 더불어 아름다운 론다벨, 돌이나 매끄러운 벽토로 짓고 두툼한 초가를 덮은 오두막들도 사라졌다. 정갈한 촌락도 없어졌다. 이곳엔 고속도로를 따라 뒤틀린 나뭇가지로 지은 가옥들이, 거친 풀로 엮은 지붕을 얹었으며, 군데군데 방수포나 함석으로 덧댄 가옥들이 줄지어 서있었다. 그들은 너무 배가 고파 미학 따위를 생각할 여념이 없었다. 여긴 학교도 보건소도 없고, 누더기와 빈곤만 있었다.

하루 종일 바오밥나무들이 이어졌고, 그 아래에는 굶주린 빈민굴이 옹기종기 모여 있었다. 군데군데 넓은 숲 모퉁이가 태워지고 개간되어 있었다. 사람 키 높이로 잘리고 태워진 나무들이 죽은 들판에 서 있는 모양이 꼭 옛 베르덩 전투의 전장 같았다. 사람들은 땅을 갈지도 않고, 50센티미터마다 막대기로 구멍을 내어 그 속에 옥수수 알갱이 세 개를 던져넣었다.

15킬로미터마다 길가에 세워진 보기 딱한 싸구려 식당이 콜라나 콩 스튜 파줄라를 광고하고 있었다. 여섯 시간을 걷고 나서 열한 시경에 우리는 그늘을 찾았다. 신발 밑창이 끓는 듯이 뜨거웠고, 배는 무지 고팠다. 세 시 반에 일어났으니 아침 식사는 한참 늦었다. 곧 어김없이 웅성거림과 웃음과 먼지의 소동이 일었다. 사람들이 몰려들었다. 백인 구경. 잔뜩 달궈진 우리 신경에는 가혹한 일이었다. 1백 개의 험상궂은 눈이 우리를 살피고, 우리의 작은 몸짓 하나에도 주의를 기울였다. 그것은 이렇게 관자놀이에서는 윙윙 소리가 나고 혀는 꺼끌꺼끌한 상태로 빈손으로 나타난 우리의 뻔뻔함이 바쳐야 할 조공이요, 치러야 할 대가였다. 그러니 우리가 사람들을 만나고 공감하고 이해하기 위해 왔다는 사실을 떠올려야만 했다. 고통조차도 공감하고 이해하기 위해.

우리는 가득 채운 콜라를 주정꾼처럼 단숨에 마셨다. 사람들과 말을 주고받고 물을 마시고 나면 우리는 활기를 되찾게 해줄 공간을 마련해 두 시 반까지 자려고 애썼다. 잠에서 깨어나면 나는 불을 찾아서 국수 넣은 수프를 만들 물을 끓인 다음 비스킷을 곁들여 소냐와 함께 먹었다. 이러는 동안 나는 손쉬운 돈을 갈구하며 음탕한 눈길을 던지는, 땀에 젖은 선정적인 여자들의 곁눈질을 받았다. 많은 아이들에 둘러싸인 그 여자들은 내 아내가 쉬는 동안 보잘것없는 음식을 준비하느라 분주한 나를 보고 재미있어하기도 했다.

짐승처럼 헐떡이며 우리는 뜨거운 국수를 집어삼켰다. 이렇게 허기를 때우고 나서 바나나 하나나 망고 하나를 더하고는 해가 기울기 시작하면 다시 떠나 저녁 여섯 시까지 버텼다. 이것이 우리의 일상이었다. 이 일상은 어느 날 고지대에 이르기 직전, 어느 네거리에서 깨졌다.

우리는 이시드로 바즈에게 말 그대로 '납치'되었다. 그는 아름다운 혼혈 여인과 두번째 결혼을 한 열정적인 포르투갈인으로 우리에게 자기의 외딴 마을의 아름다움을 꼭 보여주고 싶어했다. 우리는 며칠 후에 우리를 바로 이 장소에 데려다준다는 조건으로 그의 제안을 받아들였다. 이시드로는 키가 작고 땅딸막했으며, 기름기 끼고 헝클어진 머리에, 숱 많은 짙은 눈썹 아래 레이반 선글라스 뒤로 툭 불거진 눈을 하고 있었다. 냉혹한 눈길, 슈슈 소리를 내는 간결한 말투, 덥수룩한 콧수염에 가려진 얇은 입술. 털과 황금을 위한 심포니라고 할 수 있는 금팔찌와 눈에 띄게 덥수룩한 털, 뺨을 덮은 구레나룻. 그는 손에 맥주를 들고 편안하게 행동했다.

"송호Songho는 30년의 맹목적인 파괴에도 살아남은 유일한 식민지 도시입니다. 그 이유는 이 도시가 포르투갈 식민지의 꽃, 카호라 바싸 댐을 가지고 있어 매우 중요한 전략적 지점이기 때문이죠. 건축 당시 세계에서 네번째로 크고, 대륙에서 가장 큰 댐으로 남아프리카 전역에 전기를 수출하는 댐입니다. 플레리모[19]가 그 댐을 마흔 번이나 파괴하려고 시도했지요. 그러나 한 번도 성공하지 못했지요. 그 후 레나모Renamo도 실패했습니다. 저는 그곳의 전기기사입니다. 그 일과는 별도로 이 도시의 유일한 나이트클럽을 건축하면서 은퇴를 준비하고 있지요."

우리는 콜라를 한 잔 마시기 위해 잠시 쉬었다. 그의 아내 세실리아가 절뚝거리며 트럭에서 내렸다. 소냐가 걱정하며 물었다.

"다쳤어요?"

"아니에요! 작년에 마푸토에서 총에 맞았어요. 그들은 내 자동차를 훔치려고 했지요. 나를 멈춰 세우더니, 차에서 내리게 했고, 옷을 완전히 벗긴 다음 무릎에다 쏘았어요. 발가벗긴 채 죽어가는 나를 사람들이 발견했을 때는 이미 2리터의 피를 흘린 뒤였어요. 그들은 재미삼아 나를 망가뜨린 겁니다. 야만인들의 도시지요."

그래도 세실리아는 말이 많고 밝았다. 공들여 차려입고 그녀는 강철 같은 손으로 남편의 사업을 이끌었다. 유능한 여성으로 그녀는 남편을 인도하고 돈주머니를 쥐고 계획을 쏟아냈다.

가파르게 한 시간을 오른 끝에 우리는 빛이 가득한 고원에 이르렀다. 충격이었다! 이곳 세상 끝 밀림 한가운데 '문명'이 있었다. 외진

19) 소련과 쿠바와 중국의 지지를 받는 '모잠비크의 해방전선'으로, 처음엔 포르투갈 식민 지배에 반대했다가, 나중에는 로디지아와 남아프리카공화국과 미국의 지지를 받는 레나모 '모잠비크민족저항운동'에 반대했다.

곳에 위치한 여느 산업도시들처럼 송호에도 군데군데 나무가 있는 바둑판 모양의 길에 조립식 주택들이 줄지어 서있었다. 그 사이로 이따금 우체국, 은행, 슈퍼마켓이 보였다. 하지만 송호의 밤은 아름다웠다. 발전소가 도시를 수많은 불빛으로 옷을 입혀 마치 대낮처럼 환했다. 그리고 그곳의 밤의 왕은 이시드로였다.

첫날 저녁부터 우리는 세르베자[20]와 파도[21]를 공략했다. 남녀 커플들이 혼혈 아이들을 데리고 와서 저녁 내내 춤을 추었다. 혼혈 아이들은 여자들의 갈망과 남자들의 휴식의 멋진 산물이며, 삶과 꿈의 뒤섞임이며, 모잠비크 정체성의 다원적 구현이었다. 이 포르투갈 사람들은 언제나 뒤섞여 살아왔고, 여전히 뒤섞이고 있었다. 그들은 모잠비크인이며 그 사실을 자랑스러워했고, 포르토나 쿠임브라 어딘가에 여자가 있었지만, 유럽의 스트레스와 그 팍팍함으로부터 멀리 떠나와 이국적인 매력의 나른함에 묻힌 채 이곳에서 다시 삶을 시작한 것이다.

람바다와 맥주와 감자튀김 한 접시 사이에서 얼큰히 취한 이시드로가 우리에게 댐 호수에서 낚는 타이거피시 얘기를 했다. 나는 피가 솟구쳤다. 타이거피시는 악어와 대형 피라냐 사이의 일종의 교배잡종이다. 악어의 이빨과 피라냐의 탐식의 결합. 그런데 이곳, 송호 아래, 어부들의 세계에 이 전설이, 이 도달할 수 없는 꿈이 세상에서 가장 강력하게 집약된 형태로 존재하고 있었던 것이다.

다음날, 이시드로는 우리를 서둘러 유게지 타이거 롯지Ugezi Tiger Lodge로 데려갔다. 우리는 두 개의 거대한 바오밥나무 사이에 텐트를 쳤다. 그리고는 바로 안내인 발타자르와 함께 선외 발동기 보트에 올

20) 스페인어로 맥주를 뜻한다 – 옮긴이
21) 애수 띤 포르투갈 대중가요 – 옮긴이

라타고 거대한 호수의 주름 없이 매끈한 물 위를 30노트로 달렸다. 호수는 잠베지 강물에 잠긴 골짜기 양편의 가파른 절벽 사이로 270킬로미터에 걸쳐 구불구불 이어지고, 5천2백만 제곱미터의 물을, 다시 말해 남아프리카 전체 물 저장량의 두 배를 담고 있었다. 우리는 거울 위를 날았고, 산의 거무스름한 절벽들은 전속력으로 달아났다.

금세 낚시터에 이르렀다. 죽은 나무 위에 앉은 물수리가 길조처럼 보였다.

발타자르가 우리를 내려주었고, 우리는 물가에서 낚시를 시작했다. 호수는 황량했고, 밀림처럼 끝없이 펼쳐져 있었다. 우리의 제물낚시바늘에 발타자르가 맛있어 보이는 가느다란 물고기 쇠시리를 달았다. 40센티미터의 가는 철사는 타이거의 이빨로부터 낚시줄을 보호하기 위한 것이었다. 던졌다! 찰칵! 릴의 덮개가 닫혔고, 짜르르 소리가 시작되었다. 호수의 어둠 속에서 떨리고 있는 제물의 진동이 느껴졌다. 모든 낚시의 맛은 이 긴장과 상상과 환상의 순간에 있다. 그럴 때면 어둠 속에 웅크리고 있을 바다 괴물 레비아탄을, 환상적인 추격전을, 미끼를 매력적으로 만들어 포식자들 중에서도 가장 다루기 힘든 녀석을 설득할 술책들을 상상하는 것이다.

그렇게 상상을 이어가다보니 정신은 허공을 떠돌고, 팔에서는 힘이 빠지고 긴장이 풀어졌다. 탁! 타이거의 입질에 손목을 비틀렸고, 낚싯대가 휘어지면서 낚싯줄이 풀려나갔다. 번개처럼 빨랐다! 이런 건 난생 처음이었다! 아드레날린의 분비.

"팽팽하게 당겨요! 팽팽하게 당겨요!"

물고기는 탐색하더니 나를 향해 돌아섰다.

"튀어오를 거예요!"

미처 반응할 시간도 없었다. 거대한 물고기가 갑자기 1미터 이상 튀어 오르더니 성난 듯 머리를 흔들고 멸시하듯 내 제물을 더러운 가래처럼 내뱉었다. 실패였다.

"녀석들의 턱은 단단한 뼈로 되어 있어요. 붙잡고 있기가 굉장히 어려워요."

발타자르가 위로하듯 말했다.

열두 시 30분 정각에 타이거들은 철수하고 사라졌다. 물고기 노조가 결의한 시간인 모양이었다. 입질이 전혀 없었다.

"매일 똑같아요. 이렇게 시간을 철저히 지키는 물고기는 본 적이 없어요."

첫날에만 아홉 번, 카보라 바싸 타이거들은 의기양양하게 재주를 부리며 우리를 쓰러뜨렸다. 우리는 아무 성과 없이 숱한 싸움에 지치고 당혹해하며 캠프로 돌아왔다. 밤새도록 나는 타개책을 꿈꿨고, 술책을 공들여 준비했다.

다음날, 우리는 폭발 직전이었다. 낚시에 익숙해진 소냐도 가만히 있지 않겠다고 결심했다. 낚싯줄을 처음 던질 때부터 타이거들은 성이 나서 물어댔다. 하지만 이번에는 우리도 낚싯바늘을 단단히 걸었고, 녀석들의 속임수에 속지 않았다. 녀석들의 도주를 막고, 솟구침을 미리 예상했다. 춤은 멋졌다. 영웅적인 싸움이었고, 결과는 언제나 불확실했다.

최고로 강한 녀석들은 우리의 심장을 펄떡이게 하고 달아났지만, 우리는 결국 가장 멋진 작품을 얻어냈다. 소냐는 7.5킬로그램짜리 무시무시한 녀석과 싸워 이겼고, 나는 1킬로가 조금 안 되는 수놈에 만족해야 했다. 시뻘건 지느러미에 가로로 검은색 줄이 있고 온통 황금빛으로 번쩍이는 타이거들은 유명할 만했다. 녀석들의 무시무시한 턱뼈는 소름 끼치는 소리를 내며 닫혔다. 손가락을 조심하지 않으면 큰일 날 것이 분명했다.

이날 저녁 송호에는 물회오리가 일었다. 대기에는 전기가 흘렀다.

이 긴장 상태는 풀어져서 땅을 비옥하게 만들었다. 남성적인 주피터인 성난 하늘은 포효하고 격노했으며, 번개로 후려쳤고, 돌풍으로 휘몰아쳤다. 강력하게 꾸짖으며, 땅을 겁에 질리게 했다. 이러기만을 기다려온 땅은 기쁨의 신음 소리를 냈으며, 한껏 마시며 가득 채웠다. 이시드로의 집 창문 너머로 우리는 땅과 하늘의 재결합을 잠자코 지켜보았다. 원소들의 발정이 가라앉으면서 대기 중에 풍요의 향기가 올라왔고, 식물들의 향료가 떠다녔다.

그것이 신호였다! 땅의 내장으로부터 어둡고 뜨거운 입을 통해 흰개미들의 혼인 무리가 꿈틀대는 구름처럼 올라왔다. 그것은 생명에 취해 지나치게 큰 반투명의 날개를 환풍기처럼 천천히 파닥이며 서투르게 올라왔다. 수컷과 암컷은 새로운 식민지를 건설하러 떠났다. 그리고 새들의 광적인 열광이 이어졌다. 새들은 사방으로 날아올라 회전하며 이 땅의 씨앗을 물었다. 비행 중대를 이루며 이동하는 이 작은 매들은 명인다운 솜씨를 발휘하며, 한 철 양식으로 가득한 하늘을 비웠다. 이 단백질의 폭식, 이 에너지의 난무, 이 삶과 죽음의 향연은 해질 무렵에 더할 나위 없이 몽롱한 공중 발레가 되었다.

베란다의 네온등은 구름 떼처럼 몰려들어 창을 두드리는 수많은 곤충들을 유혹해 일시적이나마 목숨을 구해주고 있었다. 어찌나 우글거리는지 구겨지는 날개 소리가 들릴 정도였다. 개미들은 수천 마리씩 날개를 잃어서 땅바닥은 바싹거리는 얇은 막으로 뒤덮였다. 이 집의 두 딸 클라리사와 비안카는 사랑에 취한 흰개미들을 주우러 물양동이를 들고 달려 나갔다. 능숙하고 탐욕스런 손에 끌어 모아져 개미들은 양동이 속에 수백 마리씩 담겼다.

이 놀라운 수확을 마치고 돌아온 아이들은 가마로 갔다. 알루미늄 호일 위에다 물에 빠져 죽은 곤충 한 겹을 깔고는 굽기 시작했다. 10분 후, 개미들은 노랗게 구워져서 나왔다. 비안카는 거기다 소금을 치더니 게걸스럽게 달려들었다. 먹는 방법은 간단했다. 절지동물의 머리를 쥐고 몸통을 먹는 것이다. 아이들은 곧 입 안 가득 개미를 넣었다. 그리곤 좋아서 낄낄거렸고, 입가엔 기름이 흘렀다. 소냐는 애매한 표정으로 두 미식가의 기호를 확인해보려고 했다. 불안한 얼굴로 그녀는 반짝이는 개미 엉덩이 위로 입술을 닫고는 씹으며 말했다.

"믿을 수가 없어! 땅콩버터 같애!"

나는 덤벼들어 맛을 보았다. 분명히 땅콩 향이 나는 기름지고 풍부한 즙이 나왔다. 동물의 창자는 버터처럼 녹았고 맛이 아주 좋았다. 이날 우리는 개미를 잔뜩 먹었다.

잠베지 강에서, 2001년 11월 20일,
여행 324일째, 35킬로미터, 총 4,493킬로미터

이시드로는 우리를 실어왔던 곳에 다시 내려주었고, 우리는 고원을 향해 다시 걷기 시작했다. 멀리, 길 위에 자동차 한 대가 멈춰 서더니 백인들이 자동차에서 나왔다. 아빠가 어린 아들의 오줌을 뉘었다. 그들을 지나치려 할 때 남자가 우리를 불렀다.

"무슨 좋은 뜻에서 걷고 계십니까? 제가 후원을 좀 해도 될까요?"

"시원한 콜라 한 잔이면 좋겠습니다."

마틴 웰치는 웃음을 터뜨렸다. 그는 남아프리카공화국 사람이었지만 말라위의 블랜타이어 남쪽, 일로보 사탕수수 농장에서 일하고 있었다. 모잠비크 해안으로 가족끼리 낚시를 하러 가는 길이었다. 소냐는 자기가 잡은 타이거피시에 대해 얘기했다.

"세상에! 엄청난 순간이었겠군요! 여기 콜라 있어요."

남아프리카 사람들은 시원한 음료수를 채운 아이스박스 없이는 길을 떠나는 법이 없었다. 우리는 한증막 속에서 단숨에 마셨다. 마틴이 우리에게 명함을 내밀었다.

"블랜타이어로 오시면 우리가 분명히 돌아와 있을 겁니다. 전화하세요."

그리고는 떠났다. 그리고 우리도 다시 떠났다. 사람들과 마주치는 것. 이것이 바로 '아프리카 트렉'의 정수다.

고원에 다가가면서 우리는 큰 빈민굴을 지나게 되었다. 마음이 아팠다. 바로 여기서 4년 전에 우리의 친구 브루스 로손이 대낮에 습격을 받고 주먹질에 코가 깨졌었다. 그런데 우리는 호의적인 인사만 받았다. 누군가를 공격하기엔 너무 덥기도 했다. 이번에는 그런 일이 없을 것이다. 우리는 죽을 정도로 뜨겁고 허옇게 먼지를 뒤집어쓴 마을에 이르렀다. 온도계는 53도를 가리키고 있었다. 구워진 병아리들은 냉장고를 찾고 있었다.

국경없는의사회에서 에이즈 업무를 맡고 있는 카트린 월이 우리를 맞아주었다. 우리는 전해질을 몽땅 잃고 기진맥진하고 녹초가 되어 땀을 비 오듯 흘렸다. 우리는 그녀를 우게지 타이거 롯지에서 그녀의 친구 티보와 함께 만났었다. 그들은 극도의 경계 상태에 있었다. 콜레라 위기가 잠베지 상류, 마타라라에서 발생했던 것이다.

"콜레라를 이기려면 일주일 이내에 잡아야 하고, 모든 환자를 격리시켜야 해요. 그러지 않으면 건잡을 수 없이 확산될 수 있어요. 굉장한 악성 박테리아죠! 티보는 캠프를 세우고 있어요."

"그에게 도움이 필요할까요?"

"무전기로 불러볼게요. 잘됐네요. 오늘 저녁에 그가 물품을 챙기러 와서 내일 아침에 다시 떠나요. 그 사람과 함께 가시면 되겠네요! 그런데 자동차를 타시면 안 되는 거죠?"

"이럴 경우엔 괜찮아요! 여기까지 다시 와서 걸으면 되니까요. 마투라라는 우리 행로 밖에 있어요! 이 나라의 뭔가를 보려면 이 도로를 떠나서 깊이 들어가봐야죠!"

"마투라라로 가면 깊이에 대해서는 실망하지 않으실 거예요."

다음날, 길을 떠나면서 잠베지 강과 평행으로 난 길 위에서 우리는 뒤틀린 철로와 폭파된 다리, 구멍이 숭숭 뚫린 폐허, 깡그리 무너진 마을 등 황폐함밖에 보지 못했다. 내전이 남긴 슬픈 유물들이었다. 파견대의 로지스틱스 전문가인 티보가 우리에게 대략의 그림을 그려주었다.

"전통적으로 레나모 쪽인 이 나라의 북부는, 마푸토에 자리잡고서 이 적들의 발전에 대해서는 전혀 신경 쓰지 않는 공산주의 세력 프렐리모로부터 인수를 거절당했지요. 권력 당국이 말하는 대화합은 인도주의적 원조를 얻기 위한 한낱 희극에 불과했지요. 이곳에 있는 모든 것은 외국으로부터 옵니다."

"보세요. 스파게티를 가지고 장난하듯이 철로를 꼬아 놓지 않았습니까. 어떻게 이럴 수가 있지요?"

"침목을 가지고 철로에 불을 피우고, 강철을 녹게 만들어 쉽게 비튼 겁니다. 세계은행이 이 철로를 바로잡기 위해 원조를 보내기로 서명을 했는데 그 돈이 여기까지 올까 싶습니다."

무타라라에는, 큰 강둑 양편에 빈민굴이 펼쳐져 있는 불결하고 난잡한 마을 한가운데에 사람이 생각해낼 수 있는 한 최고로 환상적인 캔틸레버식[22] 다리가 서있었다. 그것은 잠베지 강의 흙탕물 위로 무한히 길게 뻗어 있었고, 비참함과 가난의 델타 위에 철의 엄정함과 냉철한 의지의 힘을 새기고 있었다. 근무소의 의사인 베르나르 트루베

22) 강 양편에서 내민 캔틸레버를 중앙에서 맞이어 만든 다리 — 옮긴이

가 우리를 맞았다.

"길이가 3킬로미터인 이 다리는 영국인들이 1908년에 말라위를 개발해서 생산물들을 베이라 항구로 수출하기 위해 건설한 것입니다. 93년이나 되었는데, 전쟁과 극적인 홍수에도 불구하고 60개의 다리 기둥은 꿈쩍도 않았지요. 두말 할 것도 없죠. 이 사람들은 길게 내다 보았고 건축을 할 줄 알았던 거지요."

근무소는 높은 곳에 세워져 있어서 변덕스런 강물이 내려다보이는 멋진 전망을 누릴 수 있었다. 신선한 미풍이 내부를 채우고 있었다. 매우 넓은 베란다가 있고, 주 근무실은 거대한 모기장으로 외부와 격리되어 있었다. 베르나르와 티보와 함께 우리는 담백한 포르투갈 로제 포도주를 넣은 오징어 국수 한 접시를 둘러싸고 식탁에 앉았다. 소냐가 강하게 공격했다.

"여긴 천국 같군요. 왜 매년 지옥처럼 변하는 거죠?"

베르나르가 즉각 말을 시작했다. 더위 때문에 나른해 보였지만 섬세하고 독립적인 정신을 가진 그가 방문객을 거의 받지 않으며 매우 슬퍼한다는 것이 느껴졌다.

"내전 동안 수십만 명이 말라위로 피난을 왔습니다. 그들이 돌아가려고 했을 땐 누구도 그들을 받아들이지 않았습니다. 따라서 그들은 홍수 위험지역에 정착했지요. 위생시설과 설비의 완벽한 부재가 콜레라와 그밖의 다른 유행병들의 토대가 되었습니다. 우리가 잊고 있는 건 콜레라가 아프리카에 존재하지 않았었다는 사실입니다. 콜레라는 1974년에 한 메카 순례자에 의해 들어오게 되었습니다. 우리가 9년 전부터 이곳에 와있는 건 콜레라와 맞서 싸우기 위해서입니다. 하지만 우리는 가야 합니다. 국경없는의사회의 정책이 변해서, 아니 그보다는 긴급치료라는 최우선 임무로 되돌아가려고 하고 있지요. 아프리카의 구호정책은 완전히 썩어빠졌습니다."

침묵이 흘렀다. 기분 좋은 미풍이 베란다로 불어왔다. 베르나르는 포크로 국수를 한 번 떠먹더니 숨을 가다듬고 다시 말을 시작했다.

"우리가 여기 남아 있는 한 발전이란 있을 수 없습니다. 발전은 그들로부터 나와야 합니다. 인도주의적 원조가 이곳에선 50년째 수익 좋은 사업이 되고 있습니다! 하지만 오직 정부와 단체들만 그 혜택을 누리고 있지요. 유럽의 자금을 가지고 이곳에다 두 개의 수술실과 최첨단 소생실, 두 개의 분만실, 실험실과 입원실들을 갖춘 멋진 병원을 최근에 세웠습니다. 그런데 모잠비크 보건부장관이 개원식에 왔을 때—그 사람을 여기까지 오게 하는 것도 쉽지 않았습니다만—그가 한 유일한 말이 이것이었습니다. '페인트 색을 바꿀 때까지 병원 문은 못 엽니다. 여긴 브라질이 아니에요!' 이걸 말이라고 하다니요! 병원을 좀더 밝게 만들려고 우리는 불행히도 노란색과 초록색, 그리고 하늘색으로 칠했답니다."

티보가 이어받았다.

"사실, 아마도 이 병원을 책임질 자질을 갖춘 사람이 없을 겁니다. 어떤 모잠비크 외과의사가 이곳으로 오려고 하겠습니까? 그들은 모두 마푸토에 있는 사립병원에 남아 있으려고 합니다. 이 나라의 지리를 보아야 합니다. 마푸토는 맨 아래에, 자루 밑바닥에 있습니다. 그리고 돈도 마찬가지입니다! 자루 밑바닥에 남아 있지요. 이 나라에 투자되고, 기부된 수백만 달러가 마푸토를 떠나지 않습니다. 밀림 한가운데에서 헤매고 있는 건 우리뿐이지요. 대부분의 NGO 회원들은 수도에서 최신 모델 랜드 크루저나 몰면서 굽신거리고 있지요."

베르나르가 화가 나서 한 술 더 떴다.

"이 나라는 지리학적으로, 그리고 지정학적으로 정말이지 상식에서 벗어나 있습니다! 이 나라는 거대합니다. 해안 길이가 2천 킬로미터가 넘지요. 그런데 유일한 도로가 나라를 가로지르고 있습니다. 통일성이라곤 전혀 없고요. 국경을 강경하게 결정한 것에 대해 사람들은 식민지 지배자들을 종종 비난하지요. 잘못은 그들이 국경을 그은 데 있는 것이 아니라 충분히 긋지 않은 데 있지요! 자이르를 보세요. 너무 커서 관리나 통제가 불가능합니다. 둘이나 세 나라로 나누어야 할 겁니다."

다음날, 우리는 베르나르와 함께 이 지역 콜레라 캠프를 둘러보았다. 베르나르는 캠프를 여러 곳에 만들었다. 감염된 환자들이 오는 도중에 죽어간다는 걸 알았기 때문이다.

"콜레라는 어처구니없는 전염병입니다. 발병한 지 여섯 시간 만에 죽고, 아래위로 속을 몽땅 비우게 되죠. 하지만 염분과 미네랄이 든 용액을 채워주기만 하면 3일 만에 낫습니다. 면역체계가 작동하는 데 필요한 시간이지요."

우리는 울타리를 만들기 위해 말뚝 위에 수직으로 방수포를 친 정사각형의 구역 안에 자리잡은 여러 개의 텐트 앞에 이르렀다. 베르나르가 우리를 안내했다.

"캠프는 텐트 40여 개가 모인 것입니다. 네 공간으로 나눠져 있습니다. 첫번째 공간에는 간호사와 의사 텐트가 있고요, 두번째 공간에는 진료 텐트가 있고, 세번째에는 수분 공급실이 있고, 마지막 공간에는 회복실이 있습니다. 환자는 첫번째 텐트로 들어와서 과정을 다 거치고서 마지막 텐트로 나가게 되지요. 발이 들린 채 나가는 것이 아니라, 가능하면 걸어서 나가게 되지요. 각 구역 앞에는 소독용 수조가 있어 박테리아를 격리시켜 확산되지 않게 합니다. 발 씻는 통 말이지요."

우리는 환자들의 텐트 속으로 들어갔다. 세 사람이 힘없이 누워 있었다. 그들 중 앙상하게 마른 한 사람은 링거를 맞고 있었다. 침대들에는 구멍이 뚫려 있었고, 구멍에는 양동이가 놓여 있었다.

"콜레라는 몸속을 완전히 비우죠. 화장실을 가려고 일어날 수조차 없어요. 너무 급해요. 지난주에는 열다섯 명이 있었습니다. 이곳은 전염병이 통제되고 있는 것 같군요."

오후에는 티보가 우리를 데려가 자기 작업을 보여주었다.

"저는 의사로서 치료 행위를 하는 게 아니라 예방을 하고 있습니다. 콜레라 박테리아는 불결한 물과 오물에 의해 전파됩니다. 따라서 우리는 이 전염병을 저지하기 위해 두 가지 원천을 공격하지요. 염소 침전 여과기를 이용해 깨끗한 물을 만들고, 개별 화장실 계획을 진행하고 있지요."

피난민 캠프 주변에는 시멘트로 된 50여 개의 원형 포석이 바닥에 깔려 있고, 구멍 하나와 다리 모양 두 개가 그려져 있었다. 그리고 구멍에는 마개가 하나 있었다.

"이것이 변기 구멍을 완전히 덮는 덮개죠. 파리들이 음식물 위나 사람들 손이나 입에 옮겨 다니며 콜레라균을 사방에 퍼뜨리지 못하도록 말이죠. 하지만 성공은 마개에 달려 있습니다. 사람들이 사용 후 다시 막는 걸 잊지 말아야 하죠."

가장 중요한 건 마개였다.

정말이지 콜레라는 바보 같은 질병이었다.

우리는 마지막으로 잠베지 강 위를 지나 고원을 떠났다. 우리에겐 중요한 봉우리였다. 열 달 전부터 우리는 고원 길의 위험, 무장한 무리들, 광산, 더위, 홍수, 그리고 저 유명한 다리가 우리에게 상기시키는 모든 것에 관해 상상해왔다. 그런데 그 다리가 우리 발 아래 있었고, 고원은 바로 우리 등 뒤에 있었다. 우리의 다음 목표는 말라위 북쪽에 있는 카롱가였다. 거기에서 독일인 고인류학자 프리드만 슈렌크가 우리를 기다리고 있었다.

며칠 동안 멈춰 쉬고 난 뒤라 도로가 그리웠다. 그것은 마치 호출

같았고, 필연 같았다. 우리는 그 무엇도 앞으로 나아가는 것만큼 좋아하지 않는다. 촬영 때문에 멈춰 서다보면 엄청난 시간과 에너지가 소모된다. 길을 다시 걷기 시작할 때면 정신적으로 지쳐 있다. 멈춰 서는 건 매우 위험한 일이다! 오늘 아침 나는 선풍기를 잡다가 오른쪽 검지를 다쳤다. 손가락 끝이 깊이 잘렸다. 나는 아픈 손가락에 붕대를 칭칭 감고 걸었다. 혐오스런 결막염 때문에 눈도 들러붙어서 끔찍하게 따끔한 젤을 눈꺼풀 사이에 넣어야만 했다. 즐겁지 않았다. 무타라라의 공공 보건소 앞에는 화장실이 넘쳐서 생겨난 거대한 돼지우리 속에서 돼지들이 뒹굴고 있었다.

우리는 말라위와의 국경인 조부에를 향해 가면서 평소의 아침과 밤 리듬을 되찾았다. 어느 날 아침, 커다란 흰색 트럭 한 대가 우리를 지나치더니 곧 엄청난 먼지구름을 일으키면서 서른여섯 개의 바퀴가 달린 36톤을 멈춰 세웠다. 키 작은 남자가 비닐봉지 하나를 들고 트럭에서 내렸다.

"3일 전부터 당신들을 찾고 있었어요! 이건 헬렌이 당신들에게 보내는 겁니다. 만나서 다행이군요. 이 안에는 괴로워하고 있는 치즈가 있거든요."

갓길에서 포장을 풀었다. 우리의 수호천사, 우리의 작은 황금 두더지가 우리에게 먹을 것을 많이도 보냈다. 진공 포장된 햄, 카망베르 치즈, 사탕, 초콜릿 바, 갈아 신을 양말. 얼마나 사랑스러운 배려인지! 얼마나 멋진 생각인지! 우리는 태양 아래에서 눈물이 날 정도로 감동했다. 메시나 시핑의 운전수 데이빗은 자기 임무를 수행할 수 있어서 기뻐했다. 헬렌은 그에게 이렇게 말했다고 한다.

"놓칠 수가 없을 거야. 길이 하나뿐이니까 분명 그 길 위에 있을 거야."

우리가 강 하나를 건너고 있을 때 거기서 아이들의 아우성이 들려왔다. 10여 명의 아이들이 둘씩 짝을 지어 그물 대신에 시트를 들고 물 속에서 달리고 있었다. 반짝이는 몸에 젖꼭지가 뾰족하게 불거진 발가벗은 여자아이들은 은빛 도는 물고기들을 잡을 희망으로 흰 그물을 세차게 오므렸다. 하지만 물고기들은 달아나 덫 위로 튀어오르더니 다른 여자아이들에게 잡혔다. 다리에서 내려다보니 카마르그의 기마행렬과 놀이공원의 범퍼카를 닮았다. 이것이 아이들의 낚시였다.

저녁에 우리는 바오밥나무를 향해 갔고, 나무 주변에 가옥 몇 채가 있는 걸 보고서 나무 아래에 텐트를 쳤다. 마누엘이 우리를 맞이했다. 우리는 족장 나무의 헐벗은 가지 끝에 매달린 별 아래에서 마사-파줄라-카망베르를 그와 함께 나누었다.

그 무렵, 처음으로 하늘에 백조자리와 돌고래자리, 독수리자리, 황소자리 등이 나타났다. 우리는 북쪽을 향해 나아가고 있었다.

우리는 두 개의 커다란 나무뿌리 사이에 텐트를 쳤다. 이날 저녁도 신발을 벗고 있는데 전갈 한 마리가 다리 사이로 나타났다. 나는 녀석을 전갈자리로 보냈다.

크리스탈처럼 청명한 밤에 밀림의 맥박 같은 북소리가 오래도록 울려 퍼졌다. 새벽이 오기도 전에 수탉이 우는 소리에 암탉 한 마리가 우리의 망사 피신처 주변에서 땅을 긁어댔다. 한 무리의 병아리들이 줄 지어 어미닭에게 달라붙었다. 안녕 병아리들! 바오밥의 축 늘어진 희고 큰 꽃들이 우리 머리 위에서 붕붕거렸다. 벌들도 깨어난 것이다. 꿀을 딸 시간이었다.

빈속으로 신선한 두 시간을 만끽하기 위해 우리는 길을 떠났다. 10킬로미터는 벌었다. 오늘 우리는 그토록 갈망하던 동아프리카대지구대로 들어설 것이다. 그곳은 인류의 발자취를 따라 걷는 우리 도보여행의 축이요, 동맥이고, 척추였다. 우리는 그것을 능선에 의해 잘린 가파른 고원으로 오르면서 발견했다. 불거진 흉터 같았다. 걷는 것은 지리를 천천히 실제 크기로 경험하게 해준다. 지금까지 우리는 4천5백 킬로미터부터 원시적 늙은 곤드와나 대륙의 가파른 단층절벽을 따라왔다. 이제부터 아프리카는 부러졌다. 앞으로 우리가 걸을 9천 킬로미터는 후원자를 따라가듯이 대지구대를 따라갈 것이다. 앞으로 나아가고 다시 일어서기 위해.

점심시간에, 들판이 하얗게 변하는 시간에, 우리는 프랭크 루시우스의 집으로 피신했다. 선택은 결코 우리가 한 것이 아니었다. 그가 했다! 왜냐하면 그가 그곳에 있었고 우리는 완전히 기진맥진해 있었으니까. 우리는 이번에도 환영받았다. 이날까지 우리는 단 한 번도 거부당하지 않았다. 그저 그이기 때문에, 그저 우리이기 때문에, 우리의 걸음이 그에게 인도했기 때문에 우리는 그를 만나게 되었다. 어쩌면 지나치게 세부적인 것에 연연해하는 것처럼 보일지 모르지만 아프리카인들은 잘 이해했다. 그들은 50도의 태양 아래 걷는다는 것이 어떤 것인지를 알았다.

프랭크 루시우스는 멋진 부겐빌리아 정자 아래에서 광주리 작업을 하느라 바빴다. 그의 마당은 깨끗했고, 집은 이 나라에서 본 것 중에서 초가가 가장 멋졌으며, 다락은 기둥 위에 높이 자리하고 있었다. 연장들은 잘 정돈되어 있었고, 가축은 보살핌을 제대로 받고 있었다. 닭들은 모이를 쪼고, 아이는 짚으로 만든 요람 속에 잠들어 있었다. 이 남자는 다른 남자들과 같지 않았다. 그는 일도 하고 계획적이었다. 그가 부자인가? 아니었다. 그는 동료들보다 재력이 더 많은 건 아니었다. 분할받은 메마른 밀림 한 귀퉁이를 가지고 있었지만, 이 과중한 짐을 가지고 그는 평화의 안식처를 만들 줄 알았다.

아기가 깨어나자 소냐가 돌보았다. 곧이어 아들 토마스가 학교에서 돌아왔다. 그 아이는 영어를 꽤 잘했다. 아이의 어머니 시레미초는 먼 시장에서 돌아와서 콩 껍질을 벗기기 시작했고, 밀을 가지고 키질을 했다. 고양이 한 마리가 햇볕을 쬐고 있었고 오리들이 마당을 지나갔다. 우리가 오리를 본 게 언제더라? 메시나의 헬렌 캠벨 집에서 본 뒤로 처음이었다. 프랭크는 우리가 온 뒤로 50개째 바구니를 막 끝냈다. 그는 근육질이었고 근면했으며, 꼼꼼하면서도 솜씨가 좋았다. 우리는 그를 방해하지 않았고, 그도 우리를 귀찮게 굴지 않았다. 그는 우리에게 가난과 궁핍의 차이를 보여주었다. 가난은 품위 있고 의연할 수 있지만, 궁핍은 육체적, 정신적으로 언제나 빈곤하기만 한 것이다.

보름달 아래 바위 꼭대기에서, 낭떠러지 위로 불꽃이 춤을 추는 가운데 옷을 반쯤 벗은 채 우리는 발아래로 푸른 밀림을 바라보며 모잠비크에서의 마지막 밤을 보냈다. 깜깜한 밤에 트럭들의 먼 불빛이 정찰병 역할을 했다.

말라위

Africa Trek 17

'슈거 대디'와 천국

음완자, 2001년 12월 1일 토요일,
여행 334일째, 30킬로미터, 총 4,655킬로미터

두 국경 초소 조부에와 음완자 사이의 중립지대에는 사람들이 옥수수 트럭 주위에 몰려 있었다. 도로 위에 펼쳐져 있던 옥수수는 무게가 측량되고 봉지에 담겨 팔려나갔다. 떠들썩한 분위기에서 이뤄지는 대단한 암거래였다. 말라위는 옥수수가 필요한 모양이었다. 식량부족? 곧 알게 될 테지. 우리는 기쁜 마음으로 걸었다. 모잠비크 고원의 페이지는 넘겨졌다. 말라위 호수의 푸른 물은 이제 우리의 것이다!

7킬로미터가 두 초소를, 두 깃발을, 두 방책을 갈라놓고 있었다. 우리는 일년 전부터 갈망해온 지구대로 곧장 내려가기 시작했다. 커다란 표지판이 우리를 맞이했다. "아프리카의 뜨거운 심장으로 들어선 것을 환영합니다!" 그리고 모잠비크 콘돔 제니토가 말라위 콘돔 시장고와 손을 맞잡고 있었다. 하나는 수동식 작은 덮개였고, 또 하나는 우스꽝스러운 방패 장식이 있는 모자였다. 일종의 국경을 넘어서는 교대의식 같았다. 그것은 아프리카에서 질병의 주된 매개자들인 도로 운전자들을 위한 메시지였다. 헬렌 캠벨은 매년 일꾼들의 3분의 1을 잃고 있다고 말했었다. 그 때문에 일꾼을 구하고 교육시키는 데 심각한 문제가 야기되었다.

도로는 완전히 새것이었다. 유럽연합이 만들어준 매끈하고 새카만 아스팔트. 아프리카의 이 외딴 곳에서 유럽 깃발을 보니 이상했다! 대지구대의 접합 부분은 분명하게 드러났다. 진짜 단층, 화강암 절벽들이 열기의 아지랑이 속에서 계단 모양으로 내려가고 있었다. 반대편 멀리, 흐릿한 흰색 위로 놀라운 물랑고 산이 보였다. 대지구대의 관문이었다.

방책, 초소, 인사, 쾅! 도장. 우리는 어려움 없이 말라위로 들어섰다. 이전과 대조적으로 호사스러웠다. 노점들이 있었고, 길에서는 분주한 활동이 이루어지고 있었으며, 택시들은 경적을 울려댔고, 모두가 또다시 영어로 말하고 있었다. 공기에서는 끓는 듯한 열기가 느껴졌다. 자동차를 탄 한 남자가 우리가 있는 곳에서 멈춰 섰다.

"점심은 어디서 드세요?"

"?"

"그러면, 제가 초대하지요. 타세요!"

"죄송하지만 자동차를 탈 수가 없어요. 저희는 걸어야 해요."

"그렇다면 저기 표지판 보이시죠? 저기가 성당이에요. 거기서 봅시다."

토비아스 신부는 7년 전부터 수도회에서 젊은 코르넬리우스 신부의 보좌를 받고 있었다. 두 사람 모두 단추가 길게 달린 옛날식 검은 수단 차림이었고, 성격은 쾌활했다. 그들은 블랜타이어 신학교 출신이었다. 인구의 40퍼센트에 달하는 가톨릭 교인들은 장로교나 개신교, 회교도와 이단 종파들보다 앞서는 이 나라의 가장 큰 종교 세력이었다.

"이런 감옥에서 맞이하는 걸 용서하세요. 석 달 전에 무장 습격을 받아서 창문에 철창을 설치하고 문마다 철책을 설치하지 않을 수 없었습니다."

우리는 아프리카에 대해, 그 풍요로움에 대해, 그 으뜸패에 대해, 또한 아프리카가 안고 있는 문제들에 대해 얘기했고, 곧 에이즈 문제에 대해서도 얘기하게 되었다.

"교황께서 콘돔에 대해 명료한 입장을 갖고 있지 않다고 생각지 않으십니까?"

"그분은 분명하십니다. 아무도 이해를 하려 들지 않을 뿐이지요. 그분은 반대를 하시는 게 아닙니다. 다만 이 재앙에 맞서 싸우는 최선의 방법이 아니라고 말씀하시는 거죠. 그리고 그분의 생각이 옳습니다. 교황께서는 부부 사이의 정절을 장려합니다. 그것이 부부관계의 토대죠. 그분은 콘돔 세일즈맨의 일을 대신 하고 싶지 않으신 것뿐입니다. 그 일에 적합한 사람들이 많으니까요. 결코 아무것도 금지하지 않으셨습니다."

"네, 그렇지만 아프리카에서는 이 문제가 좀더 복잡하지요."

"아프리카에서요? 우리를 어린애 취급하지 마세요. 아프리카인들이 성 문제에 있어서 누구 말을 듣는다고 생각하세요? 에이즈는 우리의 행동 때문에 확산되는 겁니다. 교황께서 콘돔에 대해 말씀하시거나 안 하신 것, 그리고 기자들이 해석하고 왜곡한 것 때문이 아닙니다. 두 분은 사랑을 하기 전에 교황님을 생각하십니까? 두 분은 바티칸이나 주빌레 신전에서 만든 형형색색 콘돔이라도 상상하시는 겁니까? 이건 잘못된 비난입니다. 교황님은 삶을 위한 존재이지, 죽음을 위한 존재가 아닙니다. 저를 찾아온 에이즈 바이러스 보균자들은 모두 깜빡 잊거나, 없이 지내거나, 찢어질 때까지는 콘돔을 즐겨 소비한 사람들이었습니다. 그렇지만 한 달 전부터 같은 상대와 함께하고 있기 때문에 안심했죠. 하지만 병에 걸리는 데는 단 한 번으로도 충분하지요."

코르넬리우스 신부가 다시 말했습니다.

"교황님은 이상을 추구하셔야 하고, 좀더 현실적이어야 하는 건, 문제와 대면하고 있는 우리의 몫입니다. 우리는 그 문제에 관해 매우 분명한 지시를 받고 있지요. 우리는 경우별로 다룹니다. 교회의 이상에 아직 대답할 수 없는 젊은이들에게, 사랑의 참된 본질을 아직 이해하지 못한 모든 사람들에게 우리는 자신을 보호하라고 말합니다. 왜냐하면 무엇보다 교회의 메시지는 생명을 보호하라는 것이니까요."

토비아스 신부가 한층 심각한 표정으로 말을 이어 받았다.

"제가 한 가지 털어놓지요. 우리 젊은 사제들 가운데 7퍼센트 가량이 에이즈로 죽습니다. 국가 통계보다는 적습니다만 그래도 놀랍지요! 아프리카에서 관리하는 법을 터득해야 하는 건 성 전반의 문제입니다. 그것은 교육과 도덕과 이성과의 관계와 자기 인식을 통해 이루어집니다. 콘돔으로 해결되는 것이 아니지요. 바로 그 점에 우리는 노력을 기울이고 있습니다."

그러자 코르넬리우스 신부가 결론지었다.

"전통문화의 터부들은 버려졌지만 일부 비도덕적인 성 관습은 여전히 남아 있습니다. 유아성도착, 근친상간, 의식적 강간…… 나머진 생략하겠습니다. 거기에다 시장, 영화, 광고, 쉬운 섹스의 장려, 소비용 섹스 등이 더해졌지요. 아프리카 문화는 이 두 모델 사이에 걸터앉아 있게 되었죠. 그래서 한 가지 행동을 재발견해야 하는 겁니다. 적응하던지 아니면 사라지던지 해야죠. 그것이 에이즈가 우리에게 강요하는 거지요."

우리는 적어도 두 신부가 이 문제를 진지하고 구체적으로 생각하고 있다고 믿으며 그들을 떠났다.

내리막길은 계속되었고, 열기는 계속 올랐다. 대지구대를 한 계단씩 내려갈 때마다 기온이 2, 3도 정도 높아졌다. 토비아스 신부의 충고에 따라 우리는 선교사들이 만들어놓은 옛길을 따라 밀림 속으로 들어갔다. 그 길은 120킬로미터가 아니라 60킬로미터로 블랜타이어까지 이어졌다. 우리는 한순간도 망설이지 않았다.

저녁이 되자 밀림 한가운데서 버려진 집 근처에 이르렀다. 우리는 바깥에다 텐트를 쳤다. 모든 게 끈적거렸다. 우리는 한밤에도 땀을 뻘뻘 흘렸지만 어쩔 도리가 없었다. 땅바닥에 닿은 등은 타는 듯했다. 우리는 기진맥진한 채 나란히 누웠다. 하늘에서는 뜨거운 빛의 잔영이 환영처럼 맴돌며 불면의 밤을 떠나지 않았다. 비가 예고되었으나 내리지는 않았다.

이튿날 새벽 음파타망가 계곡에서 우리는 말라위 호수의 유일한 배수로인 시레 강과 만났다. 우리는 대지구대 바닥에 와있었다. 하지만 그 생각을 더이상 하지 않고 황토색 물에 목덜미를 씻으러 갔다. 우리는 오래된 식민지 양식의 다리 하나를 건너서 이 거대한 단층의 동쪽 플레이트 쪽 땅에 처음으로 발을 디뎠다.

우리는 이런 상징적 이행이 좋았다. 자동차를 타고는 아무 의미가 없었다. 그냥 지나갈 뿐이기 때문이다. 걸어서는 그런 순간들이 오는 걸 보고, 갈구하고, 환상을 품고, 그 의미를 재보고, 우리가 공간 속으로 나아가는 걸 좀더 강렬하게 경험해볼 시간이 있었다. 여행의 가장 단순한 정의는 바로 이런 것이 아니겠는가?

블랜타이어를 향한 오르막은 끝이 없었다. 가련한 사내들이 가파른 비탈에서 거대한 석탄 자루를 아슬아슬하게 쌓아올린 자전거들을 밀고 있었다. 그들은 밀림에서 나왔다. 그곳에서 그들은 불법으로 산림 벌채 거래를 하고 있었던 것이다. 하지만 블랜타이어는 연료가 필요했다.

계곡 위 구불구불한 길에서 잠시 쉴 때 엘리프 시차냐가 자기 삶을 얘기해주었다.

"저는 한 아름도 넘는 굵은 나무들을 자르고, 그걸로 불을 피웁니다. 그리고 흙으로 불을 덮고 만들어둔 생산품을 가지고, 다시 말해 20킬로 정도의 자루를 가지고 블랜타이어로 올라갑니다. 그걸 200크와샤(3유로)에 팔지요. 다음날 다시 오고, 새로운 나무 더미가 준비되고 저는 다시 시작하지요. 주중에는 네 자루를 만들어서 네 번 왕복하지요."

땀이 그의 검은 피부 위로 검은 흔적을 길게 남겼다. 티셔츠 구실을 하고 있는 누더기는 뭔가를 닦기에는 너무 낡고 많이 찢겨 있었다.

우리는 오르막길을 올랐다. 숲은 추했다. 벗겨지고 누렇고 앙상했다. 곳곳에서 연기 줄기가 석탄 자루로 변한 풍경을 드러냈다. 대지구대 바닥에서는 울퉁불퉁한 기복이 지각변동의 재앙을 얘기해주고 있었다. 그 사이로 시레 강이 길을 트고 있었다. 이틀 동안 자전거를 타고 빈번하게 이동하는 사람들이, 이 숲의 묘혈을 파는 인부들 무리가 우리를 지나쳐갔다. 어느 날은 한나절에 2백 명이 넘었다.

갑자기 비행기 한 대가 우리 머리 위를 스칠 듯 하늘을 날았다. 엄청난 굉음! 엄청난 충격! 블랜타이어가 가까웠다. 우리가 마지막으로 탄 비행기가 언제였던가? 1천 년 된 야생 아프리카 속으로 불쑥 21세기가 출현한 것이다. 비행기 옆구리엔 DHL이라는 글자가 크게 써져 있었다. "24시간 안에 세상 어디든지 간다!" 우리가 살고 있는 것과는 정반대의 얘기였다. 충돌.

단층절벽과 고원에 이르자 인구가 많아졌다. 얼마 전에 경작된 밭들이 공간을 두고 마을과 다투고 있었다. 1제곱미터도 그냥 버려진 땅이 없었다. 황량하고 아무도 살지 않던 대지구대 계곡과는 완전히 대조적이었다.

길을 걷고 있는데 화난 듯한 얼굴의 한 청년이 다가오더니 우리를 물고 늘어졌다. 그 광경을 한가로이 지켜보던 사람들은 키득거렸다. 그는 이해할 수 없는 말을 해대며 우리를 졸졸 따라다녔다. 어딜 가나 마을의 바보를 참고 견뎌야 하다니! 소냐는 걸으면서 그를 진정시키려고 말을 걸었다.

"이름이 뭐죠?"

"다-다-다-니-니엘…… 다니엘!"

우린 운도 좋았다. 바보에다 말까지 더듬다니.

"우운이 조좋으세세요! 푸푸른 데서 와와서 푸른 데로 가잖아요."

오직 지평선에 눈을 고정한 도보여행자만이, 오직 시인만이, 화가나 철학자만이 지평선이 푸르다는 걸 안다. 보스주 지방의 지평선처럼.

"이이렇게 걸으시는 걸 보니 아주 고귀한 모모목적이 이있으시겠지요?"

우리는 그를 떨쳐버리려고 속도를 높였던 걸음을 늦췄다.

"두 분이 옳으세요. 거거걷는 사람들은 세세상에 말을 하려는 거겁니다…… 우리 아프아프리카를 볼 겁니다. 사사람들의 아프리카요, 과과관광객에게 보여주는 아프리카가 아니고요……."

천재. 우리는 마을의 천재를 만난 것이다. 그는 남아프리카공화국을 관통한 얘기, 짐바브웨의 위기와, 모잠비크의 가난에 대한 우리의 증언을 주의 깊게 들었다. 그리고 우리에게 그를 받아들일 교육기관의 부재에 대해, 그가 희생자인 억압적인 조치들과 몰이해에 대해 얘기했다. 그는 공부를 하고 싶어했고, 우리와 같이 가고 싶어했다.

"제가 아주 자자작아져서 그 배낭에 올라타고 세세세상을 보고 싶어요! 나를 노노놀리는 이 이 바보들과 함께 여기 남고 싶싶지 않아요. 제가 지지겨워지시면 그저 제게 도돌만 던지면 돼요."

다니엘은 우리의 마음을 찢어놓았다.

우리는 단 몇 킬로미터밖에 그와 함께하지 못했다. 그를 떠나면서 우리는 그에게 고맙다고 말했다. 멀리서 우리는 뒤를 돌아보며 그에게 외쳤다.

"사랑해요!"

이날 저녁, 하늘이 해방되더니 장대비가 쏟아져 밭고랑을 가득 메웠다. 수천 헥타르에 걸친 목마른 씨앗들은 그들 몫의 생명력을, 하늘을 향해 뻗어 오르려는 약속을 초조하게 기다려왔다. 곳곳에서 농부들이 나와 비를 맞으며 묵은 때와 불안을 씻어내고 자연과 화해했다.

우리는 제임스 물리의 집에서 비를 피했다. 그는 예전에 소방서장을 했던 사람으로 연수를 받느라 싱가포르에서 9개월을 지낸 적이 있었다. 우리는 그의 거실 소파 사이에다 텐트를 쳤다. 머리 위에서는 억수같이 내리는 비가 양철 지붕을 두드려댔다. 사랑스런 그의 딸이 계란과 밥 한 접시를 가져다주었다. 우리는 이런 즉각적인 접대에 늘 경탄하게 된다. 너무도 자연스럽고, 너무도 순박했다. 긴장감도 없었다. 그리고 제임스는 자기 집에 와준 데 대해 고맙다고 했다. 전도된 역할과 존엄의 구현. 소냐가 씻으러 간 후, 곧 어둠 속에서 비명 소리가 들려왔다. 달려가보니 욕실 벽에 엄청나게 큰 수천 마리의 바퀴벌레가 득실거렸다. 한결같이 반짝이는 한 겹으로 벽 전체를 뒤덮고 있었다. 살아 있고 소리를 내는 벽. 우리의 친절한 주인은 싱가포르에서 모든 걸 배워온 건 아닌 모양이었다!

블랜타이어에서 우리는 마틴과 레슬리 웰치에게 전화를 걸었다. 두 사람은 은샬로에 있는 일로보 사탕수수 농장에서 주말을 함께 보내기 위해 우리를 데리러 오기로 했다. 그곳은 이 나라에서 가장 큰 직장이었다. 남아프리카공화국 국적의 농장. 티욜로 단층절벽을 다시 내려가기 전에 우리는 차 농장을 가로질러 갔다.

"차는 담배 다음 가는 두번째 수입원입니다. 보호령 시절 초기에 인도에서 들여온 거지요. 하지만 지금은 세계적으로 과잉 생산되고 있어요. 카페인 연구 때문에 미국에서는 소비가 줄어들고 있습니다. 유통이 무너져서 그다지 경기가 좋지 못해요. 제가 물루지라면 차 농장의 반은 빼서 국민들을 먹여 살릴 다른 것을 심겠어요. 이 구식 식민지 농작물을 다른 것으로 바꿔야 해요. 담배는 짐바브웨의 위기 때문에 지금도 잘되고 있습니다. 하지만 중국이 시장을 잠식해 들어오고 있어요. 반다가 통치할 때는 담배가 국영화되어 있었죠. 지금은 과반수가 넘는 생산물이 소농장주로부터 나옵니다. 그들은 담뱃잎을 말리기 위해 산림을 마구 벌채하고 있어요. 그런데도 어쨌건 국민들보다는 국가가 득을 보고 있지요. 이 점도 이 나라가 떨쳐내야 할 식민지 유산이에요."

"그러면 사탕수수도 없애야 할까요?"

"사탕수수는 조금 달라요. 사탕수수는 다른 것을 심기 위해 늪지대에다 심습니다. 그리고 엄청나게 많은 일자리를 제공해서 25만 명 이상을 먹여 살립니다. 그리고 설탕은 어쨌건 차나 담배보다는 생명 유지에 훨씬 필요한 작물이죠. 아, 잊고 있었군요. 아프리카에서 유일한 칼스버그 맥주 공장도 있고, 꽤 맛이 괜찮은 말라위 진 공장도 있습니다. 사실, 마시고 피우기 위한 것들뿐입니다. 말라위 사람들에게 먹을 것도 필요하지 않겠어요!"

"블랜타이어라는 이름은 어디서 온 겁니까?"

"그건 스코틀랜드의 리빙스톤이 탄생한 작은 마을입니다. 이 도시가 경도 35도에 위치하고 있다는 걸 아셨습니까? 예루살렘과 마찬가지로 말입니다. 두 분은 여행의 3분의 1을 하신 겁니다. 이 선만 따라 가시면 되겠군요!"

그들 집에 도착하자 레슬리가 우리를 근사한 방으로 데려갔다. 상자 안에서 두 마리의 귀여운 새끼 고양이가 야옹거리고 있었다. 그 이상 예쁠 수가 없었다. 소냐는 녹아들었다.

"보이지도 않는 작고 파란 눈이 너무 귀여워요."

"살쾡이에요. 한 인부가 사탕수수밭에서 발견해서 주술사에게 팔려는 걸 우리가 빼앗다시피 한 거예요."

레슬리가 말했다.

우리는 똑같은 위험에서 살아남은, 모호로호로의 나티가 떠올랐다. 야생 동물들은 아프리카 곳곳에서 집행유예 상태에 놓여 있었다.

바보드와 트리보드—이것이 녀석들의 이름이다. 마틴이 어부라는 사실을 잊지 말자—는 번갈아가며 작은 젖병에 달려들어 날카로운 발톱으로 움켜쥐었다. 레슬리가 왜 두꺼운 가죽 장갑을 끼고 있는지 이제 이해가 되었다.

"젖을 떼고 나면 자연으로 다시 돌려보낼 거예요. 농장에는 작은 사설 보호구역이 있어요."

소냐가 우유를 먹이려고 해보았다. 어린 살쾡이는 발톱을 있는 대로 드러내고 불안해하며 광적으로 발버둥을 쳤다.

"괜찮아, 진정해! 네 우유 안 뺏을 거야. 여기 있잖아."

소냐가 젖을 먹이는 걸 보면 난 언제나 기분이 이상했다.

저녁 식탁에서 집주인들은 우리가 그토록 좋아했던 남아프리카공화국으로부터 최근에 받은 비관적인 소식에 대해 말했다. 국제사회

1) 신약新藥을 찾는 사람이 내용보다는 포장이나 선전에서 강한 효과를 받는다는 사실을 이용하는 자기 암시 요법—옮긴이

의 쿠에요법[1]에도 불구하고 무질서와 폭력 사태가 계속 커지고 있다는 것이다. 농장에서 사회복지 개발을 맡고 있는 레슬리가 깜짝 놀라며 말했다.

"사회면 기사들은 도무지 이해할 수 없는 것들이에요. 한 빈민촌에서 25세에서 45세 사이의 남자 여섯 명이 얼마 전에 9개월짜리 여아를 강간했다는군요. 에이즈 치료를 하려고 그랬답니다. 더 불행한 것은 그 아기가 아직 살아 있다는 사실입니다."

그때 전화벨이 울렸다. 전화를 받으러 갔던 레슬리는 눈물을 흘리며 마틴 쪽으로 몸을 돌렸다.

"테디 삼촌이 조금 전에 살해당했대! 뭐라고? 어디서? 해변에서? 어느 해변? 더반에서! 왜? 겨우 26랜드(3유로 8상팀) 때문에! 세상에! 믿을 수가 없어! 말도 안 돼! 칼에 서른 번이나 찔렸어? 대낮에?"

그녀는 털썩 주저앉았다. 마틴이 그녀에게 달려갔고, 소냐는 바람을 쐬러 밖으로 나갔다. 나는 머릿속이 텅 빈 채 바보처럼 혼자 남아 있었다.

새벽에 대성당을 거쳐 블랜타이어를 떠나 다시 길을 갔다. 바로 맞은편에 거대한 회교사원이 지어지고 있었다. 회교사원의 첨탑은 얼마 전 100세를 기념한 성당 종탑을 몇 미터나 위에서 굽어보고 있었다. 건축으로 표현된 유치함. 선팅이 된 차창에, 알루미늄 휠을 장착한 커다란 자동차들이 우리를 지나쳤다. 새하얀 옷을 걸친 털보들을 잔뜩 싣고 있었다. 길가에서 우리는 이날 아침 건축 중인 일곱 개의 또 다른 회교사원들을 보았다. 불가사의한 일이었다. 여기서 무슨 일이 일어나고 있는 걸까? 토라보라[2]가 세상 반대편에 떨어지고 있었다. 아주 멀리 다른 하늘 아래.

2) 아프가니스탄의 잘랄라바드 남서쪽에 있는 산악지대 — 옮긴이

좀바 고원을 지나면서 우리는 벌판에서 프랑스 NGO 표지판을 보게 되었다. 국제원조Inter-Aide.

"보러 갈까?"

소냐가 제안했다.

우리는 마당 안으로 들어섰다. 약간 흥분한 듯한 창백한 얼굴의 청년이 유순한 말라위 사람에게 얘기를 하고 있었다. 분명히 프랑스인이었다. 우리는 약간 불편한 마음으로 그를 향해 걸어갔다.

"안녕하세요, 저희는 케이프타운에서부터 걸어서 왔어요. 표지판을 봤는데요……."

"네, 그래서요? 빨리 좀 얘기해주세요. 제가 지금 좀 바쁘거든요. 무슨 일이십니까?"

진짜 프랑스인이었다! 매일 아프리카의 열기를 겪다보니 우리는 지금까지 받아온 환대만 생각하고, 소개의 기본 원칙을 깜빡 잊었던 것이다.

"그러니까…… 저희는 리포터입니다. 에이즈에 관해 인터뷰를 했으면 해서요."

그러자 곧 태도가 나아졌다. 그것은 필립 제라르 의사가 카메라에 관심이 있어서도 아니고(그는 카메라가 편치 않다고 털어놓았다), 자기 일을 알리고 싶어서도 아니었으며(기자들을 싫어한다고 말했다), 우리가 분명한 목표를 가지고 있기 때문이며, 우리의 도보여행이 합리적인 정신으로는 즉각 받아들이기 힘든 존재 이유를 가지고 있기 때문이라고 했다. 아마도 그의 말이 옳을 것이다. 그는 유능했고, 우리를 친절히 맞아주었다.

"우리 집으로 가서 주무세요. 배도 고프고, 포도주도 그립겠군요! 오늘 저녁은 얘기나 하고 촬영은 내일 하시면 될 겁니다."

그는 일을 너무 많이 한 탓에 얼굴이 창백했다. 금고를 들고 떠나버리는 일꾼들, 결근 문제, 에이즈 반대 지도자가 에이즈에 걸린 일 등등 골치 아픈 일 때문에 그는 신경이 곤두서 있었다. 실행해야 할 분명한 임무를 가진 합리적인 정신의 소유자가 아프리카에서 만날 갖가지 근심들이었다. 그랬다. 그걸 아는 것만으로도 충분했다. 그리고 그것과 함께 사는 것으로 충분했다. 그는 유행병과 맞서 싸우기 위해 독특한 운동을 이끌고 있었다. 저녁에 그는 그의 아내 수자나와 함께 칠판을 세웠다. 검은색 칠판이었다.

"남아프리카 곳곳에서 그렇듯이 여기서도 에이즈는 재앙입니다. 이곳 사람들은 공식적으로 10퍼센트가, 다시 말해 1백만 명이 넘는 사람들이 에이즈 바이러스 보균자들입니다. 그리고 점점 악화되고 있습니다. 30퍼센트의 임산부가 감염되어 있습니다. 국제원조에서는 성교육 교실이나 에이즈 퇴치 클럽들을 통해 농촌지역에 노력을 집약적으로 기울이고 있습니다."

"에이즈 퇴치 클럽이라는 게 뭡니까? 에이즈 보균자들의 로터리 클럽입니까?"

"아닙니다. 그것보다 훨씬 재미있는 겁니다! 마을 공동체에 속하는 청년 단체인데, 국제적 에이즈 예방의 큰 테마들을 다루는 스케치나 노래나 전통무용을 토대로 정기적으로 공연을 합니다. 그들은 우리의 메시지들을 통상적 의사소통 방식에 동화시키려고 애쓰고 있습니다. 밀림에는 TV가 없습니다. 그래서 우리는 마을 광장으로 이야기꾼이나 음유시인들을 보내고 있지요."

그러면서 그는 티셔츠를 보여주었다. 거기엔 A, B, C, D 네 글자가 씌어져 있고, 그 옆에는 영어와 말라위의 공식 언어인 치츄어로 문구가 적혀 있었다.

"이것이 우리의 메시지입니다. 우리는 이 티셔츠를 우리 클럽 회원들에게 나눠주고 있습니다. 물론 티셔츠만 받으려고 오는 사람도 있습니다."

A는 금욕Abstinence

B는 충절Be faithfull

C는 콘돔Condom

D는 죽음Death

"이건 교회의 메시지와 닮지 않았습니까?"

"저희는 교회와는 아무 관계가 없습니다. 국제원조는 비종교적인 조직이고, 저는 불가지론자입니다. 그러니……."

"그래도! 금욕이니 충절이니……."

"물론, 사람들은 말하고 싶은 대로 말할 겁니다. 그렇지만 어쨌건 이것이 가장 잘 통하는 겁니다. 그리고 이것이 교회에서 권고하는 내용이라는 건 맞습니다. 하지만 기자들이 얼마나 엉터리 소리들을 해대는지 콘돔을 쓰면 지옥에 갈 거라고 말하는 사람들도 있습니다. 그들에게 그런 말을 한 건 사제들이 아닙니다. 교황에 대한 증오와 교황의 말에 대한 잘못된 해석이 미디어를 통해 옮겨지면서 크게 왜곡되는 것입니다. 그 노인을 조용히 내버려둡시다. 아프리카의 온갖 악을 그의 탓으로 돌리지 맙시다. 저는 사제들과는 아무런 문제가 없습니다. 우리는 가톨릭 교구와도 함께 일하기까지 합니다. 반면에 미국의 개신교 종파들에 대해서는 같은 말을 할 수가 없겠네요. 그들은 광신도들입니다! 그들은 에이즈가 죄인들을 제거하기 위해 신이 보낸 것이라고 주장합니다. 어쨌건 한 가지는 확실합니다. 아프리카에서 종교적인 문제를 소홀히 할 수는 없다는 점입니다. 종교가 전통 관습들을 대체했으니까요."

"그러면 당국은 뭐라고 합니까? 물루지 대통령은 회교도죠?"

"그렇습니다. 게다가 저희는 정부 캠페인용 포스터의 문구도 사용합니다. '여러분의 행동을 바꾸십시오!' 왜냐하면 이곳에서는, 매우 공식적이지만 밝힐 수 없는 보고서에 따르면, 70퍼센트의 여성들이 원치 않는 성관계를 가집니다. 강간이 아닌 경우를 두고 하는 얘깁니다. 그리고 15세 미만 여자애들의 70퍼센트가 강제로 성관계를 갖습니다. 이 아이들은 같은 나이의 남자애들보다 다섯 배 이상 바이러스에 감염됩니다. 다섯 배라고 말씀드렸습니다! 제 말을 이해하고 계신지 모르겠군요! 스무 살 여성의 70퍼센트가 이미 두 아이를 갖고 있습니다."

"에이즈가 문화적 현상이지 경제적 현상이 아니라는 얘기를 하고 계시는 겁니까?"

"오, 그건 거창한 표현입니다. 저는 의사니까 사실만 말하겠습니다. 여기서 확실한 건 바이러스의 전파가 행동과 특별한 성적 관습에 따른 현상이라는 겁니다. 그것을 문화적 현상이라고 불러도 좋지만 삶의 수준과는 아무 상관이 없습니다."

그는 잠시 쉬더니 다시 말을 이었다.

"아, 무슨 말씀을 하려는지 알겠군요. 이 문제에 관한 유럽 신문들의 제목 얘기죠. '가난 때문에 아프리카가 에이즈로 죽어가고 있다. 돈을 줘라!' 제겐 이런 얘기 하지 마세요! 또 그놈의 신문기자들! 그자들은 TV를 켜고, 난민 캠프를 방문하고 쓴 내전에 관한 전보들을 읽고는 아프리카에 대한 그들의 생각을 써대죠. 바로 그래서 두 분께서 하시는 일이 의미 있는 겁니다. 하지만 얼간이들이 왜곡시키고 있는 현실에 대해 말하자면 잔인한 역설이 한 가지 있습니다. 아프리카에서는 에이즈가 교육 수준과 재정적 여유와 더불어 확산되고 있다는 겁니다. 이걸 '슈거 대디' 현상이라고 합니다. 돈만 조금 있으면 사무원, 교수, 공무원, 에이즈 퇴치 활동가까지도 — 이 경우가 무엇보다 불쾌하기 짝이 없지요 — 몇 콰차에 젊은 여자를 마음껏 골라서 살 수 있습니다. 여자들에겐 발언권이 없지요. 이걸 꼭 매춘이라고 하기는 어렵고, 가난을 이용한 일상적 관례지요. 그러니 이 현상은 문화적이면서 어느 정도는 경제적이기도 하지요."

매력적인 스페인 여자인 수잔나가 우리에게 맛있는 닭요리를 더 가져왔다. 그녀가 그를 놀렸다.

"에고, 두 분은 스위치를 제대로 누르셨네요!"

필립이 열띤 어조로 말을 이었다.

"머지않아 고아들이 넘쳐나서 모든 사회체제를 침수시키고 나라를 마비시킬 겁니다. 이 아이들은 양육되는 것이 아니라 무리를 이루며 스스로를 지킬 것이고 에이즈와 무질서의 지수 매체가 될 것입니다. 하지만 더 나쁜 일은, 에이즈에 걸린 국회의원이 세계에서 가장 많은 것이 말라위라는 점입니다. 그래서 본보기 삼아 그냥 내버려둘 거라는 겁니다! 물루지 대통령조차도 이곳 사람들을 향해서라기보다는 지켜보는 서양 사람들을 향해 커다란 광고판에다 떠벌리고 있지요. '말라위 국민들이여, 행동을 바꾸세요.' 아마도 그는 말라위 사람이 아니거나 자기는 무관한 일이라고 느끼는 모양입니다. 이렇게 말했어야죠. '자, 이제 우리 자신의 행동을 바꿉시다.' "

호기심 많은 소냐가 물었다.

"그런데 그 바꿔야 할 행동이란 게 뭐예요? 알고 싶네요. 매일 사람들 집에서 생활했는데도 모르겠어요. 특별히 무절제하다거나 과도한 걸 못 봤는데요. 아주 몰래 그런다면 모르겠지만요."

"예측불가능성과 채워지지 않는 탐욕과 불충실이 이곳의 성생활을 지배한다는 사실에서 모든 게 비롯됩니다. 예측불가능성은 공간도 없고 자유도 없어서 정상적인 애정 관계가 꽃필 수 없기 때문이죠. 집들이 작은 데다 많은 사람이 함께 살고 있어서 젊은 남자들이 젊은 여자들을 만날 수가 없습니다. 따라서 그들은 밤에 덤불숲에서 부랴부랴 해치우는 겁니다. 더 심각한 경우도 있지요. 그럴 때마다 에이즈가 옮겨집니다. 채워지지 않는 탐욕은 분명히 이 욕구불만에서 옵니다. 그리고 전통적인 관습의 유산이기도 하고요. 이 분야에서 이곳 사내들은 전희 단계의 프로들이 아닙니다. 남자들은 일주일에 열 명 이상의 다른 파트너를 가졌다고 털어놓습니다. 유럽에도 이렇게 정력을 과시하는 슈퍼-종마가 있을 겁니다. 제 말은 아프리카인들이 모두 성적 강박증 환자라는 것이 아닙니다. 우리 사회에서는 그런 일이 다른 조건에서 이루어지죠. 바이러스가 전파되기에 덜 유리한 조건이죠. 그뿐입니다. 보세요, 우린 이렇게 구체적입니다. 저는 세계보건기구처럼 근사하고 멋진 연설을 하지 않습니다. 매일 저는 친구들이 죽어가는 걸 보고 있으니까요!"

침묵이 흘렀다. 멍한 눈을 하고 그는 유령들이 지나가는 걸 보고 있었다.

"대부분의 사람들이 여전히 에이즈의 존재를 믿지 않고 있습니다. 그들의 이웃이나 가까운 사람들이 매번 다른 증세를 보이며 죽기 때문입니다. 말라리아, 결핵, 피부병, 인후염…… 그들은 그것이 보호되지 않은 성관계 때문이라는 걸 인정하려 하지 않습니다. 대개 에이즈 보균자들은 어떤 적의 주문에 걸려들었다고 생각하고, 주술사를 찾아가 복수를 하려고 하지요. 주술사는 돈을 받고 그들에게 경쟁 상대나 방해가 되는 사람을 희생양으로 지목해줍니다. 그러면 복수의 연쇄반응이 시작되지요. 한 사람이 에이즈로 죽을 때 또 한 사람은 거의 언제나 그 여파로 죽임을 당합니다. 게다가 처녀를 강간해야만 액운을 없앨 수 있다는 믿음도 널리 퍼져 있습니다!"

"저런! 이 모든 것과 함께 시작이 한참 잘못 되었군요! 이제야 수치를 좀더 잘 이해할 수 있겠네요."

"잠깐만요! 그게 다가 아니에요! 염려스런 한 보고서에 따르면 짐바브웨에서는 80퍼센트의 성관계가 술 취한 상태에서 이루어진다고 합니다. 그런 상황에서라면 콘돔은…… ! 여기서 알코올중독은 특히 도시에서 나타나고, 그리고 시골에서는 추수 후에 볼 수 있습니다. 하지만 젊은이들의 교육을 통해 바로잡아야 할 심각한 성향입니다. 그러지 않으면 아무리 돈을 들이고 숱한 사람들이 선의를 발휘해도 이 유행병을 저지하지 못할 겁니다. 자, 이제 그만합시다! 충분히 얘기했습니다. 이 모든 걸 얘기하실 때는 조심하세요. 민감한 문제니까요."

다음날, 우리는 야외 성교육을 들었다. 한 나무 그늘 아래에서 지도자 페이스가 사람들을 끌어 모았다. 그들은 나마지의 가톨릭 교구 사람들이었다. 어린 소년에서부터 할머니까지 모두들 거대한 성기로 눈이 쏠리고 있었다. 황새가 아이를 물어다준다는 얘기는 날아가버렸다![3] 문화 충격이었다!

다음은 나무 성기에다 콘돔을 직접 실험해보는 순서였다. 키가 아주 작은 여자아이가 커다란 얼간이들이 낄낄거리는 가운데 열중해서 고무튜브를 펼쳤다. 관계를 맺기 전에 젊은 여자애들이 콘돔을 요구하도록 이 모든 게 짜여 있었다. 결혼 전이건 결혼 후건. 남자들의 장갑은 여전히 사용이 꺼려지고 있었다. 속담을 써가며 남자애들은 앞다투어 빈정대는 투로 말했다. "사탕을 껍질 씌운 채 먹는 법이 어디 있어."

오후가 끝날 무렵, 필립은 스케치와 춤 공연에 우리를 데려갔다. 온갖 연령의 마을 사람들이 모여 있고, 그 앞에서 한 무리의 여자애들이 경쾌한 동작으로 몸을 흔들며 노래를 하고 있었다. 국제원조의 지도자 가운데 한 사람인 토니가 우리에게 동시통역을 해주었다.

3) 유럽에는 황새가 아기를 물어다 준다는 전설이 있다 — 옮긴이

"묘지가 왜 모임의 장소일까요?"

여자애들 맞은편에서 한 무리의 남자애들이 울먹이며 대답했다.

"그렇다면 왜 무덤을 팔까요? 옆에 이미 구멍이 있는데, 왜 또 파고 또 팔까요? 왜죠?"

지루한 반복이 계속되었다. 의사로 분장한 한 청년이 무대로 들어왔다.

"나의 아들아, 나의 딸아, 어디로 가느냐?"

"우리는 새로운 세대예요. 우리는 민주주의 시대를 살고 있어요. 우리에겐 성적 자유가 있고, 우리는 원하는 걸 할 거예요. 우리는 보호받고 있어요."

"조심해! 에이즈는 치료약이 없어. 주술사들도 못 고쳤고, 백인 의사들도 못 고쳤어! 에이즈는 모든 사람을 앗아가지. 아기들과 할머니들, 백인과 흑인들. 누구나 걸릴 수가 있어."

청년들 무리가 겁에 질린 모습으로 돌아왔다. 그때 무서운 가면을 쓴 두 명의 소년이 불쑥 뛰어들었다. 토니가 우리에게 설명했다.

"우리 문화에서는 가면을 쓰고 표현하면 훨씬 더 강력한 힘을 갖죠. 마치 조상들의 혼령이 우리에게 말을 거는 것 같죠. 게다가 덜 외설적이죠."

관객들이 웃는 가운데 소년들은 번갈아가며 두 무리 사이에 끼어들었다.

"친구들! 친구들! 성관계를 그만둬!"

"거기 모두들, 충절을 지켜, 문란한 방황은 그만둬."

"너희들은 미래의 살아 있는 힘이야! 떠돌아다니는 개가 아니잖아!"

터져 나오는 웃음소리. 관객은 즐거워했다.

"에이즈는 치료가 불가능해! 그게 바뀌지는 않아! 너희들이 바뀌어야 해!"

"에이즈 환자를 보는 건 즐거운 일이 아니야! 안됐어! 하지만 그때는 이미 늦었지!"

이 모든 소란에 놀란 작은 고슴도치 하나가 덤불에서 불쑥 튀어나왔다가 풀밭으로 사라졌다. 나는 소냐에게 귓속말로 속삭였다.

"발 달린 바이러스가 도망가네. 이 사람들 방법이 잘 듣네."

공연이 끝나자 여자아이들이 모여들더니 프랑스에서는 어떤지 우리에게 물었다. 소냐는 서른 살인데도 자신이 원해서 아이가 아직 없고 그로 인해 자유와 독립성을 가진 것이 그들에게는 좋아 보이는 모양이었다. 나의 자주적인 미녀는 전쟁에라도 나가듯 당당하게 말했다.

"나도 똑같이 할 거야!"

사탕은 껍질 속에 남아 있을 것이다. 하지만 그대로 끝나지는 않을 것이다!

처음엔 약간 퉁명스럽던 필립이 시간이 갈수록 쾌활해지고 공모자까지 되더니, 이제는 우리에게 후한 인심을 드러냈다. 그가 아무에게나 던지듯 말했다.

"갑시다. 물란예에 있는 친구 집에서 주말을 보냅시다!"

그 집은 정부 소유의 버려진 부유한 농장 한가운데 있었다. 푸른 풀밭이 끝없이 펼쳐져 있고, 관리인들의 소유인 소 몇 마리가 보였다. 몇 년 전까지 한 남아프리카공화국 사람이 관리하던 이 농장은 이 나라 전역에 우유를 댔었다.

소중한 아프리카! 풍요로운 아프리카! 가난한 아프리카!

지평선에는 대지구대의 인상적인 관문, 물란예 산이 솟아 있었다. 굉장한 광경이었다! 어쩌면 그래서 이곳에서는 모든 것에 익숙해지는지도 몰랐다. 늘 경이로운 광경에 눈길을 던질 수 있기 때문에…….

지금까지 우리는 옛 곤드와나 대륙의 도드라진 가장자리를 따라왔다. 하지만 이곳에선, 이 나라 남부 볼보이달 산, 화산 분출 물질로 만들어진 이 환상적인 궁륭, 3천만 년 전에 지표를 뚫고 화강암과 섬장암을 고도 3천 미터에 토해낸 '열점'의 결과물이 우리의 대지구대로의 입성을 축하해주고 있었다. 동아프리카에 칼자국을 내고 있는 일련의 단층은 7백 미터 깊이의 말라위 호수로 끝나고 있었다. 좀더 북쪽, 자이르에서 최근에 니라공고 산이 키부 호숫가로 용암을 분출한 것은 대지구대가 여전히 활화산이라는 걸 증명해주었다.

나는 베란다 아래 걸린 그물 침대에서 케셀[4]의 《사각돛》을 한쪽 눈으로 읽고 다른 쪽 눈으로는 산의 변화를 지켜보며 주말을 보냈다. 태양의 유희에 따라, 모네가 본 루앙 대성당의 정면처럼, 그 깎아지른 듯한 벽은 금빛으로 치장하고, 자주빛을 과시하며, 석양의 보랏빛 베일 속에서 잠이 들었다.

좀바로 돌아오면서 우리는 소냐의 부모님이 크리스마스를 보내기 위해 아프리카에 오시기 전에 닿고 싶은 북쪽 호숫가를 향해 우리의 도보여행을 계속했다. 이틀 동안 우리는 88킬로미터를 주파해 발라카까지 갈 것이다. 발라카는 모잠비크 출신으로 유일하게 말라위에서 사는 종족인 야오족의 회교 도시로, 역사적으로 스와힐리 노예상들에 의해 이슬람으로 개종된 곳이다. 길을 가면서 곳곳에서 세워지고 있는 회교사원들과 털북숭이 외국인들 무리와 마주쳤다. 흑인 신자들 가운데 아랍인들과 전통 바지 차림의 파키스탄인들이 두바이에서 직접 수입해온 파제로를 몰고 있었다. 우리가 가졌던 첫인상은 명백해졌다. 이슬람은 말라위에 투자하고 있었던 것이다.

4) 프랑스 모험가, 신문기자, 소설가(1898-1979) — 옮긴이

뭄보 섬, 12월 17일 월요일,
여행 351일째, 총 4,890킬로미터

지금까지 내가 쓴 모든 것을 잊어주기 바란다! 천국은 바로 여기였다. 말라위 호수의 이 섬 위, 매클리어 봉이 떠있는 먼 바다. 천국은 그다지 광대하지 않았다. 카약을 타고 한 시간이면 한 바퀴를 돌 수 있었다. 그리고 우리는 이 순간 소냐의 부모님과 함께 그 행복을 맛보고 있다. 천연 공원의 작은 해변에서 우리는 크리스털처럼 투명한 물 위를 미끄러지듯 나아가며 화강암 내포를 떠나고 있었다.

투명한 물속에서 파랗고 노란 물고기들이 우리가 지나간 자리에서 파닥였다. 뾰족한 봉우리에서는 수달 두 마리가 장난을 치고 있었다. 그렇다, 수달 두 마리였다! 녀석들의 둥근 코 뒤로 새카맣고 작은 눈이 물결에 닿을 듯이 지나갔다. 우리는 녀석들의 재주넘기를 방해하지 않고 미끄러지듯 지나왔다. 모든 것이 순수했고, 모든 것이 고요했다. 보기 드문 수종이 뒤얽힌 울창한 정글이 호수 위에 던져진 이 바위를 무성하게 장식하고 있었다. 섬은 우리에게 온전히 주어져 있었다. 미카엘은 세심한 준비를 하고 해변에서 우리를 기다리고 있었다.

제일 큰 섬으로부터 20미터 정도 떨어져 있는 조금 더 작은 또 하나의 섬이 있었다. 물이 무릎까지밖에 오지 않아 걸어서 갈 수 있었다. 루비콘 강 같았다. 에덴동산은 두 걸음 거리에 있었다.

나무 육교 하나가 바위 사이로, 나무둥치 사이로 구불구불 이어지며 가지 높이 오르고 있었다. 잘려진 나무는 하나도 없었고, 옮겨진 바위도 없었다. 육교는 거대한 버들옻을 우회하고, 껍질이 투사지 같은 나무와 하나가 되고, 먹음직한 진홍색 위를 날아서 은신처인 나무가 우거진 꼭대기에 착륙했다. 우리의 초가집이 거기 있었다.

가지 사이로 난 통로 속에 두 개의 그물 침대가 흔들리고 있었다.

나무에 감춰진 다섯 개의 텐트가 섬의 외곽에서 빛나고 있었고, 각 텐트가 다른 풍경을 길들이고 있었다. 내가 '텐트'라고 했는가? 차라리 궁궐이라고, 망루라고, 포근한 둥지라고 해야 할 것이다. 텐트는 저마다 독립되어 있고, 저마다 특성이 있었다. 우리는 그것들에게 이름을 부여했다. '독수리 둥지'가 있고, '야생 텐트'가 있고, '나무에 친 텐트'도 있고, '현기증 나는 텐트'도 있고, '바위 위에 쳐진 텐트'도 있었다.

우리는 까다롭게 따지며 망설이다가 '야생' 텐트를 골랐다. 소냐의 부모님이신 다그마르 샤생 씨와 클로드 샤생 씨는 벼랑 가장자리 바위 위에 자리한 '현기증 나는 텐트'를 선택했다. 우리의 엄숙한 텐트 앞에서 물수리 한 마리가 보초를 서고 있었다. 갑자기 수리의 날카로운 울음소리가 잔잔한 바다 위로 울려 퍼졌다. 구름 성들이 거울 같은 바닷물에 비쳤고, 무한히 펼쳐진 공간을 채우며 그림자를 드리웠다.

우리는 그곳에서 천국의 시간을 보냈다. 이 호수에서 많이 번식하며 전세계의 관상어 애호가들을 기쁘게 하는 작은 보석, 시클리드들과 함께 춤을 추며 보냈다. 수족관 속에서 헤엄을 치는 것 같았다.

제일 큰 섬에는 마치 잃어버린 세계처럼 두 종류의 거대한 선사시대 종이 살고 있었다. 세계에서 가장 큰 달팽이, 아프리카누스 콘칠리쿠스가 길 위로 점액을 흘리며 거대한 집을 숨 가쁘게 끌고 있었다. 점액은 초목 아래로 반짝이는 실타래를 그리고 있었다. 제아무리 클지라도 유유자적한 걸음걸이의 이 커다란 연체동물은 나일강의 민첩하고 소름끼치는 무시무시한 도마뱀의 후식거리가 되었다. 민첩하고 소름 끼치는 도마뱀은 그 파란 혀로 우리가 먹고 남은 음식을 탐했다. 이 섬의 도마뱀 집단은 부엌 뒤에서 살고 있었다. 그들은 바위 아래 땅굴을 파고 햇볕을 쬐었다. 가장 큰 녀석들은 3미터 가까이나 되었다. 녀석들의 숨소리가 들렸다. 팔딱이는 목의 피부만이 녀석들이 숨

쉬고 있다는 걸 드러냈다. 짙은 초록의 껍질에는 노란색의 얼룩과 검은 줄이 있었다. 게다가 녀석들은 굉장한 수영 선수들이었다.

햇볕에 나른해진 도마뱀들은 노란 눈을 한곳에 고정하고, 반짝이는 발톱들은 닭고기 조각에다 선사시대적 분노를 폭발시킬 태세를 하고 기다리고 있었다. 휘익! 고기 조각 하나가 날았다! 툭! 뼈가 땅에 떨어지자마자 잔혹한 장면이 펼쳐졌다. 꼬리로 내려쳤고 배가 뒤틀렸으며, 눈이 뒤집히고 사납게 물어댔다. 그러다 갑자기 조용해졌다. 곤두선 비늘들이 가라앉고, 우리를 그 자리에서 꼼짝 못하게 만들었던 이 격분한 싸움터에는 움직이지 않는 거인들 사이로 먼지 후광과 공포의 한숨밖에 남지 않았다.

날이 기울자 우리는 카약을 타고 독수리 새끼들을 향해 갔다. 녀석들의 새하얀 머리는 멀리서도 눈에 띄었다. 시커멓고 고요한 수면 위에서 우리는 작은 은빛 물고기들을 몰았다. 그런 몸짓을 하기 무섭게 멀리서 수리가 날아올랐다. 무거운 날갯짓 몇 번에 녀석은 수면 위의 자기 그림자를 스칠 듯 날았다. 그렇게 답사를 하더니 한 바퀴를 돌아서 발톱을 있는 대로 내밀고는 수면 위로 미끄러졌고, 강력한 발길질로 수면을 철썩 쳤다. 녀석은 외과의사처럼 정확하게 물고기를 잡았다. 녀석의 다른 동료들도 춤에 합류해 급강하하더니 나선형으로 선회했다. 우리는 공중 회합 같은 이 발레를 오래도록 바라보았다. 수리들이 매번 지날 때마다 우리는 비행소리에 놀라곤 했다.

맥클리에 해변에서, 헤어질 시간이 되었을 때 미카엘이 우리에게 바오밥나무 한 그루를 가리켰다. 크지도 작지도 않고, 다른 것들과 비슷한 그 바오밥나무는 사람 키 높이 즈음에 흉터들로 부풀어 있었고, 뒤틀린 가지들은 마치 불구의 사지를 하늘로 뻗고 있는 것 같았으며, 몸통은 병 모양을 하고 있었다. 그때 미카엘이 우리에게 흑백 사진 한 장을 꺼냈다.

31

32

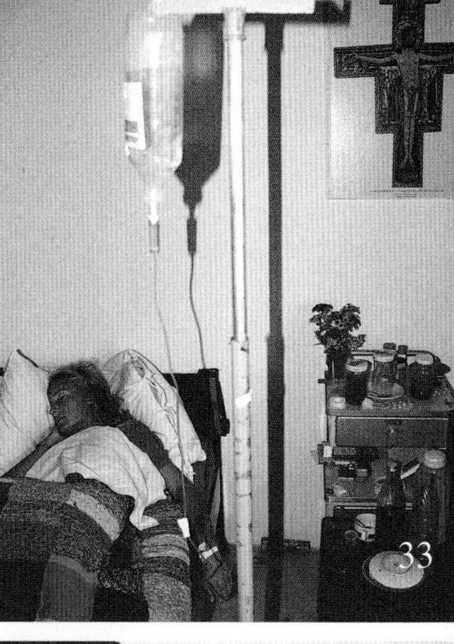

33

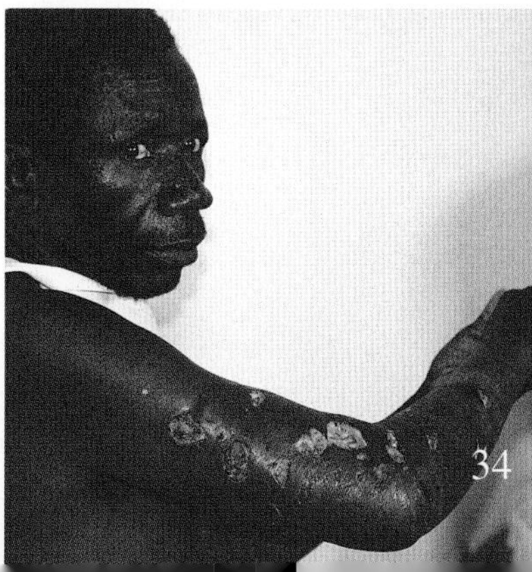

34

36

37

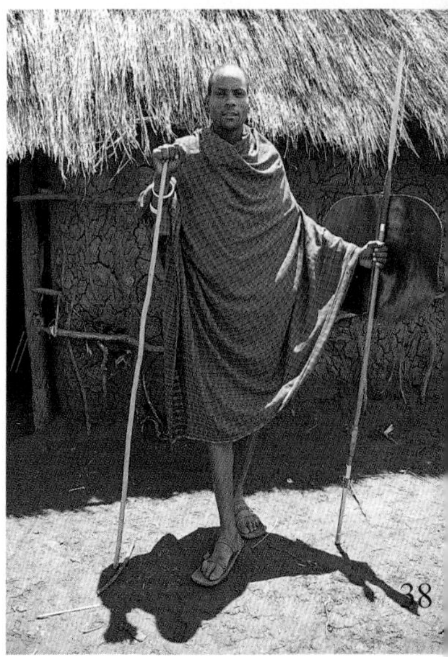
38

39

42

43

44

"이 사진은 1888년에 스코틀랜드 선교사들이 찍은 겁니다."

나무는 완전히 똑같았다. 가지 하나 더 있지도 덜 있지도 않았다. 112년 된 나무는 눈곱만큼도 변하지 않았고, 이 거인들의 믿기 힘든 오랜 세월을 증명해 보이고 있었다. 4천 년이 넘는 것들도 있었다.

살아 있는 공룡, 선사시대 나무들, 거대한 달팽이들. 이곳에서 우리는 세상 밖에, 시간 밖에 있었다. 뭄보를 떠나는 일은 그다지 슬프지 않았다. 그것은 지구로 돌아오는 것이요, 이제 우리는 뭄보가 존재한다는 걸 알기 때문이다.

18 Africa Trek

기억의 아버지

발라카! 행운이다! 이곳에서는 'r' 발음을 하지 않았다. 우리 주변으로 소문은 파도처럼 퍼져 나갔다. "프랑스 사람들이래!" 검은색 속의 수백 개의 흰색 동공들이 우리의 존재를 즐거워했다. 무너져가는 교회에 청년들로 가득 찬 크리스마스였다. 반짝이는 1천5백 개의 머리가 한 아이의 탄생을 축하하며 파도치는 바다처럼 움직였다. 잘 조직된 무질서였다. 관현악으로 연주되는 즉흥성이었다. 아프리카의 재능. 몸의 정신, 정신의 몸. 우리는 이 믿음의 유희에, 이 기쁨의 불길에 홀린 채 함께 휩쓸렸다.

겨울 크리스마스에 길들어 있던 소냐의 부모님은 그 열기에 눈물이 날 정도로 감격했다. 수줍어하고 위축된 기독교인들이여, 아프리카 신앙의 불을 쬐러 오시라! 지붕에 함석이 없어 예배당으로 별빛이 쏟아지고 있었다. 반아치형의 결침벽은 커다란 배를 여럿 뒤집어놓은 것 같아 보였고, 함성과 움직임은 노 젓는 사람들의 것 같았다. 밧

줄로 묶어둔 덮개가 펄럭였다. 우리는 희망의 파도 위에서 행복한 서핑을 하고 있는 이 모든 영혼들의 호흡에 한데 휩쓸렸다.

이틀 뒤, 비가 살짝 그쳤을 때 부모님의 비행기는 엔진 소리와 우리 심장이 내는 요란한 박동 소리 가운데 사라졌다. 항상 남겨진 사람이 더 힘들다. 우리를 떠나 비행기에 오르기 전에 다그마르는 전혀 뜻밖에도 우리의 무릎에다 입을 맞추며 무릎과 초현실적인 대화를 나누었다. "어여쁜 무릎들아, 잘 버티거라! 내 소중한 아이들을 내게 멀쩡히 돌려다오."

우리는 말라위 호수의 배수로인 시레 강을 건넜다. 그럼으로써 대지구대의 서쪽 편으로 건너왔고, 단층절벽을 왼쪽에 두고 정북 방향으로 걸었다. 우기가 시작되었다. 시커멓고 굵은 모루들이 물뿌리개 꼭지처럼 풀밭 위에 솟아 있었다. 우리는 장애물을 요리조리 피해 갔고, 물세례를 피했고, 미늘창 같은 벽을 스칠 듯 지나갔다. 그래서 아직까지는 방수 모자를 꺼내지 않아도 되었다.

반복되는 아침이 우리를 시험에 들게 했다. 너무 습했고, 너무 더웠다. 지평선은 푸르렀고, 젖은 아스팔트는 소용돌이처럼 올라오는 수증기로 빛났다. 들판은 풍성했고, 땅도 매우 비옥했지만, 사람들은 가난하고 굶주렸다. 왜일까? 20킬로미터에서 우리는 멈춰 서서 닫힌 가게 같아 보이는 집의 문을 두드렸다. 늘 이런 식이었다. 우리가 선택하는 법이 없었다. 피로가 우리를 위해 선택해주었다. 나이 많은 이웃이 우리에게 뒤로 돌아가라는 손짓을 했다. 우리는 문을 두드렸다. 나이 든 할머니 한 분이 불안한 얼굴로 문을 반쯤 열었다.

"저희는 말라위를 걸어서 통과하고 있습니다. 쉬면서 점심을 먹을 장소를 찾고 있어요."

"경계해서 미안합니다만 3일 전에 무장 강도들의 습격을 받아서 그런다오. 들어오세요! 환영합니다!"

메리 심와자는 과부였다. 그녀는 시에라-레오네와 결혼한 여동생과 살고 있었다. 동생의 남편은 동생을 괴롭혔다. 동생 엘렌 케비는 우리에게 시커먼 교살 흉터들과 이마에 난 끔찍한 칼자국을 보여주었다. 병으로 얻어맞은 자국이었다. 그녀는 남편을 피해 이곳으로 도망온 것이다. 메리도 자신이 겪은 불행에 대해 이야기해주었다.

"강도들이 문을 부수고 들어오는 데 한 시간도 더 걸렸어요. 그러는 동안 저는 제가 죽어가는 걸 보고 있었죠. 소리쳤지만 아무도 오지 않았어요. 그러다 그들이 미친 사람들처럼 들어왔지요. 그자들은 어린 제 딸을 강간하려고 했어요! 제가 말했죠. '차라리 날 죽이시오. 칼로 말고 총으로 죽여줘!' 그자들은 내 목숨 따위는 관심 없다고 말하더니 돈을 요구했어요. 처음에 저는 없다고 대답했지요. 그러자 그들은 나를 때렸고 머리채를 잡아끌었죠. 돈이 숨겨져 있는 곳을 털어놓지 않을 수 없었습니다. 바보처럼 저는 돈을 몽땅 한곳에 두었어요. 그들은 내 3천 콰차를 앗아갔죠. 내가 아끼고 아껴서 저금한 걸 몽땅 가져갔어요! 이런 일은 반다가 통치할 때는 한 번도 일어나지 않았어요."

우리는 아연실색했다.

"자, 신세타령은 그만해야죠. 배고프시겠군요. 콜라 마시겠어요?"

모든 걸 잃고도 벌써 줄 생각부터 하는 사랑스런 어머니……. 어린 꼬마애가 한구석에서 뭔가를 먹고 있었다.

"손자세요?"

소냐가 물었다.

"아니에요. 이웃집 아이예요. 부모가 이 아이를 먹일 수가 없어서 여기로 오죠. 내 손자들은 내가 기르고 있어요. 두 아들과 며느리 하나를 에이즈로 잃었죠. 남은 며느리도 여기 있어요. 이 아이도 에이즈 보균자예요."

그녀 어깨를 짓누르는 이 무거운 짐에도 메리는 우리에게 넉넉한 미소를 베풀었다. 이 대륙을 품고 있는 사랑스런 여성들, 사랑스런 어머니들이었다.

우리는 걸으면서 만남의 끈을 이어갔다. 따지고 보면 우리가 걷는 것은 오직 그 때문이다. 목적지? 대지구대의 끝? 인류의 발자취? 이 모든 건 매우 이론적인 것일 뿐이다. 예루살렘? 2년 안에? 9천 킬로미터?

누가 알겠는가? 누가 알 수 있겠는가? 한 번도 행해지지 않았던 일이요, 생각에 불과한 일이니, 딱히 목표라고 하기도 뭣하다.

걸을 때는 곧게 뻗은 아스팔트 띠 위에 현 순간의 '즉각적인' 현실만 존재한다. 언제나 너무 무거운 배낭 속에, 언제나 너무 약한 발의 고통 속에. 1킬로미터는 결코 쉽지 않다. 12분 이하로는 결코 안 된다. 우리는 도보 챔피언도 아니요, 험한 길 행군의 달인도 아니다. 많은 사람들이 우리를 지나쳐 가지만 몇 킬로미터만 더 가면 나무 밑에 앉아 있는 그들을 언제나 다시 만나게 된다. 우리는 그저 끈질길 뿐이다. 걷는 건 우리가 아니다. 걸음이 우리 안에서 걷는 것이다. 세상에서 가장 자연스러운 일처럼, 달리 아무것도 할 줄 모르는 것처럼, 우리에게 다른 운명이 없는 것처럼. 이건 하나의 명제요, 설명할 수 없는 정리다. 그렇다. 그게 전부다. 간단한 일이다. 이것이 우리다.

이런 이유로 우리는 의심하지 않고, 망설이지 않으며 속이지 않고, 걸어야 할 거리 때문에도, 도달해야 할 단계 때문에도, 흘러가는 시간 때문에도, 더 빨리 갈 수 있으리라는 사실 때문에도 괴로워하지 않는다. 시간과 공간은 우리 걸음의 리듬에 내밀하게 연관되어 있다. 우리는 행복하다. "나는 걷는다. 고로 나는 존재한다." 이것이 우리의 코기토다.

형형색색의 우산들이 만드는 염주가 소실점을 향해 한 알 한 알 떨어졌다. 우리가 걸을 때 지평선은 결코 하나의 선이 아니며 언제나 하나의 점이었다. 말라위에서는 모두가 걸었다. 우리는 그저 덤으로 보태진 도보자들에 불과했다. 특별한 공적도 아니고 영예로울 것도 없었다. 우리가 매일 하는 것은 아프리카 사람들도 하고 있는 일이었다. 그들의 현실을 떠안고, 그들을 만나고, 그들을 이해한다고 주장하는 것, 그것은 그들과 함께 걷는 것이었다.

이날 저녁 우리와 함께 걸은 사람은 연보라색 바지를 입은 청년이었다. 프랙슨 샤이파. 그는 스물다섯 살로, 아내와 아기와 7헥타르의 땅이 있었고, 그 땅 가운데 반밖에 경작하지 못했다. 이것이 그의 삶의 방정식이었다. 그는 보슬비가 내리는 가운데 우리를 자기 밭고랑 사이로 인도하고 세 채의 흙집을 향해 갔다. 그중 한 채를 비우고 그곳에 우리의 안식처를 마련해주었다. 나의 젖은 천사는 책상다리를 하고 앉아 그곳에 있는 것을 기뻐하며 웃었다. 이 여자는 별걸 다 행복해했다! 지저분한 오두막에 있는 것까지도 행복해했다. 그녀가 불붙인 초 덕에, 그녀가 내뿜는 아우라 덕에 오두막은 열기로 채워졌다. 그녀는 자리를 잡으면서 홍얼거리며 애교를 부렸다.

"오두막에 있으니 좋아!"

이건 그녀가 즐겨 쓰는 표현이다. 베네치아의 다니엘리 호텔의 침대에 누워서도 그녀는 말할 것이다.

"오두막에 있으니 좋아!"

이 여자는 내 삶의 행운이다.

나는 이 여행을 다른 누구와도 하지 못했을 것이다. 나랑 의견이 달랐던 내 동료 실뱅의 계획이 우리를 실패로부터 구했다. 이런 거창한 계획을 가지고 그와 함께 떠났더라면 실수를 할 뻔했다. 너무 길었을 것이고, 너무 힘들고, 너무 엄청났을 것이다. 정상을 벗어난 과도한 일에 맞닥뜨릴 수 있는 건, 스포츠적 수훈에 인간적인 완벽한 모험을 대체할 수 있는 건 부부밖에 없다.

나의 가련한 여인은 커다란 물집을 발견하고는 이번에도 알코올에 적신 실과 바늘을 가지고 터뜨렸다. 도보를 다시 시작한 대가였다. 나는 발바닥의 오목한 곳이 아팠다. 하루가 끝날 무렵엔 비장하게 다리를 절었다.

일단 자리를 잡고 나서 우리는 프랙슨의 방문을 받았다. 소냐는 그에게 사진첩을, 우리의 '대사大使'를 꺼내 보였다. 그 속에는 우리의 친구들과 가족의 사진, 전속력으로 달리는 사이드카 위에서 찍은 우리의 결혼사진 한 장, 클로드가 최근에 그린 빼어난 수채화들이 있었다. 이 포토폴리오 한가운데에다 소냐는 꽃과 나비들을 붙이고, 요리법이나 기도문들과—사실 요리법이나 기도문은 같은 것이다—다양한 노래와 거쳐온 나라의 국가들도 복사해두었다.

나는 하루 일과를 기록하는 작업을 한다. 이 작업은 반복되는 일이지만 엄수해야 할 일이고 반드시 필요한 일이기도 하다. 기록하기. 하루의 인상들을 쓰기. 우리의 만남들을 이야기하기. 하루가 지나고 나면 너무 늦어 버린다. 소금을 잃고 나면 분위기는 희석되고 기억은 흐릿해진다. 우리는 현재를 산다. 강렬하게! 따라서 나는 매일 쓴다. 자전거를 타고 일년 동안 세계를 돌며 그랬듯이, 히말라야에서 6개월을 보내며 그랬듯이. 나는 아직까지 소설을 쓰지는 않았다. 삶이 훨씬 더 소설 같기 때문이다! 나를 고무시키는 건 현실이다. 현실의 살과 깊이와 아름다움과 신비다. 내 이야기 속에서 나는 걷기의 염전 일꾼이다. 현재의 소금을 수확하고, 땅의 소금을 수확한다. 그것이 땀과 뒤섞여 있을지라도, 그것이 피와 뒤섞여 있을지라도, 그것이 눈물과 뒤섞여 있을지라도 그것은 언제나 행복의 짠맛을 준다.

나는 내 노트 표지에 아프리카 모양의 엽서를 붙여두었다. 그 배경은 넬슨 만델라의 초상화다. 나는 그것을 집주인들에게 보여주었다.

우리는 모건 츠방기라이가 그렇게 불렀듯이 넬슨 만델라를 VRP(very resourceful person)로 삼았다. 프랙슨은 그를 알지 못했다. 북쪽을 향해 올라갈수록 만델라는 덜 알려져 있었다. 그렇지만 그는 이름을 들어본 것 같다고 했다. 이미지 없는 대륙.

"왜 3헥타르 이상은 경작하지 못하는 거죠?"

"옥수수 씨앗과 비료 값을 낼 수가 없기 때문이지요. 농림부 사람들이 오토바이를 타고 지나가면서 우리에게 공짜로 씨앗과 비료를 주겠다고 제안합니다. 속으로 '우리는 좋아!' 라고 말했죠. 하지만 함정이 있어요. 이건 일종의 대출입니다. 6개월 후에는 출자금을 26퍼센트 이상 돌려줘야 하지요. 그러지 못할 경우 수확이 좋지 못하면 일년 뒤에 갚을 수 있지만 52퍼센트를 갚아야 하지요. 최근 몇 년 동안 비가 너무 많이 와서 저는 수확의 3분의 1을 잃었어요. 해충은 말할 것도 없고요. 결국 제 가족을 먹일 정도의 시마[5]밖에 수확하지 못했지요. 설탕과 식용유, 등유, 옷을 살 만한 소득을 얻어내지 못했어요."

이것이 그 잘난 민중 해방이었다! 이 나라 민중은 자기 나라 정부에 노예처럼 예속된 상태였다. 우리는 이제서야 시골의 가난을 이해하게 되었다. 실제로 오토바이들이 마을들을 누비고 다니는 것도 보았다. 그것이 지금까지는 국가의 존재를 말해주는 유일한 표시였다! 장관들은 민중의 머슴이라 주장하면서 민중을 노예로 삼고 있었다. 세계의 역사 속에서 보기 드물게 행해지는 폭리행위였다. 정부가 농민들의 빈곤에서 짭짤한 수익을 얻어내고 있는 것이다. 인간에 의한 인간 착취의 위선적인 측면을 보여주는 기막힌 본보기였다.

어쩌면 이것이 무가베가 꿈꾸는 모델일까?

비는 그쳤다. 캄캄한 밤에 개똥벌레들이 반짝이며 지나갔다. 개똥

5) 이곳의 주식인 옥수수 전분.

벌레들은 이 식물 저 식물 위를 날며, 이 화산 땅에 발아를 북돋우는 풍요의 요정들이다. 짐바브웨의 땅보다 훨씬 더 비옥하지만 훨씬 더 가난한 이 땅.

프랙슨은 절망에 빠져 있었다. 그는 공부를 계속 하고 싶었다. 일로보 사에서 일하고 싶어했고, 상업적 농장주와 외국 투자자들이 더 이상 없다는 사실을 안타까워했다. 그는 비에 따라 좌지우지되지 않기 위해 고정된 월급을 받고 싶어했다. 그는 자신이 소외된, 그러나 떠날 수 없는 이 땅을 저주했다. 그는 도보여행을 할 수 있는 우리를 부러워했다.

우리는 여전히 대지구대 기슭을, 곧게 뻗은 산록의 경사면을 따라갔다. 도로는 정북 방향으로 이어져 있었다. 우리는 수 킬로미터를 삼키듯 주파했다. 오늘 아침엔 세차게 비가 내렸다. 우리는 초록색 방수모를 쓰고 걸었다. 들판의 무성한 나무들은 풍경을 큰 동산으로 바꿔놓고 있었다.

비슷한 날들이 이어졌지만 우리가 따라가고 있는 말라위 호수를 우리는 여전히 보지 못했다. 더구나 우리는 맥클리어 산과 뭄보 산 부근에 있는 게 틀림없었다. 이 두 세계 사이에, 천국과 땅 사이에 이 무슨 세계인가? 우리가 같은 나라에 있는 걸까? 하루 종일 우리는 가난과 번영에 관한, 그 원동력과 그 불가사의에 관한 축축한 생각에 젖어 있었다. 기적적인 요리법이 없기 때문이었다. 한 가지는 확실했다. 이 나라는 발굴되지 않은 엄청난 잠재력이 있기에 이 가난을 받아들이기가 그만큼 더 힘들다는 사실이다. 지리적 숙명은 없다. 이곳보다는 시베리아에서 살아남기가 훨씬 더 힘들다. 아무것도 행해지지 않았기에 모든 것이 할 일로 남아 있었다. 거의 일년 전부터, 그리고 5천 킬로미터 거리에 걸쳐 우리를 재워준 집주인들은 그들이 겪고 있는 고통에도 불구하고 여전히 선량하고 의연했으며, 관대하고 쾌활했으며, 믿음을 간직하고 있었다.

이날 저녁도 우리는 떠돌이 왕과 같은 대접을 받았다. 비가 너무 세차게 내려 우리는 길에서 약간 떨어져 있는 오막살이를 향해 달려갔다. 몸에 꽉 끼는 낡아빠진 옷을 입은 피터 캐비지가 우리에게 문을 열어주었다. 반다 통치하에서 그는 번역가였다. 그의 집에서는 오줌과 때와 부패한 기름과 가난의 냄새가 났다. 나는 소냐를 힐끗 쳐다보았다. 선택을 하지 않는 것이 우리의 규칙이다. 오늘 저녁은 이곳이 될 것이다. 피터는 완벽한 영어 빼고는 모든 걸 잃었다. 백발이 된 그의 아내 조세핀이 물이 줄줄 흐르는 우리의 비옷을 치웠다. 소냐가 숨죽여 비명을 질렀다.

"아! 저기! 천장에! 대들보에!"

우리 머리 위, 들보 사이와 벽을 가로질러 수십 마리의 쥐가 우글거리며 찍찍대고 있었다. 놈들은 우리 어린 시절 전기회로 위를 달리던 작은 자동차들처럼 사방으로 달리다가 동시에 멈추고 다시 달렸다. 정신을 몽롱하게 만드는 불규칙한 움직임, 소란과 도로 이탈, 추월과 연쇄 충돌, 쥐 한 마리가 떨어지더니 우리 다리 사이로 사라졌다. 피터가 사과했다.

"비가 오면 저렇게 저 위로들 올라가요!"

여섯 마리의 박쥐들이 춤을 추며 우리 머리카락에 닿을 듯이 맴을 돌았다. 초음파 콘서트. 발레는 멋졌다. 소냐는 개중 한 마리가 자기 머리카락 속에 파고들 거라고 확신했다.

"아냐, 분명해! 둘둘 휘감아서 나중에 머리카락을 몽땅 잘라야 할 거야."

나는 포복절도했다. 조세핀은 조용히 오가며 매번 우리 앞에 무릎을 꿇고 앉아 찻잔이나 설탕 그릇을 내밀었다. 내가 그녀를 일으키려는 몸짓을 하자 피터가 나를 가만히 말렸다.

"그냥 놔두세요! 우리 전통이에요. 아내는 두 분을 공경하려는 겁니다."

이 사람들은 우리에 대해 아무것도 알지 못했지만 우리는 그들을 오래전부터 알아왔다는 느낌이 들었다. 그들은 아무것도 갖지 못했지만 근본적인 것은 잃지 않았다. 선의와 인간미라는 작은 공통분모. 우리도 가지고 있지만 때로 자존심과 권력과 가식과 물질주의적이고 한쪽으로 치우친 이기심의 표피 아래 묻혀 있고, 때로는 그렇지 않은 공통분모. 하지만 한 가지는 확실했다. 가난은 껍질을 벗겨내고 그것을 드러낸다는 것. 좋은 껍질은 피부와 맞닿아 있다.

무아 선교원, 2001년 12월 31일 월요일,
여행 365일째, 17킬로미터, 총 5,005킬로미터

이날 아침, 우리는 아이들이 믿을 수 없다는 듯이 바라보는 가운데 5천 킬로미터 지점을 분필로 아스팔트 위에 적어 보았다. 그러다 어느새 회오리 물기둥이 우리를 길가의 지붕 밑에 꼼짝 못하게 묶어두었다. 물 장벽이 풍경을 흐릿하게 만들었다. 뼛속까지 젖고서야 우리는 상황을 파악했다. 우리 주위로 물이 점차 차올랐고, 수면 위로 떨어지는 억수 같은 비가 다리까지 적셨다.

나는 두 가지 기록을 세웠다. 걸어서 5천 킬로미터를 넘겼고, 여행을 일년 넘게 한 것이다.

소냐가 말했다.

"기억 나? 당신이 자전거를 타고 세계 일주를 했을 때 내가 말했었지. 일년 동안 매일 당신을 기다릴 거라고. 그렇지만 365일째 되는 날에는 더이상 아무것도 책임지지 않을 거라고 말야. 당신은 당신 자전거를 타고 에투알 광장에 예정 시간보다 5분 빨리 도착했지! 당신이 잘한 거야. 왜냐하면 내 창문 아래에서 울어대는 수컷 고양이들이 꽤 있었거든."

"내가 늦게 도착했더라면 어쩌면 당신은 포르셰를 타고 아프리카를 종단했을지도 몰라."

"그랬더라면 발로 걷는 병아리 대신에 호사스런 암탉이 되었겠지."

"오늘은 도보여행 거리 신기록도 깨는 거야. 실뱅과 히말라야에서 5천 킬로미터 걸었던 걸 넘어섰으니까."

"좋아. 그렇지만 우리가 걸은 길이 훨씬 평탄하잖아."

바나나 잎을 쓴 한 청년이 우리 말을 끊었다.

"이리 오세요. 무아 선교원이 바로 저기예요. 부셰 신부님이 기다리고 계세요. 저를 따라오세요."

부셰 신부? 분명히 프랑스인일 것이다! 우리는 그를 뒤따라갔다.

작은 언덕 꼭대기에서 우리는 믿기 힘든 어떤 건물에 이르렀다. 벽돌로 된 육중한 이층 건물이었다. 두 줄로 이어진 주랑에, 이층 방들로 이어지는 긴 베란다, 중앙 계단, 이탈리아식의 아름다운 기와지붕, 1902년이라고 새겨진 삼각면. 단 하나뿐인 건물이었다. 마당에는 중앙에 분수가 있는 프랑스식 정원이 있었다. 청년 미카엘이 우리를 건물 옆에 붙은 집으로 데려갔다.

"부셰 신부님께서 저희 아버지와 함께 조각 작업실을 만드셨어요. 신부님은 이곳 사람들의 존경을 받고 있지요.

꽃과 덩굴식물들이 어우러진 수풀 속에서, 바로크 조각상과 돋을새김 작품들을 배경 삼아 서있는 신부가 눈에 들어왔다. 깃에 꽃장식이 된 초록색 톤의 헐렁한 셔츠를 입고 흑인 아기를 품에 안은 부셰 신부. 희끗희끗한 수염, 빛나는 눈, 선한 눈길, 식도락을 즐기는 듯한 얼굴. 그가 우리에게 인사를 했다. 그는 퀘벡 사람이었고, 라비즈리 추기경에 의해 북아프리카에 창설된 저 유명한 백인 신부회 소속의 백인 신부였다. 나 또한 퀘벡에서 자랐기에 우리는 눈과 생-로랑 강의 해빙, 드넓은 공간에 대한 공통된 기억을 끄집어냈다.

"이건 정말이지 멋진 깜짝 선물이군요! 오늘 저녁엔 연말 파티 삼아 두 분의 5천 킬로미터 기록을 제대로 축하합시다."

경이로운 퀘벡 억양을 내가 즉각 되받자 신부님도 행복해하고 소냐도 웃었다.

클로드 부셰 신부는 우리에게 성당을 안내해주었다. 그리스도 상은 말라 오그라든 흑인이었다.

"곧고 하얀 19세기의 십자고상은 여기선 아무 의미도 없을 겁니다. 그것이 이 사람들에게 무슨 말을 할 수 있겠습니까! 예수님은 고통받는 인류를 구현하는 보편적인 존재입니다. 그러니 상황에 맞추어야죠. 저한테 이탈리아의 오래된 십자고상들도 있었지만 구석에서 뒹굴고 있습니다. 그 상은 있을 수 있는 하느님이 아닙니다. 교구 사람들 가운데는 예수님이 백인이고 유럽인이라며, 그래서 아프리카를 돕지 않았다고 말하는 사람들이 언제나 있었죠. 인종차별주의자 예수라니요, 얼마나 해야 할 일이 많은지 보이시죠! 이런 예수라면 어떻게 그가 고통을 구현할 수 있는지 저들은 이해하지 못합니다. 이곳 사람들에게 백인은 고통받을 수 없는 존재지요. 부자여서 배고플 때마다 언제든지 먹을 수 있으니까요."

제단 뒤에는 프레스코 벽화가 있었다. 폭우 속에 온갖 동물들이 무지개를 타고 하늘에서 내려오고 있었다.

"이건 체와족의 창조 신화입니다. 그들은 기막힌 창조 신화를 가지고 있지요. 그들에게 왜 셈족의 전설들을 강요해야 한단 말입니까?

그 전설들을 나는 나중에 가르쳐줍니다. 그렇게 해서 그들 스스로 비교해볼 수 있게 말입니다. 천천히…….”

천막 위에는 뒤집어진 T자 모양의 나무토막 두 개가 그려져 있었다.

“저건 뭐예요. 십자가예요? 베드로의 십자가?”

“아닙니다. 저건 체와족의 원죄 상징입니다. 신이 그들에게 나무토막을 가지고 놀지 말라고 말했는데, 인간이 거역하고, 나무토막 두 개를 문질러서 불을 피웠고 그것이 지구를 태웠지요. 그때까지 조화롭게 살고 있던 모든 동물들이 인간을 피해 달아났습니다. 인간은 개와 염소와 닭만 빼고 동물들을 사냥하기 시작했고요. 그때부터 카오스가 생겨난 겁니다. 아담, 이브, 선악과(사과)가 여기서는 아무 의미도 없어요. 현지의 믿음을 활용해야죠.”

나는 그를 자극하고 싶어 근질근질했다.

“이 모든 게 가톨릭이 아니잖습니까!”

“왜 아닙니까. 이런 걸 ‘토착화’라고 하지요.”

그가 쏘아붙이듯 말했다.

“분명히 말하지만 사과(선악과)도 이미 서양식으로 ‘토착화’된 겁니다. 성서는 금지된 과일이라고만 말하고 있습니다. 팔레스타인에는 사과가 없었어요! 그리고 토착화는 어제 오늘의 일이 아닙니다. 19세기 초에 이미 예수회 선교사들이 중국과 인도의 선교활동에서 겪는 어려움 앞에서 이런 생각을 했었죠. 선교를 한다는 건 전혀 새로운 교리를 가방에 집어넣어 와서 사람들의 머리를 쳐서 억지로 집어넣으려고 애쓰는 것이 아닙니다. 선교를 하는 건 하느님께서 이루신 일을 모든 사람에게서, 모든 문화에서 발견하는 것이요, 좋은 소식이라는 복음의 메시지에 담긴 영성을 토착화하는 것입니다. 전통 가치들과 기독교 가치들을 교배하는 것이죠. 조심하세요. 제가 말하는 건 혼합주의가 아닙니다! 그보다는 무한한 것으로 수렴되는 평행 관계죠. 말하자면 수학적으로 가능한 기적이라고 할까요. 하지만 이곳에서는 아주 잘되고 있습니다. 그러니 미카엘과 같이 은쿵고니 작업실에 가보세요. 박물관도 돌아보시고요. 이곳에서 우리가 하고 있는 작업을 보게 될 겁니다!"

초가지붕을 얹은 커다란 닫집 아래, 육중한 망치질에 나무 쪼개지는 소리가 요란한 가운데 열두 명의 예술가들이 커다란 장식물들을 만드느라 분주했다. 명백히 토착화된 장식물들이었다. 미카엘이 열띤 목소리로 말했다.

"교황님의 개인 거처에도 우리 작품이 열다섯 개나 있어요. 은쿵고니는 런던이나 뮌헨 갤러리에도 소개되어 있지요. 소웨토 성당을 장식한 것도 우리고요. 계속해서 주문이 들어오고 있어요. 지금 저들은 마푸토 성당을 장식하기 위해 검은 성모를 둘러싼 아이들을 작업하고 있지요."

성모 머리 위에 걸터앉은 키 큰 근육질의 남자가 성모 등에 망치를 세차게 내려치고 있었다. 성모는 온몸으로 전율하고 있었다. 박물관에서 본 건 충격적이었다! 니요족의 비밀스런 숭배의식용 환상적인 가면들을 모아두었던 것이다. 커다란 오두막 세 채 가운데 자리한 나무의 가지에 내걸린 가면들이 우리를 뚫어지게 쳐다보고 있었다. 미카엘이 우리를 안내해주었다.

"제일 큰 검은 가면은 굴루텐데입니다. 사람들이 질투심이나 시기심 때문에 배신을 하고 험담을 퍼뜨리지 않도록 말리지요. 붉은색 가면은 그레야입니다. 부자이면서 겸손하고 오만하지 않으며 자기 지위를 이용해 타인들에게 영향력을 행사하지 않는 사람을 대표하지요. 반면에 이마 한 가운데 노란색 줄이 있는 뿔이 달린 빨간색의 괴상한 가면, 람부에는 성적 금기와 가족의 수호자입니다. 그 옆에 있는 노란색 가면은 만데뷰인데, 최근에 만들어진 가면입니다. 조상들의 충고를 따르지 않고 성적 금기를 어겨서 결과적으로 괴물이 되어 타인들도 죽이고 자살하는 사람의 가면이지요."

온갖 경우를 생각한 가면과 온갖 종류의 혼령과 감정과 생각을 구현한 가면들이 있었다. 분노, 공포, 용기, 죽음, 순수성, 지혜, 그리고 살면서 겪는 온갖 사건들을.

"그러면 저건요? 머리가 온통 헝클어지고 누더기를 걸치고 오렌지색 더듬이가 달린 저 가면요."

"그건 음카지입니다. 가장 힘센 존재죠. 죽은 영혼의 사자입니다. 조상들이 그를 통해 말하지요. 그는 묘지에 심어진 나무를 상징합니다. 그 뿌리가 죽은 영혼을 빨아올리고, 가지는 더듬이처럼 움직이지요. 장례식마다 빠지지 않는 가면입니다."

부셰 신부는 4백여 개의 가면을 가지고 있었다. 세계에서 가장 많이 소장하고 있었다. 게다가 매년 새로운 가면들이 생겨났다. 그만큼 이 문화는 포괄적이고 여전히 살아 있었다. 사이버공간 이용자들의 가면은 언제쯤 나올까? 미카엘이 설명했다.

"가면을 촬영할 수는 없어요. 니요 의식이 비밀스런 의식이기 때문입니다. 부셰 신부님은 니요족의 대사제로서 이 가면들을 보관하고 있습니다. 사실, 여기는 죽은 박물관이라기보다는 가면을 숨겨두는 장소죠! 이 가면들은 이국적인 호기심에 먹잇감으로 던져질 물건이 아니라 체와 사회의 토대가 되는 상징들로, 의식을 통해서만 표현될 수 있지요."

이 생명의 나무에 30년의 인류학적 작업이 걸려 있었다. 박물관의 상징체계는 너무도 복잡해서 제대로 알려면 몇 주를 투자해야 할 것이며, 그것 자체가 하나의 연구 대상이 될 정도였다. 벽에는 통과의례, 굴레 완쿨루 가면극, 마키와나 의식, 그리고 많은 아프리카 문화에서 찾아볼 수 있는, 특히 남아프리카공화국 북쪽의 반다족에게서 찾아볼 수 있는 비의 여신과 파이톤 신이 있었다. 오른쪽에는 성년식 동안 체와족을 탄생시키는 성스런 영양, 원초적 모태인 카시야 말리로가 있었다. 그것은 우리가 그 속에 숨고 모습이 변화되고 성인이 되어 다시 나타날 수 있는 병의 형태로 표현되어 있었다.

탄생, 세례, 성인식, 결혼, 죽음, 죽음 뒤의 삶, 조상 숭배. 이것이 체와족의 일곱 가지 성사였다. 우리 눈앞에 한 민족의 기억이 이어져 있었다.

전통문화가 위기에 처하고 무관심에 직면해 있는 시대에 역설적이게도 교회가 그것을 보존하고 되살리고 있었다. 세기 초에 전통문화들을 전복시켰던 바로 그 교회가.

저녁이 되자 폭우로 인해 퓨즈가 나갔다. 우리는 촛불을 켜고 향이 좋은 포도주와 신부님이 숲에서 딴 버섯을 넣은 파스타 요리와 함께 성대한 식사를 했다. 한 해의 마지막 날을 보내는 데 이보다 더 운이 좋을 수가 없었다. 신부님은 우리에게 미카엘의 아버지이자, 함께 작업장을 만든 친구인 탐발라에 대해 얘기해주었다.

"은쿵고니를 만들고서 그 친구는 금세 명성도 얻고, 돈도 얻고, 명예도 얻었지요. 그리곤 아내를 배신하고 에이즈에 걸렸답니다. 저한테는 크나큰 고통이지요! 이곳은 다른 어느 곳보다도 성공이 사람들의 머리를 사로잡고, 그리고 자격이 있고 명예도 있는 사람은 그것을 함께 나누기 위해 다른 곳을 보러 가는 게 문화의 일부입니다. 그래서 우리는 이것을 조금씩 내면으로부터 바꾸려고 애쓰고 있습니다. 토착화 속에 문화가 있지요."

우리는 그에게 우리의 친구 아드모어의 페 버닝에 대해 말했다. 그녀의 비슷한 경험과, 그녀가 발굴한 보니의 예술적 재능에 힘입은 성공에 대해, 똑같은 이유에서 에이즈로 떠난 그녀의 죽음에 대해. 그 반향은 컸다.

"이 대륙의 불행은 이상하게도 기쁨과 뒤섞여 있어요."

이렇게 말하는 신부님은 우리에게 오비 오버홀저와 그가 한 말을 생각나게 했다. "아프리카는 행복하면서 슬픈 땅이다." 얼마나 정확하게 보았는가! 매일 우리는 이 경구를 체험하고 있었다. 불꽃을 멍하니 쳐다보고 있자니 우리의 모든 만남들과 그 모든 가르침이 비합리적이고 예측불가능하고 신비한 긴 증명의 여러 단계들처럼 이어져 연이어 떠올랐다. 이 만남들과 가르침은 그 결과와 결론이 뒤로 미루어져 프랑스에서 우리 얘기를 듣는 사람들은 때때로 당혹스러워했다. 나는 부셰 신부에게 이 고뇌를 얘기했다.

"이해받지 못하는 것은 두 분만이 아닙니다! 두 분을 비방하는 사람들 가운데 현장을 누비는 사람이 몇이나 됩니까? 증인이 되는 건 어려운 일입니다. 관례적인 생각들은 흐름에 역행하는 생각들보다 훨씬 쉽습니다. 사실 저는 제 토착화 경험을 좋지 않은 눈으로 보고 있던 말라위 성직자에게 쫓겨났습니다. 아프리카 성직자들은 로마보다 더 로마적인 경향이 있습니다! 1974년에는 데자 주교님께서 제게 긴 휴가를 가지라고 하셨습니다. 저는 그 휴가를 이용해 유럽으로 가서 민족학 박사과정을 마쳤습니다. 1980년에 요한 바오로 2세 교황께서는 유네스코 연설에서 토착화를 전통 믿음에 대한 존중을 위해 개발해야 할 근본적인 길 가운데 하나로 말씀하셨습니다. 그래서 저는 문제없이 돌아올 수 있었지요."

"신부님의 교구에는 토착적인 것이 어떤 게 있습니까?"

신부는 포도주를 한 잔 가득 따르더니 다시 말을 시작했다.

"지난 주에 제가 한 토착화된 세례식을 예로 들어보지요. 애초에 체와 문화에는 전통 세례식이 있었습니다. 아기는 태어나서 40일 동안 집 밖으로 나오지 못하고, 누구도 아기를 볼 수 없습니다. 물론 어머니만 빼고 말입니다! 이것도 40일과 관련된 우리의 상징체계와도 이상하게 맞아떨어지죠. 사순절, 광야, 정결의식이 그렇습니다. 세례 축일에는 온 가족이 초대되고, 아기는 문가에 있다가 부엌에서 가져온, 성스런 풀들이 담긴 약효가 있는 물로 채워진 항아리에 담깁니다. 도유식 동안 아기는 이름을 받습니다. 그런 다음 그들은 불을 피웁니다. 아버지, 어머니, 대부와 대모가 네 방위에 자리하고, 아기를 세상에 내놓기 위해 불 위로 통과시킵니다. 마지막으로 그들은 항아리를 깨뜨려 다시는 쓰지 못하게 합니다. 기독교 세례는 이 의식에 완벽하게 동화될 수 있습니다. 저는 그저 약효 있는 물을 축성하고 성부와 성자와 성령의 이름으로 세례를 내리면 되는 겁니다. 불 위로 통과하는 과정은 성령의 불꽃이 강림하는 것이 됩니다. 이건 전통 세례를 왜곡시키는 것이 아닙니다. 나무가 살아 있고 멋진 열매를 맺을 수 있도록 뿌리가 몸통에 붙어 있어야 한다는 사실을 기독교인들을 위한 기독교식 세례에 상기시키는 것입니다. 그럼으로써 체와족은 훨씬 편안하게 잘 삽니다. 그들은 기독교인이면서 체와족으로 남지요."

한 해의 마지막 밤 늦게까지 우리는 병원을, 맹인학교를, 여성의 권리 사무국을, 밀림 수의사를, 사냥꾼들에 의해 부상당한 동물들을 데려다 그가 만든 작은 동물원을, 고아들을, 합창단을, 교리문답을 얘기했다. 이 신부는 자기 주위에 경이로운 세상을 재창조하는 데 성공했고, 그리고 그것은 우리가 밀림 한가운데, 가난 한가운데 있을 때보다 훨씬 가시적이었다. 행동으로 옮겨진 신념을 보여주는 진짜 증거였다.

"이 박물관은 말라위 청년들이 자신들의 뿌리를 잊지 말라고 만들었습니다. 은쿵고니는 '생명의 원천'이라는 뜻입니다. 그것은 선교원으로 흐르는 강에 은고니족들이 붙인 이름입니다. 다른 많은 문화들에서도 그렇듯이 체와족에게 신은 산꼭대기에 있습니다. 모든 종교는 신에게 이르는 올바른 길을 가지고 있다고 믿습니다. 실제로 그들이 높은 곳으로 오르면 오를수록 길들은 한곳으로 모이지요. 저는 이 길에서 저 길로 산책하는 걸 좋아합니다. 마치 전원지기처럼 말입니다."

방향 결정에 관한 멋진 교훈이었다.

자정에 우리는 잔을 들고 새해 인사를 주고받았다. 이 나라 사람을 좋아하고, 자기 삶의 하루하루를 바쳐온 이 문화를 이토록 좋아하는 신부가 우리는 좋았다.

바깥에서는 바람이 불어 흐릿하게 반짝이며 맴돌고 있는 개똥벌레들을 실어갔다. 호수 위의 구름 속에서 나온 희끄무레한 빛으로 인해 전기를 띤 마법의 시간이었다. 지금은 덥고 습했다. 일년 전, 우리는 케이프타운의 벙커에서 강풍을 맞으며 불안과 추위에 떨었다. 벌써 일년이? 행복한 일년이었다.

Africa Trek **19**

망각의 무덤 위에서

우리는 태양과 녹음과 곧게 뻗은 아스팔트와 음식, 그리고 틈틈이 듣게 되는 "어떠세요? 좋아요. 고맙습니다. 당신은요?"라는 말로 이루어진 일상을 되찾았다.

소냐는 팔꿈치 주름에 시뻘건 얼룩처럼 부풀어 오른 기이한 덴 자국 때문에 고통스러워했다. 불에 덴 적이 없었기에 불가사의했다.

우리는 매일매일을 기념했다. 지난해에 우리를 맞아준 사람들의 기억을 기념한 것이었다.

"당신 생각나? 작년 이날에 우리는 션과 모건 집에 도착했잖아. 아직 케이프타운에 있지도 않았지! 일년 뒤에는 어디에 있게 될까? 에티오피아? 수단?"

조금 더 가니 점잖고 나이 지긋한 한 남자가 우리와 함께 걷기 시작했다. 그는 고 해스팅스 카무주 반다의 당인 말라위 의회당 약호 MCP[6]와 노란 닭이 새겨져 있는 조끼를 입고 머리엔 모자를 쓰고 있었다.

오스틴 쿠예지는 키포카의 수산부 공무원이었다.

"저는 가톨릭 교인이었습니다. 그런데 신부님께서 제게 아내가 둘이라는 걸 아시고는 저를 내쫓았어요! 맞아요. 저는 각 아내에게 일곱 명씩의 아이가 있어요."

"부인들끼리는 어떻게 지내세요?"

소냐가 물었다.

"오! 아내들은 같이 살고 있지 않아요! 여기 키포카에 한 사람이 있고, 또 한 사람은 북쪽 무주주에 있어요. 제가 번갈아 가며 같이 지냅니다. 세 달은 이쪽에서, 또 세 달은 저쪽에서. 그런데 나이 많은 아내 쪽이 질투가 심합니다. 열네 명의 아이들 중에 다섯은 사립학교에 가는데, 거기에 돈이 몽땅 들어갑니다! 제가 실업자가 되지 않기만을 바랄 뿐이죠."

"그건 왜죠?"

"반다가 죽고 나서 물루지가 1994년에 민주연합전선UDF[7]의 수장으로 권력을 잡았을 때 취한 첫 조치들 중 하나가 호수 어업의 규제를 철폐한 것이었습니다. 당선을 생각해서, 오직 어업으로 먹고 사는 남부의 야오 회교도들에게 혜택을 주기 위해 그는 모든 규제를 없앴습니다. 그 결과 어업을 하는 데도, 물고기를 파는 데도 아무런 면허가 필요 없게 되었고, 금지된 구역도 없고, 번식 기간 동안 어업 정지 규정도 없게 되었습니다. 마구잡이 어업이 허용되고 말았죠. 누구나 어부가 될 수 있습니다. 그래서 호수를 싹싹 비우고 있지요. 5년 후면 물고기 씨가 말라버릴 테고, 모두가 굶어 죽게 될 겁니다. 저는 더이상 아무 짝에도 쓸모없게 될 겁니다."

6) 말라위 의회당Malawi Congress Party.

7) 민주연합전선United Democratic Front.

논리적이었다! 실제로 매일 우리는 길가를 지나가는 미니버스에서, 잡은 물고기를 사라며 차창 밖으로 내미는 아이들과 마주쳤다. 운전수들은 끈끈한 생선 더미를 사이드미러에 매단 채 도시를 향해 쏜살같이 내달렸다. 메기가 날치가 되는 것이다! 작은 마을마다 그물로 잡은 수백만 마리의 작은 물고기들을 대나무 발에 얹어 햇볕에 말리느라 악취가 진동했다. 이런 마을들을 지날 때면 우리는 입가에는 미소를 띤 채 콧구멍을 막았다. 이 물고기들은 시마에, 말린 우타카에 반드시 곁들여 먹는 음식이 되었다. 말린 걸 국물 속에 넣어 불려서 먹는데, 제대로 만들지 못하면 고양이조차 안 먹는 음식이 된다! 생선의 로크포르 치즈[8]인 셈이다. 갈수록 아프리카는 우리를 채식주의자로 만들고 있었다.

소냐의 팔꿈치 접히는 부분에 생긴 이상한 덴 자국은 통 말라붙을 기색이 보이지 않았다. 오이 잘라놓은 것처럼 동그란 표면에 여러 색깔의 딱지 아래로 말랑말랑한 생살이 그대로였다. 땀이 나면 소냐는 아파서 혼쭐이 났다. 할 수 있는 대로 닦고는 있지만, 어떤 크림을 발라도 소용없었다. 속수무책이었다.

점심 때 우리는 마통브 학교에 멈춰 섰다. 청년 아미두가 우리를 프랜시스 교장의 집으로 안내했다. 아미두는 회교도였는데 지금은 가톨릭으로 개종했다. 나는 종교 문제에 신경 쓰지 않지만 말라위에서 종교가 얼마나 중요한지는 놀라울 정도였다! 종교는 우리를 재워주는 집주인들이 스스로를 규정하는 최우선의 요소가 된 것 같았다. 그들은 너나 할 것 없이 종교에 관한 대화를 꺼냈다.

"9월 11일 이후로 저는 우리 회교 지도자의 설교를 떠났습니다. 설교가 광적으로 변했어요! 오직 지하드 얘기뿐이에요. 이 마을에는 회

8) 자극적이고 강한 맛이 나는 프랑스 블루치즈 – 옮긴이

교도가 겨우 백여 명밖에 없는데도 그들은 세번째 사원을 지으려고 했습니다! 아랍인들이 커다란 자동차를 타고 와서 사람들을 돈으로 샀지요. 제 이웃도 한 달에 5백 콰샤(40유로)를 받고 회교도가 되었어요. 그 친구는 두 아내에게 베일을 하루에 다섯 번 씌웠죠. 그뿐이에요! 그는 배고프면 언제든지 먹습니다. 그의 땅에 세운 회교 사원은 텅 비었어요. 그게 어디에 쓰이는지 모르겠어요."

트럭 한 대가 학교 운동장에 도착했다. 프랜시스가 일어섰다.

"세계식량계획의 배분이에요. 그들은 매달 10킬로그램의 옥수수 전분과 2킬로그램의 콩을 학교에 등록한 여자아이들에게 지급합니다. 여자아이들에게 용기를 북돋우고, 부모들로 하여금 아이들을 학교에 보내게 장려하려고 말입니다. 정말 다행한 일입니다. 그러지 않으면 학교에는 남학생밖에 없었을 겁니다. 정부는 통 믿을 수가 있어야죠! 말이 나왔으니 하는 얘기입니다만, 저 교실이 보이시죠? 3개월 전에 지붕이 날아갔지요. 바로 신청을 했는데 지금껏 소식이 없어요. 할 수 없이 아이들은 다른 교실에 끼어 앉아서 공부를 합니다. 다행히 가톨릭 교구가 나서서 우리가 직접 수리할 수 있었지요."

우리는 폐쇄된 철로를 따라갔다. 말라위의 모든 철도망이 망가졌다. 아프리카가 정말로 발전하고 있는 건가 하는 생각이 들 정도였다. 백여 년 전만 해도 기차들이 담배와 나무와 면과 고무를 잔뜩 싣고서 이곳을 떠나 고원을 오르고 블랜타이어에서 집결했다가 모잠비크로 내려가고, 무타라라 다리 위로 잠베지 강을 건너 베라 항구까지 가곤 했다. 그 후 전쟁과 부패가 평화와 번영을 대체했다.

오후에, 살리나에 조금 못 미처 우리는 회교 사원 근처를 지나갔다. 아이들이 야외에 줄 맞춰 앉아 있었다. 과시하려는 표시를 분명히 드러내며 길 가까이에서 한창 공부를 하고 있었다. 유치한 과시욕이었다. 우리가 지나가자 한 무리가 일어나더니 주먹을 내밀며 한 문장을 외치기 시작했는데, 우리는 분명히 끊어서 발음된 이름밖에 이해하지 못했다. "오사마 빈 라덴!" 수염이 긴 남자가 화를 내며 뛰어나오더니 막대기로 아이들의 얼굴과 등을 마구 때렸다. 모든 것이 질서를 되찾았고 우리는 그곳을 지나갔다. 바로잡기 위해 때렸을까? 감추기 위해서였을까? 지금까지 종교 분쟁을 알지 못했던 나라에서 만난 위험한 모호성이었다.

살리마 근처, 캄비리 포인트에서, 뭄보에서부터 시작해 마침내 다가선 이 호수의 연안에서 우리는 스튜어트 그랜트를 만났다. 그는 이국적인 관상어 시클리드를 길러서 수출하고 있었다. 상냥하고 교양 있는 이 노인은 약간 지쳐 보였다.

"제국이 마지막으로 배반하는군요. 브리티시 에어웨이 카고가 말라위에 더이상 오지 않기로 결정했다는군요. 모든 생계 활동이 위협받게 되었습니다. 나한테는 스물여섯 명의 잠수부와 먹여 살려야 할 그들의 가족들, 그리고 스무 명의 수족관 직원이 있습니다. 오세요, 마침 얘기가 나왔으니, 구경시켜 드리지요. 날 따라오시오."

커다란 헛간에 3층으로, 30미터에 걸친 다섯 줄로, 형형색색의 물고기들이 파닥이는 수족관들이 줄지어 있었다. 우리는 전에 수영할 때 본 '음부나' 몇 마리를 알아보았다.

"이것이 마지막으로 선별된 배달 상품입니다. 물고기들이 수출될 때의 충격을 견뎌내도록 물에다 항생제와 진정제를 넣고 있습니다. 이 호수에는 9백 종이 넘는 시클리드가 있지요. 호수가 6백만 년 전 혹은 8백만 년 전에 탕가니카 호수와 연결되어 있던 시절에 들어온 것들이지요. 그 후 이 녀석들은 한 과학자가 '급격한 적응방산' 이라고 이름붙인 현상을 겪었지요. 핵 방사능이 아니니 안심하세요! 자연도태되지 않고 종이 늘어나고 분화되는 진화 현상을 말합니다. 새들도 진화 과정에서 이런 종류의 현상을 겪었지요."

"그런데 이 모든 종들 사이에 경쟁은 없나요? 호수가 닫힌 세계잖아요."

"있지요. 하지만 녀석들이 제거되지 않았던 건 큰 포식자가 없었고 종마다 특화되었기 때문입니다. 시클리드는 엄밀하게 한 장소에만 정주하는 종이라서 죽을 때까지 100미터 이상을 움직이지 않습니다. 영역에 집착해서 좀처럼 떠나지 않지요. 따라서 큰 바다에서 헤엄을 치거나 호수를 건너는 것도 불가능합니다. 이 호수는 곳에 따라 깊이가 7백 미터가 됩니다. 에펠탑의 두 배죠! 그래서 유전자의 혼합이 일어나지 않았던 것이고, 그 때문에 돌연변이가 쉬웠던 겁니다."

"그렇지만 모두 비슷해 보이는걸요. 색깔만 빼고."

"맞습니다. 하지만 먹이 적응에 있어서 엄청난 다양성을 보입니다. 어떤 녀석들은 피토플랑크톤을 먹고 아가미로 거르고, 또 어떤 녀석들은 네모난 입으로 바위에 붙은 해초만 뜯어먹고, 또 다른 녀석들은 동그란 입으로 수생식물만 마구 파헤칩니다. 편평하고 넓적한 이빨이 발달해서 작은 달팽이의 껍질을 부수기 좋은 놈들도 있고, 모래를 뒤져 곤충의 애벌레를 찾기 좋게 입이 길게 나온 녀석들도 있습니다. 심지어 물 속에 떠있는 플랑크톤을 빨아들이기 좋게 관처럼 생긴 입을 가진 종도 있습니다. 확실하게 초식이거나 육식인 녀석들도 있지요. 보세요, 저기 황금색이 도는 노란 녀석은 리빙스토니아라는 포식자입니다. 다른 물고기들의 새끼를 잡아먹지요. 눈에 띄지 않으려고 머리를 해초 속에 숨기고 있다가 먹이를 덮치지요."

파리 한 마리가 유리에 앉자 물고기들이 그 위로 달려들었다. 유리 위에서 연쇄 추돌이 일어났다. 곤충은 위험에서 벗어난 것조차 의식하지 못한 채 수족관 위를 이리저리 날았고, 그 뒤를 굶주린 시클리드 떼가 따랐다.

"그러나 정말로 정교한 건 시클리드의 생식 방식입니다. 대부분의 음부나의 경우, 수컷이 모랫바닥에 작은 화산 모양의 보금자리를 만들지요. 그러곤 그 위에서 암컷을 끌기 위해 기교 섞인 곡예를 부리며 영롱한 자기 색깔을 흔들어대지요. 그 춤에 흥분한 암컷이 알을 낳기 시작하고, 낳자마자 서둘러 알을 삼킵니다. 알을 노리고 있는 음부나 포식자들의 점심이 되지 않도록 말이죠. 수컷은 지느러미 위쪽, 성기 근처에 검은 줄이 쳐진 오렌지색 작은 원들이 있는데, 알과 혼동할 정도로 닮았죠. 암컷이 와서 그곳을 간질이고 지느러미를 깨물면 수컷은 정액을 쏟아냅니다. 그러면 암컷이 그것을 삼키지요. 수정은 암컷의 입 속에서 이루어지는 겁니다! 게다가 암컷은 수정란들을 부화기간 내내 그렇게 보호하고 다니며, 배가 고플 땐 수컷에게 넘기죠. 부화가 되고 나서도 치어들은 조그만 위험에도 이 비밀스런 은신처로 피신합니다. 수족관 속에서 이런 곡예들이 일어날 수 있게 만든 게 어떤 성공인지 상상하시겠습니까? 더구나 그 성공이 저의 비극이기도 합니다! 음부나들은 잡혀서도 아주 잘 번식합니다. 그래서 시장성이 없지요. 하지만 말라위 호수의 야생 음부나만 한 가치를 가진 것이 없습니다."

스튜어트가 결론지었다.

"녀석들이 너무 경이로워서 나 자신을 잘 감시해야만 합니다. 완전히 '시클리드 바보' 가 될 위험이 있거든요."

여러 언어에 능통한 그는 불어에서 독일어로 건너뛰었고, 때때로 이탈리아어와 스페인어를 섞어 썼다. 혼자서 유럽을 다 가진 듯했다. 낙심한 그는 쇼펜하우어나 키르케고르를 인용했고, 몽상가요, 철학자로서 단테나 세르반테스를 인용했다. 쾌활하고 경쾌한 기분일 때는 볼테르나 라퐁텐을 인용했고, 시적일 때는 셰익스피어나 바이런을 인용했다. 백과사전적인 교양이었다. 스튜어트는 말라위에서 태어났다. 그는 이곳에 남은 보기 드문 영국인 가운데 한 사람이었고, 말라위 국적을 가진 보기 드문 백인이었다. 그의 아내 에스더는 체와족으로 키가 크고, 섬세하며, 작은 안경 너머의 눈빛이 총명하고 다정했다. 무엇보다 자연스런 기품이 흘렀다. 그들 사이에는 아이가 둘 있었다. 그리고 에스더에게는 이전의 결혼에서 생긴 아이가 셋 더 있었다. 그 세 아이들은 미국에서 공부를 하고 있어서 집안의 재정에 부담을 주고 있었다. 어린 두 아이는 릴롱궤의 기숙학교에 있었다.

"왜 제가 이 모든 것을 하는지 모르겠어요. 저는 악마처럼 이리 뛰고 저리 뛰고, 늙어가면서 아이들이 크는 걸 보지도 못하고 있어요. 저도 부모님과 아프리카를 떠나 영국에서 공부를 했지요!"

에스더가 소냐를 향해 돌아보며 말했다.

"혹시 파에디루스를 만나셨나요?"

"?!"

"맞아요, 그 덴 자국요! 당신 팔꿈치 말이에요. 그건 황산을 내뱉는 작은 초시류 곤충 때문이에요. 많이 아프시죠? 얼른 낫지도 않고요! 저한테 약이 있어요."

나는 그에게 민감한 주제라고 짐작되는 얘기를 던졌다.

"무가베가 감히 동아프리카 나라들의 꼭대기에 와서 으스대는 걸 보셨어요? 요즘은 블랜타이어에 머물고 있는 모양이던데요."

"제 속마음을 알고 싶으세요? 무가베는 슬픈 광대입니다. 그가 매일 아침 눈을 뜨면서 무얼 할까요? 블랑팽 시계를 쳐다보고, 유럽식 욕실로 가서, 바카라 거울을 들여다보고, 윌킨슨 면도기로 면도를 하고, 크라운 욕조에서 임페리얼 레더 비누로 목욕을 하고, 로열 오크 변기에서 볼일을 보고, 울트라-브라이트로 이를 닦고, 올드 잉글랜드 정장을 입고, 처치스 구두를 신고, 립톤 홍차와 스콘이나 머핀으로 콘티넨탈식 아침 식사를 하고, 〈타임즈〉, 〈헤럴드 트리뷴〉, 〈워싱턴 포스트〉를 읽고, 벤틀리를 타고 연미복 차림의 지배인이 쇼나어가 아니라 영어로 하는 인사를 받으며, 옛 식민지 관저였던 국회에 도착하지요. 빅토리아풍의 가구로 채워진 그곳에서는 붉은색 모자와 흰색 가발을 쓴 멋진 법관들이 그가 하는 연설에 귀를 기울이겠지요. '우리는 유럽인들을 모두 몰아내고 그들의 신제국주의적 영향력에서 해방되어야 합니다.' "

한층 더 심각해져서 그는 서서히 몰락해가는 걸 지켜봐온 자기 나라와 물루지 대통령의 은밀한 계획에 대해 말했다.

"길가 곳곳에 세워진 회교 사원들을 보셨을 겁니다. 그 사원들은 쿠웨이트 자금으로 지어졌지요. 이 문제는 국제사회의 관심을 끌지 못하고 있습니다. 왜냐하면 쿠웨이트인들을 '무시무시한' 사담 후세인으로부터 구해냈으니까요! 물루지는 그곳에 다녀오더니 이상하게도 자기 이름으로 페트로다 정유 회사를 만들고, 주유소 체인들을 만들었습니다. 그 주유소들을 보셨습니까? 매번 회교 사원과 주유소가 같이 붙어 있습니다. 그의 사업이 제대로 번성하려면 자동차만 있으면 되지요."

그는 위스키를 한 잔 가득 따랐다.

"국민의 고통을 덜어주기 위해 그가 최근에 찾아낸 것은 당신네 나라에서 유로콥터 120을 두 대 산 것입니다! 무슨 돈으로 샀을까요? 덴마크 국제개발 원조기구Danida와 영국문화원British Council과 독일대외기술협력단GTZ의 돈으로죠. 이런 식으로는 6천만 달러를 채우기에 충분하지 않아서 그는 비축해둔 나라의 옥수수를 팔았죠. 지금 내리는 비와 짐바브웨의 대혼란을 볼 때, 안 좋은 소리를 더이상 하고 싶진 않지만 내년에는 극심한 기아가 보장될 것 같습니다! 그런데 그가 다음주에 어디를 가는지 아십니까? 런던과 워싱턴엘 간답니다. '이토록 가난한' 나라를 위해 울며 구걸하려고 말이지요. 그러기 전에 먼저 그의 모든 부인들에게 들른답니다. 엘리자베스 여왕처럼 두

대씩 움직이는 전용 헬리콥터를 타고서 말입니다. 덴마크 대사는 이에 대한 해명을 요구했다가 3일 만에 이 나라를 떠나야 했지요! 보복 조치로 영국과 독일은 지금 모든 원조를 동결시켰습니다. 그랬더니 신문 제목들을 보셨나요? '경제적 위기와 기아는 기부국가들의 지연에 의해 조장되고 야기된 것'이라니…… 기가 막히지 않습니까!"

제3세계주의에서 나온 '기부국가'라는 놀라운 개념은 아프리카 정치에 뿌리를 깊이 내리고 있었다. 구걸과 구호 정신이 국가의 지도층을 좀먹고 있었다.

"서머셋 모옴이 《작가 노트》에 쓴 한 구절이 생각나는군요. 작가는 랭군의 한 상류층 클럽에서 나이 든 식민지 관리와 만난 얘기를 합니다. 약간 취한 관리가 부끄러운 줄도 모르고 자기 삶을 얘기하지요. '왜냐하면 당신은 밤에 지나가는 배처럼 제 인생을 스쳐 지나갈 테니까요!' 두 분도 제게는 밤에 지나가는 배나 마찬가지입니다."

스튜어트는 두려움도 원망도 없이 평생토록 굳게 키를 잡았지만 주변에서 모든 것이 침몰하는 배처럼 서서히, 그러나 분명하게 무너지는 걸 지켜본, 그래서 오늘날 사람들이 끊임없이 비난하는 선장의 징후를 드러냈다. 그는 무거운 짐을 지고 있었다.

"야만인들이 나를 죽이려고 오면 이렇게 말할 겁니다. '내 위스키나 다 마시게 해줘!' 두 분의 '도보여행'이 감탄스럽습니다. 두 분은 제가 좋아하는 프랑스를 제대로 구현하고 있습니다. '담대하십시오! 담대하세요! 늘 담대하세요!' 제가 머리맡에 두고 읽는 책이 시라노 드 베르즈락인 건 우연이 아닙니다. 저는 그의 용기를 좋아합니다. '불필요한 것일 때 더욱 아름다운 법이니까요.'"

꿈과 인용문구들을 가득 안고 우리는 참으로 비옥하지만 가난한 사람들이 살고 있는 들판을 가로질러 호숫가를 따라 이어지는 끝없는 오르막길을 다시 올랐다. 폭우가 이 지역을 덮쳐 경작지를 황폐하게 만들어놓았다. 밭마다 옥수수 보호용으로 심어진 나무 아래로 옥수수들은 쓰러져서 썩어가고 있었다. 농부들은 절망했다. 다리 세 개가 홍수에 쓸려 갔고, 하나뿐인 연안 길도 잘렸다. 우리는 불어나서 물이 겨드랑이까지 차는 흙탕 강물을, 넘어져 휩쓸리지 않도록 도움을 주는 손들을 이어 잡고서 건넜다.

습기와 더불어 열기도 높아졌다. 하루 종일 땀이 비 오듯 흘렀다. 나는 수시로 셔츠를 짰다. 힘들고 더운 행군이었다. 달리 아무것도 없었다. 아, 있었다! 멋진 하늘이 있었다. 구름 성당, 풍랑에 휩쓸린 검은 배, 뒤집힌 모루, 원자폭탄의 버섯구름. 주민들은 대부분 길가에 자리잡고 있었다. 왜일까? 길은 자동차들이 지나고 무슨 일인가가 일어나는 곳이기 때문이었다. 덜 지루하기 때문이었다. 홍수 피해도 적었다. 그래도 사람들이 여전히 억압하에 있는 건 사실이었다. 100미터마다 , 분명히 100미터마다, 두 손을 모으고 떠들썩하게 구걸하는 무리가 몰려들었다.

"백인들! 백인들! 백인들! 돈 좀 주세요!"

5천 킬로미터를 넘게 걸어와서 이런 소리를 듣게 되다니! 정말이지 불행한 느낌이 들었다! 우리는 그들에게 설교를 했다.

"구걸하는 건 좋지 않아요! 부끄럽지 않아요?"

그들은 웃으면서 떠났다. 하지만 끈질기게 달라붙으면 우리는 훨씬 더 단호하게 말했다.

"아무것도 없어요! 가세요!"

웃음소리, 아이들을 보낸 부모들의 동조의 눈길, 우리의 어설픈 치츄어를 따라하는 소리. 지치는 일이었다.

이날 오후, 누더기 차림의 한 가난한 아버지가 밭에서 나오더니 우리 옷자락을 붙들었다. 처음에 우리는 걸인인 줄 알았는데 그는 완벽한 영어로 말했다. 제레미아 모세는 학교에 가본 적이 없었다. 그는 서른다섯 살로 아주 호인이었다. 그는 대지구대도 잘 알았고, 인류의 기원을 좇는 우리 도보여행의 의미도 이해했으며, 〈타임즈〉나 눈에 띄는 모든 것을 읽고, 한 손에는 사전을, 다른 한 손에는 볼펜을 들고 있었다. 그는 우리보다 더 시사에 밝았고, 프랑스 대혁명과 제2차 세계대전도 알고 있었다. 완벽한 독학자였다.

빈곤은 숙명이 아니라 질병이다. 가난은 책임질 수 있는 상태라기보다는 정신적 쇠약이요, 방치요, 포기요, 자포자기다. 나는 모잠비크의 프랭크 루시우스의 의연함을 떠올렸고, 반대로, 오늘 아침 열 명의 자식 가운데 넷을 잃었다고 웃으며 말하면서 그 이유도 모르고, 또한 알고 싶어하지도 않던 남자를 떠올렸다. 그는 구멍 난 셔츠에 신경 쓰지 않듯이 아이들의 죽음에도 개의치 않았다. 자기가 죽게 만든 게 아니기 때문에 밤잠을 못 자지도 않았다.

그런데 제레미아는 문제가 하나 있다며 우리에게 얘기하고 싶어했다. 우리는 또 돈 문제이려니 예상했지만 전혀 아니었다. 결혼 문제였다. 그는 충고를 달라고 했다.

"저한테 아이가 셋이 있어서 더 갖고 싶지 않아요. 아이들의 생활비를 대지 못하리라는 걸 아니까요. 그런데 아내는 계속 아이를 갖고 싶어합니다. 어떻게 해야 하죠? 이혼을 해야 할까 봅니다."

"이혼하는 건 아무 도움도 되지 않을 겁니다! 다음 부인도 아이들을 갖고 싶어할 것이고, 전 부인은 또 다른 사람이랑 계속 아이를 낳을 것이고, 문제는 점점 커져만 갈 겁니다. 저는 피임약을 추천해드리고 싶어요."

"그게 뭡니까?"

"아이를 가질 위험 없이 당신 부인과 정상적인 관계를, 전보다 더 쉽게, 그리고 심지어 더 자주 가질 수 있게 해주는 약이에요.

"그러니까 콘돔 안 쓰는 콘돔 같은 거네요! 그것 마음에 드는데요! 어디서 구하죠?"

"약국에 가면 있어요. 돈을 내야 되지만 출산억제센터에 가서, 있잖아요, '반자 라 무초골로' 라는 파란 병원 말이에요, 거기 가서 잘 설명하면 분명히 해결책을 찾아줄 겁니다."

"당신, 이제는 성교육까지 해?"

소냐가 웃으며 내게 물었다.

"그럼! 직업에는 귀천이 없잖아."

자동차 한 대가 우리 있는 곳에 멈춰 섰다. 거구의 통통한 백인이 우리에게 타라고 했다. 게즈 비스터는 마론데라 근처 영국 중학교에서 공부를 하고 있는 딸을 데리러 갔다가 짐바브웨에서 오는 길이었다. 그는 일로보에 고용되어 북쪽 농장에서 일하고 있는데, 마틴 웰치로부터 우리 얘기를 들었다고 했다. 그는 3일 후에 드왕과에서 우리를 기다리겠다고 했다. 우리를 환영한다고 했다. 멋진 당근이었다! 그는 우리에게 칩스 몇 봉지와 시원한 콜라 세 병을 남기고 떠났다. 그 중 한 병은 제레미아를 위한 것이었다. 황홀한 행복!

은코타코타, 2002년 1월 13일 일요일,
여행 377일째, 총 5,229킬로미터

은코타코타에 이르러 호숫가의 옥수수 밭에서 우리는 옛 노예시장과 회교 사원의 폐허를 발견했다. 거의 남아 있는 게 없었다. 기억조차 남아 있지 않았다. 담벼락 한 귀퉁이와 쇠고리로 폐쇄시킨 아치형 통로만이 마치 생각할 수 없는 것에 대한 최후의 증인처럼 끈질기게 하늘을 향해 우뚝 솟아 있었다. 우리가 이 폐허의 존재를 알게 된 것은 어느 안내 책자를 통해서였다. 이곳 사람 모두가 잊고 있었기 때문이다. 해변의 모래 무덤 하나가 아이들의 곡예를 위한 점프대로 사용되고 있었다. 아이들은 그것이 불과 두세 세대 전에 그들의 조상들을 마구 죽인 노예사냥꾼 줌베의 무덤인지도 모른 채 그 위에서 구르고 웃으며 뛰놀고 있었다. 나는 캄보디아 아이들이 폴 포트 무덤 위에서 재잘거리고 있는 걸 상상했다.

아프리카는 기억을 간직하고 있지 않았다. 기억을 구해내는 만큼 잃기도 했다.

소냐는 모래 위에서 산수 수업을 시작했다. 신이 난 아이들이 임시 선생님이 지켜보는 가운데 달라붙어서 덧셈과 곱셈을 했다. 나는 한 세기 전에 이곳 모래 위에서 행해졌던 음산한 계산을 생각하지 않을 수 없었다. "장총 여섯 개에 60명, 됐나?"

1870년, 잔지바르 술탄의 봉신이자 이곳 족장인 줌베는 이 시장에서, 이 아치형 통로 아래에서 일년에 만 명의 노예들을 수출했다. 그는 무시무시한 루가루가족 부대와 야오족 무리와 더불어 이 지역을 몰살했다. 일년에 10만 명의 노예가 호수 서쪽의 이 해안에서 용골 없이 삼각돛을 단 잔지바르 배 도우dhow에 태워졌고, 호수 건너편 북쪽, 탄자니아 쪽에 내려졌다. 거기서 그들은 무리 지어 쇠사슬에 묶인 채, 약탈과 말라리아와 사자 떼에 내맡겨진 채 걸었다. 상아를 들지 않은 자들은 도망치지 못하도록 나무둥치를 길마처럼 맸다. 그들 가운데 3천 명이 길에서 죽었고, 뒤처지는 자들과 병든 자들은 가차 없이 죽임을 당했다.

수백 킬로미터를 가는 동안 하이에나 무리가 야식을 기다리며 이 죽음의 행렬을 따라다녔다. 당시의 선교사들과 탐험가들은 몇 주를 가는 동안 이 길 사방에 흰 뼈들이 널려 있었다고 전했다.

하지만 살아남은 자들의 수난은 거기서 끝나지 않았다.

킬와나 다르-에스-살람에서 그들은 잔지바르를 향한 위험한 여행을 위해 차마 말할 수 없는 조건 속에 다시 배에 실렸다. 물도 음식도 없이 배설물과 시체 가운데 뒹굴며 중동 여러 나라나 인도에 팔려갔던 것이다.

이상하게도 이곳의 노예무역은 서쪽 해안의 것보다 덜 알려지고, 덜 연구되고, 남아 있는 자료도 적었다. 마치 그것이 루이지애나의 농장주나 르 아브르 목화 재배자들의 범죄가 아니라 아랍인들이나 동양인들의 범죄였다는 점 때문에 봐줄 만하기라도 하다는 듯이 말이다.

예전에 탐험가이자 목사였던 리빙스톤이 이 노예무역에 반대하는 설교를 하고 1863년에 줌베와 협정을 맺었던 바로 그 무화과나무 그늘 아래에서 소냐는 어린 아이들을 모아 치츄어 노래를 함께 흥얼거리고 있었다. "하느님, 말라위를 축복하소서! 이 나라의 자유를 지켜주소서……."

이틀 뒤 우리는 드왕과에, 수천 헥타르에 이르는 사탕수수 밭 한가운데 이르렀다. 푸른 밭이 끝없이 펼쳐져 있었다. 산업 농업의 풍요로움. 충격이었다! 대농장은 현기증이 날 정도로 반듯했고, 풍경은 활짝 열려 있었다. 수백 킬로미터 전부터 우리는 손으로 심은 불규칙한 작은 땅뙈기들만 지나왔다. 게즈 비스터가 우리를 구경시켜주었다.

"저희는 이 나라에서 신뢰할 수 있는 유일한 회사입니다. 중국인들이 경작하는 대규모 논도 있었습니다만, 그들은 1996년에 떠났습니다. 물루지가 강탈하려고 했기 때문이지요. 중국인들은 우리보다 덜 주저해서 모든 걸 계획으로 남겨둔 채 일주일 만에 사라졌습니다. 그러자 물루지는 자신이 상황을 해결하겠다고 곧바로 선언했지요. 그 후 행해진 건 아무것도 없습니다. 말라위에는 더이상 쌀이 없습니다. 모두 수입됩니다. 엄청난 낭비지요. 땅도 비옥하고, 물도 풍부하고,

의욕 넘치는 일손도 항상 준비되어 있는데 말입니다. 어떤 나라가 이런 좋은 조건을 내세울 수 있겠습니까? 저 같으면 남아프리카공화국이나 짐바브웨보다는 여기서 일하고 싶습니다. 이곳의 자연이 훨씬 관대하니까요."

"경작지를 망가뜨리는 폭우는 빼고 말씀하시는 거죠."

"거듭되는 홍수는 단층절벽의 산림 벌채 때문입니다. 흙을 지탱해 줄 나무뿌리들이 없어 흙도 물을 머금지 못하는 겁니다. 이 물을 조절하기 위해 우리는 농장을 빙 둘러서 유칼리나무를 심어 띠를 만들었습니다. 그걸로 농장 인부들의 숙소와 땔감을 위해 필요한 목재도 얻게 되었죠. 정부가 나무를 자르는 대신에 이런 걸 국가적 차원에서 실행하면 될 텐데 말입니다."

주말을 쉬고 나서 우리는 다시 길을 떠났다.

글라디올러스들이 갓길에 피어 있었고, 야생 파파야들은 열매 무게에 무너질 듯했다. 땅은 기름지고 그야말로 낙원이었다! 이 대륙을 걷기 시작한 지 일년이 되었지만 이처럼 인구 밀도가 높은 지역은 본 적이 없었다. 인구과잉은 아니지만 말라위 인구의 60퍼센트 이상이 호숫가에 밀집해 있었다. 저녁에 밀림이나 물가에 한적하게 텐트를 칠 수가 없었다. 왕도 혼자 간다는 볼일을 보러 숲에 갈 수도 없었다. 언제나 누가 있었다. 그러다 보니 만남은 불가피했다. 피할 방법이, 걸으며 휴식을 취할 방법이 없었다. 매일 우리는 최소한 두 가족은 만났고, 만나는 사람마다 각자 자기들 방식으로, 우리가 걸어 나가면서 그리는 이 대륙의 거대한 벽화를 채울 일면을 드러내주었다. 얻는 것도 많았지만 피곤하기도 했다. 증언들로 이루어진 이 만화경은 우리의 두뇌를 잘 돌아가게 하고, 이 땅의 구조적 비밀을, 문제들의 이유와 그 해답을 들여다보게 해주는 퍼즐 조각들을 하나씩 모으게 해주었다. 도보여행은 우리에게 아프리카를 드러내주었다. 한 발 한 발,

이 사람에서 저 사람으로, 이 삶에서 저 삶으로 옮겨가며. 아프리카는 우리에게 말을 걸었고, 돌려 말하거나 얼버무리지 않았다. 우리는 걸으면서 배웠다. 아리스토텔레스학파 철학자들이 그랬듯이.

오늘 우리와 함께 걸은 사람은 산림 엔지니어였다. 알렉슨 카젬브는 우리의 여정에 감탄했다.

"좀바 고원에서 일을 한 적이 있는데, 그곳도 거치셨나요?"

"네. 멋진 잣나무 숲을 보았죠. 나무 밑에는 히말라야 산딸기도 있던걸요. 오렌지 색깔에 맛도 있더군요."

"맛보셨어요? 세기 초에 인도 히말라야 심라에서 영국 장군의 부인이 가져온 거예요. 대륙을 통틀어 여기밖에 없어요. 다른 이국적인 수종도 많지만 이젠 다 끝났어요. 모두 밀어버릴 거예요. 그 사람들은 모파인나무를 다시 심고 싶어합니다."

"무슨 얘기예요?"

"그것이 그들의 새 지론입니다! 그들은 좀바의 나무를 몽땅 잘라버릴 겁니다. 토종 나무가 아니라는 이유로 말입니다."

"설마, 여기도요? 남아프리카공화국에서도 그런 일을 보았어요. 아프리카 원산지가 아닌 건 모조리 잘라버리려는 일종의 식물 종차별주의 말입니다. 유칼립투스, 전나무……."

"맞습니다. 이건 남아프리카공화국에서 영향받은 겁니다. 전 반대했지요. 그래서 여기로 전근된 겁니다. 이 토종 숲으로 말입니다! 하지만 무슨 일이 일어날지 압니다. 그들은 쉽게 돈을 벌기 위해 다른 사람들이 심은 나무들을 모조리 잘라낼 것이고, 아무것도 심지 않을 겁니다. 물루지가 권력에 오른 지 7년째입니다만, 나라에 나무 한 그루 심지 않았지요. 나무를 심는 유럽 환경보호 단체들을 재정적으로 지원하는 건 영국문화원밖에 없습니다. 정부는 아무것도 하지 않아요! 정말 어처구니가 없어요. 모파인나무는 뒤틀린 나무예요. 성장이 굉장히 느려서 성년에 이르는 데 한 세기가 걸려요. 그리고 이 나무는 기껏해야 조각을 하는 데 쓰일 뿐이죠. 이건 정말 안 되는 일입니다! 우리는 건축과 연료를 위한 목재가 필요합니다. 그리고 그러기엔 유칼립투스나무가 이상적이죠. 소나무도 좋고요. 이 두 나무는 빨리 자라고 곧게 자라지요."

저녁에, 36킬로미터를 힘들게 걷고 나서 우리는 로이드 말루바라는 청년과 함께 토종 숲으로 갔다. 그의 집은 단층절벽의 버팀벽 위에 자리잡고 있었다. 아무리 올라가도 끝이 없었다. 소냐가 중얼거렸다.

"정확히 어디 사는지 물어볼 걸 그랬어. 더이상은 못 가겠어."

"벌써 한 시간째 언덕 뒤라고 하고 있잖아. 어쩌지?"

"도로에서 멀어지지 말아야 할 텐데."

"우리가 선택할 수는 없잖아. 당신도 알다시피……."

"내가 아는 건 내일 아침 길까지 가는 데 한 시간을 소모할 것이며, 적어도 10킬로미터는 그냥 허비하게 된다는 거야."

"경치나 구경해! 저기 좀 봐, 호수를 이렇게 보는 건 처음이야."

로이드는 우리가 말다툼하는 걸 보고서 미안해했다. 곧 우리는 숲 한가운데, 그의 아버지의 오두막에 이르렀다. 정말 보잘것없는 누옥이었다. 주위로 온통 진흙탕인 무너져가는 누옥. 여길 오려고 이 먼 길을? 화가 난 채로 우리는 옆에다 텐트를 쳤다. 장소를 치우다가 나는 또 전갈 한 마리를 죽였다. 꼭 일부러 그러는 것만 같았다! 벌써 일곱번째 전갈이었다.

로이드는 우리에게 자기 아버지 조셉을 소개해주었다. 그는 목수였는데, 가공하지 않은 문틀과 창틀을 만들었다. 그들은 우리가 만난 첫 통가족이었다. 통가족은 이 나라의 소수 민족 가운데 하나다. 그들은 내륙인 잠비아 출신이었다.

"우리 증조부는 노예와 코끼리 사냥꾼이셨지요."

로이드는 오두막으로 사라지더니 상아 팔찌 하나와 낡아서 녹슨 창 하나를 가지고 나왔다. 팔찌는 세월에 녹청이 끼고, 금이 가고, 누렇게 변한 코끼리 어금니 한 도막이었다.

"이건 그분의 특별한 표시였어요. 사냥꾼 대장의 징표였죠. 그는 여러 명을 데리고 단층절벽으로 떠났고, 정글에서 일주일 동안 코끼리를 쫓아다녔죠. 돌아와서는 상아에 조각을 해서 아랍인들에게 팔고 대신 소금이나 향료를, 그리고 나중에는 화약과 총알과 함께 총도 샀습니다. 늘 노예들을 훔치려고 노리던 줌베의 전사들인 루가루가족들 때문에 골치 아파하셨죠. 아버지께서는 한창 아파르트헤이트가 극성을 부리던 1960년대에 남아프리카공화국에서 일하셨습니다. 돈을 잘 버셨지요. 이 지역에서 자전거를 처음으로 샀을 정도였습니다. 라디오를 가진 것도 처음이었지요. 지금은 가진 게 하나도 없지만 말이죠!"

"아버님은 인종차별주의 때문에 박해를 받기도 하셨나요?"

포도나무 그루처럼 백발에 바싹 마른 노인은 괭이질을 멈추고 아프리카 노인들에게서 종종 볼 수 있는 푸르스름한 작은 눈으로 나를 쳐다보았다.

"난 힘들게 일했고, 돈을 벌었지. 그뿐이야. 인생은 힘든 거야. 요즘은 더 힘들지. 일이 없으니까."

이 세대의 모든 남자들은 한 번쯤은 오늘날 잠비아가 된 옛날의 북로디지아의 구리광산이나 석탄광산이나 남아프리카공화국의 금광에서 일한 적이 있었다. 일은 힘들었고 노예처럼 구속된 생활을 했지만 그들의 세계는 덜 닫혀 있었다. 그들은 자유의 희망을 가지고 있었고 여행을 했다. 자유롭지만 가난 때문에 소외되고, 더이상 희망이 없는 요즘의 새 세대에게는 불가능한 일이었다. 이 모든 노인들은 줄무늬 양복과 둥근 모자, 반짝이는 구두를 갖추고 제대로 품위 있게 차려 입고 잔뜩 뽐을 내며 더반이나 케이프타운에서 찍은 사진들을 자랑스레 보여주었다. 최근 20년 동안 무슨 일이 일어났기에 이들이 이토록 가난해진 걸까?

다음날 한낮, 언덕 위에서 보니 길은 호수에 가까웠다. 전망은 기가 막혔다. 잔잔하고 매끈한 푸른 물이 끝없이 펼쳐져 있었고, 거기에 하늘이 닿아 있었다. 멀리 건너편 물가, 동쪽 경사면은 멋들어진 절벽이었다.

"벌써 탄자니아야."

"탄자니아? 날 좀 꼬집어봐. 꿈꾸는 것 아닌지. 벌써 탄자니아라니 믿을 수가 없어. 사자와 공원과 동물 영화의 나라 앞으로 훌쩍 와버렸네! 어, 저기 좀 봐. 저건 뭐지?"

호수 한가운데에서 시커먼 연기 기둥이 올라왔다.

"배에 불이 붙었나? 호수 한가운데서 화산이 분출했나? 이런 건 처음 봐!"

기둥은 올라가면서 회오리가 되었다. 신기한 광경이었다. 몇 킬로미터를 더 가니 불기둥이 이동했다는 걸 알 수 있었다.

"이상해, 이상해!"

"저걸 봐. 저기 하나가 더 있어. 저기도 또 있어! 호수에 불이 난 것 같아. 말도 안 돼!"

한 남자가 덤불숲에서 나오더니 우리를 보러 왔다. 아프리카에서 늘 볼 수 있는 기적 가운데 하나였다. 어딘가에 멈추기만 하면 돌이나 덤불에서 사람이 튀어나오는 것이다.

"은쿵구! 이건 은쿵구예요. 맛있어요."

"뭐라고요? 연기를 먹어요?"

"연기가 아니라 곤충이에요. 호수 파리예요."

파리라니! 이건 또 무슨 얘기람? 이제는 파리까지 먹는단 말인가! 우리는 다시 길을 가며 생각에 잠겼다. 그러는 동안 호수 위에서는 시커먼 돌풍들이 계속해서 하늘로 올라갔다. 멀리 길 위에서 한 무리의 아이들이 바구니를 들고서 뭔가를 하고 있었다. 아이들은 나뭇가지로 치며 이 수풀에서 저 수풀로 내달렸다. 다가가보니 작은 날파리 떼가 수풀에 앉아 있었다.

아이들은 먼저 나뭇가지로 곤충들을 날게 한 다음 원래 씨앗을 키질하는 데 쓰이는 납작한 바구니를 적셔 허공에 휘저었다. 날파리들이 수천 마리씩 바구니에 붙으면 냄비에 씻어내고, 그렇게 물에 빠져 죽은 날파리 떼가 쌓여 검은 수프가 되는 것이었다. 재미있었다! 기적적인 수확이었다! 사방에서 낄낄거리고 키득거리는 소리가 났다. 아이들은 제멋대로 달렸다. 한 꼬마 여자애가 소냐 손을 잡고 호숫가의 자기 마을까지 따라오라고 명령했다. 쉬는 시간이라 우리는 아이를 따라갔다. 곧 마을 사람 전부가 모여들었다. 그러더니 우리를 둥글고 큰 오두막으로 들어오라고 손짓했다.

앉기 무섭게 김이 무럭무럭 나는 시마가 나왔는데, 어린 시절 우리가 퓌레를 가지고 화산을 만들어 가운데에 소스로 작은 호수를 만들었던 것처럼 한가운데가 비어 있었다. 수백 개의 눈이 오두막 틈 사이로 우리를 지켜보고 있었다. 우리가 몸짓을 할 때마다 속닥이는 소리가 났다. 이 가족의 어머니가 은쿵구 한 국자를 가지고 다가오더니 예상했던 대로 작은 분화구 속에다 부었다. 정적이 감도는 가운데 모두가 기다리고 있었다. 나는 시마를 뭉쳐서 파리가 엉겨 붙은 시커멓고 걸쭉한 국물에 적셨다. 그리곤 보지 않고서 삼켰다. 소냐는 내 입술만 보고 있었다. 처음 받았던 끈적끈적하다는 인상은 강한 생선 맛으로 대체되었다. 전체적으로 꽤 짠 편이었다.

"싱겁지 않아. 꽤 강한 맛이야. 짠물 맛인데, 캐비아가 생각나는 걸.”

소냐가 서둘러 맛을 보려고 하자 웃음소리가 쏟아졌다.

“당신 말이 맞네. 이거 정말 맛있네! 하늘에서 떨어진 캐비아야!”

한 번으로는 관례가 될 수 없다. 이날 저녁 우리는 주소 하나를 얻었다. 게즈 베스터는 전에 말한 적 있는 그의 말라위 친구들 가운데 한 사람의 집으로 우리를 보냈다.

“보시면 알 거예요! 카다위라는 정말 좋은 사람이에요. 저는 그를 존경합니다. 내가 이 나라에서 아는, 아프리카인으로서는 유일한 상업적 농민이죠. 그리고 그 일에 애착을 갖고 있고요! 1996년부터 그는 600헥타르의 사탕수수를 경작하고 있어요. 우리도 그에게서 사고 있지요. 그는 책임감 있는 옛 족장들 가운데 한 사람입니다.”

그는 약간 찡그린 듯한 미소를 띤 채 고개를 흔들며 말을 계속 이어나갔다.

“사람들이 할 수 있는 한 그를 돕고 있지만 그는 계속해서 기계를 망가트리고 있어요. 헤어나지를 못하네요. 그래서 그에게 통로와 배수로와 그루터기 뽑는 일을 하게 해주려고 케터필러 두 대를 보냈죠. 그런데 그는 나한테 주려고 새 트럭 한 대를 사느라 빈털터리가 되었답니다. 그가 잘한 건지 모르겠군요. 내가 싫어하는 건 그가 혼자라는 사실입니다. 정부는 그의 일을 방해하지요. 그는 도무지 대출을 받을 수가 없어요. 그들은 그의 머리를 물 속에 처박고, 그에게 조금이라도 이득이 생기면 과중한 세금을 때리지요. 농업부 장관인 알렉스 반다가 이웃에 사는데 그의 농장은 재난 상태라 그는 자기가 실패한 곳에서 카다위라가 성공하는 걸 원치 않죠. 정말 구역질나는 이야기입니다! 이 친구야말로 도움이 필요한 사람입니다. 그의 사탕수수를 가지러 가기 위해 다리를 수리해야 하는 게 누군지 아십니까? 접니다! 우리는 늘 이 문제로 골치를 앓죠. 더구나 그에게는 질 좋은 땅이 100헥타르밖에 없고, 우리는 너무 많은 사탕수수가 필요 없으니 말입니다. 그저 우정 때문에 할 뿐이죠. 그건 그렇고, 그의 농장을 못 찾지는 않으실 겁니다. 망가진 기계들이 많아서 폐차장 같을 겁니다. 아프리카에서는 용납이 안 되죠! 나는 뭔가를 시도하는 사람을 보는 게 좋습니다만."

열정적이고 쾌활한 미카엘 카다위라가 우리를 반갑게 끌어안으며 맞아주었다. 그의 아내 에블린도 금세 우리를 받아들였다. 그녀가 내온 커피를 마시며 우리는 격식 없이 얘기를 나누었다. 그들에게는 여섯 명의 다 큰 아들들이 있었는데, 그들은 일자리를 찾지 못하고 경제적으로 부담을 주는 공부만 계속 하고 있었다. 그들 중에는 불행히도 기술자도 없고, 농부도 없었다. 그들은 하나같이 그린 카드[9]를 갖게 되기를 꿈꾸며 하루 종일 미국 영화를 보고, 용감한 아버지의 실현 불가능한 꿈을 비관적인 눈으로 바라보았다. 우리는 말할 것도 없이 그들에게 화성인 같은 존재였다. 그들은 무슨 수를 써서라도 아프리카를 떠나려고 하는데, 걸으면서 아프리카인이 되려고 하다니……. 그들에게 우리는 진짜 수수께끼였다. 카다위라는 그의 이웃들의 질투에 대해 얘기했다.

"질투가 아프리카의 문제입니다. 고개를 조금이라도 내미는 사람이 있으면 가차 없이 줄을 맞추게 하죠. 저는 여기서 항시 사보타주의 희생양이 되고 있습니다. 제 인부들로부터 존중받지도 못하지요. 그들은 자기들 좋을 때 옵니다. 자기 땅을 다 끝내고 나서 말이지요. 제가 화라도 내면 저를 위협하지요. '아! 당신이 백인이라도 되는 줄 아는 거요, 뭐요?' 이번 주에도 해결해야 할 문제가 있었지요. 물을 강

9) Green Card. 미국 연방정부가 외국인에게 발행하는 취업 허가증. 영주권을 상징적으로 말한다—옮긴이

상류에서 끌어다 제 농장으로 들어오게 하는 일이었습니다. 인부들이 그곳에 가서 보니 웬 노인이 물고기를 자기 그물로 끌어들이려고 수로를 막아놓은 겁니다. 그들은 겁에 질려 돌아왔습니다. 노인이 그들에게 그물 가까이 다가가면 저주를 내리겠다고 협박했다는 겁니다. 그래서 아직도 저는 농장에 물이 없습니다. 아무래도 제가 직접 가봐야 할 것 같습니다."

카다위라는 저녁 내내 그가 일로보에서 꿈꾸는 희망과 좌절을 얘기했다. 에블린은 온화한 천사였고 우리는 그들에게 무한한 호감을 느꼈다. 이 부부는 두 세계 사이에서 고통받고 있었다. 동족들의 질투심에 배척당하고, 백인들로부터는 동정 섞인 의혹의 눈길을 받으면서 그들은 약해빠진 자신들의 무기를 가지고 싸우고 있었다. 게다가 지적이지만 게으른 다 큰 얼간이 자식들을 거추장스럽게 끼고서 자신들의 실수와도 싸우고 있었다. 이 모든 것에도 불구하고 그들은 꿈을 꾸고 현실로부터 벗어나기 위해 고군분투하며 희망을, 아프리카의 미래를 구현하고 있었다. 주술과 질투와 방해 공작으로 인해 개인의 성공은 금지되어 있었다. 그에게는 성공할 권리가 없었다. 이곳에서는 모두가 되거나 아무도 아니어야 하는 것이었다.

은카타 베이에 도착하기 전에 우리는 식민지 시절 보호령의 상관商館인 만달라가 심은 거대한 헤베아 숲을 지나갔다. 공장은 천천히 돌아갔지만 나무들은 언제나 피를 흘렸다. 나무들은 우리의 도보여행에 기막힌 그늘을 제공해주었다. 강한 향기가 나무 아래쪽에서 풍겨왔는데 그건 고무 냄새였다. 고무처럼 질기지 못해 죽어가는 이 나라의 상징이었다.

호수를 따라 이어지던 완만한 경사가 사라졌다. 이제는 단층절벽이 호수로 곧장 떨어지고 있었다. 호숫가 길은 서쪽으로 꺾어져 음주주를 향해 오르고 있었다. 뜨겁고 습기 찬 아스팔트 띠의 끝없는 오르막이 이제 끝났다. 발라카에서부터 6백 킬로미터 가까이 되는 길이었다. 이제는 즉흥적으로 길을 선택해야 할 것이다. 더이상 해안도로는 없다. 1월 23일, 5,459킬로미터 지점에서 우리는 은카타 베이에 이르렀다.

20 Africa Trek

마쿰바와 얼룩말의 웃음

은카타 베이에서 우리는 현기증 날 정도로 가파른 호숫가 길을 따라 북쪽으로 향했다. 대지구대는 심연 속으로 내리꽂히고, 단층절벽은 호수로 수직으로 떨어지고 있었다. 길은 이 장애물을 빙 돌아서 150킬로미터 북쪽 지점에서 해안 벼랑과 다시 만났다. 여기서부터 길에 대해 어떻게 생각해야 할까? 낭떠러지, 바닥이 안 보이는 계곡, 진입이 불가능한 정글. 우리는 갈 수 있는 길인지 알지 못했고, 정확한 정보를 얻을 길도 없었다. 다만 비탈에 자리잡은 어촌 마을이 있다는 사실만, 가파른 오솔길로 연결되어 있다는 것만 알았다. 밟아 다져진 오솔길을 벗어나 걷는 건 오랜만이었다. 우리는 순수하고 험난한 모험과, 미지의 세계와 다시 이어지는 것이 기뻤다. 아스팔트도 끝이고, 잽싸게 해치워야 할 킬로미터들도 끝이었다.

만灣을 둘러싸고 있는 벌거숭이 언덕에 매달린 촌락들을 지나 우리는 얼마 남지 않은 원시림으로 들어섰다. 숲에는 이끼와 난이 피어 있었고, 그 위로 화려한 왕관을 쓴 긴꼬리원숭이들의 울음소리가 울렸다. 3개월 만에 처음으로 우리는 사람들의 시선을 벗어나 내밀함의 호사를 맛보았다. 말라위에서 걷는다는 건 24시간 중 열일곱 시간을 누군가의 조준경에 포착되어 있음을 의미했다. 우리는 완전한 자연 속에서 오르막길을 올랐다.

트렉은 작은 길에서 힘들어지기 시작했다. 정비가 전혀 되어 있지 않았고 등고선도 완전히 무시되고 있었다. 우리는 레소토 이후로 쓰지 않았던 근육을 재발견했다. 당연히, 숨 막힐 듯한 전경이 펼쳐졌다! 우리는 1천 미터 이상을 따라 걸어온 호수를 마침내 보았다. 대지 구대의 턱뼈 속에 들어앉은 맑은 바다. 돌풍이 여기저기 휩쓴 거울 같은 물, 그곳에는 은쿵구의 검은 회오리가 난잡한 불꽃처럼 맴돌고 있었다. 환상적인 전경이었다. 멀리 반대편 물가로 탄자니아가 보였다.

우리는 매끈한 바위 위에 앉아 무릎까지 물에 담그고, 비늘 달린 작은 보석들이 깨무는 발을 매혹적인 발 치료사들에게 내맡긴 채 점심을 먹었다. 나는 바위 위에 조그맣게 불을 피웠다. 호수의 맑은 물이 우리의 냄비를 채웠다. 메뉴는? 늘 먹던 국수 넣은 수프와 게즈 베스터가 준 빌통 몇 조각. 소화도 시킬 겸 우리는 크리스털 물 속으로 들어가 우리 주변에서 나비처럼 헤엄치는 푸른 음부나들 사이로 수영을 했다.

예상했듯이 작은 길은 우리를 첫번째 마을로 인도했다. 우리가 들어서자 비명 소리와 온갖 외침이 산사태처럼 쏟아졌다. 백인이야! 백인! 백인이다! 어떤 이들은 미칠 듯이 좋아했고, 어린아이들은 겁에 질렸으며, 또 어떤 이들은 인사를 했다. 언덕 위 다른 곳에서는 우리를 반기는 소리에 뒤이어 "당신 돈을 내게 줘!" 라는 말이 들렸었다. 반면, 이곳은 오염된 것이 전혀 없었다. 뒤이어 올 사람들은 오염시키지 않도록 조심할 일이다!

엉덩이를 드러낸 사람들이 와서 우리 손을 잡고 우리 등 뒤에서 속삭이며 함께 걸었다. 그들은 돌밭을 가로질러 가는 지름길을 가르쳐주었다. 거대한 무화과나무 그늘 아래 오두막들이 밀집해 있었다. 뻗어 나온 나무뿌리들은 공공 벤치로 사용되고 있었다. 카누를 만드느라 속이 비워진 나무 몸통들이 해변에 널렸고, 분홍색 그물망이 시렁위에서 말려지고 있었다. 닭들은 쉬고 있었고, 호수의 멸치들인 우시파가 돗자리에 널린 채 말라가고 있었으며, 한 여자는 노래를 하며 뭔가를 빻고 있었다. 여기저기서 축 늘어진 사람들이 끝날 것 같아 보이지 않는 낮잠을 자고 있었다. 그들은 밤에 낚시를 했다. 모두가 잔잔한 파도가 어루만져주는 평온하고 소박한 삶을 살고 있었다.

해변에 잠깐 머문 다음 우리는 다음 만으로 떠나기 위해 박차를 가했다. 레위니옹 섬의 분화구들을 돌아보는 것처럼 정말이지 험한 길이었다. 무릎을 망가뜨리기 위해 만들어진 기복 심한 산길이었다. 네팔이나 안데스 산맥처럼 힘들지 않게 비탈을 오를 수 있도록 정비된 그런 길은 없었다. 이곳에서는 전통적으로 해안을 따라가는 데 카누를 이용했다. 이 길을 가는 사람은 거의 없었다. 우리는 나무를 지고 오는 키 작은 노파들과 아이들 또는 여자들만 마주쳤을 뿐이다. 가는 마을마다 우리에게 노를 저어주겠다는 제안이 들어왔다.

"데려다드릴게요. 카누를 타고 가면 저기 봉우리까지 가는 데 15분이면 됩니다. 걸어서 가면 네 시간은 가야 해요!"

우리는 거절했다. 아무려면 어떻겠는가! 쉬운 방법을 선택할 권리가 우리에겐 없었다. 근육질의 사내들은 우리의 거절을 배가 뒤집어질까 겁내는 것으로 여기고, 그들 배가 믿을 수 있다는 걸 보여주려고 애쓰며 몇백 미터 동안 우리를 따라왔다. 그러다 힘들이지 않고 호수위를 미끄러져 가는 것보다 땀을 뻘뻘 흘리며 걷고, 길마를 얹은 나귀나 염소처럼 비탈길을 오르며 험한 행군을 하는 걸 선호하는 백인들에게 몹시 화를 내며 포기했다.

오후 내내 우리는 정글의 숨 막히는 열기와 습기에 기진맥진했고, 그 어느 때보다 많은 땀을 흘렸으며, 협곡으로 내려왔다가 다시 능선을 향해 올랐고, 추적자들이 길을 찾듯이 오솔길을 찾아 헤맸다. 길은 키 큰 풀들 사이로 사라졌다. 나는 나의 부적 같은 풀의 향기를 되찾았다. 살짝 너무 익은 듯한 딸기잼 냄새에 후추와 향료를 뿌린 빵 냄새가 살짝 곁들여진 향기를 풍기는 파크 섬의 풀……. 그 이름을 나는 지금까지도 찾고 있다! 매번 멈춰 설 때마다 나는 소냐에게 잔뜩 감정을 싣고 연극하듯 말했다.

"저기야! 소냐! 감이 와? 대답해봐."

그럴 때마다 그녀는 나를 놀렸다.

나는 숲속의 사냥개처럼 흥분해서 길을 찾았다. 약간 올라가다가 돌아서 다시 내려오고, 갔던 길을 돌아와서는 혀를 늘어뜨리고 소냐를 향해 입을 들어올리며 말했다.

"저기야!"

봉우리 하나를 오르고 난 뒤에 펼쳐지는 길은 매번 우리에게 북쪽을 향한 해안선을, 높은 곳에 자리잡은 마을들을, 올라야 할 봉우리들을 드러내주었다. 풍경 읽기. 우리는 그것을 해독하려고, 거기서 미래를 읽으려고, 비탈길에서 오솔길을 통과하는 장소를 알아보려고 애썼다. 정말이지 톱니 같았다. 거의 수직으로 깎아지른 협곡들은 산꼭대기에 걸린 구름 사이로 사라졌다. 산 중턱에서부터는 원시 정글이 지배했다. 그 아래에서 사람들은 비탈과 바위 사이의 협소한 공간을 활용해 카사바를 심었다. 그곳에서 무심히 바라보고 있는데 호수에서 누군가 우리를 불렀다.

"어디 가세요?"

"몰라요!"

카누에서 자펫 시파페가 우리를 자기 집으로 초대하며 따라오라고 했다. 그는 10킬로미터 떨어진 곳에 살고 있었다. 절묘한 만남이었다! 우리는 기진맥진해 있었던 것이다.

마을 대신에 우리가 발견한 건, 호수 위로 받침대를 내밀고 있는 봉우리 비슷한 비탈에 자리한 여섯 채의 초가 흙집이었다. 화려한 바오밥나무 한 그루가 작은 나무들 위로 불쑥 불거져 있었다. 나무들은 앞으로 불거진 곳을 그늘 진 테라스로 만들어주고 있었다.

"마쿰바에 오신 걸 환영합니다!"

자펫은 퉁가 사람이었다. 그는 고 반다 대통령의 경호원이었다. 어둠 속에서 우리는 그의 오두막 벽에 걸린 모자이크 지도 하나를 보았다.

"이건 나만의 여행 방식입니다. 왜냐하면 저는 이곳에 남아 있어야 하기 때문입니다. 저는 세 명의 형제와 그들의 가족과 함께 살고 있습니다."

곧 저녁 식사가 나왔다. 커다란 카사바 한 덩이와 구운 생선이었다. 카사바는 처음 먹는 사람에게는 시험과도 같은 것이다. 그것은 싱겁고 끈적끈적하며, 금방이라도 토할 것 같은 들쩍지근한 냄새를 퍼뜨린다. 삼키기가 힘들어 싫은 내색을 저절로 하게 된다! 우리는 어둠 속에서 생선 가시와 싸웠다. 하지만 카사바의 진짜 문제는 그게 전혀 힘을 주지 못한다는 점이다. 그것에서 에너지를 얻으려면 천문학적인 양을 삼켜야 한다. 예의상 조금만 먹고 말 수도 없는 것이었다. 반드시 알아야 할 것은 생선 가시 하나가 목에 걸리면 가시를 빼내기 위해 카사바가 갑자기 올라온다는 것이다. 꿀꺽! 카사바의 장점도 있는 것이다!

우리의 첫 식사는 엄청난 집중을 요구했다. 집주인들에게 감사를 전하기 위해 우리는 장-피에르 마데르에게 전화를 걸어 깔깔거리는 웃음소리 가운데 열에 들뜬 말을 통역했다. "오! 마쿰바! 마쿰바! 마쿰바는 오직 마실 생각만 하는 항구의 하역 인부들을 위해 매일 저녁 춤을 추지."

우리는 하나뿐인 해안길—고속도로였다!—도로변에 있는 자펫의 안뜰에 텐트를 쳤다. 밤새도록 사람들이 어디선가 불쑥 튀어나와 말없이 우리 곁을 지나갔다. 가벼운 바람이 불어 시원했지만 모든 게 축축하고 눅눅했다.

새벽에 우리는 그물을 걷으러 갔다. 임시변통의 카누는 속을 비운 통나무를 수선하고 카폭[10]으로 틈을 메운 것이었다. 나는 오른쪽 앞에 앉았고, 자펫은 왼쪽 뒤편에 앉았다. 불안한 균형이었다. 노는 짧고 끝이 날씬했다. 겨우 손바닥 두 개 정도 넓이였다. 어렵지 않게 물을 만질 수 있었다. 작은 움직임이 모여 얻을 수 있는 운동 에너지는 놀라웠다! 물을 가득 머금은 거대한 나무토막, 땅에 있을 때는 여섯 명이 들어도 옮기기 힘든 이것이 물 위에서는 빠르게 달렸다.

자펫은 곧 부표 하나를 잡았다. 그물의 머리였다. 그리고는 팔 힘으로 그걸 잡아당겼다. 깊은 물속에서 오늘의 단백질 덩어리가 점차 모습을 드러냈다. 앙상한 작은 물고기들이었다. 모두 스무 마리 정도였다.

"10년 전에는 1백 마리도 더 잡곤 했죠!"

고기를 너무 많이 잡아서 호수는 비어가고 있었다. 일년에 4만 톤이나 잡았다. 규제 철폐의 결과가 이제 어부의 입에 나타나고 있었다. 특히 그물 속에! 하지만 그것은 자펫의 문제가 아니었다. 그는 살아남아야만 했고, 정부로부터 어떤 도움도 받을 형편이 못 되었다. 그래서 그는 고기를 잡았다. 그러니 누가 그를 비난할 수 있겠는가?

10) 나무의 구근에서 추출한 식물성 섬유.

그물을 정리할 때는 온 가족이 모두 모였다. 일종의 의식이었다. 아이들은 좋아하는 물고기들을 알아보고 기쁨의 비명을 질러댔다. 음파사, 음판다, 음부나, 우타카. 자펫은 자기 그물에 커다란 구멍들이 뚫린 걸 발견하고서 화가 나서 소리쳤다.

"수달은 내 친구가 아니에요. 내가 보면 죽일 거야."

물수리 한 마리가 우리 머리 위를 날았다.

"저놈도 내가 죽일 거야!"

주린 배는 환경보호를 생각하는 영혼을 가질 수가 없다. 그가 물고기를 가지고 가지 않으면 오늘 저녁엔 카사바밖에 없을 것이다.

그가 이번에는 그물에 엉켜 꼼짝 못하는 게들을 향해 화를 냈다. 그는 그 게들을 깨서 물에 던졌는데, 그것은 다른 게들의 먹이가 되었다. 나는 말했다.

"게는 안 먹어요?"

모두가 웃었다. 내가 물었다.

"금지된 거예요?"

"아뇨, 하지만 한 번도 먹어본 적이 없어요!"

그래서 나는 모두가 야유를 보내는 가운데 물을 끓여서 그 멋진 푸른 게들을 산 채로 집어넣었다. 5분 뒤, 모두 빨갛게 익었다. 아이들에게서 "오!"라는 탄성이 나왔다. 내가 첫번째 사실을 짚었다.

"우리나라에서는 은갈라 1킬로그램이면 3천 콰샤[11]예요."

부모들 입에서 "오!"라는 탄성이 쏟아져 나왔다(한 달치 월급이었던 것이다). 이어서 두번째 사실도 짚었다.

맛을 보는데 스무 쌍의 눈이 불안한 얼굴로 나를 살폈다. 기막히게 맛있었다. 자펫이 먹어보겠다고 나서자, 모인 사람들 가운데 소란이

11) 대략 30유로 정도.

일었다. 그는 얼굴에 미소를 떠올리며 맛있다고 했다. 웅성거림! 그리고 세번째 사실.

"앞으로는 게도 잡을 겁니까?"

"아뇨."

게임 오버. 출발점으로 돌아갔다.

"모두가 날 놀릴 거예요!"

이것이 아프리카다! 아프리카! 기꺼이 패배를 인정하면서도 나는 그에게 말했다.

"호수에 물고기가 없게 되면 저를 생각해서 게도 잡으세요."

그러자 모두가 까르르 웃었다. 이 백인이 미쳤군! 호수에는 언제나 물고기가 있을 텐데…….

우리는 마쿰바에 있는 것이 편안해서 며칠 머물면서 예정했던 어촌 마을에 관한 촬영을 하기로 마음먹었다.

오후에 우리는 카사바의 신비를 풀기로 결심했다. 우리는 자펫과 루트를 따라 밭으로 갔다. 그들의 땅은 거의 수직인 비탈에다 돌로 막아 흙 구릉을 만들어놓은 것이었다. 밭마다 울창한 관목들이 자라고 있었는데, 다섯 갈래의 잎이 이상하게도 대마초를 닮았다. 소냐가 외쳤다.

"이 잎을 피우는 건 아니겠지요?"

자펫이 웃으며 말했다.

"아뇨, 이건 우리 양념이에요. 어제 저녁에 카사바랑 같이 먹었잖아요!"

날렵한 동작으로 그가 관목을 뽑자, 뿌리까지 딸려 나왔다. 커다랗고 거친 덩이들. 칼질 세 번으로 그는 카사바의 굵은 뿌리를 치고, 몸통의 가지를 잘라내더니 토막을 냈다. 그리곤 쟁기로 흙을 모아 둔덕을 만들더니 자른 토막들을 거기다 막대기처럼 꽂았다.

"이러면 일은 끝났어요! 일년 후면 덩이가 다시 자랄 거예요."

당혹스러웠다.

그는 매년 수확을 하고 그 자리에다 다시 심었다. 나머지는 비가 알아서 했다. 매일 그의 아내는 이곳에 와서 그날 먹을 카사바를 뽑았다. 하지만 이건 시작에 불과했다. 껍질 벗긴 후 3일 동안 흙 항아리에 넣어 발효시키고, 빻고, 찧고, 바위 위에 널어 햇볕에 말리고, 머랭그 과자처럼 마르면 다시 찧어서 가루를 체에 걸러야 했다. 손이 몹시 많이 가는 작업 끝에 우리가 잘 알고 있는 그런 카사바가 완성되었다.

오후가 끝날 무렵 나는 자펫과 낚시를 하러 다시 떠났다. 그는 머리에 노란 병아리색 작업 모자를 썼고, 같은 색의 몸에 꼭 붙는 티셔츠를 입었다. 멋쟁이! 이번에 우리는 각자 100미터 깊이에 낚싯대를 던졌다. 낚싯대는 하늘과 바다 사이에 잠시 멈추더니 뾰족한 바늘과 함께 푸른 바닷속으로 잠수했다.

오른손으로 한쪽을 끌어올리자, 낚싯줄의 다른 쪽 끝은 나무 몸통에 걸친 채 내려가기 시작했다. 승강기의 오르내림. 어깨 근육을 키우기에 아주 좋은 운동이었다. 우리는 호수의 왕, 깊은 물속에서 사는 기름지고 맛좋은 바타라를 찾고 있었다.

사진을 찍고 있는데 갑자기 둔탁한 퐁, 소리와 풍덩! 소리가 들렸다. 우리의 24/20mm 카메라의 앞쪽 렌즈가 불가능한 사진을 찾아 심연 속으로 빠져들었다. 해질 무렵 우리는 아르타반처럼 뻐기면서 멋지고 살찐 바타라 세 마리를 가지고 돌아왔다. 사람들은 우리를 왕처럼 맞이했다.

며칠은 이렇게 그날의 양식을 수확하며, 호수의 매끈한 표면처럼 평평하고 부드러운 행복의 시간을 보냈다. 세 가족과 함께 지냈는데, 소냐가 여자들과 바위 위에서 카사바 반죽을 만들 때면 나는 카누를 만드는 데 동참했다. 그물코를 수리하는 법도 배웠다. 반면 소냐는 빻는 법을 배웠다. 시간은 세상을 떠나 조화롭고 평화롭게 흘러갔다.

우리는 퉁가족의 이상한 관습과 금기들을 발견했다. 남자아이는 어머니를 안아서는 안 되었다. 이것은 절대적으로 지켜야 할 금기였다. 아프리카식의 오이디푸스와 프로이트였다. 더 복잡한 것도 있었다. 자펫은 자기 동생의 아내, 즉 제수 가까이 다가가서는 안 되었고 그런 반면, 형의 아내와는 문제가 없었다. 형은 자펫의 아내와 마주쳐서는 안 되었다.

하루 종일 그들은 숨바꼭질을 했다. 뒷걸음질을 치거나, 갑자기 멈춰 서기도 하고, 말을 걸어서도 안 되고, 눈도 마주칠 수 없는 가족의 일원을 지나가게 하기 위해 뒤를 돌기도 했다. 가족적 금기 속에, 호수와 벼랑 사이의 하나뿐인 오솔길 위에서 서로를 피하기 위한 술책은 가히 곡예 수준이었다.

오후는 대개 '프렌치 닥터'의 작업 시간이었다. 어제는 자펫의 형이 칼에 발을 찔려서 왔다. 상처는 온통 흙투성이였다. 베타딘이 구조용으로 투입되었다! 약병에는 이렇게 적혀 있었다. "병원균의 95퍼센트가 15초 내로 죽는다." 그것이 사실이기를 희망하자. 내일 밭에 가지 말라고, 고기를 잡으러 가지 말고, 먹지도 말라는 말을 어떻게 한단 말인가. 오늘은 에이즈로 죽은 둘째 형의 부인인 이렌이 왔다. 그녀에게는 아이가 없었다. 따라서 그녀는 존재하지 않았다. 그럼에도 갖가지 궂은 일은 도맡아 했다. 그녀는 권투 글러브처럼 부풀어 오른 손을 하고 나타났다. 농익은 과일처럼 손을 발효시키고 있는 불결한 헝겊을 벗겨내자 시체 썩는 냄새가 물씬 풍겼다. 종기였다.

지난 주 그녀는 은카타 베이의 공립병원에 가서 주먹을 관통한 채 3주 동안이나 방치해둔 10센티미터 짜리 가시를 빼냈다. 그녀가 두 손으로 괭이를 쥘 수 없게 되자 모두들 그녀의 운명에 대해 걱정했다. 가시를 빼낼 때 고름이 천장까지 튄 모양이었다. 그녀는 병원에서 아스피린 세 알을 받고 돌아왔다.

손을 살펴보니 끔찍한 구멍이 뚫려 있었다. 그 구멍을 통해 피아노 속을 들여다보듯이 뼈와 힘줄을 볼 수 있었다. 그리고 피 섞인 고름이 끊임없이 흘렀다. 난 전쟁 상처에는 길들어 있지 못했다! 이렌의 절망적인 눈길은 내 눈 속에서 희망을 찾고 있었다. 나는 사태를 내 나름대로 파악하고, 확신을 갖고, 한 손에는 스위스칼을 들고 다른 손에는 베타딘 병을 들었다. 그리고 매일 아침저녁으로 붕대를 갈아주고, 구멍 속에 베타딘을 부었다. 조금씩 감염이 제거되기를 바라면서, 그리고 자펫에게 우리가 떠나고 나서 그녀의 상태가 더 나빠지면 은카타 베이로 데려간다는 약속을 하게 했다. 다행히도 그녀는 그의 형수였다!

어느 날 아침, 우리는 다시 킬로미터 수확에 나서야 한다고 느꼈다. 그래서 마쿰바에 가슴 아픈 작별 인사를 했다. 우리는 힘든 도보와 땀으로, 고지 트렉으로, 멋들어진 트렉으로 돌아왔다. 높은 곳에서 우리는 마쿰바를 내려다보았다. 그곳은 이상한 아중구(백인)들의 체류에 흐트러지지 않고 관례적인 일상이 제 흐름을 되찾았다.

멀리서 보니 새하얀 물과 하늘 사이에, 여행용 통나무 위로 검은 점처럼 보이는 우리의 친구, 호수의 주인 자펫이 잔잔한 물 위로 노를 저으며 고기를 잡으러 가고 있었다.

우리는 며칠 동안 가파른 해안을 따라갔고, 수많은 마을을 통과했지만 마쿰바의 매력을, 자펫의 친절을, 우리가 그곳에 남겨두고 온 우리의 일부를, 그곳에서 보낸 달콤하고 투명한 시간들을 되찾을 수는 없었다.

하루 종일 아이들이 악마라도 본 것처럼 우리 앞에서 소리 지르고 달아나는 걸 보고 있자면 프랑켄슈타인의 고통이 이해되었고, 옛날 사람들이 저녁마다 불가에 모여 들려주던 이야기들, 불과 2세기 전에 백인들이 와서 아이들과 남자들을 훔쳐가고 노인들을 죽이고 여자들을 학살한다는 얘기를 상상할 수 있었다. 자펫도 어느 날 저녁 이런 말을 한 적이 있었다. "아랍인들이 우리들 중에 힘센 사람들을 잡아갔기 때문에 우리가 모두 작은 거예요."

토토, 우시샤, 루아르베, 음판가 등 외딴 해안 마을들이 이어졌다. 나무 아래에서 쉬면서 두건으로 땀을 닦고 있는데 뭔가가 얼굴을 긁는 것 같았다. 무심코 성가신 나뭇잎을 떼고 보니 끔찍하게도 전갈이었다! 이런 빌어먹을 못된 전갈 같으니!

아드레날린의 분비. 녀석은 독침으로 내 관자놀이와 눈꺼풀을 어루만졌던 것이다. 나는 잔뜩 화가 나서 녀석을 짓이겨버렸다! 이번에는 정말이지 겁이 났다. 소냐는 돌이켜 생각하고는 눈물을 흘렸다. 가슴이 죄어 왔다. 여덟번째였다. 녀석들이 결국 나를 차지하게 될까?

길이 언덕 꼭대기를 통과해 물가로 다시 내려갈 때면 남쪽의 호수 수면 위로 땅의 곡선이 보였다. 내리막길을 가면 멀리 보이는 섬이 바닷속으로 잠겼다가 오르막길을 가면 물에서 다시 태어났다. 세상은 정말이지 둥글었다! 북쪽으로는 호수의 끝을 말해주는 탄자니아의 산들이 이미 보이기 시작했다. 치퀴나에서 우리는 다시 도로를 만났다. 조금 더 가서 리빙스토니아 네거리에서 우리는 잠깐 쉬기로 하고 니카 고원을 보러 가기 위해 뒤로 돌아왔다. 각 나라마다 잠깐씩 샐 필요가 있었다.

남쪽을 물랑제 산이 지키듯이 말라위 호수에는 북쪽 문지기도 있었다. 위협적인 니카 고원이 그것이다. 2천 미터 고지의 신선함에 이끌려 우리는 이틀 동안의 길을 트럭으로 주파했다. 계획은? 얼룩말과 영양들 사이로 말을 타고 달리는 것.

니카는 잃어버린 세계, 세상 밖의 세상, 높은 고도에 외따로 떨어진 몽고의 한 자락이었다. 니카는 물결치는 계곡과 언덕의 기복으로 이루어졌고, 구름의 유령 같은 그림자들이 달려와 무한히 펼쳐진 헝클어진 풀밭 머리 위를 장식했다. 여기저기 보이는 울창한 소나무들, 투명한 호수, 조그맣게 고립된 원시 정글. 바로 그곳에 공원의 표범이나 일시적으로 체류하는 사자들이 돌아다녔다.

이름이 기가 막히게 어울리는 로빈 푹 부인이 우리가 말의 등자에 발을 올리는 걸 도와주었고, 우리는 말에 올라탄 채 바람을 가르며 아프리카와 더불어 야성적인 질주를 하려고 떠났다. 이탄 언덕 너머에 아프리카에서 가장 큰 영양인 일런드 영양 무리가 있었다. 바람 아래로 몸을 숙인 채 다가가다보니 우리는 갑자기 산족의 신들 가운데 있게 되었다. 두툼한 모이주머니, 튼튼한 뿔들, 강한 근육 위로 섬세하게 줄무늬가 그어진 털옷. 녀석들은 자기 집에 있는 것처럼 편안해했다. 개중에 이상하게 생긴 녀석이 하나 있었다. 반은 영양이고 반은 말이며, 겁쟁이 토끼처럼 큰 귀를 가졌고, 판다처럼 눈에 멍이 든 데다 펑크족처럼 머리에 벼슬을 세우고, 달리는 것도 서툴렀다. 검은 히포트라구스의 사촌으로 여러 색 털이 섞인 정말 보기 드문 종이었다. 조금 더 멀리 가니, 우리가 이곳에 온 이유인 니카의 스타들이 풀을 뜯고 있었다.

멀리서 보니 녀석들은 회색처럼 보였는데, 가까이 다가가자 줄무늬가 전기를 띤 것처럼 전율하더니 갈기를 세우고 콧구멍을 벌름거리며 내달렸다. 하지만 녀석들은 곧 멈춰 서서 우리를 마주보았다. 나는 피가 뜨거워졌다. 귀를 쫑긋 세우고 우리를 뜯어보며 이렇게 말하는 것 같았다. "웃기게 생긴 얼룩말이네! 머리가 두 개 달린 기린인가? 공상 속의 말인가?" 녀석들은 호기심이 동한 듯 우리가 다가가도 가만히 있다가 갑자기 거만하고 야성적으로 떠나버렸다. 자유에 도취해, 성질을 내며 앞발을 올렸고, 기쁨의 울음소리와 함께 춤을 추며 늑대와 개 우화를 기마 언어로 표현했다. "너 혹시 귀리라도 가졌어? 네 입을 틀어막은 그 금속은 대체 뭐야?"

아픈 데를 찔린 우리의 말들이 얼룩말들을 바짝 좇으며 히힝거렸다. “제대로 뛸 줄도 모르는 녀석들, 이 줄무늬 광대들에게 우리가 할 줄 아는 게 뭔지 보여주자고!” 어느새 우리는 니카의 얼룩말들과 함께 숨이 차도록 질주하고 있었다. 모든 것이 멈췄을 때, 정적이 다시 찾아왔을 때, 눈길이 닿을 수 없을 만큼 먼 거리에서 계곡의 바람에 얼룩말의 웃음이 실려 왔다.

오후의 추격은 한결 고요했다. 우리는 고지 풀밭에다 ‘달콤한 말을 속삭이며’ 떠났고, 고원에 자라고 있는 4백 종류의 난 가운데 스물여섯 가지의 목록을 만들었다. 난들은 향기만큼이나 자극적인 이름을 가지고 있었다. 자주색 아낙네, 사티리움 부샤눔 혹은 하베나리아 바지나타. 웅덩이 가장자리에서 혹은 푸른 초원에서 난들은 푸른 하늘에 천진한 얼굴을 내밀고 있었다. 위험한 매력으로 지나가는 곤충들을 유혹하기 위해.

밤에 야영을 하고 있는데, 추운 밤이 주변의 모든 것을 얼어붙게 만든 가운데, 바로 가까이에서 하이에나의 음산한 울음소리가 들려왔다.

아우우! 아우우…….

갑자기 우리 둘뿐이라는 게 느껴졌고, 그러자 심장이 북을 치듯 뛰었다. 못된 짐승은 주변을 맴돌며 우리의 잠을 갉아먹었다. 우리의 텐트는 모기를 막도록 만들어졌지, 하이에나를 막도록 만들어진 건 아니었다.

리빙스토니아, 2002년 2월 12일,
여행 408일째, 총 5,654킬로미터

고원을 다시 내려오면서 우리는 리빙스토니아에 들렀다. 단층절벽의 중턱에 자리한 영국의 세번째 선교원이었다. 1875년 맥클리어 봉과 1881년 반다웨에서 말라리아 때문에 두 번 실패한 뒤 1894년에 세워진 곳이다. 장로파 선교사들 가운데 대살육에서 유일하게 살아남은 로우 박사가 이곳 호수 위 1,500미터 지점에, 따라서 모기로부터 멀리 떨어진 곳에 멋진 유토피아를 건설했다. 낭만적인 영국식 전원주택들, 수공업과 기계공업, 기술학교와 성당, 시계탑과 병원이 있었다.

오래 견딜 수 있게끔 그는 자기 집을 돌로 지었다. 이 나라의 첫번째이자 마지막 돌집이었다. 말라위에서는 벽돌이나 벽토로 집을 지었는데, 주인이 죽고 나면 집들을 무너뜨리기 때문이었다. 혼령에 대한 공포가 유산의 유혹보다 더 컸던 것이다. 바로 그 점 때문에 이 나라에는 건축 유산이 없었다(리빙스토니아는 예외였다). 이 믿음은 더구나 끔직한 환경 재앙을 가져왔다. 모든 가족들이 연장자들의 죽음을 대비해서 큰 벽돌 더미를 만들기 때문이었다. 밭의 비옥한 흙을 말 그대로 '먹어가며' , 그리고 벽돌을 굽기 위해 수백 그루의 나무를 잘라가며. 하지만 노인들은 금세 죽지 않아서 하루에도 수차례씩 우리는 벽돌 더미들이 열대 계절풍에 설탕처럼 녹아내리는 걸 보았다. 땅과 나무와 일손의 낭비였다.

우리는 엄격한 로우의 방에서 빅토리아풍의 오래된 가구들에 둘러싸인 채 잤다. 그의 침대에서, 유럽의 오래된 집에서 나는 바로 그 향기를 맡으며. 왁스와 그을음과 먼지와 곰팡이가 어우러진 냄새. 이 아프리카 구석에서 되찾은 달콤한 어린 시절의 향기였다. 식기들은 셰필드 제품이었고, 버밍험의 난로가 자랑스레 소리를 내고 있었으며,

마룻바닥이 패었지만 햇살 가득한 베란다에서 한 아침 식사에서는 영국식 스콘 과자를 주문할 수도 있었다.

리빙스토니아에서의 산책. 모든 게 확실하게 시대에 뒤진, 시든 가지 같았다. 개신교의 엄격함이 후하게 아프리카화되어 있었다. 베란다들이 난간을 따라 이어졌고, 작은 다리들이 아치 모양으로 집들을 잇고 있었으며, 베니스식 통로가 높은 곳의 부엌으로 연결되고, 나무계단이 작은 안뜰을 향해 올라가고 있어서 라파엘 그림 속에 들어와 있는 느낌이었다. 아케이드 아래에는 나무들이 치워지고 없었다. 대신 닭과 염소들이 한껏 낭만적인 이 세계를 채우고 있었다. 그런데 오늘날 선교원은 소통의 중심에서 멀어져 있는 고립 상태로 인해 고통받고 있었다. 모기로부터 달아남으로써, 현기증 나는 길의 스무 고비가 세상으로부터 선교원을 고립시키고 있었다.

돌집에는 놀라운 박물관도 하나 있었다. 복잡한 기계들, 나비 수집품, 식민지 물건들, 엄격함과 엄정함으로 뻣뻣하지만 눈빛만큼은 부드러운 얼굴들이 가득한 옛 사진들이 여기저기 놓여 있었다. 의심이 존재하지 않던 시기에 산이라도 움직였을 작은 군대였다. 진료하고, 교육하고 구원하는 것. 그것이 그들의 임무였다. 이곳 사람들은 그들의 기억을 간직하고, 그들에게 빚진 것을 잘 알고 있기에 반식민주의는 말라위의 것이 아니었다. 깨진 사진틀 속에서 로우 박사는 자기 돌집 앞에서 성장盛裝을 하고, 아프리카 횡단여행을 위한 무한궤도차와 각반을 두르고 모자를 쓴 프랑스 장교들을 맞이하고 있었다. 우리는? 우리에겐 그의 유령을 만날 권리밖에 없었다.

21 Africa Trek

오래된 뼈와 왕

우리는 리빙스토니아 네거리에서 다시 걷기 시작했다. 도로는 공사 중이었다. 빈번하게 오가는 적재기와 덤프차들이 하루 종일 시끄럽게 먼지를 일으키며 우리를 지나쳐 갔다. 길은 곧고 편평했지만, 보기 흉하고 뜨거웠다. 우리는 지쳐서 말없이 걸었다. 하루에 단 한 번 호수가 우리에게 휴식을 주었다. 점심을 먹기 위해 우리는 도처에 깔린 사람들의 눈을 피해서 조용한 강둑 한 귀퉁이를 찾으려고 애쓰며 그런 곳이 남아 있도록 계략을 펼쳤다. 프랑켄슈타인 신드롬을 겪고 나서 우리는 쫓기는 레오파드의 불안을 이해했다. 이 정글의 영혼은 오직 숨어서 사는 것만 갈망해서, 수풀에서 내몰리면 반쯤 죽는다는 걸 스스로 알았다.

매일 우리는 말라위인들에게서 가장 발달한 감각이 시각이라는 걸 체험했다. 그들은 대부분의 시간을 보는 것에 바쳤다. 그들은 죽도록 곁눈질을 했고 누군가와 1분 이상을 눈을 맞추며 말하는 것이 불가능했다. 무언가 자기 시야를 벗어나는 것이 있을 경우 말라위인은 다른 곳을 쳐다보고 싶은 유혹을 이기지 못했다. 얼마나 많은 농부들이 우리가 지나가는 걸 쳐다보다가 삽질에 발을 다쳤던가? 집 안에는 얼마나 많은 구경꾼들이 있었을까?

오늘 아침에도 한 남자가 자전거를 타고 우리를 지나갔다. 그가 지평선에 한 점이 되기까지 걸린 시간 동안 그는 마흔두 번이나 우리를 보기 위해 뒤를 돌아다보았다. 우리는 믿기 어려워서 세어보았다. 마흔두 번이었다! 길에서 걷고 있는 두 명의 백인을 분명히 보았다는 걸 확인하려는 듯이. 강박증이 될 정도였다. 언덕 위에서, 호수의 카누에서, 나무 사이의 오두막에서 사람들은 하루에 1천 번도 더 우리를 불렀다. 우리가 일단 눈에 포착되면 시끌벅적하게 구걸하는 아이들 무리가 따라붙었다. 그렇지만 하루에 한 번, 호수 수족관의 음부나들 사이에서 체온을 낮추기 위해 옷을 벗고 물 속으로 들어가는 시간 동안만큼은 우리는 일상적인 빅 브라더로부터 벗어날 수 있었다. 이루 말할 수 없는 기쁨이었다. 눈에 띄지 않는다는 것. 사람들의 시선을 피해 호흡을 멈추고 수면 아래로 사라지는 것. 우리는 깊은 물을 향해 수달처럼 헤엄을 쳤다. 그때 소냐가 나를 멈춰 세웠다.

"알렉스, 돌아와!"

반대편 강가에는 어디서 나타났는지 50여 명의 사람들이 신기해하며 웃고 있었다.

"이제 물에서 어떻게 나갈지 얘기해봐."

이날 저녁은 토마스 음시카가 우리를 맞아주었다. 그는 남아프리카공화국 회사인 마리온-로버츠 도로 공사장의 작업반장이었다. 체와족, 은고니족, 통가족을 거쳐 이제는 툼부카족 영역에 들어와 있었다. 그가 강하게 공격을 했다.

"권력층은 우리를 싫어해서 우리를 박해합니다. 우리를 돕기 위해서는 아무것도 하지 않지요. 물루지는 유럽이 탄자니아로 이어지는 이 전략적 도로를 만들도록 강요하는 것에 화가 났고 질투도 하고 있어요. 이 도로는 광범위한 지역개발 계획에 들어 있는 것이죠. 그는 자기 유권자들이 있는 남쪽에다 도로를 만들고 싶어했죠. 이곳 사람들은 AFORD[12]에 투표를 하니까요. 그래서 그는 복수를 했죠. 마리온-로버츠가 재정계획과 시간당 20콰샤의 임금(그 당시 화폐로 약 2프랑, 즉 지금 유로로 30상팀에 해당한다) 지불계획을 가지고 왔을 때, 그는 우리에게 시간당 5콰샤만 지불하라고 강요했습니다. 질투와 불균형과 임금의 인플레이션을 초래하지 말아야 한다는 이유를 내세워서요. 이런 경우를 보셨습니까? 자기 국민이 임금을 덜 받도록 개입하는 대통령 말입니다! 이건 지어낸 이야기가 아닙니다. 저도 협상에 참여했었으니까요. 국제노동헌장을 지키려고 애쓰는 마리온-로버츠 사는 그것을 보상하기 위해 우리에게 옥수수를 지급하고 있습니다. 아프리카에서 우리를 죽이는 건 부족주의입니다."

다음날, 트럭 한 대가 우리 있는 곳에 멈춰 섰다. 콧수염을 기른 키 작은 보어인이 운전대를 잡고 있었다. 앙드레 로트리에는 마리온-로버츠 사의 엔지니어였다. 그는 공사장을 오가며 벌써 며칠째 우리를 지나치고 있었는데, 우리를 점심에 초대하고 싶어했다. 하지만 그의 공사장 식당은 너무 멀어서 우리는 사양했다.

"그냥 타세요!"

아무리 그래도 어쩔 수가 없었다.

"크레이지 프렌치 맨! 좋아요, 그렇다면 제가 돌아오면서 점심을 가져다드리죠."

12) 민주주의를 위한 연맹.

한 시간 뒤, 그는 커다란 샌드위치와 빌통 막대와 시원한 콜라와 사과를 잔뜩 안고 다시 나타났다. 아주 오랜만에 먹어보는 사과였다. 커다란 무화과 그늘 아래에서 우리는 남아프리카공화국의 추억과 아프리카에 대한 인상을 함께 나누었다. 20년 전부터 그는 기상천외한 공사를 따라 이 대륙을 사방팔방으로 누비고 다녔다. 우리는 그 가증스런 임금 이야기를 그에게 했다.

"인도주의와 원조 정책은 큰 사업입니다. 물론 유럽이 이 도로를 재정적으로 지원하지만 그 혜택은 누가 볼까요? 마리온-로버츠 사는 원래 로디지아 회사였는데 뒤메즈 프랑스 그룹에 속하는 영국계 남아프리카공화국 사람들이 다시 산 것입니다. 그러니 돈은 유럽에서 와서 다시 유럽으로 돌아가는 거지요. 그 사이 도로는 건설됩니다. 그런데 도로는 무엇에 쓰이죠? 교류와 인도주의적 원조와 외진 지역의 발전을 쉽게 해주지요. 아프리카 국가들은 모두 지배적인 부족을 권력에 두고 있어서 경쟁 부족들의 번영과 피지배 지역의 개발을 싫어합니다. 그래서 그들은 이런 종류의 작은 돈벌이에 매달리고, 점점 더 워싱턴의 세계은행이나 유럽이사회의 통제를 받는 개발의 끄나풀을 붙들고 있으려고 안간힘을 쓰지요. 그리고 그게 차라리 나아요. 그러면서 그들이 겪는 커다란 장애와 침묵의 작은 억압들이 그들을 불쾌하게 만드니까요."

"이건 어디서나 마찬가지인 부족주의 때문입니다."

"부족주의에 대해서 얘기해봅시다! 사람들은 늘 서양 사회가 아프리카의 '공동체 정신'을 본받아야 한다고들 하지 않습니까. 그건 뭘 모르고 하는 소리지요! 여기서는 집단이 개인을 죽입니다. 부족적 특성을 지닌 이곳의 공동체 정신은 거세 콤플렉스를 낳는 대단히 보수적인 것으로, 개인들이 무리에서 빠져나와 다르게 생각하는 걸 막습니다. 또한 질투심을 불러일으며 특출난 개인들을 모두 제거합니다.

이야말로 으뜸가는 전체주의이며 근본적인 전체주의죠. 이 대륙에서 흐름을 거슬러서 헤엄을 치는 건 악어밖에 없습니다. 이 정신은 우리가 알고 있는 공동체 정신과는 전혀 상관이 없는 것입니다. 연대적이고, 건설적이며, 집단 합의적이며, 다리나 댐을 건설하고, 공동의 밭으로 이어지는 길을 닦는 데 한 마을의 사람들을 끌어 모을 수 있는 그런 공동체 정신 말입니다. 그런 건 이곳에 존재하지 않습니다. 그런데도 공동체 사회라고 일컬어지니 역설적이죠. 개인들은 완전히 혼자 내버려져서 아무도 믿을 사람이 없습니다. 공동체적 부족주의는 최악의 개인주의입니다. 당신이 성공하면 광범위한 대가족이 언제나 당신에게서 소득을 떼어갑니다. 결코 당신을 돕지는 않지요. 겨우 생존하게 해줄지는 모르죠. 국가에 대해서는 숫제 말을 하지 않겠습니다. 개인들은 국가에 아무것도 기대하지 않아요. 내 인부들에게 왜 권력층의 흉책에 반대 의사를 표시하지 않느냐고 물었더니 그들은 대통령이 권력을 잡고 있으니 대통령이 옳다고 대답하더군요. 자신들의 부족이 권력을 잡게 되면 그들도 똑같이 할 거라는 겁니다. 저는 이 사람들을 동정합니다. 그들은 두 모델 사이에서 갈피를 잡지 못하고 있어요. 예전에 자기 방식대로 기능했던 부족의 모델과 50년 전부터 실패만 거듭하고 있는 국가의 모델 사이에서 말입니다."

그러더니 철학자 앙드레는 자신의 생각을 말해주었다.

"제 생각엔 세 개의 큰 결함이 아프리카가 날아오르는 걸 막고 있습니다. 전통의 무기력함, 이 무기력에서 벗어나는 데 성공한 두뇌들의 유출, 그리고 정부의 부재입니다. 어떤 이들은 거세당하고, 어떤 이들은 도망치고, 또 어떤 사람들은 첫번째 사람들을 등쳐 먹지요. 악순환입니다. 그러니 식민지 유산이니, 원자재 가격을 통제하려는 세계통합주의자들의 음모니, 또는 자연조건의 결정론에 대한 비난을 그만두어야 합니다. 이 사람들은 천국에 살고 있으면서 스스로 가난하다고 생각하고 있어요."

앙드레는 공사가 끝나면 말라위에 정착할 생각을 하고 있었다. 그는 남아프리카공화국에 소유하고 있던 여관을 이미 팔았다.

그가 말했다.

"너무 위험해요. 불안전이 통제 불가능한 수준이 되고 말았어요. 제게는 가족과 함께 몰살당한 친구가 셋이나 있습니다! 이 지구상의 어느 나라에서 이런 일이 일어난답니까? 콜롬비아? 안타깝지만 저는 짐을 싸겠어요. 짐바브웨는 틀렸어요. 모잠비크는? 저는 새롭게 포르투갈어를 배울 마음도 없고, 그리고 공산주의자들과는 평생 싸워 왔습니다. 게다가 그 사람들에게 내 돈을 넘기고 싶지도 않고요. 보츠와나는 너무 메말랐어요. 케냐는 썩은 데다 포화 상태고요. 이 대륙에 우리를 위한 장소가 이제는 많지가 않아요. 그렇지만 저는 아프리카인이고, 유럽에 아무런 뿌리가 없어요. 게다가 영국인들을 좋아하지 않아요. 말라위는 마음에 듭니다. 사람들이 친절하고, 물도 풍부하고, 땅도 비옥해요. 기막힌 잠재력이 있지요."

그는 또 자기 정원에서 거대 달팽이를 발견한 뒤로 품게 된 계획에 대해 우리에게 얘기했다. 시장이며 판로, 재생산과 수출 방식, 사육장, 마케팅 등 개발계획이 머릿속에 이미 서있었다.

"달팽이 스테이크. 크게 성공할 거예요! 단 한 가지 문제는 이 달팽이가 먹을 수 있는 건지 아직 모른다는 점이에요."

이날 저녁은 성 발렌타인 축일이었다. 우리는 축하하기 위해 남아프리카 백포도주 한 병을 찾아냈다. 그리고 우리를 재워줄 집주인들도 찾았다. 아니 오히려 그 반대다. 데일리 클린이 길에서 우리를 붙잡았다. 첫인상은 그다지 호감이 가지 않았다. 할 일 없이 빈둥거리는 사람 같았다. 우리는 썩 내키지 않은 마음으로 그를 따라갔다.

"이름이 참 희한하네요!"

"내 동생 이름에 비하면 이건 아무것도 아니에요. 걔 이름은 킬로원이죠."

"있잖아요, 우린 그저 텐트를 칠 공간만 있으면 돼요."

"문제없어요. 제가 해결해드리죠."

우리는 이가 우글거릴 듯한 오두막들이 모여 있는 곳에 이르렀다. 그런데 비가 내리기 시작했고 곳곳이 진창이었다. 텐트를 칠 방법이 없었다. 하는 수 없이 사방에서 비가 새는 버려진 오두막으로 피신했다. 암담했다! 데일리 클린도 뾰족한 해결책이 없었다. 화도 나고 피곤하기도 해서 내가 그에게 말했다.

"데일리 클린, 풀은 공짜잖아요. 당신 지붕을 풀로 다시 만들 수 있을 거예요."

그가 웃었다. 오두막 안에서는 꼬마 여자애가 벌거벗은 엉덩이를 내놓은 채 자기가 눈 오줌 웅덩이 속에서 놀고 있었다. 아이는 아버지가 재미나다는 듯 쳐다보는 가운데 주변의 진흙을 얼굴에 바르고 있었다. 젊은 엄마가 나무와 물을 가지고 들어와서 그에게 아기 옷을 입히라고 했다. 키만 큰 얼간이는 한 팔로 아이를 들어 올려 진흙이 잔뜩 묻은 채로 티셔츠를 입히려고 했다. 아이가 울기 시작하자 엄마가 끼어들어 남편에게 소리를 질렀다. 소냐가 깜짝 놀랐다.

"벌써 여섯번째인지 일곱번째 아이인데 아직도 옷 하나 입힐 줄을 몰라요."

살짝 짜증이 나서 나는 데일리 클린에게 올록볼록한 양철 지붕이 덮인 집을 가리켰다.

"거긴 누나 집인데 닫혔어요. 우리 아버지한테 물어봐야 합니다. 여기서는 모든 아이들과 재산이 가장의 것이거든요. 저는 가진 게 없어서 결혼도 할 수가 없어요. 로볼라[13]를 지불할 돈이 없거든요."

아버지는 눈 먼 노인이었다. 우리는 어둠 속에서 비를 맞으며 그와 잠깐 만났다. 우리가 걸어서 왔다는 사실에 감동받기도 한데다, 또 데일리 클린이 조르기도 해서 그는 열쇠를 내주었다. 집 안에 들어서니 기억이 떠올랐다. 코를 찌르는 쥐 오줌 냄새. 우리가 들어서자 쥐가 사방으로 뛰었다. 옥수수 자루와 새 양철 지붕, 나무 말뚝 사이에서 우글거렸다.

"성 발렌타인 축일을 위한 기막히게 선정적인 매력인걸!"

우리가 엄청나게 더러운 방을 치우고 있을 때 데일리 클린의 어머니가 우리에게 와서 등에 난 어마어마하게 큰 종양을 보여주었다. 이마에 단 랜턴을 가까이 대고 들여다보니 엄청나게 튀어나와 있었다. 별 모양으로 부어오른 종양은 팔 아래쪽을 지나면서 림프절을 붓게 하고 유방까지 침범하고 있었다. 피부암인 게 분명했다. 축축이 젖은 눈과 떨리는 손으로 그녀는 내게 고통을 가라앉혀 줄 아스피린을 요구했다.

코가 찡했다.

"데일리 클린! 어머니한테 이게 생긴 게 언제부터죠?"

"2년 전부터인데 계속 커지고 있어요."

"2년 동안 의사를 한 번도 보러 가지 않았어요?"

"갔어요! 그런데 수술하는 데 1천 콰샤나 요구했어요."

"데일리 클린! 양철 지붕은 얼마죠?"

"음, 대략 350콰샤예요."

13) 남아프리카의 지참금 제도. 청혼자는 딸을 잃는 것에 대한 '보상'으로 신부의 아버지에게 돈과 가축과 땅과 보증금을 주어야 한다. 총 금액은 그 딸의 '가격'에 대한 긴 토론 끝에 결정된다. 사랑으로 맺어지는 결혼은 존재하지 않는다. 아이를 낳지 못하거나 이혼할 경우 아버지는 사위에게 환불을 해야 하는데, 대개는 다 써버리고 없어서 무시무시한 복수극을 낳는다. 많은 남자들이 로볼라를 모으느라 늦게 결혼한다.

"어머니가 양철 지붕 세 개만큼의 가치도 없어요?"

"어…… 무슨 말인지 모르겠어요."

"저기! 아무짝에도 소용없는 새 양철 지붕이 몇 개나 있죠?"

"…… 다섯 개요."

"거봐요! 이제 결정해요."

"그렇지만 우린 가난해요."

"아뇨, 당신은 가난하지 않아요. 당신은……."

목이 메었고, 주먹에 힘이 가서 나는 그만 포기했다.

관찰자로 남기란 힘든 일이었다.

순교자 어머니는 겁에 질린 채 우리 얘기를 듣고 있었다. 그녀는 영어를 하지 못했다. 지금으로선 암이 온통 전이되었을 게 분명했다. 그녀의 아들들은 그녀 가까이 다가갈 권리가 없는 게 사실이었다. 눈물을 글썽거리며 그녀에게 아스피린을 주고 모두를 돌려보낸 후, 소냐와 함께 쥐 오줌 냄새를 맡으며 빈속에 백포도주를 털어넣었다. 밤새도록 쥐들은 우리 주변에서 찍찍거렸고, 악몽과 바람에 삐걱거리는 양철 지붕으로 이루어진 내 잠을 떠나지 않았다.

새벽에 우리는 혐오감을 느끼며 아무 말 없이 도망 나왔다. 3킬로미터를 가니 표지판 하나가 보였다. 칠룸바 병원.

3킬로미터와 세 개의 양철 지붕.

카롱가에 도착하기 전날, 우리는 온천 옆 물가에 텐트를 쳤다. 늙은 나무 두 그루 사이 땅속에서 뜨거운 물이 솟아나와서 김을 내며 호수까지 구불구불 이어지고 있었다. 석양이 이 시냇물을 용해된 황금이 흘러내리는 것처럼 바꿔놓고 있었다. 벌거벗은 여자들이 하구에서 목욕을 하고 있었다. 희미한 빛에 비친 황금색 위의 검은색, 진홍빛 안개에 휩싸인 채 그들은 멋진 몸짓으로 조각 같은 몸을 어루만졌다.

풍성한 젖가슴과 볼록한 엉덩이가 유황수를 가지고 놀았다. 우리는 불타는 듯한 이 아름다운 원천을 해가 질 때까지 바라보았다. 대지구대는 살아 있었다.

얼마 뒤 한 어부가 와서 우리에게 큰 생선 한 마리를 주었고, 우리는 떠오르는 달 아래에서 입맛을 다셨다.

카롱가, 2002년 2월 16일 토요일,
여행 412일째, 46킬로미터, 총 5,757킬로미터

카롱가. 드디어 왔다. 이곳 얘기를 우리는 2년 전부터 해왔다. 카롱가, 자유분방하면서도 동글동글한 이름이다. 뭔가를 연상시키는 이름. 인류의 요람 가운데 하나였다. 인류의 발자취를 좇는 우리의 도보 여행을 위해 계획된 드문 약속 가운데 하나였다. 우리는 여기서 프리데만 슈렌크 씨를 만나야 했다. 그는 프랑크푸르트의 고생물학자로 말라위 호숫가에서 2백50만 년 된 포유류 플리오플레이토세네스의 침적물을 발굴하고 있었다. 우리는 훈련이라도 하듯이 예정된 날에 도착했다. 도보는 정확했다! 어렵지 않게 총독의 옛 저택을 찾을 수 있었다. 두 층이 방충망이 쳐진 베란다로 둘러져 있는 멋진 건물이었다. 소냐가 문을 두드렸다. 프리데만과 스테피 뮬러가 와서 문을 열었다.

"시간 정확히 지키셨네요! 분더바르Wunderbar![14] 축하하기 위해 레미 마르탱 코냑이라도 한 잔 할까요?"

그들은 우리를 반갑게 맞아주었다! 프리데만은 우리를 위해 가방 속에 보물들을 가득 넣어왔다. 둘로 접을 수도 있는 폭신폭신한 새 매

14) 원더풀 – 옮긴이

트리스, 충격을 흡수해주는 새 깔창, 나를 위한 새 셔츠. 입고 있던 셔츠는 가차 없는 태양에 14개월 동안 완전히 익어버렸다. MP3 음악 플레이어, 다크 초콜릿. 한마디로 달콤한 것들만 가득했다! 저녁 내내 독주를 둘러싸고 우리는 인류의 발자취를 따라 걸었고, 인간의 정의를 내려보려고 애썼다. 직립보행? 도구? 분절언어? 불? 예술? 매장 풍습? 공유? 이 모든 걸 조금씩 동시에? 아니다. 노래를 부르며 우리는 첫번째 인간은 자기가 마실 음료를 발효시킨 자의 이름을 가져 마땅하다는 결론을 내렸다.

이튿날 프리데만은 그가 치원도라고 이름 붙인 화석층을 탐험하기 위해 우리를 말레마에 데려갔다. 골짜기가 많은 평범한 밀림 한가운데, 니카 고원 등성이에, 남아프리카공화국의 해안 도로 건설사인마리온-로버츠의 불도저들이 길게 구덩이를 파두었다.

"오후 한나절 작업으로 저 사람들이 우리에게 3년을 벌게 해주었지요!"

그들은 황토 모래를 쓸어서 한결 더 하얗고 더 조밀한 소중한 층을 드러나게 했다.

"여기가 우리가 영장류의 유골을 발견한 치원도입니다."

구덩이 속에서 열두 명의 사람들이 좀더 세심하게 땅을 파고 있었다. 첫번째 질문이 불쑥 튀어나왔다.

"왜 여기죠? 다른 곳이 아니라?"

"1970년대에는 발굴 작업이 탄자니아와 케냐와 남아프리카공화국에서 한창이었죠. 나같이 젊은 연구원이 낄 자리가 없었죠. 그때 나는 오스트랄로피테쿠스가 남쪽으로 이동했을 거라는 직감이 들었고, 대지구대를 따라가면 다른 화석들을 발견할 수 있을 거라는 생각이 들었죠. 그래서 남아프리카에서 에티오피아까지 이어지는 '영장류 회랑지대'라는 개념을 내놓았습니다. 두 분의 여정과 정확히 같지요!"

확신에 찬 몸짓으로 그는 손가락으로 북쪽의 8천 킬로미터를 가리켰다. 우리가 앞으로 걸어야 할 거리였다.

"당연히 저는 이곳을 발굴하러 왔지요. 왜냐하면 대지구대가 열리고 나서 말라위 호수의 북쪽은 반대 방향의 압력을 받았고, 그 압력은 깊이 묻혀 있던 퇴적물들을 바깥으로 올라오게 했으니까요. 이렇게 해서 75킬로미터에 걸쳐 우리는 여기저기에서 2백50만 년이나 된 침적물의 노출과 광혈을 발견했죠."

"그래서요? 뭘 찾으셨어요?"

"탄자니아의 발견을 확인해주는 예외적인 한 가지 사실이죠. 두 명의 동시대 영장류지만 매우 다른 오스트랄로피테쿠스 보이세이와 호모 루돌펜시스죠."

"그 둘은 다른 곳에서 이미 발견되지 않았나요?"

"그랬죠. 둘은 메리, 리차드, 루이즈 리키에 의해 발견되었죠. 보이세이는 탄자니아의 올두바이에서 발견되었고, 미국인 후원자 보이즈의 이름을 붙이게 되었죠. 그리고 루돌펜시스는 케냐의 쿠비-포라, 예전엔 루돌프 호수라고 불렀던 투르카나 호숫가에서 발견되었죠."

"사람들이 종종 그렇듯이, 센세이션을 불러일으키기 위해 그 두 화석을 새 유형으로 만들고 싶은 유혹을 느끼지 않으셨습니까?"

"아시다시피, 저는 '프리데-만' 입니다. 평화의 사람이죠. 고인류학적 논쟁에는 관심 없습니다. 저는 다른 곳에 이미 존재하는 종을 알아보는 것이 더 좋았습니다. 그것이 영장류의 이동에 관한 제 직관을 확인해주는 것이었으니까요. 게다가 고인류학의 첫번째 규칙이 겸손입니다!"

"그런데 보이세이와 루돌펜시스는 어떤 종입니까?"

"보이세이는 채식만 한 굉장히 튼튼한 오스트랄로피테쿠스였습니다. 곡식과 덩이열매를 부수기 위해 턱뼈와 어금니가 아주 발달했지요. 수놈들은 오늘날의 고릴라처럼, 저작에 쓰이는 강력한 근육을 걸기 위해 두개골에 화살 모양의 돌기를 가지고 있었습니다. 그렇지만 그들은 이미 직립을 했습니다. 루돌펜시스는 잡식성에 훨씬 더 기회주의자였지요. 뇌가 더 컸고, 우리와 한층 더 가까운 특징을 가졌습니다. 특히 이동에 있어서 그렇습니다. 두 종은 이 당시 닥쳤던 건기라는 똑같은 기후변화에 대해 서로 다른 진화 방식을 보여줍니다. 한쪽은 너무 특수화되어 적응에 실패했습니다. 보이세이는 위기에 빠졌고 곧 사라졌지만 루돌펜시스는 성공했습니다. 바로 그래서 우리가 거기에 대해 말할 수 있는 겁니다."

소냐가 중요한 질문을 던졌다.

"같은 시기에 같은 장소에서 살았다면 좋은 관계를 가졌나요?"

"아! 아직까진 모릅니다. 일부 학자들은 서로 상대를 몰살했을 거라고 생각합니다. 나중에 인간이 될 존재의 지능을 발달시킨 건 전쟁이라는 거죠. 이것은 전쟁이 우리의 천성이라고 보는 견해입니다. 입증된 건 아닙니다. 개인적으로 저는 이 가설에 동의하지 않습니다. 그리고 루돌펜시스에게 식인 풍습이 있었을 거라는 가정에도 동의하지 않습니다. 두 종 사이에 분명히 상호 작용은 있었을 겁니다. 하지만 싸움터를 발견하지 못한 만큼 아직은 상상에 맡겨져 있을 뿐입니다."

"발굴은 언제 다시 할 계획이십니까?"

"우기가 끝나는 대로 이번 여름에 학생들과 함께 할 겁니다. 경솔하게 너무 앞서가면 안 되겠지만, 다른 영장류가 있을 거라고 말씀드릴 수 있습니다."

"어떻게 그렇게 확신하시는지요?"

"확신하는 건 아무것도 없습니다. 그래야 내기에 묘미가 있는 것 아니겠어요? 이 층의 10퍼센트에서 우리는 중요한 두 개의 유적을 발견했습니다. 나머지 90퍼센트에 아무것도 없다면 그건 너무하죠. 있을 수 없는 일은 아닙니다만, 그래도…… 게다가 바로 이 순간 저는 두 분이 멋진 유골 상자 위를 걷고 계실 거라고 확신합니다."

소냐가 뒤로 펄쩍 뛰었다.

"뭐라고요! 여기요?"

"네, 바로 거기, 발밑에요. 그러지 못할 이유가 어디 있겠어요? 두 분께서 2백15만 년 된 유서 깊은 땅을 밟고 계시다는 걸 잊지 마세요."

"그런데, 땅의 연도는 어떻게 알 수 있는 거죠?"

"돼지 덕분이에요."

"?"

"네. 이곳에는 화산재가 없습니다. 따라서 포타슘-아르곤으로 가능한 연대 추정을 할 수가 없습니다. 그래서 우리는 아프리카 곳곳에서 매우 규칙적인 진화를 보이고 있어 정확하고 확실한 척도가 될 수 있는 멧돼지의 이빨을 사용합니다. 오늘날에는 화석 자체보다 그 주변에 있는 것들에서 더 많은 것들을 알아내려고 하지요. 화석은 그 속에 든 정보밖에 주지 못하니까요. 단편적이고 분할된 정보죠."

그는 참호 속에서 작업하고 있는 한 무리의 발굴자들을 향해 다가갔다.

"샤카와 타이슨을 소개하지요. 제 화석의 발굴자들입니다."

키가 크고 유순해 보이는 한 사람과 키가 작고 짓궂어 보이는 또 한 사람이 참호에서 나왔다.

"보이세이의 턱뼈를 발견했을 때 어떤 반응을 하셨습니까?"

키 작고 말 많은 샤카가 과거를 다시 살게 하는 최면 상태에라도 들어간 것처럼 그 장면을 묘사했다.

"턱뼈를 보자마자 저는 그것이 영장류라는 걸 알았습니다. 그래서 그 자리에서 펄쩍 뛰면서 외쳤죠. '영장류다! 영장류!' 그곳에 있던 모두가 연장을 버리고 춤을 추기 시작했고, 기뻐서 어쩔 줄 몰라 했습니다."

매번 발견을 할 때마다 팀원 전부가 큰 보너스를 받았다. 샤카는 자기 말을 직접 행동으로 보이며 흰 돌 위에 영원히 새겨진 그날을 재현해 보이려고 돌풍처럼 달려가 나뭇가지 하나를 뽑더니 지옥에 떨어진 사람처럼 소리를 지르며 땅을 쳤다. "영장류다! 영장류!" 그리고 똑같이, 캠프 전체가 기뻐하며 삽이며 곡괭이를 버리고 그를 따라서 근처의 관목들을 마구 밟아댔다. 진짜 미친 사람의 춤 같았다.

프리데만의 작업장에는 기쁨이 있었다.

저녁에 그는 우리에게 루돌펜시스 이빨의 모형을 보여주었다. 그저 이빨 하나였지만 그는 그것을 마치 과학의 기적처럼 우리에게 보여주었다.

"씻으려고 물가로 가져온 몇 자루의 침적물을 체에 거르면서 발견한 이빨이에요. 보시다시피 턱뼈 한 조각이 붙어 있는데, 이빨은 깨져 있었습니다. 그래서 저작 표면을 잘 볼 수가 없었고, 따라서 루돌펜시스의 식생활을 추론할 수가 없었죠. 일년 뒤, 제 박사과정 학생들 가운데 하나가 해변으로 이빨 조각을 찾으러 가는 멋진 생각을 해냈습니다. 그 학생의 가정은 이빨이 발굴 과정에서 부러졌을 것이고, 그래서 부족한 조각이 유적지에서 끌어낸 침적물 자루 속에 있을 거라는 거였죠. 그야말로 짚단 속에서 바늘 찾기였죠! 그래도 시도했습니다. 부족한 조각의 크기를 추정해서 우리는 체를 골랐고 지난해에 작업했던 물가에서 3, 4제곱미터의 모래를 물에 씻었습니다. 그런 다음 수천 개의 작은 화강암들을 하나씩 눈금에 대어 보았죠. 그렇게 나흘째 되던 날 우리는 제 조각을 찾았습니다! 그래서 이빨은 완전하게 된 겁니다."

그러면서 그는 우리에게 우리의 것처럼 울퉁불퉁한 저작 표면을 보여주는 이빨 모형을 보여주었다.

“이 발견은 루돌펜시스가 분명히 잡식성이며 채식을 한 것이 아니라는 걸 증명해주었죠. 채식을 했더라면 이빨 표면이 평평했을 겁니다. 짜릿하지 않아요? 이 직업에서 제가 좋아하는 건 발견을 할 때마다 잊을 수 없는 축제를 할 기회가 주어진다는 점이지요!”

다음날, 스테피는 우리를 유럽 자금으로 건축되고 있는 박물관 작업장으로 데려갔다. 건축가는 남아프리카공화국 사람이고, 건축업자는 중국인이었다. 공사는 물루지의 무분별한 행동 때문에 거의 죽어 있었다. 유럽연합은 기아가 시작되어 재정지원을 잠시 중단했다. 기금은 물 새듯 빠져나갔고, 나무 발판으로 둘러싸인 시멘트 기둥들이 하늘을 향해 서있었다. 모든 것이 공룡의 뼈대로 착각할 정도로 닮았다.

“우리는 미국으로부터 말라위사우루스의 완벽한 뼈대를 돌려받으려고 합니다. 1984년 텍사스 대학의 루이스 제이콥스 박사가 발견한 6천7백만 년 된 세상에서 유일한 표본이죠. 길이가 8미터, 높이가 4미터인데, 우리는 이 표본을 둘러싼 박물관을 구상했습니다. 프리데만의 발견과 더불어 말라위는 이제 인류의 요람 대열에 놓이게 되었습니다. 따라서 말라위 사람들이 그것을 의식하는 것이 매우 중요합니다. 이 학습 도구는 이 나라에서 최초의 것입니다! 또한 프리데만의 화석을 현장에서 다루기 위한 연구소와 더불어 연구센터도 생기게 될 겁니다. 독일과 전세계 대학의 교류도 강화할 것이고, 박물관 내에 문화센터와 아쿠아리움과 노천극장도만들 겁니다.”

스테피는 우리를 위해 마을에서 공연을 계획했다. 오후에 그의 공연팀이 바오밥나무와 길 사이에서 연극을 했다. 갑자기, 종이반죽으로 만든 공룡 한 마리가 나무에서 튀어나왔다. 그 속에는 두 명의 배우가 숨어 있었다. 아이들은 겁에 질려 소리를 질렀고, 부모들은 신나게 웃었다. 또 다른 주인공들이 무대로 들어섰다. 공룡들은 순할까?

"이곳 사람들의 과학적 지식은 대개 성서의 근시안적인 독서로 요약됩니다. 세상이 7일 만에 창조되었다는 식이죠. 이런 공연을 통해 우리는 그들에게 세상이 만들어지는 데 조금 더 많은 시간이 걸렸으며, 공룡과 마찬가지로 사람도 진화 도식 속에 포함되어 있다는 얘기를 하려고 애쓰죠. 하지만 시간 단계에서 약간의 문제가 있습니다. 말라위사우루스는 1억6천7백만 년, 루돌펜시스는 2천4백만 년, 따라서 둘은 결코 만난 적이 없죠."

공연이 끝나자 한 남자가 숨을 헐떡이며 와서 모인 사람들에게 끔찍한 소식을 전했다.

"왕이 죽었어요!"

말라위 호수 북쪽에는 탄자니아 국경에 걸쳐서 은콘데 부족이 살고 있었다. 선교사들은 떠났다. 내일 새 은콘데 왕의 취임이 있을 것이다. 왕은 죽었다. 왕 만세!

다음날 일찍부터 곳곳에서 정장을 차려입은 사람들이 거대한 나무 그늘에 가려진 바나나 밭 속에 파묻힌 작은 마을을 향해 갔다. 사람들은 말없이 줄을 맞췄다. 한쪽에는 남자들이 의자에 앉고, 다른 편에는 여자들이 바닥에 앉았다. 나뭇가지 아래에서 웅성거림이 들렸다.

"누가 새 왕이 되는 겁니까?"

"아들은 너무 젊고, 형제들은 죽었고…… 숙부들이 있나?"

노인들은 오두막 속에서 끝없이 논의했다. 해가 중천에 떴다. 불안한 군중이 몰려들었다. 군중은 머리를, 그들의 왕을, 재판관을, 원칙을, 영속성을 잃은 것이다. 모든 게 변하는 세계 속에서 은콘데족은 과거의 유산에 집착했다. 이곳 사람들은 머리에 표범 가죽과 깃털을 달고 있지도 않고, 창도 희생 의식도 없었다. 반짝반짝한 구두와 넥타이를 검은색으로 착용하고 있었다. 줄 지어 서서 기도를 하며 은콘데 사람들은 애도를 표하고 있었다.

갑자기 소란이 일고 사람들이 웅성거렸다. 군중은 갈라져서 기괴한 차림의 무리가 지나갈 수 있게 통로를 만들었다. 영국 식민지 양식으로 차려입은 여덟 명의 남자들은 반바지와 상의에, 리본과 조잡한 장신구와 부적을 달고, 끈 달린 구두에 흰색과 붉은색 줄무늬가 있는 양말을 신고, 손에는 잔뜩 기교를 부린 빨간색 콜로신트 열매를 들고 있었는데, 곧 그것을 입으로 가져갔다. 군중을 마주보며 줄 맞춰 선 이 남자들로부터 콧소리 섞인 완벽한 불협화음의 나팔 연주가 들려왔다.

하나의 리듬이 시작되자 모두가 천천히 분절된 동작을 따라했다. 몸을 돌리기도 하고 다리도 뻗었으며, 앞으로 몇 발짝을 떼기도 하고 뒤로 몸을 구부리기도 했다. 미뉴에트와 패션쇼의 혼합, 굳은 미소와 코끼리 울음을 배경으로 몇몇 동작과 반복되는 음악이 함께 하는 일종의 메디슨 춤 같았다. 나는 옆사람을 돌아보며 말했다.

"이 춤은 무슨 의미죠?"

"이건 전쟁의 춤입니다. 말리펜가죠. 전사들이 싸움에서 승리하고 적의 옷을 입고 돌아와서, 자신 있게 뽐내는 듯한 동작으로 자신들이 상처 입지 않았다는 걸 보여주는 겁니다."

우리는 매혹되었다. 이런 건 한 번도 본 적이 없었다. 현대적이면서도 부족적이었다. 나이트클럽에서 시도해볼 만한 것이었다.

갑자기 정적이 찾아왔다. 말리펜가 무리가 사라졌다. 나이 많은 한 노인이 오두막에서 나와 발표를 했다. 웅성거림이 파도처럼 머리 위로 일었다. 왕 선출 회의는 끝났다. 은콘데 민족은 새로운 왕을 갖게 되었다. 왕 만세!

그런데 누구지? 우리 옆에 있던 사람이 귓속말을 했다.

"옛 국왕의 숙부예요. 제가 잘 아는 분이죠. 자전거를 타고 다니는 우체부였어요. 적어도 그분은 모든 사람을 알 겁니다. 우편배달을 하면서 자기 신하들도 돌아볼 겁니다!"

이번엔 오두막에서 왕이 나왔다. 왕의 터번을 쓰고, 부인을 동반하고서. 나들이옷을 차려입은 피둥피둥한 아줌마였다. 두 사람은 군중을 마주 대하고 닫집 아래 앉았다. 그러자 줄지어 왕 앞에 나아가 무릎을 꿇는 은콘데 백성의 행렬이 길게 이어졌다. 저마다 군주 앞에서 충성을 서약했다.

우리도 무리에 끼었다. 신하들은 이미 자리를 잡았다. 우리는 공손하게 악수를 했다. 그러자 여자들이 입에 손을 대고 내는 "요오" 소리와 함성이 들려왔다. 군중에서 나온 유력 인사들의 끝없는 연설이 이어졌다. 그들은 새 왕에게 법과 부족의 전통을 존중하면서 바르게 통치하는 방식에 관한 조언을 주었다.

"부패해서도 안 되며, 선한 기독교인이어야 하며, 어떤 경우라도 절제해야 하며, 부부 문제나 땅 문제를 해결하는 데 있어서 바른 조언자가 되어야 할 것입니다."

군주의 원칙은 내가 보기에 결코 간단하지도 않았고, 쉽게 동의하고 수용할 수 있을 것 같아 보이지도 않았다. 프랑스에서는 이런 조항들은 이미 깨졌다. 은콘데 사람들에게서는 잘 지켜지길 빌어보았다.

도시를 떠나기 전에 우리는 뚱뚱한 캐나다 여자를 만났다. 그녀는 털이 많고 가슴이 컸으며 케냐 남자와 함께 있었다. 그녀는 우리에게 자신이 겪은 불운한 경험을 얘기해주었다. 에티오피아에서 몽땅 털린 그녀는 자기를 턴 도둑에게서 자기 카메라를 다시 샀고, 가축 트럭을 타고 케냐를 향해 오다가 트럭이 마르사비트에 이르기 전 칼라크니코프에서 소말리아 강도들에게 습격당했다. 부상자들도 있었고 죽은 소들도 있었다. 마침내 나이로비에 도착한 그녀는 한 권총 강도에게 붙잡혀 여권과 가진 돈과 그리고 또다시 카메라를 털렸다. 그럼에도 불구하고 아프리카와 화해하기 위해 그녀는 말린디 해변에 누워 하시시를 피웠는데 이번엔 경찰이 와서 그녀를 체포했고, 3일 동안 감옥에 갇혔으며, 강간까지 당할 뻔했다. 게다가 3천 달러의 벌금을 물었다. 그리고 아루샤에서는 소매치기와 싸움이 붙기도 했다. 그녀는 포스트모던 모험가의 값진 메달이라도 목에 건 것처럼 자랑스러워했다. 아프리카에서 관광객으로 산다는 건 위험한 일이었다. 걷는 것이 훨씬 더 안전했다.

이틀 만에 우리는 탄자니아 국경에 이르렀다. 두 개의 초소 사이로 송웨 강이 흐르고 있었다. 소냐는 다리 위에 엄숙하게 멈춰 서더니 낭만적인 투원반 선수처럼 자기의 구멍 난 낡은 모자를 강물에 던졌다. 그녀는 행인에게서 새 모자를 샀다. 그 행인은 모자를 잃게 된 걸 거의 기뻐하다시피 했다. 얼마나 많은 시간 동안 저 낡은 모자를 썼던가? 몇 번이나 꿰매고 수선했던가? 우리는 모자가 말라위 호수를 향해 떠내려가는 걸 보았다. 그녀의 머리를 덮었던 모자에게는 가장 아름다운 묘지가 되리라. 어쩌면 시클리드들이 거기다 보금자리를 만들지도 모른다. 케이프타운에서 온 밀짚모자를 위한 진혼 미사. 소냐는 이 페이지를 넘기면서 감격해했다. 반대편 강둑에 발을 디디면서 우리는 남아프리카를 떠나 전혀 다른 세계로, 우리 도보여행의 중심부로, 신화적인 동아프리카와 야생동물이 가득한 공원으로 들어섰다. 탄자니아로 들어선 것이다.

공간과 모험에 도취해서 내가 소냐에게 말했다.

"탄자니아의 반대편에는 뭐가 있지?"

"킬리!"

탄자니아

Africa Trek 22

꼬마와 거인

말라위 호수 북쪽은 산맥이 가로막고 있어서 거기서부터 대지구대는 두 갈래가 되었다. 아프리카의 동쪽 전체가 갈라졌다. 늙은 대륙은 북쪽으로는 잘 버텨냈다. 따라서 새 균열은 내륙의 땅을 향해 길을 텄다. 대지구대의 한 갈래는 서쪽 국경에서 활모양으로 생긴 거대한 단층을 이루며 탄자니아와 부룬디, 르완다와 우간다를 감싸며 북서쪽을 향해 이어졌다. 이 열곡으로부터 루콰, 탕가니카, 키부, 에두아르와 알버트가 나왔고, 그 가장자리를 니라공고와 루웬조리 화산이 장식했다. 이것이 서쪽 지구대다. 우리는 그곳으로 가지 않을 것이다. 다른 갈래는 덜 열리고, 덜 눈에 띄며, 탄자니아의 화강암으로 봉합되고, 이 나라 북쪽에서 킬리만자로와 메루, 그리고 케냐를 가로질러 투르카나 호수까지 땅의 상처를 다시 여는 은고롱고로 화산들의 환상적인 봉우리로 부상했다가, 말 그대로 에티오피아를 둘로 가르고 지부티에서 다시 나뉜다. 한 갈래는 홍해로, 다른 갈래는 아덴만으로 간다. 그리고 이곳, 두 지구대 사이의 균열 지점에 포로토 화산이 우뚝 서있다. 따라서 우리는 동쪽 지구대를 따라갈 것이다.

우리는 그 지맥에 올랐고, 바나나 밭과 차 밭, 커피 농장과 채소밭의 비옥함에 깜짝 놀랐다. 얼마나 큰 대조인가! 우리의 세계는 송웨 강을 건너면서 탈바꿈했다. 우리는 눈물 나는 가난에서 근면한 번영으로 건너왔다. 땅은 바뀌지 않았다. 깎아지른 듯한 풍경도, 은콩데족도 마찬가지였다. 신기한 일이었다. 그저 국경 지대의 강 하나가 어떻게 이토록 주변 환경을 바꿔놓을 수 있을까?

유산과 역사와 정치의 무게. 국경을 부인하는 것은 문화의 세 기둥을 부인하는 것이다. 인간을 만드는 건 문명이지 땅이 아니다. 가난은 숙명이 아니다.

차 밭에서 우리는 말라위 호수의 아름다운 전경에 감탄했다. 대지구대가 대형화면처럼 펼쳐졌다! 리빙스토니아 높이 즈음에, 우리 뒤로 2백 킬로미터 지점, 도보로 엿새 거리에 칠룸바 반도가 보였다. 공간과 시간이, 아프리카의 한 페이지가 우리 눈 아래 있었다. 우리가 이 대륙 위에서 걸어야 할 이 같은 페이지는 80여 개 정도가 되었다. 시간 속에서는 어렵게만 이해되던 것이 여기서는 단번에 이해되었고, 쥐며느리 같은 우리의 근시안에서 벗어나게 해주었다.

우주선을 타면 출발점과 목적지를 동시에 볼 수 있을 것이다. 어느 부유한 남아프리카공화국 사람이 첫 우주 여행자가 될 거라는 사실을 우리는 얼마 전에 알았다. 이름으로 미리 운명 지워진 셔틀워드 씨다. 그는 자기 회사를 팔면서 50명의 직원들에게, 정원사에서 점원을 비롯하여 재무 책임자까지 각각 1백만 랜드[1]를 지급했다.

작은 숲 사이에서 차를 따는 여자들의 분홍색 숄이 비탈길을 쏟아

1) 15만 유로.

져 내려오는 초록 물결 위로 부표처럼 떠다녔다. 작은 촌락 안에서 우리는 떠들썩하게 활기 띤 시장을 지나갔다. 야자수 기름, 바나나, 계란, 닭을 팔러 온 사람도 있고, 우유와 설탕과 등유를 사러 온 사람도 있었다. 곳곳에 양파와 토마토와 생강과 양념 자루가 진열되어 있었다. 여자들은 한결 통통했다. 무거운 젖가슴이 티셔츠 아래에서 춤을 췄고, 목소리는 컸으며, 팔은 과장된 제스처로 물건을 들고 무게를 재었다. 색채와 소리와 향기와 삶으로 이루어진 소란이 우리를 번영과 다시 맺어주었다. 말할 것도 없이 이곳은 열심히 일하는 곳이었다. 훨씬 풍요로웠지만 영어를 한 마디라도 하는 사람은 아무도 없었다. 우리는 걸어가면서 스와힐리어를 배웠다. 매일 열다섯 개의 단어를 익혔다.

첫번째 밤은 이 나라 중앙에 사는 부족과 같은 이름을 가진 고고 경찰관 집에서 보냈고, 두번째 밤은 투쿠유 어귀에 있는 메리 음완켄자의 집에서 보냈다. 투쿠유는 시멘트 건물들의 입구가 테두리 돌로 표시되어 있었고, 정면에는 부조로 된 글씨가 새겨져 있는, 1930년대 코니스 장식[2]을 갖춘 바우하우스 스타일의 놀라운 독일 식민지 마을이었다. 습기에 노화된 직각과 곡선이 잘 어우러졌다. 메리는 얼마 전에 아버지를 잃고 상중이었으며, 집에는 온 가족이 모여 있었다. 우리는 세차게 내리는 빗속에서 문을 두드렸고, 그녀는 때가 좋지 않다고 우리에게 말하지 못했다. 집이 터져나갈 정도로 사람들이 많았다.

"장례식에 모든 친척을 부르신 거예요?"

"아니에요. 여긴 아이들과 손자들뿐이에요. 하긴 제가 서른두 명 중에 장녀거든요. 아버지는 일곱 명의 부인을 두셨어요! 그 부인들은 모두 이 집 주변에 집을 한 채씩 가지고 있어요."

2) 벽기둥 윗부분에 장식으로 두른 쇠시리 모양의 돌출부 – 옮긴이

저녁 내내 아이들이 차례차례로 와서 소개를 했다. “반갑습니다. 저는 16번이에요.” “안녕하세요, 저는 27번이에요.” “32번을 소개할게요!” 나이 예순셋의 메리는 품에 세 살짜리 사내아이를 안고 있었다. 그녀의 어린 동생이었다.

“아버지는 독일인이 떠날 때 땅을 많이 물려받았어요. 아주 부자가 되어서 아이들을 많이 낳았어요.”

“그런데 이 모든 아이들을 기를 수 있었어요?”

“우리는 모두 가톨릭 학교에서 엄격한 교육을 받았어요. 우리들 중에는 의사가 두 명, 경찰관이 세 명, 그리고 공무원과 변호사와 교사와 상인이 있죠. 그렇지만 농부는 한 사람도 없어요.”

“손자들이 엄청나게 많겠어요!”

“전혀 아니에요. 쉰두 명 ‘밖에’ 없어요. 우리는 아버지처럼 하고 싶지 않았죠. 우린 모두 자식을 한두 명밖에 낳지 않았어요. 한 명도 없는 사람도 있어요! 평생 번호로 불리는 건 즐겁지 않은 일이죠.”

메리는 이 나라의 초대 대통령인 줄리어스 니에레레에 대해 찬사를 늘어놓았다.

“그는 154개의 부족을 모으는 믿기 힘든 일을 이루어냈습니다. 아프리카의 나머지 나라들과는 달리 이곳에서는 내전을 한 번도 겪지 않았어요. 니에레레는 부패한 적도 없었죠. 자진해서 권력에서 물러났고, 우자마 사회주의 정책을 실시하면서 경제적인 오류를 범했다고 공개적으로 인정을 했습니다. 하지만 우리는 그를 좋아합니다. 그는 우리에게 자존심을 찾아주었습니다. 그분 덕에 우리는 모국어를 갖게 되었고, 말라위 사람들처럼 손을 내밀지 않게 되었습니다.”

첫 3일 동안 분위기가 달라진 걸 느낀 건 사실이었다. 구걸하는 아이들이 사라졌고, 우리에게 욕을 하는 사람도, 달라붙는 사람도 없었다. 사람들의 평온한 태도와 미소 띤 인사에서 부인할 수 없는 자존심이 느껴졌다. 탄자니아인이라는 자부심이었다. 한 민족을 앞으로 끌어당기기도 하고 가만히 앉아서 일어나는 일을 기다리게도 만드는 영혼의 신비한 힘. 짐바브웨에서 그 힘은 슬픔이었고, 말라위에서는 무기력이었다. 이곳에서는 우리가 마주치는 사람들에게서 발산되는 자존심이었다. 친절은 어딜 가도 마찬가지였다.

우리는 프랑스 회사 소쟈에서 건설한 멋진 아스팔트 길을 따라 포로토 화산의 지맥을 계속해서 올랐다. 기분이 좋았다. 우리 발걸음에는 무언지 알 수 없는 흥분된 기운이 실렸다. 오래전 기억과 동물 영화와 르포르타주 페스티벌의 계단을 오르는 것 같았다. 나는 몇 시간이나 이 작은 탄자니아의 천창에 머물러 있었던가? 세렝게티, 은고롱고로, 마냐라, 나트론. 어린 시절 내내 나는 리차드 아텐보로, 프레데릭 로시프와 그밖에 다른 사람들의 다큐멘터리들에 매혹되었다. 그런데 우리가 이렇게 대형화면으로 펼쳐진 탄자니아에 와있는 것이다!

도로 여기저기에 우크라이나나 에스토니아에서 직수입된 이즈바[3]가 줄지어 서있었다. 모스크바에서 블라디보스톡에 이르기까지 옛 소련 곳곳에서 볼 수 있는 이즈바와 똑같았다. 거기엔 모두 번호가 붙여져 있었다. 1,113, 1,350, 2,978. 소냐가 말했다. "꼭 슬로바키아에 와있는 것 같네. 반스카 비스트리카 위쪽 시골 같아!"

메리는 우리에게 전쟁 후 소련 건축의 영향에 대해 말했었다. 수백만 개의 시멘트 자루와 건축가들이 이 나라 건설에 발을 들이밀었다. 두꺼운 벽, 시베리아의 추위에 견딜 수 있도록 만든 작은 문, 눈을 피하도록 움푹 들어서 만든 현관문, 이웃과 차단되도록 만든 작은 안뜰, 녹슨 물결무늬 양철 지붕, 사용될 일이 없는 굴뚝, 이 이즈바들은 아프리카에 새로운 얼굴을 부여하고 있었다. 그 얼굴에는 다른 민족의

3) 전나무로 만든 통나무집 – 옮긴이

환상이 덧붙여져 있었다. 아프리카는 고분고분하게 이 영향을 아프리카화하면서 흡수했다. 벽을 없애고 두 집을 모으고, 염소들을 정원에 집어넣고, 문턱에 불을 피움으로써…….

키위라에서 우리는 아스팔트를 완전히 떠났다. 도로는 이 지역 중심지인 음베야로 가기 위해 산을 우회했다. 옛 독일 도로가 화산을 향해 곧게 뻗어 있었다. 우리는 단 1초도 망설이지 않고 바나나나무들이 햇볕을 가리고 있는 커피 농장으로 올라갔다. 아프리카에서는 처음으로, 생계형 농장이 가족들을 살아가게 할 만한 이득을 충분히 끌어내고 있는 것 같아 보였다.

점심 때 우리는 한 학교에 멈춰 섰다. 많은 젊은이들이 강연에 참석해 즉석에서 우리에게 자신들의 성 문제와 에이즈에 대한 공포를 얘기했다. 우리는 속내 이야기를 들어주는 친구의 역할을 수행했다.

"에이즈를 겁내는 건 당연하죠."

"네, 그런데 우리의 전통문화가 에이즈에 걸리도록 만듭니다."

"네? 어떻게 그렇죠? 설명을 해보세요."

"우리는 속셈 없이 서로를 만나고 얘기할 수가 없어요. 당신들처럼 다정하게 가까이 대할 권리가 없어요. 당신들 영화에서 보듯이 말이에요. 그래서 서로를 알지도 못한 채 남몰래 야밤에 바나나 밭에 서서 짐승처럼 그 짓을 하지요. 그리곤 에이즈에 걸리는 겁니다. 적어도 당신들은 서로를 사랑할 권리가 있잖아요!"

우리는 생각에 잠긴 채 다시 오르막길을 올랐다. 아주 작은 꼬마가 따라왔다.

"어디 가니?"

아이는 '저기요!'라는 손짓을 했다.

"이름이 뭐니?"

"갓God."

"뭐라고?"

"갓!"

"그래? 예쁜 이름이네! 몇 살이니?"

"일곱 살이에요."

이렇게 우리는 점점 더 가팔라지는 비탈길에 밭들이 내려다보이는 능선을 '신(God)'과 함께 공략했다. 비탈길은 산꼭대기 정글로 이어졌다. 식생은 한결 밀집해있고, 공기는 훨씬 선선했으며, 오두막들은 보기 드물어졌다. 아찔해 보이는 길은 군데군데 골짜기에 휩쓸려 끊어져 있었다. 나는 이곳에서 독일 군인들의 회초리 아래 땀을 흘렸을 토목공들을 생각했다. 어린 목동들이 끄는 살찐 암소들이 연한 풀을 뜯어먹고 있었다. 구름 조각이 나무 꼭대기에 걸려 있었으며, 불타는 듯한 야생종 백합들이 갓길에 고개를 내밀고 있었다. 우리는 다른 세계에 들어섰다. 능선에서 우리는 거인의 걸음을 내디뎠다. 분수령이었다.

남아프리카공화국에서부터 6천 킬로미터 가까이 걷는 동안 우리가 만난 모든 물은 인도양으로 흘러갔다. 그러나 바로 이 장소, 포로토 산맥 꼭대기에서 물은 대서양으로 흘러든다. 조금 더 멀리 가면 지중해를 향해 흘러가는 나일강의 지류들을 만나게 될 것이다! 걸어서 다닐 때는 비탈길 하나도 중요하다! 중력이 몸은 물론이고 에너지와 결정까지 끌어당긴다. 나는 아프리카 지도를 꺼내어 신(God)에게 방대한 수리학적 설명을 시작했다. 아이는 호기심 어린 눈을 크게 뜨고 내 말에 귀를 기울였다.

"여길 봐! 여기로 떨어진 물방울은 남쪽으로 흘러서 말라위 호수와 시레 강과 잠베지 강을 거쳐 2천 킬로미터를 가서 인도양에 이른단다. 그런데 여기 바로 옆에 떨어진 물방울은 탕가니카 호와 콩고 강을 향해 흘러서 자이르를 가로질러 대서양으로 간단다. 여기서 서쪽으로 4천 킬로미터도 더 가는 거야!"

갓은 깜짝 놀란 얼굴이었다.

"저도 물방울이 되어서 긴 여행을 하고 싶어요!"

소냐가 불안해하며 물었다.

"그런데 너 어디 사니?"

"저기요, 대서양 물방울 쪽에요."

똑똑한 녀석이었다.

"멀어?"

"아뇨. 그렇게 안 멀어요."

우리는 종소리가 울리고 작은 나무 산장이 드문드문 보이는 방목지를 향해 내리막길로 다시 떠났다. 주변 풍광이 스위스를 연상시켰지만, 소냐는 슬로바키아를 닮았다고 했다. 당연히 그럴 것이다! 그녀에게는 귀여운 모든 것이 그녀가 사랑하는 슬로바키아를 닮은 것이다. 우리는 비탈길에서 경사가 조금 완만한 곳을 따라갔다. 그 등성이에는 감자 밭과 데이지 꽃밭이 바둑판 모양으로 정돈되어 있었다. 경이로운 아프리카! 작은 베르벳 원숭이들이 우리 앞에서 뛰어다녔다. 갓이 우리를 안내했다. 아이는 길을 알고 있었다. 내리막길이 이어졌고, 저 멀리 대지구대를 굽어보는 능선 위에 우뚝 선 음베야의 경이로운 봉우리가 보였다. 루콰 호수는 지평선의 작은 웅덩이 같아 보였다. 날이 저무는데도 갓은 흐트러짐 없이 조용히 계속 걸었다. 마을을 지날 때마다 마음속으로 아이의 부모에게 초대받기를 희망하면서 아이에게 물었다.

"너 여기 사니?"

"아뇨. 좀더 멀리 살아요."

엄지동자랑 같이 걸은 거리가 20킬로미터나 되었다. 산과 정글을 공략하고 이제는 끝없는 내리막길을 걷고 있었다. 교복을 입은 아이는 비틀거리지도 않았다. 아무것도 마시지도 않았다. 소냐가 불안해서 다시 물었다.

"그런데 너 점심 먹었니?"

"아뇨."

소냐가 부끄러워하며 서둘러 비스킷 한 봉지를 꺼내 열어주자 아이는 천천히 먹기 시작했다. 이윽고 밤이 내렸다. 나는 기진맥진했고 오늘 저녁에는 '신'의 집에 못 갈 것이라는 생각을 하고 있었다. 그때, 어깨에 도끼를 진 거대한 그림자 하나가 어두컴컴한 길에 불쑥 나타났다. 나는 두려움의 몸짓을 간신히 억눌렀다. 인간 산이었다. 거인이었다! 소냐는 그 자리에 멈춰 섰고, 놀란 갓이 그녀의 치마폭에 숨었다. 그러나 거인은 환한 미소를 지으며 내게 거대한 손을 내밀었다.

"이 시간에 어딜 가세요? 길을 잃으셨어요?"

"이 꼬마의 집에 가려고 했는데, 도무지 마을이 안 나타나네요! 어쩌면 이제 거의 다 왔는지도 모르겠어요……."

거인과 꼬마가 몇 마디를 주고받았다.

"오늘 저녁에는 못 닿을 겁니다. 아직도 30킬로 넘게 가야 합니다. 음베야 근처예요!"

우리는 어안이 벙벙해서 갓을 향해 돌아보았다. 일곱 살짜리 저 꼬마가 어떻게 아무것도 안 가지고 이틀이나 걸리는 거리를, 산을 넘어 50킬로미터도 넘는 거리를 떠날 수 있단 말인가? 거인이 우리의 의문을 해결해주었다.

"제 이름은 폴입니다. 오늘 저녁에는 더 멀리 가지 마세요. 세 사람 모두 제 집에 초대하지요. 오세요, 이쪽이에요!"

우리는 동화 속의 세 아이들처럼 밭을 지나 식인귀 나무꾼을 따라갔다. 그는 키가 2미터 25센티미터였고, 머리가 네모나고 거대했으며 이상 발달 때문에 약간 일그러져 있었다. 그는 느린 걸음으로도 우리를 훌쩍 앞서갔다. 우리는 그의 뒤를 종종걸음으로 따라갔다. 그는 데이지 꽃을 재배하고 있었고, 얼마 전에 결혼한 새신랑이었다.

"죄송하지만 우리 집이 공사 중이에요. 제가 더이상은 반으로 접혀서 살 수가 없었죠. 그래서 제 크기에 맞게 집을 새로 짓고 있어요. 제 아내를 소개해드리지요."

작은 오두막에서 아주 작고 호리호리한 여자가 나왔다. 우리도 모르게 웃음이 나왔다. 폴은 이해했다. 사랑이 가득 담긴 눈으로 그는 수줍어하는 아내의 어깨를 잡았다. 그 모습은 마치 달아나는 고양이를 잡는 것 같았다.

"파니예요. 누우면 키가 같아요!"

그녀는 그의 팔꿈치까지 왔다. 그들은 우리가 상상할 수 있는 가장 경이로운 커플이었다. 그가 아내를 들어 올릴 때는 마치 인형 놀이를 하는 것 같았다. 그녀는 작은 생쥐처럼 칭얼댔지만, 일단 땅에 내려지자 우리에게 들어오라고 쌀쌀맞게 말했다. 그러자 폴이 침울해졌다. 그는 아버지처럼 갓을 돌보았고, 우리에게 우유 3리터를 데워주었다. 게다가 원기를 회복시켜 주는 감자를 엄청나게 많이 준비해주었다. 우리는 이 남자와 함께 멋진 저녁시간을 보냈다. 그는 개신교 목사이기도 하다고 털어놓았다. 우리가 그에게 예루살렘을 향해 걷고 있다고 말하자 그는 울면서 감사를 표했고, 우리를 땅에서 번쩍 들어올려 안았다. 그의 이름은 폴 예루살렘이었던 것이다. 그러더니 길에서 우리를 만나게 해준 신에게 감사 기도를 했다. 꼬마 갓이 아니라 저 위에 계신 신에게!

우연으로 가장한 신의 뜻에 따라 배부르게 먹고 몸을 데운 우리는 별 아래 텐트를 쳤다. 거인 폴의 데이지 꽃들 한가운데에서…….

음베야, 탄자니아, 2002년 3월 9일,
여행 437일째, 32킬로미터, 총 5,944킬로미터

다음날 어린 갓이 우리와 음베야까지 동반했고, 그곳에서 우리는 스테피 뮬러의 친구들인 헬무트와 펠리시타스 안슈에츠를 만났다. 헬무트는 소규모 생산자들에게서 커피를 사서 분류하고 볶아내는 시티 커피 공장을 운영하고 있었다. 그는 우리에게 데이지 꽃밭이 사실은 야생국화의 한 종을 키우는 국화 밭이라고 알려주었다. 그 국화들은 서양의 화학 공장에서 대량으로 구매해서 강력한 살충제를 만드는 것이라고 했다. 전형적인 환금작물이었다. 그는 우리가 잠을 잔 장소들에 대해 걱정했다.

"포로토의 주민들은 예측하기가 힘들어요."

"우리한테 친절하던데요. 거인 집에서 잠까지 잔걸요!"

"두 분은 지난달에 온 젊은 독일인 관광객보다 운이 좋군요. 그는 혼자 산에서 야영을 했어요. 그러다 세 명의 청년에게 폭행을 당했는데, 그자들은 자기들 질문에 대답을 안 했다며 죽을 정도로 때렸습니다. 대답 안하는 게 당연하죠. 스와힐리어를 할 줄 몰랐으니까요. 검사가 그들에게 왜 그랬냐고 물었을 때 그들은 빈 라덴을 만난 거라고 확신했다고 대답했답니다. 그 청년은 수염을 기르고 있었거든요."

다음날 나는 수염을 밀어버렸다.

마법의 메일을 통해 우리는 나의 누이 비르지니가 사내아이를 낳았다는 소식을 듣게 되었다. 소냐가 내기에서 이겼다. 나는 딸에 걸었었다. 아기 이름은 라디슬라 부르동이라고 했다. 이렇게 긴 여행에서 가장 큰 희생을 치르는 것은 바로 가족생활이었다.

떠나기 전에 우리는 이스마엘파 사람, 사미르 머챈트의 식료품 가게에 들러 3주 동안 자립할 수 있도록 물품을 준비했다. 그는 우리의 도보여행에 매우 감동받았다.

"예루살렘까지요? 어떤 회교도도 요즘은 이런 일을 하지 못할 겁니다! 이제 회교도 순례자들은 비행기를 타고 메카로 가지요. 그래서 비용도 많이 듭니다. 하루에 1천 달러 가까이 들어서 모든 걸 몇 달 전부터 준비해야 하지요. 저는 10년 전부터 저금을 하고 있습니다! 그런데 돈도 없이 걸어서 가는 기독교인들을 보다니요. 진짜 전통 순례자들처럼 살면서 말입니다. 유럽은 최악과 더불어 최상도 만들고 있군요."

"당신이 보는 영화들은 단순한 캐리커처예요. 사실 서양은 다시 영적으로 변하고 있습니다. 뭔가를, 자기 자신을 찾고 있지요."

"저는 당신들이 모두 퇴폐적이며, 마약을 하고, 성적 강박증 환자들이라고 생각했었지요. 영성과 순수와 지혜를 찾고 있는 건 이슬람뿐이라고 생각했었죠. 당신들이 저를 서양과 화해하게 해주시는군요. 이 식품들을 두 분께 드리게 해주세요. 그리고 예루살렘에서 저를 위해 기도해주세요."

"약속드리죠! 그런데 여기서부터 거기까지 가려면 갈 길이 멀어요. 그러니 인샬라!(Inch' Allah, 신의 뜻대로)"

Africa Trek 23

룽와,
사자의 발자취를 따라

우리가 가지고 있는 1,500,000분의 1 축약 지도상에서 북쪽을 향하는 길은 75킬로미터에 걸쳐 음베야 산맥을 우회하고 있었다. 그래서 우리는 산을 가로질러 반대편 밀림으로 내려가서 다시 길과 만날 작정을 했다. 이런 생각을 한 사람은 우리만이 아닐 것이며, 밀림에는 언제나 오솔길이 사방으로 나있을 거라는 기대를 걸고 무작정 떠났다.

우리는 2,818미터의 지역을 내려다보고 있는 음베야 봉우리를 공략하러 옥수수 밭을 가로질러 마을을 떠났다. 계단식 오솔길, 울퉁불퉁한 골목길을 지나 우리는 점차 방목장 고지에 이르렀다. 계곡과 우리가 떠나온 포로토 화산이 내려다보이는 전경은 우리의 발자국을 다시금 공간 속에 새겨넣게 해주었다. 풍경을 삼키는 것, 이것이야말로 도보여행자가 누리는 이루 말할 수 없는 기쁨이다. 우리는 능선을 오르기 위해 흙더미 위를 두 손 두 발로 기어올랐다. 꼭대기에서 북쪽을 향해 내려다본 전경은 우리를 그 자리에 얼어붙게 만들었다. 무한히 펼쳐진 밀림은 이루 말할 수 없이 단조로웠고, 간간히 언덕과 바위들만이 고개를 내밀고 있었다. 인간의 흔적이라고는 찾아볼 수 없었다. 순간, 불안감이 엄습해 왔다. '아무리 그래도 저 속을 걸어가진 말자! 짐바브웨의 황량한 밀림 같아. 피에르 에므릭의 집이 있던 그곳 말이야…….'

크루거에서 3일을 헤맨 뒤로 진짜 야생의 길을 걸어본 적이 없었다. 우리는 오직 한 가지밖에 알지 못했다. 북쪽으로만 걸어가면 30킬로미터 내에 사냥 보호구역을 가로질러 탄자니아의 중심부를 관통하는 룽와 길을 만날 것이라는 것. 산의 북쪽 등성이는 거대한 소나무 숲으로 덮여 있어서, 우리는 지중해 냄새를 맡으며 그 숲을 지나갔다. 숲속에서 만난 사프와족 여자들은 뾰족하게 간 듯한 이빨을 갖고 있었다. 그들의 웃음은 육식동물의 무시무시한 미소를 떠올리게 했다. 그런데 그들은 순박한 캐나다식 통나무 오두막에서 살고 있었다. 상식을 뛰어넘는 아프리카!

한 시간을 내려가자 강낭콩과 배추가 심어진 밭을 만나게 되었다. 우리는 밭일을 하고 있는 사람들에게 물었다.

"룽와 길로 가는 오솔길이 있습니까?"

사람들은 정확한 길을 가리키지 않고 북쪽 방향이라고만 일러주었다. 그건 우리도 아는 것이었다. 사실 아프리카에서 길을 찾는 방법은 매우 간단했다. 가장 쉽고 가장 자연스러운 경사면을 따라가기만 하면 분명히 찾던 길을 만나게 될 것이다. 그것이 일반 원칙이었다. 짐작컨대, 우리는 북쪽을 향해 비탈길을 걷고 있으니 틀림없이 어떤 지도에도 표시되어 있지 않은 오솔길을 만나게 될 것이다. 이렇듯 걷는다는 건 믿음의 행위였다. 필요한 건 과학이 아니라 바로 직관이었다.

하지만 어둠은 이미 내렸는데 주변엔 아무것도 없었다. 사람도 없고 물도 없었다. 우리에겐 저녁으로 먹을 수프를 끓이기 위한 물이 필요했다. 소냐는 불안해하며 농부들 집으로 거슬러 올라가고 싶어했다. 나는 소냐를 설득해야 했다. "물을 찾을 수 있는 유일한 방법은 계속해서 내려가는 거야. 분명히 산 아래에서 시냇물을 만나게 될 거야. 물이 있다면 거기 있을 거야."

우리는 걸음을 재촉했다. 심장이 죄어왔지만 나는 그런 느낌을 좋아했다. 우리는 모험의 진짜 모습과 다시 만났다. 미지의 것, 그리고 행동! 우리는 행동으로 미지의 것을 좇았다. 마지막 단층절벽을 내려오자 북쪽으로 나있는 것 같은 하나의 오솔길을 만났다. 잘 만들어진 오솔길은 결코 사라지지 않는 법이다. 반드시 어딘가로, 분명 인간에게로 인도했다.

금세 우리의 믿음은 실현되었다. 어둠 속에서 텐트를 칠 만한 풀밭을 찾고 있던 차에 시냇물 흐르는 소리가 들려왔다. 오늘 저녁엔 저녁식사를 할 수 있을 것이다! 물소리와 수프 끓는 소리를 들으니 소냐도 덜 불안해했다. 그날 밤 우리는 피로와 고독에 지친 채 잠이 들었다.

달콤한 밤을 보내고 새벽이 되기도 전에 우리의 위험한 도보는 다시 시작되었다. 이리저리 굽은 길을 지나며 방향을 가늠했고, 물이 굽이쳐 흐르는 계곡 아래로 내려갔다가는 전망이 탁 트인 곳으로 다시 올라왔다. 그렇게 하루 종일 걸었다.

한 손에는 지팡이를 짚고, 길을 가로막고 있는 나무뿌리들을 계단처럼 사용해가며 거대한 숲을 지났다. 막 발을 디디려는 순간 나무뿌리 하나가 쏜살같이 달아나기도 했는데, 알고 보니 뱀이었다. 녀석은 풀숲에 이르러 꼼짝하지 않고 있었다. 나는 다리를 후들거리며 뱀에게 다가갔다. 호리호리하게 생긴 그 녀석은 검은색에 몸길이는 1미터 50센티였다. 예상대로 맘바가 맞았다. 물리면 10분 이내에 죽게 된다는 독뱀 맘바! 만약 물려고 덤볐다면 나는 어쩔 수 없이 녀석을 죽였을 것이다 — 이렇게 햇빛 찬란한 일요일에 어떻게 죽는단 말인가 —

그 뱀은 15개월 만에 처음 보는 것이었다. 하지만 한 번이면 충분했다! 1초만 부주의했어도 우린 끝이었을 것이다.

우리는 경계를 늦추지 않고 다시 떠났다. 15분 뒤 작은 촌락 어귀에서, 수풀 속의 무언가에게 소리를 지르며 돌을 던지고 있는 아이들을 만났다. 우리가 다가가자 아이들은 경련을 일으키며 죽어가고 있는 뱀을 그대로 놓아둔 채 겁에 질려 달아났다. 또 한 마리의 맘바였다. 밀림에는 맘바가 득실거리는 모양이었다.

오후가 되자 우리가 걷고 있던 오솔길은 불어난 강물로 인해 뚝 끊기고 말았다. 지팡이로 강바닥을 짚어보았지만 닿지 않았다. "루콰 호수의 지류 가운데 하나야. 여긴 너무 깊어. 상류로 가보자!"

그때 한 청년이 반대편 강가의 밭에서 나오더니 우리를 부르며 하류로 따라오라는 손짓을 했다. 하류에 이르자 청년은 강을 헤엄쳐 건너와 우리에게 미소를 지었다.

"조심해야 합니다. 강에는 악어가 많아요. 오늘 아침에도 아까 건너려고 하셨던 곳에서 암소 한 마리가 물려갔어요. 그렇지만 안심하세요. 여긴 겁낼 것 없어요."

에디가 우리를 완전히 안심시킨 건 아니었다. 내가 먼저 배낭 두 개를 들고 그와 함께 건넜고, 소냐를 데리러 돌아가려는 순간 그가 나를 멈춰 세웠다.

"기다려야 해요! 악어들이 우리 소리를 들었다면 이제 곧 몰려들 거예요."

오랫동안 수면을 살피던 그는 갑자기 물속으로 뛰어들어 건너편의 소냐에게로 갔다. 그리고 다시 기다림이 시작되었다. 흙탕물의 소용돌이 속에서 악어들의 꿈틀거림이 보이는 듯했고, 강둑에 자라 있는 풀들 가운데 괴물이 매복해 있는 모습이 상상되었다. 하지만 출발해야만 했다.

두 사람은 몸을 바짝 숙인 채 이를 악물고 드디어 출발했다. 강 한 가운데에 있는 모래톱이 그들을 물 밖으로 나오게 해주었다. 그때 갑자기 하류에서 첨벙, 하는 소리가 크게 났다. 내가 외쳤다.

"악어다!"

에디가 뒤를 돌아보더니 말했다.

"아니에요! 그냥 메기예요."

그럼에도 그는 걸음을 재촉했고 드디어 두 사람은 강둑에 다다랐다. 후들거리는 다리에서 물이 뚝뚝 떨어졌다. 에디는 우리를 안심시키려고 했다.

"메기가 저렇게 뛰는 건 악어가 있는 걸 느꼈기 때문이죠. 그렇지만 이번엔 악어가 우리를 겁냈나 봅니다."

해질 무렵 우리는 룽와 길을 만났고 안도의 한숨을 내쉬었다. 이제는 길을 잃을 걱정 없이 따라가기만 하면 되었다. 춘야의 작은 마을은 길가에 자리잡고 있었다. 거기서 우리는 다시 사람들을 보게 되었다. 우리의 도보여행은 성격이 완전히 뒤바뀌어, 이젠 사람들의 구속으로부터 달아나는 것이 아니라 살아남기 위해 사람을 찾아나서야 했다.

우리를 맞아준 게르트루드와 존 시카니카는 우리가 씻을 수 있도록 소중한 물을 대야에 담아 내왔다. 별 아래에서 우리는 그동안의 피로를 씻어냈다. 소냐가 말했다.

"당신 생각나? 알란 반 린의 캠프에서 느꼈던 것과 똑같이 감미로운 느낌이야. 남아프리카공화국의 백만장자 말이야."

"맞아. 근데 이상해. 40킬로미터를 걷고 나서 극도의 부유함과 극도의 가난함을 똑같은 방식으로 받아들이다니……. 아 참! 뱀 사건 때문에 깜빡하고 말 안 할 뻔했네. 오늘 6천 킬로미터를 넘어섰어! 나한테는 그게 마지막이 될 뻔도 했지만 말이야."

북쪽 길은 사람들이 우리에게 묘사한 그대로였다. 모래 길인 데다 파헤쳐져 있었다. 1996년의 엘니뇨 홍수가 길을 두 동강 내놓았고, 그 후로 교통 왕래가 끊겨 있었다. 산악용 트럭들은 동쪽에 있는 도도마 길로 다녔다. 어떤 자동차도 이곳으로 오지 않았다. 이 길을 걷는 건 아마도 우리뿐일 것이었다. 길 위에는 정적이 감돌았고 우리는 느릿느릿 걸었다. 모래 때문에 장딴지가 아파 갓길로 걸어보았지만 가시가 달린 아카시아들도 우리의 장딴지를 공격했다. 머리는 무겁고 셔츠는 땀으로 몸에 달라붙어 있었다. 우리는 피할 길 없는 덫 속으로 한 발 한 발 걸어 들어가고 있는 듯한 음산한 기분을 느끼며 앞으로 나아갔다. 아름답고 순수하지만 야성적이고 혹독한 세상, 냉혹한 법칙들이 날마다 우리에게 강요될 그런 세상으로 들어서는 느낌이었다. 새로운 시작을 앞두고 심장이 죄어왔다. 게다가 짐은 너무 무거웠다. 사미르가 준 국수 수프를 잔뜩 지고 있었고, 물의 양도 늘였던 것이다. 한 사람당 4리터. 떠나지 않고 땅을 개간하며 사는 농부들이 길가 어딘가에 살고 있다는 얘기를 들은 적이 있었다. 우리의 생존은 그들에게 달려 있었다.

아침에 일어났을 땐 그 어느 때보다 오늘의 구원자를 찾아야 한다는 생각이 들었다. 밀림으로 난 이 노란 선 위를 걷는 우리의 도보는 첫날부터 신명재판의 모양새를 보였다. 사람을 발견하던가 아니면 죽던가.

캄비카토토, 2002년 3월 23일 토요일,
여행 451일째, 49킬로미터, 총 6,219킬로미터

땀이 소금 입자가 되어 배낭을 하얗게 물들였다. 우리의 불규칙한 발걸음은 화강암 위에서 삐걱거렸고, 진흙탕을 피하기 위해 모래 속을 파고들었다. 주변의 모든 게 파헤쳐져 있었다. 바람은 싸늘했고, 하늘은 무거웠다. 밀림은 계속해서 우리 앞에 나타났고 늘 비슷비슷한 모습이었다.

이따금은 위험이 도사리고 있는, 도무지 헤치고 들어갈 수 없는 푸른 밀림을 만나기도 했다. 옹이가 많고 가지가 무성한 나무들, 성벽처럼 둘러싸인 키가 큰 풀들은 침묵에 짓눌린 우리를 찌르고 할퀴는 적들이었다. 우리는 단 1미터조차 그 속을 모험할 수 없었다. 사방에서 귀뚜라미 소리만이 들려왔다. 녀석들은 숨도 가다듬지 않고 끈질기게 한 목소리로 울어댔는데, 그것은 우리의 일상이 되어 250킬로미터 동안이나 계속되었다. 우리는 룽와 사냥보호구역 한가운데 들어와 있었고, 하루에 고작 한두 사람 정도와 마주쳤다. 그들이 우리에게 마실 것을 주거나 자기 오두막에서 밤을 보낼 수 있게 해주는 건 엄청난 일이었다.

어느 화창한 아침, 루파팅가팅가를 지나는 길에 놀랍게도 체체파리를 만나게 됐다. 놈들은 나를 먼저 물었지만 이내 소냐의 치마로 몰려들었다. 치마의 움직임이 녀석들을 자극했던 것이다. 내 아내를 암소로 착각했던 것이 분명했다.

체체파리는 착각을 불러일으킬 만큼 등에와 닮았다. 하지만 등에처럼 찌르는 것이 아니라 무는 특성을 갖고 있다. 아침 열 시부터 나타나기 시작해서 햇볕이 강하게 내리쬐는 한낮이 되면 정말로 사나워졌다. 신기하게도 시간을 정확하게 지켰다!

이 고약한 흡혈귀들은 수면병을 감염시키는 전투기 비행 중대로 통했다. 19세기에 아프리카 대륙을 휩쓴 무시무시한 트라파노소마병(수면병)은 소리 없이 여전히 피해를 입히고 있었다. 정글 전체에 체체파리가 들끓어 가축도 없고, 따라서 사람도 없고 야생동물도 없었다. 파리들이 나타나면 우리는 서둘러 셔츠 소매를 내렸고 머리에 쓴 방충망이 완전히 밀봉되도록 그 끄트머리를 셔츠 깃 속에 잘 집어넣었다. 그리고 다리에는 강력한 살충제를 뿌렸다. 허벅지 뒤쪽이나 발목에서 접촉이 느껴진다 싶으면 어느새 떨어져서 옆 사람의 배낭에 가서 밀입국자들처럼 앉아 있었다. 우리의 주된 격퇴제인 살충제가 땀에 씻겨 나가면 피에 굶주린 녀석들은 다시 달려들었다.

살충제는 체체파리의 신경을 공격했다. 그로 인해 신경에 문제가 생긴 녀석들은 다행히도 쉽게 잡혀 죽었다. 우리의 손과 팔뚝은 파리의 내장에서 나온 검은 즙으로 점점 더러워졌다. 이따금은 방충망 밑으로 기어 들어와서 소리 없이 목을 깨무는 약삭빠르고 사악한 놈들도 있었다. 그럴 때면 분노의 고함 소리가 몽롱한 밀림을 깨우고, 옆 사람을 깜짝 놀라게 했다. 하지만 오후 다섯 시만 되면 이 패거리들은 감쪽같이 사라져버렸다. 마치 마법처럼 혹은 자신의 매력 때문에 지옥으로 쫓겨난 에리니에스들처럼 순식간에 자취를 감췄다. 녀석들은 은행원만큼이나 빨리 일터를 떠났다!

우리는 걷고 또 걸었다. 여전히 방충망 뒤에 숨어서 걸었다. 저녁 여섯 시만 되면 이번엔 모기들이 체체파리와 교대라도 한 듯 달려들었기 때문이다. 가장 무시무시한 맹수, 잠을 잡아먹는 육식동물, 날아다니는 치명적인 주사기를 우리는 매번 비웃었다. "저렇게 보잘것없는 것들이 우리처럼 용감한 도보여행자들을 어찌 끝장낼 수 있겠어?"

지금까지 우리는 여행자들의 묘혈을 파는 인부, 말라리아를 잘 피해왔다. 하지만 그것은 다모클레스의 검처럼 우리 머리 위에 여전히 매달려 있었다. 모기들은 밤새도록 우리의 망사로 만든 요새 위에서 어떻게든 그 안으로 들어오려고 용을 썼다. 카라투에서 10년을 살면서도 말라리아에 걸리지 않은 안슈에트의 충고에 따라, 우리는 짐바브웨의 말라리아 예방약인 델타프림과 클로로퀸을 더이상 먹지 않았다. 머리카락이 한 줌씩 빠지기 시작했기 때문이었다.

단조로운 밀림을 떠나지 못하고 걷는 동안에도 우리가 만난 장소와 사람들의 이름은 계속해서 이어졌다. 이툼비, 우펜도, 루파틴가팅가, 라페코, 이름을 알 수 없는 장소들, 마주친 두 발 달린 짐승의 얼굴만 기억나는 이름 없는 장소들, 몇몇 단어들, 우리가 함께 나눈 인간애를 지칭하는 최소의 공통분모, 폴, 베르나르, 리차드, 넬슨, 우리와 그토록 가깝고, 우리와 그토록 먼 이들. 그들은 가축들을 키우는 유목민 와수쿠마들이며, 농사를 짓고 개간을 하는 와나큐사들, 콩 몇 알과 이삭 몇 알을 위해 밀림의 땅을 파는 사람들이었다. 그저 살아남기 위해서였다.

그들은 얼마 안 되는 가축들을 몰고 다녔고, 대체로 아주 멀리서 보였다. 때로는 그들을 보지 못한 채 지나가다가 그들이 갑자기 움직이는 바람에 깜짝 놀라기도 했다. 이번에 만난 큰 무리는 지평선에서 길을 막고 있었는데, 가만 보니 점점 우리 쪽으로 오고 있었다. 뿔 달린 암소가 앞장을 서고, 창을 든 사람들이 먼지 속에서 춤을 추며 그 뒤를 따르고 있었다. 호리호리하고 길쭉한 그들은 나일강의 피를 가진 게 분명했다. 이 정글은 두 세계 사이에 놓인 민족적 축이었다. 남쪽에는 농사를 짓는 반투족의 세계가, 그리고 북쪽에는 가축들을 키우는 유목민의 세계가 있었다. 우리는 그들이 지나가도록 한쪽으로 물러섰다. 그때 무리 가운데 가장 기괴한 차림을 한 자가 무리에서 떨어져나왔다. 그는 우리에게 다가왔다. 그는 진주와 조개껍데기를 엮어 만든 벨트와 청동 팔찌, 가느다랗게 땋은 끈, 가죽으로 만든 가슴 보호대 등 온갖 장신구로 몸을 뒤덮고 있었다. 작은 종들을 리본으로 묶어 무릎에 매달아놓아 걸을 때마다 종이 울리는 인간 오케스트라가 같았다. 파리 떼로 둘러싸인 채 그는 환하게 웃으며 구슬 같은 땀을 흘리고 있었다. 그의 몸을 치장한 장신구만 10킬로는 족히 될 듯했다. 땋아 내린 머리 너머로 장난기 어린 작은 눈을 짐작할 수 있었다.

"안녕하세요. 내 이름은 잭슨입니다. 사자 사냥꾼이죠. 대체 여기서 뭐하시는 겁니까?"

그는 무거운 창과 곤봉과 단검으로 무리를 보호하는 역할을 맡고 있었다. 사자발톱을 며느리발톱처럼 매단 가죽 팔찌에서 종이 한 장을 꺼내더니 보란 듯이 펼쳤는데, 그건 그의 사냥 허가증이었다.

"보세요! 저는 사자 두 마리를 죽일 수가 있어요. 작년에는 세 마리를 죽였죠."

우리가 시범을 요구하자 이 타잔 버전의 레미 브리카[4]는 사냥 장면을 재현해주었다. 그는 창을 들고 시선은 풀 속의 가상의 맹수에게 고정했다. 그리곤 다가가서 으르렁거리며 겁을 주었다. 그가 단숨에 날린 창은 땅에 가서 꽂혔다. 이번엔 곤봉을 꺼내더니 상상의 동물을 마구 때렸다. 그런 다음 수컷을 도우러 온 암사자를 마주하고 한 손으로 칼을 빼든 채 창을 주워 옆으로 살짝 굴러 일어서더니 맹수의 발톱을 피했다. 맹수는 달려들다가 그의 창에 찔려 죽었다. 그의 친구들은 땅바닥을 구르며 웃어댔다.

우리는 흥분을 가라앉히려고 나무 아래 우갈리[5]를 둘러싸고 앉았다. 진지해진 잭슨이 우리에게 말했다.

"어쨌든 조심하세요! 한 시간 전에 사자 발자국을 보았거든요."

더위에 짓눌려 짤막한 낮잠을 자고 나서 우리는 다시 떠났다. 삼키기 힘든 음식으로 겨우 끼니를 때우고 나니, 파리 레스토랑에서 연인

4) 프랑스 가수, 여러 가지 악기를 연주하며 노래하는 인간 오케스트라.
5) 옥수수 전분을 가리키는 스와힐리 말 – 옮긴이

끼리 나누는 저녁 식사가 떠올랐다.

소냐가 그 틈을 타 부동산 디스크를 틀었다.

"알렉스, 파리에서 당신이 갖고 싶은 아파트를 묘사해봐."

"그러니까…… 연못과 큰 나무들이 있는 숲속 오두막."

"그게 아니라, 파리에서 말이야."

"그런데 이런 여행을 하고 나서 당신은 어떻게 파리에 적응하기를 바라지? 3년 동안이나 밖에서 살게 될 텐데. 난 나무와 새들이 필요하단 말이야."

"잠깐, 난 파리지엔이야! 절대로 시골구석에 묻힐 수 없어!"

"아냐, 그럴 수 있어! 우린 오토바이를 가질 거야. 그러면 파리에서 저녁 식사도 하고 관광객처럼 박물관도 구경할 수 있을 거야. 아, 파리에서 관광객이 된다! 좋은 쪽으로만 생각해. 아침에 빵 사러 가는데 교통 체증도 없고 개똥도 없잖아."

"알았어, 알았다고! 만날 그놈의 개똥 타령이야!"

"그럼! 더럽잖아! 생각해봐? 난 빵과 똥이 꼭 동시에 연상된단 말이야. 이건 심각해! 이거야말로 파리지엥의 사랑스런 마들렌[6]이지!

두 시간 후, 소냐는 아예 작정을 하고 자기 옷장과 자기가 좋아하는 옷들을 내게 묘사했다. 그녀가 파리지엔인 건 사실이었고, 난 그걸 잊지 말아야 했다. 게다가 16개월 전부터 그녀는 같은 치마와 같은 셔츠를 입고 있었다.

"허리가 쏙 들어간 회색 플란넬 윗도리와 블라우스 생각나? 그리고 체크무늬 바지도! 아! 그 옷을 입고 베레모를 쓰고 파리에서 자전거를 타면 얼마나 기분이 좋은데. 그리고 실크 재킷! 내 섹시한 하이힐! 끈

6) 프루스트의 《잃어버린 시간을 찾아서》에서 마들렌이 기억의 연상 작용을 불러일으키는 요소로 나온다.

묶는 부츠! 끔찍이도 보고 싶다. 벽장 속에서 얌전히 자고 있겠지."

우리의 궁핍한 처지에 비추어 나는 그녀가 하고 있는 희생의 정도를 가늠했다. 화장도 못하고, 영양크림도 못 발랐다. 그녀가 가진 것이라고는 오로지 용기와 투쟁 정신과 소박한 기쁨뿐이었다.

그녀는 천사다. 나는 그녀를 정말로 사랑한다.

음식과 집과 옷에 관한 환상 이외에 우리가 하루 종일 신경 쓰는 일은 길을 읽는 것이었다. 과거를 해독하게 해주는 신기한 양피지.[7] 그것이 초보자들에게 드러내주는 기호를 가지고 우리는 이야기들을 되살려냈다. "저기, 자전거 타는 사람이 모래밭에 빠져 옴짝달싹 못하게 되었군. 그는 저기까지 자전거를 밀고 갔어. 여기서 두 사람이 만나 이야기를 나누었고, 그리고 나서 돌아갔어. 한 사람은 나이가 많고 지팡이를 들고 있었네……."

매일매일, 룽와 보호구역 중심부로 들어설수록 야생동물들이 길에 점점 많이 나타났다. 살아 있는 상태로 나타난 것이 아니라 그들이 남기고 간 흔적들이 보였던 것이다. 크루거 국립공원 속을 걸을 때처럼 우리는 아무것도 보지 못했다. 2백만 년이면 사냥감들이 우리를 경계하는 법을 배울 시간은 충분했을 것이다. 열흘 동안 우리는 기린 한 마리와 멧돼지 몇 마리밖에 보지 못했다.

이곳에는 코뿔소도 코끼리도 거의 없어서 갑작스런 공격은 면할 수 있다는 것이 유일한 위안이 되었다. 그래도 우리는 고심할 수밖에 없었다. 모래 위에 흔적들은 넘쳐나는데 길 위로는 아무리 살펴보아도 생명의 흔적이라곤 보이지 않았기 때문이었다. 보이지 않는 위협

7) 씌어 있던 글자를 지우고 다시 써넣는 양피지.

으로 가득한 세계!

아침 일찍 마을에서 나올 때면 우리는 언제나 하이에나의 흔적과 함께 걸었다. 큰 개의 흔적처럼 갈퀴 발톱 자국이 있지만 뒷발은 오리처럼 벌어져 있었다. 그 발자국들은 규칙적으로 수 킬로미터까지 이어져 있었다. 한가운데서 가장 큰 우두머리의 흔적을 알아볼 수 있었고, 다른 녀석들이 그 주위를 에워싸고 있었다. 녀석들은 밤늦게 다녀간 모양이었다. 반면 표범은, 언제나 갓길에, 고독하고 은밀하게 흔적을 남겼다. 영양이나 기린, 물소나 가젤의 발자국들은 절대로 길을 따라가지 않았고, 서둘러 껑충껑충 뛴 자국으로 남아 있었다.

어느 날, 마피에코에 조금 못 미쳐서, 우리는 커다란 발자국 앞에 할 말을 잊었다. "현실을 직시해야 돼. 이건 분명 사자야. 그다지 멀지 않은 곳에 있는 게 분명해."

그 순간, 목덜미를 타고 찌릿한 기운이 느껴졌다. 우리는 모든 구조의 손길로부터 멀리 떨어져 있었고, 우리의 목숨은 배고픈 맹수의 선택에 내맡겨져 있었다. 두려움과 불안이 기요틴의 날처럼 우리 위로 떨어졌다. 흔적과 환상의 세계 속의 진실처럼. 모래 위에 남겨진 단순한 흔적이 우리를 순식간에 억눌린 공포로 몰아넣었다.

긍정적인 소냐가 말했다.

"원칙적으로 사자들은 낮에는 공격을 하지 않아. 게다가 사자들은 인간을 무서워해. 생각나? 크루거에서 우리가 덤벼드니까 사자 아홉 마리가 달아났던 것. 그렇게 하면 될 거야!"

"그래, 원칙적으론 그렇지!"

소냐의 나를 향한 신뢰가 사자 발자국보다 더 나를 겁나게 했다. 크루거에서는 로비 브라이든이 총을 들고 있었다. 물론, 아홉 마리 사자에 맞서기엔 총알이 턱없이 부족했지만 말이다. 어쨌든 그때는 그가 함께 있었다!

후들거리는 다리를 감추려고 나는 결연한 표정으로 걸었다. 허세를 부리며, 두려움을 쫓고 긴장을 풀기 위해 쩌렁쩌렁한 목소리로 타잔의 저 유명한 소리를 목청껏 외쳤다.

"아~아아~아아아아~! 아~아아~아아아아~!"

귀가 멍멍해진 정글이 숨죽인 메아리를 보내왔다. 소냐는 내 바보짓에 아연실색했다.

"당신 미쳤어!"

"전혀 아냐. 차라리 우리가 여기 있다고 알리는 게 나아! 놈들은 곳곳에 매복해 있을지도 몰라. 그러니 의도를 밝히는 게 나아. 난 지난번처럼 녀석들을 갑자기 덮칠 마음이 전혀 없으니까."

우리는 한층 더 주의를 기울이며 길 읽기를 계속했다. 나는 테니스 경기 관중처럼 눈을 오른쪽에서 왼쪽으로, 다시 왼쪽에서 오른쪽으로 옮기는 왕복 리듬을 타야 했다. 샅샅이 훑는 레이더 같기도 했다! 우리가 살아남기 위해서는 녀석들이 다가오는 걸 봐야만 했다. 그래야 어떤 식으로든 반격을 할 수 있을 것이었다. 어떤 반격을 할지는 또 다른 문제였지만 말이다. 이렇듯 우리는 오랜 시간 동안을 불안 속에서 걸었다. 끈질긴 발자국 행렬의 크고 작은 리듬에 따라 불안은 엄습했다, 가라앉기를 반복했다.

점심 수프를 서둘러 삼키고 나서 소냐는 잠이 들었고, 나는 밀림의 침묵에 귀를 기울이며 보초를 섰다. 나뭇잎 바스락거리는 소리가 살짝만 나도 불안감이 솟구쳤고, 귀뚜라미 울음이 잠잠해지면 심장이 죄어 왔다. 그런데 소냐는 마음 푹 놓고 평온하게 자고 있었다. 나의 여왕! 저토록 연약하면서 저토록 강하다니!

로마의 서커스 같은 분위기 속에서 우리의 유일한 위안은 다가가면 한 번에 날아오르는 놀라운 나비 무리였다. 분식성 나비였다. 그 나비들은 하이에나의 하얀 똥 위에서 노란 부케가 되었고, 흡사 술 장식처럼 망사 날개로 물웅덩이의 가장자리를 둘렀다. 우리가 몇 발짝을 가는 동안 화사한 꽃 장식이 되어 우리를 환상적인 분위기로 감쌌다. 이따금 죽은 나비가 보이면 나는 소냐를 위해 주웠다. 어떤 때는 지팡이와 방충망을 이용해 나비 채를 만들기도 했다. "얼른 저 녀석! 저 조그만 빨간색! 어서 뛰어!" 나는 온갖 위험과 더위 속에서, 룽와의 경이로움을 수집하기 위해, 우리의 악운을 쫓고 운명을 속이기 위해 나비를 잡으며 어린 시절의 기억을 되찾았다.

우리는 물을 마시러 온 하이에나의 흔적들로 둘러싸인 흙탕물 웅덩이에서 물병을 가득 채웠다. 진흙 때문에 필터가 거친 소리를 냈다. 4분의 1리터마다 필터를 청소해야만 했다. 펌프질을 하는 만큼 땀이 흘렀고, 손목은 삐걱거렸다. 진흙을 피하기 위해 관을 수면에 유지하고 있는 동안 소냐는 병을 쥐고 있었다. 나는 소냐 어깨 너머로 주변을 힐끔힐끔 살폈다. 이런 일을 하는 동안 우리는 잡아먹기 딱 좋은 먹잇감이었기 때문이다.

다음 물이 있는 곳까지는 생존이 보장된다는 사실에 평온해진 마음과 덕분에 한층 무거워진 짐을 짊어지고 우리는 다시 떠났다. 그때 갑자기 사자들이 무리 지어 길 위에 불쑥 나타났다. 발자국을 통한 잠재적 출현이었다. 곳곳에서 발자국이 제자리를 맴돌았고, 질서도 논리도 없이 원을 그리고 있었다. 발자국은 우리의 허약해진 심장에 공포를 가득 심었다.

"언제지? 발자국아 언제인지 말해줘! 여섯 시간 전? 두 시간 전? 아님 10분 전?"

우리는 발자국을 뒤덮고 있는 시간의 흔적을 절망적으로 찾았다.

"이 자전거는 전에 지나간 걸까, 후에 지나간 걸까?"

"후야. 이걸 봐. 자전거 자국이 이 오른쪽 앞발자국 위로 나있잖아. 우리가 자전거를 봤나?"

"아니."

"휴! 그럼 오래전이야."

"그런데 생생해."

"언제 비가 왔지? 얼른, 생각해 봐!"

"음…… 약 두 시간 전에."

"사자들은 그 후로 지나갔어. 젖은 풀을 끔찍이 싫어하거든. 대체 어디 숨어 있는 거지?"

"저기, 저길 봐. 더 오래된 흔적이 있어! 사자들은 그 위로 다시 지나갔어. 우린 지금 녀석들의 영토 내에 있는 거야."

녀석들은 다섯에서 여섯 정도 되었다. 큰 수놈 하나와 암놈 두 마리, 두세 마리의 새끼들인 것 같았다. 내 머릿속은 몹시 혼란스러웠다. '어떡하지? 나무 위로 올라갈까? 어리석은 짓이야. 아님 뒤돌아갈까? 역시 어리석은 짓이야. 그럼 앞으로 계속 갈까? 어리석은 짓이라니까.'

심장이 격하게 고동쳤다. 우리는 강박증 환자처럼 계속해서 불안한 독백을 하며 자동인형처럼 걸었다. 금방이라도 비가 내릴 듯 멀리서 천둥이 으르렁거리고 있었다. 곧 비가 쏟아지기 시작했고, 소냐는 긴장을 풀어보려고 애썼다.

"사자들이 발 달린 거대한 초록색 버섯 같은 우리를 보고 겁낼 게 분명해!"

비가 내리자 흔적들이 지워졌다. 더 나쁜 것은 굵은 빗방울 소리가 사자들이 달려오는 소리처럼 들린다는 점이었다. 모래 위에 아무 흔적이 없으니 덤불을 볼 때마다 그 뒤에 괴물이 숨어 있을 것만 같았고, 무시무시한 공포가 차가운 비와 더불어 뼛속까지 스며드는 것 같았다. 우리는 스스로를 안심시켜야 했다. '우린 살아 있어. 모든 게 잘 돼가고 있으니 겁낼 것 없어.' 그런데 갑자기, 멀리 어둠에 가려진 채, 수풀에서 뭔가가 튀어나오는 소리가 났다.

우리에겐 최루탄 2개와 지팡이와 조명탄밖에 없었다. 나는 최루탄 하나를 손에 들고 던질 태세를 취했다. 그러자 이 힘든 상황이 문득 우습게 느껴졌다. 시간은 흘렀고, 우리의 집행유예도 길어졌다. 길모퉁이를 돌아설 때마다 나는 아이처럼 공격 시나리오를 즉흥적으로 만들어냈다. 멀리, 길에서 사자가 일어서더니 고개를 숙이고 우리를 향해 규칙적인 걸음으로 다가온다. 그러다 속력을 내어 질주한다. 우리는 나무를 발견하고 있는 힘껏 달려간다. 나는 조명탄을 손에 쥔다. 소냐가 배낭을 버리고 나무 위로 기어오르기 시작한다. 나는 발자국 소리를 듣고 뒤를 돌아본다. 녀석이 와있다. 나는 녀석을 마주하고 조명탄을 쏜다! 조명탄은 불꽃을 길게 일으키며 날아가 맹수의 이마를 친다. 사자는 불에 타서 꼬불꼬불해진 수염을 하고 당황해서 달아난다. 이번엔 암사자 두 마리가 나타난다. 머뭇거리며 눈으로 수사자를 찾는다. 그중 한 마리가 노란 눈으로 나를 제압하며 달려들어 옷자락에 매달린다. 잔뜩 찌푸린 얼굴로 입을 크게 벌려 이빨을 있는 대로 드러낸다. 나는 녀석에게 최루가스를 분사한다. 녀석은 땅바닥에 무겁게 떨어진다. 사자들은 겁에 질린다.

뒤이어 나는 잭슨의 용기를 생각했고, 한편으론 영화 〈아웃 오브 아프리카〉의 장면을 떠올렸다. 두 암사자가 메릴 스트립과 로버트 레드포드에게 전속력으로 달려드는 장면이었다. 크루거에서 우리가 정면으로 달려들어 아홉 마리의 사자를 쫓고 나서 느꼈던 흥분도 되살아났다. 그때는 그것이 통했다! 이번에도 똑같이 해야 할 것이다. 사형수가 고통받지 않을 거라고 스스로를 설득하듯이 나는 그 장면을 거듭 떠올려보았다. 정말이지 사자들 발자국을 따라 걷는다는 건 전혀 재미있지 않았다!

우리는 밤늦게 캄비카토토에 이르렀다. 키 작은 노파가 우리를 구해주어 악몽에서 벗어날 수 있었다. 짚으로 된 오두막 속에 들어서 금세라도 꺼질 것 같은 불빛에 보니 할머니는 너무도 가냘프고 초췌했다. 하지만 한편으론 강해 보이기도 했다. 지금껏 잘 살아 있지 않은가! 많은 나이와 얼굴에 남겨진 세월의 흔적에도 불구하고 할머니는 아름답고 숭고했다. 잠시 후 지독한 냄새를 풍기는 남자들이 찾아와서 우리의 평온을 살짝 흔들어놓았다. 몹시 피곤했지만 우리는 그들을 맞이했다. 사자 발자국을 따라 걷는 일은 우리를 지구 전체와 화해하게 해주었다.

캄비카토토, 룽와, 킨타눌라, 음와마겜베를 지나는 동안 우리는 매일 사자들과 함께 걸었다. 사자의 흔적들과 함께. 한 마리뿐인 경우는 드물었다. 언제나 장난기가 넘쳐서 여기서 사라졌다가 저기서 나타나곤 했다. '뭐, 사실 큰 고양이들이 아닌가! 게다가 사자는 사람을 공격하지 않는다.' 우리는 철학자처럼 대범하게 생각했다. 결국엔 모든 것에 익숙해지는 모양이었다. 따지고 보면, 며칠 동안 뒤얽힌 사자 발자국과, 때로는 새끼 사자가 재주넘기를 한 흔적과, 갑자기 멈춰선 흔적, 모래 위에 늘어져 누웠던 흔적과 더불어 말없이 논 셈이었다. 실제로는 사자 꼬리 하나 보지 못했고, 야밤의 포효도 듣지 못했다.

하지만 영역 표시를 위한 배설물의 자극적인 냄새로 사자들의 존재는 거듭 환기되었다. 캄비카토토에 가기 위해 우리는 하루에 49킬로미터를 주파했다. 이런 위업을 언제 달성해보았던가? 짐바브웨에서? 모잠비크에서? 어쨌거나 우리는 허약해지고 있었다. 근육통은 더 심해졌고 다리가 늘 무겁게 느껴졌다. 소냐는 여전사요, 발키리요, 도보의 여신이었다! 그녀는 벨에포크 시대 여성들의 우아한 베일처럼 방충망을 모자 위로 덮고, 걷는 데 방해가 되지 않도록 치마를 짧게 걷어올렸으며, 짧은 양말을 신었다. 그녀는 아무 말 없이 얼굴을 찌푸리지도, 투덜거리지도 않고 나아갔다. 마치 걷기 위해 태어난 사람 같았다. 이것이 그녀의 도보였다. 그녀에게 지시하는 사람은 아무도 없었다. 그녀는 본인이 원해서 걸었고, 그것의 가치를 잘 알고 있었다. 이따금 나는 우리 둘 가운데 누가 상대를 이 모험에 끌어들였는지 자문해보았다. 때로는 그녀를 따라가기가 힘들었다. 배터리가 다 떨어져 한참 달리다 갑자기 멈춰선 건전지 광고 속의 토끼처럼 나는 뚝 멈춰 서곤 했지만, 그녀는 흐트러짐 없이 규칙적인 속도로 쉼 없이 나아갔다. 경이로운 모습이었다! 웬만한 남자들도 다 나가떨어질 정도였다. 정말이지 도보의 달인이요, 괴짜였다. 그녀는 나를 행복하게 하는 사랑스런 아내였다.

강박적인 두려움으로부터 벗어난 우리는 외딴 미툰두 선교원에서 부활절을 축하했다. 쥐라 지방 출신의 라파엘 로망-모니에 백인신부와 함께 하늘이 내린 휴식을 누렸다. 그는 샤를 트레네와 똑같이 생겼고, 81세의 거구인 데다 지독한 낚시광으로 아프리카에서 50년을 보냈다. 그는 생-벵상-드-폴 수녀원의 부속사제였다. 이 적대적인 밀림 한가운데에 학교와 보건소와 유치원과 수녀원, 성당, 농장, 목공소가 세워졌다. 국가가 결코 책임질 리 없는 공공복지를 실현하기 위해, 어떤 보상도 기대하지 않고서 그들은 구원의 임무를 수행했다. 이런 선교원의 활동은 동결이 풀린 인도주의적 재정 덕에 미디어의 스포트라이트를 받고 이루어진 것이 아니었다. 선교원들은 아무도 가고 싶어하지 않는 곳을 찾아갔고, 그곳에 머물렀다. 비영속적인 세상 속에서 이 항구적인 뿌리내림은 존경받아 마땅한 것이었다.

화요일에 우리는 다시 떠났다. 룽와 보호구역을 떠나면서 원칙적으로는 사자와 체체파리와는 끝이었다. 사람들의 활동이 눈에 띄게 늘었고, 보기 드물지만 온갖 것을 잔뜩 싣고 남쪽을 향해 달려가는 지프차도 보였다. 얼마 안 되는 땅덩어리들이 몇몇 경작자들에 의해 밀림으로부터 끌어내져 있었다. 우리는 다시 안전함 속에서 걷게 되었다.

정오경에 15킬로미터쯤 걸었을 때 머리가 깨질 듯 아팠다. 특히 눈 뒤쪽이 아팠고, 맥박이 120이었다. 의심할 여지가 없었다. 말라리아였다! 나는 선교원의 보건소를 향해 후퇴하기로 결심했다. 하지만 우선은 소냐에게 아무 말도 하지 않았다. 걱정을 시킬 필요는 없었다. 나는 자동차가 반대 방향에서 와서 우리를 데려갈 수 있도록 기다렸다. 걸어서 갈 힘이 없었다. 나는 사악한 헤파이스토스에 의해 빨갛게 달궈진 철침을 머릿속으로 식히려고 애썼다. 그런데 자동차는 오지 않았다.

점심을 먹어야만 했다. 우리는 강낭콩을 재배하는 사람의 가난한 오두막에 이르렀다. 소냐가 약한 불에 물을 데우는 동안 나는 벽걸이 천 뒤에서 신음 소리를 감지했다. 천을 살며시 들춰보았다. 그곳에 웬 소녀가 누워 있었다. 열이 펄펄 끓고 헛소리를 하고 있었으며, 눈은 허공을 보고 입은 헤벌린 채였다. 맥박은 200이었다. 심각한 말라리아였다.

"며칠 전부터 이 상태에 있는 거죠?"

나흘째라고 가련한 남자가 대답했다.

그의 딸은 나흘 전부터 죽어가고 있었다. 보건소는 15킬로미터 거리에 있고, 그곳에 가면 클로로퀸은 공짜였다. 그런데도 그는 움직이지 않았다. 비참한 일이었다! 비참한 일! 그에게는 한낱 딸에 불과했던 것이다. 소냐는 소녀에게 강력한 처방을 내렸다. 나는 그 처방이 내 코앞을 지나가는 걸 군말 없이 지켜보았다. 왜냐하면 오늘 저녁이면 우리가 선교원에 있을 거라고 믿고 있었기 때문이다. 나는 혹시 엔진 소리가 나지 않나 하고 수시로 밖으로 나가보았다. 소냐는 내가 이렇게 왔다 갔다 하는 걸 쇠약해진 탓이라고 여겼다.

우리는 다시 걷기 시작한 지 10분쯤 되었을 때 멀리 연기가 피어오르는 것이 보였다. 그때서야 나는 소냐를 돌아보며 말했다.

"너무 걱정 마, 당신. 사실 나도 말라리아에 걸렸어. 내가 아무 말도 하지 않은 건 자동차를 기다리고 있었기 때문인데 저기 오잖아! 우리 선교원으로 돌아가."

가련한 아내는 거의 기절할 지경이었다. 나는 사랑스런 그녀의 눈가에서 눈물이 흘러내리는 걸 보았다. 한 시간 만에 우리는 미툰두에 도착했다. 그곳 수녀님들은 넋이 나가 있었다. 와수쿠마 목동 한 사람이 오늘 아침 5킬로미터 떨어진 곳에서 사자에게 잡아 먹혔던 것이다. 사자는 수놈 한 마리와 암놈 세 마리로 모두 네 마리였는데, 암사자 한 마리는 도살되었다.

미툰두는 공황 상태였고, 수색대가 준비 중이었다. 나는 갑자기 구토가 났고, 소냐는 하얗게 질려버렸지만 나의 말라리아에는 아무도 관심이 없었다. 원장 수녀가 지나가면서 내게 소리를 쳤다.

"거봐요, 그렇게 밀림 속을 걷는 건 어리석은 일이잖아요! 당신은 아내에게 그런 위험을 무릅쓰게 할 권리가 없어요!"

나는 아르테수나트Arthesunate 약을 스스로 처방했다. 내가 효능을 시험해보고 싶은 중국 약이었다. 신부님은 우리를 신부님 방 옆방에 묵게 했다. 저녁에 사냥꾼들이 웅성거리며 돌아왔다. 나는 밤새도록 열이 올랐고, 원형경기장에서 발톱과 날카로운 이빨로 무장한 채 포효하는 무리들과 끝없이 싸우는 꿈을 꾸었다.

수요일 아침, 나는 아스피린을 얻으러 소냐와 함께 보건소에 갔다. 밖에서 들리는 울음소리가 가까워지더니 문이 활짝 열렸고, 한쪽 팔이 너덜너덜한 한 남자가 실려 들어왔다. 카르멘 수녀가 그에게 달려갔다. 압박이 전혀 되지 않아 피가 사방으로 튀었다. 사자에게 물린 것이었다. 마침내 출혈은 제어되었고, 빨갛게 물든 붕대가 한쪽에 쌓였다. 셀린 수녀가 정확하고 재빠른 동작으로 너덜너덜한 살덩이에 파상풍 예방약과 항생제를 주사했고, 남자는 잠자코 그녀를 집어삼킬 듯 쳐다보았다. 그의 이름은 조셉이었다. 수녀님은 조셉의 벌어진 상처를 뒤져 힘줄과 신경을 찾더니 외쳤다.

"이건 기적이에요! 이빨에 잘린 게 하나도 없어요. 동맥도 멀쩡해요. 곧 나을 겁니다!"

뜨끈하고 밋밋한, 약간의 철분이 함유된 듯한 피 냄새가 방안에 가득 찼다.

"안 꿰매세요?"

"아뇨, 꿰매면 분명히 괴저가 생길 겁니다!"

나는 수녀들이 크리스마스 케이크를 공들여 만들 때와 똑같은 모습으로 열성을 다하고 움직이는 걸 지켜보았다. 그리고 용기의 진짜 이름을 제대로 알게 되었다. 수많은 생명이 태어나지만, 매일같이 말라리아와 에이즈로 죽어가고 있었다. 그리고 이 모든 혼란 가운데에는 허리 구부려 일하는 이 여성들이 있었다.

수녀들은 환자의 팔에 생긴 시커먼 틈을 얇은 망사로 메우고, 붉은 수액을 펌프질하고, 곳곳에 페니실린을 뿌리며 분주하게 움직였다. 그것은 순결하고 고귀한 모습이었다. 메마르고 키 작은 남자는 자기 상처보다도 자신을 촬영하고 있는 소냐의 카메라를 더 무서워하는 것 같았다. 그의 커다랗고 검은 눈, 납작한 코, 천연두에 온통 갉아먹힌 좁은 이마가 내게 무언가 말하고 있는 것 같았다. 깊이를 알 수 없는 눈길 속에서 느껴지는 진정한 인간미 같은 것이 있었다. 그는 뼈와 가죽밖에 남지 않았지만 허기를 채우기 위해 다시 땅을 갈러 밭으로 나갈 것이다. 그러는 동안 암사자 역시 자기 몫의 먹이를 찾아 나설 것이다.

남자는 글루코오스 병을 든 수녀와 함께 빈 침대를 찾아 천천히 복도로 걸어갔다. 소냐가 식은땀을 흘리고 오한을 느끼며 내게 카메라를 넘겼다.

"이번엔 내 차례인 것 같아!"

말라리아. 연속극의 법칙. 피검사. 혈중 농도 : 삼일열원충 감염세포 70퍼센트, 적혈구 30퍼센트. 급성 말라리아. 심각한 상태. 티롤 출신의 백발에 키가 작은 셀린 수녀는 소냐에게 당연히 키니네 주사를 주었고, 별도로 항생제도 주었다. 극약 처방이었다.

곧 효과가 나타났다. 그녀는 몸을 구부리고 장까지 토해낼 듯 토해댔다. 그것은 오래도록 계속되었고, 경련을 멈출 뾰족한 방법은 없었다. 그녀는 20분마다 몸을 뒤틀고 담즙까지 비워내고는 기진맥진했다. 구토를 하다가 그녀가 팔을 접는 바람에 바늘이 정맥을 찔렀고, 피부 아래로 혈종이 생기면서 혈청 주머니가 부풀어올랐다. 내 열도 점점 더 올라 40도 가까이 되었다. 24시간도 채 안 되어 우리 둘 다 쓰러졌다.

라파엘 신부님은 생-텍쥐페리의 《인간의 대지》 1939년 판본을 우리에게 건넸다. 소설 속에서 기요메는 눈 위를 기어갔고, 나는 어느새 잠이 들었다. 꿈에 나는 내 친구 사자들을 다시 만났다. 이번에는 녀석들이 나를 냉동고에 넣었는데, 축제 때 나를 맛보려는 속셈이었다.

소냐는 밤새도록 땀을 비 오듯 흘렸다. 헐떡이며 경련을 일으켰지만 땀을 너무 많이 흘린 탓에 더이상 아무것도 나오지 않았다. 하루 종일 아무것도 먹지 않았으니 당연했다. 그녀의 머리카락은 헝클어져 있었고, 몸은 한없이 쇠약해져만 갔다.

목요일 아침이 되자, 나는 조금 호전되었다. 신부님은 조셉을 보러 가는데 나를 데려갔다. 신부님이 붕대를 갈아주는 동안 그는 자기 얘기를 했고, 신부님은 그 얘기를 바로 내게 통역해주었다. 그는 중앙아프리카의 피그미족과 비슷한 은두부족이었다. 밭으로 가는 길에 풀숲에서 암사자가 튀어나왔고, 그는 건장한 팔로 사자의 목을 졸랐다.

하지만 그가 살아난 건 그의 뒤를 따라와서 창을 던진 사람 덕이었다. 옆구리에 창을 맞자 사자는 물었던 걸 놓았지만 곧 다시 물었다. 창에 두번째로 찔리고 나서야 사자는 죽었다. 수사자와 두 마리의 다른 암사자들은 곧 달아났다.

이틀 동안에 두 마리 암사자가 사람을 물었다. 네 마리의 사자 무리는 마치 마법처럼 다시 구성되었던 것이다. 우리가 조셉을 떠나기도 전에 새로운 소식이 단두대의 날처럼 떨어졌다. 한 시간 전에 길에서 한 목동과 그의 개와 암소 한 마리도 죽임을 당했다는 것이었다. 또 암사자였다. 어쩌면 말라리아가 우리의 목숨을 살린 건지도 몰랐다! 신부님은 몹시 걱정스러워 했다.

"우기에는 밀림 곳곳에 있는 물웅덩이 때문에 사냥감이 굉장히 분산되어 있어요. 그래서 사자들이 사냥 영역을 한정하지 못하는 겁니다. 게다가 키가 큰 풀들 때문에 사냥에 방해를 받지요. 그래서 마을 가까이로 오는 경향이 있어요. 그렇지만 이런 건 난생 처음 봅니다!"

오후가 되자 다시 몸이 떨리고 오한이 들어 이를 딱딱 부딪치느라 턱뼈를 삘 정도였다. 수녀들은 나의 중국 치료법에 의혹을 품었다. 나는 이 못된 병을 익히고 삶아버릴 작정으로 40도가 될 때까지 진통해열제 파라세타몰을 먹지 않고 견뎠다. 혈관 속에서 벌어지는 전투가 느껴졌다. 소냐는 푸르스름한 액체를 마시고 잠이 들었고 신음 소리를 냈다. 메두사의 뗏목[8]은 방금 방 안에 좌초되었다. 그녀는 엄마를 불렀고, 집으로 가고 싶어했다. 이건 평소와는 다른 모습이었다. 고약

8) 프랑스 식민지였던 세네갈로 프랑스인들을 나르던 국영 이민선 메두사 호는 실력 없이 정부에 의해 선임된 선장의 무능력으로 인해 아프리카 서부 해안에서 조난을 당한다. 선장과 선원은 구명보트로 탈출하고, 149명의 승객은 임시로 만든 뗏목에 태워 견인하기로 했으나 망망대해에서 밧줄을 끊고 달아난다. 13일 후 그들은 구조되나 생존자는 단 열다섯 명뿐이었다. 이 사건을 그린 테오도르 제리코의 그림 〈메두사의 뗏목〉이 유명하다 – 옮긴이

한 병! 나는 노인처럼 비틀거리며 저녁을 먹으러 갔다. 우리는 불평하지 않았다. 우리가 어떤 일을 면했는지 조셉이 상기시키지 않았는가.

금요일 새벽에 나는 말끔히 나았다. 그리고 삶을, 가벼움을, 균형을, 젊음을 다시 발견했다. 말라리아균은 죽었다! 하지만 소냐는 여전히 위험에 처해 있었다. 수녀들은 더이상 어디다 주사를 놓아야 할지 몰랐다. 혈관이 잡히지 않았고, 엉덩이는 근육주사로 인해 잔뜩 성이 나있었다. 아무것도 먹지 못한 지 3일째였다. 나는 무기력하게 그녀의 고통을 지켜보는 보잘것없는 간호인밖에 되지 못했다.

이날 밤 암사자 한 마리가 독을 먹고 죽었다. 나흘 동안에 네 마리째였다. 사자의 두개골을 모으고 있던 나는 라파엘 신부와 함께 사자 시체를 보러 갔다. 죽은 사자는 음리초 족장 집에 있었다. 이미 가죽은 벗겨지고, 몸통은 태워진 뒤였다. 그들은 일을 끝지 않았다. 와나큐사 족장이 이 사건에 대한 그 나름의 이해 방식을 들려주었다.

"우리의 주술사가 우리 여자들과 옥수수를 훔치는 와수쿠마를 벌주려고 사자들을 불러들인 겁니다. 그렇지만 우리는 메마른 초가집들에 꿀을 바를 겁니다. 그들의 암소들은 목말라 죽을 겁니다."

뒤메질과 레비-스트로스[9]의 도움이 필요했다! 한마디로 해석이 필요했다. 말라리아에서 회복되고 있는 와중인 내게는 너무 가혹했다. 하지만 우리가 겨우 알아들은 내용에 따르면 죽은 사자들은 유목민과 정착민 사이의 영원한 싸움을 다시 부추기기 위한 구실로 사용될 것이었다.

안타깝게도 재로 변한 두개골 앞에서 음리초 족장이 내게 털어놓았다.

"사자 두개골은 밀림에 또 있어요. 저쪽에요! 지난달에 우리가 두

9) 신화의 해석으로 유명한 언어학자와 민속학자.

토막 낸 암사자가 한 마리 있었어요."

모두 다섯 마리였다. 우리는 마을에서 벗어난 수풀에서 어렵지 않게 그걸 찾았다. 두개골은 아직 멀쩡했다. 힐끔거리는 족장의 눈길을 받으며 나는 그것을 가져왔다. 족장이 신부님에게 물었다.

"당신 친구는 백인 주술사요?"

"아뇨, 그는 두개골을 모으는 것뿐이에요."

족장은 내가 떠나는 걸 보고 기뻐했다.

돌아와보니 소냐는 자포자기한 상태였다. 심각했다. 이제 그녀는 허깨비에 불과했다. 환자 본국 송환을 준비하면서 나는 키니네 처방에 의혹을 품고, 치료를 중단하기로 결심했다. 실제로, 오후가 되자 그녀의 상태는 훨씬 나아졌고, 검사를 해보니 음성이었다. 말라리아는 나았으나 몸은 아주 약해져 있었다.

우리는 믿기 힘든 이야기로 우리를 즐겁게 해준 신부님과 함께 회복기의 며칠을 보냈다. 전쟁 동안 생-타스티에에서 대독 협력 강제 노동을 3일 동안 한 뒤, 쥐라 지방에 숨어 지냈던 신부님은 거짓된 신화를 벗기는 걸 망설이지 않았다.

"그 꼭대기에서 우리가 무얼 했는지 모르겠어요. 정말이지 장난이었죠. 우리는 하루 종일 풀밭에 누워서 지냈어요. 배가 고프면 농민들에게 가서 식량을 가져왔죠. 그 불쌍한 사람들한테 함부로 행동하는 사람들도 있었죠. 그들은 농민들이 불법 시장에서 돈을 번다고 비난했지만 그건 자신들의 강탈을 합리화하기 위한 것이었죠! 독일군 수송 행렬을 상대로 펼쳤던 매복 작전이 생각나는군요. 열두 명의 우크라이나 탈영병들이 있었는데, 그들은 강제로 독일 전차부대에 징집되었다가 우리 진영으로 합류했지요. 그들은 독일군 군복을 입고서 바리케이드를 치고 있었습니다. 우리는 높은 곳에 자리잡고 있었고요.

함정을 눈치 챈 독일군은 그 전에 멈춰 서서 전투대형을 펼치더군요. 그때 도망치던 꼴을 봤어야 하는 건데요! 나는 점퍼까지 그 자리에 두고 왔지 뭡니까. 그 속에 내 신분증이며 모든 게 들었는데 말입니다. 그 우크라이나 사람들은 모두 죽임을 당했지요. 마지막 한 사람까지 모조리! 나는 동료 한 사람과 같이 기어서 도망치고 있었는데, 그때 동료의 권총이 저절로 발사되었지 뭡니까. 총알이 내 머리카락 몇 가닥을 잘랐습니다."

우리는 재활 중인 노인처럼 정원을 천천히 걸었다. 닭장에는 암탉들이 낳아놓은 알이 가득했고, 텃밭에는 채소들이 풍성했으며, 나무들은 열매 무게를 이기지 못해 휘어져 있었다. 목공소도 하나 있었는데 선교원의 모든 가구들은 여기서 만들어졌다. 소냐는 캐미솔처럼 생긴 하늘색 수련 수녀복을 입고 있었다. 그걸 보니 기분이 굉장히 묘했다. 티롤 출신 두 수녀는 수녀원과 보건소 사이에서 아프리카 수녀들과 함께 쉬고 있었다. 아프리카 수녀들은 부지런하고, 마음씨가 좋았으며 늘 웃는 얼굴이었다. 그리고 우리가 들려주는 이야기에 감동할 준비가 항상 되어 있었다. 이 고통의 날들 동안 수녀들은 우리에게 꿀과 과자, 차나 꽃을 가져다주는 등 세심한 배려를 보여주었다. 우리는 천사들과 함께 있었다.

여섯번째 암사자가 남쪽 25킬로미터 지점에서 잡혔다. 나는 신부님의 오토바이를 타고 전속력으로 달려 그곳에 갔다. 모래 위에서는 시속 50킬로미터 이상으로 달려야 했다. 장애물을 만나면 피하려고 애쓰지 말고, 무게중심을 뒤로 둔 채 몸이 공중에 뜨더라도 가만히 있어야 한다. 그렇게 오토바이와 하나가 되어야 하는 것이다. 안장 안에는 밀림 속의 길을 안내해줄 작은 책자가 들어 있었다. 며칠 전 우리가 시속 5킬로미터 속도로 그토록 많은 땀을 흘리며 걸었던 풍경이 순식간에 지나갔다. 하지만 오토바이를 타고 아프리카를 종단하는 것은 시시한 일이었다. 가죽옷을 입고 헬멧을 쓰고 금속 군마를 타고서 켄타우로스처럼 마을에 들어서는 터미네이터들을 만나게 되면 이 생각을 하리라.

나는 오솔길에서 왼쪽으로 돌아 도로에서는 보이지 않는 개간된 넓은 땅을 가로질렀다. 나뭇잎이 덥수룩한 나무 몇 그루가 곧 밭이 될 이 나른한 공간에 우뚝 솟아 있었다. 화전 하나를 지나고 나니 협로가 이어졌다. 축구 경기장 같은 공간에 모잠비크에서처럼 건축 중인 오두막 몇 채가 있었다. 메마른 밭, 메마른 사람들! 산림을 파괴하는 이 협로를 지나자 오두막들이 모여 있는 곳에 이르렀다. 두 개의 말뚝 꼭대기에 박힌 장대 위에 정성껏 벗겨낸 암사자의 거대한 가죽이 펼쳐져 있었다. 마치 부드러운 파자마 같았다. 그 아래에는 발 하나가 놓여 있었다. 사람의 발이었다. 그것이 가련한 사람으로부터 찾은 전부였다. 나머지는 집 뒤편의 모닥불에서 타고 있는 사자의 내장 속에서 함께 타고 있었다.

"발은 왜 나머지랑 같이 태우지 않았죠?"

"왜냐하면 그건 파문을 거니까요. 조상의 영혼이 깃드는 데는 신체의 일부면 족해요."

이것이 우리가 모면한 사태의 실상이었다. 발뒤꿈치에 깃든 영혼. 나는 우리 부모가 우리의 용감한 발을 찾는 걸 상상해보았다.

여기서는 사람이 사자의 영토를 침범했다. 매일같이 사자의 왕국은 조금씩 잠식되고 있었다. 아직 넓은 보호구역이 남아 있지만 밀렵꾼들이 날뛰고 있었다. 6일 동안 여섯 마리의 사자와 세 명의 사람이 죽었다. 무거운 대가였다.

오후에는 선교원에서 〈달의 산〉이라는 필름을 보았다. 버턴Burton과 스페크Speke 탐험, 빅토리아 호와 탕가니카 호의 발견, 그리고 나일강의 원천에 대한 전략적 탐색을 상세하게 보도하는 내용이었다.

그들은 단단히 무장하고, 노예 대상隊商들이 길을 텄으며, 부족들 간의 전쟁으로 많은 생명이 살상된 적대적인 아프리카를 가로질렀다. 인간의 희생과 식인 풍습은 창에 맞서 총을 쏘게 만들었다. 그 후로 얼마나 많은 변화가 있었는가! 우리는 이전의 아프리카를 종단하고 있지 않았다. 우리의 아프리카는 열린 마음으로 먼저 손을 내밀고 남을 배려하는 그런 곳이었다.

우리가 출발하는 날 아침, 공사 중인 중학교에서 사자 한 쌍이 발견되었다. 운동장에서가 아니라 교실 안에서였다! 암사자는 죽었고, 수사자는 달아났다. 이 비겁한 녀석은 일곱 마리의 암사자들이 죽임을 당하는 동안 뭘 하고 있었을까? 볼품없는 왕이었다! 이 모든 살육에 낙담한 나는 손에 조명탄을 들고 걸었다. 나는 소냐가 내 앞에 서서 걷는 걸 보았다. 아직도 완전히 회복하지 못한 상태였다.

숲 한가운데에서 우리는 벽화로 뒤덮인 놀라운 오두막 앞을 지났다. 커다란 세이렌이 켄타우로스에게 리라를 연주하고, 한편에선 뒷발로 선 기린이 사자와 함께 춤을 추고 있었다. 말라리아를 앓고 난 뒤의 환각 증세였을까? 아니었다. 밀림 속의 '광기'요, 타잔 버전의 두아니에 루소[10]와 우체부 슈발[11]이었다.

마을 사람들이 모여들어 우리에게 맥주와 꿀을 내왔다. 나는 우리의 여정을 설명하기 위해 지팡이 끝으로 마당에다 아프리카의 거대한 지도를 그렸다. 우리는 두 발을 붙인 채 국경들을 펄쩍 뛰어넘었고, 어느 곳에서는 크루거의 코뿔소를, 또 다른 곳에서는 거인 폴 얘기를 했다. 그들은 놀라워 했다.

10) 프랑스 화가 — 옮긴이
11) 프랑스 우체부로 33년을 바쳐 홀로 '이상적 왕국'을 지었으며 8년은 자신의 무덤을 만드는 데 바쳤다. 두 작품 모두 소박한 건축의 걸작으로 간주된다 — 옮긴이

한 노인이 내게 물었다.

"그런데 왜 걷는 거요?"

"여러분들을 만나려고 걷지요."

노인은 웃었다.

"그렇게 많이 걷는 게 가능한 거요? 그리고 사자들은 어떡하고?"

"네, 가능합니다. 여러분들도 매일같이 우리가 하는 일을 하고 있잖습니까. 사자들 사이에서요. 다만 여러분들은 저녁이 되면 출발점으로 돌아오지만, 우리는 매일 새로운 출발을 할 뿐이지요."

룽와 정글에서 살아남은 우리는 2002년 4월 10일 도보여행 6,457킬로미터 끝에 마침내 이티지에 도착했다. 우리는 해안도시 다르-에-살람에서 탕가니카의 키고마로 가는 독일 철로를 해방 선이나 되는 것처럼 건넜다. 그 철로는 사람을 위해 밀림과 시간과 이데올로기에 도전하는, 이 나라를 둘로 나누는 경계이자 탄자니아의 척추였다.

끝이 보이지 않는 기차가 천둥 같은 소리를 내며 지나갔다. 우리가 케이프타운에서 보았던 최초의 기차가 아직도 운행 중이었다. 독일인들은 영원을 생각하고 철로를 건설한 것이 분명하다.

Africa Trek 24

선교원과 바르바이그

"미툰두에서 오셨다고요? 걸어서요?"

"네."

"정신이 나갔어요? 사자 얘기도 못 들었어요?"

"들었어요. 보기도 한걸요. 물론 모두 죽은 걸로 봤지만요!"

사자 얘기는 나라 전체에 퍼졌다.

"살육은 계속되고 있어요! 어제 저녁에도 한 아이가 가족들이 집에서 저녁 식사를 하는 동안 사자에게 물려갔어요. 사자들이 얼마나 대담한지 아시겠지요? 그들은 우갈리를 둘러싸고 모두 바닥에 앉아 있었는데, 암사자가 번개같이 날라와서 아이의 울음소리만 남기고 어둠 속으로 사라졌지요. 누구도 움직일 시간조차 없었죠! 그놈은 오늘 아침에 잡혔어요."

벌써 사자 여덟 마리에, 네 사람이 죽고 한 사람은 크게 다쳤다. 병적인 수치였다.

우리는 부가적인 검사를 받기 위해 이티지의 생-가스파르 병원으로 갔다.

카르멘 수녀가 무전기로 디노 신부에게 우리의 도착과 새로운 희생자 소식을 알렸다. 이곳은 이 나라 중심부에 있는 유일한 병원이었다. 같은 이름의 수도회에서 병원을 세우고 관리하고 있었다.

"생-가스파르가 누구죠?"

이탈리아 신부가 대답했다.

"이분이 프랑스에서 알려지지 않은 건 놀라운 일이 아닙니다. 나폴레옹을 좇은 사람이니까요! 사실, 그는 기도로써 여러 교회를 근위병들의 약탈로부터 보호했습니다. 그리고 고아원도 열었고, 전쟁 부상자들, 사지를 절단당한 사람들을 맞이하기 위해 병원도 지었습니다."

"이 나라에 있는 보건소와 병원과 선교원의 조직망은 놀랍습니다. 어떻게 이런 일이 가능했죠?"

"모든 사람이 니에레레가 가톨릭 신자라는 사실을 잊고 있는 것 같습니다. 그는 사회주의적 정책을 내세우면서도 교회에 맞서는 일은 전혀 하지 않았고, 자기가 해결할 수 없는 문제들은 우리가 맡을 수 있다는 걸 알았지요."

"유럽에서는 이런 영향력이 종종 안 좋게 인식되잖습니까."

"왜죠? 교회가 없다면 아프리카가 뭘 하겠습니까? 우리가 하지 않으면 아무도 이 사람들을 돌보지 않을 겁니다. 그렇게 되면 전 대륙 차원에서 영원한 인도주의적 재앙이 될 겁니다! 아프리카는 이미 충분히 병들어 있습니다. 당신이 말한 사람들은 모두 지도적 사상가들이며 동아프리카를 해방시킨 첫 대통령들은 사제들이나 목사들에 의해 길러졌습니다. 반다, 무가베, 케냐타, 치사노, 니에레레…… 더구나 우리끼리 얘기지만 그 일은 교회가 성공적으로 해낸 최고의 일은 아닙니다. 하지만 이건 또 다른 이야기구요."

저녁 식사 시간에는 목까지 단추가 달린 흰 사제복이 기막히게 어울리는, 이 나라 출신의 젊은 사제 에바리스트가 우리에게 자기 직무에 대해 얘기했다.

"저는 마을 사람들에게 이야기하는 걸 좋아합니다! 위대한 일을 할 수 있을 것 같은 느낌이 들지요. 제 얘기를 귀 기울여 듣는 사람들은 생활이 바뀝니다. 에이즈로 죽지도 않고, 아이들도 덜 낳고, 술도 더 이상 마시지 않고, 자식들과 함께 글 읽는 법도 배웁니다. 이러한 변화들이 저의 소명을 정당화시켜줍니다. 저는 우화로 표현하는 걸 좋아합니다. 동물을 무대에 올려서 그들에게 할 말을 전하려고 하지요."

소냐가 도중에 끼어들었다.

"라퐁텐 우화를 아세요?"

"아뇨."

"인간의 온갖 결점을 가진 동물 이야기인데, 끝에 가서 교훈을 주지요. 자만심, 질투심, 게으름, 탐욕 등 모든 악덕을 꼬집고, 사자와 개미, 황새와 쥐가 의인화되어 있지요."

에바리스트 신부가 기뻐서 발을 동동 굴렀다.

"그런데 그 우화를 어디서 구할 수 있을까요?"

"제가 영어로 된 책을 꼭 보내드릴게요!"

그 후 얼마 지나지 않아 그는 소냐의 아버지, 클로드 샤셍의 신속한 행동 덕에 그 책을 받아 보았다. 우리는 그의 신도들이 밀림 한가운데 어느 나무 아래 모여서, 낙담한 까마귀와 배고픈 베짱이와 비탄에 빠진 사자 이야기를 듣고 재미있어 할 모습을 상상하면 웃음이 절로 나왔다.

일단 회복이 되고, 우리의 피로가 빌하르츠 주혈흡충병이나 리케차나 레슈마니아 감염증 혹은 우리가 쉽게 접촉할 수 있을 또 다른 기생충 때문이 아니라 말라리아 후유증 때문이라는 걸 확인하자 우리는 북쪽을 향한 도보를 다시 시작했다. 이번엔 트럭들의 왕래가 빈번한 도로를 향해 걸었다. 트럭들은 우리의 낮 시간을 온통 모래 폭풍으로 바꿔놓았다.

길가의 밭에서 자라고 있는 옥수수, 조, 수수의 잎들은 마치 푸른 성벽 같았다. 우리는 학교에 가는 아이들과 수 킬로미터를 함께 걸었고, 저녁에는 학교에서 돌아오는 다른 아이들과 걸었다. 아이들은 아주 귀여운 방식으로 우리에게 다가왔다. 빡빡 민 작은 머리 위에 축복을 내려주길 기다리며 이마를 내밀었다. 우리는 공손하게 축복을 내려주었고, 신부와 수녀처럼 이 얌전하고 따뜻한 작은 머리들을 손바닥으로 만지는 데서 기쁨마저 느꼈다. 이것은 탄자니아의 전통 인사법으로, 어른에 대한 공경과 어린아이들을 보호한다는 의미를 담고 있었다. 이 호위대 말고도 우리는 농장의 불청객인 새들을 쫓기 위해 긴 채찍을 가지고 나뭇가지에 올라가 있는 아이들 곁도 지나갔다. 또 가축을 돌보는 아이들도 있었고, 여자아이들은 물을 긷고 나무를 하는 고된 일을 하고 있었다. 나는 우리를 인도하는 아이들 중에서 우후루[12]라는 달콤한 이름의 아이에게 물었다.

"저 애들은 학교에 안 가니? 갈 형편이 안 되는 거야?"

"그건 아니에요. 탄자니아에서는 학교가 공짜예요. 그렇지만 나중에 갈 거예요. 일을 대신할 남동생이나 여동생이 생기면요."

나는 학교 교육의 보급을 민주주의 성장의 동력으로 생각해본 적이 없었다. 오히려 그것을 산아제한과 생활수준의 향상의 선결 조건으로 생각했다. 항구적인 역설! 하지만 아프리카는 아이들을 덜 낳게 하려고 아이들을 학교에 보내고, 학교에 가는 아이들의 일손을 대체

12) 스와힐리어로 '자유'라는 뜻으로 킬리만자로 봉우리에 붙여진 이름이기도 하다.

하기 위해 아이를 또 낳았다.

길에는 뱀이 많았다. 뱀은 수확한 곡식을 먹어치우는 쥐들을 처리해줬다. 우리는 뱀들이 햇볕에 노랗게 구워지면서 모래 위에 흔적을 남기는 걸 보았다. 끝도 없이 나타나는 맘보들, 뿔 달린 것처럼 생긴 독사들, 침을 뱉는 코브라. 녀석들은 우리를 피해갔다. 도로 위에 있는 한 우리는 겁낼 것이 없었다. 풀밭을 걸을 때는 물론 조심해야 했다. 죽음은 결코 멀리 있지 않았다. 하지만 죽음은 풀밭에 남겨두자! 뱀들은 모래 위에 가로로 괴상한 흔적을 남겼다. 우리는 결국 종류를 알아보는 데 성공했다. 어떤 흔적들은 직선이었고, 또 어떤 흔적들은 물결 모양이었으며, 옆으로 누운 S자 모양도 있었다. 하루는 오토바이 바퀴만 한, 괴물 같은 가봉 독사의 흔적을 따라가고 있었다. 그런데 갑자기 괴물과 직접 맞닥뜨리게 되었다. 나는 급하게 피하면서 소냐를 밀쳤다. 우리는 겁에 질린 채 길바닥에 주저앉아 있었다. 녀석은 움직이지 않았다. 지팡이를 머리 위로 올리고 가까이 다가가보니, 트럭에 치인 후 죽기 직전에 갓길로 옮겨가 있었던 것이다. 소냐는 환영이라도 보는 듯 말했다.

"독사가 이렇게 클 수 있다는 건 생각도 못했어!"

넓적다리만큼 두꺼운 독사는 대신 짧고 납작했다. 길이는 1미터 정도 되었다. 꼬리는 끝이 뾰족하지 않고 갑자기 뚝 잘렸으며, 머리는 주먹처럼 굵었다. 어두운 색의 커다란 원에 밝은 색의 가는 선이 교차되어 있는 옷은 멋들어졌다. 주사바늘처럼 생긴 5센티미터의 무시무시한 이빨에서는 죽은 지 한참이 지났는데도 여전히 꿀처럼 노랗고 치명적인 독이 나오고 있었다. 작은 눈은 고양이 눈처럼 쪼개져 있었다. 으스스! 등골이 서늘했다.

우리는 웅덩이에서 그만 물 여과기를 깨뜨리고 말았다. 기계 몸체

위에 고정된 뚜껑이 압력 때문에 터져버린 것이다. 따라서 앞으로는 흙탕물을 마셔야 했다. 위안이 되는 것은 짐의 무게가 350그램 줄어들었다는 것이었다.

말없이 걷는 동안 종종 우리 머리 위로 음산한 붕붕거림이 들려왔다. 살인 벌이었다. 우리는 몸을 숙이고 벌 떼가 불길한 구름처럼 초저공비행으로 지나가는 걸 바라보았다. 한 병정벌이 잠깐 우리를 탐색하러 왔다가 우리의 충성을 확인하고는 다시 벌 떼에 합류해 요란한 소리와 함께 떠났다. 유럽의 순한 벌보다 훨씬 공격적인 아프리카 벌은 특히 여왕벌이 이동 중일 때는 더욱 사나웠다. 좀바와 말라위에서 우리는 두 명의 프랑스인, 파트리시아와 자비에 메르베이유를 만났는데, 그들은 유사한 벌 떼의 공격을 받았었다. 두 사람은 모두 합쳐서 5백 군데 정도 쏘였고, 해독제를 처방받기 위해 자동차 경주를 하듯 병원으로 달려가야만 했다. 응급실에 도착했을 때, 그들은 관자놀이와 눈, 심지어 입속과 귀 속까지 쏘여 온몸이 엄청나게 부풀어 있었다. 자비에는 머리와 심장도 마비되고, 근육 경련으로 운전대에서 손을 떼지도 못했다고 한다.

우리는 여정을 따라가면서 많은 선교원과 마주쳤다. 어쩌다 그렇게 된 것이지, 우리가 선택을 하는 것은 아니었다. 남아프리카공화국 사람들이 친구에서 친구에게로 우리를 연결해주었듯이, 수녀님들도 계주경기라도 하듯 우리를 넘겨주었다. 저녁에 우리는 두 미사 시간 사이에 미사포가 모인 곳에 도착했다. 이곳은 사명감의 문제는 없어 보였다! 마키와, 이수나, 키사키, 푸마 등 다양한 수도회에도 불구하고 우리는 매번 똑같은 기쁨과 똑같은 순수함과 똑같은 청렴함과 똑같은 믿음을 만났다.

"조립식 집이에요!"

키 작은 이탈리아 수녀가 입을 살짝 뾰로통하게 내밀며 미안한 얼굴로 말했다.

물결 모양의 양철 지붕 아래 모인 조립식 주택들이 보건소였고, 나무 아래 줄지어 선 다른 조립식 건물들은 수녀들의 방과 수련 수녀들의 공동 침실이었다. 무엇보다 그곳에는 미소와 헌신, 그리고 이해관계를 떠난 전적인 사랑이 있었다. 수녀들은 환자를 간호할 뿐만 아니라 그들에게 관심과 조언도 아끼지 않았다. 그것은 아주 소박한 임무였다. 그렇지만 부상자와 임산부, 병든 아이들에게는 매우 소중한 곳이었다.

자그마하고 뚱뚱한 이탈리아 수녀와 아프리카 수녀 한 부대가 있었다. 그들에게 이곳의 일은 사랑의 모험이요, 규율이요, 청렴이요, 우애요, 밀림 속의 오두막에 비교해볼 때 상대적으로 안락함이요, 교육이요, 지성이요, 기쁨이요, 세상으로의 열림이었다. 복종도 강요된 결혼도 고독도 소외도 아니요, 나무나 물이나 불, 밭이나 원치 않은 아이들 같은 영원한 짐도 아니었다. 수녀원은 만원이었다. 사명감이 넘쳐났다. 수녀들은 자신들이 무엇을 모면했는지 알았고, 그래서 옷을 입자마자 동포들을 도우러 날아갔다. 탄자니아에서는 일이 이렇게 이루어졌다. 우리는 생각했던 것보다 훨씬 더 기독교적인 아프리카를 발견했다. 이날 오후 우리는 가난하고 메마른, 뭐라고 규정할 수 없는 풍경 속을 걸어서 리타 수녀가 맡고 있는 우르술라 수녀회의 작은 선교원에 이르렀다. 주변에는 아무것도 없었다. 궁핍과 공허뿐이었다. 푸릇푸릇한 아주 작은 낙원을 가운데 둔 중세시대의 황폐함 같았다.

다음날, 그레이스 수녀와 모데스타 수녀가 5킬로미터 동안 우리의 배낭을 대신 들어주었다. 5천5백 킬로미터 동안 이런 일은 처음이었다. 우리는 날개를 단 기분이었다. 소냐가 외쳤다.

"피오나 캠벨,[13] 이건 식은 죽 먹기야!"

이 영국 도보여행자는 몇 년 전에 걸어서 세 단계에 걸쳐 아프리카 대륙을 종단했다. 그녀 뒤를 자동차 한 대가 따랐는데 여행하는 동안 그녀는 제시간에 캠프를 치지 않았거나 마실 차의 온도를 제대로 맞추지 못했다는 이유로 열세 명의 운전수를 해고했다. 충격적인 얘기였다.

우리는 그녀에 대해 아무런 반감이 없었다. 수도 없이 이런 소리를 들었던 것에 대한 반감 말고는. "아! 피오나 캠벨처럼 하시는 건가 봐요?"

아니다. 우리의 도보여행은 피오나 캠벨의 것과는 전혀 다른 것이었다.

그녀는 단 한 사람의 아프리카인 집에서도 자지 않았다. 그녀는 스포츠로, 기록을 세우기 위해 이 대륙을 종단한 것이다. 불행히도 그녀는 속임수를 썼고, 그 사실을 공개적으로 인정하지 않을 수 없었다. 그녀를 생각하면 안타깝다. 그녀는 자신이 가장 큰 중요성을 부여한 곳에서 실패했다. 하지만 누가 감히 그녀가 걸은 1만6천 킬로미터를 부정할 수 있겠는가? 그녀는 여전히 탁월한 도보여행자로 남아 있다. 하지만 뒤에 자동차가 따라오고 있을 때 진정한 의미는 지켜지기 어렵다는 사실을 우리는 잘 알고 있었다.

의미의 무게, 그것은 우리 배낭의 무게였다.

이날 저녁 이쿤지에서 우리는 경찰관들의 초대를 받았다. 탄자니아에서는 가는 곳마다 신분증을 요구했다. 1960년대 이 나라가 경험했던 사회주의 혁명 우자마에서 물려받은 반사 행동이었다. 그 혁명은 사람들을 강제로 이주시키고, 고향으로 돌아가는 걸 금지해서 신분증 검사가 잦았다. 경찰관들은 우리를 그들의 사무실에다 재워주

13) 걸어서 세계 일주를 한 최초의 여성 – 옮긴이

었는데, 예전에 독일인들의 곡식 창고로 쓰였던 곳이었다. 1미터 두께의 벽과 엄청나게 큰 버팀벽 덕에 이 곡식 창고들은 꿋꿋하게 한 세기를 견뎌냈다. 옛 식민지 농장의 유일한 유물이었다. 경찰관이 친절하게도 우리 이마의 랜턴에 세금을 매기려고 하는 동안 암탉 한 마리가 우리 발 근처를 맴돌았다.

"미안하지만, 지금 이 닭의 의자에 앉으셨거든요."

"네?"

"네, 그건 닭이 쓰는 의자입니다. 그게 없으면 잠을 못 자지요!"

"아, 네! 여기 있습니다. 미안합니다."

의자를 비워주자마자 닭은 그 자리를 차지하더니 주의 깊게 우리의 대화를 좇았다. 꼬꼬댁 꼬꼬? 불빛에 비쳐 곡식창고의 오목한 벽에 걸린 닭의 그림자는 티라노사우루스만큼이나 거대한 타조의 그림자가 되었다.

그 옆의, 폐허가 된 국영병원은 문도 창문도 없고, 침대도 간호사도 약도 희망도 없는 죽음의 장소였다. 우리가 말벌에 쏘이거나 뱀에 물렸다면 찾아왔을 곳이었다! 벽이 두꺼웠음에도 밤새도록 우리는 음산한 신음 소리를 들었다.

닭의 꼬꼬댁 소리가 악마의 웃음처럼 찢어지는 그 소리에 화답했다.

바소투, 2002년 4월 28일 일요일,
여행 486일째, 총 6,677킬로미터

신지다 북쪽에서 우리는 전혀 다른 세계로 들어섰다. 나일강 유역의 사육자들의 세계였다. 와나큐사와 또 다른 수수 재배자들인 와니아투루들과는 작별이었다.

이곳에는 바르바이그, 다토가, 이라크족이 때로 피비린내 나는 방식으로 공존했다. 걷다보니 계단식 방목장이 다시 나타났다. 저 유명한 마사이족은 조금 더 동쪽과 북쪽인 대지구대 안쪽에 있었다. 그렇다. 우리는 대지구대를 다시 만났다! 이 나라를 한참 건너고 나니 대지구대가 다시 나타났던 것이다.

우리 앞에는 가축 떼들이 앞서 지나간 꽃핀 들판 가운데로 화산이 3,417미터의 단구를 만들어놓았다. 바르바이그족의 성스런 산인 하낭 산이었다. 우리는 엘니뇨로 인해 엄청나게 불어난 호숫가, 바소투에 있었다. 호숫가의 나무들은 모두 죽어, 오늘날에는 가지만 앙상한 유령 부대가 푸른 하늘에 우뚝 서있었고, 그 위로 물수리 떼가 와서 앉았다. 말라위의 뭄보에서 본 것과 똑같은 물수리들이었다. 우리는 오늘 첫 바르바이그족을 만났다. 자부심 강하고 당당하며, 거의 나체였으며 귓불이 엄청나게 늘어져 있었다. 거기에 걸린 무거운 청동은 거의 어깨까지 내려와 있었다.

"봉주르!" 꼬마들이 우리를 프랑스어로 맞이해 깜짝 놀랐다. 곧 그에 대한 설명을 들을 수 있었다. 우리는 성-아우구스티누스 교단의 수녀원에 초대를 받았는데, 그곳은 드롬의 샹파뉴에서 신부 교육을 받은 코르넬리우스, 아르카디우스, 프로스페르, 뤼도빅 신부들이 정착해 있는 프랑스 수도회였다. 선교원은 호수 한가운데의 작은 반도 위에, 키 큰 나무들 사이에 멋지게 우뚝 서있었다. 그 위를 새들이 날고 있었다. 선교원 전체가 곡선과 상징으로 이루어져 있었다. 원형의 성당은 목가적인 부족 여성들의 목걸이들을 끼워 넣은 두 개의 원반 모양이었다. 방들이 비둘기의 두 날개처럼 펼쳐진, 초가지붕의 둥근 오두막들이었다. 주랑, 아치형 통로, 큰 출입구 등 본관은 성 아우구스티누스가 388년에 아프리카로 완전히 돌아오기 위해 배를 탔던 오스티 항구를 베껴놓은 것 같았다.

이 수도회의 사제장인 모리스 비츠 신부는 얼마 전에 프랑스에서 오면서 발랑스의 대리석공 한 사람을 데리고 왔다. 작달막하고 단단한 체구, 희끗희끗한 수염, 장난기 넘치는 멧돼지의 작은 눈, 강한 남쪽지방 억양으로 r 발음을 굴리는 사람이었다.

"저는 칼라브리아에서 이민 온 사람입니다. 공산당의 젖을 먹고 자랐지요. 어렸을 때 마을의 사제가 달리기 시합을 열었는데, 상으로 멋진 가죽 구두 한 켤레가 걸렸었지요. 그 당시는 전쟁 후라 모두가 가난뱅이였지요! 그런데 제가 경주에서 이겼는데 신부님이 이렇게 말씀하시는 겁니다. '피오렌조 라리차! 너는 이 구두를 못 가져. 왜냐하면 네 아버지가 공산주의자이기 때문이야! 네 아버지한테 스탈린 동지에게 가서 달라고 하라고 그래!' 그날 이후로 저는 교회에 단 한 번도 발을 들여놓지 않았습니다. 우리 어머니를 기쁘게 하기 위해서조차도 안 갔지요."

비츠 신부는 턱을 팔꿈치로 괴고서 몰래 웃느라 애쓰고 있었다.

"피오렌조, 그렇지만 자네가 성당을 위해 멋진 대리석 제단을 만들 거라는 걸 알잖나!"

"아, 모리스, 그건 이 일과는 아무 상관이 없어! 그건 남자들끼리의 일이지! 약속의 문제야. 자네가 나를 찾아와서 장인의 기술이 필요하다고 말했을 때 나는 이런 얘기를 털어놓지 않았지. 자네 제단은 내가 만들 거야. 그걸 가지고 자네가 하고 싶은 대로 하게나!"

우리는 폭소를 터뜨렸다. 탄자니아에서 만난 돈 카밀로와 페포네였다. 그때, 갑자기 수녀님들이 초를 켠 케이크를 들고 춤을 추고 노래를 부르며 왔다.

"케이크예요! 케이크! 여기 케이크가 왔어요!"

내 생애 처음 맞는 깜짝 생일 파티였다. 아프리카 땅에서 맞이하는 두번째 생일인 데다, 그것도 마음씨 좋은 수녀님들과 함께하는…….

소냐가 나를 감쪽같이 속였던 것이다. 피오렌조는 내게 셔츠 한 벌과 작은 노잣돈을 주었다. 내가 받지 않으려고 하자 그가 응수했다.

"돈은 자네 부인을 위해 주는 거야! 자네가 걷는 건 좋아! 그건 자네 일이니까. 하지만 자네 부인이 하는 건 순수한 영웅적 행위야. 그게 난 놀라워!"

선교원을 떠나면서 우리는 바소투의 유일한 바르바이그족인 라파엘의 호위를 받았다. 그는 영어를 두 마디 정도 할 줄 알았다. 우리는 그의 부족이 서양인들과 접촉을 하고 싶어하지 않는다는 걸 알고 있었다. 그럼에도 우리가 이웃 부족인, 이라크족의 전통에 관심을 보이자 그가 말했다.

"바르바이그 전통에는 관심이 없으세요? 두 분이 걸어서 왔고 독일인이 아니니까 분명히 두 분은 단가이다에 가실 수 있을 겁니다. 절 따라오세요. 저의 형님 조셉을 소개해드리죠. 꽤 영향력 있는 족장이에요."

이렇게 해서 우리는 바르바이그족의 삶 속으로 들어가게 되었다.

꼬불꼬불한 오솔길을 따라서 흩어진 수많은 오두막을 지나며 푸르고 풍성한 밀림 속을 두 시간 동안 걸어서 우리는 단가이다라고 불리는 곳에 이르렀다. 길에서 우리는 많은 전사들과 마주쳤다. 그들은 매번 그다지 상냥하지 않은 눈길로 우리를 훑어보면서 라파엘에게 똑같은 질문을 던졌다. "독일인인가?" 그리곤 안심하고는 어깨에 창을 멘 채 타이어 샌들을 신어 풀쩍 풀쩍 뛰듯이 큰 걸음으로 떠났다.

독일의 식민지 권력은 바르바이그족을 일하게 만들겠다는 나쁜 생각을 해냈다. 처음에는 짐꾼으로, 그리고 나중에는 농부로. 바르바이그족에게는 최악의 모욕이었다. 전사들을 짐 나르는 당나귀와 땅을 파는 멧돼지로 여기는 것이었다. 그래서 그들은 반항했다.

이 문화적 특성에 무심했던 독일인들은 그들을 명령에 복종하게 만들려고 아무것도 먹이지 않았다. 하지만 그들은 바르바이그족을 짐꾼으로도 농부로도 만들지 못했다. 전사들은 싸우지 못하게 되면 스스로 굶어 죽었다. 그들이 한 장교를 죽였을 때는 끔찍한 보복 조치가 행해졌다. 화가 난 권력층이 1906년에 이 부족의 최고 족장 열두 명을 체포해서 공공장소에서 목을 매단 것이다. 이 기억은 지금까지도 바르바이그 전사들을 울게 만들었다. 그들은 독일인들을 용서하지 않았다.

반유목민인 나일강 유역의 이 목축민을 마사이족들은 마냐티라고 불렀으며, 그들을 자기들보다 훨씬 무시무시한 전사로 여겼다. 마사이 말로 마냐티는 적을 의미했다.

1950년대까지 바르바이그족 청년의 성년의식은 사람을 죽이는 것으로, 부득이한 경우엔 사자를 죽이는 것으로 치러졌다. 독일 식민지 권력과 영국 식민지 권력은 똑같이 이 의식에 부딪쳐 실패했다. 오직 니에레레만이 이 의식을 폐지하는 데 성공했다. 1930년대에 많은 어려움을 겪으며 이라크족에게 복음을 전파하려고 했던 로제 푸케 백인 신부는 자전거를 타고 바르바이그족 영토를 지나가다가 종종 희생자의 피 흐르는 사지를 창에 꼬치처럼 꿰어서 들고 가는 청년 전사들을 만났던 얘기를 전했다. 독일 경찰이 총살을 시키기 위해 끌고 가도 그들은 자신들이 무슨 잘못을 했는지 이해하지 못했다.

바르바이그족은 그들의 다른 전통들을 오늘날까지 충실하게 지켜오고 있었다. 그들은 모든 현대화를 거부하고, 스와힐리어를 쓰지 않았고, 학교와 선교사들을 거부했다. 그들은 타협을 모르는 최후의 탄자니아인들이었다.

그들은 여전히 두려운 존재로 여겨지고 있어 사람들은 우리에게 그들의 영역을 지나가지 말라고 충고했다. 하지만 타협을 모르는 사람들끼리는 서로 통할지도 모르는 일이잖은가!

우리는 곧 한 촌락에 이르렀다. 무성한 가시덤불로 둘러싸인 마을이었다. 우리는 마을을 빙 돌아서, 세 채의 집이 차지하고 있는 널찍한 뜰로 들어서는 입구에 이르렀다. 이마가 넓고 눈이 순수해 보이는 한창 나이의 멋진 사내가 우리 쪽으로 왔다.

"제 형님 조셉입니다. 소개드리지요."

대족장은 우리에게 인사를 하고 라파엘과 얘기를 하더니 다시 우리를 향해 돌아보았다.

"독일인이세요(Are you German)?"

이것이 그가 아는 유일한 영어 문장이었다.

라파엘이 우리의 대답을 통역했다.

"아닙니다. 우린 프랑스인입니다. 하지만 우리나라는 독일과 국경이 붙어 있지요. 독일인들은 우리를 세 번이나 공격했지요. 처음에는 우리가 전쟁에서 져서 그들이 우리 땅을 차지했어요. 하지만 나머지 두 번은 다른 부족의 도움을 받아 우리가 이겼고, 우리 땅도 되찾았지요. 그 후로 우리는 평화롭게 살고 있습니다."

조셉은 동정을 표하며, 우리에게 "우리 적의 적은 우리의 적이다"라는 내용의 바르바이그 버전을 말했다. 우리의 유럽 형제들에 대한 이런 배신행위에 부끄러워하며 우리는 양쪽으로 경사가 진 용마루 지붕을 갖춘 직사각형의 예쁜 초가집 안으로 들어갔다. 눈부시게 아름다운 한 여자가 산패한 버터 속에 담근 옥수수가 가득 담긴 호리병을 들고 와서 우리를 맞이했다.

기름때 묻은 구유를 둘러싸고 땅바닥에 동그랗게 앉아 우리는 오른손으로 기름이 번들거리는 옥수수 알갱이를 뒤적여 건졌다.

"이거 맛있네!"

소냐가 한 입 가득 넣고 말했다.

"진짜야. 녹인 로크포르 치즈에 넣은 옥수수 같아. 프랑스에서도 만들어봐야겠어!"

청년 한 명과 어린아이 하나가, 새콤한 야생 방울토마토와 같이 먹으면 한층 더 맛있는 이 푸짐한 음식을 우리와 함께 나누고 있었다. 우리의 손은 차례로 괴상한 춤을 추었고, 입가에는 버터가 흘러내렸다. 우리는 금세 배가 불렀다.

조셉의 아내 마디아코는 이라크족이었다. 그녀의 아름다움은 가히 위협적이었다. 불거져 있는 광대뼈에 찢어진 눈매, 눈가에는 안경처럼 테두리가 그려져 있어서 둥글고 넓은 이마 아래의 얼굴을 신성하게 만들고 있었다. 그녀의 눈꺼풀 위의 작은 칼자국들은 고양이 눈처럼 보이게 했고, 작고 예쁜 코와 경계가 선명한 입술 아래의 뾰족한 턱은 공주의 초상을 완성하고 있었다. 그녀는 눈길이 선했고, 몸짓은 부드러웠으며, 목소리는 생쥐처럼 작았다. 그녀는 우리에게 '누문추'라고 말했는데, 우리는 그 말이 너무도 매혹적이어서 그것을 그녀의 이름처럼 불렀다. 그 말은 '아주 좋아요, 아주 멋져요, 혹은 아주 맛있어요'를 의미했다.

집 뒤에는 납작한 흙 지붕이 덮인 나지막한 통나무 외양간이 있었다. 그것은 템베였다. 그 옆에는 각재를 엮어 만든 세 채의 둥그런 곡식 창고가 줄지어 있었다. 호리병, 간단한 농기구, 소가죽과 바구니 등 온갖 잡동사니들이 걸려 있었다. 안에는 지난 해 수확한 밀가루와 수수, 옥수수 이삭을 담은 자루들이 쌓여 있었다. 닭들은 여느 때처럼 하릴없이 땅을 긁고 있었고, 어린 목동이 몰고 온 염소들은 주둥이로 곳곳을 쑤셔대며 울타리 안으로 몰려들었다. 그때 조셉이 어떤 신호를 보냈다.

"우리 아버님께 두 분을 소개하고 싶은가 봅니다."

라파엘이 말했다.

"그런데 아버님이 1996년에 돌아가셨다고 하지 않았나요?"

"맞아요. 그래서요? 그렇다고 인사를 못 드릴 이유는 없잖아요? 당신들도 영혼이 영원하다고 믿지 않습니까? 안 그래요?"

"어…… 그렇죠. 맞아요! 우리도 그렇죠."

우리는 촌락을 떠나서 두 개의 밭 사이로 작은 숲을 향해 걸어갔다. 갑자기 조셉이 멈춰 서서 신발을 벗더니 우리에게 그렇게 하라고 신호를 보내고 나서 풀을 꺾기 시작했다. 양 손에 한 줌씩 들었다. 라파엘도 똑같이 했다. 우리는 그들을 따라 노란 나무들이 서있는 봉분을 향해 갔다. 그들은 걸음을 멈추더니 기도문 같은 걸 암송했고, 나무 아래에다 꺾은 풀을 내려놓았다. 그들은 우리에게도 똑같이 하게 했다. 우리는 그들을 따라했고 태양 아래에서 우리 신부들로부터 전수받은 기도를 암송했다. 라파엘이 그 의미를 내게 묻더니 형에게 통역했다.

"하늘에 계신 우리 아버지……."

조셉이 감격해서 우리를 끌어안았다.

이번엔 내가 물어볼 차례였다.

"풀은 왜 바치죠?"

"비가 풀을 만들고, 풀은 암소를 만들고, 암소는 우유를 만들고, 우유는 사람을 만들죠. 우리는 하늘에 계신 아버지께 부탁드렸습니다. 우리의 태양신인 아세타께서 비를 계속 내려주셔서 풀이 풍성하게 자랄 수 있도록 기도해달라고 말이지요."

"그러면 이 나무들은요?"

소냐가 물었다.

"아버님의 영혼이 땅에서 하늘로 자유롭게 오갈 수 있게 해주죠. 우리는 가장 멋진 황소 가죽으로 아버님의 몸을 감은 뒤 똑바로 세워서 매장했습니다."

돌아오는 길에 조셉이 우리에게 귓속말을 했다.

"이제부터 당신들은 우리의 영원한 형제입니다."

이날 우리는 집 앞 뜰에 텐트를 쳤고, 어둠 속에 빛나는 모닥불을 바라보며 밤새도록 노래를 했다. 하이에나들이 촌락 주위를 맴돌고 있었지만, 우리는 안전하게 보호받고 있었기 때문에 녀석들의 울음소리가 숲속의 새소리만큼이나 듣기 좋았다.

새벽 다섯 시가 되자, 머리맡에서 3미터 떨어진 곳에서 고집스런 수탉이 목이 쉬어라 울어댔다. 가히 폭발적인 자명종이었다! 구운 옥수수로 아침 식사를 한 뒤 우리는 젖을 짜러 갔다. 누문추는 송아지들을 한 마리씩 풀어놓았고, 송아지들은 어미에게 붙어서 땅이 질퍽한 울타리 안으로 뛰어 들어갔다. 암소와 황소가 뒤섞여 있는 가축 무리는 꽤나 사나웠고 뿔은 날카로웠다. 누문추가 웃으며 다가가지 말아야 할 황소들을 가리켜보였다.

젖 짜는 일은 잠시 동안 새끼가 젖을 빨도록 내버려두었다가 젖에서 얼른 떼어낸 후 머리를 겨드랑이에 묻고서 어미로 하여금 새끼가 여전히 젖을 빨고 있다고 믿게 한 다음, 한 손에 든 호리병의 좁은 주둥이를 젖에 잘 겨냥해서 다른 한 손으로는 젖들을 하나씩 돌아가며 짜는 것이었다. 우리의 시도는 무모한 짓이었다!

소냐가 시도해보았지만 돌아와서 어미의 젖을 차지하려고 드는 새끼를 막을 수는 없었다. 소냐가 새끼를 붙들고 있으면 어미가 나머지 무리와 함께 움직였고, 모든 게 잘 진행된다 싶을 때는 젖이 호리병 속이 아닌 사방으로 흘렀다. 누문추가 암소들 사이에서 깔깔거리며 웃고 있을 때, 송아지에게 떠밀린 소냐는 중심을 잃고 진흙탕 속으로 넘어졌다. 다행히 그녀는 투덜거리지 않고 재빨리 일어났다.

"작은 의자에 앉아 양동이를 두고 짜는 것보다 훨씬 힘들어!"

소냐의 마음을 가라앉히려고 누문추는 양지 바른 곳에서 그녀의 머리카락을 오래도록 빗어주었다. 그녀는 질기면서도 부드러운 소냐의 머릿결에 감탄했다. 두 여자는 꼭 재잘거리는 친구 같았다.

소냐는 맹인이 얼굴의 아름다움을 손으로 읽으려는 것처럼 검지로 우리 여주인의 눈 주위를 더듬었다. 그러더니 누문추에게 검은색 연필 하나를 건네며 눈 주위의 무늬를 똑같이 그리게 했다. 우리의 아름다운 이라크족 여인은 흥얼거리며 행복한 얼굴로 하라는 대로 했다. 그녀는 소냐의 눈가에 아름다운 기하학적 문양들을 두 줄로 그렸고, 그 무늬는 소냐의 눈빛을 빛나게 만들었다.

"자기 얼굴에 있는 것과 똑같이 그리지 않았어요."

"당연해요. 그녀는 한 번도 거울을 본 적이 없거든요."

라파엘이 내게 대답했다.

소냐는 자기 배낭에서 아주 작은 거울 하나를 찾아냈다. 누문추는 자기 얼굴을 처음 보고는 너무도 매료되어 스스로의 눈길을 견디지 못했다. 그녀는 키득거리며 물러났다가는 낯선 여자를 다시 보기 위해 조심스런 얼굴로 돌아왔다. 그동안 타인의 시선을 통해서만 자신을 보아왔던 그녀는 이제 자신을 직접 대면할 수 있었다. 자신의 이미지를 처음으로 인식한 그녀는 마음이 뒤숭숭해 보였다.

오후에 조셉은 한 살짜리 송아지들에 낙인을 찍기로 결정했다. 새로운 얼굴들을 그의 가축 무리에 공식적으로 받아들이는 샤파라는 의식이었다. 말하자면 소의 세례식이었다. 고통 속에서 이루어지는 의식! 바르바이그족에게 낙인은 네 발 짐승의 주민등록증 같은 것이었다.

커다란 숯불 속에서 다양한 크기의 둥글고 네모진 인두들이 달궈졌고, 배설한 지 얼마 안 된 소똥이 염소 가죽 위에 넓게 펼쳐졌다. 그 위에 조셉은 버터를 한 덩이 놓았다. 어린 송아지가 끌려왔고, 줄에 묶인 채 옆으로 뉘어졌다. 나는 앞다리를 잡았다. 이제 낙인을 찍기만 하면 되었다. 조셉은 시뻘겋게 달궈진 동그란 인두를 손에 쥐고 일단 버터 속에 넣어 지글거리게 한 다음, 소똥 속에 넣었다 뺀 후 바소투

지역을 표시하기 위한 세 개의 깊은 낙인을 꼬리에 찍었다.

나는 송아지의 소변 세례를 받았다.

일에 몰두한 조셉은 불에 데인 자리를 좀더 깊게 만들기 위해 끝이 네모진 인두를 가지고 다시 한 번 찍었고, 엉덩이에다가 넓적다리 윤곽을 따라가는 커다란 곡선을 이었으며, 그 위에 평행한 두 개의 선을 그렸다. 이것이 바로 그의 집안을 표시하는 것이었다. 이 부위는 피부가 두껍기 때문에 송아지가 울긴 했지만 그다지 아파 보이지는 않았다. 산 채로 굽는 바비큐와 털이 타면서 나는 파란 연기 때문에 머리가 아팠다. 조셉은 인두를 바꿔가며 작업했고, 불을 휘젓고 쇠똥을 뒤섞어가며 대족장으로의 열성을 쏟았다. 그의 최고의 작품은 마지막 얼굴 부위에서 나왔다. 그것은 같은 암컷에서 나왔다는 씨족의 표시였다. 두 눈 사이에서 시작해 코까지 선을 그은 다음, 처음으로 돌아와서 왼쪽 눈 아래로 내려갔다. 털이 그슬렸고, 흰 피부는 벗겨졌으며, 가죽은 갈라졌고, 눈은 뒤집혔다. 인두는 지글거리는 끔찍한 소리와 함께 유황 냄새를 풍기며 냉혹하게 살을 물어뜯었다. 심장이 허약한 사람은 보지 말아야 할 장면이었다! 영원히 채식주의자가 될 만했다. 모든 게 끝났을 때 용감한 코흘리개는 얼이 빠진 채 한쪽 구석으로 도망가더니 충격으로 몸을 떨었다. 열한 마리의 송아지 모두 기진맥진했다. 우리는 똥과 피로 뒤덮인 채 그곳에서 나왔다. 조셉은 열한 마리의 아들이라도 얻은 것처럼 기뻐했다.

저녁에 원기를 회복하기 위해 우리는 이곳 주인들을 위해 피리를 오래도록 연주했다. 누문추는 아기에게 젖을 먹이면서 틀에 매달린 호리병 속의 버터를 규칙적으로 저었다. 철퍽! 철퍽! 어둠 속에서 버터가 소리를 냈고, 불이 타닥거렸다. 조셉은 한 항아리에서 이곳의 꿀물인 아살리를 몇 잔 꺼내왔고, 우리는 그것을 홀짝이며 마셨다.

다음날 아침 소식이 왔다. 전사들의 모임이 이웃마을 기야무에서 열린다는 것이었다. 조셉은 그곳에 우리도 초대받도록 애써보겠다고 했다. 우리는 일렬종대로 서서 밭을 가로질렀다.

한 시간째 걷고 있을 때, 멀리 아카시아나무 사이에서 웅성거림이 들려왔다. 음험한 붕붕거림에 심장 박동이 두 배로 빨라졌다. 우리는 사나운 바르바이그인들에 둘러싸인 채 키 큰 풀밭 사이로 조용히 달렸다. 앞서가는 조셉의 창이 걸을 때마다 내 코를 스칠 듯했다. 내 심장은 전보다 더 격하게 고동쳤다. 어쩌면 비밀스런 춤, 둠다를 볼 수 있을지도 모를 일이었다.

공기의 정령이 나는 것처럼
웅성거림은 다가오고, 밀림은 가득 찼다.
종소리가 울리고, 땅이 진동한다.
방울을 싣고 밀려오는 파도가
동굴을 쳐서 메아리를 울리듯이…….

가시로 온통 뒤덮인 촌락이 나타났다. 원형의 넓은 공간 입구에는 창들이 늘어서 있었다. 휴대품 보관소였다! 두 개의 초가지붕만이 우뚝 솟아 있었다. 땅을 구르는 발소리와 요란한 방울소리를 가르는 침묵 가운데 가시 능선 한참 위로 전기를 띤 대기 속에 두 개의 머리가 불쑥 나타났다. 쿵! 징! 붐! 칭! 그들이 모습을 드러냈다!

경이로운 도약!

심장이 두근두근 뛰는 가운데 우리는 울타리 안으로 들어섰다. 모든 배우들이 그곳에 있었다. 한 무리의 여자아이들과 남자아이들이 마주하고 있었다. 얼굴들은 근엄하게 굳어 있었고, 모두가 친위대처럼 붉은색을 걸치고 있었다.

그야말로 환상적이었다!

그들은 족장에게 우리를 소개하기 위해 한 오두막 안으로 들어가게 했다. 조셉은 우리를 위해 끼어들어 아프리카를 종단하는 우리의 도보여행에 대해 말했고, 독일인과의 전투에 대해서도 말했다. 우리는 자세를 낮추어 족장에게 예를 표했고, 무중구 와충가지 즉 백인 유목민이라고 소개했다.

족장은 그들의 의식에 우리를 참여시키는 것에 대해 회의적인 반응을 보였다. 나는 족장에게 스위스 방목지에서 40여 마리의 소를 돌보았던 얘기를 꺼냈다. 그러자 그가 관심을 보이기 시작했다. 그래서 다시 룽와 사냥 보호구역의 사자들 틈을 걸어서 지나온 얘기와 우리가 크루거의 사자들을 어떻게 쫓았는지도 말했다.

사람들의 웃음과 놀랍다는 반응 속에서 우리는 매혹적인 춤을 관람할 일등석으로 들어갔다. 소냐는 감격해서 눈물을 흘렸다.

"이 순간을 위해 걸은 거리가 6천6백 킬로미터야!"

춤을 이끄는 건 여자들이었다. 한 처녀가 무리에서 떨어져나와 경기장 한가운데 선 총각들과 마주섰고, 상체를 비틀더니 두 발을 모은 채 몇 번 펄쩍 뛰었다. 수직의 움직임은 가죽 치마에 달린 술들을 펄럭이게 했고, 그녀는 교차한 두 팔로 상의를 움켜쥐었다. 부드러운 피부 아래로 탄력 있는 작은 젖가슴이 도드라졌다. 희고 노랗고 파란 구슬이 달린 코르셋이 그녀의 엉덩이를 감싸고 있어 그 곡선이 도드라졌으며, 늘어진 띠들은 그녀의 발목을 치고 있었다. 열정적이었다! 풀쩍 뛸 때마다 무릎에서 울리는 방울 소리가 고막을 자극했다.

풋풋한 처녀는 엄숙한 눈길로 모여 있는 청년들을 뚫어지게 쳐다보았다. 이것은 초대였다. 붉은색을 두른 두 명의 눈부신 청년들이 한 손에 지팡이를 들고 붉은 무리 앞으로 한 걸음 나와 도전적인 표정으로 동시에 도약함으로써 처녀에게 응답했다.

청년들의 긴장은 마법처럼 풀어졌다. 도약의 절정에서 머리를 아주 조금씩 끄덕였고, 무릎은 살짝 구부러졌다. 타이어 샌들을 신고 있었고, 발목에는 용수철이 끼워져 있었다. 그들은 영화 속 슬로우 모션처럼 가볍게 날고 있었다.

그러는 사이 처녀들의 무리는 혼자 춤추고 있는 무용수 뒤에서 노래를 불렀다.

"우리는 아름다워. 우리를 데려가. 하지만 이곳엔 용감한 사내가 없어. 우리에게 사자의 가죽을 가져다줄 사내도 없고, 소를 훔쳐오고 적들을 죽일 사람이 아무도 없어. 우리 주변에는 비겁한 사내들뿐이야. 아 슬픈 일이야! 우리는 아름다워. 우리를 데려가."

두 청년 양쪽 옆으로 두 명의 또 다른 단역들이 튀어나왔다. 그들은 제각기 넓게 원을 그리며 경기장을 가로질렀고 소리를 질러 상대와 잠깐 맞섰다가 솔로 무용수의 등 뒤에서 처녀 합창단을 마주보고 서서 재주를 넘더니 유연한 동작으로 성큼성큼 걸어 남자들이 있는 쪽으로 되돌아왔다. 이것은 추종자들의 도전이었다. 분위기는 한층 고조되었다. 솔로 무용수가 자기 자리로 되돌아가자 다른 처녀가 나왔고, 유혹의 순간이 다시 시작되었다.

모든 것이 거칠고 호전적이었다. 땀과 고함 소리와 먼지 구름을 일으키는 도약이 있었고, 가죽에 바른 산패한 버터의 자극적인 냄새 때문에 개와 새끼 염소들이 주변을 어슬렁거렸다. 모든 남녀가 자기 삶의 역할을 연기하는 이 의식, 터부와 금기들로 가득한 이 의식을 통해 한 종족의 경이로운 정체성이 우리 눈앞에서 관현악처럼 연주되고 있었다.

이 둠다는 성년의식과 혼례의식과 전쟁의식의 상징들을 한데 모으고 있지만, 직접적인 개입은 없었다. 다행히도 이제는 사자들이나 적들을 죽이러 가는 것이 아니라, 단지 아름다운 미녀의 마음을 얻기 위해 비현실적인 도약으로 달을 따러 가려는 것인지도 몰랐다! 오늘날 둠다는 단순히 의식적인 것이 되었다. 이 춤을 지켜나가는 것은 풀의 성장과 소의 건강과 전통의 보존을 염원하는 부족 전체의 기도와 같은 것이었다.

눈 주위로 커다란 원을 새긴 춤 대열의 우두머리가 지팡이의 납작한 끝으로 코끼리 가죽으로 만들어진 커다란 방패를 쳤다. 그의 뒤에서 사내들이 줄곧 코끼리 울음소리를 내고 있었다. 그러자 사람들이 귓속말을 하며 수근대기 시작했고, 얼굴이 점차 심각하게 굳어갔다. 한 여자가 아기를 낳다가 죽어가고 있고, 아기는 나오지 못한 채 끼어 있다는 것이었다.

모든 남자들이 촌락을 떠나 족장의 지도에 따라 꽃이 핀 풀밭으로 가서 앉았다. 멀리, 푸른 하늘 아래 생기를 잃은 화산들이 보이고, 우리 눈 아래에는 웅크린 남자들의 붉은 웅덩이가 보였다. 죽어가는 여자의 운명을 결정짓는 벌판의 피였다. 자전거를 탄 한 사람이 30킬로미터 떨어진 보건소로 달려갔고, 사람들은 집단 기도를 하기 위해 촌락으로 다시 돌아갔다.

족장은 사람들 한가운데 서서 연설을 하고, 설교를 하고, 기원을 했다. 가축 떼처럼 빽빽하게 모여든 사람들 모두가 족장을 열렬히 지지하고 있었다. 일종의 부사제와도 같은 기립타가 족장이 한 문장을 말할 때마다 사람들은 찬동의 소리를 내질렀다. 기독교인도 아니요, 회교도도 아닌 이들은 그들의 태양신인 아세타에게 기도를 올리기도 했다. 이렇듯, 시대에 뒤떨어지고 난폭하다는 이유로 많은 사람들로부터 멸시받고, 신앙심도 없다고 알려져 있던 바르바이그족은 우리에게 그들의 영성의 연대감을 유감없이 보여주었다. 산모를 위한 기도는 끝이 났고, 춤이 다시 시작되었다. 모든 도약은 봉헌이요, 세상의 질서에 합류하고자 하는 마음의 발로였다.

우리는 이곳을 떠나기 전에 10킬로미터쯤 떨어진 강가로 가축 떼를 끌고 가는 우리의 친구들을 촬영하고 싶었다. 암소들의 리듬을 맞추다보니 이 이동은 하루가 꼬박 걸렸다. 조셉과 라파엘이 창을 들고 걸으며 가축들을 엄숙하게 몰았다. 가축은 그들의 재산이었다. 여러 무리의 가축 떼는 같은 장소를 향해 몰려들지만 섞이는 일은 없었다. 은행계좌는 뒤섞지 않는 법이다!

하지만 바르바이그족은 멈춰 서서 얘기를 나누고, 암소들이 황소의 지휘에 따라 가도록 그냥 내버려두었다. 다시 떠나야 할 때가 되었을 때 나는 친구들에게 한 가축 떼 뒤에 서달라고 부탁했다. 왜냐하면 가축의 뿔들 사이로 그들의 머리가 일렬로 늘어선 멋진 그림이 그려졌기 때문이었다. 라파엘이 질겁한 얼굴로 나를 향해 달려왔다.

"정신이 나갔군요! 그럴 수는 없어요! 그건 전쟁 선포예요! 그렇게 하는 건 이웃의 가축을 훔치겠다는 뜻이란 말이에요. 다른 사람의 가축 떼 뒤에 서서 걷는 건 절대 금기사항이에요!"

이 암소와 저 암소는 똑같은 것이 아니었다. 그것은 마치 누군가가 당신의 자동차를 훔쳐서 그걸 타고 사진을 찍으려는 것과 같았다.

이날 저녁, 폭우가 쏟아지기 시작했다. 우리의 텐트는 침수되고 말았다. 하는 수 없이 조셉 어머니의 템베로 피신했지만, 곳곳에서 비가 새고 있었다. 캄캄한 어둠 속에 사방에서 빗방울이 떨어졌다. 우리는 벼룩이 득실거리는 소가죽으로 뒤덮인, 아귀가 잘 맞지 않는 나뭇가지 위에 있었다. 우리의 몸은 재와 버터와 흙으로 온통 뒤덮였고, 우리가 만지는 모든 물건들도 이미 그랬다. 다리를 펴기 위해 나는 화덕에서 재를 치웠고, 불필요한 물건들도 모두 치웠다. 우리는 떨어지는 빗방울과 벼룩 사이에서 어떻게든 잠을 자려고 애썼다.

새벽에 조셉이 우리를 보러 와서는 끔찍한 비명을 지르며 사라졌다. 무슨 일이 일어난 걸까? 우리가 온통 새파랗게 변한 걸까? 이것저것 살펴보았지만 아무런 단서도 찾지 못했다! 소냐가 말했다.

"발에 가시가 박혔나봐."

갑자기 라파엘이 돌풍처럼 달려와서 텅 빈 화덕을 손가락으로 가리키며 외쳤다.

"이런 불행이 있나! 재는 어디다 두었어요?"

"덤불 위로 던졌어요."

"아이고! 아이고! 아이고! 기다려봐요. 조셉한테 가서 당신들이 몰랐다고 말해볼게요."

우리는 망연자실해 있었다. 그가 다시 왔다.

"바르바이그 전통에서 화덕의 재를 버리는 것은 집주인을 죽이고 그 아내를 차지하고 싶다고 선언하는 것이에요."

어이쿠! 우리는 곧장 조셉에게 사과를 하러 갔다. 그는 아살리를 몇 잔 가득 따라 마시며 스스로 위로하고 있었다. 한편 누문추는 한쪽 구석에서 수줍게 키득거리고 있었다. 친애하는 바르바이그인들이여, 야만인인 우리를 용서해주길!

우리는 이제 떠나야 했다. 누문추와 소냐는 눈물을 흘렸고, 나는 조셉과 마지막 인사를 나누었다.

"내년에 다시 와요! 당신의 입문의식을 위해 같이 창을 들고 사자를 죽이러 갑시다."

며칠 걸음을 재촉해서 우리는 이라크족의 영역을 지나 북쪽의 풍요로운 들판을 향해 갔다. 해질 무렵, 길은 기복이 더 심해졌고, 우리는 곧 아이초 고개에서 은고롱고로 화산들의 멋진 풍경을 볼 수 있었다. 인류의 요람 가운데 하나요, 오늘날의 에덴동산이자 세렝게티의 관문이었다.

우리는 말없이 감격에 떨면서, 경이로운 전경이 마주보이는 단층 절벽 위에 텐트를 쳤다. 서쪽에는 에야시 호수를, 동쪽에는 마냐라 호수를 숨기고 있는 대지구대의 큰 단구 둘을 짐작할 수 있었다. 하이에

나의 울음소리가 야성적인 아프리카의 심장 문 앞에서 우리를 맞이했다.

이틀 만에 우리는 은고롱고로 국립공원에 가기 전의 마지막 마을인 카라투에 이르렀다. 낙원을 향해 달려가는, 허연 백인들을 실은 랜드 크루저들이 계속해서 나타났다. 6개월 동안 본 것보다 더 많은 유럽인들을 한 시간 안에 보았다! 마치 아프리카의 모든 관광객들이 이 아스팔트 위에서 만날 약속이라도 한 것 같았다. 대지구대의 단층절벽 아래 펼쳐진 마냐라 호수로 이어지는 경이로운 출구에서 우리는 도로가 정동 방향으로 나있는 걸 보았다.

"됐어! 우리는 아루샤와 동일 위도상에 있는 거야!"

이렇게 인류의 발자취를 따라 6,888킬로미터를 걷고서, 북쪽을 향해 가는 키테테 길의 네거리에서 다시 도보여행의 끈을 이어가기로 하고, 우리는 킬리만자로 등반과 은고롱고로 국립공원에서 올두바이 계곡의 고인류학자들과의 촬영을 준비하기 위해 아루샤를 향해 잠시 샛길로 빠지기로 결심했다.

Africa Trek **25**

잔지바르, 돌고래와 인간 상인

아루샤의 알리앙스 프랑세즈에서 우리는 쾌활한 젊은 원장 마르크 바스포르트를 만났다. 그는 아페리티프 한 잔을 마시며 우리에게 특히 르완다를 위한 국제형사재판소ICTR에서 일하는 프랑스인들 공동체에 대해 얘기했다. 국제형사재판소는 대학살을 자행한 40명의 살생자들을 심판하고, 어쩌면 얼마 안 될지도 모르는 무고한 사람들을 구하기 위해 연간 1억9천만 달러의 예산을 가지고 있었다. 호사스런 법원이었다! 이것은 괴물들에게 지나치게 큰 중요성을 부여하는 것이요, 차라리 치료를 생각해야 할 한 민족의 상처에 끊임없이 칼을 넣고 쑤셔대는 셈이었다. 뉘렌베르크는 일년 반 만에 해결되었다. 그런데 이곳은 2년이 넘도록 겨우 여덟 명밖에 재판을 하지 못했다.

하지만 재판소의 1천여 명의 직원들이 이 일에서 이득을 보고 있었다. 일년에 15만 유로가 넘는 급료를 받고 세금도 면제되는 아홉 명의 국제 재판관들. 이들은 이력보다는 잦은 결석과 법정에서 코고는 소리로 더 유명했다. 혹사당하면서 환멸을 느끼는 보좌관들, 재판관으로 선정되기 위해 사례금을 돌리는 변호사들. 부유한 범죄자들조차 재산이 없는 것으로 신고하다보니 그들의 변호 비용은 모두 국민이 부담해야 했다. 모두가 걸신들린 듯 먹어댔다. 감사위원회도 그 사실을 잘 알고 있었지만 그 기관을 더럽히지 않으려고 아무것도 누설하지 않았다. 결석률이 60퍼센트를 넘는 건 바로 그 위원회였다.

늑장 조치들, 법정 보고서, 형식상의 하자 등이 이 코미디를 연장시키기 위해 존재했다. 게다가 국제형사재판소의 임무는 최근에 2010년까지 연장되었다. 그때까지 총 20억 유로의 비용이 들게 될 것이다. 그 돈을 르완다 국민이 나라를 재건설하는 데 쓰는 게 더 낫지 않을까?

르완다는 이 범죄를 스스로 판결할 능력이 없는가? 대학살이 자행되는 걸 지켜보기만 한 죄가 있는 우리가 판결을 내릴 더 나은 위치에 있는가? 국제형사재판소의 논리대로라면 전 국민이 재판을 받아야 할 것이다. 르완다에서 아무것도 보지 못하거나 아무것도 하지 않았다고 주장할 수 있는 사람이 누가 있겠는가? 한 민족을 사로잡은 광기에서 어떻게 선별을 한단 말인가? 그리고 이 가면무도회의 목적은 무엇인가? 종신형? 멋진 일이다! 근데 어디에서? 물론 유럽이다! 아프리카는 아니다! 그렇다면 증인들은 자기 나라에서 굶어 죽느니 법정이 제공하는 숙소와 식사를 가능한 한 오랫동안 누리기 위해 끝도 없이 아무 얘기나 지어낼 것이다. 그리고 예의 바른 뉴욕 사람들, 제대로 교육받고 자란 스페인 사람들, 아프리카의 국제적 민족문제들을 매우 잘 알고 있는 우크라이나 사람들, 일정한 거리를 유지하고 있는 프랑스 사람들은 어떻게 인간의 몸이 둥글게 토막 나고, 아기들이 껍질 벗겨지고, 처녀들이 꼬챙이에 꿰어졌는지를 지겹도록 들었다. 바벨탑은 월말에 받는 수표를 위해 지옥을 정신 분석했다.

우리는 또다시 아프리카만 빼고 — 파리 수준의 요금을 받고 있는 이 작은 도시의 집주인들은 예외다 — 모두에게 득이 되는 이 '큰 건수'에 분개했다. 가장 슬픈 일은, 엄청난 비용이 드는 이 코미디의 모든 배우들과 혜택받는 모든 사람들은 누구보다 이 사실을 잘 알고 있으며, 그들이 배터지게 먹고 있는 덩어리 진 수프에 누구보다 먼저 침을 뱉어야 할 사람들이라는 사실이었다.

"저한테는 도덕적으로 아무런 문제가 되지 않습니다!"

피를 홍건하게 뒤집어쓴 한 고객의 서류에서 절차상의 하자를 찾기 위해 거금을 받고 파리에서 파견된 한 젊은 변호사가 대답했다.

그러나 터무니없는 그들의 사례금에도 불구하고 그들은 행복하지 못할 것이다. 법정에서 자신들의 영혼을 팔았으므로.

소냐의 헝가리인 대모, 주디트의 전화가 우리를 이 혐오감으로부터 끌어내주었다. 그녀는 우리에게 잔지바르에서 일주일의 휴가를 주기 위해 3일 후에 오기로 했다.

그 사이 우리는 탕가니카 탐험 팀의 프레데릭 멘돈카를 만났다. 키가 크고 각이 진 얼굴에 먼 데를 바라보는 듯한 시선과 부드러운 목소리를 가진 그는 우리의 모험에 열광하며 파리 본사를 설득해서 아프리카 정상을 우리에게 제공해주었다. 멋진 선물이었다. 고마워요, 프레데릭!

치과에 잠깐 들른 것이 6개월 여행하는 동안 쓴 만큼의 비용을 쏟아붓게 했다. 둘이 합쳐서 총 8개의 치아를 치료해야 했다. 충치가 아니라 영양소의 부족으로 인해 무기질이 빠져나가서 치아에 구멍이 뚫려 있었다.

마케도니아 치과교정의인 타냐는 최신 시설을 갖추고 있었고, 카메라가 달린 드릴과 세라믹 아말감을 이용해, 우리의 이를 다시 만들어주었다. 아마도 법원의 공무원들을 치료하려고 온 이 대륙 최고의 치과의사일 것이다.

공항에서 주디트를 기다리면서 우리는 컨베이어 벨트 주위에서 분주하게 움직이는 승객들을 살펴보았다.

갑자기 소냐가 외쳤다.

"마미슈카!"

"아니야, 말도 안 돼."

"맞아, 엄마를 보았어. 저기 기둥 뒤에 등을 돌리고 있었어. 엄마의 올림머리를 알아보았어."

우리는 곧 두 사람이 웃으며 다가오는 걸 보았다. 얼마나 멋진 깜짝 선물인지! 소냐는 눈물을 흘렸다. 소냐 어머니의 뾰족한 작은 코와 찢어진 눈도 살며시 떨렸다.

"내 일도 버리고 왔단다. 말라위가 너무 좋아서 다시 오지 않을 수가 없었어. 너희들이 얼마나 이해되는지 몰라!"

룽와 이야기, 사자, 키니네 주사, 소냐의 어려웠던 회복 이야기를 접한 두 사람은 소냐의 건강을 염려해서 이곳에 온 것이었다. 두 사람은 말린 소시지, 까망베르 치즈, 생떼밀리옹 포도주와 그밖의 경이로운 음식들을 엄청나게 가져왔다.

잔지바르. 잊지 말아야 할 것은 이곳이 미완성 상태의 강제수용소였다는 사실이다. 은코타코타와 말라위의 노예시장에서부터 음산한 분위기의 노예 대상隊商들이 이용했던 — 과거에는 곳곳에 시체가 널려 있었을 것이다 — 길을 따라 1,659킬로미터를 걸은 우리는 그것에 대해 조금은 알고 있었다. 이 산호섬에서 팔려나간 노예 한 사람당 아프리카 내륙에서 온 희생자를 40명씩 계산해야 할 것이다. 마을은 약탈당했고, 포로들의 절반이 길에서 죽었으며, 낙오자들은 두말할 것도 없이 죽임을 당했다.

4백만 명이 이곳에서 팔려나갔다.

그런데도 잔지바르는 사람들을 꿈꾸게 하고 있다!

관광산업이 지휘하는 세계적 건망증.

우리는 다카르 해안의 고레섬[14]에 다가가듯이 잔지바르에 다가갔다. 동방의 십자가를 피로 물들인 사람들에 대한 생각을 하니 엄숙한 기분이 들었다. 겨우 한 세기 전의, 불과 두세 세대 전의 일이었다. 그러니 조각된 문 앞에서, 향신료 앞에서, 활기 넘치는 골목길의 매력 앞에서, 석양에 물든 소형 범선들 앞에서 넋을 잃을 수도 있고, 천일야화의 환상을 품을 수도 있고, 이 경이로움의 토대가 되는 그 가증스런 일을 잊지 않고도 동양의 매력이 물씬 풍기는 휴가를 보낼 수도 있을 것이다. 하지만 열대기후가 우리를 나른하게 만들었다. 태양 아래에서는 모든 것이 상대적이었다.

우리는 관광객이라기보다는 순례자로서 항구에 내렸고, 스톤타운에 있는 내로우 스트리트 호텔에 숙소를 정했다. 가는 곳마다 하릴없이 어슬렁거리거나 폐허 속에서 잠을 자는 고양이들이 눈에 띄었다. 돌이 아니라 산호로 지어진 궁은 모래성처럼, 베르베르족의 카스바처럼 무너졌다. 그렇지만 인근 주민들은 걱정하는 것 같아 보이지 않았다. 그들은 그곳을 쓰레기 하치장처럼 사용하고 있었다. 파손된 창문을 통해 쓰레기를 던져넣었다. 다르에스살람의 수많은 부호들이나 석유왕들이 인류의 세계적 문화유산의 보존에 투자하지 않는 건 안타까운 일이었다. 그들은 스톤타운 어귀에다 시멘트 블록과 타일을 이용해 흉측한 호화 호텔을 짓는 걸 더 선호했다. 넘쳐나는 돈이 세계 곳곳에 세우고 있는 그런 건물들을 말이다. 그나마 유네스코와 아가

14) 아프리카 세네갈 다카르의 동쪽에 있는 섬. 다카르 지역 반대쪽의 세네갈 해안에 위치한 섬으로 15~19세기까지 아프리카 연안의 노예무역의 중심지였다 — 옮긴이

칸 재단이 이곳을 신중하게 지켜보고 있다는 것이 위로가 되었다.

얽히고설킨 골목길의 어두컴컴한 미로에 근동과 중동이 한가하게 거닐고 있었다. 길에서 마주치는 여자들이 쓴 베일의 놀라운 다양성은, 그들이 서로 다른 곳 출신이라는 것과 이슬람에 대한 깊은 존중을 드러내고 있었다. 다양한 길이와 색상, 각양각색의 장식들에 이르기까지 그 베일들은 유혹의 완벽한 수완을 갖고 있었다. 신비로운 비밀을 감춘 듯한 베일들이 바람에 펄럭이고 있었다.

우리는 어느 강렬한 눈길에 사로잡혀 꼼짝 못하고 섰다가, 길모퉁이에서 불쑥 튀어나온 베일의 눈길에 붙들렸고, 세공된 문 뒤의 그림자 속으로 사라진 또 하나의 베일로부터 버림받았다. 기도 시간을 알리는 승려의 외침에 맞춰 종종걸음을 걸으며 우리는 이 미로의 아름다움에 자연스레 휩쓸렸다. 우리는 이곳을 거쳐간 수메르인과 아시리아인, 이집트인, 페니키아인, 인도인, 중국인, 페르시아인, 포르투갈인, 네덜란드인, 영국인들의 흔적을 샅샅이 찾아보았다. 문설주에 아라베스크가 조각되고, 바둑판무늬의 문틀 끝이 레몬 압착기를 닮은 청동 장식으로 처리된 나무문들은 이 도시의 영혼이었다.

동양과 동양의 보물들을 향해 열린 관문 같은 섬, 호사스런 하렘의 호색적인 분위기를 향해 반쯤 열린 문들, 쇠사슬에 묶인 노예들이 빽빽하게 들어찬 왕국의 지하실로 연결된 닫힌 문들. 우리는 섬세한 이 문들을, 꽃 장식이 된 돌출부들을, 이 섬에 한 번도 코끼리가 있었던 적이 없었기에 인도에서 영감을 받은 게 분명한 반反-코끼리 수호신상들을 수집했다. 오만 제국과 자이살메르[15]에 대한 향수, 폐쇄된 벽 쪽으로 나있는 격자창의 돌출 발코니들, 왕궁마다 하나씩 갖춘, 정의보다는 협상을 주로 논의하는 디완[16]의 중가를 보여주는 잔지바르.

15) 인도 라자스탄주州에 있는 도시 – 옮긴이

부유한 제후 상인들이 밀집해 있는 왕국.

우리는 티푸 팁[17] 왕국 앞에서 명상에 잠겼다. 브라우나우의 히틀러 집 앞에서 그럴 것처럼! 그의 유령이 이 돌 문지방을 건너가는 게 보일까? 이 청동 손잡이에 놓인 그의 손을 볼 수 있을까?

곰팡이 슨 초벽들은 산호 덩어리들을 드러내 보였다. 벽토 속에서 굳은 산호 끄트머리는 곤충의 머리나 병든 넓적다리뼈 같아 보였다.

자신도 노예의 손자였던 티푸 팁은 가장 광포한 노예 사냥꾼이었다. 작은 용병 군대를 직접 탕가니카 호숫가까지 이끌었고 지나는 곳마다 모조리 약탈했다. 그는 흑단 무역을 중심으로, 그 지역을 약탈하는 노예 사냥꾼 와니암웨지의 군대를 휘하에 두고 작은 국가의 왕을 자칭한 두 족장 음시리와 미람보와 함께 노예 해외상관까지 만들었다.

이 유령들만 빼면 이 산호섬에는 더이상 노예제도의 흔적을 찾아볼 수 없었다. 노예무역은 1807년에 노예제도가 폐지되고 66년 뒤인 1873년에 영국인들에 의해 사라졌다. 생존자들이 도매상이나 수출업자를 기다리면서 쇠사슬에 묶여 있었던 지하실이나 아치형 통로 자리에는 영국국교 장로파 교회가 서있었다. 그 교회는 자연 산호로 건축되었고, 십자가는 리빙스턴의 충직한 친구 주마가 사용했던 목재로 만든 것이었다. 주마는 잠비아의 치탐보 마을에서부터 여기까지 방부 처리된 친구의 시체를 옮겨왔다. 리빙스턴의 시체는 영국으로 송환된 후 1874년에 웨스트민스터 수도원에 매장되었다.

여행 안내인이자 다르에스살람에서 역사를 전공하고 있는 존슨이 파괴를 면한 두 개의 지하실로 우리를 데려갔다. 우리는 몸을 숙인 채

16) 명사들이 손님들을 맞이하는 접견실.

17) 역사상 가장 지독했던 노예 사냥꾼 — 옮긴이

축축한 복도를 걸어서 두 개의 넓은 시멘트 의자가 놓여 있는 작은 방에 이르렀다. 두 의자 사이를 좁은 통로가 지나고, 두 개의 채광창이 내부를 희미하게 밝히고 있었다. 벽에는 주철 고리들이 걸려 있었다.

"40명의 노예들이 쇠사슬에 묶인 채 일어날 수도 없이 이 의자 위에 누워 있었지요. 그들을 씻기고 운동시키기 위해 매일 바깥으로 데리고 나갔지요."

"그런데 이 섬은 언제부터 노예무역으로 먹고살았습니까?"

"늘 그랬죠. 유럽인들이 오기 훨씬 전부터 이곳에서는 노예들이 팔렸습니다. 팔린 노예들은 페르시아 갤리선의 선원이나, 인도 무갈 제국의 하렘의 환관이나, 아라비아와 예멘의 진주 채취자나, 오만제국의 군인이나, 메소포타미아 염전의 강제 노역꾼이 되었지요. 하지만 무역이 정말 활성화된 건 18세기와 19세기에 세이드 사이드 술탄의 대규모 정향 재배와 함께, 영국의 봉쇄 때문에 서부 아프리카에서 더 이상 노동력을 구하지 못해서 희망봉을 돌아 이곳까지 온 브라질 상인들과 함께, 그리고 모리스 섬과 레위니옹에서 사탕수수와 커피 재배를 시작한 프랑스인들과 함께였습니다."

우리는 이 집단적인 책임 앞에서 잠시 침묵했다. 존슨이 아연실색한 우리의 얼굴을 보고 말했다.

"하지만 이 무역이 아프리카 왕국들에도 이득이 되었다는 사실을 잊지 마세요. 누가 흑인들을 상인들에게 팔았을까요? 역시 흑인들입니다! 노예제도는 단순한 포식이 아니었습니다. 그것은 이미 수요와 공급의 법칙에 응답하는 것이었죠. 내부 왕국들의 공모와 의지가 없었더라면 결코 가능하지 않았을 겁니다. 노예들의 대부분은 전쟁 포로로, 부족들에 의해 팔렸습니다. 예를 들어 바간다족은 서부 아프리카에서 분요로족과 바소가족들을 노예로 삼기 위해 싸움을 일으켰습니다. 다호메이와 오요 왕국은 서로를 노예로 삼았죠. 그리고 무역과 더불어 노예제도는 전쟁의 결과가 아니라 전쟁을 시작하는 이유가 되었죠! 다른 왕국들에서도 절도, 살인, 강간뿐 아니라 소소한 범죄를 저지른 경우에도 죄인은 모두 노예상인에게 파는 것으로 처벌되었습니다. 모두가 거기에서 이득을 보았죠. 노예들을 왕에게 조공으로 바치기도 했습니다. 심지어 빚을 진 사람들이 빚을 청산하기 위해 채권자들에게 팔려가는 경우도 있었습니다. 부족들 사이에서는 이웃 부족의 아이들이 나무를 하거나 물을 길으려고 마을에서 벗어난 사이 그 아이들을 납치하는 일이 많았습니다. 기아가 닥쳤을 때는 부모가 더이상 먹일 수 없는 자식들을 팔기도 했구요. 몇몇 보기 드문 부족들만이 이 유혹에 넘어가지 않았고, 대륙 전체를 사로잡은 이 세계적인 무역에 맞서는 전략들을 개발했죠. 카사망스의 졸라족, 기네의 바가족, 가나의 굴루족이 그렇습니다. 하지만 대부분의 곳에서 가차 없는 사냥이 이루어졌습니다. 모두가 죄인이었습니다. 이런 비교를 해서 미안하지만, 이건 제가 딜러와 마약의 역설이라 부르는 것이지요. 누가 누구를 부추긴 거죠? 누가 더 죄인일까요? 물건을 제공한 사람일까요, 아니면 그걸 사들인 사람일까요? 역사상 1천2백만의 아프리카인들이 자기 땅에서 내쫓겼는데, 그중 18세기에만 6백만 명에 달합니다. 전세계의 민족들이 노예가 된 오늘날의 마약처럼, 당시 이건 세계적 현상이었지요."

이날 저녁 우리는 반쯤 열린 문들에서 잔지바르의 삶의 모습을 엿볼 수 있을까 기대하며 평온하게 거닐었다. 골목길 가로등 아래에서는 한 무리의 남자들이 도미노나 카드놀이를 하고 있었다. 우리는 바다를 마주하고 서있는, 세월을 이겨낸 포르투갈 요새의 높은 성벽 앞에서 청새치와 참치, 게와 바닷가재를 아주 싼값에 맛보았다. 오랜만에 느껴보는 고요함과 나른함이 여행지에 와있는 기분을 만들어주었다. 꼭 가야 할 곳도, 만나야 할 사람도, 개종시켜야 할 민족도 없었다. 이곳은 침전된 시간과 들끓는 문화와 비극적이고 화려한 과거의 매력이 모든 방문객을 취하게 만드는 곳이었다. 석양이 지는 바다에 작은 범선 하나가 조용히 지나가고 있었다.

스파이스 투어. 팝 그룹의 순회공연과 혼동하지 말 것! 그 유명한 미투의 아들 압두가 이끄는 향신료와 향료의 정원을 방문한 우리는 이 섬을 부유하게 만들어주는 또 다른 원천을 발견하게 되었다.

잔지바르에는 오만제국 술탄의 노예들에 의해 1820년부터 심어진 정향나무 숲이 있었다. 오만제국은 1840년에 수도를 이곳으로 옮겼는데, 그만큼 정향 농장이 많은 결실을 가져다주었기 때문이다. 정향이 큰 나뭇가지 끝에서 자란다는 것, 흰 후추와 검은 후추는 같은 밑동에서 나오지만 성숙 정도가 다를 뿐이라는 것, 바닐라는 넝쿨난의 열매라는 것, 오렌지색 강황과 노란 생강은 마법 같은 뿌리줄기에서 나온다는 것, 계피는 한 관목의 껍질이며 따라서 우리가 끝도 없이 껍질을 벗겨내며 고문하고 있는 거나 마찬가지라는 것, 소두구는 식물 뿌리의 작은 구근 속에 들어 있다는 것, 레몬향이 나는 식물이 사실은 잡초라는 것을 알고서 우리는 깜짝 놀랐다. 모든 걸 맛보려다 보니 혀가 타들어가는 듯해서 우리는 진한 커피를 마시며 이 자극적인 맛의 축제를 잠시 중단해야 했다.

관광객으로서 누리는 이 행복을 완성하기 위해 다음날에는 인기 많은 '돌핀 투어'를 떠나기로 했다.

'또 바보 같은 속임수겠지!' 우리는 속으로 이렇게 생각했지만, 10달러에 교통비와 바다 산책에 그리고 식사까지 포함되어 있으니, 멀리서 돌고래 지느러미 끄트머리밖에 보지 못한다 하더라도 그다지 손해를 보는 일은 아니었다. 선크림을 새하얗게 뒤집어쓴 여덟 명의 유럽인들은 짜증난 얼굴로 서로를 째려보고 있었다. '그래! 바보들이나 빠지는 함정에 우리도 떨어진 거야!' 우리는 그다지 마음이 놓이지 않는 낡은 배에 올랐다.

바다에서 불어오는 미풍을 채 들이마실 시간도 없이 선장이 손가락으로 우현을 가리켰다. 썩 믿기지 않았지만 우리는 고개를 돌렸고, 돌고래들의 출현을 박수갈채로 맞이했다. 서른 마리쯤 되었다! 녀석들은 서로 장난치며 뛰놀고 있었다. 우리는 돌고래가 있는 물 속으로 뛰어들었다.

수면은 출렁이는 데다 모든 게 어설펐지만, 물속은 고요하고 정확했다. 가늘고 검은 돌고래들의 등이 비행 중대의 움직임처럼 나아가고 있었다. 녀석들은 꼬리 한번 치지 않았다. 물에서는 철썩 소리와 메아리의 떨림이 불협화음처럼 울리고 있었다. 자기들끼리 중요한 얘기를 나누고 있는 모양이었다. 특별히 흥분해 있는 무리 주위를 모두가 부드럽게 미끄러지듯 헤엄쳤다. 장난을 치고 있는 줄 알았던 녀석들은 실은 싸우는 중이었다. 5대 1의 이상한 싸움이었는데, 알고 보니 녀석들이 암컷 하나를 두고 다투는 것이었다.

녀석들이 싸움에서 보여주는 놀라운 급커브. 한 마리씩 돌아가며 회전을 했고, 지친 암컷의 배에 자기 배를 문지르며 암컷 주위를 나선형으로 돌았다. 암컷은 참을성 있게 녀석들의 잇따른 삽입을 견뎌냈다. 누가 아버지인지 절대 알지 못할 것이다! 발정기로 인해 모래바닥에는 여러 쌍이 만들어졌다. 정숙치 못하게 나는 숨을 멈추고 난투 속으로 뛰어들었다. 결합은 장엄했다. 강하면서도 부드러운, 유동적이면서 은밀한 허리의 움직임. 수컷들은 자기들끼리 싸우지 않았으며, 서로 밀치지 않고 자기 차례를 기다렸다. 하지만 오랜 시간이 걸렸고 모두가 다시 요구하며 달려들었다. 스물다섯 마리의 다른 녀석들은 일등석에 자리잡고 번식의 진행 과정을 지켜보았다.

갑자기 커다란 녀석 하나가 무리에서 떨어지더니 꼬리치기 한 번으로 내가 있는 곳까지 왔다. 녀석은 멈춰 서서 유리알 같은 작은 눈으로 나를 보더니 내 수영복을 향해 노골적인 눈길을 던졌다. 그리고는 안심한 듯 돌아섰다. 이건 꿈을 꾼 것이 아니라, 현실이었다! 나는 당황해서 수면으로 올라왔다.

돌고래들은 가까이 다가가도 가만히 있지만, 만지도록 내버려두지는 않았다. 녀석들은 내게 연민 가득한 눈길을 던졌다. 그 작은 청록색의 눈, 안개 낀 사파이어 빛 눈 속에는 연민이, 평온한 선의가 담겨 있었다.

이런 눈길과 수중음파탐지기로 녀석들은 나에 대해 모든 걸 알고 있었다. 내 심장의 리듬, 내 약점들, 어쩌면 내 생각까지도 읽은 게 아닐까! 그들을 불시에 덮치는 건 불가능했다. 녀석들은 내 의도와 내 몸짓을 모조리 알아차렸다. 이따금 내가 잠수해서 그들을 향해 가면 녀석들은 마치 자기들이 나를 보지 못한다는 걸 말하려는 듯 윙크를 했고, 달아나거나 속력을 높이지도 않고 나를 천천히 피했다. 결코 붙잡을 수 없도록 녀석들은 앞서갔다.

이따금 우리가 녀석들의 달리기를 가로막는 데 성공하면 공공연히 우리를 피하기보다는 산호초에 도취해서 멈춰 서는 척하거나, 콧등을 문지르거나 얼근히 취한 복어와 장난치는 척을 했다. 우리가 숨이 차서 얼른 수면으로 다시 올라가, 자신들이 지나갈 길을 내주기를 기다리면서! 이렇게 우리는 영원처럼 느껴지는 몇 초 동안 모래 바닥을 마주하고 수줍은 듯 말없이 관조했다. 녀석은 몸을 돌리고 뒤집어서 비단처럼 부드러운 회색의 경이로운 빛과 섬세한 피부 아래로 강한 근육이 숨겨진 곡선을 드러냈다. 한편 나는 물에 빠진 사람 흉내를 냈다. 녀석의 통찰력을 속이려고 몸을 축 늘어뜨려 반응을 보이도록 자극했다. 돌고래는 어려움에 처한 사람들을 구조하는 걸로 알려져 있지 않은가? 돌고래가 물에서 구해낸 시인 아리온. 녀석은 야릇한 미소로 내 장난을 비웃는 것 같았다.

"알렉상드르, 무슨 놀이를 하고 있는 거야? 나한테는 네가 투명하게 다 보여! 네 장난은 안 통해. 자, 그만 올라가! 네가 기절이라도 하면 내가 곤란해져."

수면에서는 철썩거리는 물소리가 심하게 났다! 폐를 가진 서른 마리의 두 발 짐승이 오리발로 물을 치고 있었으니까! 하지만 돌고래들은 개의치 않았다. 산호초에 매달린 채 나는 꼬리지느러미들이 푸른 바닷속으로 사라지는 걸 보았다. 모나리자의 미소로 마음을 뒤흔들고 내 마음 깊은 곳에 그 총기 넘치는 눈빛을 남겨둔 채 돌고래들이 멀어져갔다. 이런 다정한 말도 잊지 않았다.

"나는 못된 짓은 할 줄 몰라요. 그래서 가련한 인간들을 동정해요. 특별히 당신이 아니라, 당신 종족들 말이에요! 당신들은 자신들이 무슨 짓을 하고 있는지 알지 못해요. 모두 흥분해 있지요. 당신을 봐요! 괜히 힘을 빼고 숨을 헐떡이잖아요. 다른 광대들은 저 위에 있지요! 우리를 보러 온 건 고마워요. 하지만 행복과 기쁨은 당신들에게서 오는 게 아니에요. 내가 거기 집착한다면 언젠가 나는 그것 때문에 목숨을 잃게 되겠지요! 당신들은 너무 변덕이 심하고, 예측 불가능해요. 당신들에 비해 우리는 침착하고 얌전하죠. 자, 말이 많았죠. 그럼 안녕!"

그 귀여운 눈길과 잊을 수 없는 대화의 순간. 어떤 야생동물도 다른 동물이 자신에게 다가오도록 그냥 내버려두지는 않는다. 잔지바르의 돌고래는 세번째 유형의 만남이었다.

26 Africa Trek

아프리카의 지붕

킬리만자로. 그토록 꿈꾸어온 곳! 우리 도보여행의 중간지점이자 절정이었다. 다그마르와 쥬디트는 좀 전에 우리를 떠났다. 킬리만자로를 오르는 데 필요할 7일 이후, 우리는 18개월 전 희망봉에서부터 걸어온 7천 킬로미터의 상징적 봉우리를 다시 내려가게 될 것이다.

이 아프리카 거인을 공략하려니 약간의 두려움도 있었다. 이곳을 오르는 사람들의 절반 정도가 고산병 등의 문제로 정상에 이르지 못한 채 서둘러 내려간다는 사실과 그동안의 우리의 단련이 너무 빨리 오르도록 재촉한다면 오히려 불리한 조건으로 작용할 수 있다는 사실을 알기 때문이었다. 실패율은 운동으로 단련된 젊은이들에게서 가장 높게 나타났으며, 40세 이상에서는 현저히 감소했다.

첫째 날, 마차메, 2002년 6월 10일, 16킬로미터,
여행 527일째, 6,904킬로미터, 고도 1,800에서 3,000미터까지

스와힐리어로 킬리만자로는 '빛나는 산'이라는 뜻이다. 그것은 검은 대륙의 내부로 들어가는 잔지바르나 몸바사의 대상隊商들을 위한 지표였다. 우리 원정대는 거인의 발 아래 술 장식처럼 드리워진 원시 정글의 뒤틀린 나무들 사이로 기지개를 켰다. 다섯 명의 짐꾼과 길 안내인 아벨 음투이가 이끼로 뒤덮이고 칡넝쿨이 늘어져 있는 미로 속으로 우리를 인도했다. 반짝이는 나뭇잎 위로 물방울이 떨어지는 소리와 진흙 속으로 빠져드는 우리의 발소리만 빼면 모든 게 고요했다.

우비를 입고 있었지만 열대 안개비와 땀 때문에 우리는 젖어 있었다. 죽은 나무에서 자라난 수많은 액포들은 부식토에서 영양분을 섭취하려고 부드러운 이끼를 뚫고 나왔고, 작고 예쁜 갈래꽃인 킬리만자로 봉선화는 초록색 화단을 분홍색 반점으로 장식했다. 가녀린 줄기 위에 자리한 그 꽃은 미약한 빛을 향해 고개를 내밀고 있었다.

균류들이 내뿜는 강력한 냄새가 어둠 속을 떠돌았고, 나뭇가지 끝에 길게 늘어진 지의류들이 부드럽게 살랑였다. 거대한 몸통의 노란 녹나무, 무화과나무, 아프리카 올리브나무, 야생 무화과나무가 뒤섞여 있었고, 뱀처럼 생긴 나뭇가지들이 커다란 나무 밑동을 타고 올랐다. 우리는 정글로 들어서는 이끼 터널 속을 나아갔다. 갈라진 틈새로 나무만큼이나 큰 고사리의 망사 파라솔이 멋들어지게 펼쳐져 있었다.

첫째 날 내내 우리는 마차메 여정을 따라 요정 세계 같은 이 정글 속을 올랐다. 얽히고설킨 뿌리들을 계단처럼 혹은 끈적끈적한 손잡이처럼 사용했다. 길은 점점 더 가팔라졌다.

산길이 나있는 능선 양편은 시냇물 소리로 가득했고, 그 시냇물은 나무가 울창한 계곡으로 떨어지고 있었다. 거대한 나무들이 점차 중간 크기의 나무들에게 자리를 양보하더니 곧 주목朱木들이 보였다. 우리는 평소 때보다 훨씬 더 많은 짐을 지고 있었다. 장비를 보완하기 위해 고산용 옷, 오리털 파카와 털옷, 장갑과 빙하용 신발 등을 빌렸기 때문이었다. 기온이 0도 이하로 내려갈 때는 아루샤의 프랑스 친구 스테판 볼파르가 빌려준 침낭 속에 우리 침낭을 끼워넣고 잘 생각이었다. 이날 저녁에 해발 3천 미터 높이에서 히드 냄새가 향긋한 숲 가장자리에 캠프를 쳤다.

첫째 날을 자축하기 위해 우리는 레벨에 희망봉 그림과 인도양과 대서양이 만나는 그림이 그려져 있는 남아프리카 포도주 '투 오션스 Two Oceans'를 한 병 땄다. 우리의 출발점을 기념해서 타닌 맛이 강하고 원기를 북돋아주는 몇 모금을 마셨다.

둘째 날, 시라 캠프, 9킬로미터, 여행 528일째, 6,913킬로미터, 고도 3,000미터에서 3,850미터까지

둘째 날 아침, 구름이 흩어지더니 산 정상이 드러났다. 큰 바위 너머로 하얀 어깨만 살짝 드러났다. 가까워 보였지만 아직은 아주 먼 그 봉우리는 몰려든 구름에 곧 뒤덮였다. 우리는 하루 종일 눈 덮인 봉우리와 숨바꼭질을 했다.

이 산등성이는 1997년에 완전히 불탔었다. 지금은 키 큰 철쭉들이 안개 속에 필사적으로 줄기를 곧추세웠고, 공기는 선선했다. 우리는 마법 같은 분위기 속에 뒤틀린 시커먼 유령들 사이로 나아갔다. 흙은 점점 사라지고, 용암 분출로 생겨난 현무암들이 눈에 띄기 시작했다. 굳어버린 거품과 흙 알갱이들, 재와 혼합물로 이루어진 동굴들, 그 속의 창백하고 분홍빛 도는 에델바이스 숲은 젊음의 묘약을 가지고 있을 듯했다. 이 고도에는 에델바이스가 지천으로 널려 있어서, 곳곳에 보이는 꽃 숲이 산에 화관을 씌운 듯했다.

곧 우리는 기복이 심한 능선을 따라 걸었고, 3,850미터에서 구름바다를 건너 시라 캠프를 향해 갔다. 건강에 좋은 산책이었다. 저녁엔 평평한 지면 위 철쭉 사이에 캠프를 쳤다. 그곳은 식물의 분포가 끝나는 지점이었고, 우리 머리 위로는 여전히 위협적으로 보이는 죽은 용암이 흐르고 있었다.

셋째 날, 시라 캠프, 14킬로미터, 여행 529일째, 6,927킬로미터, 고도 3,850미터에서 4,400미터까지, 그리고 귀환

환희에 찬 하루. 구름바다 속에서 뜨거운 물로 한 아침 세수. 우리는 세심한 대접을 받았다. 식사 때마다 파스칼은 우리에게 비시vichy 면 식탁보가 깔린 작은 식탁을 차려주었다. 캠프의 다른 팀원인 미국인들과 오스트레일리아 사람들이 어안이 벙벙해서 말했다.

"아! 프랑스인들이시군요? 이제 이해가 됩니다. 이건 프렌치 터치죠!"

요리사 모하메드는 아침에는 크레프를, 저녁에는 맛있는 프리카세[18]를 만들어주었다. 마르크는 텐트와 식기를 짊어졌고, 리샤르는 음식물을 맡았으며, 케네디는 보조 가이드였다. 아침 내내 그들은 우리에게 스와힐리어로 산노래들을 가르쳤다. 우리는 고도 4,400미터 지점까지 걸었다. 용암이 흘러내린 그곳은 흑요석이 찬란하게 빛나고 있

18) 고기나 생선살을 소스에 익힌 스튜의 일종.

었다. 우리는 걸으면서 노래를 반복했다. "난 너를 향해 눈을 들어, 산 정상을 향해. 나를 도울 이 어디서 올까? 주님으로부터 오지……."
그 노래들은 모두 성가였고, 아벨은 자신이 성가대장이라는 사실을 우리에게 일러주었다. 우리는 가볍게 걸었고, 킬리만자로의 화산 세 개 가운데 하나인 시라 고원을 내려다보았다. 그 화산은 50만 년 전에 활동을 멈췄고, 드넓은 칼데라가 되어 주저앉았다. 이제는 가장자리가 들린 넓은 고원만 남아 있었다. 여기저기, 검은 용암 위에 거대한 로벨리아들이 서있었는데, 양배추처럼 생긴 그 중심부는 구름의 물을 모아 천연 부동액으로 간직했다. 거대한 개쑥갓들이 높은 하늘을 향해 몸을 비틀며, 그 안에 담긴 생명을 보호하고 있는 듯한 외투처럼 생긴 딱딱한 잎들을 뻗고 있었다. 그것은 살아남기 위한 전략이었다. 길을 걷다가 우리는 큰 동물의 흔적들을 보았다. 아벨이 우리에게 설명했다.
"이건 물소 떼입니다. 케냐의 암보셀리 공원에서부터 다양한 지의류를 먹으러 올라오는 겁니다. 녀석들이 아주 좋아하는 것이죠!"
나는 밀림의 늪지대에 익숙한 물소들이 이 고도의 황량한 풍경 속을 돌아다니는 비현실적인 모습을 상상해보았다.
돌아와 보니 캠프에는 사람들이 더 많아져 있었다. 그새 네 팀이 늘었던 것이다. 짐꾼들까지 합치면 모두 1백 명이나 되었다. 지금은 비수기인데도 말이다. 성수기에는 정상을 오르는 등반가들이 3백 명에 달했다. 다시 말해 3천 명이 넘는 사람들이 산에 있는 것이다!
아벨은 샤가족이었다. 샤가족은 산등성이를 지배하는 산 부족으로서, 평원의 마사이족들의 공격을 꿋꿋하게 버텨내고 있었다. 그들에게는 왕이 있는데, 왕은 표범 가죽과 타조 깃털로 장식한 화려한 차림으로 엘리자베스 여왕을 만난 적이 있다고 했다. 그는 술 이외에 그의 부족을 황폐하게 만든 재앙에 대해 얘기했다. 그것은 근친상간이었다. 특히 아버지가 딸을 상대로 범하는 것이 문제였다. 관습적인 차원에서 이루어지는 근친상간을 없애려고 선교사들이 맹렬히 싸웠으나 에이즈의 위협 때문에 더 성행하고 있었다. 할 일도 없고 돈도 없는 아버지들은 그들 속으로 낳은 자식의 처녀성을 빼앗음으로써 집에서 안전하게 욕구를 해결했다. 아벨은 그에 대한 반대 운동을 벌이고 있었다.

"우리 마을에서 이런 짓을 하는 추악한 놈 열넷이 누군지 확인했지요. 밤에 한 놈이라도 만나게 되면 그놈은 까닭 모를 추락을 하게 될 겁니다."

"딸들이 고발을 하는 식으로 처리하는 게 나을 텐데요."

"아닙니다. 그런 고발은 기각되어 왔지요. 우리 문화에서는 아버지의 말보다 딸의 말을 더 믿어주지 않으니까요!"

넷째 날, 애로우 빙하 캠프, 13킬로미터, 6,940킬로미터, 고도 3,800미터에서 4,850미터까지

정보를 수집해보니 산은 우리의 차지였다. 우리처럼 빙하를 통과해 가는 팀은 없었다. 모두들 남쪽으로 바란코 산맥을 통과해 산을 우회해서, 전통적인 코스인 마란구를 통해 정상을 공략하려는 생각이었다.

우리는 반짝이는 크리스털이 군데군데 박힌 시커멓고 드넓은 장방형 용암대지에 올랐다. 점심 식사를 한 곳은 용암탑이었는데, 옆으로 공기가 빠지면서 생겨난 경이로운 화산암경이었다. 고도 4,600미터 지점인 그곳에서 일런드 영양 세 마리가 죽었고, 그들의 뼈는 킬리만자로의 눈처럼 하얗게 변해 있었다.

애로우 캠프는 흙더미가 무너져 쌓인 거대한 원곡 발 아래, 절벽이 굽어다보이는 곳에 자리잡고 있었다. 우리는 일부러 가장 가파르고 힘든 여정을 택했는데, 그것은 가장 만족감을 주는 여정이기도 했다.

태양은 구름바다 위로 서서히 지고 있었다. 저 멀리 섬 하나가 고요한 구름바다를 가르고 있었다. 메루 산이었다. 구름은 불타는 듯 붉어졌고 암벽도 우리 뒤에서 불그스름하게 물들었다. 우리는 몽블랑의 높이에 있었고, 서서히 머리가 죄어왔다. 밤에는 과연 편두통이 사라질지, 불안해지기 시작했다.

다섯째 날, 키보 분화구, 13킬로미터, 6,953킬로미터,
고도 4,850미터에서 5,800미터까지

아니었다. 우리가 야간에 암벽을 타기 시작했을 때도 두통은 여전했다. 뱃속이 편치 않아 아침 식사는 간단히 해결했다. 잠을 거의 못 잔 채 또다시 소모전이 시작되었다. 무한히 펼쳐진 솜뭉치 위로 달이 은빛 가루를 뿌리고 있었다. 모든 게 포근했다. 우리는 일렬로 꼬리를 물고 나아갔다.

7만5천 년 전, 분화구 한 자락이 남서쪽에서 무너지면서 이 거대한 계곡을 만들었다. 우리는 고립된 능선 위에 불안정하게 쌓인 돌 더미 위를 올랐다.

이따금 돌멩이가 소리를 내며 굴러 떨어졌다. 우르르! 걸을 때마다 손을 사용해야만 했고, 주변은 온통 허공이었다. 이것이 직선으로 놓인 가장 짧은, 따라서 가장 가파른 코스였다. 한마디로 '짜릿한' 코스였다. 우리는 돌 더미와 단층과 구불구불한 협로와 흔들거리는 탑을 연달아 지났다. 힘들게 오르고 바람을 쐬다보니 두통은 사라졌다. 주변을 붉게 물들이며 풍성한 구름 위로 날이 밝고 있었지만, 우리는 화산의 그림자 속에 오래도록 남아 있었다.

우리는 최대한 천천히 가려고 애썼다. 위험은 속도에 있었다. 아벨은 우리를 위해 자주 쉬었고, 그 덕에 등반을 즐기는 여유를 가질 수 있었다. 태양이 정점 가까이 오르자 우리는 겉옷을 벗었다. 고개를 들자 마지막 벼랑에서 길 하나를 짐작할 수 있었다. 암벽에 만들어진 좁은 협로였다. 우리는 밧줄로 몸을 묶었다. 조그만 실수가 치명적일 결과를 가져올 수도 있었다. 아벨의 설명에 따르면, 이렇게 불안한 암벽에서는 밧줄 때문에 오히려 넘어지거나 헛발을 디딜 수도 있다는 것이었다. 더구나 밧줄이 우리 모두를 한꺼번에 휩쓸어 갈 위험도 있었다. 줄을 안정되게 고정할 지점은 어디에도 없었다.

나는 소냐 뒤를 걸으며 그녀의 걸음 하나하나를 지켜보았다. 높은 고도와 허기와 갈증, 구토 때문에 우리의 동작은 한결 불안했다. 중요한 건 집중력을 잃지 않는 것이었다. 나는 소냐의 상태를 계속 살펴야 했다. 그녀는 아주 약해져 있었으며 한 마디도 하지 않았다. 만약 소냐가 포기해야 한다면 남겨두고 혼자서 정상에 올라야 할까? 아니면 소냐를 따라 되돌아가야 할까? 만약 내가 기절이라도 한다면 나는 그녀에게 혼자서라도 가라고 할 것이다. 그런데 갑자기 소냐가 경련을 일으키며 몸을 구부렸다. 그녀는 속을 가라앉히기 위해 물 한 모금을 마셨다.

"힘들어! 다리가 천근만근이야. 에베레스트는 이보다 3,000미터나 더 된다니!"

마지막 협로에서 우리는 뒷사람에게 돌이 굴러가지 않도록 하기 위해 암벽 양편을 잡고서 네 발로 기어올라갔다. 이렇게 힘겨운 사투 끝에 드디어 고도 5,800미터의 분화구 입구에 이르렀다! 시간은 정오였다. 우리는 높은 고도의, 적대적이고 광활한 세계로 불쑥 들어섰다.

우리는 푸르트벵글러 빙하 아래, 화산재 양탄자 위에다 텐트를 쳤다. 그리고는 구토와 두통으로 인해 고통에 쓰러지고 말았다. 혈압은 너무 높고, 반대로 대기압은 너무 낮기 때문에 두통이 계속 가라앉지 않았다. 심장이 뛸 때마다 우리는 동맥류가 일어나는 건 아닌지 걱정했다. 관자놀이에서는 죽음의 메트로놈이 똑딱였다. 바깥에는 살을 에는 듯한 찬바람이 부는데도 텐트 안은 찌는 듯이 더웠다. 너무나 힘들었다. 가만히 있지 말고 몸을 움직여야만 했다.

기운을 내어 우리는 빙하를 탐사하러 갔다. 빙하의 중심부는 아주 두꺼웠고 가장자리로 올수록 점점 얇아져서 태곳적의 푸르스름한 지층들을 드러내고 있었다. 시간의 축적. 우리 발 아래의 파란 얼음은 10만 년 전에 떨어진 눈이었다. 우리는 태양 아래서 녹아내리는 그 물을 핥았다. 최초의 호모 사피엔스가 마셨을 수도 있는 물이었다. 어쩌면 젊음의 묘약이 아닐까? 내벽은 아직 탄탄하게 살아 있었다. 다시 말해, 한 방울 한 방울 녹으며 죽어가고 있는 셈이었다. 군데군데는 깨진 채 불거져 있었다. 하늘을 향해 우뚝 선 그 날들에 햇빛이 반사되어 다양한 층의 유백색으로 빛났다. 우리는 얼음 성당 사이를 펭귄처럼 거닐었다. 눈과 화산 찌꺼기 위를 걷는 소리가 대기 중에 메마르게 울려퍼졌다.

산 정상으로 가는 코스를 따라 우리는 절도 있는 걸음으로 화산의 심장부와 그 입구, 그 공기구멍을 향해 나아갔다. 곧 경석으로 이루어진 사력층 위를 걷게 되었다. 화산재가 만든 원추 꼭대기에 오르니 갑자기 꿈이 현실이 되었다. 신화적인 키보 분화구! 세상에서 가장 아름다운 전경이 펼쳐졌다. 동심원을 그리는 비행접시처럼 서로 겹쳐지고, 벌어진 수직 갱도를 향해 열려 있는 세 개의 다단식 분화구. 10만 년에 걸친 침식에도 멀쩡한 완벽한 건축물, 이 산을 낳은 지옥의 입구였다.

산등성이에서 올라오는 유황 연기가 짐승이 그 안에 잠자고 있다는 걸 확인해주었다. 두통은 사라졌다. 우리는 한 걸음 한 걸음 걸어서 얻어낸 엄청난 행복에 감격한 채 서로를 얼싸안고서 태양이 세상의 배꼽 위로 기울어가는 것을 지켜보았다.

여섯째 날, 정상, 우후루 피크, 5,895미터,
정상 정복 이후 루아 캠프, 22킬로미터,
여행 532일째, 6,975킬로미터

킬리만자로에서는 고통을 견뎌내는 능력이 필요했다. 밤은 혹독했다. 자려고 눕자 두통이 다시 찾아왔고, 차라리 서서 자고 싶다는 생각이 들 정도로 고통스러웠다.

나는 15분마다 잠에서 깨어나 공기를 찾아 밖으로 나갔다. 소냐는 평소대로 들쥐처럼 깊이 잠들어 있었다. 바깥 기온은 영하 20도였다.

새벽 다섯 시. 우리는 마지막 남은 몇 백 미터를 준비했다. 다른 코스를 따라 여러 팀들이 자정부터 오르고 있었다. 우리는 킬리만자로 정상을 향해 모든 희망을 쏟아부으며 캠프를 떠났다. 일단 걷기 시작하자 두통이 사라졌다. 우리는 말없이 줄지어 나아갔다. 한 발 한 발 새벽이 하늘을 포위해 들어가고 있었다. 우후루 피크는 아프리카에서 해를 처음으로 맞이하는 곳이었다. 태양빛을 받은 봉우리는 밝게 빛나고 있었다. 주께 영광을!

이제 1백 미터 남았다! 카운트다운이 시작되었다.

심장이 심하게 고동쳤고, 감사의 마음이 우리를 사로잡았다. 티베트의 형형색색 깃발이 바람에 펄럭이며 우리의 정상 도착에 박수갈채를 보냈다. 그곳은 우리 도보여행의 정상이자, 절정이요, 반환점이었다.

주위의 모든 것이 우리를 둘러싸고 소용돌이쳤다. 우리의 눈물은 뺨 위에서 얼어붙었고, 우리는 행복에 도취했다.

차가우면서도 뜨거운 키스를 나눈 뒤 나는 소냐에게 더듬거리며 말했다.

"생각나? 케이프타운에서는 도무지 불가능할 것 같아 보였잖아."

"불가능하다면 푸생이 아니지!"

우리에게는 그저 한 발짝 더 걷는 것일 뿐이지만 한편으론 세계 신기록이기도 했다. 지금껏 아프리카의 최남단 지점에서 최고 지점까지 걸은 사람은 아무도 없었다. 우리는 울다 웃기를 반복하며 뵈브 클리코 한 잔과 함께 이 순간을 자축했다.

팀 모두가 기뻐했다. 아벨은 그의 151번째 등반을 축하했고, 케네디는 300번째(이후로는 더이상 세지도 않았다고 했다)였다. 이 사실은 우리의 기쁨을 별것 아닌 걸로 만들었다. 게다가 우리 주변의 모두가 고통받고 있었다. 지친 그들은 사진을 찍은 뒤 곧 다시 내려갈 생각밖에 하지 않았다. 어떤 이들은 구토를 하며 기어서 도착하더니, 목표 지점을 건드리고는 숨을 헐떡이며 다시 떠났다. 오늘은 스무 명 정도였다. 예외적으로 적은 숫자였다.

우리는 잘 적응해서 정상에 두 시간을 머물렀다. 여기까지 올라오는 데 쏟은 힘든 노고에 걸맞은 유일한 보상을 누렸다. 메루 산은 거품 목욕물 위로 겨우 머리만 내놓은 난쟁이 인형처럼 보였다. 구름의 갈라진 틈이 노란 사바나의 자취를 살짝 들여다보게 해주지 않았더라면, 남극을 내려다보는 빈손 산 정상에 있는 것 같았을 것이다.

우리는 남쪽을 향해, 그동안 우리를 환대해준 아프리카 친구들에게 깊은 감사의 기도를 올렸다. 그들이 없었더라면 우리는 결코 여기까지 오지 못했을 것이다.

그들 모두에게 이 정상을 바쳤다.

그리고 북쪽을 돌아보며 소냐에게 말했다.

"케이프타운에서부터 여기까지 우리는 오르기만 했어. 이제는 쉬워! 티베리아 호수를 향해 내려가기만 하면 돼."

"지금까지는 앞면이었고, 이제부터는 뒷면이야!"

우리는 아주 작았고, 새까맣게 탔으며, 아주 높은 곳에 있었다.

2002년 8월 8일, 7,114킬로미터 지점, 나이로비의 아르노와 로르테프니에의 집에서 시작해서, 2003년 3월 8일, 9,101킬로미터 지점, 아디스아베바의 장-클로드와 아마레치 길베르의 집에서 끝내다.

1. 2,916킬로미터. 남아프리카공화국, 블라이드 리버 캐넌. 저 멀리 크루거 국립공원의 야생 지대가 시작되고 있다. 발 아래로 '해시계' 봉우리가 보인다.
2. 2001년 1월 1일. 0킬로미터. 넬슨 만델라가 20년의 감옥생활 후 해방된 곳인 로벤 섬에서의 상징적인 출발. 케이프 산 너머로 아프리카가 우리를 기다리고 있다.
3. 여행 110일째, 1,663킬로미터. 트란스케이에서 텔레브리지의 아이들이 우리를 위해 축제를 벌이고 있다. 이곳을 여행하는 백인은 거의 없단다. 이제 이 말은 잘못된 말이다.
4. 탄자니아. 체체파리의 왕국에서 물은 귀하고 너무 더러워서 필터가 버티지 못한다. 우리 주변엔 같은 웅덩이로 물을 마시러 온 하이에나의 발자국들이 즐비하다.
5. 모잠비크, 4,383킬로미터. 우리의 두번째 '바람구두'가 여행을 끝냈다.
6. 말라위, 5,486킬로미터. 마쿰바의 '프렌치 닥터' 진료실. 많이 부어오른 이렌의 손.
7. 모잠비크. 구운 흰개미로 배를 채웠다. 소냐는 더 달라고 했다!
8. 슬픈 짐바브웨. 독재자의 첫 희생자들은 백인 농장주들이 아니다.
9. 그레이트 짐바브웨. 왕궁 성곽에 남은 불가사의한 벽화.
10. 동케이프, 릴리클루프. 우리는 수렵채취족의 자취를 따라 걷고 있다. 오늘날 그들은 사라지고 없다.
11. 말라위. "머리가 아프신 거예요, 배가 아프신 거예요?" "둘 다요!"
12. 탄자니아에서는 아이가 어른에게 축복을 내린다.
13. 탄자니아. "나한테 귀고리 좀 빌려줄래요? 귀고리를 안 한 지 18개월이나 되었거든요!" 마사이족 여성과의 첫 만남.
14. 남아프리카공화국. 아드모어 아틀리에에서는 은타살린트살리와 함께 줄루족 예술가들이 에이즈의 재앙을 예술로 쫓고 있다.
15. 짐바브웨. 쇼나족 조각가 타나 칩푼데의 작품.
16. 마르타와 모이나가 소냐에게 옷을 입히고 있다.
17. 은데벨레족. 젊고 활기찬 예술.
18. 잠비아 쪽 빅토리아 폭포에서 천국의 기포 목욕. "소냐, 뛰어내리고 싶지 않아?"
19. 말라위 호수. 5,000킬로미터. 벌써 일년!
20. 추쿠두, 남아프리카공화국. "자, 사바나야! 공격해!"
21. 추쿠두, 남아프리카공화국. "어린 새끼라도 조심해야 돼!"
22. 카호라 바싸, 모잠비크. 타이거피시. "네 눈이 얼마나 예쁜지 아니?"

23. 짐바브웨. "아니! 저 위에는 뜯어먹을 게 하나도 없다니까!"
24. 킬리만자로의 카멜레온.
25. 말라위, 은샬로. 젖을 먹고 있는 사나운 아기 살쾡이 트리보드.
26. 탄자니아 아이초 고개. 멀리 은고롱고로 공원과 세렝게티 입구가 보인다.
27. 레소토. 졸려하는 뮤즈.
28. 레소토의 젊은 마라톤 선수 베로니카와 함께 나눈 아침 식사.
29. 말라위식 인사.
30. 즐거운 우리 집.
31. 탄자니아, 룽와 보호구역에서 사자의 발자취를 따라 3백 킬로미터를 걸은 고독한 행보.
32. 잠재적이었던 위협이 현실이 되었다. 우리는 사자의 공격으로 미툰두 선교원에서 열흘 동안 꼼짝하지 못했다. 결산 : 사망자 네 명과 사살된 사자 여덟 마리. 이곳에서는 음리초 족장과 로망-모니에 신부가 사람을 잡아먹은 두 마리 암사자의 시체를 내게 보여주었다.
33. 같은 시기에 우리는 처음으로 말라리아에 걸렸다. 모기 덕에 사자의 공격을 피한 셈이 되었다.
34. 기적적으로 살아남은 조셉이 사자에 물린 상처.
35. 탄자니아의 바르바이그족 친구 마디아코. 그의 집에서 2주 동안 머물며 그 어느 때보다 친밀한 시간을 보냈다.
36. 금지된 춤, 둠다.
37. 소냐와 한 소녀가 부족의 청년들을 마주보고 뛰고 있다.
38. 마디아코의 남편인 조셉.
39. 탄자니아, 6,012킬로미터. 악어들이 우글거리는 루콰 호수 지류를 건너다.
40. 킬리만자로. 3일째. 해발 4,300미터 시라 고원의 기후에 적응하다.
41. 세상의 배꼽, 키보 분화구.
42. 푸르트벵글러 빙하, 5일째.
43. 첫째 날. 거인의 발 아래 펼쳐진 화려한 정글.
44. 여섯째 날. 도보여행 절반의 정점. 해발 5,895미터 지점에서 7,000킬로미터 주파.
45. 7,000킬로미터의 행복. 애로우 캠프. 큐피드의 화살.

사람의 눈높이에서 체험한 아프리카

우리는 아프리카를 얼마나 알까? 밀림과 야생동물과 타잔의 땅으로 어린아이를 꿈꾸게 하는 곳. 뉴스를 통해 접하게 되는, 내전과 가뭄, 가난과 에이즈로 고통받는 검은 대륙. 야생의 삶을 접할 수 있는 색다른 관광지. 이것이 대개 우리가 아프리카 하면 떠올리는 어렴풋한 그림들이다. 그런데 여기 '전혀 다른' 아프리카가 있다. 3년에 걸쳐 아프리카 대륙을 오직 두 발로 걸어서 종단한 '정신 나간' 두 프랑스인이 전하는 아프리카이다. 그들은 피상적이지 않은, 내밀한 아프리카를 알기 위해 걸어서 남단에서 북단으로 이 대륙을 관통하기로 마음먹는다. 그리고 새 천 년이 시작되는 2001년 1월 1일 아프리카 최남단 희망봉에서 떠오르는 태양과 더불어 첫 발걸음을 뗀다. 이들의 여행은 인간의 기원에 관한 의문에서 시작되었다고 한다. "우리는 누구인가? 어디서 온 걸까? 어디로 가는 걸까? 새로운 천 년을 어떻게 시작할 것인가?" 이 같은 물음에서 이들은 동아프리카대지구대를 따라 이동한 최초 인류의 발자취를 좇는 상징적인 여행을 계획하고, 인류의 조상이 그랬듯이 이들 역시 오직 두 발로만 걷는다. 이 책은 이들이 걸은 대장정의 절반에 해당하는, 희망봉에서 킬리만자로에 이르는 7,000킬로미터의 발걸음에 대한 기록이다.

알렉상드르와 소냐. 이 놀라운 모험가들은 도보 챔피언도 아니요, 행군의 달인도 아니다. 여행 당시 이들은 그저 평범한 부부, 그것도 신혼부부였다. 만약 이 도보여행이 걷는 일을 직업으로 삼는 이들이 한 것이라면 최초 인류의 발자취를 따른다는 상징적 의미는 퇴색되고, 신기록 도전이나 '킬로미터 수확' 으로 전락하고 말았을지도 모른다. 이 여행은 부부가 함께 하는 것이기에 그만큼 의미가 더 있어 보인다. 그들은 이 행보의 이유를 '세상을 더 잘 알고 사랑하기 위해서' 라고 말했다. 사랑으로 맺어진 두 사람이 세상을 보다 더 사랑하기 위해 익숙한 세상을 떠나 낯선 세상 깊숙이 걸어 들어가 꽤 긴 시간을 살며 사람들을 만난다는 것이 이 걸음의 본질이다. 그렇기에 3년의 시간은 일상을 떠난 일탈로서의 여행이라기보다는 그저 그들의 삶일 뿐이다.

또한 이들은 이 걷기를 계획하면서 모든 후원을 거부한다. 후원에 대한 대가로 지불해야 할 얽매임이 두려워서다. 도착해야 할 시간이나 장소에 얽매이지 않고 만남이 이어지는 대로, 때에 따라서는 며칠씩 한 곳에 머물기도 하며 자유롭게 이동한다. 이들을 후원하는 건 길에서 만난 아프리카인들이다. 우연히 만난 사람들이 건네는 콜라 한 병, 한 끼의 식사, 하룻밤의 잠자리, 물 한 모금, 혹은 함께 몇 킬로미터를 걸어준 것이 전부다. 텐트도 없이 떠난 두 사람은 기적처럼 매일 저녁 재워줄 사람을 만난다. 어디서 자게 될지 모른 채 걷다보면 저녁 무렵, 호의를 가진 누군가를 만나게 되어, 잠자리를 찾지 못한 날이 단 하룻밤도 없다. 목마르고 기진맥진한 상태가 되어 문을 두드리면 피부색과 종족과 계층이 다른 아프리카 사람들이 따뜻하게 맞아주는 것이다. 이렇듯, 아프리카가 낯선 이방인들에게 보여준 연대의 끈은 참으로 경이롭다. 3년의 여행 동안 이들이 만난 아프리카인은 1,200여 가족에 달한다고 한다. 걷는 동안 이들은 자신들의 생존이 오롯이 사람들과의 만남에 달려 있음을 뼈저리게 깨닫는다. 사람과 만나는 것, 이것이 이 '아프리카 트렉' 의 정수다. 이들의 여행에서 아프리카 대륙은 오로지 사람을 통해 파악된다. 마주치는 한 사람 한 사람이 퍼즐 조각이 되어 아프리카를 그려내는 것이다. 그들이 들려주는 이야기와 그들이 보여주는 일상에서 오직 이 대륙에서만 느낄 수 있는 풍요로움과 경이로움이, 이 대륙이 겪고 있는 모든 어려움이 저절로 드러난다.

세상에는 여행기들이 넘쳐난다. 많은 여행기들이 '사냥기' 에 다름 아니다. 이색적인 풍경 사냥, 기록 사냥, 숨겨진 장소 사냥, 사진 사냥, 이야기꺼리 사냥. 사냥을 할 때 사냥하는 자와 사냥당하는 대상은 결코 하나가 될 수 없고, 대등할 수도 없다. 그렇기에 모든 사냥기에는 사냥꾼의 오만이 감춰져 있다. 이런 점에서 《아프리카 트렉》은 사냥기가 아니다. 매일 피로와 갈증과 두려움에 맞서며 묵묵히 길을 걷다가 처음 보는 '구세주' 를 만나 피로를 풀고 다시 길을 떠나는 이 두 여행객이 깨닫는 건 겸허함이기 때문이다. 그들의 발걸음이 매일 조금씩 대륙 깊숙이 이끌수록 그들은 조금씩 아프리카인이 되어간다. 이들의 발걸음을 눈으로 좇다보면, 사람의 눈높이에서 체험한 아프리카를 알게 될 뿐 아니라, 오직 두 발에 의지하고, 만나는 사람들의 호의에 생존이 달린 여행자의 겸손을 배우게 된다.

2009년 5월

백선희